T0179007

# EL LEGADO DE LA VILLA DE LAS TELAS

ANNE JACOBS

# EL LEGADO DE
# LA VILLA DE LAS TELAS

Traducción de
Paula Aguiriano y Ana Guelbenzu

PLAZA JANÉS

Papel certificado por el Forest Stewardship Council®

Título original: *Das Erbe der Tuchvilla*

Primera edición: abril de 2019
Tercera reimpresión: septiembre de 2019

© 2016, Blanvalet Taschenbuch Verlag, una división de Verlagsgruppe Random House GmbH, Múnich,
Alemania, www.randomhouse.de
Este libro se negoció a través de Ute Körner Literary Agent, S. L. U., Barcelona, www.uklitag.com
© 2019, Penguin Random House Grupo Editorial, S. A. U.
Travessera de Gràcia, 47-49. 08021 Barcelona
© 2019, Paula Aguiriano Aizpurúa y Ana Guelbenzu de San Eustaquio, por la traducción

Printed in Spain – Impreso en España

ISBN: 978-84-01-02193-0
Depósito legal: B-5.247-2019

Compuesto en La Nueva Edimac, S. L.

Impreso en Liberdúplex
Sant Llorenç d'Hortons
(Barcelona)

L 0 2 1 9 3 0

Penguin
Random House
Grupo Editorial

1

Leo tenía prisa. En la escalera, apartó a los de primer curso, se deslizó junto a un grupo de niñas que parloteaban y entonces tuvo que parar porque alguien lo agarró de la mochila.

—A la cola —dijo Willi Abele con sorna—. Los ricachones y los amiguitos de los judíos atrás.

Eso iba por su papá. Y por Walter, su mejor amigo, que ese día no había ido a clase porque estaba enfermo y no podía defenderse.

—¡Suelta o te doy! —le advirtió.

—Venga, orejotas, atrévete.

Leo intentó zafarse, pero el otro lo sujetaba con mano de hierro. A derecha e izquierda, el río de alumnos bajaba la escalera hacia el patio y desde allí inundaba la calzada de Rote Torwall. Leo logró arrastrar a su adversario hasta el patio y entonces se le rompió una correa de la mochila. Tuvo que darse la vuelta rápidamente y cogerla para que Willi no se la quedara con todos los libros y los cuadernos.

—¡Melzer, zancudo, cagueta y calzonudo! —se burló Willi, e intentó abrir el cierre de la mochila.

Leo se puso hecho una furia. Estaba harto de esa cancioncilla. A los niños de los barrios obreros les gustaba gritarle esas maldades porque iba mejor vestido que ellos y Julius a veces iba a recogerlo con el coche. Willi Abele le sacaba una cabeza y era dos años mayor, pero eso a él le daba igual. Le dio una patada en la rodilla, el chico aulló de dolor y soltó el botín. Leo tuvo el tiempo justo de dejar la mochila en el suelo antes de que el otro se abalanzara sobre él. Los dos cayeron al suelo. Leo recibió una lluvia de golpes, se le desgarró la chaqueta, oyó que su adversario jadeaba y luchó con saña.

—¿Qué está pasando aquí? ¡Abele! ¡Melzer! ¡Separaos!

Aquello de que los últimos serán los primeros se hizo realidad, ya que Willi, que estaba encima porque iba ganando en la pelea, recibió el castigo de la mano del profesor Urban. En cambio a Leo se limitó a agarrarlo del cuello y a ponerlo de pie; como le sangraba la nariz, se libró de la bofetada. Los dos muchachos escucharon con gesto contenido la reprimenda del profesor, pero eran mucho peor las risitas burlonas y los murmullos de los compañeros que habían formado un círculo en torno a los gallos de pelea. Sobre todo las niñas.

—Le ha dado una buena.

—Pegar a los pequeños es de cobardes.

—Leo se lo tiene merecido, es un chulo.

—Pero Willi Abele es un canalla.

Mientras tanto, el sermón del profesor Urban les entraba por un oído y les salía por el otro. Siempre decía lo mismo. Leo sacó el pañuelo y se limpió la nariz, y al hacerlo se dio cuenta de que se le había desgarrado la costura de la manga. Las niñas le lanzaban miradas de compasión y admiración, algo que lo incomodaba muchísimo. Entonces Willi afirmó que Melzer «había empezado» y el profesor Urban le propinó una segunda bofetada. Merecida.

—Y ahora daos la mano.

Ya conocían ese ritual; tenía lugar después de todas las peleas y no servía para nada. Aun así, aceptaron los consejos asintiendo con la cabeza y prometieron llevarse bien. La mal-

8

trecha patria alemana necesitaba jóvenes sensatos y trabajadores, y no bravucones.

—¡A casa!

Quedaron liberados. Leo se echó al hombro la mochila; le habría gustado salir corriendo, pero no quería dar la impresión de estar huyendo de su contrincante, así que midió sus pasos hasta que llegó a las puertas del colegio. Solo entonces echó a correr. Se detuvo un instante en Remboldstrasse y miró con odio hacia atrás, hacia el gran edificio de ladrillo. ¿Por qué tenía que ir a ese maldito colegio de Rote Torwall? Papá le había contado que él había ingresado directamente en el instituto de San Esteban, en una clase preparatoria. Allí solo había niños de buena familia a los que se les permitía llevar gorros de colores. Y no había chicas. Pero la República quería que todos los niños fueran antes a una escuela primaria. La República era una porquería. Todos renegaban de ella, y la que más la abuela, que siempre decía que todo era mejor con el emperador.

Se sonó otra vez la nariz y comprobó que ya no le sangraba. Tenía que darse prisa, seguro que ya lo estaban esperando. Subió corriendo por San Ulrico y Santa Afra, atravesó un par de callejuelas hasta Milchberg y después por Maximilianstra... Se paró en seco. Música de piano. Conocía esa pieza. La mirada de Leo ascendió por la pared gris del edificio. La melodía salía del segundo piso, donde una de las ventanas estaba abierta. No veía nada, una cortina blanca se lo impedía, pero, tocara quien tocase, sonaba sublime. ¿Dónde había oído esa música? ¿Habría sido en algún concierto de la sociedad de música a la que mamá solía llevarlo? Era maravillosa y al mismo tiempo triste. El martilleo de los acordes le atravesaba el cuerpo. Se habría quedado allí escuchando durante horas, pero el pianista interrumpió la melodía para practicar con más detalle un pasaje. Lo repetía una y otra vez y resultaba aburrido.

—¡Ahí está!

Leo se estremeció. Era la voz aguda y penetrante de Henny.

Vaya, se acercaban en dirección contraria. Pues sí que habían tenido suerte, él podría haber tomado otra callejuela. Corrían de la mano hacia él por la acera, Dodo con sus trenzas rubias al viento y Henny con el vestido rosa que le había cosido mamá. De su mochila colgaba una pequeña esponja, ya que había empezado la escuela ese año y aún estaba aprendiendo a escribir en la pizarra.

—¿Por qué miras al aire? —le preguntó Dodo cuando llegaron jadeando junto a él.

—¡Te hemos estado esperando cien años! —exclamó Henny en tono de reproche.

—¿Cien años? ¡Entonces ya estarías muerta!

Henny no aceptó sus objeciones. Siempre hacía caso solo de lo que le convenía.

—La próxima vez nos iremos sin ti.

Leo se encogió de hombros y miró de reojo a Dodo, pero esta no parecía dispuesta a defenderlo. De todos modos, los tres sabían que él las recogía solo porque la abuela se había empeñado. En su opinión, dos niñas de siete años no podían atravesar la ciudad solas, menos aún en esos tiempos tan convulsos. Por eso habían encargado a Leo que después de las clases se acercara a Santa Ana para acompañar a su hermana y a su prima sanas y salvas a la villa de las telas.

—Vaya pinta tienes... —Dodo había descubierto el desgarrón en la manga y la sangre que le había salpicado el cuello.

—¿Yo? ¿Por qué lo dices?

—¡Has vuelto a pelearte, Leo!

—¡Aj! ¿Eso es sangre? —Henny le tocó el cuello de la camisa con el dedo índice. No estaba muy claro si aquellas motas rojas le parecían repugnantes o emocionantes.

Leo le apartó la mano.

—Para. Tenemos que irnos.

Dodo seguía escudriñándolo con los ojos entrecerrados y los labios apretados.

—Willi Abele otra vez, ¿verdad?

El chico asintió de mala gana.

—Ojalá hubiera estado allí. Primero lo habría agarrado del pelo y después... ¡un buen escupitajo!

Lo dijo muy seria y asintió dos veces con la cabeza. A Leo lo conmovió, aunque al mismo tiempo le resultaba vergonzoso. Dodo era su hermana, era valiente y siempre estaba de su parte. Pero no era más que una chica.

—¡Vamos de una vez! —exclamó Henny, para quien el tema de la pelea ya estaba zanjado—. Tengo que pasar por Merkle.

Eso significaba dar un rodeo.

—Hoy no. Llegamos tarde.

—Mamá me ha dado dinero para que compre café.

Henny siempre quería mangonear. Leo se había propuesto no volver a caer en sus trampas, pero no era fácil porque ella siempre encontraba una razón convincente. Como ese día: tenía que comprar café.

—¡Mamá ha dicho que no puede vivir sin café!

—¿Quieres que lleguemos tarde a comer?

—¿Quieres que mi mamá se muera? —replicó Henny, indignada.

Lo había vuelto a conseguir. Pusieron rumbo a Karolinenstrasse, donde la señora Merkle ofrecía «Café, confituras y té» en un pequeño local. No todo el mundo podía permitirse esas delicias, Leo sabía que muchos de sus compañeros de clase solo tomaban un plato de sopa de cebada al mediodía; ni siquiera llevaban almuerzo al colegio. Muchas veces sentía lástima, y en un par de ocasiones había compartido su bocadillo de paté. Casi siempre con Walter Ginsberg, su mejor amigo. Su madre también tenía una tienda en Karlstrasse, vendía partituras e instrumentos musicales. Pero el negocio no iba bien. El papá de Walter había caído en Rusia, y a eso había que sumarle la inflación. Todo era cada vez más caro y, como decía mamá, el dinero ya no valía nada. El día anterior la cocinera Brunnenmayer se lamentaba de haber tenido que pagar treinta mil marcos por una libra de pan. Leo ya sabía contar hasta mil. Eso era treinta veces mil. Menos mal que desde la guerra ya casi no había monedas, solo billetes, si no la señora Brunnenmayer habría tenido que alquilar un carro de tiro para llevar el dinero.

—Mira, la tienda de porcelanas Müller ha cerrado —dijo Dodo señalando un escaparate cubierto con papel de periódico—. La abuela se pondrá muy triste. Seguía comprando ahí las tazas de café cuando se rompía alguna.

Eso se había convertido en algo habitual. Muchas tiendas de Augsburgo estaban cerradas, y las que continuaban abiertas colocaban género antiguo e invendible en los escaparates. Papá había dicho hacía poco en la comida que eran unos timadores, que se guardaban la mercancía buena para cuando llegaran tiempos mejores.

—Mira, Dodo. Ositos bailarines.

Leo miró con desdén a las niñas, que pegaron la nariz contra el cristal de la panadería. A él no le gustaban aquellos pegajosos ositos de goma roja y verde.

—Compra el café de una vez, Henny —refunfuñó—. Merkle está ahí mismo.

Se detuvo porque en ese momento se dio cuenta de que junto a la tienda de la señora Merkle estaba el negocio de sanitarios de Hugo Abele, el padre de Wilhelm Abele, Willi, ese canalla. ¿Habría llegado ya a casa? Leo avanzó un poco y miró el escaparate desde el otro lado de la calle. No tenían demasiadas cosas expuestas, solo un par de mangueras y grifos. Al fondo se alzaba un retrete de porcelana blanca. Se protegió los ojos del bajo sol de septiembre y comprobó que la refinada pieza llevaba un logotipo azul y estaba cubierta de polvo.

—No querrás comprar un retrete... —comentó Dodo, que lo había seguido.

—Claro que no.

Dodo también fisgoneó el escaparate y torció el gesto.

—Es la tienda de los padres de Willi Abele, ¿no?

—Mmm...

—¿Willi está dentro?

—Es posible. Siempre tiene que ayudar.

Los hermanos se miraron. Algo brilló en los ojos de color azul grisáceo de Dodo.

—Voy a entrar.

—¿Para qué? —Leo parecía preocupado.

—Voy a preguntar cuánto cuesta el retrete.

Su hermano negó con la cabeza.

—No lo necesitamos.

Pero Dodo ya había cruzado la calzada y al instante siguiente se oyó la campanilla de la tienda. La niña desapareció en el interior.

—¿Qué hace ahí? —preguntó Henny, y le puso delante de la nariz una bolsa de papel llena de regaliz y ositos de goma.

Vaya, no debía de haber sobrado mucho dinero para el café. Leo cogió una rueda de regaliz sin perder de vista la tienda.

—Está preguntando por el retrete.

Henny lo miró indignada, después sacó un osito verde de la bolsa y se lo metió en la boca.

—Tú te crees que soy tonta —masculló ofendida.

—Pregúntaselo tú misma.

La puerta se abrió y vieron que Dodo hacía una reverencia y salía. Tuvo que esperar un poco porque un coche de caballos pasó con gran estrépito, y después corrió hacia ellos.

—En la tienda está el papá de Willi. Es un señor grande con bigote gris. Tiene un aspecto raro, como si quisiera comerte.

—¿Y Willi?

Dodo sonrió. Willi estaba sentado en la trastienda clasificando tornillos en cajitas. Se había vuelto hacia él un instante y le había sacado la lengua.

—Puede que estuviera furioso, pero como su papá estaba allí no podía decir nada.

Y el retrete costaba doscientos millones de marcos. Precio especial.

—¿Doscientos marcos? —preguntó Henny—. Es mucho dinero para un retrete tan feo.

—Doscientos millones —corrigió Dodo.

Ninguno de ellos sabía contar tanto.

Henny frunció el ceño y pestañeó pensativa mirando hacia el escaparate, en cuyo cristal se reflejaba ahora el resplandeciente sol de mediodía.

—Yo también voy a preguntar.

—¡No! Tú te quedas aquí. ¡Henny!

Leo quiso sujetarla del brazo, pero ella se deslizó hábilmente junto a dos señoras mayores y lo dejó allí plantado. El muchacho negó con la cabeza y vio que los rizos rubios y el vestidito rosa de Henny desaparecían tras la puerta de la tienda.

—¿Estáis locas o qué? —le gruñó a Dodo.

Cruzaron la calle cogidos de la mano y miraron dentro a través del escaparate. En efecto, el papá de Willi lucía un bigote gris y tenía una mirada extraña. ¿Tendría los ojos irritados? Willi estaba al fondo, sentado a una mesa llena de cajas de cartón pequeñas y grandes. Solo se le veían la cabeza y los hombros.

—Me envía mi mamá —pio Henny, obsequiando al señor Abele con su mejor sonrisa.

—¿Y cómo se llama tu mamá?

Ella sonrió aún más e ignoró la pregunta.

—A mi mamá le gustaría saber cuánto cuesta el retrete.

—¿El del escaparate? Trescientos cincuenta millones. ¿Quieres que te lo apunte?

—Sería muy amable por su parte.

Mientras el señor Abele buscaba un papel, Henny se volvió rápidamente hacia Willi. Desde fuera no se podía ver lo que hacía, pero a Willi se le abrieron los ojos como platos. Henny salió orgullosa de la tienda con un pedazo de papel en la mano y le pareció increíble que Dodo y Leo la hubieran estado observando por el escaparate.

—¡Déjame ver! —Dodo le cogió la nota de la mano.

Se leía «350» y después la palabra «millones».

—¡Qué tramposo! ¡Pero si hace un momento eran doscientos millones! —exclamó Leo, indignado.

Henny ni siquiera sabía contar hasta cien, pero había entendido que ese hombre era un estafador. ¡Menudo granuja!

—¡Voy a entrar otra vez! —gritó Dodo, decidida.

—Mejor déjalo estar —le advirtió Leo.

—¡Ahora sí que no!

Leo y Henny se quedaron delante de la tienda y espiaron por el cristal. Tuvieron que acercarse mucho y hacer sombra con las dos manos porque el reflejo del sol les impedía ver. Oyeron el tono enérgico de Dodo y después la profunda voz de bajo del señor Abele.

—¿Y ahora qué quieres? —refunfuñó.

—Me ha dicho que el retrete costaba doscientos millones.

El hombre la miró fijamente, y Leo se imaginó los engranajes del cerebro del señor Abele poniéndose en movimiento.

—¿Qué he dicho?

—Antes ha dicho que costaba doscientos millones. Es correcto, ¿verdad?

El hombre miró a Dodo, después hacia la puerta, y por último hacia el escaparate donde estaba la pieza de porcelana blanca. Entonces descubrió a los dos niños pegados al cristal.

—¡Mocosos! —rugió enfadado—. Fuera de aquí. No voy a permitir que me toméis el pelo. ¡Largo de aquí u os echo a patadas!

—¡Pero tengo razón! —insistió Dodo con actitud temeraria.

Entonces se dio la vuelta a toda prisa porque el señor Abele se acercaba amenazador e incluso había extendido el brazo para agarrarla de las trenzas. La habría pillado junto a la puerta si Leo no hubiera entrado y se hubiera puesto delante de su hermana para protegerla.

—Maldita pandilla de alborotadores —bramó el señor Abele—. ¿Me tomáis por tonto? Esto es lo que te mereces, muchachito.

Leo se agachó, pero el señor Abele le había agarrado el cuello de la chaqueta y la bofetada lo alcanzó en la nuca.

—¡No pegue a mi hermano! —chilló Dodo—. O le escupiré.

Y le escupió. Parte llegó a la chaqueta del señor Abele, pero por desgracia también le dio a Leo en el cogote. Entretanto, en la tienda había aparecido la madre de Willi, una mujer delgada de pelo negro, y tras ella salió su hijo.

—¡Me han sacado la lengua, papá! Ese es Leo Melzer. ¡Por su culpa hoy el profesor me ha dado una bofetada!

Al oír el apellido Melzer, el señor Abele se quedó quieto. Leo se agitaba porque no le soltaba el cuello de la chaqueta.

—¿Melzer? ¿No serán los Melzer de la villa de las telas? —preguntó el señor Abele, y se volvió hacia Willi.

—¡Ay, Dios! —exclamó su esposa, y se llevó las manos a la boca—. Te vas a buscar la ruina, Hugo. Suelta al niño, te lo pido por favor.

—¿Eres un Melzer de la villa de las telas, sí o no? —le rugió el dueño de la tienda a Leo.

Este asintió. Entonces el señor Abele lo soltó.

—Pues aquí no ha pasado nada —murmuró—. Me he confundido. El retrete cuesta trescientos millones. Puedes decírselo a tu padre.

Leo se frotó la nuca y se puso bien la chaqueta. Dodo miró al hombretón con desprecio.

—A usted seguro que no le compraremos ningún retrete —dijo altanera—. Ni aunque fuera de oro. ¡Vamos, Leo!

Leo seguía atontado. No rechistó cuando Dodo lo agarró

de la mano y tiró de él. Luego enfilaron la calle en dirección a la puerta Jakober.

—Como se lo cuente a papá —balbuceó.

—¡Qué va! —lo tranquilizó Dodo—. Pero si el que tiene miedo es él.

—¿Dónde se ha metido Henny? —dijo Leo, y se detuvo.

La encontraron en la tienda de la señora Merkle. Al final había conseguido un cuarto de libra de café a cambio del dinero que le quedaba.

—¡Porque somos muy buenos clientes! —dijo resplandeciente.

# 2

Marie levantó sobresaltada la vista de su dibujo cuando se abrió la puerta.

—¡Paul! Cielos, ¿ya es mediodía? ¡He perdido la noción del tiempo!

Paul se acercó a ella por detrás, insinuó un beso en su cabeza y echó un vistazo al bloc de dibujo con curiosidad. Estaba diseñando vestidos de noche. Muy románticos. Sueños de seda y tul. Y en esos tiempos.

—No deberías mirar por encima de mi hombro —se quejó ella al tiempo que tapaba la lámina con ambas manos.

—Pero ¿por qué no, cariño? Lo que dibujas es precioso. Tal vez... tal vez un poco recargado.

Marie echó la cabeza hacia atrás y él posó los labios en su frente con suavidad. Tres años después seguían apreciando el inmenso regalo de estar juntos de nuevo. A veces Marie se despertaba por la noche atormentada por la horrible idea de que Paul todavía estaba en la guerra, pero luego se arrimaba a su cuerpo en reposo, sentía su respiración y su calor y volvía a dormirse tranquila. Sabía que a él le sucedía lo mismo, ya que solía cogerle la mano antes de quedarse dormido, como si quisiera tenerla a su lado cuando lo venciera el sueño.

—Son vestidos de fiesta. La gracia está en que sean un poco recargados. ¿Quieres ver los trajes y las faldas que he diseñado? Mira... —Sacó una carpeta de la pila. Desde que Elisabeth se había mudado a Pomerania, Marie utilizaba su habitación como estudio para dibujar y coser alguna que otra prenda. Pero casi siempre que encendía la máquina era para hacer remiendos y arreglos.

Paul admiró los diseños y afirmó que eran muy originales y atrevidos. Lo único que le sorprendía era que todos fueran tan largos y estrechos. ¿Es que solo concebía trajes para damas con silueta de alfiler?

Marie soltó una risita. Estaba acostumbrada a las bromas de Paul sobre su trabajo, pero sabía que en el fondo se sentía orgulloso de ella.

—Querido mío, la nueva mujer es delgadísima, lleva el pelo corto, tiene poco pecho y las caderas estrechas. Se maquilla de forma llamativa y fuma con boquilla.

—¡Espantoso! —exclamó él—. Espero que nunca sigas esa moda, Marie. Ya es suficiente con que Kitty vaya por ahí con ese corte de pelo masculino.

—Oh, pues seguro que el pelo corto me sentaría bien.

—No, por favor.

El tono de súplica era tan exagerado que Marie casi se echó a reír. Tenía el pelo largo y durante el día lo llevaba recogido. Pero por la noche, antes de irse a la cama, Marie se ponía delante del espejo para soltarse el peinado y Paul la observaba. Lo cierto es que su amor era bastante anticuado en algunas cosas.

—¿Los niños no han llegado aún? —preguntó Marie.

Miró el reloj de péndulo de la pared. Era uno de los pocos objetos que había dejado Elisabeth, pues se había llevado todos los muebles excepto el sofá y un par de alfombritas.

—Ni los niños ni Kitty —comentó Paul en tono de reproche—. Mamá está sola en el comedor.

—¡Oh, no!

Marie cerró la carpeta de golpe y se levantó a toda prisa.

Alicia, la madre de Paul, estaba delicada de salud, y a menudo se quejaba de que nadie tenía tiempo para ella. Ni siquiera los niños, que preferían hacer diabluras por el parque con los chiquillos de Auguste; nadie se preocupaba por su educación. Alice decía que las niñas estaban «asalvajadas». En sus tiempos, se contrataba a una señorita que cuidaba a las niñas en la casa, les enseñaba cosas útiles y se ocupaba de su desarrollo personal.

—¡Espera un momento, Marie!

Paul se interpuso entre ella y la puerta con una sonrisa pícara, como si fuera a cometer una travesura. Marie no pudo evitar reír. ¡Cómo le gustaban esas caras que ponía!

—Quiero contarte una cosa, cariño —dijo—. Algo entre nosotros, sin público.

—Ah, ¿sí? ¿Algo entre nosotros? ¿Un secreto?

—No es un secreto, sino una sorpresa. Algo que deseas desde hace mucho tiempo.

«Ay, Dios mío», pensó ella. «¿Y qué es lo que deseo? En realidad soy feliz. Tengo todo lo que necesito. Sobre todo a él. Paul. Y a los niños. Bueno, esperábamos tener otro hijo, pero seguro que llega en algún momento.»

Él la miraba nervioso y sintió una pequeña decepción al ver que se encogía de hombros.

—¿No se te ocurre nada? Te doy una pista: aguja.

—Aguja. Coser. Hilo. Dedal.

—Frío —respondió Paul—. Muy frío. Otra pista: escaparate.

El juego le parecía divertido, pero la inquietaba que mamá los estuviera esperando. Además, ahora se oían también las voces de los niños.

—Escaparate. Precios. Panecillos. Embutido.

—¡Madre mía! —exclamó él entre risas—. Estás perdidísima. Te daré una pista más: atelier.

¡Atelier! Por fin lo entendió. Cielos, ¿sería verdad?

—¿Un atelier? —musitó—. ¿Un... atelier de moda?

Él asintió y la abrazó.

—Así es, cariño. Un atelier de moda para ti sola. Sobre la puerta pondrá «Casa de Modas Marie». Sé que llevas mucho tiempo soñando con ello.

Tenía razón, era su gran sueño, pero con todos los cambios que se habían producido tras el regreso de Paul de la guerra casi lo había olvidado. Había sentido alegría y alivio al ceder la responsabilidad de la fábrica para dedicarse por completo a la familia y a Paul. Bueno, al principio siguió participando en las reuniones de negocios, era necesario para poner a Paul al corriente. Sin embargo, después él le había hecho saber, con cariño pero también con énfasis, que el destino de la fábrica de paños Melzer volvía a estar en sus manos y en las de su socio Ernst von Klippstein. Así debía ser, sobre todo porque el tiempo apremiaba y había que tomar decisiones importantes. Paul había sido astuto y previsor, su padre habría estado orgulloso de él. Lo primero que hicieron fue renovar las máquinas, habían sustituido todas las selfactinas por hiladoras de anillo construidas a partir de los planos del padre de Marie. Con el resto del capital que había aportado Von Klippstein, Paul había comprado varios terrenos, así como dos edificios en Karolinenstrasse.

—Pero ¿cómo es posible?

—La tienda de porcelanas Müller ha cerrado.

Paul suspiró, los dos ancianos le daban lástima.

Por otro lado, para Marie tampoco era un cierre inesperado. Hacía años que el negocio no les iba bien, y la inflación desbocada había hecho el resto.

—¿Y qué será de ellos?

Paul levantó los brazos y los dejó caer con resignación. Permitiría que vivieran en la parte de arriba del edificio. Aunque de todos modos sufrirían penurias, ya que la inflación se tragaría enseguida el dinero de la venta de la casa.

—Les echaremos una mano en lo que podamos, Marie. Pero el local y los cuartos del primer piso serán tuyos. Allí podrás hacer realidad tu sueño.

Estaba tan conmovida que apenas podía hablar. Eso sí que era una muestra de amor. Al mismo tiempo sentía remordimientos por construir su futuro profesional sobre la desgracia de los Müller. Entonces pensó que, al fin y al cabo, cuidarían de ellos, y que quizá incluso fuera una suerte para los ancianos porque muchos otros, en situaciones similares, no contarían con eso.

—¿No te alegras? —La cogió de los hombros y observó su rostro con una ligera decepción.

Pero ya la conocía. No le resultaba fácil expresar sus sentimientos.

—Claro que sí —dijo con una sonrisa, y se apoyó en él—. Solo necesito un poco de tiempo. Me cuesta creerlo. ¿Seguro que no estoy soñando?

—Tan seguro como que estoy aquí contigo.

Quiso besarla, pero en ese instante la puerta se abrió de golpe y se separaron como si los hubieran pillado cometiendo algún pecado.

—¡Mamá! —exclamó Dodo en tono de reproche—. ¿Qué hacéis aquí? La abuela está muy enfadada, y Julius ha dicho que no puede mantener caliente la sopa más tiempo.

Leo echó un vistazo a sus padres y desapareció en el cuarto de baño. En cambio Henny le tiró de una de las trenzas a Dodo.

—Tonta —susurró—. Querían darse un beso.

—Y a ti qué más te da —le espetó Dodo—. ¡Son mis padres!

Marie agarró a su hija y a su sobrina por los hombros y las empujó en línea recta por el pasillo hacia el baño. Se oyó el gong con el que Julius los llamaba con insistencia para comer.

Kitty salió de su cuarto y se lamentó en voz alta de que en

esa casa, con ese molesto pim, pam, pum cada cinco minutos, no podía desarrollar su creatividad.

—¡Henny, enséñame las manos! Pero si están pegajosas. ¿Qué es esto? ¿Ositos bailarines? Corre al baño a lavarte. ¿Dónde se ha metido Else? ¿Por qué no está cuidando de los niños? Ay, Paul, estás resplandeciente. Deja que te abrace, hermanito.

Marie dejó que Paul y Kitty se adelantaran y corrió con Henny y Dodo al cuarto de baño, donde Leo se miraba en el espejo con gesto crítico y se secaba la cara con una toalla. Su entrenado ojo de madre enseguida se percató de que llevaba el cuello de la camisa metido hacia dentro.

—Déjame ver, Leo. Vaya. Corre y ponte otra camisa. Rápido. Henny, no hace falta que salpiques todo el baño. Esa es mi toalla, la tuya está ahí colgada.

Unos minutos antes estaba pensando en la elegante cola de un vestido de noche de seda negra, pero en ese momento se había metido de lleno en el papel de madre. ¡Leo había vuelto a pelearse! No quería entrar en detalles delante de Dodo y Henny, y en la mesa no abordaría el tema. Lo hablaría con él a solas. Su infancia en el orfanato le había enseñado lo crueles y malvados que podían ser los niños. Marie tuvo que enfrentarse a ello sola. Sus hijos no se sentirían así jamás.

Cuando entraron en el comedor, Paul y Kitty ya estaban sentados en sus respectivos sitios. Paul había logrado aplacar el enfado de su madre. No hizo falta mucho, una pequeña broma, un comentario cariñoso... Alicia se derretía en cuanto su hijo le prestaba atención. Kitty tenía el mismo efecto sobre su padre, era su hija preferida, la niña de sus ojos, su princesita, pero Johann Melzer los había dejado cuatro años atrás. De vez en cuando Marie tenía la sensación de que ese amor paterno y esa permisividad excesiva no habían preparado a Kitty para la vida. La quería mucho, pero su cuñada siempre sería una princesa malcriada y caprichosa.

—Recemos —dijo Alicia con solemnidad, y todos juntaron las manos sobre el regazo.

Solo Kitty levantó la mirada hacia el techo decorado con estuco, un gesto que a Marie no le pareció muy inteligente teniendo en cuenta que los niños estaban allí.

—Señor, te damos las gracias por los alimentos que vamos a comer, bendice esta mesa y a los pobres también. Amén.

—¡Amén! —repitió el coro familiar, en el que destacó la voz de Paul.

—Que aproveche, queridos míos.

—Igualmente, mamá.

Cuando Johann Melzer vivía, no celebraban aquel ritual diario, pero ahora Alicia insistía en bendecir la mesa. En teoría era por los niños, que necesitaban orden y rutina, pero Marie sabía tan bien como Kitty y Paul que era por la propia Alicia, que solía hacerlo de niña y desde que era viuda hallaba consuelo en ello. Desde que su marido murió, vestía siempre de negro; había perdido la alegría por los vestidos bonitos, las joyas y la ropa colorida. Por fortuna, aparte de los habituales ataques de migraña, parecía gozar de buena salud, pero Marie se había propuesto cuidar de su suegra.

Julius apareció con la sopera, la dejó sobre la mesa y comenzó a servir. Llevaba tres años trabajando como lacayo en la villa, pero no gozaba de tantas simpatías por parte de los señores y el personal de servicio como Humbert. Antes había trabajado en un hogar noble de Múnich y miraba al resto de los empleados por encima del hombro, lo que provocaba cierto rechazo.

—¿Otra vez cebada? Y encima con cachitos de nabo —lloriqueó Henny.

Respondió a las miradas severas de la abuela y del tío Paul con una sonrisa inocente, pero cuando Kitty frunció el ceño, sumergió la cuchara en la sopa y empezó a comer.

—Solo lo decía porque los cachitos de nabo son tan... tan... blandos —murmuró.

Por la cara que puso, Marie supo que en realidad quería decir «pastosos», pero se había contenido por si acaso. Por muy generosa e irreflexiva que fuera Kitty como madre, cuando se ponía seria, Henny sabía que era mejor obedecer. Leo parecía perdido en sus pensamientos mientras comía. Dodo lo miraba una y otra vez, como si quisiera decirle algo, pero callaba y masticaba pensativa un trocito de tocino ahumado que antes flotaba en su sopa.

—¿Por qué Klippi ya no viene a comer, Paul? —preguntó Kitty cuando Julius recogió los platos—. ¿No le gusta nuestra comida?

Ernst von Klippstein y Paul llevaban varios años siendo socios. Se conocían desde hacía mucho tiempo y se entendían bien. Paul se ocupaba de la parte profesional, mientras que Ernst se hacía cargo de la administración y las cuestiones de personal. Marie nunca le contó a Paul que cuando Von Klippstein estuvo en el hospital de la villa gravemente herido, él se le declaró de forma bastante inequívoca. Con el tiempo se había convertido en un asunto sin importancia, y solo habría entorpecido las buenas relaciones entre ambos.

—Ernst y yo hemos acordado que él se quede en la fábrica mientras yo descanso al mediodía. Después él se ausenta por poco tiempo para ir a comer. Para el ritmo de trabajo es mejor así.

Marie guardó silencio, y Kitty negó con la cabeza y comentó que el pobre Klippi cada vez estaba más delgado, que Paul debía vigilar que no se lo llevara el viento un día. Sin embargo, a Alicia le pareció una afrenta personal que el señor Von Klippstein no fuera por lo menos a la villa a tomar un tentempié.

—Bueno, mamá, es un hombre adulto y tiene su vida —dijo Paul con una sonrisa—. No hemos hablado sobre ello, pero creo que Ernst está pensando en volver a formar una familia.

—¡No me digas! —exclamó Kitty, alterada.

Era evidente que a su cuñada le estaba costando morderse la lengua mientras Julius servía el plato principal: fideos de patata con chucrut, la comida favorita de los niños. Paul también contempló satisfecho su plato y afirmó que la señora Brunnenmayer era una artista del chucrut.

—Si me permite el comentario, señor Melzer —intervino Julius, e inspiró con fuerza por la nariz, como solía hacer—, yo rallé toda la col. Después la señora Brunnenmayer la metió en los botes.

—Valoramos mucho su trabajo, Julius —dijo Marie con una sonrisa.

—¡Muchas gracias, señora Melzer!

Julius sentía un afecto especial por Marie, quizá porque siempre lograba limar las asperezas que surgían entre los empleados. Alicia le había cedido encantada esa labor, la fatigaban esos asuntos. Antes era su querida Eleonore Schmalzler, el ama de llaves, quien se ocupaba de que no se produjeran fricciones en la convivencia, pero la señorita Schmalzler se había jubilado merecidamente y ahora vivía en Pomerania. Alicia y su antigua empleada mantenían una correspondencia regular, de la que sin embargo apenas informaba al resto de la familia.

—Voy a explotar —dijo Dodo, y se metió el último fideo en la boca.

—Y yo ya he explotado —la superó Henny—. Pero da igual. Mamá, ¿puedo tomar más fideos?

Kitty dijo que no, que debía comerse primero el montoncito de chucrut que le quedaba en el plato.

—Pero es que no me gusta. Solo me gustan los fideos.

Kitty negó con la cabeza y suspiró. De dónde habría sacado su hija esa tendencia a la crítica, se preguntó en voz alta. Ella desde luego era muy severa con Henny.

—Sin duda —confirmó Marie con suavidad—. Al menos de vez en cuando.

—¡Dios mío, Marie! No soy ningún ogro. Es cierto que le permito alguna que otra libertad. Sobre todo por las noches, cuando no puede dormir, entonces la dejo andar por ahí hasta que se cansa. O con los dulces, en eso también soy permisiva. Pero en lo que respecta a la comida soy muy estricta.

—Eso es verdad —confirmó Alicia—. Es en lo único en lo que te comportas como una madre sensata, Kitty.

—Mamá —intervino Paul, conciliador, y le cogió la mano a Kitty, que estaba a punto de protestar—. No discutamos otra vez por este tema. Hoy no, por favor.

—¿Hoy no? —se sorprendió Kitty—. ¿Y por qué hoy no, Paul? ¿Acaso es un día especial? ¿Me he perdido algo? ¿No será vuestro aniversario de boda? Ay, no, que es en mayo.

—Es el principio de una nueva era comercial —dijo Paul con solemnidad mientras sonreía a Marie.

A Marie no le gustó que Paul anunciara su propósito conjunto a toda la familia, pero comprendía que lo hacía por amor hacia ella, así que le devolvió la sonrisa.

—Estamos a punto de abrir un atelier de moda, queridas mías —dijo Paul, y observó satisfecho los rostros de sorpresa.

—¡No me digas! —chilló Kitty—. ¡Marie tendrá su propio atelier! Me voy a volver loca de emoción. Ay, Marie de mi corazón, te lo has ganado con creces. Diseñarás creaciones maravillosas y en Augsburgo todo el mundo llevará tus modelos.

Se había levantado de un salto para echarse al cuello de Marie. ¡Así era Kitty! Espontánea, excesiva en su alegría, jamás se mordía la lengua, todo lo que pensaba y sentía le brotaba sin más. Marie aceptó el abrazo, su entusiasmo la hizo sonreír, y se emocionó al ver que Kitty derramaba incluso lágrimas de alegría.

—Oh, decoraré todas las paredes de tu estudio, Marie. Será como la antigua Roma. ¿O prefieres jovencitos griegos? Como en los Juegos Olímpicos, ya sabes, cuando se enfrentaban sin apenas ropa.

—No creo que eso sea muy apropiado, Kitty —comentó Paul con el ceño fruncido—. Pero tu idea me parece muy buena, hermanita. Deberíamos decorar con cuadros algunas paredes, ¿no te parece, Marie?

Marie asintió. Madre mía, ni siquiera había visto las estancias, solo la tienda de los Müller en la planta baja, abarrotada de estanterías; no conocía los cuartos del primer piso. Todo iba demasiado rápido. Casi sintió miedo ante la inmensa tarea que Paul le endosaba tan a la ligera. ¿Y si sus diseños no gustaban? ¿Y si pasaban los días y ningún cliente entraba en el atelier?

Los niños también querían participar en la conversación.

—¿Qué es un atelier, mamá? —preguntó Leo.

—¿Ganarás mucho dinero, mamá? —preguntó Dodo.

—¿Quieres mi chucrut, tío Paul? —aprovechó Henny la ocasión.

—Está bien, pesadita. ¡Trae aquí!

Mientras Paul explicaba que ya había contratado a unos operarios para que vaciaran el local y que quería pasarse con Marie por Finkbeiner para elegir colores y papel pintado para las paredes, Henny engullía satisfecha el resto de los fideos de la fuente. Sin embargo tuvo problemas con el postre, que consistía en una pequeña ración de crema de vainilla con una mancha de mermelada de cereza.

—Ahora me encuentro mal —se lamentó cuando la abuela les indicó que podían levantarse de la mesa.

—No me extraña —gruñó Leo—. Te atiborras hasta ponerte mala y otros niños ni siquiera tienen para comer.

—¿Y qué? —repuso Henny encogiéndose de hombros.

—Hemos rezado por los pobres, ¿no? —apoyó Dodo a su hermano.

Henny los miró con los ojos muy abiertos. Parecía ingenua y un poco desvalida, pero en realidad estaba analizando la situación para defender sus intereses. Había aprendido muy pronto que los gemelos siempre se ayudaban mutuamente, también en contra de ella.

—Es que he estado pensando en los niños pobres todo el rato y me he comido un par de fideos por ellos.

A Paul la respuesta le hizo gracia; Kitty también sonrió. Alicia fue la única que frunció el ceño.

—Creo que Leo tiene algo de razón —dijo Marie en voz baja pero firme—. Podríamos recortar gastos en la comida. Y tampoco hace falta que sirvamos postre todos los días.

—¡Ay, Marie! —exclamó Kitty, y se agarró del brazo de su cuñada con alegría—. Qué buena eres, serías capaz de pasar hambre con tal de dar tu postre a los pobres. Aunque me temo que con eso no alimentarías ni a uno solo. Ven, querida, quiero enseñarte cómo me imagino los murales. ¿Cuándo podremos hacer una visita al local? ¿Hoy? ¿No? Entonces, ¿cuándo?

—En los próximos días, Kitty. ¡Qué impaciente eres, hermanita!

Marie siguió a Kitty hacia el pasillo, donde ya esperaba Else. Después de comer, su labor consistía en cuidar de los niños mientras hacían los deberes. A continuación tenían varias horas para jugar, y las visitas de los compañeros de clase debían anunciarse con antelación y recibir la aprobación de las madres.

—Me gustaría ir a ver a Walter —pidió Leo—. Está enfermo y no ha ido al colegio.

Marie se detuvo y miró hacia el comedor. Paul regresaría enseguida a la fábrica, pero de momento estaba hablando con Alicia. Tendría que decidir ella sola.

—Pero solo un rato, Leo. Que Hanna te acompañe después de los deberes.

—¿No puedo ir solo?

Marie negó con la cabeza. Sabía que Paul y Alicia no aprobarían esa decisión, a ninguno de los dos les gustaba demasiado que Leo fuera amigo de Walter Ginsberg. No porque los

Ginsberg fueran judíos, en ese aspecto al menos Paul no tenía prejuicios. Pero a los dos chicos los unía la pasión por la música, y Paul temía que a su hijo pudiera ocurrírsele convertirse en músico; un miedo absurdo a ojos de Marie.

—Ven de una vez, Marie. No serán más que un par de minutos. Tengo que ir a ver a mi querido Ertmute por lo de mi exposición en el club de arte. ¿Está listo el coche, Julius? Lo necesitaré enseguida.

—Muy bien, señora. ¿Quiere que la lleve?

—Gracias, Julius. Conduciré yo misma.

Marie siguió a Kitty escaleras arriba hasta su habitación, que había convertido en un estudio de pintura. Además había ocupado el antiguo dormitorio de su padre, algo a lo que Alicia solo había accedido tras muchas dudas. Pero claro, la pobre Kitty no podía dormir entre todos aquellos cuadros a medio terminar y respirar el olor de la pintura por las noches.

—Mira, también podría pintarte un paisaje inglés. O esto: Moscú bajo la nieve. ¿No? Bueno. Ya está, París. Notre Dame y los puentes del Sena, la torre Eiffel... No, mejor no, esa cosa es realmente fea.

Marie escuchó las ocurrencias de Kitty, que había dado rienda suelta a su imaginación desbordante, y después comentó que todas eran ideas maravillosas pero que había que pensar que se trataba de exponer sus vestidos, así que el fondo no podía dominar demasiado.

—Tienes razón. ¿Y si en el techo te pinto un cielo estrellado y en las paredes un paisaje envuelto en niebla, misterioso y en tonos pastel?

—Será mejor que esperemos a ver el local, Kitty.

—Está bien. De todos modos tengo que irme. ¿Me has acortado la falda azul? ¿Sí? Ay, Marie, eres un sol. Marie de mis amores.

Después de un besito y un abrazo, Marie se vio liberada de las atenciones de su cuñada y se encontró de nuevo en el pasillo. Aguzó el oído: Paul seguía en el comedor, lo oía hablar. Qué bien, lo acompañaría por el vestíbulo hasta la puerta y allí le diría que estaba muy contenta. Antes se había quedado un poco decepcionado al ver que no prorrumpía en gritos de júbilo, y no quería que volviera con esa sensación al trabajo.

Saludó con la cabeza a Julius, que corría hacia la escalera de servicio para sacar el coche del garaje, y cuando fue a empujar la puerta entornada del comedor se detuvo.

—No, mamá, no comparto tus dudas —oyó decir a Paul—. Marie tiene toda mi confianza.

—Mi querido Paul, sabes que aprecio mucho a Marie, pero por desgracia, y aunque ella no tenga la culpa, no fue educada como una joven dama de nuestra posición.

—¡Ese es un comentario de mal gusto, mamá!

—Por favor, Paul. Solo lo digo porque me preocupa tu felicidad. Mientras tú estabas en el campo de batalla, Marie hizo muchísimas cosas por nosotros. Hay que reconocérselo. Pero por eso tengo miedo de que ese atelier de moda la lleve por el camino equivocado. Marie es ambiciosa, tiene talento y... No te olvides de quién fue su madre.

—¡Ya está bien! Disculpa, mamá, no comparto tus reservas y me niego a seguir discutiendo sobre ello. Además, me esperan en la fábrica.

Marie oyó los pasos de Paul e hizo algo de lo que se avergonzó pero que en ese momento le pareció la mejor solución. Abrió la puerta del despacho sin hacer ruido y desapareció tras ella. Ni Paul ni Alicia debían saber que había escuchado su conversación.

# 3

—«Porque es una chica excelente, porque es una chica excelente, porque es una chica excelenteee... ¡y siempre lo será!»

El coro sonaba muy desigual, destacaban la voz de bajo de Gustav y la excéntrica vocecilla de soprano de Else, pero de todos modos Fanny Brunnenmayer se emocionó porque sabía que sus amigos cantaban de corazón.

—Gracias, gracias.

—«Que tenga muchos hijos, que tenga muchos hijos...» —siguió cantando Gustav impasible, hasta que un codazo de su esposa Auguste lo hizo callar. Miró a su alrededor con una sonrisa y se alegró de haber hecho reír al menos a Else y a Julius.

—¡Eso de los hijos mejor os lo dejo a vosotros, Gustav! —comentó Fanny mirando a Auguste, que volvía a estar embarazada. Pero el cuarto sería el último. Bastante difícil era ya llenar tres bocas hambrientas.

—Pues sí, no tengo más que colgar los pantalones junto a la cama y mi Auguste ya está embarazada.

—No hacen falta tantos detalles —se quejó Else, sonrojada.

Fanny Brunnenmayer ignoró la frívola charleta y le hizo una señal a Hanna para que sirviera el café. Esa noche la larga mesa de la cocina estaba decorada con flores, Hanna se había esforzado al máximo e incluso había rodeado el plato de la señora Brunnenmayer con una corona de encina. La homenajeada cumplía sesenta años, una edad que no aparentaba en absoluto. Solo el cabello sujeto en un moño tirante, que antes era gris oscuro, se había teñido de blanco en los últimos años, pero su rostro seguía rosado, redondo y liso como siempre.

Había platos con bocadillos repartidos por la mesa, y luego los esperaba una tarta de nata con cerezas confitadas, una de las especialidades de la señora Brunnenmayer. Aquellas delicias eran un obsequio de los señores para que la cocinera festejara su cumpleaños por todo lo alto. Por la mañana ya lo habían celebrado arriba, en el salón rojo, al que habían invitado a los empleados. La señora Alicia Melzer había dado un discurso en honor de Fanny Brunnenmayer, le había agradecido sus treinta y cuatro años de fiel servicio y la había calificado de «maravillosa maestra» de su oficio. La cocinera se había puesto su vestido negro de fiesta para la ocasión, y se había colocado un broche que los señores le regalaron diez años antes. Con aquella ropa, a la que no estaba acostumbrada, además de las atenciones y los regalos, se había sentido incómoda, y se alegró cuando pudo volver a la cocina y ponerse su ropa de diario y el delantal. No, las estancias de los señores no eran para ella, siempre andaba con miedo de tirar un jarrón o, aún peor, tropezar con una alfombra y caerse de bruces. Sin embargo allí abajo se sentía como en casa, gobernaba la despensa, la bodega y la cocina de forma indiscutible, y pensaba seguir haciéndolo durante muchos años.

—Adelante, queridos, servíos. ¡Hasta que se agoten las existencias! —exclamó con una sonrisa, y cogió uno de los bocadillos de paté que Hanna y Else habían adornado con pepinillo picado.

No hizo falta que lo repitiera. Durante los siguientes minutos, aparte del siseo del hervidor de agua en el fogón, lo único que se oyó en la cocina fue el ruido que hacían algunos al beber café.

—Este paté de hígado pomerano es una maravilla —comentó el lacayo Julius, y se limpió la boca con la servilleta antes de repetir.

—El embutido ahumado tampoco está nada mal. —Hanna suspiró—. Qué suerte tenemos de que la señora Von Hagemann nos envíe paquetes con comida.

Else asintió pensativa, masticaba solo por el lado izquierdo porque el derecho le dolía desde hacía días. Por el momento no quería ir al dentista, tenía un miedo atroz a que le quitaran un diente, y esperaba que los dolores desaparecieran por sí solos.

—Quién sabe si será feliz allá en Pomerania, entre vacas y cerdos —comentó Else en tono dubitativo—. Al fin y al cabo, Elisabeth von Hagemann es una Melzer y se crio aquí, en Augsburgo.

—¿Y por qué no iba a ser feliz? —preguntó Hanna encogiéndose de hombros—. Tiene todo lo que necesita.

—Y que lo digas —intervino Auguste con malicia—. Tiene a su marido y también a su amante. Seguro que está muy entretenida.

Auguste agachó la cabeza al ver la mirada furibunda de la cocinera y cogió el último bocadillo de paté. El lacayo Julius, que no desaprovechaba ninguna historia picante, le guiñó el ojo a Hanna, que hizo como si no se diera cuenta. Julius ya había intentado confundirla con indirectas numerosas veces, pero ella era prudente y no le hacía caso.

—¿Y cómo te va con la huerta, Gustav? —cambió de tema la señora Brunnenmayer—. ¿Tenéis mucho trabajo?

Gustav Bliefert llevaba dos años trabajando por su cuenta en un negocio de horticultura. Justo antes de que la inflación engullera los ahorros de Auguste, la pareja había comprado un prado no muy lejos de la villa de las telas, había construido un cobertizo y había abonado la tierra. Paul Melzer había permitido que la pequeña familia siguiera ocupando la casa del jardín, hasta que sus ingresos les alcanzasen para alquilar otra vivienda. En primavera, Gustav había hecho un buen negocio con la venta de plantones de hortalizas, ya que gran parte de la población de Augsburgo seguía alimentándose de los frutos de su propio jardín. Incluso en la ciudad la gente aprovechaba cualquier trocito de tierra para cultivar zanahorias, apio o un par de coles.

—Más bien poco —respondió Gustav—. Solo arreglos funerarios y guirnaldas para las fiestas.

Julius comentó con expresión remilgada que un negocio como ese necesitaba una buena contabilidad, y se ganó una mirada furibunda de Gustav. Todos sabían que no era hábil con los números. Y que Auguste, que antes era doncella en la villa, tampoco había aprendido a anotar gastos e ingresos de forma detallada. El problema era que ahora Auguste era la única que conseguía que entrara dinero en la casa, ya que trabajaba en la villa a media jornada tres veces por semana. No le resultaba fácil, porque debía realizar todas las tareas pendientes que nadie quería hacer, incluso aquellas que no le correspondían a una doncella, como recoger leña para el fuego o fregar el suelo. Como su niño nacería en diciembre, ya podía prever que los ingresos en Navidad serían escasos.

—Es una desgracia —dijo disgustada—. Hoy el pan cuesta treinta mil marcos, pero mañana serán cien mil, y quién sabe cuánto costará la semana que viene. ¿Quién va a comprar flores así? Y ahora necesitamos cristales para los nuevos cajones protectores. Lo mejor sería un invernadero grande como es debido. Pero ¿de dónde vamos a sacarlo? Estos días es imposible ahorrar. Lo que ganas hoy mañana ya no vale nada.

Fanny Brunnenmayer asintió comprensiva y le acercó a Gustav la bandeja de los bocadillos. El pobre tenía hambre. Al menos Auguste comía en la villa, a veces incluso le permitían llevarse una jarra de leche, o la cocinera le daba algún tarro de conserva a escondidas para Liese y los dos chicos.

Gustav, en cambio, se contenía, se lo daba todo a los niños y pasaba hambre.

Auguste había adivinado las buenas intenciones de la señora Brunnenmayer, pero no le gustaba que tratara a su marido como si fuera un muerto de hambre. Solo un par de años atrás, Auguste había anunciado a voz en grito que la era de las doncellas y los ayudas de cámara llegaba a su fin, que pronto no quedarían empleados domésticos, y por eso Gustav dejó su trabajo en la villa y abrió su propio negocio. Por desgracia, la realidad había demostrado que seguía siendo bueno tener un empleo en la villa. Allí tenían suficiente para salir adelante y vivían sin angustiarse por el futuro.

—Más de uno lo ha perdido todo —dijo Auguste, aludiendo a desgracias ajenas para apartar sus propios temores—. En Augsburgo cierra una tienda tras otra. En MAN también han despedido a trabajadores porque el ejército ya no necesita artillería. Cierran incluso las asociaciones, hasta las más piadosas. Su dinero se ha desvanecido en el banco. ¿Os habéis enterado de que el orfanato también se ha arruinado?

No lo sabían, la noticia era reciente y causó un gran revuelo.

—¿El orfanato de las Siete Mártires? —preguntó Fanny Brunnenmayer, apesadumbrada—. ¿Lo van a cerrar? ¿Y adónde irán esos pobrecillos?

Auguste se sirvió lo que quedaba de café y rellenó la taza con un buen chorro de nata.

—No es para tanto, señora Brunnenmayer. Las monjas de Santa Ana se harán cargo del orfanato. Las hermanas lo hacen por amor a Dios. Pero la señorita Jordan pronto estará en la calle porque ya no hay dinero para pagar su salario.

Maria Jordan trabajó años atrás como doncella en la villa, pero dejó el empleo y, por una feliz casualidad, terminó como directora del orfanato de las Siete Mártires. Al parecer eso se había acabado. Fanny Brunnenmayer no siempre había mantenido una buena relación con la señorita Jordan, sobre todo no soportaba su afición a echar las cartas y el teatrillo que montaba con sus supuestos sueños. Pero aun así le daba pena. Maria Jordan no era de las que lo tenían fácil en la vida, algo que en parte se debía a su carácter difícil, pero también a diversas desgracias de las que no tenía ninguna culpa. En cualquier caso, era una luchadora y volvería a salir adelante.

—Entonces pronto recibiremos visita —se quejó Else, que no se llevaba nada bien con la señorita Jordan—. Y también podremos echar un vistazo a nuestro futuro, seguro que se trae las cartas.

Julius se rio. Esos abracadabras, como él los llamaba con desprecio, no le interesaban lo más mínimo. No eran más que un refinado método para sacar dinero a los bobos y los crédulos.

—Verdades sí que dice —intervino Hanna en voz baja—. Eso lo ha demostrado. La cuestión es si debemos conocer la verdad o si es mejor no saber.

—¿La verdad? —Julius se volvió hacia ella y dijo con desdén—: No me irás a decir que esa estafadora tiene la menor idea de lo que sucederá en el futuro, ¿no? Solo le dice a la gente lo que quiere oír y se lleva su dinero.

Hanna negó con la cabeza pero no dijo nada. La cocinera sabía muy bien a qué se refería. En su día, la señorita Jordan predijo que Hanna tendría un amante joven de pelo negro, y también que la haría sufrir. Las dos cosas resultaron ser ciertas, pero ¿qué significaba eso?

—La señorita Jordan no dice más que la pura verdad —exclamó Auguste entre risas—. Lo sabe todo el mundo, ¿a que sí, Else?

Else apretó las muelas de rabia y el dolor hizo que se estremeciera.

—Lo único que te hace feliz es hablar mal de los demás, ¿no? —le espetó.

Todos sabían que la señorita Jordan le había vaticinado un gran amor a Else tres veces. Sin embargo, hasta el momento no había aparecido ningún príncipe a su medida, y la maldita guerra no había mejorado sus posibilidades. Los hombres jóvenes y sanos escaseaban en el país.

—¡El gran amor! —comentó Julius arqueando las cejas con menosprecio—. ¿Qué es eso? Primero quieren morir el uno por el otro y después no pueden vivir el uno con el otro.

—¡Jesús, señor Kronberger! —exclamó Auguste, y miró alrededor con una sonrisa burlona—. Qué forma más bonita de decirlo.

—Al barón Von Schnitzler, mi antiguo señor, le gustaba expresarse así —contestó Julius intentando no mostrar su irritación—. Por cierto, querida Auguste, puedes llamarme Julius, para simplificar las cosas.

—Vaya, vaya... —dijo Gustav, algo celoso.

El lacayo ya se había ganado fama de mujeriego insistente aunque con poca fortuna.

—Eso no va por usted, señor Bliefert. ¡Al fin y al cabo ya no es empleado de la villa!

Gustav se puso rojo: Julius le había dado donde más le dolía. Se arrepentía de haber dejado su empleo tan a la ligera. Su abuelo, que había fallecido hacía un año, bien que se lo había advertido. «Los Melzer nos han cuidado durante toda la vida», le había dicho el anciano. «No seas soberbio y sigue siendo lo que eres.» Pero él hizo caso a Auguste y en menudo lío se había metido.

—De todas formas, por el nombre de pila solo me dirijo a mis amigos —le gruñó—. ¡Y usted no es uno de ellos, señor Kronberger!

—¡Ya basta! —gritó Fanny Brunnenmayer, y dio un puñetazo en la mesa—. Es mi cumpleaños, así que hoy no se discute. ¡Si no, me comeré la tarta yo sola!

Hanna comentó que era una vergüenza, que no debían pelearse en el aniversario de la señora Brunnenmayer. Pero al decirlo no miró a Gustav, sino al lacayo Julius.

—Qué razón tienes, Hanna —dijo Else con expresión llorosa. Tenía la mano sobre la mejilla derecha porque el dolor no remitía—. Si la buena de la señorita Schmalzler siguiera con nosotros, no permitiría que los empleados se hablaran así.

Gustav murmuró algo para sí mismo, pero se calmó cuando Auguste le acarició la espalda con suavidad.

Julius levantó la barbilla y resopló un par de veces. Aseguró que no lo había dicho para molestar y que él no tenía la culpa de que hubiera gente tan susceptible.

—Por lo que decís, esa tal señorita Schmalzler tenía poderes milagrosos, ¿no? —Julius lo dijo en tono irónico, le molestaba que mencionaran sin cesar a la legendaria ama de llaves.

—La señorita Schmalzler siempre supo aceptarnos a todos como éramos —afirmó Fanny Brunnenmayer con esa determinación suya—. Era una persona que infundía respeto. Pero en el buen sentido, ¿entiende?

Julius cogió su taza de café y se la llevó a la boca, entonces se dio cuenta de que estaba vacía y volvió a dejarla en la mesa.

—Claro —dijo esforzándose por ser amable—. Una gran dama. Entiendo. Ojalá disfrute muchos años de su merecida jubilación.

—Eso le deseamos todos —dijo Hanna—. Ella y la señora de la casa mantienen correspondencia de manera regular. Creo que la señorita Schmalzler se acuerda mucho de nosotros. Y hace poco la señora metió fotografías en el sobre. De sus nietos.

Auguste, que nunca había sido muy amiga del ama de llaves, comentó que al fin y al cabo la señorita Schmalzler se había marchado por deseo propio. Si ahora añoraba la villa, solo podía reprochárselo a sí misma.

—Por cierto, usted también recibió carta hace poco, señora Brunnenmayer. De Berlín. Y si no me equivoco, también contenía fotografías.

La cocinera sabía adónde quería ir a parar Auguste. Sin embargo, no deseaba enseñar en la cocina las fotos de Humbert; Julius, sobre todo, no las habría entendido. Humbert actuaba en un cabaret berlinés vestido de mujer. Y con gran éxito, por lo visto.

Fanny Brunnenmayer encontró la solución para evitar ese espinoso tema.

—Hanna, trae el cuchillo grande y la pala para la tarta. ¡Else! Platos limpios y tenedores de postre. Hoy comeremos como la gente elegante. Julius, ponga la cazuela con agua en la mesa para que pueda sumergir el cuchillo cuando corte el pastel.

Al ver la blanca y esponjosa maravilla de nata adornada con láminas de chocolate y las palabras «Feliz cumpleaños», todos se pusieron de buen humor. Olvidaron las susceptibilidades y los disgustos. Julius sacó su mechero —un regalo de su antiguo señor— y encendió las seis velas rojas que Hanna había clavado en la tarta, una por cada década.

—¡Una obra de arte, querida señora Brunnenmayer!

—¡Se ha superado!

—¡Da pena comérsela!

La cocinera contempló satisfecha su obra, que resplandecía a la luz de las velas.

—¡Sople! —exclamó Hanna—. Tiene que apagarlas de una vez, ¡si no, da mala suerte!

Todos se inclinaron hacia delante para observar cómo soplaba las velas. Lo hizo con tanta fuerza que parecía que en lugar de seis velas hubiera sesenta, y luego la aplaudieron como se merecía. Entonces cogió el cuchillo y se puso manos a la obra.

—Hanna, niña, pásame los platos.

—Es bizcocho —susurró Auguste—. Y lleva cerezas confitadas con kirsch. ¿Lo hueles, Gustav? Y una capa de mermelada.

Se impuso un silencio recogido. Hanna fue a por la cafetera de reserva, que se había mantenido caliente encima del fogón. Todos se sentaron ante su pedazo de tarta y se entregaron al dulce manjar. Una tarta así solo estaba al alcance de los señores, e incluso ellos la reservaban para grandes celebraciones o días de fiesta. Con suerte, alguno de los empleados se hacía con las sobras de algún plato o chupaba la pala a escondidas en la cocina.

—Me he emborrachado con el kirsch —soltó Hanna con una risita.

—Qué bien —contestó Julius, mordaz.

Else solo disfrutaba a medias porque el dulce se le metía en la muela mala y veía las estrellas. De todos modos, no rechazó el segundo pedazo que la cocinera les sirvió a todos. En el plato de la tarta solo quedaron las seis velas a medio consumir, que Else después limpiaría y guardaría en la cajita. Tal vez la fábrica de gas volviera a convocar una huelga que los dejara a oscuras.

—Se acabó —comentó Auguste mientras rascaba los restos de tarta de su plato—. Tenemos que volver a casa. Liese se maneja bien con los dos chicos, pero no me gusta dejarlos mucho tiempo solos.

Gustav apuró lo que le quedaba en la taza y se levantó para ir a buscar su abrigo y la capa de Auguste. Afuera hacía frío. En el parque, el viento traía una fina llovizna y arrastraba las primeras hojas del otoño hacia los caminos.

—¡Esperad! —les ordenó la cocinera—. Os he preparado algo. Trae la cesta mañana a primera hora, Auguste.

—Que Dios se lo pague, señora Brunnenmayer —dijo Gustav, avergonzado—. ¡Y muchas gracias por invitarnos!

Le costaba un poco andar, pero solo porque llevaba un rato sentado. Por lo demás —lo repetía una y otra vez—, se las arreglaba de maravilla con la prótesis, y la cicatriz tampoco le dolía ya. El pie izquierdo se le había quedado en Verdún. Pero había tenido suerte, muchos de sus compañeros se habían dejado allí la vida.

Else también se despidió, necesitaba sus horas de sueño, y al día siguiente tenía que levantarse pronto para encender la estufa del comedor.

Hanna y Julius se quedaron un rato sentados a la mesa. Charlaron sobre el pequeño Leo, al que Hanna había acompañado el día anterior a casa de su amigo Walter Ginsberg.

—Estuvo tocando el piano —dijo Hanna, y suspiró profundamente—. La señora Ginsberg le da clases. Ay, el chico tiene un gran talento para la música. Qué bien toca. Yo nunca había oído algo así.

—¿Lo sabe el señor? —preguntó Julius, dubitativo.

Hanna se encogió de hombros.

—Yo no se lo voy a decir si no me pregunta.

—Ojalá no haya problemas.

Fanny Brunnenmayer estaba agotada y tuvo que apoyar la cabeza en la mano. No era de extrañar. Había sido un día largo y lleno de emociones, sobre todo por haber tenido que subir al salón rojo y escuchar tantos elogios sobre su persona.

—Quería comentarle algo.

—¿No puede esperar a mañana, Hanna? Estoy más cansada que un caballo de feria.

Hanna titubeó, pero cuando la cocinera la miró entre parpadeos se dio cuenta de que se trataba de algo importante que la muchacha quería quitarse de encima.

—¡Venga, dime!

Julius bostezó y se tapó la boca elegantemente con la mano.

—¿No querrás casarte? —bromeó.

Hanna negó con la cabeza y miró su plato vacío, no sabía cómo decirlo. Entonces hizo de tripas corazón y respiró hondo.

—La cosa es esta: la señora quiere que trabaje de costurera en su atelier. Y quiere inaugurarlo antes de Navidad.

La señora Brunnenmayer se despertó de golpe. Hanna siempre había sido la protegida de Marie Melzer. Y ahora quería convertirla en costurera. La chica ni siquiera sabía coser, pero si la señora Melzer se lo había propuesto, así sería.

—¡Vaya! —exclamó Julius meneando la cabeza—. ¿Y quién ayudará en la cocina?

Solo quedaba Auguste. Y pronto saldría de cuentas.

—Es la nueva era —gruñó Fanny Brunnenmayer—. Ya no hay servicio, Julius. Los señores se pelarán ellos mismos las patatas.

# 4

Kitty guardó la carta en su bolsito, la leería más tarde. Al fin y al cabo, Gérard siempre le escribía lo mismo: tenía mucho trabajo en la fábrica de seda, su madre estaba enferma y su padre era un hombre difícil. Su hermana tendría a su segundo hijo en las próximas semanas. Se alegraba por ella. Y luego venían las habituales promesas de amor, que pensaba día y noche en su encantadora Cathérine y que estaba decidido a pedir su mano el próximo año.

Con todo, eso ya lo había anunciado el año anterior. La gran pasión que sentían el uno por el otro en el pasado se había desvanecido en gran medida; Kitty ya no contaba con Gérard Duchamps.

Le gustaba la vida independiente que llevaba ahora. Nadie decidía por ella, ni marido ni padre; como mucho, su hermano Paul intentaba entrometerse de vez en cuando. Y también mamá. Pero no le importaba, al final hacía lo que quería. Y estaba decidida a contribuir a que su querida cuñada también lograra una mayor independencia. En su opinión, desde que Paul había vuelto a tomar las riendas de la fábrica, Marie se había convertido en una deslucida ama de casa. Claro que todos estaban contentos y felices de que Paul hubiera regresado sano y salvo —excepto por una tontería en el hombro— de aquella horrible guerra. Pero eso no significaba que Marie tuviera que poner en barbecho todas sus habilidades. Cuando Kitty recibió la terrible noticia de que Alfons había caído y la desesperación le quitó las ganas de vivir, Marie le recordó una y otra vez el talento que tenía. «No tienes derecho a despreciar ese don que Dios te ha concedido», le dijo entonces Marie.

Lo mismo sucedía con ella. Era hija de una pintora, dibujaba muy bien, pero sobre todo diseñaba vestidos maravillosos; elegantes, extravagantes, descarados o muy sencillos. A Kitty le preguntaban a menudo dónde encargaba su vestuario.

—¡Nuestra Marie es una artista, Paul! No puedes encerrarla en la villa para siempre. Se marchitará como un pajarillo enfermo.

Al principio Paul se defendió asegurando que Marie se sentía feliz en su papel de madre y esposa. Aun así, Kitty no se rindió y —qué sorpresa— sus esfuerzos habían dado fruto. Ella siempre lo había sabido. ¡Marie tendría su propio atelier! Su querido Paul era un esposo fantástico, y en ese sentido Kitty estaba un poco celosa de su cuñada.

La primera impresión que le causó la casa de Karolinenstrasse era bastante desoladora. Después de desayunar, había convencido a Marie para ir a la ciudad y hacer una «inspección del lugar», algo que en ese momento le pareció una idea excelente. Al ver los cristales cegados del escaparate y la destartalada puerta, pensó que se había precipitado y trató de salvar la situación en la medida de lo posible.

—Qué edificio tan bonito —exclamó, y se agarró del brazo de Marie—. Mira, son tres pisos si contamos la buhardilla. Y esas pequeñas tejas del tejado contra el cielo azul, ¿no te parece encantador? Habrá que ampliar los dos escaparates, claro. Y a la puerta de entrada le iría bien un cristal en el centro con letras doradas: «Casa de Modas Marie».

Marie parecía mucho menos horrorizada de lo que se temía Kitty. Sonrió en silencio mientras Kitty parloteaba y después comentó que había mucho por hacer pero que confiaba en poder abrir antes de Navidad.

—Por supuesto... sin duda. A principios de diciembre sería lo mejor. Para que haya diseños tuyos entre los regalos navideños.

Sabía tan bien como Marie que eso sería muy difícil; si la inflación seguía como hasta entonces, las mesas de regalos estarían más bien vacías. Y eso que ellos eran afortunados; Henny hablaba de compañeras de clase que apenas tomaban una comida caliente al día y solo llevaban ropas zurcidas. Al oírlo, Kitty había empaquetado la ropa que se le había quedado pequeña a Henny y le había encargado a Hanna que se la llevara a las hermanas de Santa Ana. Ellas la repartirían entre las familias necesitadas.

—Entremos a ver —dijo Marie, que tenía la llave que le había dado Paul.

—Pero con cuidado. Seguro que está sucísimo.

Así era. La antigua tienda de porcelanas tenía un aspecto horrible. Percibieron un olor enmohecido a cola, cartón y cera para suelos. Marie intentó encender la lámpara eléctrica del techo pero no funcionaba.

—Vaya —comentó Marie mirando a su alrededor—. Primero habrá que vaciar todo esto.

Kitty escribió con el dedo «Casa de Modas Marie» en el polvo de una de las viejas mesas . Soltó una risita.

—¡Bah! Es todo para tirar, Marie. No hay más que ver estos muebles desvencijados. Los cuartos de ahí detrás habría que añadirlos al local. ¿Hay más estancias?

Marie había abierto una puerta, vio un viejo escritorio, sillas, armarios empotrados oscuros que aún guardaban archivadores y cajas de cartón.

—También tenían oficina. Mira, ahí hay una toma de teléfono. Qué práctico, lo necesitarás. Marie... Ay, eso del techo son telarañas. Parece que llevan años ahí. ¿Habrá ratones?

—Seguramente.

Kitty se mordió el labio. ¿Por qué no decía más que tonterías? ¡Ratones! Pues claro que habría ratones, pero no tenía por qué inquietar a Marie.

—Es mucho más grande de lo que pensaba —exclamó Marie, que entretanto había descubierto otras salas.

Al fondo, en la parte trasera del edificio, había incluso un invernadero, una construcción fascinante con una intrincada estructura de hierro y cristal. Por desgracia, la masilla estaba suelta en muchos puntos, y dos cristales se habían salido de su montura y yacían rotos en el suelo.

—Esto hay que arreglarlo enseguida —dijo Marie—. Sería una auténtica pena que esta preciosidad se echara a perder.

Con un trozo de periódico, Kitty dibujó un círculo en el cristal cegado por la suciedad y miró a través de él. El diminuto jardín que había en su interior estaba asilvestrado.

—Qué salvaje, Gustav debería...

Kitty se quedó callada, se oían pasos. Las dos mujeres se miraron angustiadas.

—¿No has cerrado la puerta con llave? —preguntó Kitty en susurros.

—No se me ha ocurrido.

Permanecieron inmóviles y aguzaron el oído, tenían el corazón acelerado. Los pasos se acercaban, entonces el visitante indeseado estornudó y se detuvo para sonarse la nariz.

—¿Señora Melzer? ¿Marie? ¿Están ahí detrás? Soy yo...

—¡Klippi! —exclamó Kitty en tono de reproche—. Qué susto. Pensábamos que era un asesino merodeando.

Ernst von Klippstein se mostró contrariado y aseguró que no había sido su intención.

—Pasaba por delante y las he visto entrar. Y se me ha ocurrido que quizá pudiera serles de ayuda.

Subrayó sus palabras con una breve inclinación casi marcial. A pesar de llevar ya varios años en Augsburgo, Von Klippstein seguía siendo un oficial prusiano en muchos aspectos.

—Está bien —comentó Marie con una sonrisita—. Ya que

está aquí, podría acompañarnos a los pisos de arriba. Pero he de advertirle que Kitty se desmayará en cuanto vea una araña.

—¿Yo? —exclamó Kitty, indignada—. Qué tonterías dices, Marie. No me dan miedo las arañas, y tampoco los abejorros, las avispas o las hormigas. Ni siquiera los mosquitos. Como mucho los ratones. Pero solo porque corretean a toda velocidad.

Von Klippstein les aseguró que si cualquiera de las dos damas sufría un desmayo, él la llevaría en brazos de vuelta a la villa de las telas.

—Entonces podemos subir sin temor —dijo Marie.

Los Müller solían almacenar la mercancía en el primer piso, donde aún había cajas vacías. Dos de los cuartos los habían alquilado a estudiantes durante un tiempo y las camas y algunos muebles viejos seguían allí. Todo causaba una impresión angustiosa y triste. En el segundo piso había dos pequeñas viviendas; en una de ellas residía el matrimonio Müller, y la otra la ocupaba una familia que ya se había marchado.

—Un médico —les contó Von Klippstein—. Antes de la guerra trabajaba en el hospital. Fue sanitario durante el conflicto y se ha quedado en Rusia. La mujer saca adelante a los dos chicos gracias a la costura. Ya no podía pagar el alquiler y ahora vive en algún lugar de la ciudad baja.

—Esa maldita guerra sin sentido —musitó Marie sacudiendo la cabeza—. ¿Fue Paul quien echó a la mujer?

Von Klippstein dijo que no. Fueron los Müller, antes de vender la casa.

Volvieron abajo pensativos, y entonces Kitty sí que tuvo que animar a su cuñada.

—¡Venga, Marie! No pongas esa cara tan triste. Así es la vida, unas veces va mejor y otras peor. Tal vez puedas contratar a la mujer como costurera, así todos saldríais ganando, ¿no?

El gesto sombrío de Marie se iluminó un poco.

—Qué buena idea, Kitty. Sí, puede que lo haga. Siempre que cosa bien, claro.

—Seguro que está a la altura de Hanna.

—A Hanna la estoy formando yo, Kitty. Creo que puede hacer algo más que fregar y amasar. Si consigue ser una buena costurera, podrá valerse por sí misma.

—Está bien, Marie querida, la más bondadosa, preocupada por el bienestar del mundo entero. Me parece estupendo que Hanna se haga costurera. Pero no le cuelgues una cadenita de oro al cuello ni le regales un castillo. La princesa Hanna de la aguja ágil.

—¡Ay, Kitty!

Marie no pudo evitar reírse, y Kitty y Ernst se unieron a ella. A los tres les vino bien, el ánimo sombrío que se había apoderado de ellos al ver el mal estado del edificio se desvaneció. Kitty propuso pintar de blanco las dos mesas de madera de patas torneadas que había en la tienda. Quedarían bonitas y llamarían la atención.

—El blanco queda descartado para las paredes, las pintaremos de un delicado color crema. ¿Ves por dónde voy, Marie? Queda más elegante. Junto con el dorado, el resultado es majestuoso. Eso te permitirá pedir el doble por tus vestidos.

—Ay, Kitty... —Marie suspiró y recorrió el local con una mirada de desolación—. ¿Quién va a comprar vestidos de diseño en esta época tan terrible?

—Podría enumerarle unas cuantas familias que están en condiciones de permitirse armarios enteros —la contradijo Ernst von Klippstein con discreción—. Debe usted tener fe en su proyecto, Marie. Estoy seguro de que tendrá éxito.

¿Lo decía solo para animarla? Kitty estaba convencida de que el pobre Klippi seguía enamorado de su cuñada, aunque sabía que no había esperanza alguna.

—Es solo que... Paul va a invertir muchísimo dinero en el atelier. La reforma. Los muebles. Y después las telas. El salario de las costureras. A veces me mareo solo de pensarlo.

Kitty puso los ojos en blanco. ¿Cómo era posible? Durante la guerra Marie había mantenido en pie la fábrica de paños Melzer. Nada la había impedido negociar, cerrar operaciones, implantar la fabricación de tejido de papel. ¡Y ahora tenía miedo de abrir ese diminuto atelier!

—Créame, Marie —insistió Von Klippstein—. Esta inversión es lo mejor que puede hacer Paul con su dinero. «Invertir» es la palabra mágica en estos tiempos. Guardar el dinero significa perderlo.

Marie le dedicó una mirada de agradecimiento y él respondió con una sonrisa feliz. Kitty se imaginó que el bueno de Klippi pensaría en ese momento durante meses.

—¿Me permiten llevarlas de vuelta a la villa? ¿O se dirigen a algún otro sitio? Tengo el coche delante de la tienda.

Von Klippstein poseía desde hacía tiempo un Opel Torpedo, un sedán que había comprado de segunda mano. Lo tenía por motivos prácticos, ya que, a diferencia de Paul, no estaba obsesionado con los automóviles. Había crecido en la finca de sus padres y, hasta que lo hirieron en la guerra, era un magnífico jinete; después tuvo que colgar las botas de montar. Solo en contadas ocasiones mencionaba que aún sufría dolores al caminar y al sentarse. El automóvil era la manera más cómoda para él de desplazarse por Augsburgo.

Marie rehusó, todavía tenían que hacer un par de recados y después tomarían el tranvía.

—Entonces les deseo que tengan un buen día.

Mientras Marie cerraba la puerta por fuera, esta vez con llave, Kitty siguió con la mirada a Von Klippstein en su coche. Era un hombre muy atractivo, no estaba casado, era socio de una fábrica textil que volvía a florecer y además poseía un automóvil. Era lo que se dice «un buen partido».

—¿Qué hace Klippi en la ciudad a estas horas? —preguntó extrañada—. ¿No debería estar en su feo despacho de la fábrica?

Marie sacudió la puerta y comprobó que estaba bien cerrada.

—Tal vez haya venido a comprarle un regalo a su hijo —contestó—. Pronto será su cumpleaños, creo que cumple nueve.

—Es verdad, el hijo que tiene con su exesposa..., ¿cómo se llamaba? Bah, qué más da. Él heredará la finca. Pobre Klippi, seguro que le gustaría verlo crecer.

—Adele —dijo Marie—. Se llama Adele.

—Eso es. Adele. Una persona horrible. Menos mal que se libró de ella. Vaya por Dios, ahora empieza a llover. Y no he traído paraguas.

Marie había sido precavida y llevaba el paraguas negro que había pertenecido a Johann Melzer. Las dos se acercaron a la tienda de café y compraron una libra de café y una bolsa de terrones de azúcar, y a continuación se dirigieron a la parada del tranvía.

—En el sedán de Klippi habríamos ido más cómodas —constató Kitty con fastidio, y se miró los zapatos mojados.

—Más secas desde luego —se lamentó también Marie.

Esperaron un rato, pero como su tranvía no llegaba, decidieron coger un coche de caballos; como medio de transporte, aún tenían mucho trabajo en la ciudad. Y no tenía ningún sentido que acabaran resfriadas.

Un delicioso aroma a carne asada con mejorana y cebollitas inundaba el vestíbulo de la villa; la señora Brunnenmayer estaba preparando la comida. Else llevaba varios días indispuesta y debía retirarse a su habitación una y otra vez por motivos que Kitty desconocía. Julius ocupaba su puesto; recogió sus abrigos húmedos y sus sombreros, y ya les había preparado calzado seco. Se llevó los zapatos a la lavandería, donde se secarían sobre una capa de papel de periódico. Más tarde los limpiaría con una mezcla de sustancias cuya composición solo él conocía y que dejarían el cuero suave y como nuevo.

—La señora la espera en el salón rojo.

Se había dirigido a Marie, pero Kitty, que ya intuía el motivo, estaba decidida a participar en la conversación. En su opinión, con la edad mamá se estaba volviendo muy rara. Veía pasar los nuevos tiempos sin mostrar el más mínimo interés, lo que tampoco era de extrañar puesto que su querida madre ya tenía más de sesenta años.

Alicia Melzer esperaba a su nuera junto a la ventana, desde la que veía el amplio acceso y gran parte del parque. Cuando Kitty entró en la sala con Marie, Alicia frunció el ceño.

—Henny ha preguntado antes por ti, Kitty. Será mejor que vayas.

—Ah, creo que Hanna está con ella.

Alicia suspiró contrariada. Insistir no serviría de nada contra la cabezonería de Kitty.

—Tengo que hablar sobre unos asuntos con Marie.

Kitty se sentó en una butaca y sonrió a su madre mientras Marie se sentaba junto a ella con gesto contenido. Alicia escogió el sofá.

—Hoy me he enterado de que Leo ha visitado en dos ocasiones a los Ginsberg. Una conocida, la señora Von Sontheim, ha visto allí a Hanna con tu hijo. He hablado con Hanna y ha reconocido que lo ha acompañado. Pero lo que me parece muy grave es que ha recibido allí clases de piano.

Tuvo que hacer una pausa para recuperar el aliento, la cuestión parecía alterarla mucho. De un tiempo a esta parte, a mamá se le entrecortaba la respiración.

—Hanna no hizo más que seguir mis instrucciones, mamá —dijo Marie en voz baja pero decidida—. Aun así, no sabía que Leo había recibido clases de piano. Es una pena que lo haga a nuestras espaldas. Lo cierto es que no veo ningún problema en que un niño quiera aprender a tocar el piano.

—Sabes muy bien, Marie —replicó Alicia—, que a Paul no le gusta que cultive esa afición. Es una lástima que no apoyes a tu marido en este asunto.

—Eso es algo que solo incumbe a Paul y Marie, ¿no crees, mamá? —se entrometió Kitty—. Y por si a alguien le interesa mi opinión: cuanto más intentéis impedir que Leo toque el piano, más se obcecará en ello.

El gesto de Alicia dejó bien claro que la opinión de Kitty en ese asunto no le interesaba lo más mínimo. Sin embargo, como Marie guardaba un silencio obstinado, pasó al siguiente punto.

—Parece que está decidido que Hanna pronto empezará a trabajar fuera de la casa. Por desgracia, nadie me ha preguntado, pero no quiero parecer susceptible. Después de las dificultades iniciales, Hanna ha llegado a ser una ayudante de cocina bastante buena, y también colabora en otras tareas, sobre todo en relación con los niños. Si se marcha, perderemos a una empleada valiosa.

—En eso tienes toda la razón, mamá —se apresuró a decir Marie—. En mi opinión, deberíamos contratar a alguien para la cocina y también a una persona de confianza que cuide de los niños.

—¡Me alegro mucho de que estemos de acuerdo en esto, Marie! —la interrumpió Alicia, animada. El disgusto que había acumulado se desvaneció, incluso sonrió un poco. Desde que la niñera dejó el empleo en primavera, Alicia insistía en que los niños necesitaban una educadora de confianza, pero hasta el momento Marie se había negado. Ni a Dodo, ni a Leo ni a Henny les gustaba la estricta niñera y, al marcharse esta, los tres se sentían liberados.

—Para la cocina, se me ocurre Gertie —intervino Kitty—. Fue empleada de Lisa en Bismarckstrasse, es una muchacha espabilada. Creo que estuvo un tiempo donde los Kochendorf, pero no le gustó la casa.

—Bueno —respondió Alicia con paciencia—. Acudiremos a la agencia, por suerte no faltan jóvenes dispuestas a trabajar.

Kitty asintió con amabilidad y se propuso investigar el paradero de Gertie en cuanto tuviera ocasión. Tampoco era cuestión de dejar todo al azar.

El gong resonó en el pasillo. Eso significaba que Paul había llegado de la fábrica y que Julius estaba esperando junto al montaplatos. Se oyeron pasos apresurados; era Hanna, que corría escaleras arriba para ir en busca de los niños.

—Y en cuanto al cuidado de los niños —dijo Alicia mientras Marie ya se levantaba para ayudar a Hanna—, he pensado en una joven de buena familia que, además de tener una educación excelente, comprende muy bien a los pequeños.

Kitty se temía lo peor, pues su madre tenía un concepto muy anticuado de la buena educación.

—¿Y quién es la primorosa dama?

—Oh, la conocéis muy bien —dijo Alicia con alegría—. Se trata de Serafina von Dobern, de soltera Von Sontheim. La mejor amiga de Lisa. —A juzgar por el rostro de Alicia, parecía que les estuviese entregando un maravilloso regalo de Navidad.

Kitty estaba horrorizada. Todas las amigas de Lisa eran arrogantes y retorcidas, pero Serafina era miserable. En el pasado se hizo ilusiones con su querido Paul, y más tarde se casó con el mayor Von Dobern para tener el riñón bien cubierto, como solía decirse. Pero luego Von Dobern cayó en Verdún.

—¡No es buena idea, mamá!

Alicia les contó que la pobre Serafina, después de la heroica muerte de su esposo, se enfrentaba a problemas económicos, y por desgracia su madre tampoco podía ayudarla. Lisa le había explicado la triste situación de su amiga en una de sus cartas.

«Pues claro, Lisa», pensó Kitty. «Muy propio de ella cargarnos con el muerto de su amiga.»

—¡No, mamá! —dijo con decisión—. ¡No se me ocurriría dejar a mi Henny con esa persona ni un segundo!

Alicia guardó silencio. Era evidente que tenía una opinión bien distinta.

# 5

*Noviembre de 1923,*
*Pomerania, distrito de Kolberg-Körlin*

Elisabeth encogió los hombros y trató de mantener levantado el cuello de su abrigo. Tendría que haberse puesto las pieles; en el pescante de ese viejo carro estaba del todo expuesta al viento helado. Habría preferido acurrucarse entre las compras en la parte de atrás, pero la tía Elvira dijo que la gente se reiría de ella. Era increíble lo tranquila que iba a su lado, charlaba, reía y arreaba al caballo Jossi con enérgicos chasquidos. Además, sostenía las riendas sin guantes y no parecía que se le entumecieran los dedos.

—Mira, muchacha —dijo Elvira, y levantó la barbilla hacia el frente—. Ahí, en Gervin, junto a la vieja iglesia de madera, en la Nochevieja de hace un par de años vieron al demonio. El muy malvado rodeaba la iglesia a hurtadillas. ¡Dicen que era negro y su rostro una mueca horripilante!

Elisabeth entrecerró los ojos y distinguió a lo lejos las casitas y la iglesia con entramado de la aldea de Gervin. Venían de Kolberg y, por suerte, ya no faltaba mucho para llegar a la finca Maydorn. Eran poco más de las cinco, pero el cielo caía a plomo sobre el campo. Ya se adivinaba la noche.

—¿Que era negro? Entonces, ¿cómo pudieron verlo en la oscuridad?

La tía Elvira resopló con desdén. No le gustaba que se pusieran en duda sus historias de fantasmas. Y menos aún tener que explicar las cosas; podía ponerse de muy mal humor. Pero Elisabeth no estaba segura de si se inventaba esos cuentos para desconcertar a sus interlocutores o si ella misma se los creía.

—Había luna llena, Lisa. Por eso todos pudieron ver bien al inquietante invitado. Cojeaba, su pie izquierdo no era humano. Era un casco de caballo.

Elisabeth estuvo a punto de replicar que el diablo en realidad tenía pezuñas de chivo, pero lo dejó estar. Se ciñó el pañuelo de la cabeza en silencio y maldijo los baches del camino; sacudían el carro de tal manera que las botellas tintineaban en la parte de atrás. Le habría gustado meter las manos en los bolsillos del abrigo, pero debía sujetarse con ambas para no caerse del pescante.

—¡Nos hemos olvidado de las cerillas, tía!

—¡Por todos los...! —profirió Elvira—. ¿No te he dicho esta mañana que no debíamos olvidarnos? Solo nos quedan tres cajas, se acabarán enseguida.

Elvira refrenó al caballo, que ya estaba pensando en el pesebre y cada vez trotaba más rápido.

—Si el señor Winkler no gastara tantas cerillas y aceite para la lámpara... ¿Es normal que un hombre sano se pase la mitad de la noche sentado en la biblioteca leyendo libros? Está enfermo, pero de la cabeza. Y siempre es discreto y correcto. Le digan lo que le digan, sonríe de oreja a oreja.

—Es un hombre educado —replicó Elisabeth.

—Un hipócrita es lo que es. No dice lo que piensa. Se guarda sus opiniones, pero yo sé muy bien lo que esconde.

—Ya basta, tía.

—¿No quieres oírlo? Te lo diré de todos modos. Ese delicado ratón de biblioteca va detrás de ti, Lisa. No quiero ni pensar lo que sueña por las noches, podrían ser cosas muy retorcidas.

Elisabeth se enfadó. La finca carecía de cualquier progreso tecnológico, no tenían electricidad ni conexión a la red de gas. Por las tardes se sentaban junto a la vieja lámpara de petróleo, y en invierno se acostaban con las gallinas. Al pobre Sebastian, que casi siempre estaba escribiendo algún tratado, no le resultaba nada fácil, sobre todo porque tenía mal la vista. Ay, había escrito textos tan hermosos..., en especial los que trataban sobre el paisaje y las personas de aquella región, Pomerania Central. También un librito sobre las antiguas costumbres y sagas del lugar, en el que hablaba de las aguas de Pascua, el jinete del caballo blanco y el oso de paja, así como de las bestias salvajes que vagaban por los bosques en las noches frías de noviembre y de las que era mejor guardarse. Elisabeth había leído todos sus textos, anotando a lápiz en el margen los pequeños errores e incoherencias, y después lo había ayudado a pasarlos a limpio. Él le había dicho que era un apoyo indispensable. También que era su musa, una figura luminosa que lo animaba a seguir en los días oscuros. Un ángel. Sí, eso se lo decía a menudo.

—Es usted un ángel, señora Von Hagemann. Un ángel bueno que ha caído del cielo.

Bueno, a la tía no le faltaba parte de razón. El señor bibliotecario no era lo que se decía un hombre valiente. No hacía ningún esfuerzo por ir más allá. Sonreía, se limpiaba las gafas y siempre parecía un perrito triste.

Elisabeth se alegró cuando vio la finca al final del accidentado camino. Era una granja bonita, con varios centenares de hectáreas de campos, prados y bosques. En verano, los edificios quedaban ocultos por las hayas y los robles, pero ahora que los árboles apenas tenían hojas, los tejados y las paredes de ladrillo relucían entre las ramas. El alto granero, las cocheras, el edificio alargado de los establos y la construcción con techo de paja en la que vivían los jornaleros y los empleados. Un poco más allá, la casa, de dos plantas y con un frontón en la parte central. La hiedra crecía por el muro de ladrillo de la planta baja. Solo a derecha e izquierda de la entrada se habían plantado rosales trepadores, que se marchitaron tiempo atrás.

—Parece que Riccarda ha vuelto a calentar la casa. Desde que estáis aquí, gasto el doble de leña. Pero que todo sea eso. Me alegro de no estar sola.

De la chimenea de la casa salía una nube de humo que procedía de la estufa de cerámica del salón inferior. Riccarda von Hagemann se quedaba fría enseguida, en invierno la criada tenía que ponerle varias bolsas de agua caliente en la cama, de lo contrario le resultaba imposible conciliar el sueño. Elisabeth había temido que se produjeran fuertes discusiones entre su suegra y la tía Elvira, ya que ambas poseían un marcado carácter. Sin embargo, para su sorpresa, las dos mujeres se entendían de maravilla. Tal vez se debiera a la personalidad enérgica y abierta de Elvira, que desarmaba a Riccarda de antemano. De todas formas, ambas habían delimitado su territorio desde el primer momento: Riccarda se ocupaba del servicio y la cocina, mientras que Elvira se hacía cargo de las compras y se entregaba a su pasión por los caballos y los perros. Elisabeth, por su parte, había dejado claro que reclamaba para sí la gestión del presupuesto y la organización de fiestas importantes a las que acudían invitados. La biblioteca también era competencia suya, así como el bibliotecario, Sebastian Winkler, que desempeñaba ese cargo desde hacía tres años y cuya remuneración la tía Elvira ya había tachado de «gasto superfluo» en más de una ocasión.

Cuando por fin entraron en el amplio patio y Elisabeth volvió a percibir el hedor de los excrementos humeantes de vaca, Leschik salió a su encuentro para desenganchar al jamelgo. El mozo de caballerías polaco cojeaba desde que era niño, un caballo de tiro le había dado una coz en la cadera y seguramente le rompió la pelvis. Pero por aquel entonces no se daba demasiada importancia a cosas como aquella; la cadera se le curó pero conservó la cojera.

—¿Ha regresado ya el señor? —preguntó Elisabeth, que se apeó del carro con gran esfuerzo porque tenía las extremidades entumecidas por el frío.

—No, señora. Sigue en el bosque. Hoy es día de venta de madera, llegará tarde.

La tía Elvira dejó que Leschik la ayudara a bajar y después ordenó que no le dieran avena a Jossi porque no quería que engordara. Elvira cabalgaba desde que era niña, los caballos y los perros lo eran todo para ella. Las malas lenguas aseguraban que aceptó la proposición de matrimonio de Rudolf von Maydorn solo porque este tenía más de veinte rocines Trakehner en su finca. Pero no eran más que habladurías, Elisabeth sabía que sus tíos se habían querido muchísimo. Cada uno a su manera.

—Pero qué tacaño es tu marido —le dijo a Elisabeth con una sonrisilla—. El bueno de mi Rudolf siempre enviaba a un empleado a vender la madera...

«... que se metía la mayor parte del dinero en el bolsillo», añadió Elisabeth para sí. «Por eso nunca había dinero en la casa. Y cuando lo había, el tío Rudolf se lo gastaba enseguida en oporto y borgoña.»

Elisabeth se dio prisa en llegar al salón, donde la esperaban la estufa de cerámica y una taza de té caliente. Christian von Hagemann estaba sentado en una butaca junto al fuego, con la bata de lana y las pantuflas de fieltro; había empezado a leer el periódico y se había quedado dormido. Elisabeth cogió la tetera del calentador sin hacer ruido y se sirvió, añadió azúcar y lo removió. Su suegro no se despertó de su duermevela. Había engordado varios kilos durante los últimos tres años debido a su pasión por las comidas calóricas y los buenos vinos. Sus acuciantes problemas económicos eran agua pasada, ahora disfrutaba de la vida en el campo, delegaba todas sus competencias en su hijo y en las damas de la casa, y solo se preocupaba de su propio bienestar.

Mientras entraba en calor de espaldas a la estufa y se bebía el té a sorbos, Elisabeth pensó que todavía le daba tiempo de hacer una visita a la biblioteca antes de cenar. Riccarda debía de estar en la cocina guardando las compras con la tía Elvira y la cocinera. Especias, una bolsita de sal, azúcar, bicarbonato, glicerina, betún y vinagre. Además, un saco de arroz, guisantes secos, chocolate, mazapán, dos botellas de ron y varias de vino tinto. Elisabeth había comprado en la peluquería un frasquito azul de perfume y se lo había guardado en el bolso mientras la tía Elvira charlaba con una vecina. El aroma floral era demasiado intenso, bastaría con una gotita detrás de las orejas. Qué pena que Serafina no tuviera dinero y no pudiera enviarle un pintalabios bonito, unos polvos de tocador o un perfume desde Augsburgo. No se le pasaba por la cabeza pedírselo a Kitty o a Marie, ya que ambas sabían a quién pretendía seducir. Y mucho menos a mamá.

Elisabeth se sentía de lo más ordinaria con ese perfume floral. Intentaría rebajarlo un poco arriba, en el baño, de lo contrario quién sabía lo que pensaría Sebastian de ella. Dejó la taza vacía con cuidado para no despertar a su suegro y salió de la estancia. En la escalera volvió a sentir frío, tendría que haberse envuelto en la toquilla. Los peldaños de madera crujían con fuerza y la moqueta que había encargado el año anterior apenas amortiguaba el ruido. Pensó indignada que la indiferencia y el despilfarro de sus tíos habían echado a perder aquella bonita casa antigua. Ni siquiera tenía ventanas dobles; en invierno se colocaban gruesos rollos de fieltro en los alféizares para prevenir las corrientes, y en los cristales se formaban flores de escarcha.

El único lujo era el cuarto de baño, al que el tío Rudolf había dado mucha importancia en su día. Paredes de azulejos blancos, una bañera con patas de león, lavabo con espejo, y un retrete de porcelana con tapa de madera pintada de blanco. Elisabeth humedeció un paño y trató de atenuar el efecto del perfume. Fue en vano. Olía aún más. Se podría haber ahorrado el dinero que le había costado ese potingue. Suspiró y se arregló el pelo. Volvía a tener melena y se la recogía a la antigua usanza; allí, en el campo, ni siquiera las hijas de los terratenientes llevaban el pelo corto. Y a Sebastian tampoco parecía gustarle esa nueva moda. Para ser partidario de los socialistas, en muchos aspectos era anticuadísimo.

Llamó a la puerta. En ningún caso debía sentir que lo trataba como a un subordinado.

—¿Sebastian?

—Pase, señora. La he visto entrar en el patio con su tía. ¿Ha quedado satisfecha con sus compras en Kolberg?

No había encendido la estufa. Estaba sentado a su escritorio con un jersey, una chaqueta gruesa y una bufanda al cuello, y no se atrevía a encender el fuego porque la tía Elvira se había quejado de la cantidad de leña que se consumía. Pronto se pondría los guantes para que el lápiz no se le cayera de los dedos congelados.

—¿Las compras? Ah, sí, excepto por las cerillas, que se nos han olvidado. Pero no pasa nada, podemos comprarlas en Gross-Jestin.

Cerró la puerta tras ella, se acercó a la mesa con paso lento y miró por encima de su hombro. Él enderezó la espalda y levantó la cabeza, en un gesto similar al de un alumno cuando el profesor pronuncia su nombre. Alguna vez ella había apoyado la mano en su hombro, pero se había dado cuenta de que se ponía rígido cuando lo tocaba y dejó de hacerlo.

—¿Aún está con la crónica de Gross-Jestin?

—Claro, seguiré mientras me sea posible a pesar de no tener acceso a los archivos de los Von Manteuffel. He hablado con el cura y ha tenido la bondad de dejarme hojear el registro parroquial.

Hacía más de un año que Sebastian trabajaba como profesor auxiliar en la escuela de Gross-Jestin. No ganaba mucho, pero para él era una gran alegría trabajar con niños. Un día, Elisabeth se dio cuenta de que había llegado el momento de encontrar otra ocupación para el bibliotecario ya que, en pocos meses, los libros de los Von Maydorn estaban revisados, restaurados y organizados. Tenía miedo de que Sebastian dejara el empleo, que ya no lo satisfacía, y se marchara de la finca, pero ahora que podía ejercer su profesión, tenía esperanzas de conservarlo a su lado.

Sin embargo, su deseo secreto de entablar con él una relación íntima no se había cumplido. Sebastian evitaba acercarse a ella, tenía incluso miedo de rozarle la mano. A veces, a pesar de ser un hombre adulto, se comportaba como un colegial: la esquivaba, desviaba la mirada y siempre se sonrojaba. Durante un tiempo ella pensó que no le gustaba. Elisabeth no era Kitty, que tenía a todos los hombres encandilados. Ella no era seductora, pocos hombres se habían enamorado de ella, y en esos casos la futura herencia de los Melzer desempeñó un papel considerable. Su escote generoso también, pero ese tipo de admiradores no le interesaban. Las cosas habrían sido muy distintas si a Sebastian le gustara su cuerpo, pero los tres últimos años habían demostrado que, si bien la tenía en gran estima, era evidente que no la deseaba. Aquel desprecio le pesaba por partida doble, ya que su esposo Klaus no ejercía sus derechos conyugales casi nunca.

—Estoy intentando —dijo Sebastian con la calma que lo caracterizaba— convertir en un texto medianamente fluido aquello que he copiado del registro.

Ella se impacientó y se acercó a la estufa, se agachó y abrió la portezuela. Estaba segura de que allí no había ardido ningún fuego desde la tarde anterior.

—¿Qué se propone, Elisabeth? No tengo frío. Se lo ruego, no encienda la estufa por mí.

—Pero yo sí tengo frío. Mucho frío. ¡Me voy a congelar!

Sus palabras sonaron enérgicas y menos amables de lo que pretendía, pero surtieron efecto: oyó que Sebastian arrastraba la silla. Se levantó y esperó un instante hasta saber qué haría ella, pero cuando Elisabeth empezó a meter leña ligera en la estufa, se acercó rápidamente.

—Ya lo hago yo, Elisabeth.

Levantó la mirada hacia él y constató que estaba algo confuso. Mejor así. La esperanza es lo último que se pierde, o eso decían.

—¿Acaso cree que no sé encender un fuego?

Él resopló. No, no era eso lo que quería decir.

—Pero se ensuciará las manos.

—¡Qué horror! —exclamó irónica—. La señora de la casa con las manos sucias. ¿Cree que sería mejor que se las manchara usted? No sería muy práctico para escribir, ¿verdad?

Siguió trajinando en la estufa mientras él la observaba con mirada crítica. Le pidió las cerillas.

—Un momento.

Estaban en una cajita de madera encima del escritorio. Al parecer las guardaba como un tesoro, ya que las necesitaba para encender las lámparas. ¿Y si le regalaba el mechero del tío Rudolf? La tía Elvira se lo tomaría a mal.

—Estaré encantado de encargarme de esta parte, Elisabeth. Sobre todo porque nos quedan pocas cerillas.

Menuda confianza tenía en sus habilidades prácticas... Molesta, extendió la mano hacia las cerillas al tiempo que empujaba uno de los leños al fondo de la estufa. Y fue entonces cuando sucedió.

—¡Ay! ¡Maldita sea!

Se le había clavado algo en la yema del dedo índice y sangraba; se lo llevó a la boca. Estaba enfadada. ¿Por qué tenía que haberle pasado eso justo en ese momento?

—¿Una astilla?

—No lo sé. Me ha parecido una aguja.

Se miró el dedo y constató que había un puntito negro. Al pasarse el pulgar por encima, le dolía. Se le había quedado algo dentro.

—Déjeme ver, Elisabeth. —Se inclinó, le cogió la mano y la giró para poder ver bien la yema del dedo. Se lo acercó a la cara y se quitó las gafas.

«Vaya, vaya», pensó ella. «Si le pongo la mano en el hombro, piensa que mis intenciones no son decentes. Y ahora me toma la mano sin miramientos, la palpa, me toquetea el dedo. Este sí que sabe.»

—Parece que se le ha clavado una astilla —afirmó como si fuera un experto. Sin gafas, sus ojos eran más claros. Transmitían una determinación desacostumbrada.

Elisabeth le sostuvo la mirada. Él seguía sujetando su mano. Pese a que la situación no era en absoluto romántica, disfrutaba del contacto.

—Tenemos que sacar esa astilla, Elisabeth. De lo contrario, podría infectarse. Será mejor que vayamos al escritorio, encenderé una lámpara para ver mejor.

Maravilloso. Elisabeth se sentía como en un sueño. ¿Era Sebastian quien daba órdenes con tanta seguridad? Eso le gustaba. ¿Cómo había podido creer que era un cobarde? Cuando la situación lo requería, se comportaba como un hombre.

—Si usted lo dice —respondió obediente—. Pero no es más que una astilla diminuta.

Él la condujo hasta su silla y le pidió que se sentara, encendería la luz y buscaría una aguja.

—Una... ¿aguja?

Sebastian ya había levantado el cristal de la lámpara y la miró. Sonrió para tranquilizarla.

—Seré lo más cuidadoso posible.

«Ay, Dios», pensó Elisabeth. «Me va a hurgar en el dedo con una aguja...» Recordó a su niñera, que había hecho lo mismo años atrás. Gritó tanto que mamá apareció corriendo porque pensaba que a su hija le había sucedido algo horrible. Al ver que no era más que una astilla en el pulgar, se echó a reír sin piedad.

Sebastian acercó la lámpara y rebuscó en el cajón del escritorio. Encontró un alfiler, que a saber cómo había llegado hasta allí.

—¿Preparada? —le preguntó.

A ella le habría gustado salir huyendo. Podía decirle que prefería hacerlo ella misma. O que quería esperar un poquito. O dejar que la naturaleza siguiera su curso. Pero entonces no podría disfrutar de su cercanía ni de su determinación masculina. Así que asintió y extendió el dedo con valentía.

—Un poco más cerca de la luz. Así, muy bien. No lo mueva, si es posible. Espere, la ayudaré. Está demasiado nerviosa.

Con la mano izquierda, agarró su mano, la envolvió con firmeza y le estiró el dedo índice. Entonces comenzó su complicada tarea.

Al principio solo sentía cosquillas. Luego la pinchó y ella apretó los labios para no hacer ningún ruido. Sintió que la agarraba con más fuerza, se sacó un pañuelo de la chaqueta y le secó una gotita de sangre del dedo.

—Enseguida acabamos. Es usted muy valiente, Elisabeth.

«Me está hablando como a una niña», pensó, y por algún motivo le resultó cautivador. Si no fuera porque le estaba hurgando en el dedo, era maravilloso verlo en su nuevo papel de salvador, atento y seguro de sí mismo.

—¡Conseguido!

Le enseñó la aguja, en la que se veía una cosa negra y fina como un hilo. A continuación le envolvió con cuidado el dedo con el pañuelo y le soltó la mano.

—¡Gracias al cielo! —suspiró ella, y se palpó el dedo vendado. Qué pena que hubiera terminado. ¿Y si se rompía una pierna cuando tuviera ocasión?

—Espero no haberla hecho sufrir demasiado.

—Para nada.

Volvió a guardar el alfiler en el cajón y la miró con una sonrisa burlona. ¿Acaso se había puesto pálida?

—Algunos niños sienten verdadero pánico cuando hay que sacarles una astilla del dedo.

—Ah, ¿sí?

—Sí. Hace poco, en la escuela hubo un niño que casi salió corriendo del miedo.

Elisabeth esbozó una débil sonrisa y se quitó la venda del dedo. Ya no sangraba. Poco a poco volvía en sí, se le aclaró la mente.

—Muchas gracias, Sebastian —le dijo con cariño—. Ahora encendamos la estufa.

—Si insiste...

—Insisto. No beneficiará a nadie que coja usted una pulmonía aquí arriba.

Él negó con la cabeza de mala gana, pero se acercó a la estufa, sacó una ramita de entre la leña y la prendió en la lámpara. Así se ahorraba una cerilla. Mientras el fuego se avivaba, afirmó que eso de la pulmonía no eran más que tonterías. Hasta el momento no había tenido ni un solo resfriado.

—Y así debe seguir, Sebastian. ¡Yo me ocuparé de ello!

Resignado, se sentó al escritorio mientras Elisabeth se quedaba junto a la estufa para calentarse las manos. Cuando se giró hacia él, había vuelto a ponerse las gafas y estaba absorto en su trabajo.

Lo observó pensativa. Era de constitución fuerte, aunque un poco torpe; tenía la cara ancha y ojos azul oscuro. Lo amaba. Desde hacía tres años lo tenía cerca pero al mismo tiempo le resultaba inalcanzable. Para volverse loca. Con todo, ese día había averiguado algo sobre él: era fuerte cuando ella se mostraba débil. Tenía que aprovecharlo.

# 6

Leo nunca había visto tanto esplendor. Todo refulgía de tal manera que lo hacía parpadear: las copas, las letras doradas, los frasquitos, incluso los broches y los anillos de muchas damas.

—¡Apartad, pilluelos! ¡Quitaos de en medio!

Julius y Hanna llevaban bandejas de plata y ofrecían copas de champán y vino a los señores. El atelier de mamá estaba a rebosar de gente. Los hombres vestían trajes grises y negros, las damas, ropas coloridas, zapatos de tacón y medias de seda que hacían aguas.

—Eso lo ha pintado mi mamá —dijo Henny señalando un paisaje invernal en el que, aparte de un par de casitas y una torre con cúpula bulbosa, solo se veía nieve. Enfrente había pintado América: varios rascacielos, un jefe indio con penacho de plumas y la famosa estatua de la Libertad de Nueva York.

Ahora se oía el piano de fondo. Leo se deslizó junto a un grupo de mujeres que bebían champán; quería ver cómo tocaba la señora Ginsberg. Mamá había contratado a la madre de su amigo para esa noche, pero por desgracia no habían dejado que Walter la acompañara. Papá había dicho que a la inauguración del atelier de mamá solo podían asistir las personas invitadas.

La señora Ginsberg se sentaba de espaldas porque el piano estaba colocado contra la pared. Interpretaba un estudio de

Chopin, una pieza muy difícil para la que los dedos de Leo todavía eran demasiado pequeños y torpes. Cuando se tocaba bien, como lo hacía la señora Ginsberg, sonaba hermoso y ligero como un verano cálido.

—¿Puedo pasar las páginas de la partitura?

—Si quieres, ¡adelante!

Se colocó a su izquierda, tal como le había enseñado. Antes de pasar la hoja con cuidado, se ponía de puntillas, cogía la esquina superior del folio derecho y esperaba hasta que la señora Ginsberg asentía. Sobre todo debía mantener el brazo en alto para no tapar la partitura. De todos modos, la señora Ginsberg tocaba la mayor parte de memoria, casi no necesitaba mirar.

—¿Por qué hablan tan alto? —preguntó molesto, y se volvió hacia los invitados.

—Chisss, Leo. Solo somos la música de fondo. La gente quiere hablar sobre el precioso atelier de tu mamá.

Leo hizo una mueca y se concentró de nuevo en el piano. Si solo querían charlar, no necesitaban la música. Le daba pena por lo bien que tocaba la señora Ginsberg. Se dio cuenta justo a tiempo de que tenía que pasar la página. Era fácil seguir la partitura porque, a medida que su mirada se deslizaba sobre las notas, las oía. La partitura y el sonido eran uno. Y sabía cómo sonaba cada nota. La señora Ginsberg le había dicho que tenía oído absoluto. Eso le sorprendió mucho, porque él pensaba que todo el mundo era capaz de reconocer cada tono.

—Pásame el libro de las sonatas de Schubert, por favor.

Sacó el tomo de gruesas tapas de cartón de la pila que había encima de un taburete junto al piano. Schubert le gustaba. Ya tocaba muy bien dos de los impromptus. Ojalá pudiera practicar más, pero mamá solo se lo permitía media hora al día. Y cuando papá llegaba a casa, debía parar de inmediato. Escuchó entusiasmado cómo la señora Ginsberg comenzaba a tocar una de las sonatas; él no conocía esa pieza. El primer movimiento sonaba como un alegre paseo por prados y campos. No era demasiado difícil, quizá algún día lograra tocarlo. El problema era que sus dedos eran demasiado cortos, había una octava a la que aún no llegaba. A veces se los estiraba para que crecieran más rápido, pero por el momento eso no había servido de nada.

—¡Leo, pequeño mío! ¿Qué haces junto al piano? Estás molestando a la señora Ginsberg.

Hizo una mueca, pero Serafina von Dobern no pudo verla porque estaba a su espalda. Odiaba a esa mujer como a la peste. Era empalagosa y traicionera. Daba igual si los visitaba en la villa de las telas o se la encontraban en la ciudad; siempre actuaba como si la educación de Dodo y él fuera cosa suya. Y eso que no tenía derecho a decirles nada, no era más que una amiga de la tía Lisa.

—No estoy molestando, estoy pasando las páginas de la partitura —la corrigió con énfasis.

Serafina no hizo caso. Se limitó a agarrarlo por los hombros y lo llevó hasta una silla para que se sentara.

—A tu papá no le gusta que los niños se mezclen con los adultos —dijo con una sonrisa falsa—. En ocasiones como esta, los niños deben saber ser discretos y no llamar la atención.

Serafina era bastante delgada y tenía la piel muy blanca. Se había puesto polvos rojos en las mejillas, debía de pensar que así estaba más guapa, pero las gafas y la barbilla puntiaguda hacían que pareciera un búho nival. Le ordenó que se quedara allí, y fue en busca de Dodo y Henny. Con esta última no tuvo suerte, estaba junto a su mamá, y Serafina sabía muy bien que con la tía Kitty llevaba las de perder. En cambio, la pobre Dodo se había pegado al tío Klippi, y a este no le molestó en absoluto que se llevara a la niña.

—Y ahora portaos bien, guapos. Leo, hazle sitio a tu hermana, cabéis los dos en la silla, todavía tenéis el trasero estrecho —dijo con una risita tonta.

Dodo estaba furiosa, se sentó en el borde de la silla y resopló por la nariz. Mientras Serafina llamaba a Hanna para que trajera canapés, Dodo le susurró a su hermano:

—¿Y a ella qué le importa nuestro trasero? Debería preocuparse por el suyo, la muy criticona...

—Eso si tuviera —comentó Leo con malicia.

Ambos sonrieron y se cogieron de la mano. Leo sentía que Dodo era parte de sí mismo. Se le daban bien los chistes, siempre estaba de su lado, era lista y valiente. Sin Dodo, le faltaba algo. Su otra mitad.

—Coged un canapé, niños. Seguro que tenéis hambre.

Y encima se hacía la generosa, ni que los canapés fueran suyos. Leo captó la mirada compasiva de Hanna, que le sonrió y bajó la bandeja para que pudiera ver lo que había. Hanna era simpática. Lo admiraba porque sabía tocar el piano. Qué rabia que se hiciera costurera. ¿Por qué Serafina no sabía coser?

—No quiero canapés, gracias —refunfuñó Dodo—. Tengo sed.

Serafina ignoró el deseo de Dodo, despachó a Hanna y les explicó que debían quedarse allí sentados porque iba a empezar el desfile de moda. Todo el mundo tomaría asiento para contemplar los bonitos vestidos que había diseñado y cosido su mamá.

Se fue a buscar canapés para ella y a parlotear con la abuela Alicia y la esposa del director Wiesler. Al otro lado, junto al paisaje invernal ruso, estaba la tía Kitty rodeada de gente. Eran sus amigos del club de arte; Leo conocía a algunos, dos pintores y un hombre gordo que tocaba el violín. Bebían champán y se reían tan alto que los demás invitados se volvían hacia ellos.

—Todos esos son compañeros de Paul —comentaba la tía Kitty—. Directores de banco, abogados, industriales, altos cargos y quién sabe qué más. Tenemos aquí a todos los notables de Augsburgo junto con sus esposas e hijas.

—Vaya con Henny —dijo Dodo señalándola con la barbilla—. Se ha comido diez canapés como mínimo. Todos con huevo y caviar.

Leo parpadeó, veía mejor si entrecerraba los ojos. Henny estaba junto a la puerta de la sala de costura y bebía de una copa de champán que alguien había dejado a medias. Como la viera su mamá, tendría que marcharse a casa en el acto. El alcohol estaba prohibido para los niños.

—¡Menuda tontería de inauguración! —se quejó Dodo—. Qué aburrimiento. Y cuánto ruido. Me duelen los oídos.

Leo estaba de acuerdo. Podría estar tocando el piano en casa sin que nadie lo molestara. Suspiró hondo.

—¿Qué os pasa a vosotros dos? ¿Os aburrís? Enseguida habrá algo que ver, Leo. Y luego te enseñaré las nuevas máquinas de coser. Con pedal. ¡Fantásticas!

Papá les acarició la cabeza, les dirigió una mirada de ánimo y después volvió a ocuparse de los invitados. Leo lo oyó hablar con el señor Manzinger sobre el marco seguro. Decía que valía un billón de marcos de papel. Quizá así empezara la recuperación y los precios se mantuvieran estables. Pero el señor Manzinger no lo creía posible. Mientras las reparaciones siguieran asfixiando a Alemania, la economía no saldría a flote. La República había demostrado ser incompetente, lo único que se hacía era parlotear, y cada dos meses había un nuevo gobierno. Lo que se necesitaba era un hombre como Bismarck. Un canciller de hierro.

—¿Qué es un canciller de hierro? —preguntó Dodo.

—Será algo parecido a un soldadito de plomo.

Qué cosa más rara. Leo intentó desabrocharse el primer botón de la camisa. Estaba a punto de ahogarse con ese traje que le había puesto mamá. Hacía mucho que se le había quedado pequeño, pero ella le había dicho: «Solo por hoy. Hazlo por mí». Si en algún momento se oía un ruido fuerte, sería que había reventado.

—Papá ha dicho que te va a enseñar las nuevas máquinas de coser —dijo Dodo en tono de reproche—. Solo a ti. Yo también quiero verlas.

Leo resopló con desdén. Las máquinas le daban igual. Más aún las de coser; eran cosa de mujeres. El interior de un piano era mucho más interesante; lo había visto una vez, cuando el afinador desmontó la parte delantera. Allí estaban las cuerdas, firmes y tensas sobre una estructura metálica. Cuando se pulsaba una tecla, un martillito de madera envuelto en fieltro golpeaba las cuerdas. Un piano era una máquina compleja y al mismo tiempo era como una persona: podía estar contento o triste; si alguien lo tocaba bien, se alegraba, y a veces, cuando todo salía bien, podías echar a volar con él. Walter decía que con el violín sucedía lo mismo. Con todos los instrumentos, en realidad. Incluso con el timbal. Pero Leo no se lo creía.

—¿Qué hacéis aquí? —De pronto Henny estaba a su lado, tenía la cara muy roja y los ojos brillantes.

—¡Nos ha obligado Serafina!

—Pero si ni siquiera os está mirando...

Serafina estaba al fondo, junto a los rascacielos, con una copa de champán en la mano y hablando con el doctor Grünling. De vez en cuando soltaba una risita tonta.

—Voy a enseñaros algo. —Henny tironeó del vestido de Dodo y se deslizó entre los invitados.

A Leo no le apetecía ir detrás de Henny. Solo quería hacerse la importante, como siempre. Aunque, por otro lado, se estaban muriendo de aburrimiento. Al final, Dodo la siguió y Leo fue detrás de mala gana.

Henny se había colado en la sala de costura. Las máquinas de coser que había mencionado papá estaban alineadas junto a la pared, tapadas con cajones de madera. Junto a la puerta, mamá había colocado dos grandes espejos, y debajo había mesitas con todo tipo de cachivaches: cepillos de pelo, pasadores, maquillaje y esas cosas. Al otro lado había unas barras con perchas de las que colgaban los diseños de mamá. No se veían, estaban tapados con una tela gris.

—Ahí debajo hay un pájaro de plata —susurró Henny.

—Son los vestidos de mamá, boba —dijo Dodo—. ¡Deja eso, no podemos tocar nada!

Henny ya se había metido bajo la tela y buscaba su pajarillo plateado. El perchero empezó a tambalearse y parecía un monstruo gris que bailaba.

—Lo tengo —se oyó piar desde el interior del monstruo—. Es un... un... pajarito brillante.

Leo y Dodo se metieron debajo. En parte porque querían ver el pájaro, pero también para proteger los diseños de mamá de las pezuñas pegajosas de Henny.

—¿Dónde?

—¡Ahí! Es todo de plata.

Sobre un tejido azul tornasolado había un pájaro con las alas extendidas que habían cosido con diminutas chapitas plateadas.

Leo estaba a punto de agarrar a Henny del brazo para sacarla de debajo del perchero cuando entró gente en la sala de costura.

—Rápido. Seguid el orden en el que están colgados los vestidos. Primero los de tarde... Hanna, tú alcanzarás las prendas, Gertie ayudará a las chicas a vestirse y Kitty hará el control final. Que nadie salga antes de que yo lo diga.

Esa era mamá. Ay, Dios mío, parecía muy nerviosa. ¿Qué iban a hacer? ¿Sería eso el desfile del que les había hablado Serafina?

Dodo se aferró al paño gris. Henny se había hecho un ovillo en el suelo, seguro que la muy tonta creía que así nadie la vería. No había nada que hacer, mamá iba a descubrirlos y se llevarían una buena regañina.

No fue así. Alguien levantó la tela gris y la lanzó detrás de los percheros con un movimiento rápido. Dodo, Henny y Leo se metieron debajo. Nadie se dio cuenta, fue como si estuvieran envueltos en una capa de invisibilidad.

Se quedaron un rato agachados y sin moverse. De pronto, Dodo estornudó y Leo pensó que había llegado el fin. Pero las mujeres de la sala estaban demasiado alteradas y no se percataron de nada.

—La falda al revés. Así perfecto. Ponte el sostén, si no la blusa no te quedará bien. Espera, tienes un mechón en la cara. La costura está torcida. Los zapatos marrones no, los mostaza. Un momento, llevas los corchetes sueltos.

Desde la sala principal del atelier se oía la voz de mamá. Informaba al público de los modelos que veían, con qué tejidos estaban confeccionados y en qué ocasiones debían llevarse. Los invitados exclamaban «Oooh» y «¡Qué bonito!», o «Qué preciosidad». La señora Ginsberg empezó con Schumann y siguió con Mozart, alguien tosía con insistencia, una copa se hizo añicos en alguna parte.

Leo sentía que estaba a punto de asfixiarse bajo aquella tela. Necesitaba aire, daba igual si los descubrían. Si se moría allí, mamá tampoco se alegraría demasiado. Levantó la tela con cuidado y respiró hondo. Olía raro. Distinto a la sala de costura de mamá en la villa. Más bien a perfume. El aire estaba enrarecido. Y a colada. Y en cierto modo a... a... a mujeres.

Tuvo que apartar un poco los vestidos del perchero para ver lo que sucedía en la sala. Era emocionante. Había dos jóvenes frente a los espejos, las veía reflejadas y también de espaldas. Una tenía el pelo rojizo, se quitó la blusa y después la falda. La otra llevaba un traje de baño azul oscuro con ribetes blancos, en ese momento la tía Kitty le estaba poniendo un sombrero azul de paja. La joven movió las caderas y se colocó los finos tirantes del bañador. La otra mujer llevaba un sostén y Gertie se lo estaba desabrochando. Leo sintió un mareo.

Nunca había visto a una mujer sin ropa. Sabía cómo eran las niñas. Hasta hacía dos años se bañaba con Dodo en la misma bañera, pero luego ya no quiso hacerlo más. Sin embargo, Dodo no tenía pechos, ni siquiera ahora. Y esa mujer sí.

—Vuélvete hacia mí —oyó decir a la tía Kitty—. Bien. Coge la capa pero déjala abierta. Al final de la pasarela, quítatela para que todos vean el bañador. ¡Venga, sal!

Una tercera joven entró acalorada. Una vez dentro, dejó de sonreír y se quitó un vestido verde. Llevaba unas ligas de seda del mismo color.

—¿El azul?

—No, primero el lila.

Alguien cogió un vestido del perchero y de repente Leo se encontró con los ojos espantados de Hanna. No se había fijado en que habían ido retirando los vestidos uno tras otro y había quedado al descubierto.

—¿Qué pasa, Hanna?

—Nada. No pasa nada. Me he mareado un poco, me sucede a veces cuando me agacho.

A Hanna no se le daba bien mentir, todo el mundo se lo notaba en la cara. Y más que nadie la tía Kitty, que en esas cuestiones era aún más hábil que mamá.

—¡No! ¡No puede ser verdad! —exclamó la tía Kitty cuando apartó los vestidos con ambos brazos y contempló el rostro lívido de Leo—. ¿Dodo? ¿Henny? —dijo en un tono que auguraba lo peor.

Dodo emergió de la montaña de tela gris. Henny permaneció acurrucada en el suelo, sin moverse.

—¿Quién os ha dejado entrar?

Dodo tomó la iniciativa, porque Leo estaba demasiado confundido y Henny actuaba como si no estuviera allí.

—Solo queríamos ver los preciosos vestidos.

La tía Kitty no tenía tiempo ni paciencia para escuchar sus explicaciones, detrás de ella una joven en bañador esperaba su sombrero. Gertie cogió del perchero una amalgama de encaje negro y tul.

—Dame el vestido de noche, Gertie —dijo la tía Kitty—. Y luego ve con los niños a la parte de atrás. Que Julius los lleve a casa de inmediato. ¡Henny! Sal de una vez. ¡Sé que estás ahí!

Todo sucedió muy rápido. Gertie los sacó de detrás del perchero, se quitaron de encima la tela gris, de pronto ya estaban en el despacho y acto seguido en el invernadero, donde Julius disfrutaba de una copa de vino y un puro.

—Tienes que llevarlos a casa.

Julius miró con gesto de fastidio a los tres niños, en cuyos rostros podía leerse la mala conciencia. El encargo no le hacía ninguna gracia porque acababa de ponerse cómodo.

—Para ti sigo siendo señor Kronberger —le gruñó a Gertie. A esta le importó bien poco—. No vayas a creerte que eres de la realeza.

—Contigo no será, tranquilo.

Gertie dejó allí a los niños y regresó a la sala de costura. El desfile se acercaba a su punto álgido y la necesitaban con urgencia.

Julius vació la copa de un trago y se llevó el puro.

—Pues vamos, señoritos. Saldremos por detrás, no por la tienda. Pero primero hay que ponerse los abrigos.

Fue a buscarlos y le puso a Henny el gorro de lana. Esta no protestó, cuando en circunstancias normales habría puesto el grito en el cielo. Su arrepentimiento parecía sincero.

Atravesaron el invernadero y después recorrieron una callejuela estrecha y oscura que desembocaba en Karolinenstrasse. Allí tuvieron que esperar pasando frío a que Julius trajera el coche.

—De todas formas, renacuajos, ya es muy tarde para vosotros, ¿no? —dijo cuando los tres estuvieron sentados en el asiento trasero.

—Tiene usted razón —respondió Dodo.

Leo permaneció en silencio. Seguía afectado por lo que había visto y se sentía fatal. Henny hizo unos ruidos extraños con la garganta.

—¡No! —bramó Julius—. En la tapicería no. Maldita sea. ¡En la tapicería no!

Salió del coche a toda prisa y abrió de golpe la puerta para poner un periódico sobre el cuero. Pero llegó tarde.

—Ajjj —dijo Dodo con cara de asco al tiempo que se hacía a un lado.

—Ya me encuentro mejor —suspiró Henny.

# 7

El sábado por la noche, la cocina de la villa de las telas bullía de actividad. Julius acababa de recoger la mesa en el piso de arriba. Auguste estaba guardando la comida sobrante en pequeños recipientes y llevándolos a la despensa, mientras Gertie, que había sustituido a Hanna dos semanas atrás, fregaba los platos. Hanna también se encontraba allí, ya que, pese a estar formándose como costurera en el atelier, todavía comía y dormía en la villa. Sentada a la mesa con aire melancólico, mordisqueaba un bocadillo de jamón y se miraba el índice derecho. Lo llevaba vendado.

—Ya sabía yo que eras demasiado torpe para ser costurera —dijo Auguste al pasar por su lado—. ¡Mira que coserte tu propio dedo! ¿Dónde se ha visto algo así? Deberían llamarte Hanna von Torpen.

—¡Deja a la muchacha en paz! —la riñó la señora Brunnenmayer desde la cabecera de la mesa, donde picaba apio, zanahorias y cebollas.

Al día siguiente había una cena a la que asistirían varios clientes del señor junto con sus esposas, y algunos platos había que prepararlos con antelación. Empezando por el caldo de ternera, que se serviría como segundo plato con rectángulos de pasta rellena. La carne cocida se aprovecharía para hacer un guiso para el servicio. Los invitados tomarían panceta rellena con lombarda. El relleno había que dejarlo macerando toda la noche para que las especias lo impregnaran bien.

—¿Qué llevará el relleno? —preguntó Gertie desde el fregadero.

—Ya lo verás —gruñó la cocinera; no le gustaba desvelar sus recetas.

—Carne picada de cerdo, ¿no? Y pan rallado, ¿no? Y sal y pimienta. Y creo que nuez moscada, ¿no?

—Rabo de lagarto picado, betún y hollín —replicó la señora Brunnenmayer de mal humor.

Julius soltó una risotada que parecía un graznido; Auguste también se rio de la contestación de la cocinera; Hanna, en cambio, estaba demasiado abatida para unirse al jolgorio.

Pero Gertie no se amilanaba así como así. No era su primer empleo, aunque nunca había trabajado en una casa tan grande. Los Melzer tenían hasta un lacayo, además de una cocinera, una criada y una ayudante de cocina. Al parecer, antes de la guerra contaban con dos jardineros, dos criadas y dos doncellas. Y con el ama de llaves. Los buenos tiempos habían pasado a la historia, pero se decía que la fábrica de paños se estaba recuperando. Quizá estuvieran pensando en contratar más servicio.

Gertie no dio saltos de alegría cuando la señora Katharina Bräuer le ofreció un simple puesto de ayudante de cocina en la villa de las telas.

«No será para siempre», le había dicho la señora Bräuer. «Si eres lista, ascenderás.»

Gertie había oído que la joven señora Melzer entró en la villa para trabajar como ayudante de cocina, y eso la había impresionado profundamente. En esos momentos no había ningún joven señor casadero en la familia Melzer, pero podía ascender a criada o incluso a doncella. O convertirse en cocinera. Para ello tendría que pasar un tiempo de aprendiz y después asistir a una escuela especial. No podría pagarla ella misma, pero quizá los señores...

—Le pone comino, ¿verdad? —insistió—. Y mejorana.

—¡La mejorana es para las albóndigas de hígado, no para el relleno de la panceta! —estalló la señora Brunnenmayer, y se mordió el labio. Esa chiquilla había conseguido que se fuera de la lengua—. Y si no cierras el pico de una vez, ¡te enviaré al sótano a seleccionar patatas! —gruñó enfadada.

Una vez terminada su tarea, Auguste se sentó junto a Hanna con un suspiro y dijo que estaba rendida. La barriga le había crecido tanto que habría podido apoyar una taza encima. Se quejaba a diario de que aquella criatura debía de ser hijo del demonio de tan grande e inquieto como era.

—Y me da patadas. En la espalda. Por las noches no puedo ni tumbarme. Solo siento alivio cuando Gustav me da un masaje con esas manos tan fuertes que tiene.

Había servido los restos de la cena de los señores en un plato y lo había puesto en el centro de la mesa para que todos pudieran tomar un tentempié. Embutido ahumado, pepinillos en vinagre, pan con mantequilla y unos pedacitos de tarta de ciruela, que en su opinión debía comerse así, troceada.

—También queda un poco de pan trenzado —dijo la señora Brunnenmayer—. Puedes llevárselo a tus críos.

Auguste ya había apartado cuatro trozos de tarta, y ahora les contaba con la boca llena lo trabajador que era su Gustav.

—Está construyendo cajoneras como es debido para que germinen las plantas. Porque el señor al final sí que le regaló los viejos cristales de las ventanas del atelier.

—¿Nadie viene a secar los cacharros? —se quejó Gertie desde el fregadero.

Auguste hizo como que no la oía.

Fue Hanna quien se levantó y cogió un trapo de cocina.

—¿Dónde se ha metido Else? —preguntó extrañada.

—Hoy tenía el día libre —respondió Auguste.

—Pero si ya son más de las ocho. Suele regresar mucho antes...

Auguste soltó una risita y comentó que quizá se había topado con un admirador y estaba moviendo el esqueleto con él en el Kaiserhof.

—O puede que hayan ido al Luli de Königsplatz y estén viendo a Charlie Chaplin.

—Estás como una cabra, Auguste —intervino Julius—. ¡Else jamás haría algo así!

En su opinión, las salas cinematográficas cerrarían más pronto que tarde. ¿Qué tenían aquellas películas? No eran más que imágenes animadas. Los actores se movían de forma de lo más artificial. No podían hablar, y por eso había que poner esos estúpidos intertítulos. Y la eterna música de piano... No, él prefería ir a los teatros de revista y ver actuaciones en vivo y en directo.

—Mujeres desnudas es lo que quiere ver —replicó la cocinera, que removía la sopa humeante en la cazuela sobre el fogón.

—Eso no se lo consiento, señora Brunnenmayer —se indignó Julius—. Son artistas.

Auguste soltó una sonora carcajada, Gertie la siguió e incluso Hanna se rio entre dientes.

—Puede que sean artistas. Pero siguen estando desnudas.

Julius miró al techo y resopló.

—Como tú digas, Hanna —convino en tono conciliador—. Si quieres, un día te invito a un espectáculo. Te gustará.

Hanna cogió un plato y lo secó con el trapo.

—No, gracias —dijo muy educada—. Mejor no.

Julius hizo una mueca y bebió un sorbo de té. Estaba acostumbrado al rechazo de Hanna, pero no se rendía. A buen seguro creía que a la enésima sería la vencida.

—Si me invitaras a mí, yo no me haría de rogar —dijo Gertie en voz alta.

Julius no respondió, pero Auguste comentó con una sonrisilla que eso sucedería cuando las ranas criaran pelo.

—Qué se le va a hacer si a Julius le gusta la pequeña Hanna —añadió—. No se puede negar que es guapa. Ese Grigorij fue tonto al dejarla aquí. Pero así son los rusos. No saben lo que es bueno. ¿Habéis oído que se están bebiendo todas las reparaciones que tenemos que pagarles?

—Eso no son más que habladu... —Hanna se interrumpió porque alguien había llamado a la puerta de la calle.

—Else —dijo la cocinera con el ceño fruncido—. ¡Ya era hora! Abre la puerta, Hanna.

Pero cuando la muchacha descorrió el cerrojo y abrió la puerta, la que estaba allí no era Else sino Maria Jordan. Se había abrigado con una capa de lana a cuadros y una gruesa bufanda de punto, y al entrar en la cocina vieron que tenía la cara roja del frío.

—Vaya, si es la señora directora del orfanato —exclamó Auguste con ironía—. ¿Has dejado solos a tus chiquillos para visitar a tus viejos amigos y echarles las cartas?

Maria Jordan ni se inmutó. Saludó a todos, se desató la bufanda y se quitó la capa. Julius tuvo el detalle de recogerle las prendas y colgarlas en el perchero junto a la entrada.

—Vaya un viento helador —dijo mientras se frotaba las manos—. Nevará seguro. El próximo domingo ya es el primero de Adviento.

Sonrió como si fuera una invitada a la que llevaban tiempo esperando y se dejó servir una taza de té con azúcar además del último trocito de tarta de ciruela.

—¿Ahora eres ayudante de cocina, Gertie? —preguntó a la vez que masticaba.

—Esta ya es mi segunda semana.

Maria Jordan asintió y comentó que en la villa alguna que otra ayudante de cocina había subido como la espuma.

—¿Y a usted qué tal le van las cosas, señorita Jordan? —preguntó la cocinera, que ahora tenía delante un gran cuenco de loza en el que había echado los ingredientes del relleno.

—¿A mí? Oh, no me puedo quejar.

—Bien, bien —contestó Fanny Brunnenmayer, y espolvoreó con una buena cantidad de sal la mezcla del cuenco.

Gertie, que estaba fregando una bandeja grande, estiró el cuello para ver qué especias tenía delante la cocinera. Pero ya se había dado cuenta de que la leyenda de los frascos de loza blanquiazules y su contenido casi nunca coincidían.

—¿Y por aquí? —inquirió Maria Jordan—. ¿Es cierto que van a contratar a una institutriz?

—Por desgracia sí —contestó Hanna—. De hecho, la señora Melzer, la mayor, ya la ha contratado. En contra de los deseos de su hija y de su nuera. Al parecer es una persona horrible, la pobre Dodo se me echó a llorar ayer por la noche.

Maria Jordan bebía el té a pequeños sorbos dándose aires y estirando el dedo meñique. A Gertie le pareció un comportamiento de lo más extraño en una antigua empleada, pero ya le habían contado que Maria Jordan era una persona muy «especial».

—Así que los niños ya la conocen —comentó—. ¿Y cómo se llama?

Julius bostezó con ganas, se le cerraban los ojos. Seguramente quería estar ya en la cama, pero como Hanna seguía en la cocina, él también se quedaba.

—Se llama Serafina —dijo Hanna.

La señorita Jordan frunció el ceño.

—¿No será Serafina von Sontheim?

—No. Es Von Dobern. Por lo visto es amiga de Elisabeth von Hagemann.

Maria Jordan asintió. Conocía a la dama. Sin duda no era una mujer fácil. Pobres niños. Lo sentía por ellos.

Gertie comprobó que, aparte de ella y Julius, los demás empleados conocían a Serafina von Dobern. Noble venida a menos. Delgada y fea. Barbilla puntiaguda. Aburrida hasta morir. Le habría gustado convertirse en la señora Melzer.

—Pues se va a armar una buena —opinó Maria Jordan—. Daba por hecho que la señora Melzer era una persona más inteligente. Pero, claro, ya tiene una edad.

La cocinera probó el relleno con una cucharita de café, asintió satisfecha y tapó el cuenco con un trapo limpio.

—¡Toma! —le ordenó a Gertie—. Llévalo a la despensa y después vuelve a colocar las especias en el estante. —Luego se acercó al fregadero para lavarse las manos.

—¿Y qué tal va la huerta, Auguste? —quiso saber Maria Jordan.

Auguste hizo un gesto de rechazo con la mano. No tenía ganas de contarle sus preocupaciones a la señorita Jordan.

—Ahora que llega el invierno no hay mucho que hacer. Y además pronto saldré de cuentas.

—Claro, claro —dijo Maria Jordan mirando la prominente barriga de Auguste—. Seguro que ahora os vendría bien un pequeño sobresueldo. Pronto será Navidad, los chicos y la niña querrán regalos.

En el hogar de los Bliefert no estaban para pensar en regalos, se darían con un canto en los dientes si podían poner encima de la mesa un pequeño asado por las fiestas.

—¿Qué tipo de sobresueldo? ¿Necesitas a alguien que te ayude a echar las cartas? —se burló Auguste.

Maria Jordan sonrió y se reclinó en la silla. Con las manos cruzadas sobre el vientre proyectaba una imagen arrogante.

—Tengo que encargar un par de trabajitos. Pintar paredes. Entarimar suelos. Cambiar tubos de estufa...

Todos los presentes clavaron la mirada en ella con mayor o menor incredulidad. ¿No se decía que Maria Jordan, directora de un orfanato, había perdido el empleo debido a la inflación?

—¿Tú? —preguntó Auguste, que no sabía si debía echarse a reír o permanecer seria—. ¿Tú eres quien va a encargar esos trabajos?

—¡Pues claro! —Maria sonreía, disfrutaba del efecto de sus palabras.

—Y los pagarás, ¿no?

—Pues claro que los pagaré.

—Sí, pero... —balbuceó Auguste; posó la mirada en Fanny Brunnenmayer en busca de ayuda, pero ella estaba tan confundida como los demás.

—¿Ha recibido alguna herencia, señorita Jordan? ¿O se ha echado un amante rico?

Maria Jordan dirigió una mirada llena de reproche a la cocinera. ¿Eso era lo que pensaba de ella?

—Hoy en día una mujer tiene que valerse por sí misma —declaró, y asintió mirando alrededor—. Quien confía en la ayuda ajena está perdido. —Esperó hasta que los murmullos en torno a la mesa cesaron, y entonces prosiguió—: He comprado dos casitas en Milchberg y necesitan un lavado de cara. Voy a alquilarlas.

Auguste se quedó con la boca abierta. A Hanna casi se le cayó el último plato que le quedaba por secar. Fanny Brunnenmayer derramó el té. Julius miró a la señorita Jordan con indisimulada admiración.

—Casas —balbuceó la señora Brunnenmayer—. Ha comprado dos casas. Dígame, señorita Jordan, ¿nos está tomando el pelo?

Maria Jordan se encogió de hombros y dijo que podían creérselo o no, pero que eso no cambiaba los hechos. La inflación se había comido todos sus ahorros, pero como tenía algo de capital, el banco le había dado un crédito y había invertido el dinero rápidamente.

—Entiendo —murmuró Julius con envidia—. Ha conseguido las casas a buen precio porque los dueños estaban en apuros. Y la inflación ha barrido de un plumazo la deuda con el banco. ¡Muy limpio! Mi más sincera admiración, señorita Jordan.

Fue el único que dijo algo al respecto, los demás guardaron silencio. Maria Jordan. Una persona de lo más astuta. Había culminado su obra maestra. Había construido su prosperidad sobre la miseria de otros, pero así eran las cosas en aquellos tiempos difíciles.

Auguste fue la primera en volver en sí.

—¿Y cuánto pagas?

—Envíame a Gustav, ya nos pondremos de acuerdo.

—De eso nada —replicó Auguste—. El precio lo negocias conmigo, que te conozco.

—Como quieras, Auguste. Pero ten en cuenta que en el bajo abriré una tienda de comestibles selectos. Podría compraros ramos de flores y verduras.

—Nosotros vendemos nuestras cosas en el mercado.

—Pásate mañana por allí. Son las dos casitas de la curva. En la puerta ya pone mi nombre.

Maria Jordan se levantó y dirigió a Julius una mirada desafiante. Gertie no daba crédito, pero el lacayo, siempre tan altanero, fue a por su capa y su bufanda. Incluso la ayudó a vestirse y le sonrió como si fuera la señora, cuando en realidad Maria Jordan no era más que una doncella despedida que había reunido algo de dinero. Pero así era la vida. El dinero elevaba la posición.

—Que tengáis una agradable velada —dijo la señorita Jordan. La victoria le brillaba en los ojos—. ¡Y hasta mañana, Auguste!

Julius la acompañó a la salida y echó el cerrojo tras ella. En la cocina siguió un breve silencio de perplejidad.

—Que alguien me pellizque —se oyó decir por fin a Fanny Brunnenmayer.

—Ya se caerá del guindo —refunfuñó Auguste con desprecio—. ¡Una tienda de comestibles selectos! ¡En Milchberg! ¡Para echarse a reír! ¡La señorita Jordan y sus alimentos selectos!

—¿Y por qué no? —replicó Gertie.

—Porque no tiene ni idea del tema, bobalicona —le graznó Auguste.

—Pero es muy valiente —insistió Gertie—. Ahora cruzará ella sola el parque a oscuras para regresar a la ciudad.

No le importó la mirada envenenada de Auguste. Pero Gertie no era Hanna, que se dejaba intimidar con facilidad. La lengua viperina de Auguste lo tendría difícil con ella.

—Ya se ha hecho de noche —comentó la señora Brunnenmayer—. Son más de las nueve. ¿Dónde se habrá metido Else?

Auguste se levantó con esfuerzo del banco y se quejó de tener las piernas hinchadas. Hanna se compadeció de ella y fue a buscarle el abrigo y el chal.

—¿Por qué os preocupáis tanto? Seguro que lleva ya un rato en la cama roncando.

—¿Y por dónde ha entrado?

La entrada del servicio conducía a la cocina, si Else hubiera llegado a casa tendría que haberse encontrado al menos con la señora Brunnenmayer, que llevaba desde el mediodía en los fogones.

—Yo me marcho ya, seguro que hace mucho que Liese ha metido a los niños en la cama —dijo Auguste, y se echó el chal sobre el pelo—. Buenas noches a todos.

Gertie abrió la puerta y esperó a que hubiera encendido la vela del farol. El viento hacía aletear la falda y la toquilla de Auguste, que cruzó pesadamente el patio y salió por el estrecho camino de gravilla que conducía hacia la casa del jardín a través del parque otoñal.

«Liese no tiene más de diez años», pensó Gertie mientras cerraba la puerta y echaba el cerrojo. «Y ya tiene que hacer de madre con sus hermanos. Pobrecilla.»

En la cocina ya solo estaba la señora Brunnenmayer rellenando el calentador de agua del fogón, los demás se habían retirado.

—¡Buenas noches!

—Que duermas bien —le respondió la cocinera.

Gertie no había subido ni tres peldaños cuando en la escalera de servicio apareció Hanna muy alterada con Julius detrás.

—Else está arriba. Tiene una ronquera muy rara. Creo que deberíamos llamar al médico.

A los pies de la escalera estaba la señora Brunnenmayer, que se asustó y se llevó la mano a la boca.

—¡Lo sabía! Hace semanas que le pasa algo. Pero como no cuenta nada...

Gertie apartó a Hanna y a Julius para enfilar la escalera. No le tenía especial aprecio a Else, le parecía huraña y solía refunfuñar por las esquinas, pero si estaba enferma de verdad había que ayudarla.

—Dice que le duelen los dientes —añadió Julius—. Mañana debería ir al dentista.

—Pero mañana es domingo —oyó Gertie decir a Hanna.

—Entonces el lunes a primera hora —comentó Julius en tono lapidario.

Gertie subió a toda prisa hasta el tercer piso. El largo pasillo con los cuartos del servicio a derecha e izquierda contaba con una lámpara de techo eléctrica que emitía una luz muy débil. Pese a todo, se distinguía a primera vista que la puerta del cuarto de Else estaba entornada.

—¿Else?

Como no obtuvo respuesta, Gertie empujó la puerta con decisión. Cuando entró, notó que el ambiente estaba cargado, mejor no pensar en los olores que había allí mezclados. Gertie encontró la lámpara y la encendió. Else estaba tumbada en la cama, se había enterrado en los cojines y no se movía, pero se la oía respirar rápido y con dificultad. Solo se le veía la frente roja y empapada en sudor y una mejilla amoratada y bastante inflamada.

Gertie clavó la mirada en la hinchazón oscura y tuvo miedo. Su hermana pequeña había muerto a los cinco años de una infección en la sangre. Una simple herida purulenta en el dedo. A nadie se le ocurrió llevar a la niña a la clínica cuando aún estaban a tiempo. Gertie volvió a bajar la escalera, tan rápido que se mareó.

—¡Julius!

En la cocina todos deliberaban sobre si debían llamar a un médico a esas horas. Julius ni siquiera se volvió hacia Gertie, estaba demasiado ocupado convenciendo a Hanna de hacer una excursión nocturna en coche.

—Iremos a casa del doctor Greiner. Es un buen amigo de los Melzer y seguro que vendrá.

—¿Y qué pinto yo ahí? Puedes ir tú solo —repuso Hanna.

—Tienes que ayudarme a convencer al doctor. Eso se te da muy bien, Han...

—¡Se acabó! —lo interrumpió Gertie—. Es cuestión de vida o muerte. Tenemos que meter a Else en el coche y llevarla al hospital.

Julius puso los ojos en blanco. Vaya estupidez. Además, no podía hacer eso sin el permiso del señor.

—Tenemos que avisar a los señores —coincidió Fanny Brunnenmayer—. La señora decidirá qué hacer.

Hanna ya había salido de la cocina, Gertie la siguió. El pasillo del primer piso estaba a oscuras y el comedor, desierto, y en el salón de caballeros y en la galería tampoco había nadie. Sin embargo, en el salón rojo alguien hablaba en voz baja, al parecer la joven señora estaba charlando con su cuñada.

Hanna llamó a la puerta. Las dos muchachas esperaron impacientes, pero no pasó nada. La conversación ahora parecía acalorada, por lo visto no habían oído los suaves golpes de Hanna en la puerta.

—Ay, Dios mío —susurró Hanna—. Es por la nueva institutriz.

—Ahora eso da igual.

Gertie abrió la puerta sin que la invitaran a pasar y echó un vistazo a la sala. Marie Melzer y Kitty Bräuer estaban sentadas en el sofá, ambas se habían ido enfadando a medida que hablaban. Kitty tenía los brazos levantados. Cuando vio a Gertie en la puerta, se quedó inmóvil en esa postura.

—¿Gertie? ¿Qué quieres a estas horas? —le preguntó, molesta por la interrupción.

Marie Melzer lo entendió enseguida.

—¿Ha pasado algo?

Gertie insinuó una reverencia y asintió con vehemencia.

—Disculpe que me presente así, señora. Else está muy enferma. Creo que tiene una infección en la sangre.

—¡Por todos los cielos! —exclamó Kitty Bräuer—. ¡Hoy nos está pasando de todo! ¿Cómo le ha sucedido algo así a Else?

Marie Melzer se había levantado de un salto. En el pasillo se encontró con Hanna, que había esperado allí por prudencia.

—¿Hanna? ¿Has estado con ella? ¿Tiene fiebre? ¿Alguna herida?

Gertie se quedó junto a la puerta y pensó que la señora debía preguntarle a ella, no a Hanna. Pero así eran las cosas: a una ayudante de cocina no se la tenía en cuenta. A una costurera, sí.

—Gertie dice que tenemos que llevarla al hospital porque podría morirse.

—Sube conmigo, Hanna. Le echaré un vistazo.

A Gertie no le pidieron que las acompañara, así que se quedó donde estaba. ¿Acaso las palabras de Hanna no habían sido «Gertie dice que...»? Entonces, ¿por qué no podía ir con ellas?

Ahora Kitty también se había levantado y había salido al pasillo. Miró a Gertie de mal humor.

—¡Cuánto teatro! Seguro que vuelven a dolerle los dientes. Tiene que ir al dentista de una vez, la muy boba. ¿Por qué sigues aquí? Sube a tu cuarto. ¡Un momento! ¡Espera! Ya que estás, tráeme una taza de té. De ese negro de la India. Y dos pastas crocantes. Llévamelo a la habitación. ¡Venga!

—Con mucho gusto, señora.

Esa mujer tenía la sensibilidad de un tronco. Else estaba a punto de morir y la señora pedía té con pastas. Gertie, furiosa, bajó a la cocina, donde la esperaban más problemas.

—¿Es que tienes que meter las narices en todo? —le gruñó Julius—. Ya casi la había convencido.

—¡No puedes conducir el coche sin el permiso de los señores! —le contestó ella con un bufido. Solo le faltaba aguantar a ese salido que quería aprovechar la situación para arrimarse a Hanna.

—En caso de emergencia, si es cuestión de vida o muerte, sí que puedo —dijo Julius.

¡Increíble! La única que se preocupaba por la pobre Else era la cocinera. Fanny Brunnenmayer también había subido a verla y ahora regresaba sin aliento. Les dijo que la joven señora Melzer estaba con Else. Gracias al cielo. Marie sabría qué hacer.

Gertie pensó que ella también sabía qué hacer. Pero nadie le hacía caso.

—¡Julius! ¡Lleve el coche a la entrada! —gritó una voz enérgica de hombre.

El lacayo se estremeció. Al parecer, la noticia se había extendido y habían llamado al señor de la casa.

—¡Enseguida, señor Melzer!

Gertie se acercó con Fanny Brunnenmayer al otro lado de la cocina, donde estaba la salida al vestíbulo. Se encendió la luz; el año anterior, el señor había hecho instalar varias lámparas eléctricas.

—¡Ahí! —gimió la cocinera, y señaló con el brazo extendido hacia la escalinata—. Dios mío, Dios mío... Virgen santa... Jesús, María y José.

Gertie presenció la escena con los ojos como platos. El señor bajaba la escalera cargando con Else inmóvil en los brazos. Seguro que ninguno de los anteriores señores habría hecho algo así. La habían envuelto en su edredón, pero los pies desnudos le asomaban por debajo. La pobre Else los tenía llenos de callos.

—¿Ha llegado el coche? Trae otra manta, Hanna.

Marie Melzer corría junto a su esposo y Hanna se adelantó para abrir la puerta de la entrada. Se colaron copos blancos, justo había empezado a nevar.

Fanny Brunnenmayer había apoyado el brazo en el hombro de Gertie y sollozaba desconsolada.

—No regresará, Gertie. No regresará.

Gertie se zafó para ir a buscar los abrigos y los sombreros de los señores. Marie Melzer le sonrió durante un instante, después se echó las prendas de abrigo al brazo y fue detrás de su marido. Por lo visto iría con ellos al hospital.

En cuanto Hanna cerró la puerta, Kitty Bräuer apareció en lo alto de la escalinata. Contempló desconcertada el vestíbulo, donde estaban Hanna, Gertie y la cocinera, que seguía llorando.

—¡Dios mío, qué horror! —exclamó—. Gertie, no te olvides de mi té. Sin pastas. ¡He perdido el apetito!

# 8

Las cosas empezaban a mejorar. Paul Melzer lo percibía, a pesar de que casi todos en su entorno seguían siendo escépticos. Pese a todo, confiaba en su olfato, al igual que su padre había confiado siempre en el suyo. Habían atravesado la parte más profunda del valle de lágrimas económico que había seguido a la guerra.

Devolvió a su carpeta la oferta sobre la que había estado meditando un rato y resolvió tomar una decisión al día siguiente después de hablarlo con Ernst von Klippstein. La propuesta para el suministro de algodón en rama desde Estados Unidos era más que aceptable; la pregunta era si el nuevo marco seguro, en el que tantas esperanzas había puesto, traería la estabilidad al sistema monetario alemán. Si la moneda alemana seguía perdiendo valor con respecto al dólar, sería mejor vincular la compra de algodón a la venta de tejidos estampados para no sufrir pérdidas.

Cerró la carpeta y se enderezó; estar sentado no le venía bien para el hombro, porque se le entumecía cuando no estaba en movimiento. Era molesto, pero otros habían vuelto a casa con heridas de guerra muchísimo peores. Por no hablar de los miles y miles a los que se había llevado por delante el conflicto y que ahora reposaban en tierra extraña en tumbas sin nombre. Sí, se sentía afortunado. No solo había sobrevivido, sino que también había podido volver a abrazar a su amada Marie, a sus dos hijos, a su madre, a sus hermanas... No todos los que habían regresado a casa podían decir lo mismo, algunos infelices se habían encontrado con que su esposa o su novia se había buscado a otro durante su ausencia.

Afuera ya estaba oscuro. Por la ventana del despacho se veía parte de las naves iluminadas de la fábrica de paños Melzer y los picos del tejado en sierra; detrás, a cierta distancia, los edificios de la hilandería de estambre y otros complejos industriales. A lo lejos brillaban las luces de la ciudad bajo el cielo nocturno. Era una vista agradable, apacible y esperanzadora. Se encontraba en casa, en Augsburgo, lo que tanto había anhelado durante los sombríos días de guerra en Rusia. Pero era mejor no seguir pensando en ello. No dejar aflorar los recuerdos. Lo que vio en los campos de batalla y luego en el campamento de prisioneros era de una crueldad tan inconcebible que tuvo que enterrarlo en su interior. Había intentado un par de veces contarle algo de aquello a Marie. Pero después se arrepentía porque los fantasmas que invocaba lo atormentaban varias noches seguidas y ni siquiera podía anestesiarlos con alcohol. Debía enterrar esas sombras malditas en el sótano del olvido, cerrar la puerta tras ellas con setenta y siete cerrojos y no acercarse allí jamás. Solo así podría seguir viviendo y construir un futuro.

Apartó la carpeta y ordenó los montones de su escritorio. A un lado los asuntos pendientes, con los más urgentes encima; al otro, las carpetas y los ficheros que había utilizado ese día. En el centro, el juego de escritorio de piedra verde que había pertenecido a su padre. Ya hacía tres años que ocupaba el despacho de su padre, incluso se sentaba en su silla. No había pasado tanto desde que el director Johann Melzer le echó una severa reprimenda a su hijo allí mismo, ¡y en presencia de varios empleados! La rabia llevó a Paul a marcharse a Múnich, donde por entonces estudiaba derecho.

Lo pasado pasado estaba. El tiempo daba paso a las siguientes generaciones. Johann Melzer descansaba en el cementerio de Hermanfriedhof, Paul Melzer había ocupado su lugar y su hijo Leo, que debía suceder a su padre y a su abuelo, se peleaba con sus compañeros de escuela.

Alguien llamó a la puerta.

Henriette Hoffmann, una de las dos secretarias, se asomó por la rendija y los cristales de sus gafas reflejaron la luz de la lámpara de techo.

—Ya hemos terminado, señor director.

—Gracias, señorita Hoffmann. Dígale a la señorita Lüders que devuelva estas dos carpetas al despacho del señor Von Klippstein.

Su reloj de pulsera marcaba las siete. Se le había vuelto a hacer tarde y tendría que escuchar los reproches de su madre. Desde que él recordaba, mamá era la guardiana de que la vida en la villa de las telas transcurriera de manera ordenada, lo que consistía sobre todo en respetar el horario de las comidas. No lo tenía fácil, ya que Kitty en concreto no daba demasiada importancia a la puntualidad. Y a eso se sumaba el trabajo de Marie en el atelier, que a menudo se alargaba hasta la noche. A él tampoco le gustaba que fuera así, pero hasta el momento lo había aceptado sin queja alguna.

—Con mucho gusto, señor director.

—Eso es todo por hoy, señorita Hoffmann. ¿Se ha marchado ya el señor Von Klippstein?

Henriette Hoffmann se esforzó por esbozar una sonrisa. Así era, el señor Von Klippstein había salido de su despacho un cuarto de hora antes.

—Me ha pedido que le diga que le pasará por Karolinenstrasse a recoger a su esposa.

—Señorita Hoffmann, acuérdese de cerrar la puerta de la escalera cuando se vaya.

Paul se dio cuenta de que se había puesto roja. Por la mañana, Paul Melzer se encontró con que la puerta no estaba cerrada. Cualquiera habría podido entrar hasta el recibidor y la oficina de las secretarias. Se habían echado la culpa unos a otros, pero todo apuntaba a que el responsable del descuido había sido el bueno de Klippi. Últimamente parecía algo disperso, quizá fuera cierto lo que Kitty afirmaba una y otra vez de que Ernst von Klippstein estaba pretendiendo a una mujer.

Paul se echó el abrigo por los hombros y se puso el sombrero. No se decidía a llevar bastón, un complemento que al parecer distinguía a un caballero elegante de clase alta. A su espalda, Ottilie Lüders entró a toda prisa para recoger las dos carpetas y guardarlas en su sitio en el despacho de Von Klippstein. A diferencia de su padre, que siempre tenía el escritorio abarrotado, Paul no soportaba que se le acumularan documentos que ya no necesitaba.

—Les deseo a las dos una agradable velada.

Bajó la escalera con paso rápido, conocía tan bien la distancia entre los peldaños que los pies le iban solos. Luego echó un vistazo a las naves, fue a ver las máquinas nuevas de la hilandería, y se sintió satisfecho de que todo funcionara. En media hora también acabaría la jornada allí abajo. Antes de la guerra, las máquinas trabajaban día y noche, pero hacía mucho tiempo de eso. Los pedidos todavía no habían aumentado hasta ese nivel, bastaba con el turno de la mañana y el de mediodía, ambos de ocho horas, lo que le había granjeado fama de ser un jefe progresista. Sin embargo, también había quien afirmaba que solo había introducido esa medida por miedo a más huelgas, que era un cobarde que claudicaba ante los socialistas. Fuera como fuese, sus trabajadores estaban contentos y los resultados eran buenos. Eso era lo que importaba. Aunque su padre se habría revuelto en su tumba con cada una de aquellas concesiones.

—¡Que descanse, señor director!

—¡Usted también, Gruber!

El portero había salido de su garita acristalada para despedir al director, como siempre. Posiblemente no hubiera en el mundo nadie con un espíritu más fiel que Gruber. Vivía por y para la fábrica, llegaba el primero y se marchaba el último; en una ocasión, Kitty aseguró que incluso vivía en su garita, lo que por supuesto no era cierto. Pero Gruber sí conocía a todos y cada uno de los que entraban y salían de allí, a los empleados del primero al último, al cartero, a los proveedores, a los socios y a cualquier persona que tuviera acceso al recinto.

Mientras conducía por Haagstrasse en dirección a la villa, se preguntó por qué Ernst tenía que ir a recoger a Marie al atelier. Su amigo ya lo había hecho otras veces arguyendo que así no tenía que volver sola a casa durante los meses más oscuros. Ella se había reído de él y había replicado que no sería la única que utilizara el tranvía. Además, le había preguntado si en adelante llevaría a casa a las señoritas Hoffmann y Lüders, que también regresaban solas a esa hora. Entonces Ernst buscó la complicidad de mamá y dijo que así colaboraba para que en casa de los Melzer se cenara con puntualidad. Y que también esperaba que lo invitaran a la mesa por su gesto de caballerosidad. Algo que mamá hacía encantada. Paul no tenía nada en contra, porque Klippi, como lo llamaba Kitty, era amable y un comensal muy agradable.

Cuando llegó a la entrada del parque, se fijó por enésima vez en que la hoja izquierda de la puerta colgaba torcida de los goznes, habría que renovar el pilar; por suerte, la doble puerta de hierro forjado estaba intacta. Paul se propuso hablarlo con mamá en la primera ocasión que se le presentara, y dirigió la vista hacia la villa, iluminada por varias farolas. Justo delante de la escalinata de la entrada había un coche de caballos parado. Lo más probable es que fuera el vinatero, al que le había encargado varias cajas de vino, tinto y blanco. Paul se molestó. Los coches de tiro no pintaban nada en la entrada principal; los campesinos y los comerciantes que suministraban alimentos a la villa debían aparcar en la entrada del servicio, ya que allí era donde había que entregar la mercancía. Sin embargo, al acercarse se dio cuenta de que no estaban descargando cajas de vino, sino sacando maletas y muebles de la villa para meterlos en el coche.

Aparcó detrás y llegó a tiempo de impedir que Julius colocara en el coche un escabel tapizado con seda de color azul claro.

—¿Qué está pasando aquí, Julius? ¡Pero si ese escabel es el de la habitación de mi hermana!

Julius no lo había visto llegar y se asustó al oír sus gritos. Dejó el escabel en los adoquines del patio y respiró hondo. Paul se dio cuenta de que todo aquel asunto le resultaba muy desagradable.

—Son instrucciones de su hermana, señor Melzer —dijo apesadumbrado—. Solo cumplo con lo que se me ordena.

Paul clavó la vista en Julius, después en el escabel adornado con un volante de delicada seda. ¿No era el que siempre había estado delante del tocador de Kitty?

—¡Lleve todo de vuelta a la villa! —le ordenó al perplejo lacayo. Luego se precipitó escaleras arriba para hacer entrar en razón a Kitty. En el vestíbulo chocó con un pequeño escritorio que dos mozos llevaban hacia la salida.

—¡Dejen eso! ¡No saquen nada más! —les ordenó furioso.

Uno de los jóvenes obedeció, pero el otro lo miró desafiante.

—Estamos haciendo nuestro trabajo, señor. Será mejor que no se interponga en nuestro camino.

Paul hizo un gran esfuerzo para mantener la calma. Sabía cómo eran esos jóvenes, había contratado a algunos en la fábrica y le habían dado muchos problemas. Los habían enviado a la guerra con diecisiete años y allí se habían corrompido, habían aprendido a matar sin escrúpulos, a humillar, a destruir. Ahora que habían vuelto a casa estaban desorientados.

—Soy el señor de la casa —dijo en tono tranquilo pero enérgico—. Y les recomiendo que no saquen nada de aquí en contra de mi voluntad. ¡Podría costarles caro!

En la puerta que daba a las cocinas vio a la señora Brunnenmayer con Auguste, cuyo embarazo estaba ya muy avanzado; las dos observaban la escena con cara de susto. Paul se limitó a saludarlas con la cabeza y después atravesó deprisa el vestíbulo hacia el primer piso.

—¡Kitty! ¿Dónde te has metido?

No hubo respuesta. En el segundo piso, donde estaban los dormitorios de la familia, alguien arrastraba muebles y Henny lloraba desconsolada. Había puesto el pie en la escalera cuando vio a su madre salir del salón rojo.

—¡Paul! Menos mal que por fin has llegado.

Parecía abatida. ¿Había estado llorando? Oh, no, un drama familiar. Por lo general prefería mantenerse al margen de las rencillas entre las damas de la casa.

—¿Qué ha pasado?

Sí, había estado llorando. Todavía tenía el pañuelo en la mano y se secó los ojos.

—Kitty se ha vuelto loca —se lamentó—. Quiere dejarnos y mudarse a Frauentorstrasse con Henny.

Alicia tuvo que secarse de nuevo las lágrimas, y Paul comprendió que no era tanto por Kitty como por su nieta. Mamá estaba muy unida a los tres pequeños.

—¿Y se puede saber por qué?

Podría haberse ahorrado la pregunta porque ya conocía la respuesta. La nueva institutriz, Serafina von Dobern. ¿Por qué la había contratado sin hablarlo antes con Kitty y Marie? En el fondo, se había buscado ella misma aquel disgusto.

—Te lo pido por favor, Paul —dijo su madre—. Sube y haz entrar en razón a tu hermana. A mí no me escucha.

Lo cierto era que no le apetecía en absoluto. Sobre todo porque conocía a Kitty: cuando tenía un plan, nada ni nadie podía quitárselo de la cabeza. Suspiró hondo. ¿Por qué no se ocupaba Marie de aquello? ¿Y dónde estaba el cobarde de Ernst?

—Si Johann siguiera vivo —susurró mamá tapándose la cara con el pañuelo—, ¡Kitty no se habría atrevido!

Paul hizo como si no la hubiera oído y subió al segundo piso. ¡Papá! Para empezar, él no habría permitido que Serafina entrara en la casa. A papá nunca le gustaron las amigas de Lisa, y con razón.

En el pasillo de arriba reinaba el caos: maletas y cajas, la cama de Henny estaba desmontada y apoyada contra la cómoda, los colchones y las sábanas al lado, el orinal, sus muñecas y el caballo balancín.

—¡Kitty! ¿Te has vuelto loca?

En lugar de su hermana, la que apareció en el pasillo fue Marie con una pila de ropa de niña en los brazos. Tras ella, una montaña de prendas parecía moverse sola y Paul distinguió debajo a la pequeña Gertie, que acarreaba el vestuario de Kitty hasta un gran baúl de viaje.

—¡Ay, Paul! —exclamó Marie, y dejó la ropa en una maleta abierta—. Lo siento mucho. Hoy está todo patas arriba.

Él pasó por encima de cajas y cajones negando con la cabeza en dirección al cuarto de Kitty.

—No acabo de entender que colabores en este desvarío, Marie —dijo cuando pasaba junto a ella—. ¿Por qué no intentas mediar? Mamá está fuera de sí.

Marie lo miró atónita y él se arrepintió al instante de lo que había dicho. Había sido una tontería reprochárselo, seguro que ella era la que menos culpa tenía.

Sin embargo, la respuesta de Marie le hizo ver que estaba equivocado.

—Siento mucho tener que decirte esto, Paul —contestó tranquila—. Pero la culpa es de mamá. Al fin y al cabo conoce a Kitty desde que nació, tendría que haber sabido que no se la puede tratar así.

Paul aceptó en silencio el comentario. Mamá afirmaba que el cuidado de los niños recaía sobre ella porque Marie se pasaba todo el día en el atelier. Y que por eso había escogido a una institutriz de su plena confianza. En parte comprendía sus argumentos, pero prefirió no mencionárselos a Marie.

Kitty estaba sentada en su cama, tenía a Henny llorando en su regazo y le hablaba en tono tranquilizador.

—Una casita de muñecas...

—¡Nooo! ¡Quiero quedarme aquííí!

—Pero, tesoro mío, la abuela Gertrude se alegrará mucho de tenerte allí.

—No me gustaaa... la abuelaaa... Trudeee...

Kitty estaba de los nervios, levantó la mirada y vio a Paul en la puerta. Por una vez no parecía encantada de verlo.

—Ay, mi Paul —exclamó con falsa alegría—. Figúrate, esta niñita boba no quiere mudarse a Frauentorstrasse. Y eso que allí tiene un jardín para ella sola. Y nos vamos a llevar todos sus juguetes. —Hablaba más para la disgustada Henny que para su hermano—. Y además le voy a comprar una casita de muñecas preciosa. Con muebles de verdad. Y con luz.

Paul carraspeó y decidió intentarlo, aunque sin demasiadas esperanzas.

—¿De verdad vas a hacerle eso a mamá, Kitty?

Su hermana puso los ojos en blanco y con un enérgico movimiento de la cabeza se echó el oscuro flequillo hacia atrás.

—Mamá es una egoísta que entrega fríamente a sus nietos a una bruja. Ni una palabra más sobre mamá, Paul. Sé de lo que hablo. Conozco bien a Serafina, y jamás de los jamases dejaré a mi pequeña y dulce Henny con ella.

Paul suspiró. Era una batalla perdida, estaba claro. Pero lo hacía por su madre. Y por mantener la paz familiar.

—¿Por qué no os sentáis todas y habláis del tema? Con buena voluntad seguro que encontráis la solución. Al fin y al cabo, la señora Von Dobern no es la única institutriz de Augsburgo.

Henny se había dado cuenta de que la atención de su madre ya no estaba centrada en ella, así que cogió aire y volvió a berrear.

—Henny, cariño, ya pasó. No hace falta ponerse así.

Henny no se calmaba y se entregó de nuevo a sus obstinados alaridos. Kitty se tapó los oídos, y Paul dio media vuelta y huyó al pasillo. Marie estaba metiendo un montón de bolsos y cinturones en una maleta.

—Ya nos hemos sentado a hablar, Paul —dijo con tristeza—. Pero era demasiado tarde. Mamá se negó en redondo a despedir a Serafina. Ay, Paul, me temo que todo esto es por mi culpa. Paso demasiado tiempo en el atelier y desatiendo el resto de mis responsabilidades.

—No, no, Marie. No pienses eso. Es cuestión de organizarse. Encontraremos la solución, tesoro mío.

Ella lo miró y sonrió aliviada. Sus miradas se fundieron un instante y él estuvo tentado de abrazarla. Su querida Marie. La mujer que estaba a su lado, de la que tan orgulloso se sentía. Nada se interpondría entre ellos.

—Siento haber dicho antes que... —empezó a decir, pero se interrumpió. Desde la habitación de Kitty se oía la vocecita penetrante de Henny.

—Y Dodo... y Leo... y... y... la abuela... y mi columpio... y Liese y Maxl y Hansl...

—Allí tendrás a la abuela Gertrude, y en Navidad vendrá la tía Tilly. También nos visitarán los amigos de mamá...

—¿Me comprarás una mansión de muñecas?

—He dicho una casita, Henny.

—Una mansión. Y arriba estarán los cuartos del servicio. Y en el salón habrá sillones rojos. Y un coche.

—Una casit... —Más lloros a modo de respuesta, pero Kitty se mantuvo firme—. Y si sigues llorando, ¡no habrá nada de nada!

Poco después Kitty apareció en el pasillo con su hija en

brazos. Por lo visto habían cerrado el trato, sería una casita de muñecas y no una mansión.

—Marie de mi corazón. Me voy en coche con esta llorona a Frauentorstrasse, esta noche tengo que ir a una exposición en el club de arte y no puedo faltar porque pronuncio el panegírico. ¿Me harás el favor de ocuparte de que todo llegue bien embalado? Ay, Paul, qué triste es todo esto. Ya no nos veremos tan a menudo, pero te prometo que vendré de visita tanto como pueda. Y despedidme de mamá, debería tranquilizarse o le dará migraña. Henny estará bien, mi tesorito será muy feliz en Frauentorstrasse. Y... ¡Gertie, no te olvides de coger los sombreros del vestidor! Si no hay sombrereras suficientes, métalos en una maleta. Dame un abrazo, querido Paul. Paul de mis amores, queridísimo hermano, siempre seremos inseparables. Marie, mi querida amiga, mañana estaré a primera hora en el atelier. Un abrazo, querida. Paul, coge un momentito a Henny para que pueda abrazar a Marie. Que os vaya bien, queridos. No os olvidéis de mí. Gertie, acuérdate de las babuchas azules de la cómoda.

La verborrea de Kitty los envolvió como una capa protectora; Paul no consiguió pronunciar ni una sola palabra. La miró marcharse con gesto abatido, la oyó parlotear abajo con Auguste, después el ruido de la puerta de la entrada cerrándose tras ella.

—No se irá a Frauentorstrasse con mi coche, ¿no?

Corrió a la habitación de Marie, cuyas ventanas daban al patio, y miró abajo. Un coche recorría el camino de acceso hacia la salida.

—Tranquilízate, Paul —dijo Marie, que lo había seguido—. Es el coche viejo de Klippi. Se lo ha regalado.

—Vaya, vaya —refunfuñó Paul—. Me imagino que habrá perdido las simpatías de mamá.

Marie se rio en silencio y replicó que mamá tenía tan buena imagen de Klippi, que podía permitirse un desliz como ese.

—Es tan solícito y amable...

—Claro —gruñó Paul.

Muy a su pesar, estaba molesto con su amigo y socio. ¿Por qué se entrometía Ernst von Klippstein en su vida familiar? No solo recogía a Marie en el atelier y con ello, en mayor o menor medida, ponía en evidencia a Paul por no cuidar de su esposa; ahora tomaba partido por Kitty y se posicionaba en contra de mamá. Paul sentía lástima por su madre, cuyas intenciones sin duda eran buenas. ¿Quién podía reprocharle que tuviera una concepción de la educación de los niños distinta a la de sus hijas?

En el comedor sonó el gong.

—¡Por lo menos vamos a cenar juntos, Marie!

Ella asintió y le dio varias instrucciones a Gertie sobre cómo proceder con las maletas. Luego cogió a Paul de la mano y recorrieron el pasillo en dirección a la escalinata. Antes de bajar, Paul la sujetó un instante y le dio un beso fugaz en la boca. Los dos soltaron una risita, como si Marie aún fuera la criada que besaba en secreto al joven señor Melzer por los pasillos.

En el comedor, los demás ya se habían sentado. La sonrisa de Ernst von Klippstein le pareció algo culpable, y mamá estaba muy seria, pero mantenía la postura erguida. Serafina von Dobern se había apropiado de la silla de Kitty, y a derecha e izquierda de la institutriz estaban los mellizos. Leo ni siquiera levantó la mirada cuando entraron sus padres, y Dodo tenía la cara roja e hinchada, lo que indicaba que había tenido problemas.

—¿Qué ha pasado, Dodo? —preguntó Marie mirando a su hija con gesto preocupado.

—¡Me ha dado una bofetada!

Marie permaneció aparentemente impasible, pero apretó los labios. Paul ya conocía esa señal: estaba furiosa.

—Señora Von Dobern —dijo Marie despacio y con voz

firme—. Hasta ahora nunca ha sido necesario pegar a nuestros hijos. ¡Y me gustaría que siguiera siendo así!

Serafina von Dobern estaba tan tiesa en su silla como mamá; al parecer esa postura formaba parte de la educación de las clases altas. La institutriz sonrió complaciente.

—Por supuesto, señora Melzer. Los golpes no son un método educativo adecuado en nuestro entorno. Aunque sin duda una pequeña bofetada no hace daño a ningún niño.

—¡En eso estoy de acuerdo, Marie! —intervino mamá.

—Yo no —dijo Marie, y el tono fue más duro de lo acostumbrado.

A Paul la conversación lo incomodaba en extremo. En esa situación, papá habría resuelto el enfrentamiento haciendo valer su autoridad. Paul estaba hecho de otra pasta, prefería mediar. Sin embargo, eso que en la fábrica no le suponía ningún esfuerzo, en la familia le parecía casi imposible.

—No me cabe duda de que los dos son traviesos, pero nunca impertinentes, señora Von Dobern —dijo con cortesía—. Por lo tanto, las medidas en exceso severas son innecesarias.

Serafina respondió que eso se sobreentendía.

—Dorothea y Leopold son unos niños encantadores —dijo en tono adulador—. Nos entenderemos a las mil maravillas. ¿No es cierto, mi pequeña Dorothea?

La niña levantó la barbilla y dirigió una mirada hostil a la institutriz.

—¡Me llamo Dodo!

# 9

Solo faltaban dos semanas para Navidad. Leo pegó la frente al cristal y contempló el parque de la villa de las telas. Lo sucio que estaba el camino de acceso, lleno de charcos e incluso de cacas de caballo que nadie barría. Los árboles desnudos alzaban sus ramas hacia el cielo gris, había que fijarse para distinguir a los osados cuervos, camuflados entre las ramas negras y nudosas sobre las que se posaban.

—¿Leopold? ¿Tú también te estás esmerando? Vuelvo dentro de cinco minutos.

El muchacho torció el gesto y se asustó, porque el cristal reflejó su mueca.

—Sí, señora Von Dobern.

Al fondo se oía la escala de do mayor al piano. Dodo titubeaba siempre en el fa, porque tenía que pasar el pulgar por debajo, y después continuaba ágil hasta el do. En la bajada se atropellaba antes del mi, a veces se le escapaba el dedo y paraba. Pulsaba las teclas tan fuerte como podía, era un sonido rabioso. Leo sabía que Dodo odiaba el piano, pero la señora Von Dobern opinaba que una joven de buena familia debía dominar hasta cierto punto el instrumento.

No tenía ganas de que llegara la Navidad. Ni aunque papá le hablara del enorme y precioso abeto que pronto pondrían en el vestíbulo. Adornado con bolas de colores y estrellas de paja. Ese año también colgarían las estrellas de papel brillante que harían ellos mismos. Pero eso a Leo le daba igual; no se le daban bien las manualidades, las estrellas siempre le salían torcidas y manchadas de pegamento.

Hacía semanas que veía a Walter solo en el colegio. Las visitas secretas a los Ginsberg, las clases de piano... Todo eso se había acabado. Walter le había llevado partituras de su madre en dos ocasiones, él las escondía en la mochila y por la noche las leía en la cama. Entonces se imaginaba cómo sonaría la música. Funcionaba, aunque habría sido mucho más bonito tocar las piezas al piano. Pero lo tenía prohibido. La señora Von Dobern les impartía clases que consistían en tocar escalas y cadencias, aprenderse el círculo de quintas y, tal como ella aseguraba, fortalecer los dedos. A él le gustaban las cadencias, y el círculo de quintas no estaba mal. Lo malo era que tenía las partituras guardadas bajo llave porque, según ella, eran demasiado difíciles para sus deditos.

Dodo tenía razón: la señora Von Dobern era mala. Se divertía torturando a los niños. Y tenía a la abuela comiendo de su mano. Porque Von Dobern mentía muy bien y la abuela no se daba cuenta.

Vio el coche de su padre entrando despacio por el camino de la villa. Cuando pasaba por encima de los charcos, el agua se desbordaba y salpicaba el guardabarros. Volvía a llover, el copiloto accionó el limpiaparabrisas. Izquierda, derecha. Izquierda, derecha. Izquierda, derecha.

El coche llegó al patio, pasó junto a la rotonda, en la que en verano siempre crecían flores de colores, y desapareció de su campo de visión. Leo solo podía verlo si abría la ventana y sacaba la cabeza.

Cinco minutos, sí, seguro. La señora Von Dobern siempre tardaba más en regresar. Porque se asomaba a la ventana de su cuarto a fumar en secreto. Leo se peleó un rato con la manija de la ventana, que estaba muy dura, pero consiguió abrirla y se asomó apoyándose en el alféizar.

Ajá. El coche se había parado ante la entrada del servicio y estaban bajando dos personas. Una era Julius, la otra estaba envuelta en una manta y costaba reconocerla. En cualquier caso era una mujer, ya que por debajo de la manta asomaba una falda. ¿Sería Else? La criada había estado en el hospital. Había oído decir a Gertie que su vida «pendía de un hilo». Pero parecía que se había recuperado. Habría podido morir, como el abuelo. Leo solo tenía recuerdos vagos de él, pero el entierro se le había quedado grabado porque aquel día se desató una horrible tormenta de rayos y truenos. Entonces creyó que se trataba de Dios, que se llevaba al abuelo consigo. Qué tontería, aunque ya había pasado mucho tiempo desde aquello. Al menos tres años.

—¿Quién te ha dado permiso? ¡Vuelve dentro! ¡Ahora mismo!

Leo se asustó tanto que estuvo a punto de caerse por la ventana. La señora Von Dobern lo sujetó por la cintura del pantalón y lo arrastró hacia dentro, después le agarró la oreja derecha y la usó como asidero para que se diera la vuelta. Leo gritó. Le hacía un daño de mil demonios.

—¡No vuelvas a hacer eso nunca más! —chilló la institutriz—. ¡Repite la frase!

Leo apretó los dientes, pero la mujer no le soltaba la oreja.

—Yo solo... solo quería...

Nunca los dejaba hablar.

—¡Estoy esperando, Leopold!

Seguramente quería arrancarle la oreja, empezaba a marearse del dolor.

—¿Y bien?

—No volveré a hacerlo —acertó a decir.

—Quiero una frase completa.

Tiró con más fuerza, a Leo se le estaba entumeciendo la oreja y la cabeza le dolía como si le hubieran clavado una aguja de un oído al otro.

—Jamás volveré a asomarme a la ventana.

La bruja de las gafas aún no estaba satisfecha.

—¿Por qué no?

—Porque podría caerme.

Antes de soltarle la oreja, le dio un par de tirones fuertes. Ya no la sentía, era como si del lado derecho de la cabeza le colgara una pesada bola de fuego del tamaño de una calabaza.

—¡Ahora cierra la ventana, Leopold!

El aliento le olía a ceniza. Algún día le demostraría a la abuela que fumaba en secreto. Algún día ella tendría un descuido y la pillarían.

Leo cerró la ventana y al volverse vio a la señora Von Dobern sentada a su pupitre. Repasaba sus ejercicios de aritmética. Que leyera lo que quisiera, estaba todo bien.

—Tendrás que repetirlos, ¡tu caligrafía es lamentable!

En eso no se había fijado. Esa mujer era tonta. A Dodo le había pasado por alto errores de cálculo en dos ocasiones, lo único que le importaba era que escribieran los números y las letras como era debido. Pese a todo, más le valía no quejarse o le quitaría la media hora de piano.

—Después escribirás cincuenta veces: «Jamás volveré a asomarme a la ventana porque podría caerme».

Adiós al piano. Escribir eso lo tendría ocupado el resto de la tarde. Estaba muy enfadado. Con la institutriz. Con la abuela, que se dejaba engañar por ella. Con mamá, que siempre estaba en su estúpido atelier y ya no se ocupaba de Dodo ni de él. Con la tía Kitty, que se había mudado sin más con Henny. Con papá, que no soportaba a la cursi de Von Dobern pero no la echaba de allí.

—¡Ya puedes empezar!

Se sentó a su pupitre, pegado al de Dodo. Papá se los había comprado cuando empezaron a ir a la escuela porque al parecer era más sano para los niños escribir en un pupitre. El asiento estaba atornillado a la mesa para que no pudieran moverse constantemente. Arriba tenía un compartimento para los lápices y, al lado, el hueco del tintero. El tablero estaba inclinado y se podía levantar, debajo había un cajón para libros y cuadernos. Todo era igual que en el colegio, salvo que la institutriz revisaba el cajón a diario y resultaba imposible esconder algo en él. Por ejemplo partituras. O galletas. Una vez Serafina las encontró y se las llevó. La próxima vez pondría una trampa para ratones, así gritaría cuando se accionara y le pillara los dedos. A cambio escribiría encantado cien veces: «No debo esconder trampas para ratones en el pupitre porque mi institutriz podría pillarse los dedos». Al día siguiente le pediría una a la señora Brunnenmayer. O a Gertie. Auguste ya no iba a trabajar porque estaba demasiado gorda por el bebé. Nadie soportaba a la institutriz. Y la que menos la señora Brunnenmayer. Una vez dijo que ese pájaro de mal agüero no traería más que desgracias a la villa.

—¿Y si empiezas a escribir en lugar de mirar las musarañas? —le preguntó la señora Von Dobern en tono frío e irónico.

Levantó el tablero y buscó el «cuaderno de castigos». Ya estaba medio lleno de frases estúpidas como «No debo murmurar con mi hermana porque es de mala educación» o «No debo dibujar partituras en mi cuaderno porque es solo para escribir, no para pintar». Todo estaba salpicado de manchas de tinta, al igual que sus dedos. Al principio de su segundo año de escuela se habían sentido orgullosos de poder escribir con lápiz e incluso con pluma. Ahora habría renunciado encantado a esos cochinos borrones.

—Tienes media hora, Leopold. Mientras le daré la clase de piano a tu hermana, y después saldremos juntos a tomar el aire.

Sumergió el plumín en el tintero y escurrió la pluma con cuidado en el borde del recipiente de cristal. Desganado, comenzó a escribir las primeras palabras, pero enseguida apareció una gruesa mancha brillante de tinta azul en el papel blanco. Daba igual lo que hiciera, con esas malditas plumas no se podía escribir limpio. Hacía poco, Klippi les había enseñado durante la cena su pluma, una Waterman traída de América con un plumín de oro auténtico. Se podía escribir sin tener que sumergir la punta, y tampoco emborronaba. Pero papá había dicho que esos utensilios eran carísimos y demasiado gruesos y pesados para sus deditos. ¡Y dale con los dedos! ¿Por qué no le crecían de una vez?

Después de dos frases, suspiró y metió el plumín en el tintero. Ya tenía la mano agarrotada. Abajo volvían a sonar las escalas, primero de do mayor, después de la menor, luego de sol mayor. Por supuesto, Dodo tropezó con la tecla negra, el fa sostenido. Pobre, seguramente nunca tocaría bien el piano, pero tampoco era lo que buscaba. Dodo quería ser aviadora. Pero eso solo lo sabían él y mamá.

Se limpió la mano manchada de tinta con un trapo y se levantó. Daba igual si escribía esa bobada ahora o después de la cena, de todas formas se había quedado sin su media hora de piano. Podía intentar colarse en la cocina y ver si la señora Brunnenmayer había hecho galletas. Abrió la puerta con cuidado y recorrió el pasillo hacia la escalera de servicio. Allí estaba a salvo, la institutriz jamás utilizaba esa escalera, daba mucha importancia a usar la escalinata principal como si fuera un miembro más de la familia. En la cocina también estaba protegido de ella porque pocas veces se dejaba ver por allí.

—¡Vaya, pero si es Leo! —dijo la señora Brunnenmayer cuando apareció—. ¿Te has escapado de tu cuidadora, chico? Entra, no te quedes ahí.

¡Qué bien olía! Se acercó contento a la larga mesa, donde la cocinera estaba preparando una ensalada de col con tocino y cebolla. Gertie picaba patatas cocidas, y junto a ella estaba sentada Else. Entonces antes había acertado, era ella. Estaba pálida y arrugada, todavía tenía la mejilla un poco hinchada, pero al menos ya podía picar cebolla.

—¿Ya estás mejor, Else? —le preguntó todo amabilidad.

—Zin duda. Graciaz por preguntar, Leo. Ya eztoy mejor.

La escudriñó con la mirada, porque al principio no entendió bien lo que decía. Supuso que era porque le faltaban un par de dientes. Bueno, volverían a crecerle. A él también se le habían caído dos dientes de leche, y por debajo asomaban los nuevos.

—¡Y todos nos alegramos de que hayas vuelto, Else! —dijo la cocinera haciéndole un gesto con la cabeza.

Else cortaba las cebollas a golpes, y consiguió sonreír sin abrir la boca.

—¿Quieres probar las galletas de especias, chico? —preguntó Gertie, satisfecha—. Las hicimos ayer. Para Navidad.

Dejó el cuchillo y se limpió las manos en el delantal antes de ir a la despensa. Gertie era delgada y ágil como un gato. Más rápida incluso que Hanna, y también era más lista.

—Trae también la lata de las rosquillas de frutos secos —le dijo la señora Brunnenmayer—. Puedes llevarle un par a tu hermana, Leo.

Gertie regresó con dos grandes latas, las dejó en la mesa y las abrió. El olor a cebolla enseguida se vio eclipsado por el maravilloso aroma a especias navideñas, y Leo tragó la saliva que se le acumuló en la boca. Cogió dos grandes galletas de especias, una estrella y un caballito, y cuatro rosquillas de frutos secos. Además de avellanas, también tenían almendras. Y caramelo. Cuando mordió una, la corteza crujió entre los dientes. Por dentro, la rosquilla era blanda, dulce y pegajosa. Leo devoró su parte para que le llegara cuanto antes al estómago, donde nadie, ni siquiera la señora Von Dobern, podría quitársela. Con lo que había cogido para Dodo sería más difícil; envolvió la galleta y las dos rosquillas en su pañuelo, pero la estrella era demasiado grande y el paquetito no le cabía en el bolsillo.

—Pues tendremos que partir la estrella por la mitad —propuso Gertie—. Sería una pena que se la comiera la persona equivocada.

La cocinera no dijo nada, apartó la ensalada de col y acercó el cuenco con la ensalada de patata, que mezcló con dos grandes cucharas de madera. Cualquiera que la conociera, sabía por sus movimientos que estaba enfadada. Leo se guardó el pañuelo con los tesoros y pensó en cómo pedirle una trampa para ratones. Pero como Else estaba allí sentada, prefirió no hacerlo. No podía fiarse de ella, siempre se ponía del lado de los fuertes, y por desgracia la señora Von Dobern tenía enchufe con la abuela.

—¿Hay salchichitas para cenar?

—Podría ser —respondió Gertie, misteriosa.

—¡Las estoy oliendo! —Leo se relamió.

—¡A ver si te vas a equivocar, chico!

Julius entró en la cocina y le sorprendió ver allí a Leo.

—Por ahí arriba corre una musaraña, muchachito —le dijo—. Ten cuidado de que no te muerda.

Leo lo entendió enseguida. La institutriz había dejado a Dodo practicando en el salón rojo y había subido a fumarse un cigarrillo en su cuarto. Debía tener cuidado para no darse de bruces con ella.

—Entonces me voy. Muchas gracias por las galletas.

Sonrió a todos, se palpó el bolsillo lleno hasta los topes y se deslizó hacia arriba por la escalera de servicio.

—Es una vergüenza —oyó decir a sus espaldas a la señora Brunnenmayer—. Antes todos se sentaban juntos en la cocina y se divertían. Liese y los dos chicos y Henny y los mellizos. Y ahora...

—La cocina no es sitio para los hijos de los señores —la contradijo Julius.

Leo no oyó más. Había llegado a la puerta del segundo piso y oteó el pasillo a través de la ventana. Vía libre, la institutriz debía de estar en su cuarto. En realidad era la habitación de la tía Kitty, pero por desgracia ella se había marchado, así que la abuela había instalado allí a la señora Von Dobern. ¡Para que estuviera cerca de los niños!

Abrió la puerta con cuidado y salió al pasillo. Habría sido mala suerte que la señora Von Dobern se hubiera dado cuenta de que no estaba en el cuarto y lo aguardara allí. Le gustaba hacer ese tipo de cosas, aparecer justo cuando no se la esperaba. Porque se consideraba más lista que nadie.

Decidió regresar al cuarto de los niños de todos modos, y si era necesario le diría que había tenido que salir. Avanzaba con tanto sigilo que apenas se oían sus pasos, aunque poco podía hacer para evitar que la tarima crujiera. Ya casi lo había logrado, tenía la mano en el picaporte cuando oyó a su espalda el ruido de una puerta que se abría.

Qué mala suerte. Qué malísima suerte. Se volvió haciendo un esfuerzo por no poner cara de que lo habían pillado, pero entonces se quedó perplejo. La señora Von Dobern no salía de su habitación sino del dormitorio de sus padres.

Leo sintió una breve punzada en el pecho. No podía hacer eso. No se le había perdido nada allí, esa habitación les estaba prohibida incluso a Dodo y a él. Era de sus padres.

—¿Qué haces en el pasillo, Leopold? —le preguntó la institutriz en tono de reproche.

Por muy severa que fuera su mirada, él se había dado cuenta de que el cuello se le había puesto rojo. Seguro que las orejas también, pero no se le veían porque el pelo se las tapaba. La señora Von Dobern sabía que la habían pillado. ¡Esa maldita bruja estaba husmeando en el dormitorio de sus padres!

—Tenía que ir al lavabo.

—Pues cámbiate para salir —dijo—. Voy a buscar a Dodo, daremos un bonito paseo por el parque antes de cenar.

Él se quedó en el pasillo y la miró fijamente. Furioso. Herido. Acusador.

—¿Algo más? —preguntó ella, y levantó sus delgadas cejas.

—¿Qué hacía ahí dentro?

—Tu madre ha llamado y me ha pedido que mire si se ha dejado el broche rojo en la mesilla.

Así de fácil. Los adultos mentían igual de bien que los niños. Tal vez incluso mejor.

—No queremos preocupar a mamá con esa tonta historia de la ventana, ¿verdad, Leopold?

La institutriz le sonrió. Leo pensó que aún le quedaba mucho por aprender. Los adultos no solo mentían mejor, también chantajeaban mejor.

La dejó con la incertidumbre y no respondió, sino que fue hacia la escalera.

Abajo, en el vestíbulo, Gertie ya lo esperaba con sus botas marrones de piel y el abrigo de invierno. Dodo, disgustada, se tironeaba del gorro de lana que Gertie le había calado hasta las orejas.

—Odio salir a pasear —le dijo a Leo—. Lo odio, lo odio, lo...

—¡Toma! —Sacó del bolsillo el paquetito envuelto en el pañuelo y se lo dio.

Ella lo miró con ojos de sorpresa. Se metió una rosquilla de frutos secos en la boca y masticó a dos carrillos.

—¿Viene ya? —farfulló, y cogió un trozo de galleta de especias.

—Qué va. Está delante del espejo poniéndose guapa.

—Pues tiene para rato.

# 10

A Elisabeth le ardían las mejillas, en el salón donde se celebraba el banquete navideño hacía un calor insoportable. También podían tener algo que ver las copitas de aguardiente, que en esa región se tomaban antes, durante y después de la comida. La tía Elvira le había explicado que era necesario porque los platos eran muy grasientos.

—¡Por el Niño Jesús en el pesebre! —exclamó Otto von Trantow, y levantó la copa de vino tinto francés.

—Por el Niño Jesús.

—Por el Redentor que ha nacido hoy.

Elisabeth brindó con Klaus, con la señora Von Trantow, después con la tía Elvira, con la señora Von Kunkel y por último con Riccarda von Hagemann. El líquido granate refulgía a la luz de las velas, y las copas talladas de la tía Elvira resonaban melódicas. Otto von Trantow, dueño de una extensa finca cerca de Ramelow, le dedicó una elocuente sonrisa a Elisabeth por encima de la copa. Ella se la devolvió y bebió solo un sorbito de borgoña. Ya había estado en varios banquetes pomeranos como aquel, y al día siguiente siempre se sentía morir.

«Para ser la dueña de una finca tienes muy poco aguante, querida», comentaba Klaus sin piedad cuando se levantaba de la cama por la noche, pálida y quejosa, y se deslizaba hacia el baño. Esta vez no le pasaría lo mismo, tendría cuidado.

—Qué noche tan navideña, Elvira —comentó Corinna von Trantow, una imponente dama que rondaba los cuarenta pero que parecía mayor debido a su cabello encanecido—. Los carámbanos cuelgan del tejado unos junto a otros, como soldados.

Todos miraron hacia la ventana, donde gruesos copos de nieve bailaban en el jardín nevado a la luz de una farola. La temperatura era de unos quince grados bajo cero, habían puesto un fardo de paja en las casetas de los perros para que no se congelaran, aunque Leschik había negado con la cabeza diciendo que no era bueno malacostumbrar a los perros. Los lobos del bosque sobrevivían al invierno sin paja. Pero Klaus adoraba a sus perros, a los que entrenaba para la caza, y Leschik había tenido que ceder.

Siguiendo la tradición, al final de la mesa se sentaban los jóvenes y los empleados con derecho a celebrar las fiestas con los señores. Los Trantow se habían traído a una institutriz de edad avanzada que vigilaba a Mariella, de seis años, y a su hermana de once, Gudrun. Junto a la niñera, cuyo corsé casi la estrangulaba, estaba el bibliotecario Sebastian Winkler con su gastada chaqueta marrón, y a su lado, los dos hijos adultos de la familia Kunkel: Georg y Jette. Georg Kunkel era conocido por ser un donjuán de mucho éxito y un holgazán; había dejado los estudios en Königsberg y, como su padre aún estaba en forma, el chico se dedicaba más a los aspectos agradables de la vida que a la finca familiar. A diferencia de su hermano, Jette era tímida. A sus veintiséis años, ya era más que casadera, pero no destacaba por su atractivo, así que hasta el momento no había tenido pretendientes serios. Sebastian, que se sentía incómodo en esa mesa tan grande, había entablado con ella una conversación sobre las costumbres navideñas pomeranas que hacía que a la muchacha le brillaran los ojos. Elisabeth, secuestrada por la señora Von Trantow y su parloteo, miraba una y otra vez por encima de la mesa hacia Sebastian. No le gustaba el entusiasmo que despertaba en su compañera de mesa. No cabía duda de que la familia vecina jamás consideraría la posibilidad de tener por yerno a un bibliotecario, y además de origen humilde. Pero si la pequeña se encaprichaba de Sebastian y nadie más mordía el anzuelo...

—¡Ah! —exclamó Erwin Kunkel—. ¡El ganso asado! Llevo todo el día pensando en él. ¿Con castañas?

—Con manzanitas y castañas, ¡como debe ser!

—¡Fabuloso!

En el campo no tenían lacayo, así que la rechoncha ayudante de cocina dejaba las bandejas encima de la mesa y después era costumbre que el señor de la casa trinchara el asado y su esposa le alcanzara los platos. A Lisa no le molestaba en absoluto que la tía Elvira desempeñara su papel; en cambio, Klaus disfrutaba cumpliendo con su obligación. Bajo la atenta mirada de los presentes, afiló el cuchillo de trinchar y a continuación separó la carne del hueso con precisión, como un cirujano. Loncha a loncha, el crujiente y aromático ganso navideño cayó víctima de su cuchillo en raciones individuales.

Lisa, que había renunciado al corsé hacía varios años y ya solo llevaba un ligero corpiño, respiró hondo y se preguntó si no debería saltarse ese plato. Sopa de menudillos de pato, anguila ahumada y ensalada de arenque, después lomo de ciervo con guarnición y salsa de ciruelas pasas; hasta ahí ya había sido todo un reto. Sentía náuseas al pensar que después del asado de ganso aún quedaban el pudin de nata y los buñuelos de queso fresco. ¿Cómo podía esa gente engullir de esa manera? No es que en Augsburgo pasaran hambre en Navidad, pero allí no se servían cantidades ingentes de platos tan grasientos. Ni tampoco tanto licor. Ahora entendía por qué el tío Rudolf siempre llegaba con su propia botella de vodka cuando acompañaba a Elvira en su tradicional visita navideña.

—¡Por la Nochebuena! —exclamó Klaus von Hagemann levantando su copa de vodka.

—¡Por Alemania, nuestra patria!

—¡Por el emperador!

—¡Eso! Por nuestro gran emperador Guillermo. ¡Larga vida al emperador!

Klaus se había adaptado al lugar con una rapidez asombrosa. Había engordado un poco, solía usar botas altas y vestir con pantalones de montar y una chaqueta de lana. Dos operaciones en el hospital Charité de Berlín, realizadas por el famoso médico Jacques «Narices» Joseph, habían dado un aspecto humano a su rostro desfigurado. En las mejillas y la frente aún se veían las cicatrices de las quemaduras, pero había tenido la suerte de conservar la vista. Y el pelo volvía a crecerle poco a poco. Pero sobre todo estaba entregado a su labor como administrador de la finca. La tarea parecía estar hecha a su medida, más aún que la de oficial; se pasaba el día fuera, se ocupaba de los campos de cultivo, de los prados y del ganado, negociaba con los campesinos, los vecinos, los tratantes de madera y con la jefatura del distrito, y por la noche tenía tiempo incluso de llevar la contabilidad.

Elisabeth sabía que al llevárselo a Pomerania lo había salvado. Ser un mutilado de guerra desfigurado, sin perspectivas laborales ni medios económicos, era algo que Klaus von Hagemann no habría soportado, y tarde o temprano se habría quitado la vida. Elisabeth se dio cuenta, y por eso le hizo esa oferta. Klaus enseguida había percibido que ella amaba a Sebastian Winkler, tenía un afilado instinto para esas cuestiones. Aun así, se comportaba de forma correcta, ni una sola vez había mencionado sus visitas a la biblioteca. El matrimonio Von Hagemann mantenía las formas, dormían en las antiguas camas talladas que antes habían ocupado el tío y la tía. Después de que operaran a Klaus por segunda vez y su nueva nariz estuviera más o menos curada, él quiso ejercer sus derechos conyugales de vez en cuando. Elisabeth no se había resistido, ¿por qué iba a hacerlo? Seguía siendo su marido, y además era un amante hábil y experimentado. Por desgracia, el hombre al que ella deseaba no hacía ningún amago de seducirla. Sebastian Winkler se sentaba en la biblioteca y escribía sus crónicas.

—¿Una pata crujiente, Lisa? Toma dos albóndigas. El chucrut lleva manzanitas y tocino asado.

No oyó el resto. Al ver el plato a rebosar que le pasaba la tía Elvira, Elisabeth sintió náuseas. Dios mío, no tenía que haberse terminado el vasito de licor. Levantó la mirada y comprobó que la mesa, con su decoración festiva, las velas encendidas y las copas relucientes, comenzaba a dar vueltas. Después ya solo vio el ganso asado que Klaus trinchaba con cuchillo y tenedor. Se aferró desesperada a la falda del mantel blanco. Por favor, no podía desmayarse en ese momento. O peor aún, vomitar sobre el plato lleno.

—¿Te encuentras bien, Elisabeth? —oyó decir a su suegra.

—Creo... creo que necesito un poco de aire fresco.

Tenía las manos frías como el hielo y el mareo había remitido un poco. Lo que estaba claro era que, si seguía viendo y oliendo aquel asado de ganso, en su estómago sucedería algo terrible.

—Vaya... ¿Quiere que la acompañe, querida? —preguntó la señora Von Trantow, que estaba sentada a su lado.

Su tono de voz indicaba que prefería no alejarse de su plato. Elisabeth dijo que no con la mano.

—No, no. Coma tranquila. Volveré enseguida.

—Tómese otro vodka, o un *slivovitz*, fortalecen el estómago.

—Muchas gracias —dijo Lisa con un hilo de voz, y huyó del salón.

Una vez en el pasillo notó la corriente de aire y se sintió mejor. Qué agradable era poder moverse en lugar de estar atrapada en la mesa entre aquellas personas que no paraban de comer y beber. Sin embargo, los vapores de la cocina que llegaban al pasillo también la mareaban, así que abrió la puerta de la entrada y salió al patio cubierto de nieve. Uno de los perros se despertó y comenzó a ladrar, los gansos graznaron un poco en los corrales, luego los animales se calmaron. Elisabeth inspiró el frío y limpio aire invernal y sintió que el corazón le latía con fuerza. Veía la nieve caer a la luz de los dos faroles a derecha e izquierda de la entrada. El viento empujaba la nieve hacia la casa, una neblina blanca y brillante se desprendía del tejado del granero y se arremolinaba en el patio. Los copos se posaban sobre su rostro acalorado, le hacían cosquillas en el cuello y el escote, y quedaban atrapados en su pelo recogido. Era una sensación liberadora, de una rara belleza. Se le calmó el estómago y se le pasaron las ganas de vomitar.

En el fondo esa gente la ponía de los nervios. En la región, durante las fiestas, era costumbre invitar y visitar a los vecinos. Los escasos propietarios llevaban una vida muy solitaria el resto del año, así que los días de fiesta se convertían en un acontecimiento social y culinario.

«Ya te acostumbrarás», le había dicho la tía Elvira para consolarla. No obstante, cada año le agradaban menos las mesas decoradas en exceso, las mismas conversaciones acerca de criados y pueblerinos, y sobre todo las sempiternas historias sobre caza. Ese no era su mundo. Por otro lado, ¿cuál era su mundo? ¿Dónde estaba el lugar que la vida le tenía reservado?

Apoyó la espalda en un poste de madera del alero y se cruzó de brazos. La Navidad en la villa de las telas, ¿era eso lo que echaba de menos? Bah, sin papá nunca volvería a ser como en su infancia. Hoy, el primer día de las fiestas, estarían en el comedor compartiendo alegremente la mesa con Ernst von Klippstein y Gertrude Bräuer, la suegra de Kitty. Quizá también estuviera su cuñada, Tilly. Mamá le había escrito que ya había aprobado el examen preliminar de Medicina en Múnich, un paso importante para obtener el título. Tilly era una de las pocas mujeres de la facultad, era ambiciosa y estaba decidida a convertirse en médico. Lisa suspiró; pobre Tilly. Sin duda conservaba la secreta esperanza de que su doctor Moebius regresara de Rusia algún día. ¿Estudiaba con tanto ahínco solo porque él la había animado a hacerlo? El doctor Ulrich Moebius era un tipo simpático, un buen profesional y una persona amable. Aquella vez que celebraron la Navidad en el hospital de campaña, tocó tan bien el piano...

En realidad, Marie era la única a la que podía considerarse afortunada, pensó Lisa con tristeza. Tenía a su amado Paul y a sus encantadores niños, y ahora incluso un atelier en el que diseñaba y vendía ropa. Le parecía injusto que alguien tuviera tanto y otros tampoco. Aunque Tilly al menos disfrutaba de sus estudios. Y Kitty, de su hijita y la pintura. Pero ¿qué tenía ella?

Si al menos se hubiera quedado embarazada... Pero el cruel destino también le había negado esa alegría. Lisa sintió que crecía en su interior la horrible y familiar sensación de haberse quedado con las ganas, pero hizo lo posible por ignorarla. No servía de nada, solo la hundiría más aún. Además, provocaba arrugas y empañaba la mirada.

De pronto se asustó porque la puerta se abrió a su espalda.

—Se resfriará, Elisabeth.

¡Sebastian! Estaba en el umbral y le sostenía el abrigo de forma que ella solo tuviera que deslizarse dentro de él. Su ánimo sombrío desapareció de un plumazo. Se preocupaba por ella. Estaba junto a Jette Kunkel y se había levantado y había dejado allí sentada a su afectuosa compañera de mesa para llevarle un abrigo a ella, a Elisabeth.

—Muy atento por su parte —le dijo mientras dejaba que le pusiera el abrigo sobre los hombros.

—Bueno, he tenido que salir y al cruzar el pasillo la he visto bajo la nieve.

Ajá. En fin, no era tan romántico como ella había creído. Pero algo es algo. Había sido agradable sentir sus manos en los hombros aunque solo hubiera sido un instante, ya que en cuanto le puso el abrigo dio un paso atrás. Era desesperante, ¿acaso tenía la lepra? ¿La peste? Podría haberse quedado un ratito junto a ella, inclinarse sobre su nuca e insinuar un beso en la piel desnuda. Pero por desgracia Sebastian Winkler solo hacía esas cosas en su imaginación.

—Es una imprudencia, Elisabeth. Salir del caldeado salón al frío podría costarle una pulmonía.

Y ahora encima le daba lecciones. ¡Como si no lo supiera!

—Necesitaba tomar un poco de aire fresco. No me encontraba bien.

Se ciñó el abrigo y fingió que todavía estaba mareada. Y funcionó. El rostro de Sebastian enseguida expresó compasión e inquietud.

—Semejante comilona no puede ser sana. Y el alcohol, sobre todo ese licor ruso que beben como si fuera agua. Debería echarse un rato, Elisabeth. Si quiere, la acompaño arriba.

Si Klaus le hiciera esa oferta a una mujer, el desenlace estaría claro desde el principio. Pero Sebastian cumpliría con su deber de acompañarla escaleras arriba y se despediría ante la puerta de su dormitorio con sinceros deseos de que se recuperara. Eso sería lo que haría, ¿verdad? Bueno, era cuestión de probar.

—Sí, creo que será lo mejor.

Los interrumpieron: la puerta del salón se abrió y Jette Kunkel salió al pasillo con las dos niñas Trantow.

—¡Oh, cómo nieva! —exclamó Jette—. ¿No os parece mágico ver cómo el viento arrastra los copos blancos?

—«Empuja el viento rebaños de copos por el bosque invernal como un castor.» —recitó Gudrun, de once años.

—Es «pastor», querida Gudrun, no castor —la corrigió Sebastian con una sonrisa—. El viento empuja el rebaño, por eso es un pastor.

Llevaba la enseñanza en la sangre. No dejaba pasar la oportunidad de enseñar algo. Pero lo hacía de forma simpática, o así se lo parecía a Elisabeth.

—Es verdad, un pastor. Un pastor y su rebaño —repitió Gudrun con una risita—. ¿Vamos afuera? Está todo muy bonito con la nieve.

Su hermana se llevó el índice a la sien y le preguntó si estaba chiflada.

—¡Es una idea estupenda! —exclamó Jette—. Voy a por mi abrigo. Y las botas. Vamos, Gudi.

«Están locas», pensó Elisabeth resentida. Un paseo nocturno en plena tormenta de nieve. A quién se le podía ocurrir algo así. Y por supuesto se llevarían a Sebastian con ellas. Adiós a que la escoltara hasta la puerta de su cuarto. En fin, de todos modos seguramente no habría sucedido nada.

—¿Qué está pasando aquí?

Georg Kunkel se asomaba con aire divertido por la puerta entreabierta del salón; su mirada algo turbia revelaba que había dado buena cuenta del vino tinto.

—Estas locas quieren salir a dar un paseo —informó Mariella.

—No me digas. ¿Las acompañará usted, querida?

Elisabeth estaba a punto de decir que no, cuando la puerta se abrió del todo y el padre de Georg salió al pasillo dando un traspiés, con la tía Elvira y la señora Von Trantow detrás.

—¿Qué vais a hacer? ¿Pasear? ¡Maravilloso! —gritó Erwin Kunkel—. ¡Criados! Traed antorchas. Y nuestros abrigos y botas.

Leschik fue el único que acudió, salió de un rincón oscuro. Las sirvientas y la cocinera estaban ocupadas con el postre.

—¿Antorchas? —exclamó la tía Elvira—. ¿Es que queréis incendiarme el granero? Mejor faroles, Leschik. Que Paula y Miene traigan los abrigos y el calzado.

En el pasillo se produjo un caos formidable, hubo intercambio de abrigos y zapatos, la señora Von Trantow se sentó en un bote de cerámica, dos tarros de ciruelas en conserva que había encima de la cómoda se rompieron, la institutriz chilló que alguien la había «agarrado». Leschik regresó del lavadero con tres faroles encendidos y el grupo por fin salió al patio entre risas y exclamaciones. Los perros ladraron nerviosos y los gansos se despertaron de nuevo; en los establos, el caballo rojizo de Kunkel relinchó.

—¡Seguidme!

La tía Elvira se adelantó dando grandes zancadas y levantó el farol tanto como pudo. Los demás la siguieron más o menos en fila. La señora Von Trantow se apoyaba en su marido, y Erwin Kunkel tuvo que agarrarse del brazo de su esposa Hilda, pues debido al vodka apenas podía tenerse en pie, y mucho menos andar. Elisabeth también se unió a la comitiva, y Sebastian, que al principio había titubeado, la acompañó. En la casa solo se quedaron Christian von Hagemann y su esposa Riccarda, quien dijo que ellos guardarían el fuerte, aunque con la digestión Christian ya se había sumido en un dulce sueño.

El viento helador azotaba a los paseantes, que se levantaron los cuellos de los abrigos, y Georg Kunkel se lamentó de no haberse puesto el gorro de piel. De todos modos, al sentir el aire frío empezaron a espabilarse, los gritos y las risas decayeron, la nieve era profunda y había que prestar atención a dónde se ponía el pie. La silueta de los edificios se alzaba fantasmagórica, los abetos cargados de nieve se convertían en fantasmas deformes, un ave nocturna asustada por el ruido los sobrevoló durante un rato, lo que hizo suponer a Jette Kunkel que se trataba del Espíritu de la Navidad. Corinna von Trantow les recordó el frío que debió de pasar la Sagrada Familia en el pesebre.

—¡Con nieve y hielo, imaginaos!

—Y ni siquiera una hoguerita. ¡Se les congelarían los dedos!

—Así de miserable fue la llegada al mundo de Jesucristo Nuestro Señor.

Elisabeth no veía el rostro de Sebastian en la penumbra, pero sabía que estaba haciendo grandes esfuerzos por contenerse. Si comentaba que en Belén no se conocían las tormentas de nieve ni las temperaturas bajo cero habría hecho añicos las románticas imágenes de las damas.

—¿Se encuentra bien, Elisabeth? —preguntó él en voz baja.

—Estoy mejor, aunque un poco débil todavía.

Elisabeth aprendía rápido. Sebastian le ofreció el brazo, ella se agarró a él y dejó que la guiara alrededor de una carretilla cubierta de nieve que alguien había olvidado en el camino. Qué atento era. Y cómo parloteaba, a diferencia de en la biblioteca, donde solía sopesar cada palabra. Ese paseo nocturno había abierto compuertas que solía mantener cerradas por recelo.

—De niño recorría a menudo bosques nevados en la oscuridad. El camino desde nuestra aldea hasta el instituto de la ciudad era largo. Dos horas de ida, y la vuelta era cuesta arriba, así que me llevaba media hora más.

—Qué duro. Entonces, apenas tendría tiempo de hacer los deberes.

Avanzaba a un ritmo constante, y ella vio que sonreía sumido en sus pensamientos. Seguramente recordaba una infancia feliz y llena de privaciones.

—En invierno, muchas veces nos faltaba la luz. Las velas eran caras y no teníamos toma de gas. Solía sentarme muy cerca del fuego de la cocina e intentaba distinguir los números y las letras de mi cuaderno con el brillo rojizo que desprendían las brasas.

Delante, Georg Kunkel entonó el villancico *Oh, alegre* con su voz de tenor. Algunos se le unieron, pero en la segunda estrofa los cánticos decayeron porque la mayoría había olvidado la letra. La señora Von Trantow se lamentó de no haberse puesto los calcetines de lana, se le congelarían los dedos de los pies.

—En verano trabajábamos en el campo —contaba Sebastian sin prestar atención a los demás—. Había que quitar las malas hierbas, separar el grano, recoger el heno, trillar, cuidar el ganado. Con diez años ya cargaba con sacos de grano hasta el silo, con doce rastrillaba y araba. Lo hacíamos con vacas, solo los ricos podían permitirse un caballo.

Después de sexto, había tenido que abandonar su sueño de ser misionero porque sus padres ya no podían pagar la escuela. Así que asistió a un curso para hacerse profesor. Dio clase a los niños de Finsterbach, cerca de Núremberg, durante diez años, y entonces estalló la guerra. Sebastian Winkler fue de los primeros en ser llamado a filas.

—La guerra, Elisabeth, fue lo peor que pudo pasar. Yo los eduqué, les enseñé a escribir y a contar, empleé todas mis energías en convertirlos en personas decentes y honestas. Pero, a la vez que a mí, también llamaron a filas a siete de mis antiguos alumnos. Tenían diecisiete, algunos dieciocho años; tres habían encontrado trabajo en la fábrica de camas, dos ayudaban en la granja familiar, uno incluso había ingresado en el instituto de Núremberg. Quería ser sacerdote, un chico listo y obediente.

Se detuvo para sacar un pañuelo. Lisa estaba conmovida y sentía un intenso deseo de consolarlo entre sus brazos. ¿Y por qué no? Se habían quedado un poco rezagados, estaba oscuro. Nadie lo veía.

—No regresó ninguno —murmuró Sebastian, y se secó la cara—. Ni uno solo. Tampoco los más jóvenes.

Ya no aguantó más. Movida por un impulso, le rodeó el cuello con los brazos y apoyó la cabeza en su pecho cubierto de nieve.

—Lo siento muchísimo, Sebastian.

Si estaba sorprendido, no lo demostró. Seguía nevando y permaneció tranquilo. Tras unos segundos de angustia, Lisa sintió que su mano le acariciaba con suavidad la espalda. Ella no se movió, temblaba con cada latido, esperando que ese instante maravilloso durara una eternidad.

—No puede ser, Elisabeth —lo oyó decir en voz baja—. No seré el hombre que destruya un matrimonio.

¡Por fin! Llevaban tres años sin intercambiar una sola palabra al respecto. Ni ella ni él se habían atrevido a abordar tan delicado tema.

—Ya no es un matrimonio, Sebastian.

Él le acarició la mejilla con la mano enguantada y ella lo miró. Se había quitado las gafas por la nevada y, sin los cristales protectores, su mirada parecía más infantil, más clara, también más soñadora.

—Eres su esposa —susurró.

—No lo amo. Te amo a ti, Sebastian.

Eso fue demasiado. Su primer beso fue un roce tímido, casi imperceptible, de sus labios. Solo un dulce hálito, el aroma de su jabón de afeitar, su piel, todo mezclado con pequeños copos de nieve. Pero la magia de ese roce inocente fue traidora, abrió todas las compuertas y la pasión contenida durante tanto tiempo se apoderó de ellos.

Sebastian fue el primero en despertar del delirio, le puso las manos en las mejillas y la apartó con suavidad.

—¡Perdóname!

Ella no respondió, esperó con los ojos cerrados sin querer aceptar que había terminado.

—Guardaré tu declaración en mi corazón para siempre, Elisabeth —dijo en voz baja y aún sin aliento—. Me has hecho el hombre más feliz del mundo. Y ya sabes lo que siento yo.

Poco a poco volvió en sí. La había besado de verdad. No había sido un sueño. Y qué manera de besarla; ya podría aprender Klaus de él.

—¿Qué es lo que sé? No sé nada, Sebastian. ¡Dímelo!

Él se volvió. Se toqueteó los guantes y miró hacia delante, donde los paseantes nocturnos se habían detenido y deliberaban sobre el camino de regreso. Se oía la voz enérgica de la tía Elvira imponiéndose sobre la de Erwin Kunkel, que gritaba a pleno pulmón:

—Queremos recuperar al bueno de nuestro empera-dooor...

—¡Silencio! —exclamó Elvira—. Seguiremos la valla del jardín. Pensad en el pudin y en los buñuelos de queso fresco que nos esperan en casa.

—Los buñuelos y el delicioso bolo... belo... ¡Beaujolais!

Estaba claro que el grupo daría media vuelta y regresaría a la casa por el mismo camino. Cualquier otra idea habría sido absurda, porque ya habían marcado el sendero a través de la profunda nieve.

—Deberíamos alejarnos un poco del camino, escondernos y luego unirnos a ellos sin que se den cuenta —propuso Sebastian, abochornado—. Para que no haya problemas.

—Todavía no me has dado una respuesta.

—Ya la sabes, Elisabeth.

—No sé nada de nada.

Era demasiado tarde, ese cobarde iba a librarse de la confesión que ella tanto deseaba oír. Los faroles titilantes se acercaban, ya se distinguían algunos rostros, la risa atronadora de Otto von Trantow. Se oía con más fuerza aún la hermosa canción que sonaba antes con la melodía de *Üb immer Treu und Redlichkeit*:

—«El emperador es un gran hombre y vive en Berlín. Y si no quedara tan lejos viajaría hoy mismo hasta allí.»

—¡Virgen santa! —gimió Sebastian en voz baja—. Vamos, Elisabeth. Apartémonos del camino.

Esperaron detrás de un enebro cubierto de nieve hasta que el grupo pasó de largo. Poco quedaba ya de la euforia inicial, casi todos tiritaban, las dos niñas estaban tan agotadas que apenas podían levantar los pies; Georg Kunkel se había ofrecido a llevar a caballito a Mariella, que tenía seis años. La tía Elvira seguía sosteniendo en alto su farol casi apagado, y los otros dos faroles solo despedían un débil fulgor mortecino.

—Tengo las rodillas como carámbanos.

—Mis pies, mis pobres pies.

—En presencia de las damas me es imposible decir todo lo que tengo congelado.

Sebastian y Elisabeth se unieron a los demás sin que se dieran cuenta; nadie les prestó atención, tan solo suspiraban por el agradable calor del salón. Todos, y en especial las damas, se preguntaban a quién se le había ocurrido la estúpida idea de salir a caminar de noche en plena tormenta de nieve. Ya estaban muy cerca de la casa, los perros ladraban y por la ventana se veía la sala iluminada.

Delante de la chimenea, Klaus von Hagemann abrazaba a la joven criada, que se había abierto la blusa y el corpiño y en absoluto parecía rechazar las apasionadas caricias de su señor.

Elisabeth se quedó sin aliento. Notó que Sebastian la rodeaba con el brazo, pero no era más que un débil consuelo. No podía creer lo que estaba viendo. Y no era la única.

—¡Diablos! —se le escapó a Erwin Kunkel.

—¡Parecía tonto! —murmuró Otto von Trantow con admiración.

—¿Qué está haciendo el tío Klaus? —pio Mariella, que tenía las mejores vistas del salón desde la espalda de Georg.

Las damas guardaron un silencio incómodo. La señora Von Trantow fue la única que susurró:

—Increíble. ¡Y el día de Nochebuena!

Cuando la ensimismada pareja se percató de que había público en el patio, la criada se apartó de Von Hagemann con un grito asustado, se cerró la camisa sobre el pecho y salió corriendo.

Nadie mencionó el suceso durante el resto de la velada, pero Elisabeth sufrió lo indecible bajo las miradas de curiosidad y compasión. En realidad no tenía derecho a hacerle el más mínimo reproche a Klaus, pero él la había engañado en público y la había dejado a merced de las burlas. Y lo peor era que ni siquiera parecía lamentarlo.

Ya entrada la noche, cuando todos los invitados se habían retirado a su cuarto y Elisabeth subía la escalera con su tía para irse también a dormir, Elvira creyó que era su deber consolar a su sobrina.

—Sabes, muchacha —dijo con una sonrisa—, estas cosas son propias de los hacendados. Qué se le va a hacer, para ellos es cuestión de «salud mental» y «actividad física».

# 11

El año comenzó en Augsburgo con nieve, que se derritió durante los primeros días de enero. El tiempo lluvioso desbordó los riachuelos, los campos del barrio industrial se inundaron, y en los caminos se formaron grandes charcos que por la noche se convertían en traicionero hielo. Por encima de aquella desolación gris, el cielo invernal cargado de nubes amenazaba con más lluvias.

Cuando llegó a la fábrica, Paul hizo su ronda habitual por las naves, habló con algún que otro capataz sobre los ciclos de producción y admiró las nuevas hiladoras de anillo, que arrojaban resultados excelentes. Lo único que le preocupaba eran los pedidos, pues las máquinas aún no estaban a pleno rendimiento. La economía alemana se recuperaba despacio y sufría muchos reveses, pero al menos el marco seguro había demostrado su eficacia. Sin embargo, las elevadísimas reparaciones que debía pagar Alemania frustraban cualquier éxito. La cuenca del Ruhr seguía ocupada por soldados del país vecino. ¿Cuándo entenderían los franceses que una economía alemana débil no los beneficiaba en nada, sino que también les causaba un gran perjuicio?

Subió la escalera del edificio de administración con el ánimo ensombrecido. ¿Por qué estaba de tan mal humor? Los negocios no iban tan mal, la inflación parecía contenida, y el contrato con América era cosa hecha. Sería por el mal tiempo. O por el molesto dolor de garganta que se empeñaba en ignorar. No podía permitirse un resfriado, y menos aún acompañado de fiebre.

Se detuvo delante de la puerta del recibidor para quitarse los zapatos. No acostumbraba a escuchar las conversaciones de sus secretarias, pero era imposible no oír la voz de la señorita Hoffmann.

—Dicen que es encantadora y que accede a peticiones personales. Una vecina mía conoce a la señora Von Oppermann, y por lo visto le ha encargado dos vestidos y un abrigo.

—Claro, porque tiene medios para ello.

—Al parecer, también le ha diseñado varios vestiditos a la Menotti.

—¿A la cantante? No puede ser. Se lo habrá pagado su amante. El joven Riedelmeyer, ¿no?

—Sí. Mi vecina dice que él asistió a todas las pruebas.

—Qué listo...

Paul giró la manija con fuerza y cruzó el recibidor. En la sala de las secretarias la conversación enmudeció y fue sustituida por el ruido de las teclas de las máquinas de escribir. Increíble, sus empleadas parloteaban entre ellas en lugar de trabajar.

—Buenos días, señoras.

Las dos lo saludaron de buen grado con gesto inocente. Henriette Hoffmann se levantó de un salto para recogerle el abrigo y el sombrero, y Ottilie Lüders lo informó de que el correo estaba en su escritorio, como siempre, y que el señor Von Klippstein deseaba hablar con él cuando tuviera un momento.

—Gracias. Las avisaré cuando esté listo.

La señorita Hoffmann ya estaba llevando a su despacho una bandeja con una taza de café y un platito de galletas caseras —seguramente le habían sobrado de Navidad—, y la estufa estaba encendida. Ambas eran muy eficientes, lo cierto era que no tenía ningún motivo de queja.

¿Por qué no iban a hablar sus secretarias sobre la casa de modas de Marie? Él sabía que tenía mucho éxito y que ya había logrado una larga lista de clientes. Se alegraba por ello, de hecho venía a confirmar sus predicciones. Estaba orgulloso de su esposa. Sí que lo estaba. Aun así, hasta ahora no tenía noticia de que hubiera hombres presentes en las pruebas. Le pareció extraño. Pero supuso que era una excepción y que no valía la pena comentárselo a Marie.

Se sentó y ojeó la pila de cartas, seleccionó las más importantes y utilizó el abrecartas de jade verde. Antes de concentrarse en la primera —una comunicación de la oficina tributaria municipal—, bebió un sorbo de café y se comió una estrella de canela. Le costó tragar, debía de tener la garganta inflamada. A cambio, la galleta estaba bastante rica; ¿las habría hecho de verdad la señorita Hoffmann? El sabor a canela despertó los recuerdos de la Navidad y se perdió en sus pensamientos.

En realidad todo había sido como siempre. Este año Gustav y él habían talado el abeto juntos. Julius los había ayudado y Leo los había estorbado. Por desgracia, el chico era bastante torpe para esas cosas. En cambio Dodo había recogido con Gertie las ramas con las que después se adornaron las estancias. La pequeña Gertie era una muchacha muy servicial, qué acierto haberla contratado. Algo que por desgracia no se podía decir de Serafina von Dobern. Era una mujer difícil, los niños eran tercos, no hacían caso de sus indicaciones y aprovechaban cualquier oportunidad para engañar a la institutriz. El asunto era más delicado si cabe porque Serafina era amiga íntima de Lisa y por lo tanto no se la podía tratar como a una empleada. Paul había hablado varias veces con Marie sobre ese tema, pero sin llegar a ninguna conclusión. Al contrario, había provocado peleas innecesarias, ya que Marie opinaba que debían despedir a Serafina cuanto antes.

—Esa mujer es fría como el hielo. Y no soporta a los niños. ¡Me niego a que siga torturando a Dodo y a Leo!

No quería darse cuenta de que así provocaba a mamá y debilitaba su salud. Le preocupaba que su mujer fuera tan insensible. Varios conocidos le habían comentado el aspecto enfermizo de mamá, la señora Manzinger incluso le había propuesto llevarse a su querida Alicia a Bad Wildungen a tomar las aguas. Por supuesto, mamá había rehusado.

—¿A tomar las aguas? Pero Paul, no puedo marcharme de la villa varias semanas, así, sin más. ¿Quién se ocupará de la casa y de los niños? No, no, este es mi sitio. ¡Aunque no siempre me lo pongan fácil!

Durante la Navidad, Paul había hecho sinceros esfuerzos por reconciliar a las mujeres: animó a mamá, fue amable con Serafina y trató a Marie con especial ternura. Hizo muñecos de nieve con los niños en el parque, los dejó trepar a los viejos árboles y comprobó que su hija Dodo era mucho más hábil y, sobre todo, mucho más temeraria que su hermano. Leo no quiso saber nada de la emocionante escalada y regresó a la villa sin que se dieran cuenta para volver a aporrear las teclas del piano. Paul no comprendía que Marie considerara inofensiva esa pasión exacerbada por la música.

—Paul, solo tiene siete años. Y además, saber tocar el piano nunca ha hecho daño a nadie.

Paul bebió otro sorbo de café, torció el gesto por el dolor de garganta y después se concentró en el correo. Dos pedidos, uno de tamaño considerable y el otro una nimiedad. Solicitudes de muestras. Ofertas de algodón en rama. Todo carísimo, ¿cuándo bajarían los precios de una vez? De todos modos tenía que comprarlo, había que cumplir con los clientes, aunque de momento el margen de beneficio fuera reducido; en algunos casos ni siquiera cubriría los costes. Pero había que mantener la producción en marcha y pagar a los trabajadores. La situación mejoraría pronto con la ayuda de Dios.

Se permitió una segunda estrella de canela y se terminó el café, ya frío. La Navidad. No, no había sido como siempre. A pesar de sus esfuerzos, no había conseguido aplacar los ánimos en la familia, y las fiestas se vieron empañadas por ello. Habían echado mucho de menos a Kitty en Nochebuena, ya que su hermana prefirió pasarla con Gertrude y Tilly en su casa de Frauentorstrasse. El día de Navidad se habían juntado en la villa, pero los continuos comentarios mordaces de Kitty tampoco permitieron que reinara la paz. Para colmo de males, por la noche él y Marie discutieron, y ni siquiera recordaba por qué. Solo estaba seguro de que se trataba de un asunto ridículo, pero acabó diciendo cosas que tendría que haberse guardado para sí. Era comprensible que Marie estuviera cansada por la noche, al fin y al cabo trabajaba duro. No, él no era el tipo de marido que le haría reproches a su esposa por ello, lo entendía y era capaz de controlarse. Y sin embargo esa noche salió a la luz su decepción, llegó a decir que ella lo quería menos que antes, que lo rehuía, que rechazaba sus cariñosos intentos de acercamiento. Eso afectó mucho a Marie, que se ofreció a cerrar el atelier, lo que por supuesto era absurdo. Y entonces, para rematar, él le dijo algo que lo entristecía desde hacía años y que en ese momento era del todo inapropiado.

—Me pregunto por qué no tenemos más hijos, Marie.

—No tengo la respuesta a esa pregunta.

—Quizá deberías ir al médico.

—¿Yo?

—¿Y quién si no?

Entonces su dulce y cariñosa esposa le echó en cara que solo viera la paja en el ojo ajeno.

—¡Tú también podrías ser la causa!

Él no respondió, se limitó a darle la espalda, se tapó con la colcha hasta los hombros y apagó la lámpara de su mesilla. Marie hizo lo mismo. Permanecieron en silencio con la cabeza apoyada en las almohadas y sin atreverse apenas a respirar. Los dos esperaban que el otro dijera algo que acabara con aquella horrible tensión. Pero no ocurrió. Ni una palabra, tampoco un roce cauteloso con la mano que manifestara la voluntad de hacer las paces. Ya de madrugada, al sentir a su mujer dormida muy cerca de él, su deseo fue tan intenso que la despertó con un suave beso. La reconciliación fue maravillosa, y después ambos se prometieron solemnemente no provocar nunca más una pelea tan tonta e inútil.

El dolor de garganta ya era imposible de ignorar, también tenía una sensación desagradable en los bronquios. Maldita sea, estaba incubando algo.

Revisó por encima el resto del correo y a continuación llamó a la señorita Hoffmann.

—Dígale al señor Von Klippstein que ya puedo atenderlo.

Habría podido ir a verlo él mismo, como hacía tantas veces, pero por algún motivo ese día no le apetecía.

—Y tráigame otro café, por favor. Por cierto, las estrellas de canela están deliciosas.

La secretaria se sonrojó por el cumplido y le explicó que la receta era de una conocida, de la señora Von Oppermann.

—Que, por cierto, es una entusiasta clienta de su esposa.

Eso ya lo sabía, pero de todos modos asintió con amabilidad para que no creyera que envidiaba el éxito de su mujer. Ojalá lo dejaran tranquilo con ese asunto.

Ernst von Klippstein iba impecable, como siempre: traje gris y chaleco a juego; allí incluso se cambiaba de zapatos porque no le gustaba usar botas de invierno en la oficina. Se llevaba a las mil maravillas con las dos secretarias, algo que sin duda se debía a que despertaba en ellas sentimientos maternales. A Ernst lo llevaron al hospital de la villa con varios fragmentos de granada en el vientre, había sobrevivido a duras penas, y las cicatrices todavía le daban quebraderos de cabeza.

—Hoy te veo muy pálido, viejo amigo —comentó Ernst en

cuanto entró por la puerta—. ¿No te habrá alcanzado la ola de resfriados? Está causando estragos.

—¿A mí? Qué va. Solo estoy algo cansado.

Ernst asintió comprensivo y se sentó en uno de los sillones de cuero. Le costó, porque el asiento era bastante profundo, pero disimuló. Seguía siendo un soldado prusiano y daba mucha importancia a la disciplina, sobre todo la suya.

—Sí, este tiempo... —comentó mirando por la ventana hacia las nubes bajas—. Enero y febrero son meses oscuros y fríos.

—Pues sí.

Paul tosió y se alegró de que Ottilie Lüders entrara en ese momento con una bandeja. Por supuesto, había servido dos cafés y el doble de pastas. Además de las estrellas de canela, también había galletas de especias y pastas desmenuzadas.

Ernst cogió una de las tazas de café, que siempre tomaba solo, sin leche ni azúcar. No hizo caso de las galletas.

—Quería hablar contigo de algunos gastos que, en mi opinión, podrían reducirse. Por ejemplo en la cantina.

Antiguamente solo había un comedor con mesas largas donde los trabajadores se sentaban y se tomaban el almuerzo que habían traído. La comida en la cantina se introdujo en tiempos de su padre, y Marie fue quien llevó adelante la iniciativa. Ahora Paul cobraba una pequeña cantidad, pero el plato consistía en carne, patatas y verduras. Antes el plato más habitual era guiso de nabo.

—Servimos la comida demasiado barata, Paul. Si cada trabajador pagara diez céntimos más, podríamos ahorrarnos el subsidio.

El céntimo era una moneda interna que se había introducido por la inflación, como en muchas otras fábricas. Habría sido mucho más incómodo utilizar el marco de papel cuando seguía en vigor, pues habrían hecho falta cestos para pagar las comidas. A los que comían con regularidad en la cantina se les descontaba el dinero del salario en céntimos Melzer, con los que también podían comprar bebidas, jabón o tabaco.

—Esperemos a ver cómo van las cosas.

—Siempre dices lo mismo, Paul.

—En mi opinión, sería mejor ahorrar en otras cuestiones.

Ernst suspiró. La empresa ya era considerada la más generosa en kilómetros a la redonda; recientemente el señor Gropius, de la hilandería de estambre, le había preguntado si a la fábrica de paños Melzer le sobraba el dinero.

—De acuerdo —continuó—. Dejemos en paz a los trabajadores. He calculado que el consumo de carbón en las oficinas ya ha alcanzado las cifras del año pasado. Si hacemos la cuenta, los gastos de calefacción serán un tercio más altos.

Así que su socio se sentaba en su despacho y perdía el tiempo con esos inútiles jueguecitos de contabilidad. Si los empleados pasaran frío, los resultados serían peores; no todos tenían un carácter tan espartano como Ernst von Klippstein, que había pedido a las secretarias que no calentaran demasiado su despacho.

—Este no es el momento de ahorrar, Ernst. Es el momento de invertir y de lograr el mayor rendimiento por parte de los empleados. Tenemos que demostrar que los tejidos Melzer no solo son de gran calidad, sino que también tienen un precio competitivo.

Se produjo un breve intercambio de palabras. Ernst opinaba que solo era posible ofrecer mercancía a buen precio haciendo cálculos ajustados y reduciendo los costes. Paul replicó que no era lo mismo reducir costes que ser avaro. Los argumentos volaron en una y otra dirección, hasta que por fin Ernst cedió, como la mayoría de las veces.

—Ya veremos —comentó contrariado. Después se llevó la mano al bolsillo interior de su chaqueta y sacó un sobre—. Casi se me olvida. Un pedido.

Su sonrisa apocada hizo desconfiar a Paul. Dentro del sobre en blanco había una hoja escrita a mano en la que Marie había anotado su pedido de telas. ¿Por qué se lo había entregado a Ernst? ¿Por qué no a él, su marido? Por ejemplo esa mañana, en el desayuno.

—¿Cuándo te lo ha dado?

—Ayer por la tarde, cuando la recogí en el atelier.

—Bien, bien —respondió Paul, y dejó la hoja junto a los demás pedidos—. Muchas gracias.

Ernst asintió satisfecho, y en ese momento podría haberse levantado para volver a su despacho, pero permaneció sentado en el sillón.

—Tu esposa es una persona asombrosa. Ya sentía admiración por ella cuando salvó la fábrica junto a tu padre durante la guerra.

Paul permaneció en silencio. Se reclinó en la silla y tamborileó con los dedos sobre el tablero de cuero, pero no causó el efecto deseado en Ernst.

—Es una suerte que Marie y tú os hayáis encontrado. Una mujer como ella necesita un esposo que le dé el espacio suficiente para desarrollarse. Un hombre estrecho de miras la encerraría, le cortaría las alas, la obligaría a ser algo que no es.

¿Adónde quería llegar? Paul siguió tamborileando, sintió que le picaba la garganta y tosió de nuevo. También notó que le dolía la cabeza, pero la culpa de eso la tenía Ernst, que empezaba a ser pesado. ¿Acaso se habían puesto todos de acuerdo para sacarlo de quicio?

—Ah, que no se me olvide —interrumpió el discurso entusiasta de Von Klippstein—: esta tarde recogeré yo a mi esposa del atelier. Tengo que hacer una cosa cerca de allí, me viene de camino.

—Ah, ¿sí? Bueno, espero poder acompañaros en la cena de todos modos.

—Por supuesto. Siempre eres bienvenido.

La decepción de Von Klippstein era evidente. Paul se alegró y acto seguido se sintió mezquino. ¿Por qué privaba a Ernst de aquel placer inofensivo? No tenía nada que hacer en Karolinenstrasse. De hecho, debería irse a casa para intentar frenar ese molesto resfriado. Té con ron y a la cama. La señora Brunnenmayer le prepararía encantada una infusión de saúco y cataplasmas de manteca, pero mientras siguiera en pie, renunciaría a todo aquello.

—Entonces no quiero interrumpirte más.

Observó a Von Klippstein levantarse con dificultad del sillón y sintió una profunda compasión. No se dejaba ayudar, si alguien lo intentaba se ponía muy desagradable. Las cicatrices del vientre no eran lo único que le dolía, seguramente aún tenía fragmentos dentro del cuerpo que no habían podido extraer. Había sobrevivido, pero las heridas lo habían marcado de por vida.

Antes de que Ernst saliera, Paul ya se había terminado la taza y la había dejado en la bandeja. Sintió cierto alivio al quedarse solo. Se levantó para calentarse las manos en la estufa y echó más carbón, pero seguía temblando. Abrió el armario con mala conciencia y se sirvió una copa de whisky. Hacia el final de su vida, su padre había abusado de la bebida aun sabiendo que le hacía daño. Paul no tenía costumbre de beber, el pequeño surtido de espirituosos estaba destinado a las reuniones de negocios, en las que a menudo se lograba más con una copita que con todo un carro de argumentos.

Pensó que solo lo hacía por motivos médicos y bebió un buen trago. Tuvo que hacer un gran esfuerzo para no gritar de dolor: el whisky le quemó la garganta inflamada. A eso se le llamaba salir de las llamas para caer en las brasas. Al beberse el resto se le llenaron los ojos de lágrimas; después guardó la botella y el vaso en el armario.

Seguía encontrándose fatal. Durante la comida le costó mantenerse erguido, escuchó con paciencia las quejas de la institutriz y tranquilizó a mamá cuando Marie defendió con vehemencia a los niños. Los almuerzos, que antes eran un momento de descanso en mitad del día, en los últimos meses se habían convertido en un tenso encuentro entre partes enfrentadas. Los niños también lo sufrían, se sentaban en silencio delante del plato y solo hablaban cuando se les preguntaba. En cuanto se terminaban el postre, esperaban impacientes a que mamá les diera permiso para levantarse de la mesa.

Ese día, mamá mencionó a Tilly Bräuer. La joven estudiante de medicina había pasado las fiestas en Augsburgo, y el día de Navidad habían podido charlar largo y tendido con ella.

—Qué delgada está, la pobre —dijo mamá con lástima—. Y qué pálida. Antes llamábamos «marisabidillas» a ese tipo de chicas. No me extraña que el pobre Klippi no le haya pedido la mano. Sí, lo sé, Marie. Los tiempos han cambiado y hoy en día las jóvenes escogen una profesión, y algunas incluso creen que deben ir a la universidad.

—Es una mujer valiente e inteligente —dijo Marie, convencida—. La admiro mucho. ¿Qué hay de malo en que una mujer estudie medicina y se haga médico?

Ya habían discutido sobre ese tema, así que Alicia se limitó a responder con un suspiro de disgusto. Pero Serafina sintió la necesidad de salir en su defensa.

—¿Cómo va a encontrar marido una persona así? —dijo—. ¿A qué esposo le gustaría que su mujer explorara cuerpos de hombres extraños a diario? Ya sabe a qué me refiero.

Si creía que los mellizos no iban a entender lo que insinuaba, estaba equivocada. Dodo abrió mucho los ojos y a Leo se le pusieron las orejas rojas.

—¿Los hombres tienen que desnudarse? —susurró Dodo.

Leo no contestó, era evidente que la idea le resultaba embarazosa.

—A ningún marido le molesta que a su mujer la examine un médico, aunque sea un hombre —replicó Marie—. Todo es cuestión de acostumbrarse.

Alicia carraspeó.

—Preferiría que no se trataran temas tan indecorosos en la mesa. ¡Sobre todo delante de los niños!

Siguieron comiendo en silencio. Marie miraba el reloj una y otra vez. Serafina advirtió a Dodo que se sentara recta. Mamá miraba preocupada a su hijo, que tosía de vez en cuando.

—Esta tarde deberías acostarte, Paul.

—¡Tonterías! —gruñó él.

Mamá suspiró y añadió que no había duda de que era hijo de su padre. Johann tampoco se cuidaba lo más mínimo.

Marie fue la primera en levantarse de la mesa, había quedado con una clienta en el atelier a las dos. Abrazó a los mellizos, les prometió que por la noche les leería un cuento y se marchó.

—¿Quieres que te lleve, cariño? —le dijo Paul cuando ya estaba saliendo.

—No hace falta, querido. Tomaré el tranvía.

Después de la comida, Paul se sentía cansado pero la garganta le dolía menos que por la mañana. Acostarse, lo que le faltaba. Convertirse en víctima voluntaria de los cuidados de mamá. Pañuelo en el cuello, cataplasma en el pecho, infusión de camomila... el catálogo completo. En el peor de los casos, el doctor Stromberger o el anciano doctor Greiner. No, se curaría él mismo esa incómoda molestia.

Sin embargo, en el despacho enseguida se dio cuenta de que no le habría sentado mal meterse en una cama de sábanas blancas y que lo cuidaran. Sobre todo porque sufría desagradables temblores que se alternaban con sofocos de una intensidad alarmante. Fiebre. Aún recordaba esa repugnante sensación de vacío de su infancia. Más adelante, en el campo de prisioneros en Rusia, sufrió unas largas fiebres traumáticas y estuvo al borde de la muerte. Comparado con aquello, eso no era más que un achaque sin importancia.

Hizo una serie de llamadas importantes, y hacia las cuatro llegó un nuevo cliente. Un tal Sigmar Schmidt que quería abrir unos grandes almacenes en Maximilianstrasse y estaba interesado en telas de algodón con estampados coloridos. Paul lo llevó a la tejeduría y después al departamento donde se estampaban las telas. Schmidt se mostró encantado, regresaron al despacho de Paul para hablar sobre las condiciones de entrega y los precios. Sigmar Schmidt era un negociador astuto, intentó conseguir un descuento especial, pero Paul llamó su atención sobre los precios, que ya eran muy buenos, y la calidad del producto. Por fin llegaron a un acuerdo, y Schmidt encargó varios rollos.

La negociación había mantenido a Paul en pie, pero en cuanto el cliente salió del despacho, la fiebre y la debilidad que lo invadió eran alarmantes. Se obligó a aguantar hasta las seis y media, después deseó a sus secretarias una buena tarde y supo por ellas que el señor Von Klippstein ya estaba de camino hacia la villa de las telas.

En el exterior lo recibió una llovizna fría, así que se alegró de meterse en el coche. Saludó escuetamente al portero y después salió en dirección a la ciudad. Faltaba poco para las siete, esperaba que Marie no hubiera tomado aún el tranvía. Al detenerse en el borde de la calzada delante del atelier, comprobó aliviado que todavía estaba dentro atendiendo a unos clientes. En la estancia bien iluminada distinguió a una pareja sentada a una mesita mientras hojeaban el catálogo. Parecían muy elegantes. Pero si eran... Pues claro, el señor y la señora Neff, los propietarios de la sala cinematográfica de Backofenwall. Sin duda podían permitirse los caros diseños de Marie. Estudiaban muy atentos el catálogo, para el que la propia Marie había elaborado y coloreado los dibujos.

Paul decidió esperar en el coche para no importunarla. Sabía por experiencia lo molesto que podía ser que alguien fuese a buscarte en plena reunión de negocios. Así que se reclinó, se ciñó el abrigo y observó el atelier a través del escaparate como un espectador no invitado. Ahí estaba su Marie. Qué guapa era, esa falda acampanada y la chaqueta amplia le daban una imagen moderna y relajada, rematada por el abundante pelo oscuro. Parecía una muchachita delicada, cuando en realidad era una hábil mujer de negocios.

Ahora hablaba con los Neff, reía, gesticulaba; era encantadora. El dueño del cine estaba obnubilado, se comportaba como un tonto, le acercó una silla y casi se tropezó con sus propios pies. Marie lo obsequió con una sonrisa agradecida antes de sentarse. Sí, era una sonrisa agradecida. ¿O más bien cálida? Complaciente. Sí, eso era. Pero en cierto modo también... cariñosa.

«Te lo estás imaginando», pensó. «Desde aquí no puedes haber visto con claridad cómo le ha sonreído a ese tipo. Y al fin y al cabo son negocios, es recomendable ser complaciente con la clientela.» Pese a todo, se dio cuenta de que le molestaba. ¿Por qué tenía que sonreírle? Era muy posible que él malinterpretara su amabilidad y más tarde la importunara.

Sufrió otro ataque de fiebre y se secó el sudor de la frente con el pañuelo. ¿Cuánto tardarían? Eran las siete y media, mamá ya estaría esperando con la cena.

Cuando se le pasó el acceso, salió del coche y se dirigió al atelier con decisión. La campanilla repiqueteó cuando abrió la puerta. Marie y los Neff lo miraron perplejos.

—Buenas tardes a todos. Disculpen que me presente así, pasaba por la zona y vi que aún estaba abierto.

Marie frunció el ceño un instante. Los Neff lo saludaron con entusiasmo y se deshicieron en elogios sobre la nueva colección de Marie.

—Qué suerte tener en Augsburgo a una diseñadora tan magnífica. Estos modelos bien podrían estar expuestos en París.

—No quiero interrumpirlos. Saldré a fumar al invernadero y me pondré cómodo.

—Oh, enseguida acabaremos.

Hanna todavía estaba trabajando en la sala de costura. La muchacha no parecía especialmente feliz; Paul no entendía por qué Marie estaba empeñada en formarla como costurera. Pero él no se entrometía en sus decisiones.

—Señor... Qué sorpresa. Ay, tiene usted aspecto de estar enfermo. —Dejó la máquina de coser y se acercó a la estufa, sobre la que borboteaba un hervidor de agua—. Le prepararé un té caliente, le sentará bien.

Paul no se resistió; se encontraba tan mal que incluso estaba dispuesto a beberse un té. Se sentó tembloroso junto a la estufa con la taza caliente en la mano.

—Usted no está bien, señor. Y encima ha venido en coche a recoger a su esposa. Tendría que haber mandado al señor Von Klippstein.

Marie apareció un cuarto de hora después, lanzó un cuaderno lleno de apuntes sobre su escritorio y se puso el abrigo con presteza.

—Maldita sea. —Suspiró—. Otra vez tarde. Pobre mamá. Démonos prisa, Paul. Hanna, apaga las luces, por favor, y deja el escaparate encendido.

Se puso el sombrero frente al espejo, se arregló el pelo y se volvió hacia Paul. Hasta entonces no se había dado cuenta de lo mal que estaba.

—¡Por todos los cielos, Paul! Tendrías que haberle hecho caso a mamá este mediodía. ¡Ahora nos contagiarás a todos!

Paul dejó la taza sobre la estufa y se levantó con esfuerzo. Tenía razón, él no se cuidaba como debía. Pero Marie antes era más compasiva.

# 12

Qué rápido pasaba el domingo. Y eso que se suponía que debía ser un día de reflexión después de la semana frenética, tiempo para la familia, valiosas horas de descanso y ocio. Pero tras un desayuno apresurado, salían hacia la iglesia, escuchaban la misa y después charlaban con algunos conocidos. Luego había que cambiarse para la comida, era algo a lo que su suegra daba mucha importancia. Había insistido en que al menos el domingo quería ver a la familia reunida y vestida para la ocasión. Como consecuencia, la comida se había convertido en una celebración solemne, y los mellizos, que ardían en deseos de explayarse, eran quienes más lo sufrían. Los niños debían guardar silencio en la mesa, así lo dictaban los buenos modales.

Marie se sentía cansada, extenuada. De buena gana se habría tumbado un rato después de comer, pero no había tiempo para eso. Dodo y Leo se habían metido con ella en la habitación y no tuvo valor de echarlos. Se sentaron los tres en el sofá y escuchó con paciencia los disgustos y los enfados de la semana.

—Tuve que copiar tres veces los números, mamá. Y eso que lo había calculado todo bien.

—¿Por qué tengo que ponerme siempre ese vestido de flores, mamá? Es muy estrecho, no puedo levantar los brazos.

—Nos ha dicho que no habrá huevos de Pascua para nosotros porque somos muy impertinentes.

—Y tengo que tocar el piano sin parar. Me van a explotar las orejas.

Marie se reprochaba en secreto no ser lo bastante insistente respecto al despido de la institutriz. Pero eso significaba mantener una lucha de poder con su suegra, y no quería hacerle eso a Paul. A pesar de todo, se sentía infeliz. Los consolaba, intentaba explicarse, hacía promesas vagas. Cogió a Dodo del brazo y le acarició el pelo a Leo. Desde el octavo cumpleaños de los mellizos, hacía cuatro semanas, ya no podía abrazar ni dar besos a su hijo. Este le había dicho que le parecía ridículo, que ya era mayor para sus carantoñas.

—Después vendrá la tía Kitty a tomar café, seguro que se trae a Henny. Podréis jugar todos en el parque.

La noticia no pareció entusiasmarlos.

—Henny es una mandona.

—Si la señora Von Dobern nos acompaña, tendremos que quedarnos en el sendero y no podremos lanzar ramas ni piedras.

—Y tampoco le gusta que juguemos con Liese y Maxl.

Marie les prometió que hablaría con la institutriz. Tenía que permitir algo de diversión a los niños, aunque los zapatos y los abrigos sufrieran. Estaban en marzo, pero la primavera se resistía, dos días atrás incluso había vuelto a nevar.

—¿Nos llevarás algún día al aeródromo, mamá?

Dodo llevaba meses importunándola con la misma pregunta. Quería ver aviones. El fabricante de aviones Rumpler tenía su sede cerca de Haunstetter Strasse, al sur de la ciudad.

—No lo sé, Dodo. He oído que la empresa tiene problemas. Además, los aviones con motor ahora no pueden volar.

Una de las muchas condiciones que los aliados habían impuesto a los alemanes era que sus aviones tenían prohibido volar; tampoco podían construir más.

Dodo puso cara de tristeza y Marie comprendió que la

niña lo deseaba de corazón. ¿De dónde habría sacado semejante ocurrencia?

—Ya veremos, cariño. Quizá en verano. De todas formas, con este tiempo no podrían levantar el vuelo.

A Dodo se le iluminó la cara de inmediato.

—¡Vale, pues en verano! ¿Me lo prometes? —intentó que su madre se comprometiera.

—Si se puede...

Se oyó el motor de un automóvil y Leo corrió hacia la ventana.

—¡La tía Kitty! —informó—. Uf, conduce haciendo eses. ¡Casi choca contra el árbol! Se ha librado por los pelos.

Dodo se escurrió del regazo de Marie. Apartó a su hermano del alféizar.

—Ha venido con la abuela Gertrude. Y con Henny. Qué mala suerte.

Marie suspiró. Su deseo de echarse a dormir un rato se había desvanecido. Se levantó para dar instrucciones al servicio, pues Alicia estaba delicada desde que tuvo una bronquitis grave. Ya que entre semana cargaba ella con todo el peso de la casa —eso había dicho—, al menos el domingo quería echarse una siestecita.

En el vestíbulo ya se oía la voz aguda de Kitty. Hablaba atolondrada, como siempre, y sin interrupción; a veces daba miedo que se olvidara de coger aire. Marie llamó a la puerta de la institutriz cuando pasó por delante y le pidió que se ocupara de los niños, y después bajó las escaleras.

Julius ya esperaba en la entrada del comedor; todavía se lo veía desmejorado, tampoco se había librado de la epidemia de resfriados. Hanna y Else también habían caído, así como el pobre Klippi. Paul había tenido que guardar cama durante dos días para superarlo, pero Von Klippstein seguía convaleciente.

Marie hizo que le llevaran la comida a casa durante una semana y le envió al doctor Stromberger. A Von Klippstein lo emocionaron tanto sus cuidados que le envió un ramo de rosas blancas en pleno febrero. Debió de gastarse una fortuna, y Paul le estuvo tomando el pelo a Marie durante días con su «caballero de las rosas». Sí, lo cierto era que Paul parecía un poco celoso. Había cambiado en algunas cosas, era más sensible y susceptible que antes, y a veces le hacía reproches que no venían a cuento. Quizá se debía a que ahora se conocían de verdad. Paul tuvo que marcharse a la guerra un año después de la boda, y estuvieron separados durante cuatro largos años. En ese tiempo habían vivido de cartas y añoranza, era lógico que se hubieran idealizado el uno al otro. Pero ahora habían recuperado la rutina, la fábrica, los niños, su atelier, la familia. Todo eso pasaba factura, y tal vez hubieran perdido un pedacito de su amor por el camino.

—Dígale a la cocinera que ya puede preparar el café. Para los niños, chocolate caliente. No sirva la tarta hasta que estemos todos sentados.

Bajó al vestíbulo, donde Hanna recogía los abrigos y los gorros de las invitadas. Gertie llevaba un paquete envuelto en papel de embalar, sin duda uno de los cuadros de Kitty.

—¡Ay, Marie de mi corazón! —exclamó Kitty al ver a su cuñada en la escalinata—. Qué alegría verte. Tengo grandes noticias para ti, querida. Vas a quedarte de piedra. Ten cuidado con el cuadro, Gertie. Es un regalo para mi hermano y hay que colgarlo en el despacho. Qué tiempo tan horrible, tengo los pies congelados. Marie, cariño. Ven aquí. Quiero abrazarte con fuerza.

¡Ay, Kitty era un caso! Arrasaba allá adonde iba, era excesiva y cariñosa a raudales. Marie se olvidó de su cansancio e inspiró durante un instante el caro perfume de su cuñada. ¿De dónde sacaría el dinero? En fin, seguramente esas cosas se las regalaban sus numerosos admiradores.

—¿Qué tal está mamaíta? ¿Sigue con los bronquios? Pobre. Desde que papá nos dejó, no ha levantado cabeza. Eso es amor de verdad, Marie. Nosotras no sabemos lo que es eso.

Fiel hasta que la muerte los separe. Ah, sí, he traído a mi querida Gertrude. ¿Ya la has saludado, Marie?

—Si me sueltas, lo haré enseguida.

Gertrude Bräuer, la suegra de Kitty, no se había ofendido en absoluto por haber tenido que esperar. Conocía el carácter entusiasta de Kitty y, para sorpresa de Alicia, lo aceptaba sin ningún problema. Hanna le estaba quitando el abrigo y el gorro a Henny, y la pequeña ya escrutaba todos los rincones del vestíbulo por si Leo se había escondido por allí. En su última visita, su primo se agazapó detrás de la cómoda y chilló como un ratón porque sabía que Henny les tenía un miedo atroz.

—Subamos —propuso Marie—. Gertie, ve a despertar a la señora. Hazlo con cuidado, ya sabes que se asusta con facilidad.

Kitty ofreció el brazo a Gertrude e insistió en que de ninguna manera iba a dejar que subiera sola la escalera, porque hasta el día anterior había estado en cama con dolor de garganta y tos.

—¡No me toques, Kitty! Ya te gustaría a ti presentarme como un vejestorio decrépito.

—¡Ay, Trudi! —dijo Kitty con una risita—. Me alegro tanto de que estés conmigo que te retendré cuanto me sea posible. Al menos cien años, vete haciendo a la idea. ¿Dónde se ha metido mi Paul, Marie? ¿Dónde has dejado a tu marido? ¡Ahí está!

Paul había aparecido al final de la escalinata y abrió los brazos con una sonrisa. Kitty soltó a Gertrude y corrió escaleras arriba para lanzarse a su pecho.

—¡Paul de mis amores! ¡Aquí estás! Ay, queridísimo hermano mío.

—Kitty —dijo él con una sonrisa satisfecha al tiempo que la abrazaba—. Qué alegría verte en la villa. Aunque me hayas interrumpido mientras trabajaba.

—¿Trabajo? Es domingo, Paul. Si trabajas en domingo se

te marchitará la mano derecha. Eso nos decía siempre el capellán, ¿ya no te acuerdas?

—¡Me sorprende que recuerdes tan bien esa frase, Kitty!

En el pasillo reinaba la alegría, Marie caminaba contenta junto a Kitty, se reían y bromeaban. Paul se defendía como podía, pero Marie veía lo mucho que disfrutaba de aquel jocoso intercambio de palabras. De repente volvía a ser el joven señor al que ella deseaba en la distancia cuando era ayudante de cocina. Paul Melzer, el testarudo hijo de la familia que tan a menudo perseguía con la mirada a la pequeña Marie Hofgartner. Que la defendió en la ciudad baja de un atacante furioso y la acompañó preocupado hasta la puerta Jakober para ponerla a salvo. Ay, ¿por qué no podía durar para siempre aquel maravilloso enamoramiento inicial?

En el comedor, Julius había puesto la mesa con esmero e incluso la había adornado con las primeras violetas. La institutriz había vestido a los mellizos de domingo y les había obligado a ponerse los zapatos de charol, aunque ya les quedaban pequeños. Hasta Kitty se dio cuenta del gesto de dolor de Leo.

—¡Por todos los santos, Leo! ¿Qué ha pasado? ¿Te ha mordido alguien?

Antes de que el niño pudiera responder, Paul lo reprendió.

—Ya vale de bromas, Leo. ¡No hagas el payaso!

Leo se puso rojo. Marie sabía que el chico estaba desesperado por agradar a su padre, pero no siempre lo conseguía. Eso era algo que la molestaba de Paul. ¿Por qué no apoyaba un poco a su hijo? ¿Acaso no se daba cuenta de lo mucho que Leo lo necesitaba? Paul opinaba que los elogios eran perjudiciales para los niños, y por eso se prodigaba poco con ellos.

—Puedes quitarte los zapatos después —dijo Marie—. Ahora déjatelos puestos, le darás una alegría a la abuela. Os los compró ella.

—Sí, mamá.

La institutriz sonrió benevolente y explicó que había que ser exigente con los niños.

—La vida no siempre es fácil, señora Melzer. Es bueno que aprendan a soportar los dolores sin quejarse.

—Como siga hablando así, querida Serafina, me tiraré por la ventana —se entrometió Kitty—. ¿Quiere convertir a estas pobres criaturas en mártires? No necesitamos santos, señora Von Dobern. ¡Necesitamos personas íntegras con los pies sanos!

Serafina no pudo responder porque en ese momento entró Alicia en el comedor.

—¡Kitty! —dijo llevándose la mano a la frente—. Pero qué ruidosa eres. Piensa en mi dolor de cabeza, por favor.

—Ay, mamaíta —exclamó Kitty, y fue a abrazarla—. Los dolores deben soportarse sin queja, eso es lo que se les enseña a los niños de esta casa.

Cuando Alicia la miró perpleja, Kitty se echó a reír como una diablilla y le dijo que no era más que una broma.

—¡Mi pobre mamá! Siento mucho que sufras esta estúpida migraña tan a menudo. Ojalá pudiera hacer algo para ayudarte.

Alicia la apartó con una sonrisa y le dijo que bastaría con que hablara un poco más bajo y se sentara a la mesa.

—¿Y dónde está mi pequeña Henny? Mi niñita querida...

La niñita querida había bajado a la cocina y regresó con las mejillas manchadas de chocolate. Fanny Brunnenmayer había sucumbido a los encantos de la pequeña zalamera y le había dado tres galletas recién hechas.

—Abuela, me acuerdo mucho de ti —dijo Henny, y estiró los brazos hacia Alicia—. Es muy triste que ya no pueda vivir en esta casa.

Alicia se sosegó al instante, y a Henny se le asignó un asiento junto a su querida abuela. Marie intercambió una mirada con Paul y supo que ambos pensaban lo mismo. Henny llegaría lejos en la vida.

Se sentaron a la mesa, Julius sirvió café y té, y repartieron una tarta de nata y un bizcocho de molde, además de platos con galletas. Kitty habló acerca de la inminente exposición en Múnich en la que participaría con otros dos compañeros artistas, Gertrude les contó que Tilly ya se estaba preparando para el examen oficial y Alicia preguntó por el señor Von Klippstein.

—Me llamó ayer —dijo Paul—. Mañana volverá a la oficina.

—Tendríamos que haberlo invitado a tomar café —se lamentó Alicia—. ¡Es un hombre tan agradable!

Serafina tuvo buen cuidado de que Dodo y Leo no dejaran migas en el mantel, mientras que Henny decoró alegremente los alrededores de su plato con manchas de nata y chocolate.

—¿Hay noticias de Elisabeth? —preguntó la institutriz—. Por desgracia, me escribe muy poco y estoy preocupada. Lisa es mi mejor amiga.

—Entonces, ¿por qué no le escribe con más frecuencia? —indagó Kitty con malicia.

—Sin duda a usted le escribe más a menudo, querida señora Bräuer.

Alicia se terminó la taza de café y le pidió a Julius que le trajera las gafas y el fajo de cartas que había en su escritorio.

«Madre mía», pensó Marie. «Ahora leerá la última carta de Lisa, que todos conocemos ya. Y después nos hablará de su juventud en la finca. Pobre Leo; si le dejo cambiarse de zapatos ahora, la abuela se lo tomará a mal.»

—Queridos míos —exclamó Kitty desde el otro lado de la mesa—. Antes de que oigamos el relato rural de Lisa, quiero anunciar una noticia sublime. Resulta que he recibido una carta... ¡de Francia!

—¡Ay, Dios mío! —suspiró Alicia—. ¿No será de Lyon?

—¡De París, mamá!

—¿De París? Bueno, lo importante es que no la haya escrito ese... ese francés.

Kitty rebuscó en su bolso. Dejó junto a su plato varios frasquitos de perfume, dos polveras de plata, un manojo de llaves con un colgante, pañuelos de encaje usados y una colección de pintalabios, y se lamentó de que todas las cosas importantes desaparecieran en el fondo.

—¡Aquí está! Por fin. Una carta de Gérard Duchamps que me llegó ayer por la mañana.

—¡O sea que sí es suya! —susurró Alicia.

Paul también frunció el ceño, y la institutriz puso cara de preocupación, como si ella fuera responsable del honor de los Melzer. Marie se dio cuenta de que Gertrude era la única que permanecía tranquila y se servía un tercer pedazo de tarta de nata. Por lo visto ya conocía el contenido de la carta.

—«Mi dulce y encantadora Kitty, el ángel arrebatador en el que pienso día y noche» —Kitty comenzó a leer sin rodeos y miró radiante a todos los presentes.

—¡Delante de los niños no! —dijo Alicia, enfadada.

—Mamá tiene razón —confirmó Paul—. ¡Es del todo inapropiado, Kitty!

Kitty negó con la cabeza y explicó que necesitaba silencio para leer la carta.

—Me saltaré la primera parte e iré a lo importante. Dice: «Para mi grandísima alegría, he descubierto entre el legado del fallecido coleccionista Samuel Cohn-d'Oré un gran número de cuadros de la artista alemana Luise Hofgartner».

Marie se estremeció y pensó que no había entendido bien. ¿De verdad había pronunciado Kitty el nombre de Luise Hofgartner?

—Así es, Marie —dijo Kitty, que le había leído el estupor en la cara—. Hay más de treinta cuadros pintados por tu madre. Ese tal Cohn-d'Oré era riquísimo y coleccionaba todo tipo de arte. Al parecer tenía debilidad por Luise Hofgartner, fuera por el motivo que fuese.

Marie miró a Paul. Estaba tan sorprendido como ella y le

sonreía entusiasmado. Sintió una agradable calidez. Paul se alegraba por ella.

—Es... es una noticia sublime —comentó.

—Bueno —intervino Alicia—. Eso depende. ¿Qué sucederá con esas obras?

—Están a la venta —dijo Kitty—. Los herederos del señor Cohn-d'Oré están más interesados en el dinero contante y sonante que en el arte. Lo más seguro es que se haga una subasta.

—¿Una subasta? —exclamó Marie, agitada—. ¿Cuándo? ¿Dónde?

Kitty le hizo un gesto tranquilizador y levantó de nuevo la carta.

—«... como supongo que tu cuñada estará interesada en adquirir las obras de su madre, ya he realizado una primera entrevista con el grupo de herederos. Parece que estarían dispuestos a vender la colección Hofgartner a un precio módico.»

—¿Qué entienden ellos por «un precio módico»? —preguntó Paul.

Kitty se encogió de hombros. Dijo que en la carta de Gérard no había números, que era muy discreto en esas cuestiones.

—De todas formas sigue siendo un marrullero. Pretende cobrarme un dinero extra por el embalaje y el transporte. Primero me llama su encantadora Kitty y dice que sueña conmigo día y noche, y después extiende la mano. No quiero soñadores, gracias.

—Eso podrías haberlo pensado desde un principio, querida Kitty —comentó Alicia con sequedad—. Creo que no deberíamos alentar a este hombre a entablar una relación con nosotros. Así que estoy en contra de aceptar sus favores.

Marie quiso alegar que le estaba muy agradecida a monsieur Duchamps por haberles hecho llegar la noticia. Pero Paul se le adelantó.

—No estoy de acuerdo, mamá. Gérard Duchamps nos propone un trato, así de sencillo. Por lo tanto, se sobreentiende que le reembolsaremos los gastos y que, si fuera necesario, también le pagaremos una comisión por sus servicios.

Alicia suspiró hondo y se llevó de nuevo la mano a la frente.

—¡Julius! Dígale a Else que me traiga los polvos para el dolor de cabeza. Las bolsitas están en mi mesilla de noche.

Marie captó la mirada interrogante de Paul, pero le resultaba imposible expresar lo que sentía en ese momento. No sabía casi nada acerca de la vida y la obra artística de su madre. Solo tenía noticias sobre su último año de vida y su trágica muerte. Luise Hofgartner había conocido al genial diseñador Jakob Burkard en París, la pareja contrajo matrimonio por la Iglesia en Augsburgo, y Burkard falleció poco después. Luise se quedó sin recursos. Durante un tiempo salió adelante con su hija recién nacida, Marie, gracias a pequeños encargos, pero en invierno contrajo una pulmonía en su gélida vivienda y murió al cabo de pocos días. La pequeña Marie acabó en el orfanato.

—Además, no creo que esos cuadros sean de nuestra incumbencia —dijo Alicia—. Ahora Marie es una Melzer.

—¿Qué quieres decir con eso, mamá? —Kitty lanzó la carta sobre los objetos que había sacado de su bolso y miró consternada a su madre.

Alicia se llevó la taza de café a los labios y bebió con tranquilidad antes de responder.

—Cómo te alteras siempre, Kitty. Solo digo que Marie es de la familia.

—Kitty, por favor —intervino Paul—. Tengamos la fiesta en paz, no merece la pena pelearse por esto.

—En eso Paul tiene toda la razón —añadió Gertrude.

Marie no sabía qué hacer. Claro que no quería discutir, aunque solo fuera por Leo y Dodo, que seguían la conversación con expresión de congoja. Por otro lado, la noticia había despertado muchas emociones en ella. Los cuadros que pintó su madre... ¿No eran mensajes de su propio pasado, al fin y al cabo? ¿No le dirían muchísimas cosas acerca de su madre? Sus esperanzas, sus convicciones, sus anhelos, todo aquello que Luise Hofgartner no pudo contarle a su pequeña hija estaba en sus obras. Claro que era una Melzer. Pero ante todo era la hija de Luise Hofgartner.

—¿Qué opinas tú, Marie? —preguntó Kitty desde el otro lado de la mesa—. Todavía no has dicho nada. Ay, te entiendo tan bien... La noticia te ha conmocionado, ¿verdad? ¡Mi pobre Marie! Yo estoy de tu parte. Jamás permitiré que esos cuadros acaben en las manos equivocadas.

—Ay, Kitty —dijo Marie en voz baja—. Déjalo estar. Paul tiene razón, deberíamos tratar este asunto con calma.

Pero mantener la calma no era el punto fuerte de Kitty. Enfadada, volvió a guardar sus pertenencias en el bolso, metió también la carta y declaró que ella sabía lo que había que hacer.

—Te lo pido por favor, Kitty —dijo Alicia, y miró preocupada a Paul—. No se te ocurra hacer nada irreflexivo. Esta gente solo busca dinero, es más que evidente.

—¡Dinero! —exclamó Kitty con rabia—. Eso es lo primero en lo que se piensa en esta casa. En no despilfarrar el dinero. Sobre todo en arte. ¿Sois conscientes de que la fábrica de paños Melzer ya no existiría de no ser por la actuación ejemplar de Marie?

Eso fue demasiado hasta para Paul. Tiró su servilleta sobre el plato vacío y miró a Kitty furioso.

—¿A qué viene eso, Kitty? ¡Sabes muy bien que lo que dices es ridículo!

—¿Ridículo? —se escandalizó Kitty—. Ay, si papá estuviera aquí te pondría en tu sitio, hermanito. Marie fue la que insistió en que fabricáramos tela de papel. Así fue como sobrevivió la fábrica, y papá acabó comprendiéndolo. Pero, claro, los méritos de las mujeres inteligentes se olvidan enseguida. Típico de los hombres, diría yo. ¡Arrogantes y desagradecidos!

—¡Ya basta, Kitty! —zanjó Alicia en tono cortante—. No quiero oír ni una sola palabra más sobre este tema. Y además es una tremenda falta de respeto recurrir a tu difunto padre. Dejemos descansar en paz a mi pobre Johann.

El comedor quedó en silencio. Gertrude se sirvió café. Paul miraba hacia el infinito con gesto sombrío. Kitty había bajado los párpados, mordisqueaba una galleta y actuaba como si la cosa no fuera con ella. Marie se sentía desvalida. Ojalá Kitty no se hubiera puesto tan grosera. Estaba de acuerdo con ella en muchas cosas, pero la situación se le había ido de las manos.

—¿Podemos levantarnos? —dijo Dodo con voz ahogada.

—Pregúntale a tu abuela —respondió la institutriz. Serafina había presenciado la disputa familiar en silencio. Como es lógico, no le correspondía entrometerse o dar su opinión. Pero sin duda la tenía.

—Ahora nos tocarás algo al piano, Dodo —decidió Alicia—. ¿Y mi pequeña Henny? ¿Puedes presentarnos algo tú también?

—Me sé un poema —se jactó la niña.

—Pues pasemos al salón. Julius, puede servir el licor y después recoger aquí. Venid, pequeños. Estoy deseando oír el poema, Henny.

Marie no pudo evitar admirar la actitud de Alicia. Qué fácil le resultaba retomar la rutina de las tardes de domingo. Beber una copita de licor, charlar sobre asuntos familiares sin importancia y escuchar las actuaciones de los niños. Pobre Dodo. Odiaba el piano con toda su alma.

En el pasillo, Paul la rodeó con el brazo un instante.

—Lo hablaremos luego, Marie. Anímate, encontraremos la solución.

Le sentó bien. Lo miró y le sonrió agradecida.

—Por supuesto, amor mío. Estamos todos un poco nerviosos.

Él la besó fugazmente en la mejilla, ya habían llegado al salón rojo. Marie se sentó junto a Kitty en el sofá.

—No te preocupes —le susurró Kitty cogiéndole la mano—. Yo estoy contigo, Marie.

Entonces Henny empezó a recitar, sin trabarse, un poema que Kitty no había oído jamás. Se lo había enseñado Gertrude.

—«Y fuera el invierno insiste con obstinados alemanes...»

—Ademanes —le corrigió Gertrude con paciencia.

—«... reparte hielo y nieve, la primavera ojalá llegue...»

Henny tenía talento para el teatro, y acompañaba sus palabras con gestos enérgicos. Al pronunciar «ojalá», fue tan vehemente que le salió un gallo y se puso a toser. A pesar de esa pequeña imperfección, recibió un gran aplauso. Se inclinó en todas direcciones como una actriz experimentada.

Dodo caminó decidida hacia el odiado instrumento, se sentó en la banqueta y aporreó las notas. Ella también recibió elogios, y alabaron a la institutriz, su profesora.

Para acabar, Leo tocó un preludio de Bach. Lo hizo sin partitura y con los ojos cerrados, entregado por completo a la melodía. Marie se emocionó, al igual que Kitty y Gertrude.

—¡Ha sido maravilloso, Leo! —dijo Kitty, entusiasmada—. ¿Quién te lo ha enseñado? No habrá sido la señora Von Dobern...

A Leo se le pusieron las orejas rojas, miró nervioso a la institutriz y explicó que su profesor, el señor Urban, le había dejado la partitura.

Marie sabía que era mentira. Seguro que el volumen de preludios y fugas era de la señora Ginsberg, la madre de su amigo Walter.

—Si te aplicaras en las clases tanto como al piano, sí que estaríamos satisfechos —dijo Paul.

Marie vio que Leo se amedrentaba, y le dolió.

—Sí, papá.

—Ahora podéis ir a dar un paseo —dijo Marie, y se dirigió a Serafina—. Póngales ropa cómoda y deje que corran un poco.

Para su disgusto, Henny no pudo ir con ellos porque Kitty decidió marcharse a casa. Parecía haber olvidado por completo la pelea, abrazó de todo corazón a Alicia y a Paul mientras hablaba maravillas. También se despidió de Marie con un cariño exagerado, le besó las dos mejillas —como hacían los franceses— y le susurró:

—Todo saldrá bien, mi querida Marie. Lucharé por ti, corderito. Lucharé por ti como una leona defendiendo a sus crías.

Más tarde, después de que Alicia y los niños se hubieran ido a la cama, Marie se encontraba en su cuarto ante un diseño que debía terminar para el día siguiente. Le estaba costando porque los pensamientos daban vueltas en su cabeza. Treinta cuadros. Todo un mundo. El mundo de su madre. Tenía que verlos. Dejar que ejercieran su influencia sobre ella. Descifrar el mensaje que ocultaban.

Estaba tan ensimismada que casi no oyó entrar a Paul. Parecía cansado, había trabajado un par de horas más en su despacho haciendo cálculos. Ahora le sonreía.

—¿Sigues despierta, cariño? ¿Sabes qué?, he decidido que compraremos tres de esos cuadros y los colgaremos en la villa. Tú decides dónde. —Parecía muy orgulloso de su resolución.

—¿Tres cuadros? —preguntó insegura. ¿Lo había entendido bien?

Él se encogió de hombros y dijo que también podían ser cuatro. Pero no más. Dejarían la elección a Gérard Duchamps, que podía verlos in situ y además era un entendido.

—Venga, cariño —añadió acariciándole la nuca—. Acabemos el domingo de forma agradable. Te tengo unas ganas...

Marie no quería volver a discutir. Estaba demasiado cansada. Demasiado decepcionada. Lo siguió y se abandonó a la dulce seducción de su cuerpo. Pero cuando Paul cayó en un profundo sueño nada más terminar, se sintió tan sola a su lado como pocas veces en su vida.

# 13

—¿Habéis visto? —preguntó Else con una sonrisa extasiada—. Los narcisos están a punto de florecer. Y ya ha salido un tulipán rojo.

Lo de sonreír era nuevo en Else. Desde su grave operación en la boca, la doncella Else Bogner se había convertido en una persona distinta. En lugar de refunfuñar sin parar y esperar siempre lo peor como hacía antes, ahora decía que era una suerte tener un empleo en la villa, que debían estar agradecidos y alegrarse por ello a diario.

—Ya iba siendo hora —respondió Fanny Brunnenmayer con sequedad—. La semana que viene es Pascua.

Julius llevó las últimas bandejas del montaplatos a la cocina. Los señores ya habían terminado de cenar y habían informado al personal de que ya no los necesitarían. Eso no significaba que pudieran irse a descansar, pero el ambiente en la cocina era más distendido, se permitían una taza de café con leche y cenaban juntos.

—¿Te has convertido en santa, Else? —se burló Auguste, que ese día había ayudado a recoger y fregar la despensa. Después del parto en enero, tardó varias semanas en recuperarse. El pequeño se resistió a abandonar el seno materno; al principio creyeron que estaba muerto porque vino al mundo completamente azul, pero el muchachito se recuperó más rápido que su madre.

—Qué va —dijo Else, afable—. Es solo que ahora veo las cosas bonitas de la vida. Y lo poco que duran, Auguste. En la clínica me pusieron tumbada y me taladraron y martillearon la boca, caían litros de sangre...

—¡Eh, ya basta! —exclamó Hanna—. No habléis de eso cuando estoy cenando.

—Y el pus —prosiguió Else, impasible—. Creedme, si hubiera esperado un día más no lo estaría contando. Después me dijeron que el hueso ya estaba podrido.

—Es suficiente —gruñó la cocinera de mal humor, y cogió una rebanada de pan—. ¿No decías que ya solo ves las cosas bonitas de la vida?

—Solo os lo cuento para que sepáis que no era ninguna *silumación*.

—¿Que no era qué? —preguntó Auguste con el ceño fruncido.

Julius soltó una carcajada, y a todos les pareció inoportuna. Cuando se dio cuenta, paró de reír y se lo explicó.

—Se dice «simulación», Else.

Else asintió benevolente, y Auguste casi perdió los papeles. Antes, en una situación como aquella, Else habría puesto cara de ofendida y luego habría hecho comentarios maliciosos. Parecía otra persona. Lo que había que ver.

Julius se levantó y cogió una bandeja llena de utensilios de plata: jarritas de leche, azucareros, saleros, cucharillas y más cosas. La dejó en el extremo desocupado de la mesa, donde ya había preparado trapos y varios frascos. Tocaba limpiar la plata de nuevo porque esperaban invitados en Pascua. Julius se enorgullecía de que los utensilios de plata brillaran y relucieran a la luz de las velas en la mesa.

—¿Puedes ayudarme, Else? —le pidió—. ¡Y tú también, Gertie!

Gertie se metió el resto de su tercer bocadillo de embutido en la boca y asintió contrariada. Era asombrosa la cantidad de comida que podía engullir y que siguiera delgada como un palillo.

—Todavía tengo que fregar —explicó.

—Yo puedo ayudar —dijo Hanna—. Me gusta hacer eso.

Apartó el plato, se terminó el café y se sentó en el otro extremo de la mesa. Julius le pasó una jarrita de leche ennegrecida y le advirtió que tuviera especial cuidado con el borde y con que no quedara suciedad en los adornos. Hanna asintió y se puso manos a la obra. Con el tiempo, Julius había comprendido que no tenía ninguna posibilidad con la hermosa pero testaruda Hanna. Le disgustaba y hería su orgullo masculino, pero lo había aceptado y la dejaba en paz.

—¿Vas a limpiar la plata? —preguntó Auguste, sorprendida—. Ahora eres costurera, no ayudante de cocina, Hanna.

La muchacha se encogió de hombros y frotó con esmero la jarrita. Else también se unió a ellos, cogió un trapo y empezó con la diminuta cucharilla para la sal.

—A Hanna le gusta esto, ¿verdad? —dijo con una sonrisa.

Hanna asintió. No se había alegrado demasiado cuando Marie Melzer le dijo que quería formarla como costurera. Pero al final accedió, sobre todo porque la señora Melzer tenía buenas intenciones. Pero ahora le parecía un tormento. Se pasaba el día sentada en la misma silla y con la mirada fija en la aguja, que le bailaba delante de los ojos, poniendo cuidado en que la costura quedara recta, en no coger un dobladillo demasiado estrecho, en no perder el ritmo con el pedal y romper el hilo.

—¿La señora Melzer te paga un sueldo decente? —le preguntó Auguste.

—Todavía estoy aprendiendo. Además vivo aquí, y también me dan de comer.

Auguste arqueó las cejas y miró a la cocinera, que había cogido papel y lápiz para apuntar las compras pendientes para Pascua. Fanny Brunnenmayer se encogió de hombros; ella sí sabía cuánto ganaba Hanna, pero no iba a contárselo a la cotilla de Auguste. Era más de lo que ganaba una ayudante de cocina, pero estaba muy por debajo del sueldo de una costurera profesional.

—Si necesitas dinero, puedes cuidar a nuestros niños por las noches —le propuso Auguste—. Podría darte algo de calderilla.

Gertie hizo una pila con los platos vacíos, puso los cubiertos encima y lo llevó todo al fregadero. Llenó una jarra con agua caliente del hervidor del fogón, la echó en la pila y dejó correr un poco de agua fría para no quemarse las manos. Lavaban con jabón y bicarbonato, y las tablas de madera se frotaban con arena al menos una vez por semana.

—Yo también quiero ganar un poco de calderilla —le dijo a Auguste—. ¿Por qué necesitáis que alguien cuide a los niños por la noche?

Auguste les contó que el negocio iba muy bien, que vendían plantones como rosquillas porque todo el mundo estaba organizando la huerta. Por la noche tenían que sacar las plantas del invernadero y ponerlas en macetas para venderlas al día siguiente en la tienda o en el mercado. Gustav había construido un cobertizo junto a los semilleros; lo llamaban «tienda» porque a veces atendían a los clientes allí.

—Liese ya tiene diez años, nos ayuda mucho. Maxl también es muy hábil. Pero Hansl tiene dos años, y Fritz solo cuatro meses.

Se sobreentendía que los niños debían colaborar en la huerta en lo que podían. Trabajos pesados no, eso estaba claro, pero sí era habitual que trasplantaran o quitaran malas hierbas. Estaban orgullosos de poder ayudar, porque querían trabajar con papá.

—Si no fuera por ese estúpido pie —suspiró Auguste—. Gustav no es de los que se quejan, pero a veces por la noche le duele mucho.

La cicatriz del muñón se le inflamaba una y otra vez y le

dolía al andar, y cuando empeoraba, perdía el ánimo. «Se acabaron los niños. Ya tenemos suficientes bocas que llenar. Y yo no sé cuánto aguantaré», le había dicho recientemente.

Gustav había ido a ver a la hermana Hedwig, se conocían de cuando la villa albergó el hospital. Ir al médico habría sido mucho más caro. Pero la hermana Hedwig, que ahora trabajaba en el hospital de la ciudad, le dijo que no había mucho que hacer. No podía pasar tanto tiempo de pie porque se pondría peor. Le había dado un ungüento, pero no era de mucha ayuda.

—Culpa suya —comentó Fanny Brunnenmayer sin piedad—. Gustav podría haber seguido trabajando en la villa. El señor Melzer le pagó el médico y el hospital a Else, ¿no es cierto?

Else asintió con vehemencia y aseguró que siempre le estaría agradecida al señor por ello.

—Incluso bajó la escalera contigo en brazos —gritó Gertie desde el fregadero.

Else se puso roja de la vergüenza.

—Bueno —zanjó Auguste de mal humor—. Ya pasará. Cuando ganemos suficiente, contrataremos a gente que haga el trabajo y Gustav podrá descansar. Como la señorita Jordan, esa sí que lo ha hecho bien. Se las sabe todas.

—¿Qué hace pues? —preguntó Hanna.

—En fin —dijo Auguste con una risita—. La buena de la señorita Jordan vende alimentos selectos. Mejor dicho: hace vender.

Julius sostuvo el azucarero lustrado a contraluz y, satisfecho, lo dejó en la mesa.

—¿A qué te refieres, Auguste? —preguntó, y después cogió una tetera de plata para seguir trabajando—. ¿Tiene alguna empleada la señorita Jordan?

—Un hombre joven es lo que tiene.

Hanna abrió los ojos como platos. Fanny Brunnenmayer,

que estaba escribiendo su lista de la compra con esmero, levantó la cabeza, y Julius dejó el frasco con el producto para la plata encima de la mesa. Else fue la única que no se enteró de nada, había apoyado la cabeza en la mano y se había quedado dormida en esa incómoda postura.

—¿Un... un hombre joven? —preguntó la cocinera, incrédula—. ¿Qué quieres decir con eso?

—Lo que he dicho —respondió Auguste con una sonrisita.

—Así que ha contratado a un vendedor —comentó Julius—. ¿Y por qué no? La señorita Jordan me parece una persona inteligente y hábil para los negocios. Seguramente el joven es experto en la materia.

Se calló porque Auguste soltó una malvada carcajada.

—Experto seguro que es —dijo guiñando un ojo—. Y lo que no sepa ya se lo enseñará la señorita Jordan. Parece muy dispuesto a aprender.

Julius arrugó la nariz, la idea de que Maria Jordan tuviera una relación con su empleado no cuadraba en absoluto con su manera de entender las cosas.

—¿Y qué aspecto tiene? —preguntó Hanna con curiosidad—. ¿Es más... es más joven que ella?

—¿Más joven? —Auguste se rio—. No tiene ni la mitad de años que ella. Un muchachito delgado de orejas gachas y enormes ojos azules. Recién salido de la escuela, el pobrecito. Y ya ha caído en las garras de esa bruja.

Gertie dejó los cubiertos limpios encima de la mesa, delante de Else, y llevó una pila de platos al armario de la cocina. A Else se le resbaló la cabeza de la mano y su cara estuvo a punto de aterrizar sobre los tenedores, pero se espabiló a tiempo y empezó a ordenar los cubiertos en el cajón de la mesa.

—Yo ya lo he visto —contó Gertie al tiempo que abría el armario.

—¿Tú?

—Pues sí. Ayer compré allí café y dulce de membrillo.

—Ah, ¿sí?

Gertie sonrió satisfecha y fingió no haber percibido el tono mordaz de Auguste. No la soportaba, era una víbora y una falsa. Maria Jordan tampoco le caía bien, pero por suerte había dejado su empleo en la villa hacía mucho tiempo.

—Se llama Christian —les contó—. Y en efecto, entiende mucho del tema. Es un chico simpático y trabajador; no creo que tenga nada con Maria Jordan. Pero hay otra cosa rara en la tienda.

—¿Rara? —preguntó Julius con el ceño fruncido—. Bueno, los comienzos siempre son difíciles. Faltarán cosas aquí y allá.

—No, no —aclaró Gertie—. La tienda está pintada y amueblada con gusto, todo está en su sitio, como es debido. Pero... hay una puerta.

Acercó una silla y se sentó a la mesa con los demás. Todos la miraron en tensión.

—¿Una puerta? ¿Y por qué no iba a haberla? —preguntó Fanny Brunnenmayer, perpleja.

—Pues... —comenzó a decir Gertie, insegura—. Eso es lo raro. Porque una señora entró por esa puerta, una señora mayor. Seguro que era muy rica, porque afuera la esperaba un automóvil con chófer.

Todos intercambiaron miradas de incredulidad, solo Auguste actuó como si ya supiera a qué se refería.

—O sea, ¿una trastienda?

Gertie asintió. Le había preguntado a Christian qué había al otro lado de la puerta y él se puso rojo y empezó a balbucear.

—Me dijo que ahí detrás había conversaciones.

—Vaya, vaya —murmuró la señora Brunnenmayer.

—Era de esperar —dijo Auguste.

Else parecía saber a qué se referían, pero no dijo nada. En cambio Julius y Hanna seguían perdidos.

—Esa listilla se dedica a echar las cartas —soltó Auguste—. Me lo imaginaba. El local no es más que una tapadera, en realidad gana un dineral como adivina en la trastienda. Pero qué diablilla. Siempre he sabido que escondía algo.

—¡Es más viva que todos nosotros juntos! —dijo Fanny Brunnenmayer, y se echó a reír—. Algún día será tan rica como los Fugger, y será dueña de media ciudad.

—Lo que nos faltaba —comentó Auguste, y se puso de pie—. Ya es hora de que me vaya a casa. Gustav me estará esperando.

—¿Quieres llevarte un par de rosquillas con azúcar para los pequeños? —le preguntó la cocinera—. Todavía quedan de ayer.

—No, gracias. He hecho yo en casa.

—Pues nada —dijo la señora Brunnenmayer, ofendida.

Después de que Julius cerrara la puerta y echara el cerrojo detrás de Auguste, Else dijo que subía a su cuarto. Hanna bostezaba, la noche era corta y al día siguiente tendría que volver a pasarse todo el santo día sentada delante de la máquina de coser.

—Quiero hablar de una cosa con vosotras —dijo Julius—. Es algo que no le incumbe a Auguste, por eso he esperado a que se marchara.

—¿Me incumbe a mí? —preguntó Hanna, que quería irse a la cama.

—De refilón.

—Quédate, Hanna —decidió la cocinera—. Julius, vaya al grano y no maree la perdiz. Todas estamos cansadas.

Hanna volvió a sentarse con un suspiro y apoyó la cabeza en la mano.

—Están sucediendo cosas en esta casa que no me gustan —arrancó Julius—. En relación con la institutriz.

Con esa última frase captó la atención de las tres mujeres. Incluso Hanna se olvidó del cansancio.

—Nos saca de quicio a todos.

—Ayer me ordenó que le llevara papel de carta del dormitorio de la señora —les contó Gertie.

—Y a mí me dijo que era una niña tonta y engreída —añadió Hanna.

Julius escuchó las acusaciones y asintió, como si fuera lo que esperaba.

—Se adjudica derechos que no le corresponden —dijo, y miró a su alrededor—. No soy una persona susceptible, pero como lacayo no estoy obligado a acatar órdenes de la institutriz. Además, considero que es una grosería que me tutee.

—¿Qué os pensabais? —replicó la cocinera—. Al fin y al cabo es amiga de una de las hijas de la casa, y se cree lo que no es. A mí que no me venga con esas. Si en algún momento se le ocurre darme órdenes, se quedará con un palmo de narices.

Nadie lo dudaba. Fanny Brunnenmayer tenía una posición estable en la villa y muy pocos podían darle lecciones.

—Por desgracia, el asunto es más complicado —prosiguió Julius—. Últimamente la señora Alicia no se encuentra bien y ha delegado varias responsabilidades en la institutriz. Así que ayer me exigió que la llevara en coche a la ciudad para hacer recados. Y anteayer me supervisó mientras ponía la mesa para los invitados. ¡Eso le corresponde a un ama de llaves, no a una institutriz!

—En eso tiene razón —dijo Hanna—. Es una pena que la señorita Schmalzler ya no esté aquí. Le habría dado su merecido.

—Pues sí —se sonrió la cocinera—. Sabe Dios que Eleonore Schmalzler le habría cantado las cuarenta.

Gertie no había conocido a la legendaria ama de llaves, por eso ella pensaba más en el futuro incierto que en los viejos tiempos.

—Es verdad, Julius —dijo—. Esa mujer ha engatusado a la señora Alicia, por eso se permite actuar así. ¿Os habéis dado cuenta de que maquina en contra de la joven señora Melzer?

—¿En contra de Marie Melzer? —exclamó Hanna, y abrió mucho los ojos del susto.

—¡Sin duda! —dijo Gertie—. El otro día, durante la pelea por esos cuadros de Francia...

—Esos malditos cuadros —se lamentó Hanna—. ¿Cuántas veces han discutido ya por eso? Como si un lienzo con un poco de pintura fuera tan importante.

—En cualquier caso —prosiguió Gertie mirando a Julius—, después de la discusión, la institutriz fue al cuarto de la señora Alicia y habló largo rato con ella.

Titubeó, no quería reconocer que había escuchado detrás de la puerta. Sin embargo, al ver que Julius le indicaba con un gesto que continuara, siguió hablando.

—Dijeron un montón de cosas malas sobre la joven señora Melzer: que no tenía educación, que su madre había sido una... una... una mujer de mala vida, que el pobre Paul habría hecho mejor en buscarse a otra.

—¿Quién dijo eso? ¿La señora? —quiso saber Fanny Brunnenmayer.

—En realidad —Gertie se lo pensó un instante—, fue más bien que la señora Von Dobern la empujó a decirlo. Es muy hábil. Empieza diciendo que está de acuerdo con lo que dice la señora, y entonces va un poco más allá. Y cuando la señora la sigue, atiza un poco más el fuego, hasta que la tiene donde quería tenerla.

Julius dijo que Gertie lo había descrito muy bien.

—Si esto sigue así, tendrá a la señora Alicia dominada —afirmó—. Yo opino que hay que acabar con esto. Está contratada como institutriz, no debería dárselas de ama de llaves. Los señores tienen que saber que no la aceptamos.

—¿Y a quién quiere transmitirle su queja? —preguntó escéptica la cocinera—. ¿A la señora Alicia? ¿O a Marie Melzer?

—Hablaré con el señor.

Hanna suspiró y le deseó suerte.

—El pobre señor tiene un buen carro de preocupaciones —dijo la muchacha en voz baja—. El hombro le da problemas. Y se ha peleado con el señor Von Klippstein. Pero eso no es lo peor.

Todos sabían a qué se refería Hanna. Ya era la tercera noche que alguien dormía en el sofá del cuarto de la joven señora Melzer. Algo grave había sucedido en su matrimonio.

# 14

*Mayo de 1924*

Mi querida Lisa, que tan lejos estás, disfrutando de la serena vida campestre en la hermosa Pomerania, hermanita de mi corazón a la que tanto echo de menos...

Elisabeth dejó caer la carta en su regazo con un suspiro indignado. Solo Kitty podía redactar un encabezamiento tan exagerado. Pero conocía muy bien a su hermana, sabía que esas palabras ocultaban algo.

¿Cómo estás? Apenas escribes, y cuando lo haces siempre es a mamá. Paul también está preocupado, y por supuesto mi queridísima Marie. Es una lata que Pomerania esté tan lejos de Augsburgo, si no ya me habría escapado cientos de veces a tomar café o a una charleta de desayuno.

«Lo que me faltaba», pensó Lisa. «Como si no tuviera ya bastantes preocupaciones. ¡Un hurra por la distancia geográfica entre Augsburgo y la finca Maydorn en Pomerania!»

Aquí en Augsburgo han tenido lugar acontecimientos importantes. Figúrate: mi querido Gérard ha encontrado treinta cuadros de la madre de Marie. Ya sabes que Luise Hofgartner fue una pintora famosa. Vivió en París, y allí un entusiasta admirador, un tal Samuel Cohn-d'Oré, reunió sus obras. Tras su muerte, esos fantásticos cuadros salieron a la venta y, como podrás imaginar, no he dudado en comprarlos todos. Una colección como esta solo sale al mercado muy de vez en cuando y su precio es considerable, pero creo que la inversión merecerá la pena.

Dado que mis medios son limitados, le he pedido a mi querido Gérard que me adelante el dinero, y así lo ha hecho. Ahora estoy ofreciendo a mi familia y a algunos de mis mejores amigos la oportunidad de adquirir una participación en la colección. Sin duda es algo que resultará lucrativo, ya que los cuadros incrementarán su valor. Hemos organizado exposiciones en Augsburgo, Múnich y París, y los beneficios irán a parar a los copropietarios.

Con solo 500 marcos seguros ya puedes participar. Por supuesto no hay límite. ¿Serás tan amable de entregarle esta carta a la tía Elvira? Ella también pertenece al selecto grupo al que hago esta oferta (al que también pido discreción).

Lisa leyó el párrafo dos veces pero no acabó de comprenderlo. Lo que estaba claro era que Kitty necesitaba dinero. Quinientos marcos seguros era una cantidad considerable. ¿Y para qué? Según decía, había comprado unos cuadros de Luise Hofgartner, la madre de Marie.

Esa carta despertó en ella recuerdos desagradables. ¿No decían que papá solía visitar a esa mujer en la ciudad baja de Augsburgo? Peor aún: lo habían acusado de ser responsable de la temprana muerte de Luise Hofgartner. Él quería los planos del difunto Jakob Burkard. Como ella se negó a entregárselos, él se encargó de que no pudiera ganarse la vida. Murió de alguna enfermedad porque en invierno ya no podía calentar su cuarto. Al pobre papá la culpa debió de afectarlo mucho, es posible que por eso sufriera el infarto. No, Lisa no tenía ninguna gana de comprar la obra de aquella mujer. Y mucho menos por quinientos marcos. ¿Qué se pensaba Kitty? ¿Que los gansos pomeranos ponían huevos de oro?

Leyó por encima el resto de la carta, que solo contenía noticias irrelevantes. Mamá sufría continuas migrañas, Paul tenía mucho trabajo, la fábrica se estaba recuperando, Marie había tenido que abrir una lista de espera para sus clientas, Henny recibía clases de piano de una tal señora Ginsberg. ¿A quién le interesaba todo eso? Dobló la hoja y volvió a meterla en el sobre. El sol de mayo inundaba el salón, se reflejaba en el caldero de cobre pulido que había en la repisa de la chimenea y proyectaba puntos brillantes en el papel oscuro de la pared. En el patio se oían cascos de caballos, Leschik estaba sacando de los establos a Gengis Kan, un ejemplar castaño castrado. Estaba ensillado, por lo visto Klaus quería echar un vistazo al centeno. Al parecer los jabalíes habían provocado daños considerables en los campos, aquellos animales peludos se habían reproducido más de lo normal esa primavera. Observó a su esposo montar y recibir las riendas de Leschik. Klaus era un jinete excelente; sin su antiguo uniforme de teniente también resultaba impresionante a caballo. Las horribles heridas de su rostro sanaban a ojos vista, tal vez no recuperara su atractivo aspecto pero ya era posible contemplarlo sin asustarse. Sacó a Gengis Kan del patio al paso, seguramente lo espolearía nada más cruzar la puerta del patio para que echara a galopar. Leschik seguía donde lo había dejado, con los brazos en jarras y parpadeando hacia el sol.

En la finca Maydorn se había declarado una frágil tregua. Klaus le había pedido perdón por su desliz del día de Navidad. Estaba arrepentido de verdad, le aseguró que se trató de algo puramente físico y le juró por lo más sagrado que a partir de entonces no tendría amoríos de ninguna clase. Como muestra de su arrepentimiento, consintió en que la criada Pauline fuera despedida en el acto y se contrató a otra. La tía Elvira se ocupó de que su sustituta no tuviera ningún atractivo. Desde el punto de vista de la tía, con eso se había hecho justicia y se había restablecido la paz conyugal.

Elisabeth le había insinuado varias veces a Sebastian lo infeliz que era y lo mucho que necesitaba su consuelo. Él satisfacía sus deseos con palabras, le dijo lo mucho que la compadecía y que no comprendía cómo un hombre podía comportarse de forma tan indigna. Después de todo lo que ella había hecho por su marido, esa traición era el súmmum del desagradecimiento.

—¿Por qué se lo permite, Elisabeth?

—¿Y qué debería hacer, según usted?

Él suspiró hondo y le contestó que no era quién para dar consejos. Los intentos de Lisa para que Sebastian la consolara físicamente habían fracasado por completo. A pesar de que estaba segura de que Sebastian Winkler la deseaba con desesperación, era capaz de controlarse. Aquel hombre casto ni siquiera pasó a la acción cuando la vio aparecer en camisón una noche.

¿Qué pretendía? ¿Que se separara? ¿Acaso quería que fuera su esposa? ¿Y de qué vivirían? ¿De su ridículo sueldo de profesor, si es que conseguía que lo contrataran? Cuando papá aún vivía, ella tenía muchos pájaros en la cabeza. Quería ser profesora, dar clase a niños de un pueblo y llevar una vida modesta. Pero ya no perseguía esos sueños. Le gustaba ser la patrona de la finca. Y Klaus von Hagemann era un administrador excelente. Lo único que le faltaba era Sebastian. Su amor. No quería solo palabras y miradas. Quería sentirlo. En todo su cuerpo. Y estaba segura de que él también lo deseaba.

Miró la carta y pensó que había cosas que no encajaban. Por ejemplo, ¿por qué no compraba Marie los cuadros de su madre? Debía de estar ganando mucho dinero con el atelier. Pero sin la autorización de su marido no podía hacer grandes desembolsos. No podía disponer a voluntad del dinero que ella misma ganaba, tenía que preguntarle a Paul. Esa era la clave. ¿Se habría negado Paul a comprar los cuadros? Era muy posible. Mamá solo había hecho un par de insinuaciones en sus cartas, pero por lo visto había ciertas desavenencias entre su hermano y Marie. Sobre todo desde que ella había abierto el atelier.

Elisabeth tuvo que admitir que no la entristecía demasiado. Al contrario, la reconfortaba. ¿Por qué tenía que ser la única que sufría un amor desgraciado? Paul y Marie, cuya felicidad hasta ahora había considerado completa, no eran inmunes al destino. Todavía había justicia en el mundo.

Se le levantó el ánimo. Quizá si fuera más insistente en algún momento lograría su objetivo. Era la primera hora de la tarde y hacía un espléndido día de mayo. Los frutales florecían en blanco y rosa, los bosques estaban cubiertos de un verdor nuevo y la siembra asomaba. Por no hablar de los prados, donde la hierba ya le llegaba a las caderas. A principios de junio podrían recoger el primer heno.

La tía Elvira se había ido de compras a Gross-Jestin con Riccarda von Hagemann, y también querían visitar a Eleonore Schmalzler, que vivía con su hermano y la familia de este, por lo que no regresarían hasta la noche. Su suegro había salido al jardín con el periódico, seguramente se había quedado dormido en la tumbona. ¿Por qué no subía a la biblioteca e intentaba convencer a Sebastian de que fueran a dar un pequeño paseo? Por el arroyo hasta la linde del bosque, luego por el sendero que pasaba junto a la vieja cabaña —allí podrían descansar un poco y sentarse en el banco al sol— y por la carretera de vuelta a la finca. La hierba estaba muy alta, si se les ocurría sentarse o incluso tumbarse en algún lugar, nadie los veía.

—¿Un paseo? —preguntó él levantando la vista de su libro.

¿Eran imaginaciones suyas o la miraba con expresión de reproche? Dudó.

—Hace un tiempo espléndido. No debería estar siempre aquí arriba entre libros, Sebastian.

Lo cierto era que estaba pálido. ¿Había adelgazado? Quizá solo se lo parecía porque la miraba de un modo extraño.

—Tiene razón, Elisabeth, no debería estar todo el tiempo entre estos libros.

Hablaba más despacio que de costumbre. Lisa tuvo la sensación de que esta vez tendría que aplicarse con más energía. Sebastian parecía sumido en esa tristeza que lo invadía últimamente.

—Póngase zapatos resistentes, el camino junto al bosque todavía está un poco húmedo. Lo espero en la entrada del patio.

Le sonrió para animarlo, y ya estaba en la puerta cuando él la llamó.

—¡Elisabeth! Espere. Por favor.

Se volvió hacia él con un mal presentimiento. Sebastian se había puesto de pie y se estaba estirando la chaqueta, como si fuese a dar un discurso importante.

—¿Qué... qué pasa?

—He decidido dejar el puesto.

No quería creer lo que acababa de oír. Se quedó allí mirándolo. Esperando una explicación. Pero él permaneció en silencio.

—Es... Es muy inesperado.

No acertó a decir nada más. Poco a poco fue comprendiendo que iba a marcharse. Lo había perdido. Sebastian Winkler no era el tipo de hombre con el que se podía mantener ese juego durante mucho tiempo. Lo quería todo o nada.

—La decisión no ha sido fácil —dijo—. Le pido que me dé una semana. Todavía tengo trabajo que terminar y estoy esperando noticias de Núremberg, de unos parientes a los que he escrito.

Ahora que había anunciado su decisión parecía encontrarse mejor, estaba incluso hablador.

—Ya no podía mirarme en el espejo, Elisabeth. Lo que veía reflejado no era yo. Era un adicto, un mentiroso, un hipócrita.

Un hombre que había perdido el respeto por sí mismo. En ese estado, ¿cómo iba a esperar que me respetara usted? Esta decisión no solo me salvará la vida, también salvará mi amor.

¿Qué tonterías estaba diciendo? Elisabeth se había apoyado en el marco de la puerta y le parecía estar asomada a un oscuro abismo. El vacío. La soledad. En ese momento se dio cuenta de que la presencia de Sebastian en la finca Maydorn era su elixir vital. Ese cosquilleo cuando subía a verlo a la biblioteca. Las noches pensando que él también estaba despierto, deseándola. Pensando en ella. Las conversaciones, las miradas, los roces a escondidas. La había abrazado y besado una vez, una única vez. En Navidad. Y ahora se marchaba. Dentro de una semana ella entraría en esa sala y vería una silla vacía, una mesa en la que se acumularía el polvo.

Hizo de tripas corazón. Si lo que pretendía era que le suplicara, estaba muy equivocado. Ella también tenía dignidad.

—Bueno —acertó a decir, y carraspeó—. Si ya se ha decidido, no puedo retenerlo. Aunque yo... —Se atascó porque él la escudriñaba con la mirada. ¿Esperaba una declaración de amor? ¿Ahora que ponía tierra de por medio? ¿Acaso su marcha no podía considerarse un chantaje?—. Aunque lamentaré mucho su pérdida.

Permanecieron un rato en silencio. En el ambiente flotaba todo lo que no se habían dicho, los dos lo sentían, los dos anhelaban esas palabras liberadoras, pero no sucedió nada.

—Yo también lo lamento —dijo él en voz baja—. Pero mi labor aquí acabó hace mucho tiempo. Y no me gusta embolsarme dinero que no me he ganado.

Ella asintió. Claro, en eso tenía razón. En el fondo no tenía nada que hacer allí.

—Los niños de la escuela lo echarán de menos.

—Sí, por los niños sí que lo siento.

«Ajá», pensó ella con amargura. «Está triste por los mocosos a los que ha dado clase. Por lo visto le importa menos despedirse de mí. Está bien saberlo. Así yo tampoco derramaré lágrimas por él.» Sabía que no era más que un argumento para protegerse. Claro que derramaría lágrimas por él. Lloraría como una loca.

—Bueno... Pues no quiero seguir molestándolo. Antes ha dicho que tenía trabajo que terminar.

Él hizo un gesto como para quitarle importancia, pero ella no le hizo caso.

—Esta noche haré las cuentas de su salario.

Cerró la puerta tras de sí y apoyó la espalda en ella un instante. Debía ser fuerte. No podía volver a entrar a todo correr y decirle que no sabía vivir sin él. Bajaría la escalera con paso firme y se sentaría un ratito en el salón para superar el impacto inicial.

Mientras descendía los escalones, sabía que él estaba escuchando sus pasos. Al llegar abajo, le temblaban las piernas. «Un café», pensó. «Necesito fuerzas.»

Abrió la puerta de la cocina y comprobó que no estaban ni la cocinera ni las criadas. En cuanto Riccarda von Hagemann salía de casa, los ratones bailaban. Seguramente se reunían con los temporeros polacos en el granero. Ni siquiera podían esperar a que creciera el heno.

Encima del fogón había una jarra metálica con restos de café templado. Se sirvió un poco en una taza, lo alargó con leche y encontró por fin el azucarero. Puaj, tenía tantos posos que casi se podía masticar. Aun así surtió efecto, se sentó a la mesa de la cocina con un suspiro y pensó que le quedaba la finca. Y tenía a su esposo, que desde Navidad era un compañero atento y agradable. Ella se había mantenido distante desde su desliz, pero él se esforzaba. Klaus no había sido tan cariñoso ni siquiera durante su noviazgo. ¿Sería eso un guiño del destino? ¿Debía seguir a su lado como una esposa fiel y olvidar que había creído en el gran amor?

Miró por la ventana. Desde allí se veía el jardín de hierbas aromáticas del que tan orgullosa se sentía Riccarda. El cebollino y la borraja estaban en su esplendor, el perejil todavía se veía un poco enclenque, pero los arbustos de grosellas que crecían junto a la valla ya florecían.

—Si lo sabré yo —dijo una voz femenina no muy lejos de allí—. La granja de al lado es de mi hermano.

—¿Tu hermano?

Ese era Leschik. La mujer debía de ser la cocinera. Estaban al lado de la valla y no sospechaban que hubiera nadie en la cocina. Elisabeth no tenía especial curiosidad por los chismes del pueblo, pero al menos la distraerían un poco.

—El mayor, Martin. Se casó y se marchó a Malzow hace tres años. Me lo ha contado él. Aparece por allí cada dos días. Lleva regalos, también para los padres. Le ha llevado perfume. Y zapatos nuevos. Y una blusa de seda.

—Eso es mentira.

—Martin no miente. Y Else, su mujer, dice las cosas como son. Fue ella quien vio la blusa en la cuerda de tender.

—No seas bocazas.

—¿Te crees que soy tonta? Pero algún día se sabrá. Como muy tarde, cuando nazca el niño.

A Elisabeth se le aceleró el corazón. ¿No había escuchado antes una conversación similar? No allí, en Pomerania, sino en Augsburgo, en la villa de las telas.

Oyó una blasfemia. Había sido Leschik.

—¿Un niño, dices? Entonces seguro que se sabrá.

—¿Por qué te pones así? Si su mujer no puede, es natural que él busque descendencia en otro lado. No sería la primera vez que uno de esos niños se convierte en hacendado...

—Uno de esos niños que no saben con quién celebrar el día del padre.

Los dos se rieron entre dientes, y Leschik añadió que Pauline era fuerte y sería una madre mucho mejor para un hacendado que la damisela de Augsburgo, que de todas formas se pasaba el tiempo con el profesor Winkler y sabía tan poco de agricultura como una vaca de matemáticas.

—Es un gobierno un poco raro el de esta granja. —La cocinera suspiró—. Pero a mí me da igual. ¡Yo hago mi trabajo y punto!

Algo cayó al suelo muy cerca de Elisabeth, un recipiente de arcilla se hizo añicos, el café oscuro le salpicó los zapatos y la falda. Se le había caído la taza de la mano sin apenas darse cuenta. De repente sintió que perdía el equilibrio, tenía el cerebro vacío, todo parecía frío, helador, como si el invierno hubiera vuelto. Su cuerpo era ligero. Echó a volar.

Ahí estaba la puerta de la cocina, que pareció abrirse sola, el pasillo, la entrada. Tres escalones hacia el patio, las miradas sorprendidas de dos personas junto a la valla. Gorriones chillando sobre el tejado, un pinzón trinaba, en la entrada del granero el gato a rayas grises tomaba el sol y movía la oreja derecha.

—Señora, ¿se encuentra bien?

Todavía tenía la sensación de estar flotando. También notaba la cabeza abotargada, pero eso no daba derecho a la cocinera a hacer preguntas estúpidas.

—¿Por qué estás aquí de brazos cruzados? ¿No tienes nada que hacer en la cocina?

La mujer hizo una reverencia torpe y murmuró algo sobre «tomar el aire».

—¡Leschik! ¡Ensilla la yegua!

—Es que Soljanka ha salido con las señoras.

—Pues otra. ¡Venga, venga!

El hombre no hizo preguntas y corrió a sacar una yegua del establo. Elisabeth no acostumbraba a cabalgar, y cuando lo hacía, prefería animales mansos y tranquilos.

Se apoyó en la valla del jardín y esperó. En su cabeza había nacido una idea que ahora la dominaba.

«Quiero verlo por mí misma. Y si es cierto, le arrancaré los ojos a esa mujerzuela.»

La blusa de seda en la cuerda de tender. Aleteando sobre montones de estiércol y trastos sucios de la granja. Había dicho Malzow. No estaba lejos de allí. Con el coche de caballos no llegaba a media hora. A caballo serían diez minutos, y Klaus era un buen jinete. Se dio cuenta de que se reía y recuperó la compostura. ¿Estaba perdiendo el juicio?

—Está un poco inquieta —dijo Leschik—. Es la primavera. Pero aparte de eso Cora es muy buena.

Quiso ayudarla a montar, pero ella negó con la cabeza y él se apartó. Cora, castaña, no era tan alta como las otras, pero de todas formas le costó subirse a la silla. Sin embargo ese día le dio igual, la mirada escéptica del mozo tampoco le importó. Que se riera de ella, ¿qué más daba?

La yegua estaba acostumbrada a que la guiaran de forma enérgica, y tuvo que atarla en corto para que no mordisqueara las ramitas nuevas que había a derecha e izquierda del camino. La espoleó a un trote ligero y tomó la carretera hacia Gerwin. Poco a poco, a medida que dejaba de controlar cada paso del animal, los pensamientos volvieron.

Así que seguía engañándola. Le sonreía abiertamente, le preguntaba cómo se sentía, si podía darle algún gusto, y después se marchaba a caballo para divertirse en la cama con una campesina. ¿Qué solía decir la tía Elvira? Salud mental y ejercicio físico. Se echó a reír otra vez. Ejercicio físico. Qué raro que otras mujeres sí se quedaran embarazadas. Ella era la única que no.

No servía para ser esposa. Porque no tenía hijos. Tampoco para ser amante. Porque no sabía seducir a los hombres. Los perdería a los dos. A Klaus y también a Sebastian. Bueno, ya los había perdido hacía mucho. Tal vez nunca fueron suyos. No era atractiva, era la hermana mayor y fea de la encantadora Kitty. ¿Por qué se casó Klaus con ella? Solo porque no se había llevado a Kitty. ¿Por qué había venido Sebastian a la finca Maydorn? Solo porque lo había engañado. Ay, pocas horas antes se había alegrado de las desavenencias en el matrimonio de Paul y Marie. Había sido mala, y el destino la había castigado.

Cora había vuelto al paso y, como su amazona estaba absorta en sus pensamientos, mordisqueaba la hierba fresca al borde del camino. Elisabeth la obligó a regresar al centro del sendero y entonces pensó que quizá era más inteligente tomar un atajo por el bosquecillo. Así llegaría al pueblo de Malzow por los prados y no por la carretera y sería más fácil sorprender a Klaus. No le costaría encontrar la granja, solo tenía que buscar su caballo.

La yegua, encantada de ir campo a través, pasó al trote por voluntad propia y retomó el paso al llegar a la linde del bosque. Allí se negó a continuar, al parecer el estrecho camino entre los árboles le daba miedo.

—Venga... No te pasará nada. No seas cabezota.

Dos veces condujo a la yegua hacia el camino, y las dos veces el animal se asustó y saltó a un lado y casi tiró a Elisabeth de la silla. Entonces sucedió algo que ella no comprendió hasta más tarde. Una flecha rojiza pasó volando por el camino, la yegua se encabritó presa del pánico y ella perdió el equilibrio. Elisabeth vio cómo se le acercaban a toda velocidad las raíces de un roble, pero no sintió dolor, solo una sacudida y después una oscuridad sorda.

Cuando recobró el sentido estaba tirada en el suelo, veía las ramas de roble reverdecidas y, a través de ellas, el cielo azul. Una ardilla que había estado rebuscando junto a Elisabeth en las hojas caídas trepó por el tronco y desapareció entre las ramas.

«¡Cora!», pensó de pronto.

Se incorporó de golpe y miró alrededor; no se veía a la yegua rojiza por ningún lado. Entonces las ramas, el cielo y los troncos comenzaron a girar a gran velocidad y tuvo que tumbarse para no desmayarse. «No pasa nada», pensó. «Solo me he asustado. Se me pasará enseguida, y luego iré en busca de Cora. Estará por este prado comiendo hierba.»

En efecto, el mareo se le pasó. Esta vez se incorporó despacio y con cuidado, se quitó un escarabajo curioso de la manga e intentó levantarse, pero un dolor punzante en el tobillo izquierdo la hizo gemir y la obligó a sentarse de nuevo. Entonces se dio cuenta de que el pie se le estaba hinchando; supuso que era una torcedura. O incluso podía tenerlo roto. Cielos, ¿qué debía hacer?

—¡Cora! ¡Cora!

¿Dónde se habría metido ese estúpido animal? ¿Por qué no se había quedado junto a ella? Ay, la buena de Soljanka no se habría apartado de su lado. Intentó levantarse otra vez apoyándose en el tronco del roble, pero en cuanto puso el pie izquierdo en el suelo vio las estrellas. ¡Cómo se le estaba hinchando el tobillo! Casi se veía a simple vista. Seguramente no podría quitarse el zapato. A pesar del dolor, cojeó hacia el prado en busca de la yegua. Fue en vano.

De pronto fue consciente de la situación en la que se encontraba. La probabilidad de que pasara alguien era casi inexistente. Si no tenía suerte se quedaría allí toda la tarde; en el peor de los casos, también la noche. No, no. En algún momento la buscarían. Aunque... La idea de que Leschik o incluso Klaus la encontraran allí no le gustaba nada. Intentaría regresar sin hacer caso del tobillo. Al fin y al cabo, los soldados heridos en territorio enemigo habían seguido andando a pesar del dolor y de las terribles lesiones.

No fue buena idea. Apenas consiguió avanzar cincuenta metros, el dolor era tan intenso que los campos y los árboles se desvanecían, así que se dejó caer sin aliento en el sendero. Era imposible. Ahora le dolía mucho más, le latía, era como si tuviera un pájaro carpintero dentro del pie hinchado.

Se echó a llorar de dolor y desesperación. ¿Por qué tenía siempre tan mala suerte? ¿No bastaba con que nadie la soportara, su esposo la engañara y el hombre al que amaba huyera de ella? No, también había tenido que caerse de esa estúpida yegua y hacerse daño. Qué ridícula. Casi podía oír cómo arremetían contra ella: la damisela de Augsburgo que ni siquiera sabía cabalgar. Se había caído de su montura. Quería espiar a su esposo y había acabado en el barro.

Al pensar en las burlas de los empleados, la tristeza se apoderó de ella. Todo lo que le había sucedido esa maldita tarde, todas sus esperanzas rotas, las decepciones, las humillaciones, todo aquello intentaba salir al exterior, la estremecía, la hacía sollozar a pleno pulmón. Qué más daba, allí nadie la oiría.

—¡Elisabeth! ¿Dónde está? ¡Elisabeth!

Una gran sombra se deslizó sobre la hierba alta, los insectos salieron volando, un caballo resopló. Apenas había tenido tiempo de pasarse la manga por la cara mojada cuando un hocico apareció muy cerca de ella y gritó asustada. Justo después el jinete saltó de la silla y se arrodilló a su lado.

—¡Menos mal! ¿Se ha hecho daño? ¿Se ha roto algo?

—No... no es nada. Solo el pie —graznó.

Estaba afónica de llorar, tenía la nariz y los ojos tan hinchados que casi no veía. Debía de tener un aspecto espantoso. ¿Qué hacía Sebastian allí?

—¿El pie? Ah, ya veo. Espero que no esté roto...

Le palpó el tobillo, que a ella le parecía una calabaza de tan hinchado como estaba.

—¿Nota algo?

—No. Está entumecido, solo cuando piso...

Nunca lo había visto tan alterado. Se le habían formado perlas de sudor en la frente, jadeaba, pero al mirarla, sonrió feliz y aliviado.

—La yegua ha vuelto a la granja con la silla vacía. Casi me vuelvo loco de preocupación. Yo tengo la culpa, Elisabeth. Le he lanzado sin miramientos mi decisión. He sido egoísta e insensible. No he pensado en el daño que le hacía.

Ella lo escuchó balbucear y se secó la cara varias veces con la manga. Malditas lágrimas. Ojalá se le bajara la hinchazón. Sobre todo porque él no hacía más que mirarla.

—No... no tenía ni idea de que supiera cabalgar —murmuró Elisabeth.

—Yo tampoco. De niño me subí a un caballo un par de veces, pero a eso no se le puede llamar cabalgar. Apóyese en mí, la ayudaré a subir a la silla.

—Yo... no soy ligera como el viento —bromeó tímida.

—Soy consciente de ello —contestó él con seriedad.

Sebastian era bastante más fuerte de lo que ella suponía. A pesar de su herida de guerra, no tuvo ningún problema para levantarla. Cuando puso el pie sano en el estribo, él le sujetó la cintura con fuerza y la ayudó a sentarse; al hacerlo le agarró una parte del cuerpo que en circunstancias normales jamás se habría atrevido a tocar. Ella se reacomodó en la silla algo turbada y murmuró un tímido «gracias».

Él caminaba delante y llevaba a la yegua de las riendas. De vez en cuando se volvía y le preguntaba si estaba bien, si le dolía, si aguantaría hasta la finca.

—No es nada.

—Es usted muy valiente, Elisabeth. Jamás me lo perdonaré.

Casi se sonrió por lo cortés, honesto y servicial que era. ¿Por qué tendría que contarle que no había salido a cabalgar por él, sino para arrancarle los ojos a la amante de su esposo? Lo habría decepcionado. Sebastian tenía una fe inquebrantable en la bondad de las personas. Quizá por eso lo amaba tanto.

En el patio, Leschik estaba esperando para ayudarla a bajar. Las criadas se apretujaban en la entrada, Elisabeth oía sus risas.

—La sentaremos en una silla y la llevaremos escaleras arriba —propuso Leschik—. Un hombre a cada lado será suficiente.

¿Le había pedido ayuda con la mirada? ¿O él había actuado de forma impulsiva? Cuando se bajó de la silla, Sebastian se acercó y la levantó en brazos. Lo hizo sin preguntar y con toda naturalidad.

—Espero que no le resulte incómodo —dijo algo apurado cuando llegaron al pasillo que conducía a la escalera.

—Es maravilloso. Solo espero no pesar demasiado. —Las delicias del campo no la habían hecho adelgazar.

—En absoluto.

Subió la escalera con ella en brazos, a veces se detenía para recuperar el equilibrio y el aliento y luego continuaba. Le costaba respirar, pero al mismo tiempo le sonreía y le susurraba que no se preocupara. Que estaba acostumbrado a llevar peso desde joven.

Seguramente solía llevar sacos de patatas a la bodega. Ella calló y disfrutó de la sensación. Qué fuerte era. Y qué duro consigo mismo. Y con qué determinación actuaba.

Elisabeth abrió la puerta del cuarto. No del dormitorio conyugal, que evitaba desde hacía meses, sino del cuartito que antes era una habitación de invitados. Él la llevó hasta la cama y la dejó con cuidado sobre el colchón de plumas.

—Siéntese —le pidió ella—. Debe de estar agotado.

Y lo hizo. Se sentó en el borde de la cama, sacó un pañuelo, se quitó las gafas y se secó la cara.

—No pensaba que fuera usted tan fuerte.

—Hay muchas cosas que no sabe de mí, Elisabeth.

—Bueno —respondió—. Hoy he descubierto mucho sobre usted.

Él se sintió culpable.

—Ha descubierto que soy un hombre desconsiderado —dijo compungido—. Pero se lo juro, Elisabeth...

Ella negó con la cabeza.

—Más bien creo que se ha comportado como un cobarde.

Fue un duro golpe para él. La miró consternado y quiso contradecirla, pero ella ni siquiera lo dejó hablar.

—Tiene miedo de hacer el ridículo, Sebastian. Miedo a

romper reglas que ya no tienen sentido. Es mejor que huya y me deje sola con mi desesperación. —Le habló con rabia. Lo miró a los ojos, los tenía muy abiertos, notó que sus palabras lo herían, y dio rienda suelta a sus sentimientos—. ¿De verdad es usted un hombre? ¿Tiene sangre en las venas? ¿Valor para grandes gestos? Ni siquiera se atreve a... a...

Se echó a llorar. ¡Dios santo, se estaba comportando como una tonta! Pero lo deseaba tanto que ya no sabía qué hacer.

—¿Me has preguntado si soy un hombre? —susurró, y se inclinó hacia ella.

Elisabeth no contestó. Vio que se levantaba e iba hacia la puerta, creyó que saldría del cuarto, indignado por su inequívoca oferta. Pero entonces cerró con llave.

—Has ganado, Elisabeth. Soy un hombre, y ya que me lo pides, te lo demostraré.

Por lo visto era el día de los acontecimientos extraordinarios. El día de los milagros. Elisabeth, que creía que el destino siempre la perjudicaba, recibió lo que deseaba. Incluso más de lo que esperaba, porque Sebastian estaba despechado y descargó su rabia en ella. Pero también fue maravilloso, ella lo sintió como una tormenta de primavera.

La dura realidad los golpeó al día siguiente.

# 15

—¡Pues claro que lo he hablado con la señora Melzer! —dijo Kitty, indignada.

Serafina von Dobern estaba en el vestíbulo, delante de la escalinata, y la miraba con frialdad y desconfianza. A Kitty le parecía que tenía un aire a la Reina de las Nieves. Esa mujer de corazón de hielo que no quiere entregar al muchacho. ¿Quién había escrito esa historia? Hans Christian Andersen.

—Pues me sorprende que nadie me haya informado.

—Para eso no tengo explicación —respondió Kitty con impaciencia—. Gertie, baja a los niños, pasarán la tarde conmigo. Les daré clase de dibujo.

Gertie esperaba servicial delante de la puerta de la cocina; asintió y se dispuso a subir las escaleras hacia el primer piso. Pero la voz de la institutriz la detuvo.

—Espera, Gertie. Los niños están haciendo los deberes, no puedo dejar que se vayan hasta que terminen.

Kitty miró fijamente el rostro pálido de Serafina von Dobern. Increíble..., esa mujer oponía resistencia. Creía que podía imponer su autoridad allí, en la villa, la casa de su familia.

—Me da igual lo que pueda o no pueda hacer, querida señora von Dobern —dijo haciendo esfuerzos por contenerse—. Ahora mismo voy a llevarme a Leo y a Dodo a Frauentorstrasse. ¡Gertie, baja a los niños!

Gertie sopesó quién de las dos tenía la sartén por el mango y se decidió por la señora Bräuer. Aunque solo fuera porque odiaba a la institutriz con toda su alma. Así que corrió escaleras arriba.

—Lo siento, pero en este caso debo asegurarme. —La señora von Dobern subió también.

Kitty esperó a que llegara a la mitad de la escalera antes de decir nada.

—¡No creo que sea buena idea interrumpir la siesta de mi madre por semejante tontería!

La institutriz se detuvo y se volvió a medias hacia ella. A juzgar por su sonrisa, tenía un as en la manga.

—No se preocupe, señora Bräuer. No voy a despertar a su madre. Mi intención es llamar al señor Melzer a la fábrica.

Esa bruja quería llamar a Paul. Y le recordaría que la señora Ginsberg daba clases de piano en Frauentorstrasse. Paul ataría cabos, su querido hermano no era tonto.

—Haga lo que tenga que hacer —dijo aparentando que no le importaba—. ¡Eh, Leo, Dodo! ¿Dónde os habéis metido? ¡Henny os está esperando en el coche!

—¡Ya vamos!

¡Ay, Leo! Pasó corriendo junto a la institutriz con las partituras bajo el brazo. Si la señora Von Dobern no le confiscó sus preciados cuadernos fue gracias a la sangre fría de Dodo, que se deslizó veloz entre la institutriz y su hermano. Este bajó los últimos peldaños dando un salto temerario y corrió hacia Kitty.

—¡Me niego a colaborar en sus enredos, señora Bräuer! —dijo furiosa la institutriz—. El señor Melzer no desea que su hijo reciba clases de la señora Ginsberg. Ya lo sabe. Su comportamiento no solo me pone a mí en un aprieto, sino que también induce a Leo a actuar contra la voluntad de su padre. ¿Qué cree que conseguirá con eso?

Kitty tuvo que reconocer que Serafina no estaba del todo

equivocada. Pero eso no significaba que tuviera razón, ni mucho menos.

—Los niños recibirán clases de dibujo impartidas por mí —respondió enfadada—. Puede comunicárselo a mi hermano si lo cree oportuno.

A la institutriz se le habían enrojecido las mejillas y le sentaba mucho mejor que su tono natural, blanco como el papel. Levantó la barbilla y declaró que recogería a los niños en Frauentorstrasse dos horas después.

—No será necesario. Los traerán aquí.

—¿Quién?

Ya era suficiente. A Kitty le entraron ganas de lanzarle a esa indeseable uno de los hermosos jarrones de Meissner que había en la cómoda frente al espejo. Pero habría sido una pena por el jarrón, mamá les tenía mucho cariño.

—¡Eso a usted no le incumbe! —dijo escueta. Cogió a Dodo y a Leo de la mano y salió del vestíbulo.

—¡Esto no se quedará así! —gritó la institutriz a su espalda.

Kitty guardó silencio para no inquietar a los niños, pero por dentro estaba a punto de explotar de rabia. ¡Menuda vaca arrogante! Típico, Lisa tenía imán para ese tipo de gente. Todas sus amigas eran así. Antes era distinto, incluso se tuteaban. Pero había pasado mucho tiempo desde entonces.

—Mamá, das volantazos —se quejó Henny.

Los tres pequeños iban en el asiento trasero, Henny en medio. Kitty vio en el retrovisor el rostro indignado de su hija enmarcado por ricitos dorados. Era un angelito. En el colegio tenía a todos los niños a sus pies. Y la dulce y pequeña Henny se aprovechaba de ello. Mamá había dicho en una ocasión que ella, Kitty, hacía exactamente lo mismo. ¡Ay, cómo eran las madres!

—Es una bruja —oyó decir a su hija en susurros.

—Sí que lo es. Una bruja de verdad. Se divierte castigando a los niños.

Esa era Dodo. No tenía pelos en la lengua. Era una pequeña salvaje, trepaba a los árboles como los chicos.

—Ayer volvió a tirarme de la oreja —intervino Leo.

—¿A ver?

—No se ve nada.

—También nos pega con la regla de madera —musitó Dodo—. Y cuando nos portamos mal nos encierra en el cuarto de las escobas.

—¿Puede hacer eso? —preguntó Henny sorprendida.

A Kitty también le pareció fuera de lugar. De pequeños, ellos recibían alguna que otra bofetada o un golpecito con la regla en los dedos. Pero mamá jamás habría permitido que nadie los encerrara en el cuarto de las escobas.

—Lo hace y punto.

—Pues sí que es una bruja.

—¿También hace magia?

—¿Magia? Nooo.

—Qué pena —dijo Henny, decepcionada—. La bruja de la ópera dejaba a los niños inmóviles con un conjuro. Y después hacía galletas con ellos.

—Yo también quiero ir a la ópera algún día —dijo Leo—. Pero mamá y papá no nos llevan. ¿Es verdad que hay muchos instrumentos tocando a la vez? ¿Y que en el escenario cantan?

Henny debió de asentir con la cabeza, porque Kitty no oyó la respuesta. Frenó el coche y se detuvo; el centro de Augsburgo volvía a estar colapsado de coches de tiro y automóviles. Para colmo, el tranvía pitaba detrás de ella. Por mucho que pitara, tendría que esperar. Delante de uno de los puestos del mercado de frutas había un vehículo parado y dos hombres cargaban y descargaban cajas y bidones con toda tranquilidad. Normal que hubiera un atasco. Kitty sacó la cabeza por la ventanilla y los increpó a voz en grito, pero lo único que consiguió fue una sonrisa amable de uno de los transportistas.

—La abuela Gertrude dice que a las brujas hay que meterlas en el horno —dijo Henny en el asiento trasero.

—La señora Brunnenmayer dice lo mismo. Pero la institutriz no cabe en el de la cocina —comentó Dodo.

—No está tan gorda. Si empujamos un poco seguro que entra.

Kitty se volvió enfadada y dirigió una mirada severa a su hija.

—Ahí te has pasado, Henny.

—Era broma, mamá —dijo la pequeña poniendo morritos.

Dodo sonrió con picardía. Leo tenía abierta una de las partituras y la miraba fijamente; cuando levantó la vista hacia Kitty, ella comprendió que se hallaba en otro mundo. Se dijo que estaba haciendo lo correcto. Ese chico tenía un gran talento musical, la señora Ginsberg opinaba lo mismo. Su querido Paul se lo agradecería algún día.

El coche de tiro por fin avanzó al trote y Kitty pudo continuar hasta Frauentorstrasse. El motor traqueteaba como debía, en verano el coche funcionaba a pleno rendimiento. Se lo había regalado Klippi. Solo rezongaba en otoño e invierno. El frío y la humedad le afectaban, ya tenía sus años. Entonces Kitty lo animaba y daba palmaditas en el volante de madera. Pero cuando se veía obligada a apearse y abrir el capó, enseguida la rodeaba una multitud de jóvenes caballeros. Ay, adoraba esa tartana.

Dejó que los niños se bajaran delante de la entrada y llevó el coche al garaje, que en realidad era un cobertizo reformado. Al apagar el motor oyó el piano; ajá, la señora Ginsberg ya había llegado. Leo esperaba impaciente delante de la puerta. Dodo había desaparecido con Henny por el jardín, si es que se podía llamar jardín a la naturaleza virgen que rodeaba su casa en verano.

—Despacio, Leo —le advirtió mientras abría—. Hay cuadros en el pasillo, no tropieces con ellos.

—Ya, ya.

Era imposible frenarlo. Le faltó poco para atropellar a su amigo. Menuda imagen: Leo, alto y rubio, y Walter, delgado, con ricitos negros y siempre tan serio. A Kitty se le humedecían los ojos de la emoción al ver lo bien que se llevaban. Fueron juntos al salón, se sentaron en el sofá y abrieron los cuadernos de partituras. Señalaban las notas con los dedos. Reían. Se entusiasmaban. Discutían y se ponían de acuerdo. Y los dos estaban radiantes de felicidad.

—¿Puedo pasar? —preguntó Leo.

Parecía que su vida dependiera de ello. Kitty asintió con una sonrisa y el chico corrió al cuarto contiguo, donde estaba el piano. Walter lo siguió y también desapareció en la sala de música. Kitty oyó la voz suave y tranquila de la señora Ginsberg. Después alguien tocó un preludio de Bach. Con fuerza y cadencia. Se podía seguir cada voz, se oía cada línea, cada nota. ¿Cuándo había practicado? En casa solo podía sentarse al piano media hora al día como máximo.

—Aquí suena mucho más fuerte que en casa.

No era de extrañar. Mamá le había pedido al afinador de pianos que amortiguara las notas. Por sus dolores de cabeza. Ay, pobre mamá. Cuando Paul, Lisa y ella eran niños, sus nervios estaban mucho mejor.

—¡Bajad de ahí! ¡Henny! ¡Dodo! Os quiero en la cocina dentro de cinco minutos. ¡Si no, nos comeremos la tarta sin vosotras!

Esa era Gertrude. Kitty se acercó a la ventana abierta y descubrió a su hija en el tejado de la casita de jardín. A su lado, Dodo hacía equilibrios en el canalón, había intentado trepar por una larga rama hasta el roble que había al lado.

—¡Siempre pasa lo mismo cuando viene Dodo! —se quejó Gertrude—. Henny es buenísima cuando está sola.

—Sin duda, es una bendita —dijo Kitty en tono irónico.

Gertrude tenía los brazos en jarras y seguía los movimientos de las dos niñas desde la ventana. A juzgar por su delantal, había tarta de cereza con nata y virutas de chocolate. Cuando su marido aún vivía, Gertrude llevaba una casa grande y, como era habitual, disponía de una cocinera. Ahora que ya no podía permitirse tener servicio, había descubierto su pasión por los fogones y la repostería. Con resultados variopintos.

—¡Pero qué pintas traéis! —exclamó al ver a las niñas con el rostro acalorado y el pelo revuelto—. ¿Cómo es posible que en esta familia las niñas trepen a los árboles y los niños se sienten al piano tan formalitos? Jesús, María y José, con mi Tilly y el pobre Alfons pasaba lo mismo.

Kitty no contestó, llevó a las dos niñas al baño y les ordenó que se lavaran las manos, las rodillas, los brazos y la cara, y se peinaran.

—¿Lo oyes, Henny? —dijo Dodo con orgullo—. El que toca el piano es Leo. ¡Algún día será pianista!

Henny abrió el grifo y puso las manos debajo de tal forma que salpicó todo el baño.

—Yo también toco muy bien —dijo, y arrugó la nariz en señal de desdén—. La señora Ginsberg dice que tengo talento.

Dodo apartó a su prima pequeña para llegar al grifo y se enjabonó los dedos.

—¡Talento, bah! Leo es un genio. Es muy distinto a tener simple talento.

—¿Qué es un genio?

Dodo tampoco lo sabía muy bien. Era algo muy grande, inalcanzable.

—Algo parecido a un emperador.

Kitty repartió toallas y les advirtió que fueran con cuidado por el pasillo porque había cuadros embalados apoyados en la pared. Después subió a su pequeño estudio para trabajar un poco. Había comenzado una serie de paisajes, nada especial, floreados, coloridos, el sol radiante de verano, ramas suaves. Paseos en grupo, pequeñas historias para que las descubriera el observador atento. Se vendían bien, la gente ansiaba imágenes idílicas, actividad apacible bajo la luz veraniega. No le disgustaba pintar esos cuadros, pero tampoco la entusiasmaba. Tenía que hacerlo para ganar dinero. No solo tenía que cuidar de Henny; Gertrude y Tilly también vivían de lo que ella ganaba. Y estaba orgullosa de ello.

El sonido del piano se mezclaba con las voces de las niñas, las reprimendas de Gertrude y el ruido del grifo en el baño. Kitty se sentía a gusto con ese ruido, apretó los tubos de pintura sobre la paleta, contempló el cuadro empezado con mirada crítica y mezcló el tono adecuado. Dio un par de pinceladas y se apartó para observar el efecto.

De pronto recordó lo que acababa de decir Gertrude: «Con mi Tilly y el pobre Alfons». Qué extraño, últimamente había pensado mucho en él. Quizá se debía a que ya no creía en las promesas de Gérard. Tampoco le interesaban ya los jóvenes caballeros a los que conocía en eventos de todo tipo y que la asediaban con intenciones inequívocas, aunque también las había honorables. De vez en cuando iba a exposiciones, a la ópera, se veía con amigos en casa de la señora Wiesler o de otros mecenas, pero era consciente de que cada vez se aburría más. Nadie le llegaba al corazón como lo había hecho Alfons. Y eso que solo había acabado con él por compromiso. El tipo amable y un poco patoso que se había casado con ella a pesar del escándalo; al fin y al cabo, se había fugado con Gérard a París. Qué peculiar era, un astuto banquero, un duro hombre de negocios, y al mismo tiempo un esposo tímido y enamorado. Qué torpe fue en su noche de bodas, ella casi se rio de él. Pero entonces él le dijo cosas preciosas: que llevaba años enamorado de ella, que no podía creer la suerte que tenía de poder llamarla esposa. Que estaba muy alterado y que por eso había hecho el ridículo.

Suspiró hondo. No, seguro que en toda su vida jamás conocería a nadie que la amara tan profunda y sinceramente. Y qué contento estuvo de conocer a su hijita. Estaba loco de felicidad. ¿Por qué era tan cruel el destino? Alfons estuvo en contra de aquella guerra desde el principio. Pero ¿a quién le importaba? Fue a luchar como todos los demás, y ella ni siquiera sabía dónde ni cómo había muerto. Quizá fuera mejor así. Aunque Henny ya ni siquiera recordaba a su padre.

—¡Kitty! —llamó Gertrude desde abajo—. Pausa para un café con tarta. Baja, te esperamos.

—Un momento.

Siempre lo mismo. Apenas había mezclado la pintura, alguien la interrumpía. Era bonito que la casa estuviera llena de gente, pero ojalá la dejaran pintar en paz. Además, en la sala del piano todavía estaban tocando.

Dio unos toques al cuadro, dibujó los contornos con un pincel fino, se alejó y no quedó satisfecha. No podía dejar de pensar en los cuadros embalados que había por toda la casa. Las obras de Luise Hofgartner. Gérard se los había enviado después de recibir el dinero, como habían acordado. El entusiasmo inicial la había llevado a colgar en su casa los veinte lienzos y los diez dibujos a la sanguina. El salón quedó lleno, así como la sala de música, el pasillo y la galería. No quedaba ni un rinconcito libre en las paredes. Había pasado varias noches y dos domingos enteros con Marie en compañía de aquellos cuadros. Los contemplaron, se sumergieron en ellos, hicieron cábalas sobre el motivo y las circunstancias en las que se habían pintado. Su querida Marie estaba confusa, lloraba porque creía que su madre tenía madera para ser una gran artista. La pobre se había visto sobrepasada por los cuadros, y lo cierto era que Kitty también. Sin embargo no aguantó que Luise Hofgartner dominara su casa durante más de tres semanas, descolgó los cuadros y los embaló de nuevo. Ahora estaban por los pasillos porque Marie no podía llevárselos a la villa de las telas.

Ay, qué decepción había sufrido Kitty. Su querido Paul, al

que antes consideraba el esposo más maravilloso del mundo, su adorado hermanito, se había negado a comprar más de tres de aquellos cuadros. Estuvo en Frauentorstrasse una única vez durante media hora, echó un vistazo a la colección y decidió que de ningún modo quería esas pinturas en su casa. Menos aún esos provocadores desnudos; había que pensar en los niños, por no hablar de mamá y los invitados. Paul se mostró muy huraño aquella tarde. En general, Kitty tenía la sensación de que su hermano cada vez estaba más raro. ¿Sería la preocupación constante por la fábrica? ¿O era que la guerra y el largo cautiverio en Rusia lo habían cambiado? Eso no, porque al regresar de Rusia había sido tan cariñoso como siempre. Simplemente se debía a que había ocupado el puesto de su padre, era el cabeza de familia, el director Melzer. Tal vez se lo había creído demasiado y ahora empezaría a adquirir las mismas manías que papaíto. Ay, qué tontería. Y qué pena le daba la pobre Marie.

—¡Mamá, ven de una vez! La abuela Gertrude no quiere cortar la tarta porque no estás.

—¡Ya voy! —exclamó molesta, y dejó el pincel en el frasco con agua.

En el salón, Leo y Walter ya estaban sentados a la mesa, sin otra intención que engullir un trozo de tarta para volver corriendo al piano. Además, Walter se había traído el violín, y Leo sin duda probaría a tocarlo. Que lo hiciera, cuantos más instrumentos conociera, mejor. Kitty estaba convencida de que Leo algún día compondría sinfonías y óperas. Leo Melzer, el famoso compositor de Augsburgo. No. Mejor: Leopold Melzer. Sonaba bien. Para los nombres artísticos se podía recurrir a la imaginación. ¿Sería también director de orquesta? Paul Leopold von Melzer.

—La tarta sabe a... a... —Henny frunció el ceño pensativa y miró hacia el techo.

Dodo fue menos diplomática.

—A licor.

La señora Ginsberg, que estaba sentada entre los dos chicos, sacudió la cabeza con energía.

—Está exquisita, señora Bräuer. ¿Le ha puesto azúcar avainillado?

—Un poco. Y un buen chorrito de kirsch. Para la digestión.

—Oh.

A los niños les pareció fantástico. Walter fingió estar borracho, y Leo lo intentó pero no resultó creíble.

La que mejor lo hizo fue Dodo, que consiguió tener hipo.

—Quiero, hip, un poco, hip, más de tarta. Hip.

A Henny todo ese teatro le pareció ridículo, miró a Kitty con cara de reproche y puso los ojos en blanco. En ese momento llamaron a la puerta, y Dodo enmudeció.

—Seguro que es uno de tus conocidos, Kitty —comentó Gertrude—. Estos artistas van y vienen cuando les apetece.

—Henny, ve a abrir la puerta.

No era uno de los artistas enamorados que visitaban a Kitty de vez en cuando. Quien estaba en la entrada del salón era Marie.

—Madre mía, tú sí que sabes sorprendernos. —Kitty se levantó de un salto para abrazar a Marie, la besó en las dos mejillas y la llevó hasta una silla—. Llegas justo a tiempo, mi querida Marie. Gertrude ha hecho tarta de nata. Come un buen pedazo, has adelgazado una barbaridad.

Cuando estaba alterada, le brotaban las palabras sin que ella misma supiera qué decía. En su cabeza reinaba el caos, como una bandada de aves en una pajarera que revoloteaban asustadas. En el fondo no le gustaba nada esa visita sorpresa. Por supuesto que le había contado a Marie que quería darles clases de dibujo a los mellizos. Y Marie también sabía que Henny recibía clases de piano de la señora Ginsberg. Pero no le había revelado que ambas cosas sucedían al mismo tiempo.

—Me alegro de verla, señora Ginsberg —dijo Marie extendiendo la mano—. Espero que todo le vaya bien. Buenas tardes, Walter. Qué bien que podáis veros fuera de la escuela alguna vez.

Ahora que había llegado Marie, las carcajadas desaparecieron de la mesa. Los niños se sentaron erguidos, como habían aprendido, utilizaron los tenedores y las servilletas, y tuvieron cuidado de que no se les cayera nada fuera del plato. Hablaron del calor veraniego y de las obras del nuevo mercado entre Fuggerstrasse y Annastrasse. Marie preguntó por los alumnos de piano que le había enviado a la señora Ginsberg, y Kitty les habló de una exposición del club de arte en la que se exponían cuadros de Slevogt y Schmidt-Ruttloff. Finalmente la señora Ginsberg comentó que había llegado la hora de la clase de Henny.

Fue la representación perfecta. Henny se fue obediente a la sala de música con la señora Ginsberg, Dodo dijo que quería ayudar a la abuela Gertrude en la cocina y los chicos preguntaron si podían jugar un poco más en el jardín. Marie los dejó.

—¡Kitty! —dijo Marie con un suspiro cuando se quedaron solas—. Pero ¿qué estás haciendo? Paul se pondrá furioso.

Increíble. En lugar de darle las gracias por estimular el don de su hijo, le lanzaba reproches.

—Mi querida Marie —empezó a decir—. Estoy un poco preocupada por ti. Antes eras una chica lista, sabías lo que querías, y a menudo te admiraba. Pero desde que nuestro Paul ha vuelto, cada vez estás más amilanada.

Se había pasado, y Marie la contradijo. Era una mujer de negocios, llevaba un atelier y tenía un montón de clientas importantes.

—¿Y quién decide qué haces con el dinero que ganas? —la interrumpió Kitty—. Paul. Y, en mi opinión, no tiene derecho. Debería decidir sobre los asuntos de la fábrica, pero no sobre los tuyos.

Marie agachó la cabeza. Habían hablado a menudo sobre ello, pero la ley era la ley. Además, Paul tendría que responder económicamente si ella se endeudaba.

—No es justo —se quejó Kitty.

Pero dejó el tema, por el momento. Marie, muy a su pesar, había renunciado a comprar los cuadros de su madre porque Paul se había negado. Kitty sabía muy bien lo mucho que le había dolido a Marie, y por eso había intervenido. Sin embargo, hasta ahora no le había contado que Ernst von Klippstein había contribuido con una cantidad de dinero considerable. Le había hablado de unos cuantos buenos amigos. Y Lisa también había aportado un poco. Kitty se había llevado una enorme sorpresa al ver que su hermana le daba algo de dinero, tarde pero justo a tiempo. ¡Su querida Lisa! Podía sentirse afortunada de que fuera tan generosa.

—¿Por qué piensas que debes entrometerte, Kitty? —se lamentó Marie—. Leo recibe clases de piano de la señora Von Dobern, eso tendrá que bastar. Bastante difícil me resulta compaginarlo todo. Los niños. Paul. Vuestra madre. Y también el atelier. A veces siento que estoy al límite de mis energías. Me he planteado en serio si no sería mejor cerrar el atelier.

—¡De ningún modo! —exclamó Kitty, consternada—. Después de todo lo que has conseguido, Marie. Tus preciosos diseños. Tus dibujos.

Marie sacudió la cabeza con tristeza. Ay, los dibujos. Ella no era artista como su madre. Tenía una familia. Dos niños maravillosos. Y a Paul.

—Lo amo, Kitty. Me duele hacerle daño.

Kitty no estaba de acuerdo. Marie se estaba confundiendo. Era Paul quien le hacía daño a ella. Y a Marie le costaba reconocer que el hombre al que amaba no era un ángel. Paul tenía muy buen corazón, pero también podía ser muy testarudo.

—Estás saturada, Marie —dijo Kitty en tono conciliador—. Dentro de nada los niños tendrán vacaciones. ¿Por qué no cierras el atelier un par de semanas y te vas de veraneo? Paul podría visitaros los fines de semana.

—No, no. Pero me lo tomaré con más calma. Me quedaré en casa tres tardes por semana.

Kitty se encogió de hombros. No le gustaba nada, casi sonaba a pagar una compra a plazos. Y encima Marie quería hacerle prometer que no volvería a organizarle clases a Leo en secreto.

—No quiero que lo hagas, Kitty. ¡Entiéndeme, por favor!

—¡Tu hijo te lo echará en cara algún día!

La pobre y buena de Marie sonreía. No creía en su hijo. Por todos los cielos, tal vez algún día incluso obligaran al chico a hacerse cargo de la fábrica. Cuánto talento desperdiciado.

De todos modos se lo prometió. Aunque le costó horrores. También mantuvo la calma cuando Marie le dijo que quería volver a casa con los mellizos.

—Si esperas media horita, Klippi se ha ofrecido a llevar a los niños a la villa en coche.

—Ni hablar. Paul tiene ciertas diferencias con Ernst en estos momentos, y no quiero provocarlo.

Otra vez se doblegaba. Se hacía pequeña. Cometía estupideces solo para que Paul no se enfadara con ella. Kitty iba a explotar de rabia.

—Ah, también quería contarte que el club de arte organizará en otoño una gran exposición con los cuadros de tu madre. Todo Augsburgo los verá, ¿no es fantástico?

Marie palideció, pero no dijo nada.

# 16

Ottilie Lüders llevaba uno de esos vestidos modernos que parecían un holgado saco sobre el cuerpo. A Paul no le gustaba esa moda, le parecía que las mujeres iban más guapas antes de la guerra. Sobre todo por el pelo largo, pero también por las cinturas estrechas, los vestidos elegantes y las faldas hasta los pies. En fin, seguramente era un antiguo sin remedio.

—¿Qué quiere, señorita Lüders?

Sonrió para que no se le notara lo poco que le gustaba el vestido, pero ella se había dado cuenta. Las mujeres tenían un sexto sentido para esas cosas.

—Aquí hay una dama que quiere hablar con usted. En privado.

Paul frunció el ceño. Otra pedigüeña. Recolectaban dinero para buenas causas, le suplicaban que intercediera por un marido desempleado o traían carteles de algún acontecimiento cultural esperando una donación.

—¿Es guapa? —bromeó.

Lüders se puso roja, como era de esperar.

—Eso es cuestión de gustos. Aquí tiene su tarjeta.

Echó un vistazo rápido a la tarjetita amarillenta, en la que se leía un nombre escrito con una caligrafía recargada, un poco anticuada. Hacía mucho tiempo que esa dirección ya no era la suya. Suspiró, lo que le faltaba. ¿Por qué había ido allí?

—Hágala pasar.

—Claro, señor director.

Serafina von Dobern se movía con cierta torpeza pero con la seguridad de una joven de clase alta. Nunca había sido guapa, al menos para su gusto. Poco llamativa. Un ratoncito gris, como se solía decir. Un patito feo. Tenía principios. A los niños no les gustaba, pero mamá opinaba que era una educadora excelente.

—Disculpe que lo visite en la fábrica, querido señor Melzer. No lo hago por gusto. Sé que es un hombre muy ocupado.

Se detuvo delante de su escritorio y él se sintió obligado a ofrecerle uno de los sillones de cuero.

—Oh, no quiero entretenerlo más que un instante. Este asunto es mejor tratarlo cara a cara. Por los niños. Ya me entiende.

No entendía nada, pero sospechaba que de nuevo se avecinaban problemas familiares. ¿Por qué no se ocupaba Marie de ello? No era difícil responder a eso: porque su esposa estaba ocupada con el atelier. Por desgracia, la advertencia de mamá, que él había despreciado, se había cumplido. El atelier había traído la discordia a su matrimonio.

Esperó a que Serafina se sentara, pero él se quedó detrás de su escritorio.

—Adelante, señora Von Dobern. La escucho.

Intentó relajar el ambiente, pero no tuvo éxito. Tal vez se debiera a la seria expresión de su interlocutora, o al hecho de que él estuviera perdiendo la naturalidad que siempre lo había diferenciado de su padre. ¿Se estaba convirtiendo en un viejo gruñón con solo treinta y seis años?

Serafina titubeó, era evidente que el asunto le resultaba muy desagradable. De pronto sintió lástima por ella. Antes se tuteaban, se veían de vez en cuando en fiestas o en la ópera. La guerra y los posteriores años de inflación se lo habían quitado todo a mucha gente distinguida y adinerada.

—Se trata de su hermana Katharina. No me gusta presentarle esta queja, señor Melzer. Pero me siento obligada con usted. Ayer por la tarde su hermana se llevó a los niños a Frauentorstrasse en contra de mi voluntad, donde Leo recibió clases de piano de la señora Ginsberg.

¡Kitty! Qué tozuda era. Sintió que la rabia crecía en su interior. Fomentaba esa desafortunada pasión de Leo a sus espaldas.

Serafina lo observaba con atención para analizar el efecto de sus palabras. La pobre debía de tener mala conciencia.

—No me malinterprete, estimado señor Melzer. Sé lo mucho que aprecia a su hermana. Pero me ha puesto en una situación muy difícil.

Lo comprendía muy bien. Kitty era imposible.

—Está del todo justificado que me informe de esto, señora Von Dobern. Incluso le estoy muy agradecido.

Pareció aliviada, incluso sonrió. Cuando adquiría un poco de color, era hasta guapa, o al menos agradable a la vista.

—Me negué en redondo a entregarle a los niños. Pero su hermana no escuchó mis protestas.

Pues claro. Solo una apisonadora podía obligar a Kitty a abandonar un propósito.

—Esperaba encontrar apoyo en su esposa, pero por desgracia no se encontraba en la villa durante el incidente.

Él guardó silencio. Marie estaba en el atelier. A pesar de que le había dicho que quería tomarse las cosas con calma y quedarse en casa tres tardes a la semana.

—Su esposa trajo a los niños a casa hacia el final de la tarde. Estaban muy cansados y no habían acabado los deberes.

Habría preferido dejar a Marie fuera del asunto. Pero ahora quiso saber.

—¿Dice que mi esposa recogió a los niños? ¿Hacia el final de la tarde?

Serafina parecía asustada de verdad. No, se había expresado mal. Seguro que la señora Melzer no sabía nada de aquello.

—Su esposa pasó la tarde en casa de su hermana. Lo hace de vez en cuando. Algún fin de semana también va a Frauentorstrasse. Es bonito que su esposa y su hermana tengan una relación tan cercana. Al fin y al cabo las dos son artistas.

—Claro —convino, escueto.

Durante las últimas semanas había discutido mucho con Marie por esos malditos cuadros. Le daba lástima por Marie, pero eran horribles. Al menos para su gusto. No quería ver esas chapuzas en la pared del comedor ni en la del salón rojo. Tampoco en el salón de caballeros, aunque allí apenas había sitio porque las paredes estaban cubiertas con estanterías con libros. Y mucho menos en el vestíbulo. ¿Qué habrían pensado los invitados? Paul había prometido comprar tres cuadros y estaba dispuesto a cumplir su palabra. ¡Pero ni uno más! Tampoco le gustaba que Marie frecuentara tanto la casa de Frauentorstrasse. Y menos aún que se llevara a los niños.

—Su señora madre me explicó que el señor Von Klippstein iba a recoger a los niños. La noticia me tranquilizó, porque al principio me preocupaba cómo volverían a casa los pequeños. Por desgracia, se me prohibió ir a buscarlos.

El nombre Von Klippstein fue como otra puñalada para Paul. Durante los últimos meses, su amigo Ernst había resultado ser un tacaño obstinado. Cielos, menudas discusiones habían tenido acerca de las inversiones en el departamento de estampado. Y el horario. Y los salarios. Al final, él, Paul Melzer, había tenido razón, porque acumulaban encargos y llevaban ventaja a la competencia. No obstante, Ernst temía por su dinero. Paul había tomado la firme decisión de pagar a su socio en cuanto pudiera y separarse de él. Le ofrecería una cantidad razonable, por supuesto. No tenía ninguna intención de estafarlo.

Sin embargo, había algo más que lo molestaba de su viejo amigo. Su manera de inmiscuirse en la vida familiar de los Melzer. En gran parte era culpa de mamá, pero Marie también había sido muy complaciente en ese aspecto. Permitía que fuera a recogerla en automóvil al atelier. Que la llevara a Frauentorstrasse. ¿Lo había entendido bien? Ayer Ernst recogió allí a Marie y a los niños. Seguramente también la llevó y estuvo tomando café con las damas mientras Leo recibía clases de piano en la sala contigua. Eso no se le hacía a un viejo amigo. Klippstein había tenido muy mala suerte en la vida, pero eso no le daba derecho a convertirse en la tercera rueda de su matrimonio. Marie tenía que entenderlo. Sobre todo Marie. A mamá podía perdonársele su cariño maternal.

—Bueno, ahora que he podido ser franca con usted y transmitirle mis preocupaciones, querido señor Melzer, me siento aliviada. Espero que comprenda que tenía que hacerlo. No soportaba ocultarle secretos o incluso tener que mentirle. Habría preferido dejar el puesto, a pesar de que siento un gran cariño por los niños.

Él le aseguró una vez más que había hecho lo correcto, que le estaba agradecido por confiar en él y que se guardaría esa conversación para sí. Ella sonrió como liberada, se levantó de la butaca y le deseó un buen día.

Paul le dio las gracias y se alegró cuando por fin se fue.

—Tráigame un café, señorita Lüders.

Le resultó difícil concentrarse en el trabajo, sopesar decisiones importantes o presupuestar gastos de producción. Sus pensamientos lo distraían una y otra vez, por mucho que intentara reprimirlos. Marie. La amaba. Pero tenía la sensación de que se le escapaba de las manos. Que se estaba transformando en otra persona. Que lo dejaba plantado y huía. Leo también parecía alejarse de él. Lo había llevado varias veces a la fábrica, lo guio por las naves y le explicó cómo funcionaban las máquinas, pero Leo estuvo todo el tiempo con las orejas tapadas porque no soportaba el ruido. Lo único que le gustó fue sentarse en la cantina y que su padre pidiera un menú para los dos. Sobre todo porque los trabajadores se volvían para mirarlos. Por lo general, el director comía en la villa, y en esa ocasión estaba sentado allí con ellos. Con su hijo de ocho años, que algún día sería el joven director. A Paul le había llamado la atención que Leo observara a las jóvenes trabajadoras con interés. ¡Con ocho años! Increíble. A esa edad él todavía era un niño inocente.

Días más tarde, iba en coche a la villa cuando recordó cómo su padre había logrado que él se interesara por la fábrica. No se la enseñó de niño, él no vio las naves y las oficinas hasta que ya era estudiante y tuvo que pasar por todos los departamentos. No iba a mirar, iba a trabajar. Lo hizo con entusiasmo, orgulloso, se creyó más listo y más hábil por ser el hijo del director. Pero se equivocó, y su padre incluso le soltó una reprimenda delante de los empleados. Fue duro, y después de aquello hubo una temporada de silencio entre padre e hijo. Sin embargo, su objetivo siempre fue hacerse cargo de la empresa de su padre algún día. ¿Quizá por eso, porque su padre se lo puso difícil? ¿Porque tuvo que luchar por ello? ¿Sería eso? ¿Sería preferible que dejara en paz a Leo y observara su desarrollo desde la distancia? Tal vez sí. Solo había que tener cuidado de que el chico no fuera en la dirección equivocada. No quería a un músico como sucesor.

El calor de agosto era abrasador, y el trayecto hasta la villa con el automóvil abierto tampoco lo refrescó mucho. De las carreteras adoquinadas y los senderos campestres se levantaban nubes de polvo, así que se caló bien la gorra, pero tenía la sensación de estar respirándolo. Cuando por fin entró en el vestíbulo y le envolvió el agradable frescor, se sintió mejor.

Gertie salió a recibirlo y le recogió la ropa.

—Ya lo he preparado todo arriba, señor Melzer. ¡Qué calor! No se puede ni respirar.

—Gracias, Gertie. ¿Mi madre sigue en su cuarto?

Esa mañana mamá tenía otra vez un fuerte dolor de cabeza.

—No, señor Melzer. Ya se encuentra mejor. Creo que está en el despacho hablando por teléfono.

Eso eran buenas noticias. Subió la escalera corriendo para darse un baño rápido antes de comer y ponerse la ropa limpia que Gertie le preparaba todos los mediodías. Era un alivio cuando llegaba de la fábrica sudado y cubierto de polvo.

Una vez aseado y vestido, salió del cuarto de baño como rejuvenecido. También le había mejorado el ánimo. De pronto, los problemas que lo habían agobiado poco antes le parecieron tonterías. ¿Por qué se preocupaba? En la fábrica todo iba cada vez mejor, tenía una esposa cariñosa y dos hijos sanos, su madre se encontraba bien y, para colmo, percibía el aroma de las albóndigas de hígado y los fideos de queso con cebolla asada. No tenía motivos de queja. En todas las familias surgían problemas, solo había que enfrentarse a ellos y solucionarlos.

En el comedor, Julius se peleaba con un ramo de flores que no cabía en el aparador debido a su tamaño. Un arreglo de flores blancas y algunas rojas, la mayoría rosas a juzgar por lo que sabía del tema.

—¿De dónde ha salido esta monstruosidad, Julius?

—Lo han traído para la señora, señor Melzer.

—¿Para mi madre?

—No, señor Melzer. Para su esposa.

—Ah, ¿sí?

¿Quién le enviaba a Marie un ramo tan exuberante? Esperó a que Julius saliera de la estancia e hizo algo que él mismo consideraba indigno. Pero los celos se habían apoderado de él, y al leer la tarjeta decorada con flores, esos oscuros sentimientos se encendieron aún más en su interior.

Con mi más profunda admiración y mi agradecimiento.

Suyo,

Ernst von Klippstein

Tuvo el tiempo justo de volver a meter la tarjeta en el sobre y encajarlo entre las flores antes de que entrara Serafina con los niños.

—¿Le has comprado flores a mamá? —preguntó Dodo, y lo miró radiante.

—No, Dodo. Se las ha enviado un conocido.

La decepción en el rostro de Dodo lo molestó, y carraspeó porque volvía a notar el polvo de la carretera en la garganta. Serafina solventó la situación indicando a los niños que se colocaran junto a sus sillas para esperar a la abuela. Los niños no podían sentarse a la mesa hasta que los adultos se lo permitieran.

Alicia entró pocos minutos después. Estaba muy tranquila, les sonrió a todos, se sentó en su sitio y bendijo la mesa. Después le pidió a Julius que sirviera la sopa.

—¿Y Marie? —preguntó Paul.

Su madre le dirigió una mirada de lo más elocuente. «Maldita sea», pensó, y se sintió impotente ante las rencillas familiares que parecían no acabar nunca.

—Tu esposa ha llamado antes para excusarse. Una clienta difícil. Cabe suponer que no volverá hasta la tarde.

Cuando mamá decía «tu esposa» y no «Marie», algo iba mal. Los niños también captaban esas señales, tal vez fueran incluso más sensibles a ellas que él.

—Mamá me ha prometido que me llevará al aeródromo —comentó Dodo.

La institutriz le explicó con amabilidad y determinación que ese día hacía demasiado calor y había mucho polvo para una excursión como aquella.

—¿Qué se te ha perdido en el aeródromo, Dodo? —le preguntó Paul, irritado.

Las pasiones de sus hijos lo perturbaban. Dodo era una niña, debía jugar con muñecas. ¿No le habían regalado por Navidad una preciosa cocinita con un fogón que funcionaba de verdad?

—Quiero ver aviones. De muy cerca.

Al menos parecía tener interés por la tecnología. Qué pena que fuera precisamente Dodo.

—¿Y tú, Leo? ¿También quieres ver aviones?

Leo masticó con ganas un trozo de albóndiga y tragó. Entonces negó con la cabeza.

—No, papá. No me gusta el ruido. Traquetean y dan golpes.

Mamá no contribuía mucho a la conversación ese día, parecía absorta en sus pensamientos. En cambio Serafina, que solía ser más bien silenciosa, se esforzaba por relajar un poco el ambiente. Animó a Dodo a recitar un poema que acababa de aprender, en el que la primavera aleteaba con un lazo azul. Leo les habló un poco sobre la colonia Fuggerei, que había visitado la semana anterior con su clase. Paul escuchó con paciencia las intervenciones, los elogió, les dio más información, e intercambió miradas con Serafina, que parecía alegrarse mucho de recibir su atención.

Después del postre, Alicia permitió a los niños que se levantaran de la mesa, y la institutriz también salió del comedor. Paul se quedó a solas con su madre.

—¿Quieres un café moca, mamá?

—Gracias, Paul, pero tengo la tensión por las nubes.

Él se obligó a mantener la calma, se sirvió una tacita de moca, le puso azúcar y removió.

—Antes he estado hablando con la señora Wiesler.

Ajá. Así que la vieja cotilla había abierto otra caja de Pandora. Debía de tener un armario lleno de ellas.

—Mamá, por favor, sin rodeos. Ya sabes que tengo que volver a la fábrica.

No fue un comentario acertado, dio pie a su madre a decir

que era igual que su padre. Nunca tenía tiempo para la familia, lo único importante era la fábrica.

—Mamá, por favor, cuéntame qué te preocupa.

Respiró hondo y miró un momento el aparador, hacia el fastidioso ramo.

—La señora Wiesler me ha informado de que el club de arte organiza en otoño una exposición de los cuadros de Luise Hofgartner. Una retrospectiva. La propia señora Wiesler dará el discurso de inauguración, ya ha pedido material desde Francia para ello.

Se detuvo porque se había sofocado. Las mejillas se le habían puesto rojas, en algunas zonas incluso granates, lo que Paul interpretó como una mala señal acerca de su salud. Dios mío, menuda noticia. No era de extrañar que mamá se alterara.

—Espero que le hayas dicho que estamos en contra de que esos... cuadros se muestren al público.

—Pues claro que se lo he dicho. —Alicia echó un poco hacia atrás la cabeza y soltó una carcajada histérica—. Pero esa mujer es muy tozuda, afirma que no hay motivo para ello. Que Luise Hofgartner vivió y trabajó en Augsburgo y que incluso se han encontrado más obras suyas. Que la ciudad puede estar orgullosa de haber albergado entre sus muros a una artista tan poco convencional.

¡Tonterías! Y todo por esos horribles cuadros. ¡Una artista! Paul opinaba que esa mujer —con todos sus respetos hacia Marie— estaba loca.

—No te alteres, mamá. Yo me encargaré. Al fin y al cabo, los Melzer seguimos teniendo cierta influencia en la ciudad.

Alicia asintió y pareció algo aliviada. Contaba con él, porque no se podía manchar así el apellido de los Melzer. Por no hablar de la memoria de papá, que quedaría marcada por esa historia.

—En todas partes hay envidias y rivalidades, también aquí en

Augsburgo. Estoy segura de que se propagarían chismes de todo tipo, incluso respecto a la relación de tu padre con esa mujer.

—¿Han informado a Marie? —preguntó él.

—Creo que sí. Kitty está entusiasmada. Y esas dos son uña y carne, como ya sabes.

Paul se levantó y caminó de un lado a otro de la habitación con las manos en los bolsillos. ¿Sería posible que Marie supiera de la exposición desde el principio? ¿Que ella misma la hubiera propuesto? No, no quería creerlo. Lo más probable era que fuese cosa de su hermana.

—Hablaré con Kitty, mamá.

—No solo tendrás que hablar con Kitty, Paul.

Eso ya lo sabía. Sobre todo hablaría con Marie. Con mucha prudencia, por supuesto. No quería hacerle daño. Pero tendría que comprender que...

—Kitty solo es dueña de una pequeña parte de los cuadros. La mayoría pertenecen a Ernst von Klippstein.

—¿Cómo?

Paul interrumpió su paseo y miró a su madre consternado. ¿Había oído bien? ¿Ernst había financiado esa funesta compra? No podía creerlo. En la fábrica racaneaba cada céntimo y después tiraba el dinero con esos ridículos cuadros. ¿Por qué? Empezaba a resultar evidente. Quería impresionar a Marie. La verdad por fin salía a la luz: su pulcro amigo Ernst había puesto sus miras en su esposa. ¿Y qué hacía Marie? ¿Meterlo en cintura?

Contempló el enorme ramo de flores, cuyo aroma dulzón eclipsaba incluso el fuerte olor del café. «Con mi más profunda admiración y mi agradecimiento», decía la tarjeta.

—Le pediré a Julius que ponga las flores en la terraza —dijo mamá, que había seguido su mirada—. ¡Esta peste me da dolor de cabeza!

¿Sabría ella quién había enviado el ramo? Seguro que sí. Mamá también era curiosa, aunque jamás lo reconocería.

—Nos vemos esta noche —dijo Paul, y la besó en la frente.

Ella le sujetó la mano un instante y cerró los ojos.

—Sí, Paul. Ay, lo siento mucho por ti.

No era un buen día. Y las desgracias que se cernían sobre la villa de las telas como nubes oscuras empeoraban a medida que pasaban las horas. Estaba alterado y furioso, se sentía traicionado por una persona a la que había considerado su mejor amigo. Pero lo que más lo sacaba de quicio era la evidente complicidad de Marie. Se había compinchado con Ernst, estaba claro como el agua. Había organizado la exposición en secreto con él y con Kitty, a espaldas de su marido, sin pensar en lo que les estaba haciendo a él y a su familia.

Corrió escaleras abajo, arrancó la gorra del perchero sin prestar atención a Gertie, que se había acercado a toda prisa. Estaba sacando la llave del coche del bolsillo cuando se abrió la puerta y Marie entró en el vestíbulo.

Pero qué hermosa era cuando se le acercaba sin aliento. Le sonreía, y sus ojos le pedían perdón. Con algo de malicia, pero también con cariño.

Sin embargo, él no estaba de humor para ceder a las sensiblerías.

—¡Menos mal que te dignas aparecer por aquí! Acabo de enterarme de vuestros tejemanejes.

Ella se detuvo asustada. Lo miró con sus ojos oscuros muy abiertos. Esos ojos que tanto amaba. Que tan bien mentían.

—¿Qué dices? ¿Qué tejemanejes?

—Lo sabes perfectamente. Pero te juro que impediré que se celebre la exposición. Habría que quemar esos horribles cuadros y no mostrarlos al público.

Vio cómo se le congelaba el gesto. Lo miraba como si no pudiera creer que fuera él quien había pronunciado esas palabras. Se avergonzó de sí mismo, pero un diablillo malvado le obligó a lanzar otro dardo.

—Puedes decirle a tu amante y caballero de las flores que

nunca más lo recibiré en mi casa. El resto lo arreglaré con él en persona.

La rabia que lo había dominado hasta entonces se desvaneció. De pronto fue consciente de que había dicho cosas que jamás podría reparar. Pasó junto a ella en dirección a la puerta y no se atrevió a mirarla a la cara; se caló la gorra y bajó los escalones.

# 17

Marie sintió el dolor. Conocía la sensación, ese calor opresor que le nacía en el estómago, le subía por la garganta y se extendía por todo su cuerpo. De niña le sucedía a menudo, siempre que se sentía desvalida o que la trataban injustamente. También le pasó cuando se enteró de que Paul había sido capturado por los rusos y temió no volver a verlo.

Se dijo que solo eran palabras. No podía tomárselas en serio. Paul estaba alterado. Esa estúpida idea de la exposición.

Pero el dolor seguía ardiendo en su interior, incluso se hacía más intenso, quería apoderarse de ella. Nunca lo había sentido con tanta fuerza.

¿Qué había dicho? ¿Que había que quemar los cuadros? ¿Cómo podía haber dicho algo así? ¿Acaso no sabía que sus palabras podían abrir heridas? Las palabras podían matar. ¿Cómo de fuerte debe ser un amor para resistir palabras semejantes?

—¡Mamá!

De pronto cayó en la cuenta de que seguía en el vestíbulo, justo donde él le había arrojado esas palabras a la cara. Había salido corriendo y la había dejado allí plantada. Paul, el hombre al que amaba.

—¡Mamá!

Dodo bajaba corriendo por la escalinata con los dedos sucios de tinta y otra mancha azul en el cuello blanco.

—Mamá, me prometiste que hoy me llevarías al aeródromo.

Delante de ella, la niña, sin aliento, la miraba fijamente con ojos esperanzados.

—Era hoy. Dodo, creo que hace demasiado calor para una excursión como esa.

El rostro de su hija reflejó una profunda decepción, estaba a punto de echarse a llorar. Marie sabía lo mucho que había luchado Dodo por arrancarle esa promesa, cuánto había rogado y suplicado. Le dolía en el corazón decepcionarla así.

—¡Pero me lo prometiste!

No tardaría en ponerse a patalear. Marie vaciló. La habían herido, sí, se encontraba fatal y sentía la acuciante necesidad de estar sola. Pero ¿por qué tenía que pagarlo Dodo?

—¡Deja a mamá en paz! —Leo también había llegado corriendo, agarró a su hermana del brazo e intentó llevársela con él.

Dodo se resistió.

—¿Por qué? Suéltame.

Marie tenía un oído fino y captaba los susurros. Además, Leo murmuraba bastante alto.

—Papá se ha portado fatal con ella.

—Ah, eso. Siempre está regañando.

—Hoy ha sido muy cruel.

—¿Y qué?

Lo habían oído. Paul había levantado la voz. ¿No sabía que los ruidos del vestíbulo se oían en el segundo piso? Pues claro que lo sabía, había crecido allí. Entonces se dio cuenta de que el personal de la cocina también lo habría oído todo. Sin duda también su suegra. Incluso esa...

—Vosotros dos, subid conmigo enseguida, todavía no habéis terminado los deberes.

Serafina von Dobern estaba en lo alto de la escalera, y Marie creyó distinguir una gran satisfacción en su rostro. Tal vez solo fueran imaginaciones suyas. La institutriz siempre era correcta con ella, aunque sabía que Marie no estaba de acuerdo con su forma de educar y que incluso había pedido que la despidieran. Estaba claro que Serafina von Dobern la consideraba su enemiga, así que las ofensas de Paul debían de haberla alegrado especialmente.

—Déjelos, señora Von Dobern, enseguida me iré con ellos a la ciudad.

La delgadísima figura de Serafina se puso tiesa, levantó la barbilla y bajó la vista hacia Marie a través de sus gafas.

—Lo siento mucho, señora Melzer, pero no puedo permitirlo. Dodo tiene que acabar un ejercicio de castigo y Leo tiene que recuperar los deberes que no hizo ayer. ¡Además, su suegra desea que los niños sigan una rutina para que aprendan orden y disciplina!

Habló en voz baja pero con decisión y, bajo su aparente calma, Marie distinguió la seguridad propia de quien está haciendo uso de su poder. El señor de la casa había humillado a su esposa y ahora creía que podía contradecirla. ¿Es que su palabra ya no valía nada? ¿O acaso querían relegarla al nivel de una empleada? Le temblaba todo el cuerpo.

—¡Le doy media hora, con eso tendrá que bastar! —replicó haciendo esfuerzos por contenerse.

Se quitó el sombrero y lo lanzó sobre una cómoda, después les indicó con un gesto a Dodo y a Leo que subieran. Ella fue detrás y pasó junto a la institutriz. Recorrió el pasillo a toda velocidad y llegó al despacho al límite de sus fuerzas. Allí se dejó caer en el sofá, respiró hondo y cerró los ojos.

«¿Qué me pasa?», pensó sintiéndose muy infeliz. «No es la primera vez que Paul y yo nos peleamos. Ya se habrá arrepentido de sus palabras. Esta noche me pedirá perdón.»

No obstante, el dolor era tan intenso que estaba como paralizada. Habían cruzado una línea. Ese día Paul le había revelado lo mucho que la despreciaba a ella y a sus orígenes. Él,

Paul Melzer, había encumbrado a la huérfana Marie y había tenido la infinita bondad de convertirla en su esposa. A cambio ella le debía obediencia. Debía renegar de sus orígenes; en su opinión, habría que quemar los cuadros de su madre, que había tachado de «horribles».

¿No entendía que su madre era parte de ella? Daba igual lo que hubiera hecho Luise Hofgartner en su corta y alocada vida, Marie siempre la querría por encima de todo. Sus cuadros, que tanto decían sobre ella, eran un tesoro para ella, un mensaje de su madre desde el más allá. ¿Y debía soportar que Paul hablara de ellos con tanto desprecio?

Recordó con amargura que el padre de Paul fue el responsable de la temprana muerte de Luise Hofgartner. Más aún: Johann Melzer también le arrebató sus posesiones a su padre, utilizó los geniales diseños de su socio y después lo estafó con su participación en la empresa. Marie había tenido la grandeza de perdonar a los Melzer. Los había perdonado porque amaba a Paul y estaba convencida de que su amor sería más fuerte que las sombras del pasado.

Gimió y se incorporó. Qué angosta y húmeda era esa habitación. Estaba a rebosar de estanterías y archivadores. De recuerdos. Le faltaba el aire. Se tapó la cara con las manos y sintió el calor de sus mejillas. No, no podía permitir que esas sombras destruyeran su vida. Tampoco podían acabar con Paul. Pero sobre todo tenía que proteger a sus hijos de aquellos fantasmas.

Debía encontrarse a sí misma. Calmarse. No dejar que la guiase la rabia, sino el amor.

Se puso de pie y se acercó al teléfono. Levantó el auricular y esperó a hablar con la operadora. Le dio el número de Kitty.

—¿Marie? Qué suerte has tenido, estaba a punto de salir de casa. ¿Ya te has enterado? La señora Wiesler ha encontrado una biografía de tu madre. Entre la herencia de Samuel d'Oré, imagínate.

Menuda noticia. De haber sido un día normal, se habría muerto de la emoción. Pero ahora solo escuchaba a medias lo que decía su cuñada.

—Kitty, por favor. No me encuentro bien. ¿Podrías venir y llevar a los niños al aeródromo de Haunstetter Strasse? Dodo quiere ver aviones a toda costa.

Al otro lado de la línea se produjo una pausa.

—¿Quééé? ¿Con este calor? ¿A un sucio aeródromo? ¿Donde encima no pasa nada porque se ha declarado en ruina? Estaba a punto de ir a tomar un café con tres colegas a la pastelería Zeiler.

—Por favor, Kitty.

Sonaba tan seria y suplicante que Kitty estaba desconcertada.

—Pero yo... Es que... Dios mío, ¿tan mal te encuentras? ¿Qué te pasa? ¿Gripe de verano? ¿Sarampión? Parece que hay un brote en la escuela Anna.

Marie tuvo que interrumpir la verborrea de Kitty. Le supuso un gran esfuerzo porque se sentía enferma.

—Tengo que reflexionar, Kitty. Sola. Entiéndeme, por favor.

—¿Reflexionar?

Podía imaginarse a Kitty sujetándose el pelo detrás de la oreja y dejando vagar la mirada por la habitación mientras intentaba comprender lo que sucedía. Y enseguida dio en el blanco.

—¿Paul se ha portado mal?

—Ya hablaremos después. Por favor.

—Dentro de diez minutos estoy allí. Espera, no, tengo que poner gasolina. Veinte minutos. Si el coche se porta bien. ¿Aguantarás hasta entonces?

—Solo se trata de los niños, Kitty.

—¿Al aeródromo? ¿Tiene que ser eso? ¿No podemos ir todos a comer tarta a la pastelería? Bueno, pues nada. Allí que iremos. ¡Henny! ¿Dónde te has metido ahora? Henny, nos vamos al aeródromo.

—Gracias, Kitty.

Dejó el auricular en la horquilla y se sintió algo aliviada. Había logrado crear el espacio que necesitaba. Tenía que aclararse. Encontrar la manera de ser sincera y al mismo tiempo conservar su amor. Era la única forma de vivir.

Cuando se disponía a salir del despacho, sonó el teléfono del escritorio. Se estremeció. Durante un instante dudó si levantar el auricular, pero no lo hizo. Salió a toda prisa, recorrió el pasillo hacia la escalera y estuvo a punto de taparse los oídos para no oír el insistente timbre del teléfono. Abajo, en el vestíbulo, estaban Gertie y Else. Cuando Marie apareció de pronto, se separaron de un salto como dos conspiradoras pilladas in fraganti.

—La señora Brunnenmayer quiere saber si debe mantener caliente el almuerzo.

Marie detectó una simpatía contenida en la voz de Gertie. Else se apartó un poco y fingió estar ocupada con el plumero.

—Gracias, Gertie. Dile a la señora Brunnenmayer que no almorzaré.

—Por supuesto, señora Melzer.

—La señora Bräuer recogerá a los niños dentro de veinte minutos más o menos. Dile a la señora Von Dobern que está acordado conmigo.

Gertie asintió obediente. Seguramente ya intuía que se llevaría otro disgusto, porque la institutriz se había quejado varias veces a Alicia de la supuesta impertinencia de la ayudante de cocina.

—Tráeme mi sombrero, por favor.

No tenía ni idea de adónde quería ir, solo sabía que en la villa no tenía ningún sitio donde pudiera encontrarse a sí misma. En esa casa se respiraba el dominio de los Melzer, la soberbia de esa dinastía que creía estar por encima de los demás.

¿De dónde habían salido esos pretenciosos magnates del textil? ¿En qué se basaba todo su patrimonio? ¿Y su influencia? En los geniales inventos de su padre, por supuesto. Sin Jakob Burkard, la fábrica de paños Melzer no existiría.

Se puso el sombrero, echó un vistazo rápido al espejo y vio que estaba muy pálida. Los temblores en las extremidades habían vuelto. No hizo caso. Cuando Gertie le abrió la puerta, el sol de mediodía entró en el vestíbulo y dibujó un rectángulo alargado sobre el suelo de mármol. Salió a la luz y sintió que el calor del verano la dejaba sin aliento. El acceso a la puerta del parque estaba lleno de polvo, los automóviles y los coches de tiro habían marcado dos surcos en el camino en los que se acumularía el agua cuando lloviera. Ahora estaban secos y llenos de arena y suciedad. Antes el jardinero limpiaba el acceso, pero desde que Gustav Bliefert solo trabajaba de vez en cuando para la villa, el parque y los caminos se estaban echando a perder a ojos vista.

«Y a mí qué más me da», pensó Marie. Su suegra y su esposo decidían sobre la villa y el parque, a ella no le preguntaban. Atravesó los prados para evitar encontrarse con Kitty, y llegó a la puerta del parque dando un rodeo. Su cerebro recuperó un cruel recuerdo de las profundidades de su memoria. Estaba ahí cuando descubrió una figura en la niebla que al principio la atemorizó. Pero después reconoció a Paul. Había regresado de la guerra y ella apenas podía creérselo.

Apartó el recuerdo y cruzó la carretera, escogió uno de los senderos que conducían a la ciudad atravesando cocheras, edificios abandonados y fábricas nuevas. En ese momento se sentía mejor, su respiración era regular y los temblores casi habían desaparecido. Lo atribuyó a que ya había salido de los terrenos de la villa.

«¿He llegado a mi límite?», se preguntó asustada. «No, no, encontraré una solución. Llegaremos a un acuerdo. Aunque solo sea por los niños.»

Ratoncitos grises se deslizaron entre sus pies; dos azores volaban en círculos en el cielo, se oían sus chillidos agudos y prolongados. Pasó por la fábrica de gas, miró recelosa los depósitos redondos que se elevaban desde el suelo, y dejó atrás la hilandería de algodón a orillas del Fichtelbach. Por todas partes se construía y se hacían reformas, el marco seguro había demostrado su eficacia y la confianza en la economía se estaba recuperando. Qué extraño que su felicidad personal amenazara con derrumbarse cuando por fin se podía mirar al futuro con esperanza.

Los arroyos no tenían mucha agua, en dos ocasiones se atrevió a cruzarlos saltando de piedra en piedra. ¿No le había contado Paul que de pequeño pescaba allí con sus amigos? A su propio hijo no le concedía semejantes libertades. Subió por Milchberg, avanzó por las sombras de las casitas de la ciudad baja para huir del sol abrasador. Los tejados hundidos y el revoque desconchado le resultaban familiares, también recordaba los olores de su infancia. Allí siempre apestaba a humedad y a moho, y en los callejones oscuros también a orín. Los perros vagaban por las calles; había gatos sin dueño en las ventanas de los sótanos, a la caza de ratas y ratones. No había cambiado mucho desde su niñez, solo algunas casas estaban en mejor estado. Entre ellas, los dos edificios que ahora pertenecían a Maria Jordan. Uno tenía un gran escaparate y delante habían colocado una mesita baja con todo tipo de productos: un surtido de fruta, verdura, cajitas de madera pintadas de colores, jarrones, cucharas de latón y cadenas de perlas falsas. Al pasar, vio al joven empleado de orejas gachas atendiendo a una clienta con esmero. Marie pensó que en realidad la situación de la señorita Jordan era envidiable. Había aprovechado la oportunidad en el momento justo y se había organizado su propia vida. Como era soltera, podía hacer negocios por su cuenta y no tenía que pedirle a nadie que firmara.

Así era: Maria Jordan no era una persona agradable, pero sí muy hábil.

Tres callejuelas más allá llegó al lugar al que se había dirigido sin una intención concreta, más bien de forma inconsciente. El tejado del edificio se había renovado, pero todo lo demás estaba igual. Abajó seguía el letrero pintado de EL ÁRBOL VERDE, en uno de los cristales sucios se reflejaba un rayo de sol que se había colado por un hueco entre las casas. Allí arriba había nacido ella y había pasado sus dos primeros años de vida con su madre. Luise Hofgartner luchó, salió adelante con pequeños encargos, se endeudó, quizá también pasó hambre, pero no quiso vender al hombre que había estafado a Jakob Burkard los planos que este le había dejado. ¡Qué testaruda fue! Qué dura consigo misma. Una mujer que pretendía lo imposible. Aun a riesgo de que su hijita sufriera por ello.

El corazón le latía con fuerza, le temblaban las piernas, de pronto tuvo miedo de desmayarse en aquel callejón. O de algo peor. Recordó con horror la noche en el orfanato en que se despertó bañada en sangre y tardó un rato en darse cuenta de que era suya. Una hemorragia interna. Sobrevivió a duras penas.

«No», pensó, y respiró hondo para apaciguar esas tontas palpitaciones. Jamás obligaría a sus hijos a crecer sin madre. Antes prefería... ¿Qué prefería? ¿Renegar de sí misma? ¿Sería capaz? ¿En eso quería convertirse para sus hijos? En una mujer que se sacrificaba. Que renunciaba, que anteponía la felicidad de su familia a su propio bienestar. Había novelas e historias que presentaban esa noble vocación como algo deseable para las chicas jóvenes. En el orfanato había algunas en la estantería, y en la biblioteca de la villa también tenían libros de ese tipo. Luise Hofgartner se habría echado a reír.

Se apartó del muro de la casa y comprobó que podía seguir caminando. Era posible que las palpitaciones y los temblores fueran imaginaciones suyas, porque ahora que se movía se encontraba mejor. Se dirigió hacia Hallstrasse y luego hacia la estación. Allí donde los trenes traqueteaban y las locomotoras silbaban, los muertos descansaban en paz en el cementerio de Hermanfriedhof.

«Estoy loca», pensó. «¿Por qué voy allí? Los milagros solo suceden una vez, y el padre Leutwien, que me consoló y me acogió en aquella ocasión, se jubiló hace mucho tiempo.»

Pero sus pies la llevaban hacia aquel lugar, había algo que tiraba de ella como un imán. No era el lujoso panteón de los Melzer, ni la tumba del pobre Edgar Bräuer, que se había quitado la vida después de que su banco se arruinara. Era la pequeña lápida situada justo al lado del muro del cementerio, medio oculta por la hierba. En ella se leía el nombre de su madre. «Luise Hofgartner.» Marie dejaba un ramito de flores de vez en cuando, pero ahora, con ese calor, solo había una corona de hiedra porque las flores se marchitaban enseguida.

A esa hora el cementerio estaba casi vacío. Dos mujeres vestidas de negro se desplazaban entre las hileras de tumbas, plantaban alegrías y las regaban. Junto a la iglesia había tres niños jugando en el suelo a las canicas. Marie se sentó en la hierba y tocó con suavidad la pequeña lápida, acarició los bordes, recorrió la inscripción con el dedo.

«¿Qué hago?», pensó. «Aconséjame. Dime qué habrías hecho en mi lugar.»

El sol caía a plomo sobre ella, y al abrigo del muro el calor era aún más difícil de soportar. Ni siquiera los pájaros cantaban, solo un puñado de hormiguitas marrones trasladaban sus crisálidas blancas por la hierba.

Marie comprendió que nadie podía decirle qué debía hacer, ni siquiera su madre. Recordó los reproches de Paul y pensó en qué le respondería. Le vino a la mente la palabra «tejemanejes». Dios mío, creía que había organizado esa exposición con Kitty. A sus espaldas. ¡Cómo se le ocurría!

¿Y a quién se refería con lo de «tu amante y caballero de las flores»? En el momento, en su indignación por el desprecio hacia su madre, apenas había prestado atención a esa frase. ¿Lo había dicho en tono irónico? No podía creer en serio que ella tuviera un amante. ¿O sí? ¿Se refería a Klippi? Era cierto que le enviaba flores de vez en cuando, pero también se las mandaba a Kitty, y Tilly también había recibido un ramo de su parte por Pascua. Pero Paul tenía que saber que Ernst von Klippstein jamás se atrevería a acercarse demasiado a ella.

Agotada, buscó una sombra y la encontró bajo una vieja haya. Una ardilla trepó por el tronco y desapareció entre las ramas haciendo ruiditos, tal vez se había encontrado con una competidora.

Se quitó el sombrero y se abanicó con él. Seguro que Paul ya había entrado en razón. De todos modos, ella abordaría sus acusaciones, le explicaría que hasta la noche anterior no sabía nada de los planes de Kitty. Que Ernst von Klippstein siempre se había portado como un caballero. Y que a ella los cuadros de su madre le parecían cualquier cosa menos «horribles».

Apoyó la cabeza en el tronco liso del haya y levantó la vista hacia el follaje. Los rayos de sol penetraban como flechas de luz a través del alero verde. Cerró los ojos.

Algo en su interior dijo «no». Ya no podía seguir así. Habían traspasado un límite. Nadie podía defenderse una y otra vez de acusaciones injustas. Si había amor, debía haber confianza. Si no había confianza, es que el amor había muerto.

—Ya no me quiere.

Susurró esa frase para sí misma. En algún lugar se oía correr agua, quizá las mujeres estaban llenando las regaderas en la fuente. O tal vez fuera un arroyo, un río. El corazón le palpitaba deprisa, se mareó. «No te desmayes», pensó. «Sobre todo no te desmayes.»


—¡Marie! Pero qué susto me has dado. Lo sabía. ¡Marie! ¿Qué te ha pasado? Marie, mi queridísima Marie.

Como a través de una niebla centelleante vio un rostro que se inclinaba hacia ella. Grandes ojos azules asustados, pelo corto que caía sobre la frente y las mejillas.

—¿Kitty? Estoy... estoy un poco... mareada.

—¿Mareada? Gracias a Dios. Ya pensaba que estabas muerta.

La niebla se disipó, Marie comprendió que estaba tumbada boca arriba en el suelo, debajo del haya en la que se había apoyado al sentarse.

—¡He imaginado que habrías venido aquí! ¿Puedes levantarte? No, espera, te ayudo. ¿O mejor llamo a un médico? Por ahí va un matrimonio, podrían ayudarnos.

—No, no, ya estoy mejor. Ha sido el calor. ¿Dónde están los niños?

Al incorporarse, sintió otro leve mareo. Kitty la miraba preocupada.

—Esos pilluelos están con Gertrude. Y ahora mismo te llevaré allí en coche.

Marie se levantó con esfuerzo, se llevó la mano a la frente y notó que Kitty la rodeaba con el brazo.

—¿A la casa de Frauentorstrasse? —murmuró—. Kitty... Yo...

—¡A la casa de Frauentorstrasse! —repitió Kitty, decidida—. Y podéis quedaros allí el tiempo que queráis. Por mí como si es hasta el día del Juicio Final. O más allá.

# 18

Las cortinas cerradas ayudaban un poco, pero en el despacho hacía un calor tan sofocante que había tenido que quitarse la chaqueta y el chaleco. Por suerte no tenía ninguna cita, así que a nadie le molestaría que el señor director estuviera en mangas de camisa. Paul trabajaba como un loco, no se permitía ningún descanso, se estaba bebiendo su sexta taza de café pero se sentía cada vez más disperso.

Se había dejado llevar, había perdido el dominio de sí mismo. Eso era lo que más le pesaba. Ella lo había llevado tan al límite que habló sin pensar. Y la vehemencia con la que se había expresado seguro que la había afectado muchísimo. Eso había sido del todo innecesario, y lo único que había conseguido era meterse en un berenjenal, porque ahora era él quien debía retirar lo dicho y disculparse. Se había colocado en la posición más débil, por idiota.

Había llamado tres veces a la villa. También se arrepentía de eso. La primera vez no contestó nadie. Tendría que haberlo dejado ahí. Pero no, necesitaba calmar su mala conciencia y decirle a Marie que lo sentía. Y eso que ella ya no estaba en la villa, pero de eso se enteró cuando llamó por segunda vez.

—Domicilio de los Melzer. La señora Von Dobern al habla.

¡La institutriz! ¿Qué se le había perdido en el despacho? ¿Y por qué contestaba las llamadas de teléfono?

—Aquí Melzer —dijo en tono áspero—. ¿Podría pedirle a mi esposa que se pusiera al teléfono?

—Lo siento mucho, señor Melzer. Su esposa ha salido.

Por un momento pensó que Marie estaba de camino a la fábrica. Casi se había emocionado, porque en realidad era él quien tenía que pedir perdón.

—Además, se han vuelto a llevar a los niños a Frauentorstrasse con el beneplácito de su esposa. Le aseguro que he intentado impedir...

No tenía ganas de escuchar sus quejas.

—¿Ha dicho mi esposa adónde se dirigía?

—No, lo siento, señor Melzer. La he visto salir al parque y he supuesto que alguien la esperaba.

Se dio cuenta de que la hermosa idea de ver aparecer a Marie allí en el despacho no era más que una ilusión. Había salido al parque. ¿Por qué?

—Ha supuesto que alguien la esperaba —repitió—. ¿Qué quiere decir con eso, señora Von Dobern?

—Oh, la he visto casualmente por la ventana, y entiendo que tendría sus motivos para esconderse detrás de los arbustos.

Su imaginación se puso a trabajar. Ernst von Klippstein esperando a Marie y abrazándola. Entonces recuperó el control de su mente y comprendió que no había razón para pensar tal cosa. Ernst estaba sentado en el despacho contiguo, ocupado con el cálculo de varios pedidos.

—Le ruego que no difunda rumores sobre mi esposa, señora Von Dobern —le dijo, cortante.

—Disculpe, señor Melzer. No era mi intención. De verdad que no. Es solo que estoy preocupada.

Esa mujer era una manipuladora. ¿Por qué no se había dado cuenta hasta entonces? Cuando era una de las amigas íntimas de Elisabeth tampoco la soportaba.

—Mejor ocúpese de la educación de mis hijos. Y deje en

paz el teléfono. ¡Las llamadas que se reciben en la villa de las telas no son de su incumbencia!

Colgó el auricular con fuerza antes de que le contestara. Así que Marie se había apresurado a salir. Hacia el parque. Bueno, quizá un paseo la ayudara a tranquilizarse.

En la tercera llamada, se puso su madre.

—¿Marie? Todavía no ha vuelto. Los niños tampoco.

Ya eran más de las cinco. ¿Qué diablos hacía Marie tanto tiempo en el parque? ¿La habría recogido alguien?

—¿Has llamado a Frauentorstrasse?

—Sí, pero no hay nadie. Me parece una impertinencia por parte de Kitty, la pobre señora Von Dobern está mortificada. No podemos seguir así, Paul. Tendrás que hablar seriamente con Kitty.

—El domingo lo intentaré —refunfuñó—. Ahora estoy ocupado.

—Pues claro. Estás ocupado. Qué bien que puedas mantenerte al margen de todo esto.

—¡Hasta la noche, mamá!

Sin duda esa llamada había sido la más inconveniente. Trabajó hasta las seis y media, entonces se puso el chaleco y la chaqueta, se caló el sombrero de paja y pidió que comunicaran a Von Klippstein que se marchaba a casa.

Estaba muy tenso, casi chocó con un carruaje al salir de los terrenos de la fábrica hacia Lechhauser Strasse. No podían seguir así. Las peleas constantes lo afectaban, no era el de siempre, descubría en sí mismo cualidades que había odiado en su padre. Impaciencia. Mal genio. Injusticia. Arrogancia. Insensibilidad. Eso era lo peor. ¿Qué había sido de su amor? No podía permitir que los problemas se lo llevaran por delante. ¿No había visto con sus propios ojos cómo el matrimonio de sus padres se convertía en simple apariencia? Una vida en paralelo, jornadas separadas, dormitorios distintos. Mamá era quien más lo había sufrido. Marie no se merecía eso, ni él tampoco.

Aparcó el coche delante de la escalinata, Julius lo llevaría después al garaje. Subió los peldaños con el corazón acelerado y entró en el vestíbulo cuando Else le abrió la puerta. Dentro hacía un frescor agradable, en la parte trasera habían abierto las puertas de la terraza y una suave brisa recorría toda la planta.

Le dio su sombrero de paja a Else y no supo si hacerle la pregunta que le quemaba en la lengua. Sus ojos inspeccionaron el perchero: de él colgaban dos sombreros, uno de ellos, el de verano con ala ancha de color claro, era de mamá. El otro, un mamotreto gris con forma de cazuela, supuso que pertenecía a la institutriz, o al menos era de su estilo.

—Su señora madre lo espera en el salón rojo.

La sonrisa de Else era más pequeña desde la operación, seguramente porque no quería enseñar el agujero. Sin embargo, se había convertido en una persona más cálida. En ese momento su mirada era compasiva.

Pensó que Marie no estaba allí y trató de disimular su pánico. ¿Qué había pasado? ¿Un accidente? Dios mío, que no le hubiera sucedido nada. ¿Y los niños?

En el salón rojo, Alicia Melzer descansaba en el sofá con la cabeza apoyada en un grueso cojín de plumas y una compresa fría en la frente. Junto a ella, en una butaca, estaba Serafina, cuya tarea consistía en sumergir de vez en cuando el paño de algodón blanco en un cuenco de agua helada y volver a ponérselo en la frente.

Entró en silencio, cerró la puerta con suavidad para no hacer ruido y se acercó al sofá de puntillas. Mamá giró la cabeza en su dirección con dificultad, levantó un poco la compresa y abrió los ojos.

—Señora Von Dobern, puede retirarse.

—Gracias, señora Melzer. Espero que se mejore pronto. Estaré fuera por si me necesita.

Serafina se limitó a asentir muy digna en dirección a Paul.

Estaba claro que se había tomado a mal la conversación telefónica. Alicia esperó a que la institutriz hubiera cerrado la puerta, después lanzó la compresa al cuenco y se incorporó.

—Por fin has llegado, Paul. —Gimió—. Están sucediendo cosas horribles. El suelo tiembla bajo nuestros pies. El cielo cae sobre nuestra cabeza.

—¡Por favor, mamá!

Ella se pasó la mano por la frente, todavía húmeda, y respiró con dificultad.

—Kitty ha llamado hace media hora. Marie y los niños están con ella en Frauentorstrasse.

—¡Gracias a Dios! —exclamó él—. Empezaba a pensar que les había ocurrido algo.

Alicia lo miró fijamente.

—Déjame terminar, Paul. Kitty me ha comunicado con firmeza que Marie no tiene intención de regresar a la villa. Dice que se queda allí con los niños.

Paul sintió que le faltaba el aliento. ¿Había oído bien? Eso no podía ser. El sitio de Marie estaba allí. Era su esposa. ¿Qué locura se le había ocurrido esta vez a Kitty?

—No la habrás creído, ¿no, mamá?

Alicia hizo un gesto cansado de impotencia.

—Pues claro que no. Pero empiezo a temer que lo haya dicho en serio. Figúrate. —Tuvo que sacar el pañuelo porque estaba a punto de llorar—. Hanna, esa chica traicionera, se ha colado en la casa sin que nadie se diera cuenta, ha recogido las cosas del colegio y un poco de ropa de los cuartos de los niños y se lo ha llevado todo.

La desesperación se apoderó de ella. Podía prescindir de su nuera, pero no de sus nietos. ¡Sus adorados nietos!

—Paul, nos ha abandonado y se ha llevado a los niños. No creía que Marie fuera capaz de algo así. Pero esto es lo que pasa cuando te casas con una mujer que no ha recibido una educación como es debido. Virgen santa, yo también pasé épocas difíciles en mi matrimonio. Pero jamás se me habría ocurrido abandonar a mi esposo.

—¡No son más que tonterías! —exclamó Paul—. Kitty se lo ha inventado todo para asustarme. Ya sabes cómo es.

Alicia suspiró profundamente, escurrió la compresa y se la llevó a la frente.

—Sí, conozco a mi hija. Pero Marie para mí es como un libro cerrado. Es indulgente. Tiene una paciencia infinita. Siempre está dispuesta a ayudar. Sin duda tu mujer tiene muchas cualidades positivas. Pero entonces, de repente, hace cosas que nadie entiende. Con frialdad y sin piedad.

Paul se levantó para cogerla del brazo y tranquilizarla. Le prometió que lo arreglaría. Ese mismo día. No debía alterarse.

—Todo se solucionará, mamá. Iré en coche a Frauentorstrasse y hablaré con Marie. Dentro de dos horas, como máximo, estaremos todos de vuelta.

—Que Dios te oiga.

Cuando abrió la puerta del salón, vio a Gertie con Julius delante del comedor, sin duda estaban poniéndose al día. Julius adoptó enseguida la postura servicial, mientras que Gertie se apartó abochornada porque en realidad debía haber estado en la cocina.

—¿Quiere que lleve el coche al garaje, señor Melzer?

—No, Julius. Todavía lo necesito.

El lacayo hizo una ligera reverencia, jamás se le habría ocurrido hacer más preguntas. Unos meses antes Paul había mantenido una larga conversación con su empleado y le prometió que limitaría las atribuciones de la institutriz. Y así lo hizo. Pero por desgracia su madre torpedeaba sus instrucciones constantemente, y contra eso no podía hacer nada.

—Gertie, ya que estás aquí avisa a la cocinera de que hoy cenaremos tarde. Y pregúntale a mi madre si necesita algo.

—Por supuesto, señor Melzer.

Salió corriendo como un ratoncito. Esa Gertie era una muchacha muy hábil. Sería una pena que no se quedara mucho tiempo en la casa, sin duda aspiraba a más. Quizá habría que alentarla, facilitarle que se formara como cocinera. O tal vez como doncella.

Le sorprendió estar pensando en el futuro de Gertie cuando él se encontraba en una situación tan complicada. Era más importante elaborar una estrategia para el inminente encuentro con Marie, pero no se le ocurría nada. Hablaría con ella. Por las buenas. Sin reproches. Mantendría la calma y no se pondría furioso bajo ningún concepto. La escucharía. Sí, esa sería la mejor estrategia. La dejaría hablar, escucharía lo que tuviera que decirle sin replicar —eso sería lo más difícil— y esperaría a que su enfado se desvaneciera. Una vez se hubiera desahogado, sería más sencillo. Sobre todo tenía que traerlos a ella y a los niños de vuelta a la villa. Eso era lo más importante. Después podrían seguir intercambiando argumentos para encontrar una solución. Y discutir un poco si era necesario, pero mejor que no. En un primer momento cedería en todo para después abordar cada problema de uno en uno —como por ejemplo la educación de Leo— e imponer sus deseos.

Todavía hacía mucho calor, aunque el sol ya estaba bajo e iba perdiendo fuerza. En la ciudad daba la sensación de que las casas y los adoquines habían acumulado temperatura a lo largo del día. Algunos restaurantes habían sacado mesas y sillas fuera, se veía sobre todo a gente joven tomando café o cerveza. Al pasar por allí se dio cuenta de que no pocas mujeres se habían sentado sin compañía masculina, algo impensable para una mujer decente antes de la guerra. Algunas incluso fumaban en público.

De vez en cuando lo saludaba alguien que lo reconocía al volante. Paul devolvía el saludo de aparente buen humor y, si se trataba de una mujer, se levantaba ligeramente el sombrero con una sonrisa educada. Mientras giraba hacia Frauentorstrasse se preguntó de dónde sacaba esa gente el tiempo y el dinero para ir a un restaurante un día normal entre semana. Aún había muchísimos desempleados que no sabían cómo sacar adelante a sus familias, y otros despilfarraban el dinero en vino y chácharas inútiles.

Aparcó delante del cobertizo de Kitty, que se utilizaba como garaje. Se oía música de piano. Parecía que Leo se había empeñado en tocar una pieza demasiado difícil. Si no se equivocaba, era la *Appassionata* de Beethoven. El principio le salía bastante bien, pero luego avanzaba a trompicones. Si el chico mostrara semejante perseverancia en otros ámbitos, llegaría lejos.

Se alisó la chaqueta y carraspeó antes de llamar a la puerta. Como no le abrieron enseguida —no tenían criada—, también se quitó el sombrero. No quería parecer altivo ni desafiante.

Lo hicieron esperar. Tal vez habían visto su coche por la ventana, puede que incluso lo hubieran visto bajarse y acercarse a la puerta. Oía cómo hablaban dentro, la voz de Kitty era inconfundible. El piano calló. Entonces, por fin, hubo movimiento en la puerta.

Gertrude abrió solo una rendija por la que observó desconfiada a Paul. ¿Acaso tenía miedo de que le saltara a la cara?

—Buenas tardes, Gertrude —dijo en tono inofensivo—. ¿Puedo entrar?

—Mejor que no.

Por lo visto la habían enviado como cancerbera. Pero no se librarían de él tan fácilmente.

—Quiero ver a mi esposa y a mis hijos —dijo con voz más enérgica—. Creo que estoy en mi derecho.

—No estoy de acuerdo.

¡Increíble! Gertrude Bräuer siempre había sido una persona extraña. En vida de su esposo, su labia era temida en las reuniones sociales porque no tenía ningún reparo en decir lo que pensaba.

—Lo siento, Gertrude —dijo él, y metió el pie en la rendija—. Pero no pienso conformarme con eso. ¡Apártate si no quieres que vuelva con la policía!

Ya era suficiente, empujó la puerta con el hombro y entró en el vestíbulo. Gertrude no pudo resistir su embate y se hizo a un lado. En ese momento apareció Kitty en el pasillo. Su hermana estaba pálida y demasiado seria para lo que era costumbre en ella.

—Será mejor que te vayas, Paul —dijo en voz baja—. Marie está enferma, el doctor Greiner ha dicho que no debe alterarse.

—¿Enferma? —preguntó incrédulo—. ¿Qué le pasa?

—Se ha derrumbado. Ya sabes que hace mucho tuvo una hemorragia interna.

No quiso creerlo. Exigió que le permitieran verla. Solo un vistazo. Al fin y al cabo era su esposo.

—De acuerdo. Pero no la despiertes, el doctor Greiner le ha dado un somnífero.

Marie estaba tumbada en la cama de Kitty, delicada y muy pálida, con los ojos cerrados. Le recordó a Blancanieves en su ataúd. Se asustó tanto que se mareó.

—Mañana —dijo Kitty, y volvió a cerrar la puerta—. Quizá mañana.

Regresó a la villa sin haber logrado lo que pretendía. Ni siquiera insistió en llevarse a los niños, para no causar ningún alboroto que pudiera perjudicar a Marie.

# 19

Eleonore Schmalzler apenas había cambiado desde que se jubiló. A Elisabeth le pareció que la antigua ama de llaves incluso había rejuvenecido varios años. Quizá se debiera al aire sano del campo y a la comida abundante, y también a no tener que cargar con la responsabilidad de una gran casa como la villa de las telas. Allí, en su pequeño salón, entre muebles anticuados y las cortinas estampadas que se había llevado de Augsburgo, saludó a Elisabeth con una felicidad y una satisfacción envidiables.

—Me alegro mucho de que me visites, querida Lisa. ¿Puedo seguir llamándote Lisa cuando estemos a solas?

—Por supuesto. Yo encantada —dijo Elisabeth.

La granja de la familia Maslow estaba al este de la finca Maydorn, cerca de Ramelow. Cuatro granjas habían formado una pequeña aldea, y tres de ellas parecían descuidadas, pero la cuarta, la de los Maslow, se veía impecable. Elisabeth estaba segura de que los tejados nuevos y la bonita ampliación de la casa se habían pagado con los ahorros de la señorita Schmalzler. Pero había invertido su capital en el lugar adecuado, porque la tía Jella, como la conocían allí, tenía un papel fundamental en la familia.

Los Maslow eran originarios de Rusia, en algún momento de la era napoleónica llegaron a esa zona y allí se asentaron gracias a su empeño y su constancia. La tía Elvira le contó a Elisabeth en una ocasión que Eleonore Schmalzler se llamaba en realidad Jelena Maslowa, y que en sus papeles también aparecía ese nombre. Fue Alicia quien cambió Jelena por Eleonore y Maslow por Schmalzler, porque no quería tener en Augsburgo una doncella con nombre ruso.

—En esa época, trabajar en la finca hacía que te sintieras especial —dijo la señorita Schmalzler mientras le servía café a Elisabeth—. Muchos iban como agosteros, pero eso solo duraba un par de semanas en verano y había que dormir en el granero. También contrataban mozas de cuadra. Pero trabajar en la casa en la que vivía la familia del hacendado, el sanctasanctórum, por así decirlo, era muy poco habitual. Y muchas veces el contrato no duraba más que un par de meses, porque tu abuela era muy estricta.

Elisabeth asintió y pensó en lo que había dicho la tía Elvira sobre el «ejercicio físico». Una muchacha del pueblo no siempre lo tenía fácil en casa del hacendado. Pero prefería evitar el tema, y la señorita Schmalzler tampoco entró en detalles.

—¿Y cómo consiguió ascender a doncella?

Eleonore Schmalzler sonrió orgullosa y le puso un trozo de tarta de crema de leche en el plato.

—Bueno, fueron más bien las circunstancias. Yo tenía trece años cuando llegué a la finca. Tu madre y yo fuimos como hermanas desde el principio. Con la debida distancia, por supuesto. Pero nos teníamos un gran afecto. Seguro que sabes que tu madre tuvo una grave caída del caballo. Fue en 1870, justo después de que su queridísimo hermano muriese en la guerra contra Francia. Yo estuve sentada a su lado día y noche. La consolé a pesar de que yo misma estaba desesperada.

Elisabeth bebió un sorbo de café, que por suerte estaba alargado con leche. Mamá no solía hablar de su hermano mayor Otto, pero ella sabía que había caído en Francia. De ahí venía el odio de su madre hacia todo lo francés.

—Era un joven muy atractivo —dijo Eleonore Schmalzler, y miró absorta por la ventana—. Alto, de pelo oscuro y bigotito. Reía mucho, amaba la vida. Y nos dejó muy joven.

«Vaya, vaya», pensó Elisabeth. ¿La pequeña Ella estuvo enamorada del teniente Otto von Maydorn? Era una idea fascinante, ahora que él llevaba tantos años bajo tierra y la muchachita ya era una mujer mayor.

—¡No comes nada, Lisa! Sírvete más, yo diría que has adelgazado. ¿Te encuentras mal? ¿La vida en el campo no te sienta bien? Sería una pena, porque de verdad espero que algún día te hagas cargo de la hermosa finca.

Lisa hizo un esfuerzo y comió un par de bocados de la grasienta tarta. Los buenos alimentos del campo. Mucha mantequilla y manteca, mucha nata y harina, huevos, embutido ahumado, cerdo asado y patatas. Sin olvidar el ganso asado, que no solo se servía en Navidad. Sintió náuseas y dejó enseguida el plato en la mesa. Por suerte, Eleonore Schmalzler estaba distraída porque en ese momento entró en el patio un carro tirado por dos caballos cargado de heno, y sus tres nietos, que iban sentados encima, saludaron orgullosos. Ya era la segunda siega del año; si el tiempo seguía como hasta entonces y llovía un poco quizá hubiera una tercera.

—¡Míralos, Lisa! —exclamó, y dio una palmada—. Gottlieb y Krischan ya usan la horca, y Martin ayuda rastrillando con las mujeres. Cómo crecen los pequeños.

—Sí, el tiempo pasa volando —dijo Lisa, y bebió un poco de café con leche para tranquilizar su estómago. No sirvió de mucho, tuvo que hacer esfuerzos para conservar la calma.

¿Cuántos años tenían sus nietos? Gottlieb acababa de cumplir nueve cuando ella llegó. Y Krischan, que en realidad se llamaba Christian, era dos años menor. Martin ni siquiera había empezado la escuela. ¿Por qué se montaba tanto escándalo en la fábrica cuando una de las trabajadoras no había cumplido los catorce? En el campo los niños ayudaban en cuanto podían sostener un rastrillo. Algunos con cinco años, la mayoría con seis o siete. Y Dios sabe que la tarea no era fácil.

Afuera, las enérgicas manos de los niños golpearon el cristal.

—Tía Jella, tía Jella. Ya sé montar a caballo, Gottlieb me ha enseñado —se oyó gritar.

—Tía Jella, ¿nos harás un pudin de ciruelas esta noche?

La susodicha abrió la ventana y les explicó con amabilidad pero de forma clara que tenía visita y no debían molestarla. Les prepararía el pudin con ciruelas el domingo, pero para el que después fuera a verla limpio y peinado habría un trozo de tarta de crema.

Los tres muchachos se marcharon al granero, donde su padre ya había empezado a descargar el heno. Gottlieb y Krischan se encargaban de desenganchar los caballos y llevarlos al establo, y a Martin lo dejaban barrer el suelo del granero.

Lisa se decidió a abordar el tema en ese momento. Cuando los chicos regresaran para comerse la tarta sería demasiado tarde.

—Tengo una pregunta, señorita Schmalzler.

Esta no pareció sorprendida, esperaba algo así. Cerró la ventana con cuidado y se sentó junto a Lisa.

—Es algo que debe quedar entre nosotras.

Su interlocutora asintió, y Elisabeth supo que podía confiar en ella. La discreción siempre había sido una de sus virtudes.

—Se trata del... del señor Winkler.

Elisabeth calló y aguardó un momento con la esperanza de que ella siguiera la conversación. La antigua ama de llaves la miraba con atención, pero no dijo ni una sola palabra.

—Mi tía me ha contado que en mayo pasó aquí una noche antes de... proseguir su viaje.

—Es verdad.

¿Por qué tenía que sacarle con sacacorchos cada palabra? Eleonore Schmalzler sabía a donde quería llegar.

—¿Le contó... le contó entonces...? —Se estancó. Era difícil dar con las palabras adecuadas. Sebastian no era muy hablador, seguro que no había desvelado nada sobre su relación. Y sin embargo...

—¿Qué tenía que haberme contado?

—Pues no sé, lo que se proponía. Sus planes. Dónde se alojaría.

La señorita Schmalzler se reclinó en la silla y cruzó las manos en el regazo. Sobre la lana oscura, sus manos parecían muy blancas, lisas, sin callos ni rasguños, las manos de una mujer que nunca había tenido que trabajar en el campo.

—Bueno —dijo arrastrando las palabras—. Hace cuatro años, cuando viajamos juntos a Pomerania, ya tuve ocasión de conversar con el señor Winkler. Un hombre de principios. —Hizo una pausa y escudriñó a Elisabeth con la mirada.

—Esa es mi impresión también —se apresuró a contestar.

—La situación entonces era difícil —prosiguió—. Todos sabíamos de su implicación en la república consejista y su encarcelamiento. Durante el trayecto en tren hablamos de ello con franqueza y llegué a la conclusión de que el señor Winkler es un idealista que solo busca el bien para todas las personas.

Elisabeth asintió. ¿Qué le habría contado Sebastian?

—Te estaba muy agradecido por haberlo contratado en la finca Maydorn —dijo la señorita Schmalzler con una sonrisa—. Y se alegró mucho cuando luego se enteró de que tú también te trasladarías a Pomerania con tu esposo.

Elisabeth sintió que se sonrojaba. Pues claro que la señorita Schmalzler le había visto el juego, ¿qué otra cosa podía esperar de ella? No tendría que haber ido a verla. Pero, por desgracia, era la única posibilidad de averiguar algo sobre el paradero de Sebastian.

—Es algo que... surgió —dijo—. Las graves heridas de mi esposo requerían medidas excepcionales. Aquí en el campo le sería más fácil empezar de cero.

—Claro —respondió Eleonore Schmalzler. Bebió un sorbo de café y dejó la taza con cuidado sobre el platillo.

Elisabeth iba a estallar de la impaciencia. ¿No eran esas las voces de los chiquillos hambrientos?

—Veamos —retomó Eleonore Schmalzler el hilo—. En mayo, el señor Winkler llegó a la granja un poco tarde. Todos nos sorprendimos mucho, porque venía a pie y con una maleta. Nos pidió alojamiento para esa noche, y se lo proporcionamos. No mencionó el motivo de que apareciera a esas horas, pero tenía intención de viajar a Núremberg. Por eso a la mañana siguiente mi hijo lo llevó en coche de caballos a Kolberg.

Algo así se había imaginado Elisabeth. El muy estúpido había huido en mitad de la noche. De pura rabia, por haber «flaqueado» y haber hecho lo que ella tanto esperaba de él. Y eso que él sintió al menos tanto placer como ella. Pero no, el señor Winkler era un hombre de principios.

—A Núremberg. ¿Les dio alguna dirección?

—Dijo que no estaba seguro de si lo acogerían.

Elisabeth sintió que se le revolvía el estómago otra vez y respiró hondo para controlarse. Qué humillante era tener que espiarlo. ¿Por qué no había dado señales de vida? Pero así eran las cosas: todo lo que ella tocaba se malograba. Y más si tenía que ver con el amor, en ese asunto nunca tenía suerte.

Como para confirmarlo, llamaron a la puerta.

—¡Tía Jelli!

El más pequeño de los nietos asomó por la puerta y sonrió contento al descubrir la tarta sobre la mesa.

—Entra, Martin. Saluda a la señora Von Hagemann y haz una reverencia. Eso es. Enséñame las manos. Está bien. Siéntate ahí.

Elisabeth se esforzó tanto como Martin en superar la ceremonia del saludo con dignidad. Era un chico guapo, de rizos castaños, ojos claros y sonrisa pícara. Lo observó abalanzarse sobre la tarta y pensó que debía de ser bonito tener un niño así. ¿A qué venían esas ideas?

—Ha sido un auténtico placer charlar con usted, señorita Schmalzler. Espero que nos visite pronto en la finca.

Eleonore Schmalzler se levantó para acompañar a su invitada a la puerta. Una vez allí, titubeó un instante y cogió a Elisabeth del brazo.

—Espera —le dijo en voz baja—. No sé si estoy haciendo lo correcto. Pero creo que es mi obligación.

Abrió la puerta de un armario y sacó una carta de entre las tazas y los jarrones.

—En junio me escribió para pedirme que le contara cómo iban las cosas en la finca. Y así lo hice en pocas palabras. No le he enviado más cartas, y tampoco las he recibido.

La carta se había entregado en Gunzburgo y tenía remite. «Sebastian Winkler - Familia Joseph Winkler, Pfluggasse 2.» Así que se alojaba con su hermano. ¡Ay, Eleonore Schmalzler! ¡Cómo se había hecho de rogar!

—Rezaré por ti, Lisa —dijo muy seria—. La vida no siempre te ha tratado con cariño, mi niña. Pero eres fuerte, y algún día serás feliz. Estoy segura.

Se despidió con un abrazo y la apretó contra sí, algo a lo que antes nunca se había atrevido. Elisabeth se emocionó, casi como si fuera mamá quien la sostenía en sus brazos.

—Muchas gracias. Gracias de todo corazón.

En el pescante, con el aire fresco, se encontró mejor; el bamboleo del carro y el olor de la yegua también le sentaron bien. Pero sobre todo era la carta que llevaba en el bolsillo lo que la había hecho revivir. Era posible que Sebastian hubiera encontrado otro alojamiento. Pero seguro que su hermano le reenviaría el correo.

Así que se había interesado por cómo iban las cosas en la

finca Maydorn. ¿Estaría preocupado por ella? ¡Qué va! Querría saber si estaba haciendo lo que le había pedido, separarse. Y al no leer nada al respecto, no había vuelto a escribir. Qué cabezota.

Esa noche de mayo se pelearon. Al principio solo sintieron una felicidad infinita. Los invadió el delirio, fuegos artificiales de una pasión largamente contenida, fue un encuentro en el que apenas sabían qué les estaba pasando. Después vino el agotamiento. Y por último la aceptación. Algo así debió de suceder en el paraíso: probaron el fruto prohibido y luego el ángel los esperaba con la espada justiciera.

En su caso, el propio Sebastian adoptó ese papel. «Solo hay una solución», dijo. «Quiero que seas mi esposa. Que seas mía a ojos de todo el mundo. Y te juro que te trataré como a una reina.»

Buscaría un empleo. Una casita junto a la escuela del pueblo. Una vida humilde, honesta y feliz. No, ni por asomo contemplaba mudarse con ella a la villa de las telas. Y tampoco quería la protección de su familia. En eso era muy anticuado. Si no estaba dispuesta a compartir su suerte, es que no lo amaba.

Ah, qué vehemente había sido. Ella mencionó que no estaba acostumbrada a vivir en la pobreza. Que era ridículo renunciar a la ayuda de su familia. Que tampoco era seguro que consiguiera un empleo, al fin y al cabo solo habían pasado cinco años desde el asunto de la república consejista. Pero aquel hombre era incorregible. Le dijo que ya lo había tenido demasiado tiempo bajo su tutela. ¿Acaso no entendía el daño que le causaba eso? Insistía en casarse, en la unión bendecida por Dios de dos personas que querían formar una familia. Todo ese tiempo había esperado que ella lo comprendiera y solicitara por fin el divorcio. Por supuesto, él entendía que sintiera lástima por su esposo debido a la herida de guerra que lo había desfigurado. Pero su esposo ya se encontraba perfectamente, mientras que él, Sebastian, estaba desesperado y todos los días se sentía morir.

¿Le había dicho ella «No te pongas así» o algo similar? Ya no se acordaba bien, ambos estaban alterados y furiosos. Pero a continuación él se levantó de la cama de un salto, se vistió y se marchó corriendo. Y como ella se había hecho esa maldita torcedura de tobillo, no pudo salir tras él.

«Ya se tranquilizará», pensó. «Se ha acostado conmigo, se quedará.» Pero no había sido así. A la mañana siguiente, la criada le contó que el señor Winkler se había ido en mitad de la noche y que incluso se había dejado la maleta grande que ya tenía preparada.

Sin carta de despedida. Sin dirección. No le dio ninguna oportunidad. Las primeras semanas fueron una agonía. El doctor le examinó el pie y casi se desmaya del dolor, y después le aseguró que era una rotura limpia, que había tenido suerte. Seis semanas de reposo, vendado con dos tablillas, y se curaría. Así que se pasó día y noche en su cuarto, pasando de la cólera a la desesperación y a la añoranza, escribió miles de cartas que la criada después quemaba en la estufa delante de ella. Intentó leer, tejió estúpidos tapetes a ganchillo, y jugó con el gato gris que se instaló en su cama y que le hacía compañía durante las comidas. De vez en cuando preguntaba si había correo. Kitty le escribía. Serafina también. Mamá le enviaba cariñosas cartas. Marie la consolaba y le deseaba una pronta mejoría. Pero aquel del que esperaba con desesperación recibir un mensaje era el único que no le escribía.

Cuando por fin pudo apoyar el pie y cojear por la casa, el tobillo dolorido ocupó toda su atención. Estaba tan concentrada en él que apenas percibió los cambios en su cuerpo. Claro que había engordado después de pasar tanto tiempo tumbada. Pero ¿por qué el pecho estaba a punto de reventarle el corpiño? ¿Y por qué tenía que ir constantemente al retrete? ¿Se le habría enfriado la vejiga? No le había llegado el período, ya por segunda vez, pero solía ser irregular. Sin embargo, cuando empezó a tener desagradables náuseas matutinas comenzó a extrañarse. Para colmo, el malestar de estómago había pasado a ser constante, incluso le impedía dormir. Era horrible. En cuanto tragaba algo, volvía a salir por donde había entrado.

—¡Sooo!

Consiguió detener a la yegua justo antes de que el estómago la venciera, y vomitó los dos bocados de tarta. Buscó entre lamentos el pañuelo para limpiarse la boca. Había dos posibilidades: o bien la tía Elvira estaba en lo cierto y tenía la solitaria, o estaba embarazada. Pero eso era imposible. Llevaba nueve años casada con Klaus, y al menos al principio había sido un esposo cumplidor. Deseaba con toda su alma quedarse embarazada, pero no sucedió nada. ¿Y ahora bastaba con una sola noche?

«Pero qué noche», pensó con nostalgia. Y con qué intensidad lo deseaba. Se pasaba las noches despierta soñando con él, sobre todo las últimas semanas. También había hecho cosas de las que se avergonzaba profundamente. Pero no podía resistirse, su cuerpo la obligaba.

De lo que estaba segura era de que si llevaba un niño en su vientre, era de Sebastian, porque Klaus no la había tocado desde Navidad. Si ahora tenía que hacerse cargo del hijo de otro, sería una grandiosa venganza por su infidelidad. ¿Era eso lo que quería? Klaus se había ganado a pulso un huevo de cuco como aquel. Pero lo más probable era que no estuviese embarazada. Tenía la solitaria, había remedio para ello, se lo tragaría y enseguida se libraría del bicho. También cabía la posibilidad de que la vesícula se le hubiera declarado en huelga. La comida allí era muy grasienta, había que estar acostumbrado desde niño. Lo mejor sería evitar los alimentos grasos, también la mantequilla y los pasteles. A ver si así el estómago se le tranquilizaba.

Se enderezó en el pescante y arreó a la yegua. Aire de primavera. Una brisa suave que le acariciaba el pelo pero no la despeinaba. Contempló pensativa los campos; la hierba verde oscura recién cortada se extendía bajo el sol. Si se casaba con Sebastian, tendría que llevar ropa y zapatos anticuados. No podría volver a lucir el pelo corto. Tendría que cocinar para él a diario. Consolarlo cuando la vida lo tratara mal. Prepararle un baño los sábados por la noche. Mimarlo. Compartir su suerte. Compartir también la bañera. Y la cama. Sobre todo la cama. Todas las noches. Y el domingo quizá incluso...

«Para», pensó. «No puede ser. En pocos meses me entraría claustrofobia en esa casa diminuta. Y la estufa humeando sin parar me enrojecería los ojos. Todos los días sopa de cebada para comer. Temblar de frío en invierno. La esposa de un profesor pobre. ¿Y si no encuentra trabajo? ¿Tendré que vivir con él en un cuchitril? ¿En la calle? ¿Cómo puede pedirme eso? ¿Es ese el amor del que me habla? Yo no veo amor, solo terquedad. Oh, no, Sebastian Winkler, las cosas no funcionan así. ¡Echar a correr y pensar que yo saldré detrás! Lanzar un ultimátum y desaparecer. Coaccionarme. ¡Pues ya puedes esperar sentado!»

Desde luego que no estaba embarazada. Ni un poquito. Se encontraba estupendamente. Un leve malestar, eso era todo.

«¿Por qué he hecho el ridículo delante de Eleonore Schmalzler?», se dijo con fastidio. «Quién sabe lo que pensará de mí ahora. Y no necesito esa estúpida dirección para nada. Pero bueno, tampoco está mal tenerla por si acaso.»

En verano la finca casi quedaba oculta por el follaje de las hayas y los robles, solo se distinguía el tejado rojo de la casa entre las ramas. Los gansos blancos y los patos marrones correteaban por el campo, nadaban en el estanque que alimentaba el arroyo. También había un par de vacas pastando con sus terneros. Los pastos de los caballos estaban al otro lado, varios potros nacidos en primavera retozaban por allí. En otoño habría que vender los sementales y las yeguas que ya tenían tres años; a Elisabeth no le gustaba pensar en eso porque los había visto crecer. Pero la tía Elvira, pese a su pasión por los caballos, estaba hecha de otra pasta; de ningún modo podían encargarse de todos los animales en invierno, así que tenían que vender parte. Los caballos eran como los plantones: se seleccionaban los mejores para trasplantarlos, el resto se desechaba. A nadie le preocupaba, y además la venta suponía un buen dinero.

Elisabeth tuvo que refrenar a la yegua, que había echado a galopar de entusiasmo al ver los campos que tan bien conocía. En el patio, delante del granero, estaban descargando el heno, ya oía a lo lejos la voz clara y enérgica de su esposo.

—¡Extendedlo en la era! Y la próxima vez aseguraos de que esté seco del todo. ¡Mis caballos no comerán heno podrido!

Al ver a Elisabeth, dejó su puesto y bajó por la escalera de mano.

—¿Dónde has estado tanto tiempo? —le preguntó, y sujetó a la yegua por el arnés—. Te estaba esperando.

Llevaba una gorra azul oscura bastante sucia, bien calada en la frente. ¿Sonreía? Era posible. No era fácil distinguirlo porque tenía los labios y las mejillas llenos de cicatrices de las operaciones.

—¿Me estabas esperando?

—Sí, Lisa. Quiero hablar contigo de una cosa.

Volvió a asaltarle ese desagradable malestar, y tuvo que apoyarse en el brazo de él al bajar del pescante. Ya adivinaba de qué quería hablar. Seguramente pretendía reconocer al hijo que esa tal Pauline había tenido ocho semanas antes. Era un niño.

—¿Qué te pasa? —le preguntó él cuando vio que respiraba con dificultad.

—Nada. Espérame en el salón.

Apenas había llegado al montón de compost del pequeño huerto, vomitó y se quedó allí un rato hasta que por fin contuvo las náuseas.

—Será chico —dijo Berta, la vieja criada, desde el seto de frambuesas—. Si vomita así será chico, señora. Créame.

Elisabeth la saludó escueta con la cabeza y corrió hacia la casa. Se acabó la grasa. Se acabaron los pasteles. ¡Ni uno más!

En el salón, Klaus estaba delante de la chimenea y le indicó con un gesto que se sentara en el sofá.

—Ve al grano —dijo ella—. No me encuentro bien. Y además ya sé lo que quieres decirme. Total, da igual, todo el mundo sabe quién es el padre.

—Ah, ¿sí? —respondió él con cierta ironía—. Déjame adivinar. ¿Sebastian Winkler?

Elisabeth se levantó de un salto y lo miró consternada.

—¿Qué? —musitó—. ¿De qué estás hablando?

Él no insistió. En lugar de eso, se quitó la gorra y por fin ella vio que sonreía.

—Quiero el divorcio, Lisa. Y creo que a ti también te vendrá bien.

—¿Tú? —balbuceó—. ¿Quieres... divorciarte?

No entendía nada. Era él quien deshacía el entuerto con un gesto arriesgado, quien le planteaba la decisión. El divorcio. El final. Pero quizá también el principio de algo nuevo.

—No nos despidamos enfadados, Elisabeth —dijo con suavidad—. Te estoy infinitamente agradecido, jamás lo olvidaré.

# 20

El domingo no quería avanzar. Quizá era cosa del calor, que provocaba un cansancio plomizo a los habitantes de la villa de las telas. O más bien el silencio. Hacía días que la casa estaba envuelta en un triste y desacostumbrado silencio.

—Té para tres. Y pasteles. Pero no almendrados, son demasiado duros para la señora.

Julius sacó el pañuelo y se secó el sudor de la frente. El uniforme oscuro del lacayo era de lana fina, y con esas temperaturas de finales de verano era una tortura. Sobre todo porque en la cocina, además, estaba encendido el fuego.

—¿Demasiado duros? —rezongó la cocinera—. ¿No has metido una manzana en la lata, Gertie?

Esta, que estaba sentada a la mesa y ensimismada, se levantó de un salto.

—Pues claro que he metido una manzana. Pero es que ya son muy pequeñas y están arrugadas.

—Pues entonces llévate galletas de mantequilla y esconde un par de almendrados entre ellas. A Leo le gustan mucho.

La señora Brunnenmayer se calló y suspiró. Se le había vuelto a olvidar que los niños no estaban en la villa sino en Frauentorstrasse. Ya habían pasado tres semanas.

—No puede durar para siempre —dijo Else, y esbozó una

sonrisa apagada—. El señor entrará en razón y reunirá otra vez a la familia. Estoy segura.

Fanny Brunnenmayer la miró de soslayo y se levantó de la silla para preparar el té. Desde hacía algún tiempo los señores preferían beber té por la tarde. Era cosa de la institutriz, que era una entusiasta del té y había convencido a la señora de que el café provocaba retortijones y cólicos de vesícula.

—No está bien que esa mujer se siente con la señora y el joven señor en el salón rojo —comentó Gertie, enfadada—. Es una empleada, como nosotros. No le corresponde beber té con los señores.

Julius asintió, Gertie le había quitado las palabras de la boca. Ahora que la joven señora Melzer ya no estaba en la villa, el asunto de la institutriz iba de mal en peor. Siempre estaba rondando a la señora Alicia, la halagaba, le seguía la corriente y daba órdenes arbitrarias al lacayo. Lo hacía con énfasis y con sorna, seguramente alguien le había chivado que él, Julius, se había quejado de ella.

—Si el señor no estuviera tan afectado, le daría su merecido a esa garrapata —dijo Gertie, que no tenía pelos en la lengua—. Pero el pobre no parece él. Siempre está triste y sombrío. Cuando viene de la fábrica, se pasa la mitad de la noche más solo que la una en el despacho, leyendo informes y fumando puros.

—No solo eso —comentó Else, y asintió preocupada—. Bebe vino. Ayer se terminó una botella de Beaujolais.

La cocinera llenó el infusor plateado y lo sumergió en la tetera de dibujos azules y blancos. Porcelana de Meissen. Modelo cebolla. El juego preferido de la señora. Un regalo de bodas de su hermano Rudolf von Maydorn, que había fallecido varios años atrás. Desde entonces la señora lo atesoraba con un cariño especial.

—En lugar de darse a la bebida, debería despedir a la institutriz y correr a Frauentorstrasse para recuperar a su esposa —comentó Fanny Brunnenmayer.

Julius asintió en señal de aprobación.

—Pero es que dicen que está enferma —intervino Gertie.

—¿Y tú cómo sabes eso?

Gertie se encogió de hombros. El día anterior se había encontrado con Hanna en el mercado y estuvieron hablando. Hanna ahora también vivía en Frauentorstrasse porque tenía que cuidar de la señora Melzer.

—Tuvo un colapso. Pasó varios días en cama porque estaba muy débil. Hanna la cuidó todo el tiempo, la lavaba, le daba de comer y la animaba. También se encargó de los niños.

—¡Pues vaya con Hanna! —comentó Else negando con la cabeza—. En lugar de ser fiel a la villa, ¡se escapa y nos deja en la estacada!

—Dice que pasó mucho miedo por la joven señora Melzer porque cuando era joven tuvo un sangrado grave. Estuvo a punto de morir.

—¡Jesús, María y José! —exclamó Else, y juntó las manos—. Espero que no se nos muera.

La señora Brunnenmayer dio un puñetazo en la mesa de la cocina y Else se estremeció del susto.

—¡Cerrad el pico de una vez! ¡Marie Melzer tiene que regresar a la villa, y entonces se curará! —Dicho esto, se volvió hacia el fogón, cogió el hervidor y vertió agua caliente en la tetera—. ¿Has comprobado que la leche no esté cortada, Gertie?

La ayudante de cocina ya había puesto las tazas y los platillos en una bandeja, además de la jarrita de leche y el azucarero lleno. Las galletas también estaban preparadas en un cuenco. Gertie metió el meñique en la jarrita y lamió la leche. Con ese calor podía cortarse enseguida, la cocinera tenía razón.

—Está buena.

—Pues para arriba —dijo la señora Brunnenmayer después de poner también la tetera.

Julius cogió la bandeja con gesto experto y fue hacia la salida trasera de la cocina, donde el montaplatos y la escalera de servicio conducían a las estancias de los señores.

—Cómo pueden beber té caliente con este calor —se preguntó Gertie sacudiendo la cabeza, y se sirvió de la jarra de agua helada. Tuvo que dejar el vaso enseguida y correr a la puerta de la calle porque habían llamado.

—Hola a todos.

Auguste había cruzado el parque hasta la villa a toda prisa y estaba sudorosa. El sol no le sentaba bien a su piel clara, se le pelaba la nariz y tenía manchas rojas en las mejillas.

—¿Qué, te aburrías? —preguntó Fanny Brunnenmayer; se había vuelto a sentar y había sacado las gafas para leer el diario.

—¿Aburrirme? Pues claro, con cuatro niños nunca hay nada que hacer —replicó Auguste—. Traigo verduras para la sopa y apio. En el jardín he visto que hay ásteres y dalias. Para decorar la mesa. Pronto será el cumpleaños de la señora.

Puso una cesta encima de la mesa y se dejó caer en una silla. Desde su último parto en enero, y a pesar de las comidas frugales, apenas había adelgazado, sobre todo lucía la misma barriga. Auguste tenía poco más de treinta años, pero después de traer cuatro niños al mundo y con las constantes preocupaciones para salir adelante, estaba avejentada.

—¿Verduras para la sopa? —preguntó la cocinera, y sacudió la cabeza—. Pero si ya tenemos tres pucheros en salmuera para el invierno. Y lo de los ásteres tendrás que preguntárselo a la señora.

—Pues prepara mañana un caldo de ternera con albóndigas de hígado —propuso Auguste—. No vas a encontrar verduras más frescas que estas. Recién recogidas.

—Bueno, venga, déjalas ahí. —La señora Brunnenmayer cogió el monedero del estante y dejó un marco y veinte peniques delante de Auguste.

Esta no se quejó. Era un buen precio por tres manojos de verduras lacias de las que Liese no había podido librarse el día anterior en el mercado. Se metió el dinero en el bolsillo de la falda.

—Un marco imperial nuevecito —dijo casi con ternura—. La gente dice que tienen una pepita de oro dentro. Pero los peniques son viejos.

Gertie seleccionó los tres hatillos en mejor estado de la cesta de Auguste y los llevó a la despensa. En fin, la señora Brunnenmayer tenía buen corazón. Ella no le habría comprado ni uno; Auguste a veces era muy ladina. Pero bueno, no les iba bien con la huerta, y los cuatro chiquillos no tenían la culpa de que su madre fuera una miserable.

—Te deslomas de la mañana a la noche —dijo Auguste, y se bebió un buen sorbo del vaso que Else le puso delante— pero el dinero desaparece tan pronto como llega. Impuestos, sueldos, colegio, el puesto del mercado. Liese necesita una falda, Maxl no tiene abrigo, y todavía no les he comprado a ninguno zapatos para el invierno. Y Gustav se pone a beber precisamente ahora. Por la noche se va a la ciudad y se sienta a tomar cervezas con los compañeros de guerra.

Apartó el vaso y, hambrienta, echó mano a las galletas que había en un plato en el centro de la mesa. El servicio podía comerse las más feas, las que se habían roto al mover la bandeja del horno o las que se habían tostado demasiado. Y también se comían lo que los señores dejaban en el plato.

—Nunca pensé que Gustav empezaría a beber —dijo Else meneando la cabeza—. Siempre ha sido un hombre bueno.

Auguste masticó la galleta y no contestó. No había sido buena idea contarlo, pero necesitaba desahogarse, de lo contrario habría reventado. El invierno estaba a la vuelta de la esquina, apenas tendrían ingresos, y no había podido ahorrar nada. Si no trabajara de vez en cuando en la villa, ya se habrían muerto de hambre.

Se oyeron pasos en la escalera de servicio. Julius regresó del salón rojo con la bandeja en las manos.

—Lo sabía —dijo con voz temblorosa—. El instinto nunca me falla. Sabía que planeaba algo para humillarme. Menuda rata malvada y repugnante.

Todos se volvieron, un arranque así no era propio de Julius.

—¿Qué ha hecho? —musitó Gertie.

Todos, incluida Auguste, sabían de quién estaba hablando. Julius dejó la bandeja, en la que solo quedaba el azucarero. Le temblaban las manos.

—Primero ha dicho que este azúcar no es apropiado para el té. Que se tiene que tomar con azúcar perlado, tal como lo había visto en Londres. Porque los ingleses eran expertos en té.

—Pues que vaya ella, la muy canalla —dijo Auguste—. A Inglaterra. Que se vaya a Londres.

—¿Eso es todo? —preguntó Gertie, decepcionada—. ¿Por eso estás tan alterado?

Julius tuvo que sentarse, estaba tan pálido que daba miedo. No, eso solo había sido el principio.

—Cuando he servido el té —dijo con voz quebradiza—, estaba a más de un metro de distancia de ella. Y entonces me ha dicho... Ha tenido la increíble desfachatez... —Resopló dos veces, se pasó los dedos por la frente. Daba la sensación de que el pobre estaba al borde de las lágrimas—. Entonces me ha dicho: «¿Es que no se lava usted, Julius? Su olor corporal es muy desagradable».

Hubo un silencio. Eso era muy gordo. Incluso aunque fuera verdad, eso no se decía en el salón delante de los señores. En la villa era costumbre hablar de esos temas discretamente con el ama de llaves.

—¿Y la señora? —balbuceó Gertie—. ¿No le ha cantado las cuarenta a Von Dobern?

Julius ya no podía hablar. Se había tapado la cara con las manos y sacudía la cabeza.

—¡Es la maldad personificada! —dijo la cocinera con énfasis—. Ha pisado usted una serpiente venenosa, Julius, y ahora le ha mordido.

Alguien llamó a la puerta de la cocina, pero estaban tan alterados por lo que les había contado Julius que nadie se levantó a abrir.

—¡Habría que meterla en una jaula!

—Disecarla para el museo.

—Y arrancarle los colmillos.

Llamaron más fuerte. Gertie se levantó y fue a abrir de mala gana.

—¡No me lo puedo creer! —exclamó—. Maria Jordan. Como anillo al dedo.

—¿Cómo? ¿Qué quieres decir con eso, Gertie?

Maria Jordan entró en la cocina como si tal cosa, sonrió a todos y saludó condescendiente. Al fin y al cabo, ahora era una mujer de negocios y no una empleada del servicio que tuviera que doblegarse. También había adaptado su ropa a su nuevo estatus, llevaba una blusa de seda clara con una falda de color crema hasta los tobillos, y zapatos de verano claros con una cinta sobre el empeine. Se había abierto los dos botones superiores de la blusa para que se viera la cadenita de oro que le colgaba del delgado cuello.

—Nada, nada —tartamudeó Gertie—. Hablábamos... hablábamos de... de dientes.

—¿Y eso qué tiene que ver conmigo? —preguntó Maria Jordan, algo molesta.

—Pues que se ha puesto ese bonito diente de oro —mintió Gertie sin inmutarse.

Desde hacía varios meses, en la dentadura de la señorita Jordan relucía un colmillo de oro. Eso también era señal de que los negocios le iban bien.

—¿Y por eso tanto revuelo? —Se encogió de hombros y sonrió otra vez para mostrar su costosa adquisición—. Es que tengo clientes de clase alta en la tienda. He de cuidar mi imagen.

—Claro, claro —dijo Else en tono de admiración—. Ha llegado muy lejos, señorita Jordan. ¿Quiere sentarse con nosotros?

Desde que la señorita Jordan tenía dos casas y una tienda, Else había decidido tratarla de usted. En presencia de la visitante, Julius recuperó la compostura y borró su expresión sombría. Auguste miró a la señorita Jordan con desprecio. Esa víbora se había puesto por su cuenta, al igual que ella, pero mientras que la huerta estaba casi en la ruina y no sabían cómo sobrevivirían al invierno, el negocio de esa farsante parecía estar floreciendo. Ahora ya sabían cómo se ganaba el dinero la muy estafadora. Les leía el futuro a los ingenuos clientes. Por lo visto, se sentaba en una sala oscura entre imágenes de espíritus y búhos disecados, y además de cartas ahora también utilizaba una bola de cristal llena de agua. Se la había comprado a un zapatero que había cerrado su taller por jubilación.

—Siempre es un placer charlar con mis viejos amigos y compañeros —dijo Maria Jordan—. Seguimos siendo un grupo unido, aunque algunos ya hayamos dejado la villa. ¿Cómo está nuestro querido Humbert, Fanny? ¿Te escribe a menudo?

—De vez en cuando —gruñó la cocinera, que retomó la lectura del diario.

—¡Qué talento tenía ese muchacho! ¡Cómo imitaba a la gente! Parecía de verdad. ¿Eso de ahí es agua helada?

—Agua helada con un poco de menta.

Julius había vuelto en sí y se apresuró a servir a la invitada. Dado que Hanna había resultado ser una fortaleza inquebrantable y Gertie una fierecilla, se esforzaba por cortejar a la señorita Jordan. Y esta se dejaba hacer encantada.

—Gracias, Julius. Un detalle por su parte. Tiene aspecto de estar trabajando demasiado, querido. ¿O es este verano tardío?

Julius le dijo que había dormido mal. Arriba, en el ático, donde estaban los cuartos del servicio, también hacía un calor insoportable por la noche.

—¡Y que lo diga! —suspiró la señorita Jordan—. Recuerdo las largas noches de verano en vela, incluso me quitaba el camisón para no ahogarme.

A Gertie se le escapó la risa y, para disimular, fingió un ataque de tos. Auguste puso los ojos en blanco. Else esbozó una media sonrisa. Y Julius puso un gesto pícaro. Solo la señora Brunnenmayer siguió leyendo el diario y pretendió no haber oído nada.

—Y una vez que te desvelas —prosiguió la señorita Jordan, impasible—, llegan las preocupaciones y te inquietas por cualquier cosa. Nos pasa a todos.

Julius carraspeó y le dio la razón. Auguste comentó que ese año había muchos más mosquitos de lo normal. Entonces volvió el silencio, solo se oía a Else mordisquear una galleta. La señorita Jordan se recostó en la silla, insatisfecha. Había esperado que ese empujoncito bastara para abrir las compuertas. Pero al parecer tendría que utilizar la artillería pesada.

—Sí, en el mundo las cosas no siempre son como a uno le gustaría —comentó con un suspiro—. Por cierto, el atelier de la señora Melzer lleva más de dos semanas cerrado. ¿No estará enferma?

Todos sabían que la señorita Jordan odiaba a Marie Melzer. Esa aversión se remontaba a los tiempos en que Marie ascendió de ayudante de cocina a doncella y ella fue relegada de su puesto. Nunca se lo perdonó.

—Efectivamente, la señora está enferma —dijo por fin la cocinera—. No es nada grave. Pero debe guardar cama durante un tiempo.

Maria Jordan fingió estar preocupada y le deseó una «pronta recuperación».

—¿Qué tiene? Espero que no sea un sangrado. Ya estuvo muy grave antes.

Nadie, ni siquiera Auguste, que tanto disfrutaba criticando a la joven señora Melzer, tenía ganas de lanzar más cebos a la cotilla de la señorita Jordan.

—Pronto estará recuperada —dijo Gertie como de pasada.

—Bien, bien. Me alegro. De verdad. Hace poco vi a la señora Kitty Bräuer con los dos niños en el coche. Giraron en Frauentorstrasse.

Julius abrió la boca para decir algo, pero una mirada de advertencia de la cocinera lo hizo callar.

—Si has venido a sonsacarnos, ¡te irás con las manos vacías! —dijo Fanny Brunnenmayer—. Ninguno de nosotros se irá de la lengua sobre los señores, esa época ya pasó. Cuando trabajabas aquí, eras una de las nuestras y nos lo contábamos todo. Pero ahora eres una rica comerciante, llevas zapatos caros, ¡y luces oro al cuello y en la boca! No vengas aquí como una hipócrita a escuchar nuestras conversaciones.

—¡Así están las cosas! Está bien saberlo —dijo la señorita Jordan, molesta—. Aquí a nadie parece importarle una vieja amistad. Es una lástima, es todo cuanto puedo decir. Una verdadera lástima. Pero así se conoce a la gente.

Julius levantó las manos en un gesto conciliador. No debía enfadarse, la cocinera estaba de mal humor ese día. Era cosa del calor.

—Es cosa de la envidia —dijo la señorita Jordan levantándose de la silla con decisión—. ¡Os sale la envidia por todos los poros de la piel! Porque yo he llegado a algo y vosotros seguís aquí sentados, y os arrodilláis ante los señores por un sueldo miserable. No podéis perdonármelo, ¿verdad?

La única respuesta de la señora Brunnenmayer fue un gesto elocuente con la mano en dirección a la puerta.

—¿Creéis que no sé lo que está pasando en la villa? —prosiguió la señorita Jordan con sorna—. Ha habido un terremoto. Mesas y camas separadas. Lo del divorcio inminente es un secreto a voces. Ya se arrepentirá la muy orgullosa. Cuanto más alto, más dura es la caída.

—Ten cuidado no acabes tú también en el lodo —dijo Auguste, a la que le había molestado mucho que la acusara de envidiosa, sobre todo porque era cierto.

Maria Jordan ya estaba junto a la puerta. Apartó a Julius, que tenía intención de rozarle el brazo, y se volvió hacia Auguste.

—Tú eres la que menos motivos tienes para criticarme —dijo con maldad—. Ayer mismo te presentaste en mi tienda para pedirme un favor. Te lo habría concedido, pero te marchaste corriendo.

Auguste se sonrojó: todos la miraban. Pero en caso de necesidad no le costaba soltar una mentira.

—¿Y te sorprende? —respondió encogiéndose de hombros—. Es todo demasiado caro. ¿Quién puede permitirse pagar dos marcos por cien gramos de café?

No era una mentira muy conseguida, porque allí todos sabían que la familia del jardinero Bliefert no podía permitirse auténtico café en grano.

—Pues pásate mañana otra vez. Ya nos pondremos de acuerdo —le dijo la señorita Jordan, y después dirigió una sonrisa falsa a la señora Brunnenmayer—. Y a los demás os deseo un domingo agradable. No trabajéis demasiado, queridos míos, no es sano con este calor.

Julius le abrió la puerta y esperó paciente mientras ella salía con deliberada lentitud.

—Buen domingo, y no se lo tome a mal. Hasta pronto.

Cuando regresó a la mesa, recibió una dura mirada de la cocinera, a la que respondió encogiéndose de hombros.

—Pues me parece raro —dijo Gertie.

—¿Qué te parece raro?

—Que no te entiendas con Von Dobern, Julius —respondió Gertie en tono inocente—. Al fin y al cabo, parece que te gustan las víboras.

Julius se limitó a resoplar e hizo un gesto de desprecio hacia Gertie. Auguste se echó a reír y recogió la cesta.

—Ya va siendo hora de que me marche —dijo levantándose—. Mañana vendré dos horas a sacudir las alfombras.

—Auguste.

Esta se volvió de mala gana hacia la señora Brunnenmayer.

—¿Qué pasa ahora?

Fanny Brunnenmayer se quitó las gafas, parpadeó dos veces y la escudriñó con la mirada.

—No estarás malgastando el dinero en esas mamarrachadas, ¿no? En lo de las cartas, la bola de cristal y no sé qué más.

Auguste se le rio a la cara. ¿Es que creía que había perdido el juicio? Se le ocurrían cosas mucho mejores que hacer con su dinero. Si lo tuviera.

—Vale, está bien.

Auguste fue hacia la puerta meneando la cabeza y se despidió brevemente de Else para que estuviera a buenas con ella, pues al día siguiente la doncella tendría que decirles a los señores que necesitaba sin falta la ayuda de Auguste para la gran limpieza de otoño.

No, las dotes de adivina de la señorita Jordan le parecían tan ridículas como a la señora Brunnenmayer. Se trataba de algo muy distinto.

# 21

En esos sueños febriles, veía cosas que habían estado latentes durante mucho tiempo en las profundidades de su subconsciente, como hojas marchitas que se hundían en un estanque. Las imágenes eran borrosas y parecían temblar, como un reflejo sobre el agua en movimiento. A veces solo era una imagen, un recuerdo que contemplaba enternecida, le hablaba, incluso lloraba. Entonces se abalanzaban sobre ella un gran número de escenas espantosas, confusas, como las ventanas de un tren pasando a toda velocidad, y se tumbaba en las almohadas entre jadeos, incapaz de defenderse de esas fantasías.

Al principio veía a su madre. Eran imágenes descoloridas, como dibujos a lápiz, sin color. Una mujer joven ante un caballete, con un pañuelo de lana sobre los hombros, encima el pelo largo suelto. Su rostro era anguloso, destacaba la nariz, la barbilla, a veces apretaba los labios. Su mano derecha repetía gestos duros, violentos, sobre el papel. Líneas y superficies negras. Pintaba con carboncillo.

Después reaparecía el rostro de su madre muy cerca, inclinada sobre ella, y era otra. Cariñosa. Se reía con ella. Bromeaba. Asentía. Ladeaba la cabeza, se echaba el largo pelo hacia atrás. «Marie. *Ma fille*. Marita. Mariquita. Mi pequeña Maria. *Que je t'aime*. Bendita mía. *Ma petite, mon trésor.*»

Oía los motes cariñosos y los reconocía. Cada uno de

ellos. Sus propias manos eran pequeñas, y palmeaba la cara de su madre, le agarraba la nariz. La oía reír y reprenderla: «Suelta, pequeña salvaje. ¡Me haces daño!». Sentía uno de los densos mechones rojizos en el puño, se lo metía en la boca y no lo soltaba.

Cuando emergía durante un momento de sus sueños febriles, veía a Hanna a su lado. Esta tenía un vaso en la mano e intentaba que bebiera un poco de infusión de camomila. Bebía con ansia, tosía y volvía a caer agotada en las almohadas.

—Tiene que comer algo, señora Melzer. Solo una cucharadita. Gertrude ha preparado caldo de ternera con huevo especialmente para usted. Eso es. Otra cucharadita. Y este cachito de pan.

La comida le daba asco. Solo quería beber, humedecer la boca seca, la lengua agostada, que el agua fresca entrara en su cuerpo ardiendo de fiebre. Pero cualquier movimiento era agotador, apenas podía levantar la cabeza. Se le aceleraba el pulso, la respiración, a veces tenía la sensación de estar volando.

Oía música de piano. Era Leo, su pequeño Leo. Dodo también estaba cerca de ella, la oía susurrar con Hanna. Sus hijos estaban con ella. Dodo le alcanzaba paños húmedos a Hanna y hablaba en voz baja. Hanna le envolvía los tobillos y las muñecas con los paños frescos y la fiebre remitía por un instante. A menudo oía una voz que conocía muy bien. La de su cuñada Kitty.

—No, mamá. Ni pensarlo. Tiene una fiebre altísima. El doctor Greiner viene todos los días a verla. ¿Los niños? De ningún modo. No mientras esa arpía siga haciendo de las suyas en la villa. Sabes muy bien a quién me refiero.

Entonces Marie se dio cuenta de que estaba en casa de Kitty. Lejos de la villa de las telas. Lejos de Paul, con quien se había peleado. Ante ella se abrió un abismo como unas fauces que querían devorarla. La separación. Quizá el divorcio. Le quitarían a los niños. La desheredarían. Tendría que dejar todo lo que amaba. Ir hacia la oscuridad. Sola.

La fiebre subió como una inmensa llama que la envolvía. Vio un cuarto feo que le resultaba familiar: camas juntas, la pintura de la pared desconchada, debajo de las camas había orinales sin vaciar. Siempre había algún niño enfermo, sobre todo los pequeños. A veces eran varios que se contagiaban mutuamente. Cuando uno moría, se lo llevaban envuelto en la sábana, nunca supo adónde. Veía a su amiga, se llamaba Dodo, como su hija. Su cara pequeña y pálida, las manos delgadas, el camisón largo roto por el costado. Oía su voz susurrante, su risita, durante un instante sintió su cuerpo delgado junto a ella en la cama. A Dodo se la llevaron a un hospital y nunca más volvió a verla. Los que estaban sanos tenían que trabajar en la cocina o pelar patatas en el sótano.

«Tú no das más que problemas. ¿Te crees demasiado buena para la fábrica? ¿Aspiras a más o qué? A leer libros. A pintar cuadros.» Esa era Pappert, la directora del orfanato de las Siete Mártires. Jamás olvidaría a esa mujer que la torturó durante años. Tenía incontables criaturas sobre su conciencia, ahorraba en comida y en ropa, no encendía la estufa, se guardaba en su cuenta el dinero de la fundación. ¿Qué le importaba a Pappert que los pequeños murieran? Siempre llegaban más, y la Iglesia le pagaba por ellos.

—Pero solo un par de minutos —dijo la voz de Kitty—. No puedes hablar con ella. Sigue con fiebre. Ten cuidado de no volcar la tetera.

Sintió una mano en la frente, pesada y fresca. Alguien le acarició la mejilla con dedos torpes, le tocó la boca.

—Marie. ¿Me oyes? Marie.

Un intenso deseo se apoderó de ella. Abrió los ojos y vio un rostro tembloroso, borroso. Era Paul. Había ido a verla. Todo iba bien. Lo amaba. Lo amaba más que nada en este mundo.

—Tienes que curarte, Marie. Prométemelo. No volveremos a discutir nunca más. Solo tienes que volver con nosotros. No hay motivo para esta estúpida pelea. Todo puede ser muy fácil.

—Sí —se oyó susurrar—. Sí, todo es fácil.

¿La había besado? Durante un instante percibió el olor de su chaqueta, olió la mezcla habitual de tabaco, tejido, coche y jabón floral, sintió en la mejilla su barbilla rasposa sin afeitar. Entonces se marchó, y en el pasillo se oyeron voces furiosas discutiendo.

—¿Y dónde van a estar? ¡En el colegio, claro!

—Haré que los recojan allí. ¡Su sitio está en la villa!

—¿Quieres que Marie se cure?

—¿A qué viene esa pregunta?

—Entonces deja a los niños aquí, en Frauentorstrasse, Paul.

—¡Es un disparate! Dentro de dos o tres días podremos llevarnos a Marie de vuelta a la villa, he hablado con el doctor Greiner. Contrataré a una enfermera que la cuidará hasta que se cure.

—No puedes llevarte a Marie contra su voluntad, Paul. ¡No lo permitiré! Eso es un secuestro.

—Pero ¿qué tonterías dices, Kitty? ¡Secuestro! Marie es mi esposa.

—¿Y qué tiene eso que ver?

—Estás chiflada, Kitty. ¿Son esas las opiniones modernas de la nueva mujer? ¿Ahora tú también eres de esas que fuman en público, defienden el amor libre y consideran que el matrimonio entre un hombre y una mujer es irrelevante?

—Marie no saldrá de mi casa si no es por decisión propia. ¡No lo olvides, Paul!

A continuación se oyó un golpe, como si alguien hubiera cerrado una puerta con violencia. Marie se dio cuenta de que estaba llorando. Las lágrimas brotaban sin cesar de debajo de los párpados y resbalaban por las sienes hasta la almohada, donde su humedad enseguida perdió el calor y le transmitió frescura. La gran esperanza de felicidad que tanto atesoraba se había hecho añicos, y los fragmentos volaban en todas direcciones como agujas gélidas y puntiagudas.

—Mami, tienes que dejar de llorar. Quiero que te cures, ¿vale? Por favor.

—¿Dodo? Qué fríos tienes los dedos.

—Mami. La tía Kitty nos llevó al aeródromo. Leo se aburrió muchísimo. A mí me pareció formidable. Vimos los hangares. Y un señor muy simpático nos dejó entrar porque la tía Kitty se lo pidió. Dentro había un avión y pude sentarme dentro. Y entonces volé. No de verdad, solo hice como que volaba. Rápido, cada vez más rápido, muy muy rápido. Y fiuuu... hacia el cielo. ¿Mamá? Mamá, quiero ser aviadora.

Miró a su hija entornando los ojos. Dodo le mostraba ilusionada con los brazos cómo se elevaba el avión por los aires. Sus ojos grises brillaban. Los ojos de Paul. Cuánta fuerza y voluntad había en su interior.

—Dodo, dame un pañuelo, por favor.

—¡Henny! ¡Trae un pañuelo limpio!

Henny miró por la rendija de la puerta, no parecía muy contenta.

—Pero solo por esta vez, porque es para tu mamá.

Trajo un delicado pañuelito de batista con encaje que olía a perfume caro. Seguramente lo había sacado de la cómoda de Kitty.

La fiebre no había remitido, de vez en cuando se encendía como una llama, pero iba perdiendo fuerza. Marie oía los sonidos a su alrededor, los susurros y las risitas de las mujeres entremezclados con el alboroto de Henny, el ruido de cacharros que llegaba desde la cocina, y las voces suaves de los dos niños en la sala de música. Oía lo que tocaban, seguía las melodías, sufría cuando se interrumpían, alzaba el vuelo con ellos cuando hilaban una estrofa.

—¿Mamá? Tienes mejor aspecto, mamá. Hemos tocado Mozart para ti. La señora Ginsberg dice que es mejor que Beethoven para un enfermo. Beethoven te pone nervioso, Schubert te pone triste y te da ganas de llorar. Pero dice que Mozart cura todas las penas y te hace feliz. ¿Es verdad, mamá? ¿Eres feliz ahora?

El que parecía ebrio de felicidad era su hijo. Parloteaba sobre acordes y cadencias, sobre do mayor y la menor, *piano* y *pianissimo*, *moderato* y *allegro*.

Por un momento aquel rostro encendido de entusiasmo le recordó a alguien, pero entonces la imagen volvió a caer en el olvido. Se le había oscurecido mucho el pelo, casi parecía tener un brillo rojizo cuando le daba la luz.

—Walter y tú habéis tocado maravillosamente bien. Pero tienes que cortarte el pelo, pronto parecerás una niña.

Se pasó cuatro dedos con indiferencia por el tupé que se le formaba sobre la frente.

—La abuela Gertrude dice que me lo cortará esta tarde.

Por la noche, a la hora en que la fiebre solía subir, se sintió mejor. Se rio con Hanna de la mañanita de color rosa que le había prestado Kitty para que pudiera sentarse en la cama y que la peinaran.

—Es casi imposible, señora Melzer —se lamentó Hanna, que hacía verdaderos esfuerzos por domar el cabello enmarañado de Marie con un peine y un cepillo—. No lo consigo.

Kitty también lo intentó, aunque no fue tan cuidadosa como Hanna.

—¿Ves lo poco práctico que es? —comentó, y dejó el cepillo resignada—. ¿Quién lleva hoy en día el pelo tan largo? Solo las pueblerinas de las granjas de los Alpes.

—Ay, Kitty.

—¡Hay que cortarlo! —dijo Kitty, categórica.

Marie ya se lo había planteado muchas veces. No lo había hecho porque Paul no quería. Y los niños tampoco.

—¿Quieres ir por ahí con semejante maraña en la cabeza? Cualquiera diría que te han anidado ratoncitos en el pelo.

Marie se tironeó de la cabellera; efectivamente, no habría manera de desenredarlo.

—Bueno... Adelante.

Gertrude lo preparó todo y se dedicó a la tarea con pasión mientras les contaba que de niña había querido ser peluquera pero después prefirió casarse con un banquero. Sonaba como si cortara hilos de cristal; Marie cerró los ojos por precaución. Después se miró en el espejo de mano de Kitty y le pareció que el corte le quedaba muy bien.

—Aquí quedan un par de mechones, Gertrude —apuntó Kitty—. Solo se ven si te fijas bien, Marie tiene un pelo muy denso. ¡Pero te queda de maravilla! ¡Una Marie nueva! Ay, así me gustas aún más, mi querida Marie. Y ahora haremos un picnic.

—¿Fuera, en el jardín? —preguntó Gertrude entre risas—. ¿Tan tarde?

—No, en el jardín no. Aquí, con Marie.

—¿Con... conmigo?

La vida volvió a ella con toda su fuerza, inundó la que había sido su habitación de enferma con un delicioso caos, barrió de un plumazo la fiebre y la debilidad. De pronto todo rebosaba vida. Extendieron un mantel a cuadros blancos y azules sobre el edredón, Hanna le puso tres cojines gruesos detrás de la espalda, y Gertrude dejó sobre la cama un cuenco enorme de ensalada de patata con rectángulos de pasta rellena. Platos, cubiertos, una cesta de pan recién hecho, mantequilla y, por último, la joya de la corona: ¡una bandeja de horno con el primer pastel de ciruelas del año!

Todos se sentaron a su alrededor, los niños encima de la cama. Gertrude protestó porque temía que alguien derramara mosto de manzana sobre las sábanas blancas. Pero su advertencia pasó desapercibida en medio del jolgorio general.

—¡Mamá, estás horrible con el pelo corto!

—¡Leo, eres más tonto que un burro! ¡La tía Marie está preciosa!

—A mí también me lo parece. Cuando sea aviadora, yo también me cortaré estas estúpidas trenzas.

Hanna le tendió un plato lleno a Marie. Para su sorpresa, no solo pudo comer, sino que tenía verdadera hambre. Casi no oyeron el timbre; Leo, que tenía el oído más fino, bajó a abrir. Justo después apareció en la puerta como un heraldo, hizo una reverencia teatral y dijo:

—¡El señor Von Klippstein!

—¿Klippi? Qué amable por su parte —exclamó Kitty—. Que entre y que se traiga una silla. ¿Queda pastel de ciruela? Hanna, dame uno de esos cojines, el pobre Klippi solo encontrará sillas de cocina.

Dejó un ramo de rosas en la cómoda. Kitty dijo más tarde que Klippi había estado más raro que un perro verde. Entró en el cuarto de Marie con una timidez exagerada, se sentó muy tieso en la desvencijada silla de cocina y después no supo qué hacer con el vaso de mosto de manzana mientras hacía equilibrios con el plato de pastel sobre las rodillas.

—¿Sabe que Tilly ha prometido venir la semana que viene? Quiere hacerle una rápida visita a su madre antes de que empiece el semestre. Pobre Tilly, no lo tiene fácil con todos esos testarudos y ancianos profesores.

—Lo siento muchísimo por la señorita Bräuer. Es una joven muy inteligente y con un gran talento, tiene toda mi admiración. ¿Cuándo estará aquí?

—¿Se ha terminado el pastel, Gertrude?

—¡Hanna, has manchado las sábanas!

—Mamá, ¿puedo dormir contigo esta noche?

Marie se sentía saciada y exhausta. Escuchaba las conversaciones aunque apenas podía seguirlas, el jolgorio la distraía, respondía de vez en cuando y sonreía contenta. Los párpados se le cerraban cada vez más, sueños ligeros se entremezclaban con la realidad, el sueño quería llevársela suavemente en brazos.

—Si Dodo duerme con su mamá esta noche, ¡yo quiero dormir con Leo! —pregonó Henny.

—¡Jamás! —se negó Leo en redondo.

—¿Podría servirme un poco más de ensalada de patata? Está deliciosa, señora.

—Pues claro, señor Von Klippstein. Me avergüenza usted. Nos es más que una ensalada de patata normal y corriente. Cuece usted las patatas, pica cebolletas, pepinillos, añade un poco de vinagre y aceite...

—Klippi no necesitaba tantos detalles, Gertrude.

—¿Y por qué no? A ningún hombre le hace daño saber un poco de cocina. Los cruzados ya se preparaban sus cositas.

—Creo que a la señora Melzer le gustaría dormir, señora Bräuer.

—Tienes razón, Hanna. Chica lista. ¿Qué haríamos sin ti? Bueno, queridos, se acabó el picnic. Que todo el mundo baje algo a la cocina. Los niños también. No hagáis ruido, Marie quiere dormir. Madre mía, creo que ya está dormida. Henny, ese cuenco tan grande pesa demasiado para ti. Leo, estás llenando de migas la alfombra. Klippi, baje las flores, por favor.

Marie no se enteró de cómo salieron todos del dormitorio con la vajilla, los cubiertos y las sillas. Había caído en un pozo profundo y fresco, donde el sueño la mecía en sus brazos. Una suave oscuridad y un silencio reparador. Sin sueños. Sin imágenes. Las puertas de la memoria se habían vuelto a cerrar.

A la mañana siguiente se despertó con el canto de los pájaros y se sintió curada. Se levantó en silencio, fue al baño, se lavó con agua fría, se peinó el pelo corto y se puso una bata de Kitty.

—He vuelto a la vida —dijo con una sonrisa al entrar en la cocina, donde estaba Gertrude.

—Ya iba siendo hora —comentó Gertrude, y le sirvió una taza de café caliente—. Paul vendrá hoy por la mañana.

Marie sintió que el corazón le daba un traspié, pero no hizo caso.

—Eso está bien —dijo despacio, y sorbió el café—. Por fin podremos hablar. Y reconciliarnos.

Gertrude no dijo nada. Al otro lado de la ventana, un mirlo trinaba su canto matutino. Tras unos minutos en silencio, apareció Hanna, que obsequió a Marie con una alegre sonrisa y dijo que iba a despertar a los niños para ir al colegio. Poco después sus vocecitas llenaron la casa, Henny y Dodo se precipitaron hacia el baño y causaron una pequeña inundación, mientras que Leo, el dormilón, tuvo que recibir tres visitas de Hanna hasta que por fin se despegó de la almohada.

Un rápido desayuno en la mesa de la cocina, parloteo alegre, risas, Hanna preparó los bocadillos, Gertrude los envolvió y los metió en las tarteras. Henny corrió escaleras arriba porque había olvidado un cuaderno, Dodo volcó el vaso de leche, Leo ya estaba tocando el piano otra vez.

—He soñado con esta música toda la noche, Gertrude. Tengo que probarla.

—¡Silencio! —se enfadó Henny—. ¡Mamá sigue dormida!

Al despedirse, los tres abrazaron a Marie y le acariciaron las mejillas con los dedos pegajosos de miel.

—Qué bien se está aquí ahora que te has curado, mamá. Ya solo falta que papá y la abuela se muden también, ¡y que la señora Von Dobern se quede sola en la villa!

Hanna ya estaba lista para acompañar a los chiquillos y se marcharon. De pronto la casa volvía a estar en silencio, Gertrude recogió los platos y Marie subió a vestirse. La buena de Hanna le había lavado y planchado la ropa. Marie suspiró. No, la muchacha no tenía futuro como costurera, era demasiado torpe. Allí, en la casa de Frauentorstrasse, parecía muy satisfecha. Ayudaba en la cocina, recogía los cuartos, cuidaba amorosamente de los niños y la había cuidado a ella con abnegación. Era el espíritu bueno de la casa. Qué pena su relación con aquel ruso y que hubiera abortado. Desde aquel terrible incidente, evitaba temerosa a cualquier hombre que se le acercara. Y sin embargo no había duda de que sería muy feliz como esposa y madre.

«Esposa y madre», pensó Marie. «Eso es lo que soy. ¿Acaso no es la vocación más importante de una mujer? ¿Por qué tengo que encargarme de ese estúpido atelier, si eso me lleva a desatender a mi esposo y a mis hijos? La verdad es que no me costaría renunciar a ello.»

Paul llegó hacia las diez. A esa hora Kitty aún no se había levantado, así que lo recibió Gertrude. Marie estaba en el salón, junto a la ventana, miraba hacia el jardín salvaje, y el corazón le latía con tanta fuerza que se sentía mareada.

—¿Está mejor? ¿Se ha levantado? —oyó la voz alterada de Paul en el pasillo.

—Pero todavía está débil, Paul. No la pongas nerviosa.

—¡Dios mío, qué alivio!

Lo oyó reír un poco, y el deseo se apoderó de ella. Paul. Su amor. Adoraba esa risa joven y descarada. Sus bromas secas. Las miradas de soslayo cuando quería desafiarla.

Llamó a la puerta. No golpeó la puerta con suavidad, pero tampoco de forma insistente.

—Pasa, Paul.

Abrió y la miró sonriente con la mano aún en el pomo. Ella sintió que se acaloraba, que se le encendían las mejillas. Cuánto lo había echado de menos.

Se quedaron inmóviles un instante, los dos sentían la atracción de sus cuerpos, el deseo de hacerse uno. A Marie se le ocurrió de pronto que ese instante era irrepetible. Nunca en su vida se amarían ni se desearían con más intensidad que durante esos escasos segundos.

Fue Paul quien liberó la tensión. Cerró la puerta y se acercó a Marie, se detuvo delante de ella, y después la abrazó impulsivamente y la apretó contra su cuerpo.

—Qué suerte haberte recuperado —murmuró—. ¡He pasado mucho miedo!

Marie sintió una felicidad sorda mientras se pegaba a él, una sensación de regreso y seguridad, pero al mismo tiempo estaba mareada, el abrazo la estaba dejando sin aliento.

—Ten cuidado, querido. Todavía tengo las piernas flojas.

La besó con suavidad, la acompañó al sofá para que pudiera sentarse y le cogió las manos.

—Lo que dije sobre tu madre fue inexcusable, Marie. Perdóname. Me he arrepentido miles de veces. Era una artista, una mujer valiente, pero sobre todo era tu madre. Le estaré agradecido toda la vida a Luise Hofgartner por haberte traído a este mundo, mi querida y única Marie.

Le hablaba con dulzura. Con sentimiento de culpa, con cariño. Le pedía perdón. Era más de lo que ella esperaba. Y ella no quería ser menos. No era el tipo de mujer que aceptaba orgullosa todas las concesiones que él estaba haciendo por amor. También quería demostrarle que sabía ceder.

—Lo he estado pensando, Paul. No necesito el atelier para sentirme feliz y satisfecha. Al contrario, no nos trae más que problemas. Así que voy a dejarlo y a partir de ahora me dedicaré por completo a ti y a la familia.

Él la besó, y durante un momento se entregaron a la dichosa sensación del reencuentro.

—Es muy inteligente por tu parte haber tomado esa decisión, cariño. Aunque me da mucha pena que se cierre el atelier. Yo mismo te animé a abrirlo. Pero tienes razón, Marie: es mejor que lo dejes.

Ella asintió y lo escuchó elaborar la idea. Añadió que

mamá sentiría un gran alivio, ya que así se liberaría de llevar ella sola la casa. Pero los niños también saldrían beneficiados, porque antes apenas la veían. Y, por supuesto, él también.

«Acepta mi sacrificio como si fuera algo evidente», pensó Marie, decepcionada. «¿Es que no comprende lo que significa para mí? ¿No entiende que solo lo hago por amor?»

—Si te queda tiempo, seguro que podrás pintar o diseñar vestidos. Me he encargado de que los niños solo estén a tu cuidado, con la ayuda de Hanna.

—¿Así que has despedido a la señora Von Dobern?

Él le sonrió con picardía y le explicó que había encontrado una solución excelente.

—La señora Von Dobern ocupará el puesto de ama de llaves de la villa. Fue una propuesta de mamá que yo acepté encantado.

—¿Ama de llaves? —lo interrumpió Marie, consternada—. Paul, es imposible que salga bien.

Él la atrajo hacia sí y le acarició el pelo. En susurros le dijo que ese nuevo peinado le sentaba muy bien, que nunca había estado tan guapa como con el pelo corto.

—No funcionará, Paul. Los empleados la odian. Habrá disgustos, incluso dimisiones.

—Ya veremos, Marie. Intentémoslo. No quería ofender a mamá. Está muy unida a la señora Von Dobern.

Marie calló. Lo importante era entenderse. Reconciliarse. Ponerse de acuerdo. No serviría de nada exigir concesiones. Aunque hasta el momento él apenas había reconocido la deferencia que ella había tenido. Y la señora Von Dobern se quedaría en la casa, aunque no fuera como institutriz, pero habría que resignarse a su presencia. El astuto de Paul.

—Tengo muchas ganas de que regreses con nosotros, Marie. Ha sido horrible estar tan solo y abandonado. Eres tan importante en mi vida que tenía la sensación de que alguien me había arrancado una parte del cuerpo.

Se sintió conmovida y se abrazó a él para consolarlo. Sí, enseguida recogería sus cosas, Hanna se encargaría del equipaje de los niños, y después se irían juntos a la villa. Quería volver a instalarse en su casa... y también en el dormitorio de ambos.

La acarició con tanto ímpetu que ella temió que quisiera cumplir con sus obligaciones conyugales allí mismo, en el sofá, algo imposible por consideración hacia Hanna, Gertrude y Kitty. Paul lo sabía, así que solo la abrazó y le habló con cariño en voz baja.

—Te prometo que a partir de ahora me ocuparé más de los niños, Marie. Sobre todo de Leo. Se acabó el piano, lo llevaré a la fábrica para que cumpla con pequeñas tareas y aprenda cómo funcionan las máquinas. Me parece bien que Dodo aprenda a tocar, al fin y al cabo es una niña, no le hará daño saber un poco de música.

—Pero, Paul, Dodo es la que muestra más interés por las máquinas y la tecnología.

—Bueno, por mí que siga con ello. Pero hay que llevar a Leo por el camino correcto de una vez por todas. Ya verás, Marie, seré un padre razonable.

Así que todo seguiría como antes. Qué extraño que Paul no se diera cuenta de lo mucho que se parecía a su propio padre. Se aferraba obstinado a convicciones que ya habían demostrado ser absurdas. Leo sería muy infeliz si su padre lo obligaba a hacerse cargo de la fábrica.

—Y también he pensado en los cuadros —prosiguió—. Los compraré, no importa a qué precio. No puede ser que Von Klippstein sea propietario de las pinturas de tu madre. Embalaremos con cuidado todas las obras y las guardaremos en el desván para que se conserven bien.

Lo que pretendía era sacarlas de la circulación e impedir que se expusieran. Paul era muy listo, pero esta vez se había pasado.

—Eso no es lo que quiero, Paul —dijo ella—. El desván no es sitio para esos cuadros. Los pintó mi madre, y quiero que se expongan al público. Se lo debo.

Disgustado, respiró profundamente pero se controló. Marie se soltó de sus brazos y se reclinó en el sofá. ¿Por qué le había dicho eso? Habría bastado con explicarle que no hacía falta que comprara los cuadros.

—Marie, ya sabes que una exposición como esa perjudicaría la imagen de nuestra familia y, por lo tanto, la de la fábrica.

—Pero ¿por qué? Se trata de la pintora Luise Hofgartner, de su desarrollo artístico, de enmarcarla dentro de uno o varios movimientos artísticos.

—Eso no es más que palabrería, Marie. La gente no tardará ni un segundo en ponerse a hablar sobre Jakob Burkard y mi padre.

Claro, ese era el problema. El orgulloso clan de los Melzer no quería dar pie a que nadie comentara que su prosperidad se fundaba en los diseños del pobre y alcohólico, aunque genial, Jakob Burkard. Era cierto que ella se había resignado. Le pidieron perdón. Paul la tomó como esposa. No por mala conciencia, sino porque la amaba. Y sin embargo el destino de sus padres volvía a removerla por dentro. ¿Acaso la historia no se estaba repitiendo? ¿No era de nuevo un Melzer quien quería imponer su voluntad a la hija de Burkard? ¿Someterla?

—Lo siento, Paul. ¡Pero impediré que Ernst von Klippstein te venda su parte de los cuadros!

Sintió que el cuerpo de él se tensaba, que apretaba la mandíbula y adquiría un gesto duro.

—¿Seguirías adelante con la exposición en contra de mi voluntad?

El tono de la pregunta la asustó, sonaba amenazador. Pero en su interior no solo albergaba a la dulce Marie, también había algo de Luise Hofgartner, la mujer que se había enfrentado al rico industrial Melzer.

—No creo que tengamos que discutir eso de momento, Paul. Me parece más importante que la señora Von Dobern se marche de la villa. Por desgracia, debo insistir en ello.

—Ya te he dicho que no quiero hacerle eso a mamá.

—¿Y a mí sí?

Él resopló con rabia, se levantó y se acercó a la ventana. Marie vio que apretaba los puños, oía su respiración.

—¡No puedo despedirla de la noche a la mañana sin más!

—No tienes por qué hacerlo, Paul. Puedo esperar. Pero no regresaré a la villa hasta que la señora Von Dobern se haya marchado.

Ahora estaba furioso. ¿O era más bien desesperación? ¿Impotencia? Dio una patada a la mecedora, que se balanceó a gran velocidad. Los arcos del balancín le recordaron a Marie el cuchillo de media luna con el que Gertrude picaba las hierbas en la cocina.

—¿Es esa tu última palabra?

—Lo siento mucho, Paul. Me veo obligada a ello.

Él agarró con la mano derecha el borde del alféizar, como si necesitara aferrarse a algo.

—Sabes que puedo obligarte, Marie. No quiero recurrir a ese extremo. Pero los niños regresarán a la villa. Hoy mismo. ¡En eso debo insistir yo!

Marie permaneció en silencio. Él podía solicitar el divorcio y llevarse a los niños. Podía cerrar el atelier, que además estaba a su nombre. A ella no le quedaría nada.

—Mientras siga viviendo aquí con Kitty, los niños se quedarán conmigo.

Paul se volvió hacia ella, los ojos le brillaban de rabia. Ay, cuánto se parecía ahora a su padre. Obstinado y tenaz. Un Melzer. Alguien acostumbrado a ganar. ¿Dónde había quedado el amor? Ya no lo encontraba. ¿Cómo podía haber amado a ese hombre hacía tan solo un momento?

—¡Pues me temo que me obligas a tomar medidas, Marie!

Fue hacia la puerta, la abrió de golpe y se volvió una vez más hacia ella como si quisiera decirle algo. Pero apretó los labios y se calló.

—Paul —dijo ella en voz baja—. Paul.

Sin embargo ella también sentía que en ese instante no tenían nada que decirse.

Unos segundos más tarde se cerró la puerta principal, y el motor del coche se puso en marcha a trompicones.

# 22

*Octubre de 1924*

—¡Qué asco, hay gusanos en el repollo!

Gustav caminaba a duras penas por la huerta con una cesta llena de repollos en cada mano. Eran pequeños porque había tenido que cortar unas cuantas hojas para salvar por lo menos el centro. No había quedado nada de esos prometedores brotes gruesos, solo hojas comidas y tronchos podridos. Encima había empezado a llover. Demasiado tarde: unas semanas antes la humedad se habría cargado las malditas moscas, pero así habían puesto sus huevos en los repollos con total tranquilidad.

—Lo que no vendamos lo prepararemos en conserva —se consoló Auguste—. Voy a buscar un rallador y unas cuantas cazuelas grandes de loza a la villa.

Gustav asintió. No les quedaba más remedio. Llamó a Liese y Maxl, que estaban en el pequeño cobertizo atando verdura para la sopa en pequeños haces.

—Amontonadlos en el carro, pero con cuidado. Y poned la lona encima para que no se mojen.

—Sí, papá.

Caía una lluvia fina que calaba la ropa hasta la piel. Había refrescado, el amanecer dejó un matiz blanco sobre el campo. Era principios de octubre y el invierno aún quedaba lejos.

—¿Cómo tienes el pie? —preguntó Auguste, que había visto cómo Gustav cojeaba por la huerta.

—Bien —afirmó él—. Aún está un poco perjudicado, pero ya se está curando. Dame esa cesta de ahí. Quiero recoger zanahorias y apio. Las coles de Bruselas las cosecharemos cuando haya pasado la primera helada.

Auguste asintió y se dirigió al cobertizo, donde podría trabajar sin mojarse. Hansl, de tres años, estaba agachado en el suelo y chapoteaba con las manitas en el lodo gris: tendría que lavar los pantalones, pero por lo menos los dejaba tranquilos. Fritz, en cambio, con nueve meses estaba regordete y fuerte, y se empeñaba en subirse allí donde pudiera. Una o dos semanas más y daría sus primeros pasos. Auguste formaba haces de verdura para la sopa mientras observaba los ásteres y las dalias de colores que Liese había cortado para colocarlos en latas llenas de agua. También se las llevarían enseguida al mercado. Qué lástima no saber hacer ramos tan bonitos como las floristas, que por las mismas flores ganaban como poco el doble de dinero.

Miró parpadeando hacia la gran zona de aparcamiento que pertenecía a los Melzer. «Qué despilfarro», pensó. Era un buen terreno, se podrían cultivar patatas y nabos, crear bancales de hierbas y plantar coliflores. Pero los Melzer eran ricos y no necesitaban nada de eso. Sacaban mucho provecho de su fábrica y se rodeaban de un parque: árboles, césped y flores, solo para los ojos. Había que poder permitírselo.

Por supuesto, no tenía motivos para criticar a los Melzer, pues seguía viviendo con su familia en la casita del jardinero. Era pequeña, y en invierno no conseguían calentar los dos cuartitos que quedaban debajo del tejado, pero a cambio era gratis. Si encima hubiera tenido que pagar alquiler, hacía tiempo que habrían muerto de hambre.

Se inclinó hacia delante para ver qué hacían Gustav y los dos niños mayores en el campo. ¿Aún no habían acabado con las zanahorias y el apio? Tenían que irse ya, montar el puesto del mercado antes de que otro les disputara el sitio. Una vez hecho esto, lavaría a Liese y a Hansl con un trapo húmedo para que en el colegio no los riñeran por llevar los dedos sucios. No sabía en qué pensaba el señor profesor: solo los ricos podían permitirse llevar las manos limpias. En su familia, los niños mayores tenían que trabajar, de lo contrario no tendrían para vivir los seis. Así era, señor profesor. Y si no se lo creía, podía acompañarlos a recoger unas cuantas zanahorias. ¡Luego veríamos cómo se le quedaban los dedos!

—¡Gustav! ¡Date prisa! ¡Tenemos que irnos! —gritó, y luego agarró rápido las hierbas para colocarlas en cestitas. El perejil, el eneldo y el cebollino estaban en casi todos los puestos del mercado, pero ellos tenían también mejorana y estragón, romero y tomillo. Las cocineras de las casas ricas las compraban para ponerlas en los asados y las salsas. Siempre se ganaba algo con ellas.

Gustav y los dos mayores subieron al carro, protegido de la lluvia con una lona. Ojalá tuvieran un caballo. O mejor, un automóvil. Sin duda, ya podía enterrar todos esos sueños. En unas semanas el sueldo habría quedado reducido a un importe que apenas cubría el pago del puesto en el mercado. A finales de noviembre se terminarían las flores y luego solo habría coles de Bruselas, cebollas y zanahorias. Las zanahorias se almacenaban en el sótano de la casa del jardinero, las metían en jarras llenas de arena y así se conservaban jugosas y frescas durante todo el invierno. Un invernadero, esa era la clave. Un gran invernadero con mucha luz y que se pudiera calentar en invierno. Así podrían cultivar flores y hierbas todo el año.

—Bien hecho, vosotros dos —oyó que les decía Gustav a los niños—. Habéis sido muy aplicados. Corred con mamá a buscar vuestro desayuno.

Le dio una palmadita a Liese en el gorro y a Maxl un cachete cariñoso en el trasero. Auguste sacó las rebanadas de pan y sirvió leche en los vasos. No había mantequilla, solo un poco de mermelada que había quedado demasiado líquida y por tanto no se podía vender.

—Mamá, me duelen los pies —se quejó Liese—. Es porque siempre tengo que encoger los dedos.

Hacía tiempo que los zapatos se le habían quedado pequeños, y Maxl tenía los pies tan grandes que no le entraba el calzado usado de Liese. Tendría que comprarles zapatos a los dos, pues Maxl también tocaba con los dedos la parte delantera. Antes los Melzer les regalaban ropa y calzado de vez en cuando, pero desde que Marie Melzer ya no estaba en la villa no se podían pedir semejantes favores. La señora Alicia rompía a llorar en cuanto le mencionaban a sus nietos.

Fritz berreaba furioso en el cobertizo porque Auguste lo había atado a la puerta con una cinta por precaución. De lo contrario, en libertad, emprendía a gatas un viaje de descubrimiento y ella acababa sacándolo del campo embarrado como un nabo.

—¿Listos? —preguntó Gustav al tiempo que dejaba en el carro las cestitas con las hierbas y las verduras para la sopa.

—Cómetela. Hasta esta tarde no habrá más.

Le tendió la rebanada de pan con mermelada y él dio unos cuantos mordiscos con desgana. Luego partió el resto en pedacitos y se los dio a Hansl, que ya los pedía, hambriento. Por mucho que dijeran, esos tres niños no parecían pasar hambre, al contrario. Solo Liese estaba delgada, ya tenía once años y crecía a lo largo.

Auguste metió a los más pequeños en el viejo carricoche que le habían regalado los Melzer y en el que habían paseado Paul, Kitty y Lisa. Hansl tenía que sentarse delante de Fritz, en el borde, y así iban muy bien. Gustav se colocó delante del carro de la verdura para tirar de él, Liese y Maxl empujaban por detrás, y la caravana se puso en movimiento poco a poco. Era un trabajo muy pesado, sobre todo después de haber estado lloviendo toda la noche, pues se hundían en el suelo fangoso del camino que llevaba a la carretera.

«Así no podemos seguir», pensó Auguste. «Gustav es un hombre valiente y trabajador. Un tipo decente al que no le gusta engañar a nadie. Y por eso nunca llegará a nada. Así es la vida, la gente modesta se hunde. Solo sube quien abre la boca del todo y se atreve a algo.»

Pasaron por Jakoberstrasse y junto a la torre Perlach en Karolinenstrasse, donde se encontraba el mercado de verduras. Fue un viaje interminable sobre el adoquinado irregular y las aceras mojadas; el viejo carricoche chirriaba y se lamentaba, parecía que se fuera a desmontar. Por supuesto, su lugar preferido ya estaba ocupado, tuvieron que conformarse con un rinconcito junto a la lechería. Por lo menos quedaban al resguardo de la lluvia, pues Gustav pudo fijar la lona en un gancho en la pared del edificio.

—Hoy no habrá muchos clientes —dijo el del puesto vecino, que vendía patatas, ciruelas y manzanas—. Cuando llueve así, la gente se queda en casa.

—Esta tarde despejará —afirmó Auguste.

No tenía ni idea de por qué estaba tan segura, pero algo había que hacer contra tanta melancolía. Vendió dos ramitos de hierbas para sopa a una ayudante de cocina calada hasta los huesos, luego algunas mujeres se pararon a mirar los repollos pero al final prefirieron comprar en otro sitio. Auguste se estaba congelando, los niños también tiritaban, Maxl ya tenía los labios azules.

—Lavaos los dedos.

El colegio aún no había empezado, pero por lo menos ahí estarían a cubierto. Si el conserje se mostraba comprensivo, los dejaría pasar. Auguste dejó a Maxl con Gustav y metió hierbas y flores en el cochecito con Fritz.

—Voy a ver a Maria Jordan —le dijo a Gustav—. Que ella escoja lo que quiere quedarse.

Gustav se sentó en una caja y se puso al pequeño en el regazo.

—Ve. Tampoco hay mucho movimiento.

Gustav siempre parecía satisfecho. Rara vez se quejaba, nunca echaba pestes. La única pega era que por la noche tenía que beberse su cerveza. Para ahuyentar las preocupaciones, decía. A veces Auguste preferiría que Gustav tuviera su propia opinión, que diera un puñetazo en la mesa y dejara claro quién estaba al mando. Sin embargo, no era su estilo. Él esperaba con paciencia a que ella decidiera, y obraba en consecuencia.

La lluvia cedió un poco, la bruma que se había posado sobre los tejados se disipó y la ciudad adquirió un aspecto más amable. Las calles se animaron, pasaron carruajes de caballos cargados con todo tipo de barriles y cajas, aquí y allá se veían los primeros automóviles, y un coche de tiro también pasó como un rayo. En el tranvía se amontonaban los empleados que se dirigían a sus despachos y negocios. Algunos solían ir a pie al trabajo para ahorrar dinero, pero con esas lluvias preferían llegar secos. Auguste miraba con envidia a las mujeres bien vestidas que se apeaban en las paradas, se apresuraban a abrir los paraguas y se dirigían a sus puestos de trabajo. No tenían necesidad de ir por ahí con repollos mugrientos y cuatro niños pequeños. Se sentaban en un despacho precioso bien secas, tecleaban en su máquina de escribir, trabajaban de secretarias en correos o eran dependientas en una tienda bonita. En el otro lado de la calle vio el atelier de la señora Melzer. Hacía unas tres semanas que había abierto de nuevo, las clientas pudientes entraban y salían, incluso se decía que la esposa o la hija del alcalde le hacía encargos. Auguste cogió en brazos a Fritz, que se puso a bramar, y aguzó la vista para ver mejor detrás del gran escaparate. ¿La que corría con un montón de telas en el brazo era Hanna? No, era esa mujer que fue una vez a la villa de las telas con su hijo. Un amigo del colegio de Leo, un judío. Aquel día la institutriz los echó a los dos. ¿Es que esa judía trabajaba para la señora Melzer? Vaya, a esa no le asustaba nada.

Auguste bromeó con Fritz para animarlo un poco, luego volvió a meterlo en el cochecito y apuró el paso. Desde Perlach salía la Maximilianstrasse hasta Milchberg, donde Maria Jordan tenía su negocio. No era la zona más elegante y quedaba bastante apartada, pero a ella le convenía. La gente que iba para conocer su futuro no siempre quería ser vista. Tuvo que parar porque el pequeño se puso a llorar y patalear, y le dio miedo que se le cayeran las hierbas del carricoche. Compró dos *pretzel* a una vendedora, le dio uno al niño y el otro se lo comió ella. Con eso se gastó lo que había ganado con la venta de las hierbas para la sopa.

Se consoló pensando que en la villa de las telas la situación de los Melzer tampoco era la mejor, pese a todo su dinero. La joven señora Melzer seguía viviendo con sus hijos en Frauentorstrasse, se hablaba de divorcio y de una resolución judicial para que los niños volvieran a la villa, pero entretanto parecía que el señor Melzer no hacía nada. Su madre, en cambio, se sentía muy desgraciada porque añoraba mucho a sus nietos. Con todo, lo peor era esa bruja, la nueva ama de llaves, Serafina von Dobern. Era la encarnación del mal. No, en la villa nunca había vivido nadie tan malo, superaba con creces a Maria Jordan. Se había apropiado del despacho de la señorita Schmalzler y se había instalado ahí. Gertie debía llevarle el desayuno todas las mañanas, pues con los demás empleados solo compartía la cena. Después del desayuno aparecía en la cocina y repartía órdenes, refunfuñaba, reprendía, exigía e insultaba, hasta que todos se alegraban cuando por fin se iba. Se excedía sobre todo con Gertie porque esta le contestaba. Una vez incluso desacreditó a la pobre chica delante de la señora Alicia, de manera que luego la convocaron en el comedor y le cantaron las cuarenta. Por supuesto, todo eran mentiras que contaba Von Dobern sobre ella: que había roto copas e incluso que había robado un plato de la vajilla buena. En realidad, esos platos estaban en el despacho del ama de llaves, que con frecuencia se servía sin preguntar de la lata de galletas de la señora Brunnenmayer. Else siempre se ponía del lado de la más fuerte, claro, y por desgracia era la señora Von Dobern. Julius ya estaba buscando otro puesto, pero por el momento no había encontrado nada. Procuraba hacer caso al ama de llaves y no dejar que sus comentarios maliciosos lo afectaran, pero se notaba que le suponía un esfuerzo. Con frecuencia al pobre chico se le ponía la cara amarilla de rabia. La única que hacía frente al ama de llaves era la señora Brunnenmayer. Con ella llevaba las de perder. Cuando le daba órdenes, la cocinera no le hacía caso. Seguía con su trabajo como siempre y no le prestaba más atención que a una mosca en la pared. Como mucho se permitía bromear con ella. Cuando la señora Von Dobern exigió tomar el té de la mañana con azúcar perlado, la señora Brunnenmayer le puso canicas de cristal en el azucarero. Las había cogido Gertie de la habitación de los niños. Jesús bendito, cómo se enfadó el ama de llaves. Como si fuera un atentado contra su persona. Quiso llamar a la policía y amenazó a la cocinera con enviarla a la cárcel hasta el fin de sus días. Afirmó incluso que antes, con el emperador, la señora Brunnenmayer habría acabado en la horca.

Auguste se paró con brusquedad, y una cestita de estragón estuvo a punto de caerse del carricoche. ¿La que estaba delante de la columna de anuncios no era Gertie? Sí, claro. Llevaba una cesta colgada del brazo y un pañuelo atado en la cabeza para protegerse de la lluvia, pero Auguste la reconoció por la falda granate estampada. Antes era de la señorita Elisabeth, que se casó con el teniente Von Hagemann y ahora vivía con él en la finca de Pomerania. Pobre tipo, Von Hagemann. Había sido un hombre apuesto, elegante de verdad. Auguste se obligó a no seguir pensando en el pasado y se acercó a la desprevenida Gertie.

—Mírate, Gertie. Andas ensimismada.

Se llevó una decepción al ver que la chica no se asustaba en absoluto. Se limitó a girar despacio la cabeza y sonrió con alegría a Auguste.

—¡Hola, Auguste! Os he oído desde lejos. El cochecito chirría como una granja de gorriños. ¿Vais al mercado de verduras con vuestras hierbas?

—No, estas son para Maria Jordan.

—Ah.

Auguste lanzó una mirada al cartel que Gertie tenía delante de las narices, pero solo descifró «asociación de señoras cristianas», lo demás estaba en una letra demasiado pequeña.

—¿Es que quieres irte a un convento?

Gertie soltó una carcajada. Todos los días se las tenía que ver con la nueva ama de llaves, pero no por eso iba a decir adiós al mundo.

—Ofrecen cursos, mira. Los cursos para criadas domésticas duran dos meses y medio. Los de doncella, tres meses. Y no cuestan nada.

Mira tú por dónde, Gertie quería ascender. Directa a doncella. Bueno, si no era un esfuerzo excesivo.

—¿Y qué se aprende ahí? ¿También lo dice?

Gertie siguió la línea con el dedo mientras leía en voz alta.

—Aquí: «Formación en buenos modales y educación. Adquisición de buenas maneras. Servicio y preparación de mesas. Peinado. Planchado. Costura. Cuidado de la colada y limpieza de lámparas».

—Casi todo eso ya lo sabes.

La chica retrocedió un paso y se encogió de hombros.

—Claro que ya lo sé, pero me faltan la educación y los buenos modales. Además, si haces uno de estos cursos te dan un diploma, y lo puedes presentar cuando solicitas un puesto. ¿Me entiendes?

Auguste asintió. Gertie no iba a durar mucho como ayudante de cocina. Quería avanzar, y tenía madera para ello. ¿Por qué ella no había llegado más que a segunda criada? Ay, los amoríos.

Con el sirviente Robert. El teniente Von Hagemann. Luego vino el niño para el que necesitaba un hombre. El matrimonio con Gustav. Y después tuvo un crío tras otro. Gertie, en cambio, era demasiado lista para enredarse con un tipo.

—Sería una pena que te fueras de la villa de las telas, Gertie —dijo, y era sincera.

Gertie suspiró y luego confesó que para ella tampoco era fácil, pero desde que esa falsa extendía sus redes por todas partes, muchas cosas habían ido a peor en la villa.

—Tú tienes la huerta y a tu familia —comentó Gertie—. Pero nosotros tenemos que lidiar día y noche con esa arpía. Es duro.

Auguste asintió. Esa muchacha no tenía ni idea. Pensaba que tener una familia y una huerta era una delicia y las preocupaciones por el pan diario una diversión. Recogió la mitad del *pretzel* que Fritz había tirado desde el carricoche, lo limpió en la falda y lo metió en la bolsa.

—Tenemos que ponernos en marcha —dijo al tiempo que lanzaba una mirada hacia la torre del ayuntamiento, bañada por el sol. Había acertado, estaba despejando.

—Sí, yo también tengo que seguir. La señora Brunnenmayer me ha hecho una larga lista de la compra. Adiós, Auguste.

Las dos casas de Maria Jordan se veían de lejos, pues eran las únicas que lucían un revoque nuevo y pintura clara. Eran pequeñas y bajas, pero estaban bien. Mucho mejor que una casa de jardinero donde solo se padecían sufrimientos. El joven empleado colocó una mesa en la acera y empezó a poner encima todo tipo de productos: botecitos con ungüento milagroso y pequeños frascos con especias de Oriente, preciosas coronas de flores, marquitos de plata, una bufanda de seda, una bailarina desnuda de bronce.

—Hola, Christian. ¿Está dentro la señorita Jordan?

Se puso muy rojo cuando le dirigió la palabra, seguramente porque estaba siguiendo con el dedo el contorno de la bailarina.

Era buen chico. Y tenía unos ojos grandes y azules. Esperaba que no se enamorara de Maria Jordan, ese mal bicho.

—Sí, sí. Espere, que la ayudo con el cochecito.

Dejó los artículos de exposición y agarró el carrito por delante para que pasara mejor por la puerta.

Luego se alegró cuando Fritz le sonrió y le agarró la bata gris.

—Yo tenía un hermano pequeño —le contó a Auguste—. Murió de escarlatina, hace ya cinco años.

—Vaya —dijo Auguste—. Pobrecito.

En realidad, ella podía estar contenta de que sus cuatro hijos de momento apenas hubieran enfermado. Morían muchos niños, sobre todo en los barrios donde vivían los pobres. Era horrible tener que enterrar a un ser tan pequeño e inocente, pero ella no lo iba a permitir. Como Gertie, ella también quería progresar.

La puerta del cuarto trasero estaba abierta, y Maria Jordan apareció en la tienda. Iba muy guapa, podía permitírselo. Llevaba un vestido oscuro con el cuello bordado, de lejos parecía una chica joven. Era delgada, eso la favorecía. De cerca se le veían las arrugas en el rostro, claro, ya debía de acercarse a la cincuentena.

—Hola, Auguste. ¿Qué preciosidades me traes?

Observó las hierbas y las flores, arqueó las cejas y luego dijo que solo necesitaría un poco de estragón y mejorana. Y también tomillo. ¿Tenía romero?

La señorita Jordan era una lista. La mayoría de las hierbas las secaba y las mezclaba para hacer unos pequeños cojines aromáticos. O las metía en vasitos como sales de baño. Con efectos curativos, por supuesto. Sin esas promesas, nadie compraría esos engendros apestosos por tanto dinero.

—¿Y las flores?

Maria Jordan negó con la cabeza. En ese momento no tenía clientes que pidieran flores.

—¿Lo has pensado? —preguntó luego a media voz.

—Sí, pero no por el treinta por ciento. ¡Eso es casi una tercera parte!

—Muy bien —repuso la señorita Jordan—. Pasa. Llegaremos a un acuerdo.

Le ordenó a su empleado que se ocupara de la tienda y vigilara el cochecito, y le indicó con un gesto a Auguste que pasara atrás.

Era la primera vez que entraba en la habitación que tantos cuchicheos y especulaciones provocaba. No había para tanto. Las paredes eran muy normales, cubiertas con tapices; había una cómoda, un diván y una mesita con una lámpara verde en forma de paraguas que arrojaba una luz suave. Por supuesto, en el suelo había una alfombra con motivos orientales, y en el diván varios cojines de seda. Pero nada de eso era inquietante. Como mucho, las imágenes de las paredes en el cuarto sin ventanas eran un tanto peculiares. Había un sultán con un turbante verde que miraba boquiabierto a un montón de mujeres que se bañaban desnudas. También se veía el dibujo de la cabeza de una chica con el rostro oculto tras un velo negro. Y un paisaje de rocas puntiagudas bajo la luz de la luna. Eso sí resultaba un poco terrorífico.

—Siéntate.

Tomó asiento en una silla enfrente de Maria Jordan y comprobó que la mesita era una bonita pieza de marquetería. En la villa había una parecida, en la habitación de los señores. La señorita Jordan debía de ganar dinero de verdad para permitirse muebles tan caros.

—Bueno, porque eres tú, Auguste. Y porque hace mucho que nos conocemos. Veintiocho...

—Sigue siendo demasiado. No ganaremos dinero en cuanto construyamos el invernadero. Primero tenemos que plantar. Eso nos llevará hasta marzo.

Maria Jordan asintió, también lo sabía.

—Por eso no os reclamo el dinero enseguida. Pagas un importe todos los meses. Al principio poco, y cuando ganéis dinero pagáis más. Te lo escribo todo al detalle, y tú firmas debajo.

—Veinticinco.

—¡Para eso ya te lo regalo!

—Veinticinco por ciento. Y, como mucho, al cabo de un año tienes tu dinero. Con intereses.

—Veintiséis por ciento. Es mi última oferta. Y estoy siendo generosa. Piensa en la inflación.

—Vamos, eso ya pasó. Ahora tenemos el marco imperial y ya no hay inflación.

Con un profundo suspiro, Maria Jordan accedió al negocio. Veinticinco por ciento de intereses, a un año. Cinco mil marcos en mano.

—De acuerdo —dijo Auguste; tenía el corazón tan acelerado que notaba la vibración en la garganta.

Vio que sacaba una carpeta de piel del cajón de la cómoda, ponía un tintero encima de la mesita y sumergía la pluma. El utensilio para escribir se deslizó con un rasguño sobre el papel, anotó plazos, fechas, pagos. No hacía falta que pagara nada hasta enero, luego empezarían las cuotas mensuales. Si se retrasaba más de dos meses, Maria Jordan tenía derecho a reclamar de inmediato el importe total pendiente y, si era necesario, confiscar sus bienes.

—Léetelo con calma. Y luego firma ahí debajo.

Le dio el papel y Auguste se esforzó en descifrarlo. La lectura nunca había sido su fuerte, y la letra minúscula de Maria Jordan no lo facilitaba. En la tienda había clientes, oyó lloriquear a Fritz y le preocupó que se cayera del carrito.

—Está bien. Que la Virgen María se apiade de mí.

Escribió «Auguste Bliefert» con una letra torpe y rígida y le devolvió la hoja.

—Ya ves, no ha sido tan difícil. Y ahora te doy el dinero.

Maria Jordan se levantó y descolgó el cuadro de la cabeza

de la chica. Auguste no podía creer lo que veían sus ojos. Detrás del cuadro había una puertecita de hierro con una cerradura y encima algo redondo, como una tuerca grande. Maria Jordan se metió la mano debajo de la blusa y sacó una llavecita que llevaba colgada al cuello de una cadena de plata. Auguste vio cómo metía la llave en la cerradura y luego giraba la tuerca. La puerta metálica se abrió, pero la señorita Jordan se colocó de manera que Auguste no viera, por mucho que quisiera, lo que ocultaba tras la puerta.

—Cuéntalo —dijo, y dejó delante de Auguste, en la mesita, un paquetito envuelto en papel marrón.

La muy astuta lo tenía todo preparado. A Auguste le temblaban las manos cuando desató el cordel y abrió el papel. En su vida había visto tanto dinero, apenas se atrevía a tocarlo.

—Son todo billetes nuevos. Marcos imperiales, buenos y fiables —dijo Maria Jordan, que la miraba por encima del hombro—. Los he ido a buscar al banco a primera hora.

Eran billetes de diez, veinte y cincuenta marcos. También había algunos de cien. Auguste hizo de tripas corazón y se puso a contar, ordenó los billetes según su valor, los sumó, los volvió a contar dos veces más y comprobó que todo era correcto.

—Ten cuidado al cruzar la ciudad. Hay ladrones por todas partes, no les asusta nada.

Auguste envolvió con cuidado su tesoro y ató el cordel.

—No sufras, lo pondré en el cochecito, debajo del colchón.

A Maria Jordan le pareció una idea fantástica.

—¡Pero vigila que no se mojen los billetes, Auguste!

—Y qué más da. El dinero no huele mal.

## 23

—Siento mucho la espera, viejo amigo —dijo el abogado Grünling al tiempo que le tendía la mano a Paul con jovialidad—. Ya sabes, un imprevisto. Una clienta a la que no podía rechazar.

—Claro, claro.

Paul le estrechó la mano y puso al mal tiempo buena cara. ¿Qué remedio le quedaba? Mientras esperaba en la antesala sentado en la butaca tapizada de terciopelo, había oído parte de la llamada de Grünling. Una clienta... tal vez. Es cierto que no podía rechazarla, pero sin duda el supuesto imprevisto era de índole privada. Grünling, tan frívolo, estaba concertando una cita.

—Siéntate, querido. ¿La señorita Cordula te ha servido un café? ¿No? Eso es inadmisible.

Paul logró impedir que a la guapa secretaria le cayera una reprimenda. Se lo había ofrecido varias veces, pero él rechazó la oferta.

—Ya he tomado dos tazas en la villa y otra en la fábrica. Con eso debería bastar.

Grünling asintió satisfecho y se sentó a su escritorio. Era un mueble extraordinario, barroco de Gdansk, la piel de color verde oscuro, un vade con un estampado oriental. Tras él, Grünling parecía un pequeño mono con gafas. Sobre todo en ese momento, con las manos sobre la barriga.

—¿En qué puedo ayudarte?

Paul procuró mantener una postura relajada. Hacía muchos años que Grünling trabajaba para la fábrica de paños Melzer como asesor jurídico. En su momento, su padre lo eligió porque, en palabras de papá, era un zorro astuto. Y discreto. Eso era muy importante.

—Necesito consejo, Alois. Se trata de un asunto personal.

—Entiendo —contestó Grünling sin dar la más mínima señal de sorpresa.

Claro que no le sorprendía. En Augsburgo era un secreto a voces que el matrimonio Melzer no se encontraba en su mejor momento.

—Necesito algunos detalles sobre... el proceso de divorcio. Solo por saber. Para estar preparado para posibles coyunturas.

Grünling siguió inmutable, se irguió y apoyó los brazos en el escritorio.

—Bueno. Este año el proceso de divorcio ha sufrido una profunda modificación por ley parlamentaria. El planteamiento es que el matrimonio se mantenga lo máximo posible y el divorcio sea el último recurso.

—Sin duda.

—La principal novedad es el añadido de que el hombre y la mujer son iguales. Por desgracia, durante los últimos años cada vez son más las mujeres que hacen uso de la opción del divorcio. Una triste consecuencia de la actividad profesional femenina. —Grünling se colocó bien las gafas y se levantó para coger los textos legales, guardados en un archivador—. La responsabilidad sigue siendo del tribunal regional. El demandante necesita un motivo de peso para obtener el divorcio. El divorcio de mutuo acuerdo, como exigen algunos diputados de la izquierda, tampoco existirá en el futuro.

—¿Y qué se aceptaría como «motivo de peso»? ¿El adulterio?

El abogado hojeó los papeles, puso el dedo sobre un renglón en algunos puntos, movió los labios sin emitir sonidos y siguió pasando páginas.

—¿Cómo? ¡Sí! El adulterio, por supuesto. Pero hay que demostrarlo y respaldarlo con declaraciones de testigos. Y, aun así, luego hay una comparecencia de expiación ante el tribunal administrativo a la que deberían presentarse el demandante y el demandado. Ahí se determina hasta qué punto el matrimonio se puede mantener o si los obstáculos son tan grandes que ya no hay esperanzas. Solo entonces se inician las negociaciones sobre la demanda de divorcio.

—¿Y cuánto suele durar el procedimiento?

Grünling se encogió de hombros.

—No se puede saber con precisión, pero cuenta que unos meses. ¿Te lo estás planteando en serio, Paul? —dijo, y se sentó en el borde del escritorio—. Luego habría unos cuantos detalles que deberías tener en cuenta. Para evitar complicaciones. Ya me entiendes.

A Paul no le gustaba la actitud de entre confianza y desprecio del abogado. Nunca había soportado a Grünling; era un enano odioso que se había hecho rico tras la guerra gracias a su habilidad para los negocios. Sin embargo, era sobre todo el tema del divorcio lo que lo ponía de mal humor y hacía que viera a Grünling peor de lo que se merecía.

—No me lo estoy planteando en serio, Alois, pero te agradezco los consejos.

—Lo que necesites, amigo. A fin de cuentas, ya ayudé a tu padre con algún que otro apuro. También está el atelier que dirige tu esposa en Karolinenstrasse. Muy generoso por tu parte. Ya sabes que solo puede abrir negocios con tu consentimiento. En caso de urgencia, lo adecuado sería cerrar el negocio y borrar la entrada en el registro comercial.

Paul se quedó callado. El abogado no le estaba contando nada nuevo, pero hasta entonces se había negado a dar ese paso. De ese modo le quitaría a Marie su fuente de ingresos, pero ¿qué ganaría él con eso? ¿Acaso ella volvería arrepentida a la villa? Seguramente no. Solo conseguiría enrocar aún más los frentes.

—¿Qué motivos me ofrece la ley para llevarme a los niños de vuelta a la villa de las telas?

Grünling respiró hondo mientras Paul lo miraba poco esperanzado.

—Bueno, podría ser resultado de lo anterior. Si tu cónyuge careciera de dinero, se podría demostrar que los niños están desatendidos en su domicilio actual, o incluso abandonados.

—Se están echando a perder —lo interrumpió Paul, furioso—. Sus cualidades se están encauzando en la dirección equivocada. Los va a convertir en personas incapaces de llevar su propia vida. —Paul se interrumpió al percatarse de que había levantado la voz, y a él mismo le resultó desagradable.

Grünling abandonó su asiento en el borde del escritorio y regresó a su butaca. Esbozó una sonrisa apaciguadora y continuó a una distancia segura.

—Lo más importante sería reunir pruebas. Poner por escrito las declaraciones de testigos, con fecha y firma para que sean válidas ante un tribunal. Tanto lo relativo a la situación de tus hijos como a la fidelidad de tu esposa.

Paul tuvo que contenerse para no dejarse llevar de nuevo por la ira. Pese a que aún sospechaba que Ernst von Klippstein se había acercado a su esposa, no tenía intención de hablar del tema con Grünling.

—No va a ser fácil —comentó, con reservas.

—Para estos casos existen profesionales que cuestan dinero pero hacen un buen trabajo.

Paul torció el gesto y comprendió que su interlocutor hablaba de contratar a un detective. ¡Vaya idea! Eso solo podía concebirlo el cerebro de un frío jurista. ¿De verdad Grünling creía que estaba dispuesto a hacer que alguien espiara a sus hijos, o incluso a Marie?

—Gracias por tus amables consejos, si se da la ocasión tal vez vuelva. No quiero hacerte perder más tiempo.

Ese zorro astuto, como lo definía papá, no parecía en absoluto avergonzado. Al contrario, le dedicó una sonrisa comprensiva, le tendió la mano sobre el escritorio y le dijo que, en caso de necesidad, estaba a su servicio.

—No siempre es fácil tratar con el sexo débil —añadió—. Es especialmente agotador con mujeres a las que tenemos cariño. Créeme, querido Paul, tienes delante a un hombre que habla por experiencia.

—¡Seguro! —repuso Paul con brusquedad.

Se alegró de salir del despacho del abogado, espacioso y amueblado con ostentación, y bajó a toda prisa por la escalera hasta la calle. «Un hombre que habla por experiencia.» ¡Será ignorante! Paul estaba seguro de que el abogado nunca había amado a una mujer. ¿Cómo iba a hacerlo? Allí donde los demás tenían un corazón en el pecho, Grünling tenía una cartera llena.

Más tarde, en su despacho, mientras se bebía un café y se sumergía en el trabajo, Paul se calmó y vio la situación con otros ojos. Pese a todo, se había enterado de algunos detalles del divorcio que le serían útiles en una conversación con Marie. Por desgracia, durante las últimas semanas no habían logrado ningún acercamiento, estaban en un punto muerto, los frentes enrocados se habían consolidado aún más. Estuvo pensando por enésima vez si sería inteligente escribirle una carta. Un texto bien pensado, equilibrado, en el que le propusiera un acuerdo amistoso. También podría ceder, claro. Si ella estuviera dispuesta a volver, él hablaría con mamá, y la señora Von Dobern tendría que irse de inmediato. Pero no prepararía el terreno hasta que Marie se comprometiera a volver. No lo haría por adelantado, como un anticipo, por así decirlo. Así no. No iba a dejarse dominar por ella bajo ningún concepto. Si quería un marido calzonazos, se había equivocado de persona. En ese caso tendría que quedarse con Ernst von Klippstein.

Kitty, que hablaba por teléfono con mamá con toda naturalidad, le había contado que Von Klippstein era un huésped bien considerado y querido en Frauentorstrasse, a resultas de lo cual mamá le prohibió la entrada en la villa.

—Ese hombre que considerabas tu amigo ya tenía a Marie en el punto de mira. En el hospital se le declaró, me lo contó Kitty.

Era increíble lo maleables que podían llegar a ser las mujeres. Y ahora incluso mamá. ¿No había definido durante años a Von Klippstein como «un pobre hombre encantador» y lo invitaba siempre que podía a la villa? Descartó la idea que de vez en cuando lo atormentaba: no, Marie le era fiel. Nunca lo había engañado. Ni siquiera cuando él estuvo en la cárcel rusa y Ernst, según mamá, le declaró su amor. Ni tampoco después.

En su familia no había habido adulterios, dobles vidas ni divorcios, y así seguiría siendo. Marie y él habían tenido una fuerte disputa conyugal que pronto estaría olvidada. Nada más.

Decidió ir caminando a la villa para almorzar. El tiempo era seco y soleado, solo el viento molestaba un poco, pero el aire fresco y el paseo le sentarían bien. Por algo su padre, salvo durante los últimos meses, recorría ese trecho siempre a pie. En la antesala, donde las dos secretarias estaban comiendo un bocadillo de embutido, lanzó una mirada rápida a la puerta del despacho de Von Klippstein.

—El señor Von Klippstein está en su mesa —dijo la señorita Hoffman con la boca llena, y luego se sonrojó—. Disculpe.

—Muy bien —dijo él, y continuó en un tono militar irónico—. ¡Retrocedan, descansen, sigan comiendo!

Les hizo gracia la broma y se rieron. Bien.

Azotado por el viento y con el abrigo ondeando, entró en los terrenos de la villa. El paseo tenía sus ventajas, había visto bastantes ramas caídas en el parque: ya era hora de que alguien se ocupara de los árboles. Desde que solo Gustav cuidaba el parque de vez en cuando, estaba asilvestrado. Necesitaban contratar a un jardinero; hablaría de ello con mamá.

Else le abrió la puerta, hizo una reverencia y le cogió el abrigo y el sombrero.

—¿Mi madre está bien?

Aquella pregunta se había convertido en una costumbre, pues Alicia sufría a menudo migrañas y otras dolencias. Aun así, casi siempre aparecía para el almuerzo.

—Por desgracia no, señor Melzer. Está arriba, en su habitación.

Else hizo una mueca compasiva sin abrir la boca. Era raro, pero se habían acostumbrado.

—La señora Von Dobern quiere hablar con usted.

No le venía bien, pero tendría que hacerlo. Desde que Serafina von Dobern se había convertido en objeto de disputa familiar, su presencia lo sacaba de quicio. Por supuesto, no era culpa de ella, en eso había que ser justos. La pobre hacía bastante mal su trabajo; por desgracia, Marie tenía razón.

—Lo está esperando en el salón rojo.

Así que sería antes de comer. Bueno, mejor acabar con eso cuanto antes. Supuso que quería quejarse otra vez de los empleados y, como mamá estaba indispuesta, acudía a él. De todos modos, no le gustaba nada que se hubiera apropiado del salón rojo. La señorita Schmalzler jamás se lo habría planteado.

—Dígale que pase a mi despacho.

A Paul le molestó que lo entretuviera, tenía hambre. Oyó cerrarse la puerta del salón rojo. De acuerdo, la señora estaba ofendida porque no había aceptado su invitación en el salón. Paul se propuso bajarle los humos.

—Siento haberlo retenido —dijo Von Dobern al entrar—. Tenía que escribir una carta en limpio que su madre me dictó a toda prisa.

Paul asintió y señaló una silla sin decir nada. Él se sentó tras el escritorio, el mueble donde Jakob Burkard escondió sus planos de construcción. Habían pasado diez años desde que él y Marie los encontraron. Marie... Cómo la quería entonces.

Qué feliz fue cuando ella aceptó su proposición. ¿Acaso ahora las sombras del pasado eran más fuertes que su amor? ¿Podía ser que la deuda de su padre destrozara su felicidad?

—Su madre me ha encargado que lo informe de un imprevisto —dijo Serafina von Dobern con la mirada clavada en él y una sonrisa educada.

Paul se contuvo. Tenía poco sentido dejarse llevar por ideas turbias.

—¿Por qué no habla ella conmigo?

La sonrisa de Serafina pasó a transmitir lástima.

—Su madre ha recibido esta mañana una llamada telefónica que ha perjudicado en extremo su sistema nervioso, ya de por sí delicado. Le he dado un calmante, bajará para el almuerzo, pero ahora mismo no está en condiciones de mantener largos debates.

Con la aprobación del doctor Greiner, Serafina le daba un poco de valeriana de vez en cuando a su madre. Según le había explicado el médico, era inofensiva, sobre todo porque la dosis que le recetaba era mínima.

Paul se preparó. ¿Por fin habían recibido una llamada de Marie? ¿Había decidido pedir el divorcio? Qué locura. ¿No había dicho Grünling que cada vez más mujeres presentaban la demanda? Era una consecuencia de la incorporación de la mujer al trabajo.

—Lamento decirle que va a haber un divorcio —dijo Serafina interrumpiendo sus pensamientos.

¡Así que era verdad! Notó que se sumía en un abismo. Iba a perder a Marie. Ya no lo quería.

—Un... divorcio —dijo despacio.

Serafina observó con atención el efecto que tenían sus palabras y aplazó un poco la continuación.

—Sí, por desgracia. Su hermana Elisabeth ha llamado desde Kolberg para comunicarnos que ha presentado la demanda para divorciarse de Klaus von Hagemann. A petición de su marido, el proceso se llevará a cabo aquí, en Augsburgo, en el tribunal regional.

¡Lisa! Era Lisa la que se divorciaba. Por la razón que fuera. Lisa, y no Marie, había pedido el divorcio. Sintió un alivio infinito y al mismo tiempo le dio rabia haber mostrado sus sentimientos de forma tan abierta a Serafina.

—Vaya —murmuró—. ¿Ha dicho también cuáles son sus intenciones?

—Al principio se instalará aquí, en la villa. No sabemos qué otros planes tiene.

Imaginaba que esa noticia, que Lisa habría comunicado a su manera, breve y concisa, representaba una catástrofe para mamá. Qué escándalo. Además de las habladurías de la alta sociedad de Augsburgo sobre el plantón de la esposa de Paul Melzer, ahora Elisabeth se divorciaba de su marido y volvía a la casa familiar. Encima había rumores constantes sobre la supuesta vida disipada de la joven viuda Kitty Bräuer, que frecuentaba a distintos artistas jóvenes con toda naturalidad. La vida familiar de los Melzer volvía a ser el tema preferido de los cotillas de Augsburgo.

—¿Me permite un comentario?

—¡Por favor!

Serafina parecía un tanto cohibida, algo que le sentaba bastante mejor que la sonrisa forzada. Bueno, procedía de una familia noble donde solo se mostraban los verdaderos sentimientos en situaciones excepcionales. Lo sabía por mamá.

—Por mi parte, me alegro mucho de que Lisa regrese. Tal vez recuerde que somos amigas. Creo que ha tomado una decisión difícil pero correcta.

—Es posible —admitió él—. Por supuesto, Lisa es bienvenida en la villa y tendrá todo mi apoyo.

Serafina asintió, parecía sinceramente emocionada. Pese a ser una persona agotadora, también tenía su lado bueno, y en cuanto a su aspecto insulso, no podía hacer nada.

—Es muy afortunada de tenerlo a usted de hermano, alguien que la apoya de manera incondicional —dijo en voz baja.

—Muchas gracias —contestó él, y trató de hacer una broma—. Cuando es necesario, los Melzer sí que permanecemos juntos.

Ella asintió y lo miró con nostalgia. Dios mío, antes siempre lo miraba así cuando se encontraban en alguna fiesta o baile.

—Ahora deberíamos almorzar —dijo, prosaico—. Me esperan en la fábrica.

Mamá ya estaba sentada a la mesa, con la espalda recta, como era debido, pero pálida y con cara como si el mundo se hubiera ido a pique. Paul le dio un abrazo y le insinuó un beso en la frente.

—Paul, ¿te has enterado ya? Dios mío, parece que a los Melzer nos toque todo.

Paul se esforzó en consolarla, pero solo lo logró en parte. Aun así, estaba en situación de bendecir la mesa. Julius sirvió la sopa en silencio y con semblante serio, y cuando Paul le preguntó si se encontraba bien, el criado respondió que mejor que nunca al tiempo que miraba a la señora Von Dobern como si quisiera pegarle con el cucharón de la sopa.

—Ese señor Winkler —dijo Alicia, pensativa, cuando Julius se apartó—. Me sorprende que Lisa ni siquiera lo mencionara por teléfono.

—Bueno —intervino Serafina con una sonrisa amable—. Tal vez no tenga importancia. Esperemos un poco. Cuando esté aquí nos abrirá su corazón.

A Alicia pareció aliviarla esa idea, y a Paul le extrañó. Lisa casi nunca se sinceraba con otra persona. Arreglaba sus asuntos sola y luego aparecía con decisiones sorprendentes. De hecho, mamá debería saberlo, pero por lo visto estaba un poco despistada y prefería fiarse de lo que decía la señora Von Dobern.

—Me parece que la col está demasiado salada —comentó el

ama de llaves, y se limpió los labios con unos toquecitos de la servilleta.

—Tiene razón, señora Von Dobern —dijo mamá—. Un poquito pasada de sal.

—¿En serio? —Paul frunció el ceño—. A mí me parece que está estupenda.

La señora Von Dobern no hizo caso de su opinión y le ordenó a Julius que le dijera a la cocinera que la verdura estaba demasiado salada. Julius inclinó un poco la cabeza para darse por enterado, pero no contestó.

—Es importante que el personal se someta a una dirección estricta —explicó el ama de llaves—. La complacencia siempre se considera una debilidad. Sobre todo, y discúlpeme, querida Alicia, por parte de las mujeres. Quien las trata con docilidad es despreciado, pues todas desean un hombre al que poder admirar.

A Paul le sorprendía bastante oír semejantes teorías en boca de una mujer, pero Serafina no dejaba de ser hija de un oficial. Aun así, lo que afirmaba no era del todo erróneo.

Alicia le dio la razón enseguida, y comentó que ella siempre había respetado a su Johann y al mismo tiempo lo había querido mucho.

—Siempre tenía su propia opinión —comentó con una sonrisa, y miró a Paul—. Y así estaba bien.

Era evidente que a mamá se le habían borrado de la memoria las largas y agotadoras disputas conyugales. Paul recordaba muy bien que por aquel entonces ella no apreciaba en absoluto que papá tuviera «su propia opinión». ¿Tal vez ese olvido era una forma de amor? A su manera, los dos se habían querido mucho.

—Johann Melzer no habría permitido que su mujer llevara un negocio, ¿verdad?

—¿Johann? Ah, no. Para él, el lugar de la mujer estaba en casa. Llevar un hogar grande como la villa de las telas ya es ocupación suficiente para una mujer.

—Bueno, su nuera ha demostrado con su atelier que una

mujer puede llevar un hogar y al mismo tiempo dedicarse a los negocios. ¿No es cierto? ¿O me confundo?

—En eso se equivoca, querida Serafina. Por desgracia, Marie ha desatendido a los niños y la casa por igual. A mi juicio, el atelier ha perjudicado mucho tu matrimonio, Paul.

Concentrado en el gulash, Paul fingió no oír nada. Se sentía incómodo, y no quería entrar en la conversación para no enfadar a su madre. En todo caso, no le gustaba nada que se comentaran sus problemas conyugales en la mesa con el ama de llaves. ¿En qué estaba pensando su madre?

—Me parece que el señor Melzer ha demostrado una generosidad extraordinaria con su esposa —retomó el hilo Serafina—. ¿Qué ocurriría si se pusiera estricto y el atelier tuviera que cerrarse? ¿De qué iban a vivir su mujer y los niños?

Alicia no contestó hasta que Julius hubo servido el postre, que consistía en un pudin dulce de sémola con salsa de frambuesa. Luego miró a Serafina con una sonrisa alegre.

—Ha dado en el clavo, señora Von Dobern. ¿Has oído, Paul? Te lo advertí desde el principio y tú no me hiciste caso. A Marie se le ha subido el atelier a la cabeza, por eso tienes que dejarle claro lo antes posible cómo funcionan las relaciones. Con docilidad no conseguirás nada; al contrario, te perderá el respeto.

Paul conocía la opinión de su madre, pero hasta entonces había evitado decírselo a la cara.

—Gracias por tu consejo, mamá. Ahora tengo trabajo en la fábrica.

Dejó el pudin de sémola pese a ser uno de sus postres preferidos, pues no tenía ganas de oír más quejas de su madre, y se fue a la fábrica. ¿Eran imaginaciones suyas o Serafina se había esforzado por llevar a su madre a donde quería? Tendría que vigilar más de cerca a esa mujer.

Dado que había dejado el coche en la fábrica, tuvo que recorrer el camino de vuelta a pie. Esta vez no le gustó tanto el paseo, se sumió en sus cavilaciones, se dejó llevar por la rabia y se planteó en serio si el consejo de su madre sería la solución a sus problemas. Si a Marie le faltaba dinero para alimentar y vestir a los niños como era debido, tendría motivo para exigir que Leo y Dodo volvieran a la villa. Así Marie vería que, como marido, estaba en una posición más fuerte. ¿Acaso no era su indulgencia la causa de todos sus problemas?

El resto de la jornada estuvo de un humor excelente, incluso comentó los proyectos pendientes con su socio, al que llevaba días ignorando a propósito. No le resultaba fácil, pues Von Klippstein le había hecho saber que bajo ningún concepto iba a dejar su participación en la fábrica, así que, por el bien de la empresa, tenían que entenderse.

Por la tarde, cuando se sentó de nuevo solo en el despacho de la villa y mojó sus penas en vino tinto, comprendió que estaba equivocado. No podía forzar a Marie, tenía que volver por voluntad propia. Lo demás no tendría sentido.

«Pero ¿qué más quiere?», se preguntó, desesperado. «Le he pedido disculpas. Estoy dispuesto a despedir a la señora Von Dobern. Según las circunstancias, también permitiría que Leo tocara el piano. Bastaría con que ella me ahorrara esa exposición.»

Paul intentó varias veces escribir una carta a Marie, pero acabó tirando las hojas arrugadas a la papelera.

«Kitty», pensó. «Tiene que ayudarme. ¿Por qué no he acudido antes a Kitty?»

Al día siguiente la llamaría desde el despacho. La decisión lo animó a acostarse por fin. Odiaba aquel dormitorio donde ahora dormía solo. La cama, con el otro lado vacío, el silencio, el frío, la almohada intacta a su lado. Echaba mucho de menos a Marie, no sabía vivir sin ella.

# 24

«Debería habérmelo imaginado», pensó Marie. Estaba avergonzada por haberse metido ella sola en la boca del lobo. ¿Qué debió de pensar la gente de ella cuando apareció aquella mañana en San Maximiliano para la misa de primera hora? No se sentó en el banco de los Melzer, situado delante a la derecha, en la segunda fila. No se sentía con derecho a hacerlo, así que buscó sitio en uno de los bancos traseros a la izquierda de la nave. Desde su escondrijo escudriñó entre los pasillos quiénes estaban; solo había tres personas: Alicia, Paul y Serafina von Dobern.

¿Por qué le había afectado tanto esa disposición? La institutriz ya iba antes con ellos a misa, y se sentaba con Dodo y Leo en el banco de los Melzer. Sin embargo, hoy los gemelos no estaban, Hanna los había llevado a San Ulrico y Santa Afra, había sido idea de Kitty para evitar complicaciones. Serafina había ascendido a ama de llaves y estaba al lado de Paul. Había ocupado el sitio de Marie.

Mientras el órgano tocaba un preludio y el sacristán cerraba las puertas de la iglesia, Marie reprimió el impulso de salir corriendo. ¿Por qué había ido? No por devoción, sin duda, en el orfanato se habían encargado de eliminarla del todo. No, se le había ocurrido la locura de hablar un momento con Paul después de misa. Aclarar los malentendidos. Explicarse, intentar que Paul la comprendiera. O simplemente verlo, mirarlo a los ojos. Hacerle saber que su amor no había muerto. Al contrario.

No obstante, ni el lugar ni el momento eran los adecuados. Mientras el cura y los monaguillos se vestían y la misa daba comienzo, notó las miradas curiosas de sus conocidos de Augsburgo clavadas en ella desde todas partes. Ahí estaba, Marie Melzer. La ayudante de cocina que había ascendido a señora. Su felicidad había durado unos años y había terminado. Era una lástima, pero así tenía que ser. Paul Melzer merecía una esposa mejor que una chica sacada de un orfanato.

«Sí», pensó llena de amargura. «Serafina ha empobrecido, pero es de familia noble. El coronel Von Sontheim, su padre, cayó en la guerra por su país. Una noble venida a menos y un fabricante acaudalado encajan mejor.»

Miró de nuevo hacia delante y vio que Paul se inclinaba hacia Serafina y le susurraba algo con una sonrisa. Ella se sonrojó al contestarle en voz baja.

Marie sintió que los celos y la impotencia la invadían como un veneno paralizador. «A rey muerto, rey puesto», pensó. «Es culpa tuya, lo has abandonado, lo has dejado en libertad. ¿Creías que a alguien como Paul Melzer le costaría encontrar a otra? Es rico, guapo, puede ser de lo más encantador. Las señoritas casaderas empezarán a acorralarlo en cuanto se divorcie.»

¿Estaba pensando Paul en el divorcio? ¿Había llegado tan lejos?

Hizo de tripas de corazón y se quedó hasta el final de la misa. Los tradicionales textos latinos la ayudaron, tuvieron un efecto calmante en su ánimo, la protegieron del tumulto sentimental. Se levantó en cuanto sonó la música de órgano, se abrió paso entre la gente que estaba sentada al lado y llegó a la salida de las primeras. Tenía la esperanza de que ni Paul ni sus acompañantes hubieran advertido su presencia. Le daba demasiada vergüenza.

Entró en un coche de plaza para desaparecer de San Maximiliano lo antes posible. En Frauentorstrasse subió la escalera sin que la viera Gertrude, que trabajaba en la cocina, se quitó el abrigo y los botines y se sentó delante del escritorio.

«Qué más da», se dijo, testaruda, al tiempo que se frotaba las manos frías. «Tengo mi trabajo, eso no me lo puede quitar. Y a los niños. Además está Kitty. Y Gertrude. Puedo vivir en esta casita preciosa y trabajar. Aunque haya perdido a Paul, aún me quedan muchas cosas. Que sea feliz con otra. Se lo deseo. Sí, de verdad deseo que sea feliz. Pero lo quiero. Lo quiero.»

Miró por la ventana y observó que el viento otoñal arrancaba las últimas hojas de las ramas del haya. «Tengo que trabajar», pensó. Eso la ayudaría a olvidar. Se puso a dibujar el primer esbozo de un abrigo ancho con ribete de piel para una clienta. El cuello sencillo, y el ribete de las mangas y el dobladillo un poco más suntuosos. De conjunto, un sombrerito de terciopelo. ¿Tal vez con forma de tubo, como marcaba la última moda? No, no le gustaban esos gusanos cortados. ¿Mejor una creación con ala ancha y borde de piel como protagonista? Hizo varias pruebas, las descartó, las modificó, reflexionó y se puso a elaborar otras ideas.

—Pero, mamá, ese tema ya está más que hablado.

Marie se paró a escuchar. Tilly había llegado la víspera desde Múnich para pasar unos días en Frauentorstrasse. Estaba muy cansada, comió poco y se retiró enseguida a su habitación del ático. Pobre Tilly. No tenía buen aspecto, y encima ahora Gertrude la atacaba.

—Querida hija, no hay que cansarse de repetir las verdades. Tenía la esperanza de que por fin entraras en razón.

Parecía que madre e hija estaban en el salón. En aquella casa se oía todo, en concreto la potente voz de Gertrude traspasaba sin esfuerzo todas las plantas.

—Por favor, mamá, no quiero hablar de ello.

—¡Soy tu madre, Tilly! Y tengo que decírtelo. ¿Tú te has visto en el espejo? Parece que estés medio muerta. Tienes ojeras, la nariz puntiaguda, las mejillas hundidas. Me duele con solo mirarte.

—Pues no mires.

Marie imaginó que Gertrude tomaba aire muy indignada y ponía los brazos en jarras. Ay, Tilly debería conocer a su madre. No iba a despacharla con esa respuesta.

—¿Que no mire? ¿Que no mire cuando la única hija que me queda se echa a perder delante de mis narices? ¡Estudiar! ¡Ser médico! Eso son bobadas. Más vale que encuentres un marido que te mantenga antes de que sea demasiado tarde. Pero para eso tienes que cuidarte más, niña. Nadie quiere quedarse con un espantajo.

Marie dejó el lápiz con resolución y se levantó para apoyar a Tilly, aunque no dudaba de que Gertrude estaba preocupada y pensaba en el bien de Tilly. A su manera.

—Lo digo por enésima vez: no me voy a casar nunca. ¡Entérate de una vez, mamá!

Marie se dirigió presurosa a la escalera. Ahora estaba alarmada, la voz de Tilly sonaba temblorosa, parecía a punto de romper a llorar.

—¡Gertrude! —gritó Marie al tiempo que abría la puerta del salón—. Creo que Hanna está llegando de la iglesia con los niños.

Fue una jugada inteligente, pues Gertrude miró hacia el reloj de pie y se acercó corriendo a la ventana.

—Dios santo, ¿lo has visto desde arriba? Entonces llegan pronto. Voy a preparar chocolate caliente. En la calle sopla un viento muy frío, y seguro que en la iglesia no estaban calentitos.

—¡Buena idea! —exclamó Marie—. El chocolate caliente es perfecto para este tiempo otoñal.

Animada, Gertrude se fue a toda prisa a la cocina. Hizo

una papilla espesa con cacao negro amargo, azúcar y un poco de nata, a la que luego añadió leche caliente. Su entusiasmo por la cocina y la repostería se mantenía intacto, y Hanna se había convertido en una ayudante lista y trabajadora.

Tilly se colocó la larga melena a un lado y miró agradecida a Marie. Bajo la luz de la mañana, Tilly le pareció aún más delgada que la víspera. Llevaba un vestido bastante raído, y la manga derecha estaba incluso desgastada del roce.

—Has llegado en el momento justo, Marie. Una frase más y le habría saltado al cuello.

—Ya lo sé.

—¿Ha sido intencionado?

Marie se rio en voz baja y asintió, y Tilly no pudo evitar sonreír. Desde la cocina llegó el ruido de una olla de hierro que había caído al suelo de baldosas. A veces Gertrude era un poco torpe.

—¡Jesús bendito! —gruñó Kitty en el pasillo—. ¿Por qué haces tanto ruido a estas horas, Gertrude? ¡En esta casa ya no se puede pegar ojo!

—¡Es casi mediodía, jovencita! —replicó Gertrude con mucha calma—. Pero la gente que lleva una intensa vida nocturna necesita dormir durante el día.

La respuesta fue un gruñido malhumorado, luego abrió la puerta del salón. Kitty iba en camisón, tenía el pelo alborotado y los ojos somnolientos.

—Me vuelve loca. Tanto trasiego con las ollas. Ay, Tilly, ¿has dormido bien, cariño? Pareces un tulipán marchito. Tenemos que mimarte y alimentarte, ¿verdad, Marie? Lo haremos. Confía en nosotras, Tilly. Madre mía, aún estoy dormida. Es domingo, ¿no?

Se tocó el pelo y se echó a reír. Se pasó el dorso de la mano por la frente, hizo una mueca y soltó otra carcajada.

—Domingo, correcto. Siéntate, Kitty. Creo que aún queda café en la cafetera.

Marie conocía la costumbre de Gertrude de reservar una taza de café para Kitty porque rara vez se levantaba antes de las diez.

—¡Sí! Un café caliente es justo lo que necesito —bromeó Kitty, desagradecida.

Interpretó el número de siempre. Se hundió en el sofá con un leve gemido, aceptó la taza con gesto altanero y la sostuvo mientras seguía hablando.

—Puaj, huele fatal, pero reanima. Ya me tenéis aquí. ¡Qué fiesta tan estupenda la de ayer en el club de arte! Imagínate, Tilly, se emocionó muchísimo cuando le conté que ya estabas en Augsburgo. Quiere venir esta noche. Sí. Marc y Roberto también se pasarán. Y Nele, creo. Aún tengo que decírselo a Gertrude y a Hanna, a Roberto le encanta su pastel de almendra.

A Marie le estaba costando un poco ordenar la verborrea de Kitty, y al ver la cara de desconcierto de Tilly decidió intervenir.

—¿De quién hablas, Kitty?

—De Roberto, claro, querida Marie. Roberto Kroll, un joven muy guapo que por desgracia insiste en llevar barba porque se considera un artista.

—¿Roberto se emocionó al saber que Tilly estaba en la ciudad?

Kitty la miró con los ojos muy abiertos.

—¿Qué estás diciendo, Marie? Roberto, no, fue Klippi, el bueno y fiel Klippi.

Tilly se puso roja y, sin querer, desvió la mirada a un lado. Kitty se bebió el café, se deslizó hacia un extremo del sofá y levantó los pies.

—Todos sabemos que el pobre Klippi está perdidamente enamorado de nuestra Marie —bromeó—. Pero como Marie no lo quiere en absoluto, lo cual me alegra mucho porque Marie es de mi querido Paul, Klippi tendrá que cambiar de rumbo. Es una joya, Tilly, créeme.

Tilly soltó un gemido y se tapó los oídos.

—¡Por favor, Kitty! No empieces con eso. Mamá me acaba de echar el sermón habitual.

Kitty no se dejó amedrentar.

—Solo digo que el señor Von Klippstein será nuestro invitado esta noche y que se alegrará de verte aquí. Nada más. Es una persona encantadora y muy generosa, como tú misma sabes. Jamás se le ocurriría dar instrucciones a su esposa. Podrías estudiar y ser médico, Klippi te ayudaría y estaría de tu parte.

—Te esfuerzas en vano, Kitty —la interrumpió Tilly—. Jamás me casaré. Y tú deberías ser quien mejor me entendiera.

Kitty calló por una vez, se abrazó las rodillas levantadas y pidió ayuda a Marie con la mirada.

—Por... ¿Por el doctor Moebius? —preguntó Marie en voz baja.

Tilly se limitó a asentir. Tragó saliva y se recolocó la melena detrás de la oreja. Era raro que ella, que tantos esfuerzos hacía por aprender una profesión de hombres, llevara un peinado tan anticuado.

—¿Sigues esperando que vuelva de su cautiverio?

Tilly negó con la cabeza. Por un momento se impuso el silencio en el salón, se oyó el tictac constante del reloj de pared y el ruido de la vajilla en la cocina. Luego Tilly se puso a hablar, a trompicones y en voz muy baja.

—Sé que Ulrich está muerto. Murió en algún poblacho de Ucrania. Levantaron el hospital de campaña justo detrás de la línea del frente, como siempre. Para poder atender a los heridos lo antes posible. En el pueblo había guerrilleros escondidos y dispararon a todo lo que se movía. Ulrich murió intentando salvarle la vida a un joven soldado.

Marie no sabía qué decir. Kitty, acurrucada, parecía una niña asustada.

—¿Cómo lo sabes? —preguntó, acongojada.

—Uno de sus compañeros se lo dijo a sus padres. Me escribieron. Ulrich pidió a sus compañeros que me lo comunicaran si caía.

«Un destino como el de tantos otros», pensó Marie. «Aun así, es muy triste cuando se vive en carne propia. Lo raro es que ahora se evite recordar la guerra. Que todos nos entreguemos a una vida nueva y moderna y nos neguemos a ver a los lisiados que piden en la calle. A todos nos gustaría olvidar nuestras propias cicatrices y heridas.»

—Es verdad —dijo Tilly con la voz cambiada—. No estábamos prometidos. No tuvimos tiempo para eso. No paro de reprocharme haber sido tan reservada. Debería haberle animado, pero a las mujeres nos educan para que no tomemos nunca la iniciativa. Y por eso Ulrich y yo solo tuvimos unos minutos juntos, nada más. Un beso, un abrazo, una promesa.

Se interrumpió, asolada por el recuerdo. Kitty se levantó de un salto del sofá y le dio un abrazo.

—Te entiendo —dijo afligida—. Te entiendo muy bien, pero por lo menos sabes que falleció. Yo nunca sabré qué le pasó a mi Alfons. Ay, Tilly, no paro de tener sueños horribles en los que lo veo tirado y desangrándose. Muy lejos de mí, solo. La guerra. ¿Quién quería esto? ¿Conoces a alguien que quisiera esta guerra? ¡Tráemelo y lo haré pedazos!

Marie calló. Se sentía desagradecida y egoísta. Su marido había vuelto, ¡cuántas mujeres la envidiaban por eso! Y aun así había abandonado a Paul, no era capaz de perdonarle lo que le había hecho. La suerte de reencontrarse y la convivencia diaria eran dos cosas distintas.

—Aprecio a Ernst von Klippstein —continuó Tilly—. Tienes toda la razón, Kitty. Es una persona maravillosa, y ha sufrido mucho. Estuvo al borde de la muerte.

—Correcto —dijo Kitty, que seguía acariciando el hombro de Tilly—. Tú lo cuidaste en el hospital. Dime, pequeña Tilly. Nunca se habla de ello, pero esto queda entre nosotras, ¿verdad? En confianza: ¿Klippi puede, bueno, ya sabes, formar una familia?

Tilly miró hacia la ventana, donde aparecieron los rostros sonrientes de los niños. Saltaron para ver el interior del salón y saludaron a las tres mujeres, luego volvieron corriendo y riendo a la puerta, donde los esperaba Hanna.

—Por favor —dijo Tilly, presurosa—. Bajo ningún concepto quiero que se entere nadie. Yo tampoco lo he sabido hasta ahora. Hemos tenido un caso parecido en la facultad. Cuando estaba en el hospital ni siquiera conocía esas funciones físicas.

—Entonces no puede —afirmó Kitty con brusquedad—. ¡Pobre!

Marie lo suponía, pero ahora era una certeza. Qué tragedia. Tenía un hijo, pero este vivía con su esposa. No podía tener más niños. Qué absurdos eran los celos de Paul. ¿Cómo había llamado a Von Klippstein? «Tu amante y caballero de las flores.» ¡Qué injusto y ruin!

La algarabía de los niños en el pasillo rompió el ambiente de tristeza. Kitty cruzó las manos en la nuca y se estiró.

—¿Y qué? La vida sigue. Ha llegado una nueva época y las tres estamos inmersas en ella. Yo con mis cuadros. Marie con su atelier. Y tú, Tilly, serás una médico maravillosa.

Se puso de puntillas, con los brazos aún cruzados en la nuca, y les lanzó una mirada desafiante. Era obvio que esperaba su aprobación. Marie esbozó una sonrisa contenida. Tilly también intentó poner cara de contenta, pero no le salió muy bien.

—Bueno, chicas —dijo Kitty con indulgencia—. Voy a cambiarme, o Henny volverá a contar en el colegio que su madre se pasa el día en camisón.

Tilly también fue a recogerse el pelo, ordenar la habitación y hacer la cama. La época en que tenía criada y doncella quedaba muy lejos, estaba acostumbrada a cuidar de sí misma. Hanna ya estaba bastante ocupada, no quería darle más trabajo.

—¡Tía Tilly! —Marie oyó la voz aguda de su hija en el pasillo—. ¡Tía Tilly! Espera. Quiero ir contigo arriba.

—Pues ven, Dodo. Pero tengo que poner orden.

—Yo te ayudo. Yo sé ordenar muy bien, la señora Von Dobern nos enseñó. ¿Podré peinarte? ¡Bien! Ya verás, lo hago con mucho cuidado.

Marie se preguntó qué hacía que la niña le tuviera tanto cariño a Tilly. A lo mejor Dodo también decidía estudiar medicina un día. En todo caso, mejor eso que ser piloto. Sonrió para sus adentros. Aún faltaba mucho tiempo, era absurdo pensar en eso. Sin embargo, decían que no había nada como empezar de jovencito.

Leo irrumpió en el salón, aún con la taza en la mano y un bigote de chocolate.

—¡Mamá, tengo que darte una noticia excelente!

No paraba de gesticular con la taza medio llena, así que faltó poco para que el chocolate acabara en la alfombra.

—Estupendo, cariño. Pero mejor deja la taza o habrá una inundación.

—¡Tengo oído absoluto, mamá!

La miró como si lo acabaran de armar caballero. Marie buscó en la memoria. ¿Qué era el «oído absoluto»?

—Qué bien. ¿Y quién lo ha confirmado?

—Después de misa, Walter y yo hemos subido al órgano porque teníamos muchas ganas de tocarlo. Y ahí el organista ha visto que yo siempre acierto el nombre de los tonos. También de los semitonos. Los reconozco todos. Hasta lo más agudo del tiple. Y abajo en los graves. Todos los registros del órgano. Lo oigo todo, mamá. Walter no puede. Se ha puesto muy triste porque no puede. El organista se llama señor Klingelbiel, y ha dicho que es muy raro. Un don divino, ha dicho.

—Es fantástico, Leo.

Como no había nadie más en el salón, pudo darle un abrazo y acariciarle el pelo. Cuando se abrió la puerta y Henny asomó la cabeza, Leo se separó enseguida de Marie y fue corriendo a la sala de música.

—Tía Marie. —Henny dio un rodeo a la palabra «Marie», tenía una sonrisa como mínimo tan encantadora como su madre. Vaya, era un ataque planeado.

—¿Qué pasa, Henny?

La pequeña se había agarrado uno de los tirabuzones rubios y le daba vueltas entre los dedos mientras parpadeaba mirando a Marie.

—Podría ayudarte en el atelier. Por la tarde. Después de hacer los deberes.

El trabajo voluntario no era el fuerte de Henny, pero Marie aceptó la propuesta.

—Si tantas ganas tienes, ¿por qué no? Podrías venirme bien. Para clasificar botones, enrollar el hilo. Regar las flores.

Henny asintió, satisfecha.

—Entonces, ¿recibiré un sueldo?

Así que era eso. Marie debería haberlo pensado. Reprimió una sonrisa y le explicó que solo tenía ocho años y no podía trabajar por un sueldo.

—Pero... pero no trabajo. Solo ayudo un poquito. Y tú podrías regalarme diez peniques a cambio. Porque eres mi querida tía.

Qué espabilada. Ganar dinero de una manera elegante. Yo te hago un favor, y tú me haces otro.

—¿Y para qué necesitas diez peniques?

Henny se puso el tirabuzón sobre el hombro y frunció los labios. Llevaba escrito en la cara que le parecía una pregunta absurda.

—Ah, para nada. Para ahorrar. Porque pronto será Navidad.

«Qué niña más tierna», pensó Marie. «Quiere trabajar para comprar regalos de Navidad. Sin duda, ese sentido del dinero y el valor que le da lo ha heredado de su padre.»

—Lo hablaremos con tu mamá, ¿de acuerdo?

A Henny se le ensombreció el semblante, pero asintió y se fue. «Algo trama», pensó Marie, indecisa. Tal vez sería más inteligente no concederle el deseo y hablar con Kitty.

Hacia el atardecer se puso a llover a cántaros, además de soplar un viento frío de otoño que sacudía los arbustos y los árboles. Las ramas golpeaban contra la casa, las hojas amarillas y marrones salían volando con el viento, y para colmo Hanna había dicho que arriba había dos ventanas que no cerraban bien.

—Pon unas toallas viejas en los alféizares —propuso Tilly—. De lo contrario, la madera empezará a enmohecerse.

—Esta casa es un pozo sin fondo —se lamentó Kitty—. En verano tuve que reparar el techo y por poco me arruino. Cuando vuelva a nacer, me dedicaré a arreglar techos.

Ernst von Klippstein se presentó con el abrigo empapado, el viento le había dado la vuelta al paraguas varias veces, así que al final renunció y se encajó el sombrero. En vez de flores, entregó a las damas unas cajitas de bombones mojadas, y se alegró mucho cuando Hanna le llevó unas zapatillas de invierno.

—Disculpe mi apariencia —comentó mientras saludaba a Tilly y se pasaba la mano por el pelo mojado.

—Pero ¿por qué? Está usted estupendo, querido Ernst. Tan rosado y sano. ¡Como recién lavado!

—Eso sí que es verdad —confirmó Kitty entre risas—. A partir de ahora lo pondremos bajo la lluvia antes de invitarlo, querido Klippi. Pero pase, estábamos a punto de empezar.

Marie comprobó aliviada que aquel día Ernst von Klippstein se dedicaba sobre todo a Tilly. Durante la primera época de su separación de Paul aparecía como invitado casi todos los días en Frauentorstrasse y se deshacía en atenciones para consolarla. La intención era buena, pero para ella era más una carga que una ayuda.

—¿Ves, Marie? —le susurró Kitty con picardía—. Esos dos

ya están sentados juntos con toda confianza. Pronto estarán cogidos de la mano y abriéndose el corazón.

Kitty llevaba uno de sus elegantes vestidos de seda clara que apenas le cubrían las rodillas y resaltaban su figura, que ya volvía a ser la de una chiquilla. Con un cuerpo a medio camino entre niña y mujer, resplandecía, provocaba, coqueteaba, no pasaba desapercibida a ningún hombre. Quien veía esos ojos de color azul oscuro entraba en un intenso caos de sentimientos. Marie había comprobado que en el fondo Kitty hacía tiempo que estaba harta de ese juego y solo lo seguía para demostrarse su poder una y otra vez. Entre sus seguidores estaban Roberto, el pintor de barba negra, y Marc, el galerista. Marie no sabía hasta qué punto los señores se ganaban las simpatías de Kitty. Si su guapa cuñada practicaba el amor físico, nunca lo hacía en Frauentorstrasse.

—¡Nele, cariño! Haber tenido que salir de casa con este tiempo...

Nele Bromberg recibió profusos abrazos de todo el mundo. Ya tenía más de setenta años, estaba flaca como un cabritillo y llevaba el pelo corto y teñido de negro azabache, impecable. Antes de la guerra causó furor como pintora y vendió muchos cuadros. Más tarde la fama se fue desvaneciendo, pero eso no le impidió dedicar su vida al arte. A Marie le gustaba esa vieja dama extravagante, a menudo pensaba que su madre se parecería mucho a ella si siguiera con vida.

—Bah, a las brujas nos sientan bien la lluvia y la tormenta —exclamó Nele—. Ha sido un placer venir a verte en mi escoba, mi querida duendecilla.

Casi siempre hablaba demasiado alto, pues con los años se había vuelto dura de oído. Sin embargo, no molestaba a nadie. Incluso los niños, que podían estar un ratito presentes, encontraban a «la tía Brummberg» simpática y con frecuencia se peleaban por quién se sentaba a su lado.

¡Ay, esas comidas bulliciosas en la casa de Frauentorstrasse! Qué alegría transmitían. Nada de estrictas normas de conducta como en la villa de las telas, nadie obligaba a los niños a sentarse erguidos ni a no mancharse. Tampoco había señores ni servicio, pues Gertrude repartía las tareas entre los huéspedes, que las asumían de buen grado. Poner la mesa. Preparar un ramillete. Llevar los platos. Ocuparse de las bebidas. Von Klippstein era quien más dispuesto estuvo a ayudar, pero Marc también se mostró encantado de llevar los cuencos de pasta, y el pintor Roberto puso los cubiertos exactamente a la misma distancia junto a los platos. Más tarde, cuando todo estaba preparado, se sentaron juntos a la mesa, tan apretados que debían tener cuidado de no pinchar al vecino con el tenedor sin querer. También Hanna, que al principio se hacía de rogar, se sentó con ellos y sintió mucha vergüenza cuando los amigos de Kitty se dirigieron a ella como «señorita Johanna».

Comieron, elogiaron a la cocinera, bromearon con los niños, contaron chistes, brindaron. Las conversaciones casi siempre giraban en torno al arte. Marc Boettger, el galerista, era el que más intervenía, condenaba a uno y elevaba al cielo a otro, hablaba de artistas que se hacían famosos de la noche a la mañana y de genios que siempre serían menospreciados. Nele reclamó que hablara más alto, pues no le entendía, y Dodo asumió la tarea de repetir a la anciana los retazos más importantes de las conversaciones.

—Has traído al mundo a una chica lista, Marie. Algo muy especial. Un día dejará a todos perplejos.

Nele tuteaba a todos sus amigos, y desde el principio cogió mucho cariño a Marie. Sobre todo elogiaba los cuadros de su madre, aunque no la hubiera conocido en persona, muy a su pesar.

Cuando estuvieron saciados y las conversaciones languidecieron un poco, llegó la hora de Leo. Se dirigió a la sala de música para tocar unas cuantas piezas al piano, algo que lo apasionaba. A una señal de Marie, el músico recibió intensos aplausos; así terminó el concierto nocturno, y Hanna se fue con los niños enfurruñados para acostarlos.

Los adultos se repartieron en grupitos por el salón: se pusieron cómodos en el sofá, ocuparon las butacas, a Roberto le encantaba sentarse en la alfombra con las piernas cruzadas. Era un gimnasta entregado, una vez mostró su arte con las volteretas y salieron mal parados un jarrón de cristal y la gran butaca de mimbre, así que Kitty le pidió que parara.

—¡Me encanta esta butaca! ¡Aquí di a luz a mi hija!

—¿En esta butaca? —preguntó Marc, angustiado.

—No, en realidad en el sofá. Justo donde estás sentado, amigo mío.

Marie se unió a las risas. Estaba un poco cansada y le costaba concentrarse en la conversación. Probablemente fuera por el vino, uno fuerte del Rin; no debería haber bebido la segunda copa.

Escuchó con educación lo que contaba el joven galerista, sonreía en los momentos adecuados y se alegró cuando Hanna volvió al salón para avisar de que los niños estaban en la cama tan felices. Cuando Marc se volvió hacia la «señorita Johanna» para invitarla a su galería por enésima vez, Marie tuvo la oportunidad de oír otra conversación.

Tilly estaba sentada de nuevo con Ernst von Klippstein, y por lo visto le había abierto su corazón, en eso Kitty había acertado. Al menos Marie vio en la expresión de Von Klippstein un gran interés.

—Cuánta maldad. Por pura envidia, supongo.

—Puede ser —dijo Tilly, deprimida—. Soy muy aplicada en los estudios y siempre estoy entre los mejores. Una alumna debe tener buenos resultados para gozar del reconocimiento de los profesores. Pero algunos compañeros eso lo llevan muy mal, por desgracia.

—¿Y por eso aparecieron esos muchachos borrachos como cubas en la puerta de su casa y exigieron entrar?

—Sí. Y para colmo dijeron que ya habían pasado varias noches conmigo. Así que la casera me echó.

Von Klippstein se compadeció de ella con un profundo suspiro. A buen seguro le entraron ganas de agarrar la mano de Tilly, pero no se atrevió.

—¿Y ahora? ¿Ha encontrado otro alojamiento?

—Todavía no. He dejado mis cosas en casa de un conocido, solo tengo una maleta y la bolsa con mis libros.

—Si puedo ayudarla de alguna manera, señorita Bräuer, tengo amigos en Múnich.

Marie no oyó si Tilly aceptaba la oferta porque entonces la abordó Nele.

—Mi querida Marie, tienes dos hijos maravillosos y me das una envidia tremenda. Ese niño es un pequeño Mozart. Y está guapísimo con su tupé rubio. Como un ángel. Un arcángel.

—Sí, estoy muy orgullosa de los dos.

Marie estuvo charlando, escuchaba y daba respuestas. Era agradable estar en aquella sala, tan cálida y protegida, rodeada de personas alegres, mientras afuera el viento arrancaba las ramas y la lluvia azotaba los cristales de las ventanas. Pero ¿por qué se sentía tan terriblemente sola?

«¿Por qué nos peleamos?», pensó. «¿No serán nimiedades todo lo que le reprocho? ¿Puras imaginaciones mías? ¿Un egoísmo imperdonable?»

¿Por qué no iba a verlo a la fábrica al día siguiente y le decía que lo quería? Que lo demás carecía de importancia. Que solo contaba su amor.

En ese momento recordó el banco de la iglesia. El banco familiar de los Melzer en San Maximiliano. Paul entre su madre y Serafina von Dobern. El rostro sonriente de Paul, de perfil, y Serafina inclinada hacia él para entender mejor los susurros.

No. El amor no podía sustituir a todo lo demás en la vida. Y mucho menos un amor basado en mentiras.

# 25

—¡Dios mío, no! Señora, yo no subo a esa caja ni aunque me mate a golpes.

Elisabeth soltó un profundo suspiro de irritación. Esa muchacha no daba más que disgustos. Debería haber dejado en la finca a esa pelirroja metida en carnes que se mareaba en el tren, no servía para nada y, para colmo, le daba miedo subir a un automóvil.

—¡Compórtate, Dörthe! Ya ha anochecido y no tengo ganas de ir dando bandazos en un viejo coche de plaza.

Estaban delante de la estación de Augsburgo, en medio de bolsas y maletas que el mozo de equipaje había dejado muy amablemente en un charco. En su tierra hacía frío, bajo la luz de las farolas se veían los pequeños copos de nieve arrastrados por el viento. Aun así, había algunos mutilados de guerra junto a la pared de la estación pidiendo limosna a los viajeros.

—Me moriré ahí, señora —se lamentó Dörthe—. En Kolberg, un día estalló por los aires uno de esos automóviles. Fue tal el golpe que reventaron los cristales de las ventanas.

Lisa estaba tan agotada de los dos días de viaje que ya no le quedaban fuerzas para luchar contra la insistente necedad de la muchacha. En cuanto llegara a la villa de las telas le cantaría las cuarenta. Así no podía continuar. Como si regresaba de inmediato a la finca. Podía irse a pie, si lo prefería.

Le hizo una señal a un coche de caballos sin hacer caso de los taxis que esperaban. Por lo menos, el cochero guardó rápido el equipaje y ayudó a Elisabeth a subir al vehículo. Ya estaba de siete meses, se sentía pesada y torpe, y tenía las piernas hinchadas después de haber pasado tanto tiempo sentada en el tren.

—Qué ciudad tan grande, señora. Y cuántas luces. Las casas llegan hasta el cielo.

—Échate a un lado para que pueda poner los pies en alto.

—Sí, señora. Vaya, tiene las piernas gordas como botijos. Habrá que ponerle compresas frías con vinagre.

Elisabeth no contestó. Se oyó al cochero chasquear la lengua, luego el golpeteo de las herraduras del caballo sobre los adoquines, y el coche se dirigió hacia la puerta Jakober. Ella apoyó la cabeza en la trasera de madera y cerró un momento los ojos. Estaba de nuevo en casa, en Augsburgo. Conocía todos los edificios, todos los callejones, encontraría el camino desde la estación hasta la villa con los ojos cerrados. Era una sensación agradable que hasta a ella misma la sorprendió. Debía de ser el embarazo, que teñía de rosa las dificultades que se iba encontrando. Era curioso. A veces le daba la impresión de vivir bajo una campana de cristal que atenuaba todas las preocupaciones y agitaciones y tenía la agradable sensación de que la protegía. Sin embargo, ese bello estado solo le duraba un rato, luego regresaba a la triste realidad.

Durante las últimas semanas había descubierto que a nadie en la finca le apenaba su partida. Ni siquiera a la tía Elvira, que siempre había sido amable con ella.

—Ay, niña. Eres de ciudad, eso lo tenía claro. ¡Ve con Dios y sé feliz, Lisa!

Dejó que se fuera con mucho gusto. También Christian

von Hagemann recibió la noticia de su marcha encogiéndose de hombros. Solo Riccarda von Hagemann, que nunca la había soportado, parecía afectada.

—¿Y qué será de nosotros?

Lisa la tranquilizó. Klaus conservaría su puesto de administrador de la finca por insistencia de la tía Elvira, pues estaba muy contenta con él y tampoco tenía ganas de buscar un sustituto. Pauline y su hijo bastardo se mudarían a la finca, pues Klaus tenía intención de adoptar al niño. Posiblemente engendraría más criaturas, pero eso ya era asunto suyo. La despedida de su marido fue incluso afectuosa, le dio un abrazo y se lo agradeció.

—Siempre te he tenido cariño, Lisa. Como una buena amiga, una compañera fiel.

Se sintió muy ridícula, pues el hijo de Sebastian se movía mucho en su barriga, como si quisiera llamar la atención.

—No me gusta nada que ese tipo insulso haya hecho diana —añadió Klaus con una sonrisa—, pero nadie puede decir que no me haya esforzado, ¿verdad?

Lisa no comentó la broma, solo le aseguró que no le guardaba rencor y quería irse en paz. Él asintió, pero cuando Lisa se dio la vuelta la agarró de nuevo del brazo.

—Escucha, Lisa: si lo consideras conveniente, estoy dispuesto a asumir la responsabilidad del niño.

—Gracias, Klaus. No será necesario.

Elisabeth abrió los ojos y enderezó la espalda, el traqueteo por los adoquines le había provocado dolor de cabeza. Dörthe, que le había suplicado durante días ir con ella a Augsburgo, miraba por la ventanilla rígida como una estatua. Cuando pasaban junto a una farola aparecían casas y transeúntes bajo la luz gris y luego oscurecía de nuevo. Solo en los escaparates había luces de colores, se distinguían hasta los productos. Habían sucedido muchas cosas en Augsburgo durante su ausencia. Por lo visto, lo peor de la inflación ya había pasado, los negocios y las empresas se recuperaban, también la fábrica de paños Melzer progresaba. Qué raro que mamá le hablara tan poco de eso en sus cartas. Durante los últimos meses habían sido muy escuetas, y de Kitty apenas recibía correo. Quizá les costaba aceptar su decisión de divorciarse y quedarse a vivir en la casa familiar. Entendía que mamá estuviera preocupada, pero la actitud de Kitty era típica de ella. Su hermana pequeña, según le había contado Serafina con todo lujo de detalles, llevaba una vida bastante inmoral, iba con varios hombres y tenía amoríos. Bueno, Kitty siempre había tenido tendencia a ir con bohemios, ya era así cuando se fugó con aquel francés a París. En todo caso, Kitty no era quién para despreciarla. Como mucho, la que podía permitirse eso era Marie, pero ni mamá ni Serafina hablaban de ella en sus cartas.

Pasaron por la puerta Jakober y siguieron recto hacia el barrio industrial.

—Ahora hay oscuridad total, señora. Negro como boca del lobo. Vaya, ¿qué es esa luz de ahí detrás? Brilla y titila como miles de luciérnagas.

—Ahí no brilla nada, Dörthe —dijo Lisa con desgana—. Son las ventanas de una fábrica. Espera, deben de ser las hiladoras de algodón mecánicas. Eso es que vuelven a funcionar en turno de noche. Tienen muchos encargos.

Cuando se fue de Augsburgo, todas las fábricas de telas estaban por los suelos, apenas había lana y nada de algodón para procesar. Entrecerró los ojos e intentó identificar en la distancia las luces de la fábrica de paños Melzer, pero no lo logró. Nuevos edificios tapaban la vista.

—Estoy muy mareada, señora. ¿Ya llegamos? Voy a tener que decirle al cochero que pare.

—Unos minutos más. Contente.

Dörthe asintió varias veces con firmeza y siguió mirando hacia fuera. En efecto, la pobre estaba blanca como una sábana: ese viaje y ver la ciudad de noche eran lo más emocionante que había vivido.

La vieja puerta del parque seguía colgando un poco torcida de las bisagras. Dörthe clavó los dedos en el asiento de piel del coche al entrar. Al fondo, al final de la entrada, vieron las luces de la villa. Habían encendido las farolas del patio interior, la estaban esperando. Aquella mañana a primera hora había llamado desde Berlín para pedirle a mamá que no se tomara ninguna molestia. No, no hacía falta que Paul fuera a recogerla a la estación, alquilaría un taxi.

—Ahí está. ¿Ves las luces?

El cochero paró delante de la escalera que daba a la entrada principal, y Dörthe bajó corriendo para desahogarse junto a la glorieta cubierta de ramas de abeto. Arriba se abrió la puerta de entrada y Elisabeth se alegró de ver a Gertie, su antigua criada. Solo tenía un vago recuerdo del lacayo que bajaba corriendo los escalones para cogerle el equipaje. ¿Cómo se llamaba? ¿Johann? No. ¿Jonathan? Tampoco. Daba la impresión de ser un poco estirado, pero podía estar equivocada.

—¡Bienvenida a casa, señora Von Hagemann! —dijo, y luego hizo una reverencia—. Mi nombre es Julius. Encantado de poder ayudarla.

Le sirvió de apoyo cuando bajó del coche. Era fuerte, eso había que reconocerlo. Tampoco era tan tiquismiquis como Humbert, que siempre se hacía de rogar antes de tocar a alguien.

Lisa dio instrucciones de adónde llevar cada pieza del equipaje y se preguntó dónde se alojaría. ¿No le había dicho Kitty que Marie había montado un despacho en la que era su habitación? Esperaba que no la pusieran en el antiguo dormitorio de su padre. Había poco espacio, y no podría parar de pensar en el pobre papá.

—¡Lisa! ¡Deja que te vea, hermanita! Estás estupenda. Un

poco pálida alrededor de la nariz, pero eso es por el largo viaje.

Paul también había bajado la escalera para recibirla. Se mostró cariñoso, y su alegría parecía sincera. Le sentó bien. Sin embargo, cuando la estrechó entre sus brazos, el abrigo ancho ya no pudo ocultar ciertos hechos.

—Dime. ¿Estás...? —preguntó en voz baja.

—De siete meses. En principio es para febrero.

Se quedó perplejo, en Augsburgo nadie sabía nada de su embarazo. Cohibido, se tocó el pelo, respiró hondo y luego sonrió. Pícaro y juvenil como antes.

—Felicidades. Llega nueva vida a la casa. ¿Mamá lo sabe?

—Se enterará hoy.

Paul soltó un leve silbido entre dientes, eso también lo hacía antes.

—Pero sé diplomática, Lisa. O por lo menos inténtalo. Mamá tiene los nervios a flor de piel.

—Ah, ¿sí?

—Está en la cama. Se levantará para la cena.

Lisa no hizo caso del brazo que le ofreció su hermano y subió los peldaños de la entrada sin su ayuda. Lo último que quería era que la trataran como una enferma que necesitaba cuidados. Con la mala salud de mamá tenían suficiente. Eso también explicaba por qué escribía tan poco.

En el vestíbulo, Else y la señora Brunnenmayer esperaban en la entrada de la cocina, mientras que Gertie y Julius ya subían el equipaje. Elisabeth estaba conmovida. Cielo santo, Else tenía lágrimas en los ojos, y la señora Brunnenmayer una sonrisa de oreja a oreja.

—Me alegro de que vuelva a estar con nosotros, señora Von Hagemann. Madre mía, si yo también crie a la pequeña Elisabeth.

Lisa estrechó la mano a la cocinera, que a punto estuvo de lanzársele al cuello. Else también recibió un apretón de manos.

Esas dos mujeres eran leales y le tenían cariño, pasara lo que pasase. Qué bien le sentó eso después de la fría despedida de la finca Maydorn.

Serafina von Dobern esperaba arriba, en la escalera que daba a la primera planta. Lisa jadeaba mientras subía los peldaños, y como Else le había quitado el abrigo y el sombrero, su estado era evidente.

Serafina ni se inmutó.

—¡Lisa, querida amiga! Me alegro muchísimo de volver a verte. ¿Has tenido un buen viaje?

El abrazo fue breve y a distancia, igual que los besos que intercambiaron, que no le causaron ninguna emoción. Serafina había recibido una educación muy rígida; tenía que asumir que su amiga se divorciara y que al mismo tiempo tuviera un hijo. Lisa se lo perdonó.

—Gracias, querida. Ha sido soportable. Las molestias habituales en el tren, ya sabes. Abrir ventanas, cerrar ventanas. No se pueden estirar las piernas, y siempre hay alguien que no para de hacer ruido con el periódico. Pero ¿cómo estás tú? ¿Eres feliz aquí, en la villa? ¿No has adelgazado un poco?

En efecto, encontró a Serafina aún más flaca que antes. Tampoco le había mejorado el color del rostro, pero ahora se pintaba las mejillas con una suave capa de colorete.

Qué raro. Tenía ganas de ver a Serafina. Eran buenas amigas desde el colegio, y más tarde tuvieron muchos puntos en común. En ese momento, en cambio, notaba una distancia extraña. ¿De verdad se tomaba tan mal su embarazo?

—Ahora te enseño la habitación que he hecho preparar para ti.

Otra escalera. Lisa la siguió a paso lento hasta la segunda planta mientras pensaba qué había querido decir Serafina. Como institutriz, no le correspondía encargarse de ese tipo de cosas.

Le habían asignado la antigua habitación de Kitty. Bueno,

podía darse con un canto en los dientes, al menos incluía un vestidor que podía utilizar. Le angustiaba un poco dormir en la cama de Kitty, pero habían sustituido los muebles habituales por otros. Serafina le explicó que lo había escogido todo con mucho esmero para su querida amiga, abrió las puertas de la cómoda, los cajones, ordenó los cojines del canapé verde, que sin duda habían bajado de la buhardilla. Lisa recordaba vagamente que aquel mueble antes estaba en el salón, pero luego fue sustituido por dos sillones tapizados.

—Dime, ¿no te contrataron como institutriz?

—Ah, ¿no lo sabes, Lisa? Hace un tiempo que ocupo el puesto de ama de llaves.

Lisa se sentó en el canapé y miró a su amiga de arriba abajo.

—¿Has dicho ama de llaves?

Serafina sonrió, orgullosa. Por lo visto le divertía la cara de asombro de Lisa.

—Exacto. Como tu cuñada ya no vive con nosotros...

Lisa ya no la seguía. Por lo visto, durante su ausencia un terremoto había sacudido la villa y se lo habían ocultado.

—Marie... ¿Marie ya no vive aquí? —Entonces recordó que no había ido a recibirla al vestíbulo—. ¿Es que está enferma?

Serafina levantó las cejas y frunció los labios. Estaba claro que para ella era un placer comunicar una noticia tan emocionante.

—La joven señora Melzer se ha mudado con los niños a Frauentorstrasse. Hemos llevado el asunto con mucha discreción, y por eso no hemos dicho nada. Sobre todo por la tía Elvira. A veces no se controla y muestra poco respeto por la buena reputación de la familia.

Lisa permaneció en silencio en el canapé, la noticia la cogió tan desprevenida que primero necesitó ordenar las ideas y los sentimientos que la abordaban. Marie había abandonado a su hermano. Respeto. Y se había llevado a los niños. Increíble. Kitty, su hermana menor, debía de estar de parte de Marie, pues esta vivía en su casa. ¡Por supuesto, era de esperar! ¡Cielo santo, pobre Paul! Y mamá seguro que echaba de menos a los niños. Por eso tenía los nervios tan frágiles.

—Me gustaría pedirte, querida Lisa, que seas todo lo delicada que puedas con tu madre. Me refiero a... tu estado. Ha sufrido mucho.

—Claro, eso se sobreentiende.

La respuesta de Lisa fue mecánica, seguía absorta en sus pensamientos. Con todo, le molestaba que por segunda vez le recomendaran que tratara con cuidado a mamá. ¿Tan mala pensaban que era? ¿Una persona desconsiderada y sin sentimientos, ajena al estado de ánimo de los demás? Ahora estaba un poco enfadada con su amiga, pese a ser consciente de que no era culpa de Serafina.

—Envíame a Gertie, por favor —dijo con más frialdad de la que era habitual entre ellas—. Y dile a la cocinera que Dörthe, la criada que me ha acompañado, puede ayudar en la cocina.

—Tú descansa, querida —dijo Serafina, comprensiva—. Has pasado una época muy tensa. Puedes contar conmigo, Lisa. Siempre estaré ahí.

—Eres un sol.

Serafina cerró la puerta con sigilo, como si una enferma ocupara la habitación. Apenas se oyeron sus pasos en el pasillo, parecía que flotara sobre la alfombra y no pusiera los pies en el suelo. Eso también molestó a Lisa, pues justo entonces sus pasos eran como los de un elefante y enseguida se quedaba sin aliento por el aumento de peso y se oían sus resuellos. Una vez más se llevaba la peor parte. A Kitty, lo recordaba bien, apenas se le notó el embarazo. Marie, pese a tener gemelos, nunca llegó a ensanchar tanto. Ella había engordado por todas partes: las caderas, los brazos y las piernas, la espalda y sobre todo los pechos. Antes ya eran voluminosos, pero ahora sobrepasaban lo imaginable. Cielo santo, cuando el niño llegara felizmente a este mundo, ella se alimentaría solo de verdura deshidratada y pan seco. ¡No estaba dispuesta a pasarse el resto de su existencia como un tonel andante!

Cuando apareció Gertie, su estado de ánimo mejoró enseguida. Esa niña era una criatura muy buena. No dijo ni una palabra sobre el embarazo, no le hizo preguntas absurdas en relación a sus piernas hinchadas ni demás molestias. Había calentado la estufa del baño, le llevó la bata ancha y mientras la ayudaba a desvestirse fue poniéndola al día de todas las novedades.

—Auguste ya no viene. Antes siempre necesitaba ganar dinero porque la huerta no daba suficiente. La señora Brunnenmayer siempre le guardaba algo para los niños, para que no pasaran hambre. Sin embargo, ahora Auguste ha prosperado. No ha dicho cómo. Están construyendo un invernadero, grande como un mercado. Yo tampoco lo sé, señora, pero tiene que haberle llovido dinero del cielo.

Elisabeth se preguntó si el que todavía era su marido, Klaus von Hagemann, habría intervenido, al fin y al cabo era el padre de Liese. Pero ¿de dónde iba a sacar tanto dinero? Lisa se estiró con gusto en el agua tibia y cogió el jabón de rosas. Ah, ese aroma de la infancia. Siempre de la misma marca, su madre hacía años que la compraba. Le dio vueltas en las manos hasta que hizo espuma y se enjabonó el cuello y los brazos, luego le dio a Gertie la resbaladiza pastilla rosa para que le frotara la espalda. Era maravillosa en eso, la pequeña Gertie, le masajeó los puntos en tensión y luego dejó gotear el agua caliente sobre los hombros. Entretanto se enteró de que Humbert, el antiguo criado, seguía viviendo en Berlín y actuaba en un teatro, pero ahora escribía muy de vez en cuando, así que la cocinera estaba un poco preocupada.

—No lo dice, pero yo lo veo. Creo que lo que tienen la señora Brunnenmayer y Humbert es una amistad realmente profunda. Y Hanna, esa desagradecida, se ha ido corriendo a

Frauentorstrasse. Pero antes se fue Maria Jordan. Ahora es la flamante propietaria de una casa. También tiene un chico.

—¿Maria Jordan tiene un hijo?

La risa de Gertie era tan contagiosa que Lisa no pudo evitar unirse a ella.

—Un hijo no, tiene un amante joven que es casi un niño. Si es cierto lo que dice la gente.

La ayudó a salir de la bañera, le puso sobre los hombros la toalla grande, que olía a lila y bergamota, y le frotó la espalda para secarla.

—Jesús bendito, esa chica que ha traído de Pomerania... ¡Hay que verla! Está en la mesa de la cocina comiendo sin parar. Cuando pela las patatas, les quita un dedo de grosor. Y no ha encontrado la pila de leña que hay fuera aunque la señora Brunnenmayer se lo ha explicado tres veces. Luego se ha puesto a fregar y ha roto algunas cosas. La cocinera dice que nunca había conocido a una muchacha tan torpe.

—Ya aprenderá.

Gertie le había preparado ropa interior limpia y un vestido cómodo que había encontrado en una de las maletas.

—¿Quiere que le cepille el cabello? ¿Se lo recojo? Me gustaría, estoy haciendo un curso para ser doncella y he aprendido mucho.

Elisabeth se había dejado crecer el pelo y lo llevaba recogido como antes. No porque a Sebastian no le gustara el pelo corto. De verdad que no. ¿Qué le importaba Sebastian? Era porque su cara no encajaba con el peinado de moda.

Después del baño se sentía muy relajada y soñolienta. Parpadeó frente al espejo mientras Gertie le desenredaba y cepillaba el pelo. En efecto, la chica le hizo un recogido muy favorecedor, con el que su rostro, que ahora era como una luna llena rosa, parecía un poco más delgado. Gertie era muy hábil. Le recordaba un poco a Marie. Cielo santo, solo habían pasado diez años desde que la doncella Marie le recogía el pelo y cosía vestidos preciosos para ella. Era increíble que su cuñada, después de lograr un ascenso social tan importante, ahora se lo jugara todo.

Else llamó a la puerta de la habitación. La cena estaba lista.

—El señor Melzer me pide que le diga que baje enseguida.

—Gracias, Else.

¿Por qué tenía tanta prisa? Bueno, más le valía no vacilar o se quedaría dormida en la silla.

—Lo has hecho muy bien, Gertie —dijo, y se levantó con mucho esfuerzo.

La chica hizo una reverencia, se sentía halagada.

—Me encantaría servirla a usted, señora Von Hagemann. También sé coser y planchar, y en la cocina ahora está ayudando Dörthe.

«Vaya», pensó Elisabeth, divertida. «Por ahí van los tiros.» Por desgracia, ella no tenía poder de decisión en la villa, pero pensó que seguro que contar con una criada tan lista y espabilada como Gertie le sería de gran ayuda en los meses que estaban por venir.

Abajo, en el salón, la mesa estaba puesta según las reglas del oficio: ese Julius sabía lo que se hacía. La distancia entre los cubiertos y los platos estaba calculada al milímetro, arriba a la derecha las copas ordenadas en la secuencia correcta, a la izquierda el salero de plata reluciente para cada uno con una cucharita, las servilletas de tela almidonadas y dobladas en forma de preciosas mariposas.

—Será mejor que te sientes a mi lado, Lisa —dijo Paul al entrar con ella—. El sitio de la señora Von Dobern es aquel, al lado de mamá.

Le colocó bien la silla, esperó a que se acomodara y luego se sentó a su lado. Lisa se sintió molesta.

—Serafina, quiero decir, la señora Von Dobern, ¿come con nosotros?

Vio que a Paul le incomodaba la pregunta.

—Por deseo de mamá.

Ya, ahora que Marie y los niños no vivían en la villa y también faltaba Kitty, solo se sentaban a la mesa mamá y Paul. Mamá debía de sentirse un poco sola. Aun así, era muy poco común que el ama de llaves compartiera la mesa con ellos. A la señorita Schmalzler jamás se le habría ocurrido semejante idea.

—¿Quieres ponerte este chal por encima, Lisa? Hace un poco de frío aquí.

Paul le dio un chal de seda granate que era de su madre.

—No, gracias —contestó ella—. A mí me parece que se está bien.

—Póntelo, Lisa —insistió él—. No hace falta que mamá vea nada más entrar cómo están las cosas.

Tanto teatro empezaba a molestarla. ¿Por qué tenía que esconderse? En algún momento tenía que enterarse su madre, ¿por qué no cuanto antes?

—Por lo menos deja que mamá coma algo. Ha perdido peso por las frecuentes migrañas.

Lisa soltó un bufido y se resignó. ¡Esa estola era muy fea! Pero si su madre se encontraba tan mal, haría un esfuerzo por ser considerada.

En efecto, cuando Alicia entró acompañada de Serafina, la vio muy delgada. El rostro de su madre estaba arrugado, llevaba el pelo cano, sin teñir, tenía las manos sin carne y se le marcaban los nudillos.

—¡Lisa! Qué rellenita te has puesto. El aire del campo te ha sentado bien.

Elisabeth, que fue a levantarse para dar un abrazo a su madre, notó la mano de Paul en el brazo y comprendió que era mejor quedarse sentada. Su madre hizo amago de querer ir hacia ella, pero Serafina la agarró con suavidad del hombro y se la llevó a su sitio.

—Siéntese, querida Alicia. Todos nos alegramos de que

nuestra Lisa vuelva a estar con nosotros, ¿verdad? Ahora bendigamos la mesa.

Justo entones entró Julius para servir la sopa. Consomé de ternera con pasta rellena, ¡cuánto hacía que no comía ese plato! Espolvoreado con perejil picado, ¡y en diciembre!

Desdoblaron las servilletas y se dedicaron a la sopa, por un momento solo se oyó el suave tintineo de las cucharas en los platos.

—¿Qué vas a hacer, Lisa? —dijo por fin su madre—. ¿Sigues decidida a divorciarte?

—Sí, mamá. El proceso ya está en curso. No puede tardar mucho.

Serafina intervino para aclarar que hoy en día un divorcio ya no era algo insólito.

—En vez de mantener un matrimonio infeliz durante toda la vida, es mucho más inteligente divorciarse. Así una tiene la posibilidad de contraer segundas nupcias y ser feliz.

Miraba hacia Lisa mientras hablaba, y la luz de los candelabros de pared hacía que le brillaran los cristales de las gafas. ¿Eran imaginaciones suyas o los ojos de Serafina no se dirigían a ella sino a Paul?

Alicia empujó el plato medio vacío y se dio golpecitos en los labios con la servilleta.

—En mi época no era nada habitual. Y si ocurría, casi siempre se debía a un escándalo.

Lanzó una mirada escrutadora a Lisa, y Paul se unió enseguida a la conversación.

—¿Y qué planes tienes para después del divorcio, Lisa?

Estuvo a punto de decir que primero tenía que traer al mundo a su hijo, pero en el último momento se mordió la lengua.

—Bueno, creo que al principio necesitaré un poco de distancia. Intentaré ser útil aquí, en la villa. Si me lo permites, mamá, me gustaría hacerme cargo de la administración de la casa.

Serafina esbozó una sonrisa estudiada y comentó que era buena idea, pero que la casa estaba muy bien organizada y no necesitaban más ayuda.

—¿Verdad, Alicia? Nos las arreglamos muy bien.

Su madre le dio la razón, y luego la conversación se extinguió porque entró Julius a recoger la vajilla antes de servir el segundo plato. Asado de ternera con guisantes y zanahorias, además de albóndigas de pan y salsa de nata. Elisabeth olvidó su enfado con Serafina y dejó que Julius le sirviera tres lonchas de asado. Qué bien condimentada estaba la salsita... Un poema. Las albóndigas de pan eran inigualables. Y el asado estaba tierno y blando.

—¿Qué hay de ese señor Winkler? —Paul le arruinó el placer de la comida—. ¿No había cierta... atracción entre vosotros?

—Paul, por favor —se inmiscuyó mamá—. Un maestro de escuela. ¡Y que encima ha estado en la cárcel!

—En cualquier caso —insistió Paul—, a mí me parecía un hombre inteligente y honrado.

—Es comunista, ¿verdad? —preguntó Serafina con suavidad—. ¿No era uno de los cabecillas de la república consejista? ¡Cuando el pueblo creía que podía hacerse con el poder en Augsburgo!

Paul no hizo caso de la intervención de Serafina y siguió haciendo preguntas con toda inocencia.

—¿Sigue trabajando de bibliotecario en la finca Maydorn?

Elisabeth notó que se sonrojaba. Paul, tan astuto, hacía tiempo que la había calado. Había deducido quién era el padre de la criatura que llevaba en el vientre.

—Ya hace tiempo que no —se apresuró a aclarar—. El señor Winkler dejó el puesto en mayo y abandonó la finca. Según tengo entendido, quería optar a un empleo de profesor en una escuela pública.

—Cielo santo —gimió mamá—. Un revolucionario enseñando a niños inocentes. Espero que no le den ningún puesto, ¿no?

Elisabeth pensó que era oportuno aclarar las cosas de una vez por todas. Dejó los cubiertos en el borde del plato y respiró hondo.

—Voy a decirlo claramente, mamá: no sé qué está haciendo el señor Winkler en este momento ni dónde está. Tampoco me interesa lo más mínimo.

Se hizo un breve silencio. Lisa agarró los cubiertos tan rápido que se le escurrió el tenedor y manchó de grasa el mantel de damasco blanco. Serafina esbozó una sonrisa compasiva y se volvió hacia su madre.

—Nuestra Lisa está agotada del viaje, no me extraña que le puedan los nervios. Mañana, querida Alicia, se habrá recuperado.

Elisabeth miró a Paul, pero este removía los guisantes en el plato como si no hubiera oído nada. Era increíble las cosas que decía esa persona que se consideraba su amiga. «Nuestra Lisa» y «no me extraña que le puedan los nervios». ¿Era ama de llaves gracias a ella?

—Mi pequeña Lisa —dijo mamá, y la miró con una sonrisa—. No has cambiado nada, niña. Siempre te ofendes tan rápido... Siempre crees que eres la perjudicada.

—Mamá... —intervino Paul.

Alicia le hizo un gesto para restarle importancia y continuó.

—Lisa, es el momento de decirte lo mucho que me alegro de tu regreso. Justo ahora que esto está tan solitario. —Lanzó una mirada acusadora a Paul, que bajó la cabeza, cohibido—. Eres mi hija, Lisa, y en la villa tendrás tu sitio mientras yo viva. Y me hace muy feliz que vaya a llegar una nueva vida a esta casa. ¿Para cuándo es, Lisa?

Paul puso una cara como si le acabaran de echar un jarro de

agua fría. Elisabeth necesitó unos segundos para entenderlo: ¡su madre sabía lo de su embarazo!

—Para... para febrero —balbuceó—. ¿Cómo lo sabes, mamá?

Alicia negó con la cabeza como si fuera una pregunta absurda.

—Me lo ha chivado mi querida Serafina —dijo, y puso una mano sobre el brazo de esta en un gesto de confianza.

# 26

Durante la noche había caído una fuerte nevada, así que Paul prefirió dejar el coche e ir a pie a la fábrica. Últimamente lo hacía con frecuencia, no por emular a su padre, que solo usaba el automóvil cuando era necesario, sino porque durante la caminata se le aclaraban las ideas. Las cavilaciones que lo atormentaban a primera hora de la mañana se disipaban con el ejercicio físico, el viento frío le rozaba las orejas y las mejillas, y la penumbra matutina lo obligaba a centrar toda la atención en el camino. Como de costumbre, se detuvo un momento junto a la portería, se quitó los guantes y saludó al portero.

—Buenos días, Gruber. ¿Qué le parecen las elecciones parlamentarias?

El viejo portero tenía el diario de la mañana abierto encima de la mesa, iluminada por una lámpara eléctrica. El titular en mayúsculas «Los comunistas reciben una lección» saltaba a la vista. Paul había leído el artículo mientras desayunaba.

—Nada, señor director —comentó Gruber, y se retiró el gorro de lana de la frente—. No servirá de nada. Demasiados gallos en el gallinero, como se suele decir. Tantos partidos que se insultan unos a otros echarán a perder el país.

Con el tiempo, Paul había aceptado la República con resignación, pero en algunos puntos coincidía con su portero. Unas dos semanas antes, el presidente Ebert había disuelto el Parlamento de nuevo. ¿Por qué? Porque los señores habían sido incapaces de llegar a un acuerdo. Se trataba de la inclusión del Partido Nacional del Pueblo Alemán en el gobierno; llevaban meses discutiendo sobre lo mismo hasta que el canciller... ¿cómo se llamaba? Ah, sí, Marx, hasta que el canciller Marx tiró la toalla. Y ahora las elecciones no habían dado una mayoría que pudiera formar gobierno.

—¿Quién nos gobierna en realidad? —continuó Gruber, malhumorado—. No tienen tiempo para eso porque se están dando golpes en la cabeza. Cuando uno se acostumbra a un gobierno, ya llega el siguiente.

—Tampoco es tan malo, Gruber —lo calmó Paul—. Han aplicado el plan Dawes, negociado con Londres, y en la zona del Rin han liberado algunas poblaciones de las tropas de ocupación francesas. Además, desde octubre tenemos el marco imperial, que de momento se mantiene bien.

Gruber asintió, pero Paul vio que solo lo hacía para complacerlo. En realidad, el portero añoraba la época del imperio. Como tantos.

—En fin, vamos allá, Gruber. Que tenga un buen día.

—Igualmente, señor director.

Saludó con la cabeza a los dos muchachos que sacaban la nieve del patio e inició su ronda matutina por las naves. La producción avanzaba con diligencia, los libros de pedidos se llenaban gracias a su concepto de «calidad a un precio muy ajustado». Se alegraba de que Ernst von Klippstein por fin siguiera su línea y lo apoyara también en otros asuntos. Había una tregua entre ellos, por el bien de la fábrica tenían que entenderse, pero la vieja amistad se había roto. Eso no podía cambiar, por mucho que Paul lo lamentara. ¿Le quedaba algún amigo personal? Cuando estaba en la guerra, agazapado con los demás en las trincheras, cuando ninguno sabía si seguiría vivo al día siguiente, los hombres se convertían en compañeros y amigos. Nadie deseaba que volviera la miserable guerra, pero ahora que todo seguía su curso, las auténticas amistades cada vez eran más escasas. Tal vez porque cada uno estaba ocupado con lo suyo.

Vio que una de las máquinas hiladoras no paraba de enredarse y decidió que había que sacarla de la producción y hacer que uno de los mecánicos la revisara. Luego supervisó las nuevas telas de lana, comprobó la firmeza del tejido, la caída, y dio su aprobación. Los patrones seguían siendo los de antes, se vendían muy bien, pero era el momento de diseñar otros más modernos y hacerlos grabar. De pronto pensó en Marie, que había creado esas ramas con pájaros enredados cuando él era prisionero de guerra. Sintió un leve dolor en el pecho, como siempre que la recordaba, y torció el gesto. Pedía telas a la fábrica con regularidad y las pagaba, algo que a Paul lo molestaba. A fin de cuentas pagaba con su dinero, pues él era el dueño del atelier. Había dilatado las entregas, pero no se atrevía a ignorar sus pedidos. ¡Solo le faltaba que le comprara a la competencia!

Poco a poco fue amaneciendo, así que se apagó la iluminación eléctrica en las salas. Durante los meses de invierno las lámparas consumían mucha energía, también había que calentar las salas cuando había heladas, y esos costes mermaban la facturación y había que recuperar las pérdidas en verano.

Elogió a su capataz, Alfons Dinter, en el departamento de grabado; saludó alegre con un gesto de la cabeza a las trabajadoras de la sala de hiladoras y le dio una palmadita en el hombro al viejo Huntzinger. Luego cruzó el patio ya libre de nieve y entró en el edificio de administración. Echó un vistazo a los despachos —los cálculos y la contabilidad eran responsabilidad de Von Klippstein— y subió rápido. En la antesala le llegó a la nariz el aroma a café, las secretarias habían sido previsoras y la bandeja con la taza y las galletas ya estaba preparada.

—Buenos días, señorita Lüders. ¿No está muy sola hoy?

Henriette Hoffmann estaba en casa con gripe, había pedido que la disculparan. El señor Von Klippstein también se sentía indispuesto, había llamado para decir que no llegaría hasta la tarde.

Paul no dejó traslucir su enfado, pero consideraba que una pequeña indisposición no era motivo para no trabajar durante toda una mañana. Pero bueno, de vez en cuando Ernst aún sufría las consecuencias de su herida de guerra, había que ser comprensivo.

—Entonces hoy defendemos nosotros la posición, ¿no? —le dijo con un guiño a Lüders, que se sintió halagada y soltó una risita tonta.

—¡Puede confiar en mí, señor director!

—¡Eso ya lo sé! Primero tráigame mi café.

—Con mucho gusto, señor director. Ah, sí: ha llamado su hermana.

Se detuvo en el umbral de su despacho y se dio la vuelta, sorprendido.

—¿Mi hermana? ¿La señora Von Hagemann?

—No, no. La señora Bräuer. Luego vendrá en persona.

¡Kitty! Por fin una buena noticia. Había llamado varias veces a Frauentorstrasse, pero solo había podido hablar con Gertrude, que se quejó de que el teléfono era un invento del demonio que siempre la molestaba mientras cocinaba, pero luego se mostró dispuesta a hacer llegar su petición a Kitty.

—¿Ha dicho la señora Bräuer cuándo vendrá exactamente?

Lüders se encogió de hombros. En el fondo la pregunta era banal, pues Kitty no vivía mirando el reloj sino según su propio sentido del tiempo. «Luego» podía significar a la hora del almuerzo, pero también a última hora de la tarde.

Estaba tomando el primer sorbo de café cuando oyó en la antesala la voz aguda de su hermana menor.

—Ay, señorita Lüders. No ha cambiado nada desde que

venía a visitar a mi padre al despacho. Entonces tenía once o doce años. Cielo santo, cómo pasa el tiempo. ¿Mi Paul está detrás de la puerta de la derecha o de la izquierda? Ah, ya lo sé. La de la derecha, donde se sentaba papá. ¿He acertado?

—Sí, señora Bräuer. Le diré que ha venido.

—No es necesario, ya lo hago yo. Usted siga tecleando. La admiro por darle a la letra correcta entre tantos botones, seguro que no es fácil.

Paul tuvo tiempo de dejar la taza y levantarse, y Kitty ya estaba en el despacho. Parecía un ave rara con ese abrigo rojo con el ribete de piel blanca, unos botines de piel blanca a juego y un extraño sombrero en forma de tubo que se asemejaba a un gusano. Los colores le recordaron que en pocas semanas celebrarían la Navidad.

—Siéntate, Paul. Tómate el café tranquilo. Solo estaré un momento, luego quiero pasar a ver a Marc, que me ha comprado tres cuadros. ¿Crees que yo también podría tomar un café? Con azúcar. Sin leche.

Paul le quitó el abrigo, acercó una de las butaquitas de piel y pidió café con azúcar, además de unos bollos.

—Me alegro mucho de que hayas venido, Kitty. En serio, tengo muchas esperanzas puestas en ti.

Kitty estaba más calmada, removió el café y lo miró con compasión.

—Ya lo sé, mi querido Paul. Estás muy pálido y trasnochado. De verdad que me gustaría ayudaros. Sí, quiero intentarlo. Pero lo primero que voy a hacer es ponerte en tu sitio, porque me da la sensación de que tienes el cerebro atrofiado y ni siquiera te das cuenta de lo que le haces a la pobre Marie.

Pues sí que empezaba bien. Se tragó aquella reprimenda sin rechistar y se propuso no hacer caso de su lado más susceptible. Probablemente había cometido un par de errores insignificantes. No a propósito, nunca tuvo la intención de ofender a Marie. Eran malentendidos tontos que se podían aclarar. Desde fuera a veces se veía mejor que si se estaba implicado en el conflicto.

—Entonces dime qué le ha sentado tan mal a Marie. ¿Qué quiere? Me he disculpado. Le dejo tener el atelier. De momento no he hecho nada para que mis hijos vuelvan a la villa. Aunque podría hacerlo.

Kitty bebió unos sorbos, luego dejó la taza y se puso de morros.

—¿Acabas de decir «mis hijos»?

Él se la quedó mirando y luego lo entendió.

—Está bien, nuestros hijos, si tanto valoras la precisión. Incluso he ascendido a la institutriz a ama de llaves para que no tenga trato con los niños.

Kitty no parecía muy impresionada.

—¿Lo hiciste por Marie o porque una institutriz sin niños no tiene sentido?

—¿Qué tiene que ver eso? He cumplido el deseo de Marie.

Kitty soltó un profundo suspiro y se quitó el tubo rojo de la cabeza. Se sacudió el pelo y se lo atusó con la mano. Era increíble lo bien que le sentaba el pelo corto. Paul no soportaba ese peinado, pero estaba hecho para Kitty.

—¿Sabes, querido Paul? Mientras esa persona siga excediéndose en la villa, no voy a pisar esa casa. Y estoy bastante segura de que Marie opina lo mismo.

Paul se enfadó. ¿Por qué eran tan tercas las mujeres? A él tampoco le entusiasmaba esa mujer, pero en ese momento era un apoyo para su madre, algo que por lo visto interesaba bien poco a Marie y a Kitty.

—Pero, por una vez, dejemos a esa mujer a un lado —continuó Kitty—. Si de verdad aún no has entendido lo mucho que has ofendido a Marie, déjame que te lo diga yo: has despreciado a su madre. Es más, la has insultado y te has reído de ella. ¡Has hecho mucho daño a Marie, querido Paul!

A eso lo llamaba ella «ayudar». En el fondo era como estar

discutiendo con Marie. La mirada severa de su hermana tampoco le sentó bien.

—Ya me he disculpado por eso. Cielo santo, ¿por qué no lo reconoce?

Kitty negó despacio con la cabeza, como si hablara con un niño pequeño.

—No lo entiendes, Paul. Algo así no se arregla con un «Ay, lo siento». Hay más detrás. Marie tuvo que olvidar lo que papá les hizo a su madre y a su padre.

—Otra vez, ¡maldita sea! —exclamó él, y se llevó las manos a la cabeza—. Eso ya pasó. Y no fue culpa mía. Estoy harto de tener que pagar por algo que yo no hice.

Paul se quedó callado, pues sabía que Lüders oía el tono elevado de su voz.

—Sé qué quieres decir, Paul —dijo Kitty con suavidad—. Yo quería mucho a papá, y sé que lo hizo solo por la fábrica. Y luego no podía saber que ella iba a morir. Pero Marie perdió a su madre, y la metieron en un orfanato miserable.

—Ya lo sé —masculló él—. Y yo me he esforzado al máximo por hacerla feliz. Te lo juro, Kitty. ¿Por qué iba a tener nada contra su madre? ¡Si ni siquiera la conocí! Pero no puedo permitir que todo el mundo ponga verde a la familia Melzer por culpa de esa exposición. De verdad que no puedo apiadarme hasta tal punto de Luise Hofgartner. ¡Piensa en mamá!

Kitty puso cara de desesperación. Paul pensó que iba a empezar a hablar de la artista Luise Hofgartner, a la que había que hacer justicia. Sobre todo la familia Melzer. Sin embargo, su hermana lo sorprendió con un cambio de tema.

—Paul, ¿te has fijado en que hace tiempo que en la villa solo se habla de mamá? Mamá tiene migrañas. Mamá no puede alterarse. Ten cuidado con los nervios de mamá.

¿De qué iba eso? La verdad, no había sido buena idea comentar con Kitty sus problemas. Siempre era tan irracional...

—Por desgracia, la salud de mamá ha empeorado desde que todo el peso de la villa recae sobre ella.

—Qué raro —comentó Kitty, impasible—. Antes nunca tenía dificultades para llevar la casa.

—Te olvidas de que ya no es una jovencita.

—¿Y no te has dado cuenta de que mamá se opuso desde el principio al atelier de Marie? ¿Que aprovechaba cualquier ocasión para dejarla en evidencia?

—Déjate de suspicacias, Kitty, o tendremos que poner fin a la conversación.

—¡Por favor! —exclamó ella con frialdad, y se balanceó con las puntas de los pies—. Vengo porque me lo has pedido, y tengo poco tiempo.

Paul se quedó callado y fijó la mirada sombría al frente. Era como darse golpes contra una pared. No había por dónde pasar. ¿Dónde estaba el camino? Solo quería encontrar una vía para acceder a Marie.

—Ah, sí —dijo Kitty con un leve suspiro—. Ahora Lisa ha vuelto a la villa. Las dos amiguitas estarán felices juntitas y agarrarán a mamá del brazo.

¿Cómo sabía que Lisa había vuelto a Augsburgo unos días antes? ¿Lisa había llamado a Frauentorstrasse? ¿O los empleados se habían ido de la lengua?

—Lisa tiene sus propias preocupaciones.

—Se divorcia, ya lo sé.

Paul se alegraba de que, pese a su amenaza, la conversación volviera a su cauce. Por suerte, a Kitty, a diferencia de Lisa, no le duraban mucho los enfados, se alteraba rápido pero también se calmaba enseguida.

—No solo eso —dijo él en voz baja, y le lanzó una mirada elocuente—. Lisa tendrá un niño en febrero.

Kitty abrió los ojos como platos. Puso la misma cara que cuando él le ponía delante de las narices una arañita que había encontrado entre los arbustos del jardín.

—¡No! —susurró ella, y parpadeó—. Eso es... Repítemelo, Paul. Creo que no te he entendido bien.

—Lisa está embarazada. Mucho. Casi ha doblado su tamaño.

Kitty resopló, tiró la cabeza hacia atrás, pataleó con las piernas, tosió, jadeó, estuvo a punto de ahogarse y le agarró la mano con tanta fuerza que le hizo daño.

—Lisa está embarazada —gimió Kitty—. ¡Es maravilloso! Jesús bendito, está embarazada. Me va a hacer tía. Me alegro mucho por ella.

Tuvo que recuperar el aliento, sacó un espejito y un pañuelo del bolso, se dio unos toquecitos en el rabillo del ojo y se limpió el rímel corrido. Mientras sacaba el pintalabios color cereza, reflexionó.

—¿De quién puede ser el niño?

—¿De quién va a ser? De su marido.

Paul se sintió muy ingenuo bajo la mirada interrogante de Kitty. Bueno, él también había hecho sus cábalas.

—¿Piénsalo, Paul —dijo Kitty mientras se pintaba el labio superior—. Si Lisa está embarazada de Klaus, ¿para qué iba a divorciarse de él?

Paul calló y esperó a ver cómo Kitty desarrollaba su argumento. Se pasó el pintalabios por el labio inferior, apretó los labios y estudió el resultado en el espejito de mano.

—Pero como quiere divorciarse de Klaus —dijo despacio al tiempo que cerraba el espejo—, podría ser que no estuviera embarazada de él.

Los dos se quedaron callados un momento. En la antesala se oyó la máquina de escribir, sonó el teléfono, el tecleo paró porque Lüders respondió a la llamada.

—¿Qué hay de ese... Sebastian?

—¿Te refieres al señor Winkler?

—Exacto. El que Lisa se llevó a la finca. Como bibliotecario o algo así. Seguro que había algo entre ellos.

Él también lo había pensado, pero no le gustaba hacer caso de esas sospechas. Lisa era una mujer casada, sin duda sabía lo que hacía.

—El señor Winkler ha dimitido y se ha ido de viaje.

En ese momento la cara de Kitty recordó un poco a la de un zorro astuto.

—¿Cuándo?

Paul la miró, molesto.

—¿Qué?

—¿Cuándo se fue?

—¿Cuándo? Creo que en mayo. Sí, en mayo, eso dijo.

Su hermana menor abrió los dedos y se puso a contar. Contó dos veces y luego asintió.

—Encaja —afirmó satisfecha—. Por poco, pero encaja.

Paul se rio de su expresión pícara. Ahora le parecía muy lista. Probablemente tenía razón.

—¡Ay, Kitty!

Ella soltó una risita y dijo que los hombres solían ser un poco lentos en esos asuntos.

—¿Sabrá el bueno de Sebastian la que ha montado? —pensó en voz alta.

—En todo caso, ella no quiere saber nada de él.

—¡Ya, claro! —Kitty suspiró, se inclinó hacia delante para recolocarse la media de seda de la pierna derecha—. Lisa puede ser muy testaruda, Paul. El mundo sería mucho mejor si algunas personas no fueran tan cabeza cuadrada.

Le lanzó una mirada penetrante y Paul tuvo que contenerse para no soltarle una impertinencia. ¿Quién era aquí el testarudo? Él seguro que no. Marie era la cabeza cuadrada.

—Por supuesto, también he tenido una larga conversación con mi querida Marie y le he dicho mi opinión —prosiguió Kitty, para sorpresa de Paul.

Algo es algo. Por desgracia, no había conseguido gran cosa, pero la buena intención era lo que contaba.

—He logrado que haga algunas concesiones, sobre todo por el bien de los niños, mi querido Paul. Pronto será Navidad. Sería triste no pasar estas fiestas en familia, de alguna manera.

Paul no estaba entusiasmado. ¿De qué le servía una postal familiar a desgana si no cambiaba lo fundamental? Con todo, decidió callar y esperar.

—Por eso propongo que en Nochebuena nos reunamos en la villa y la celebremos juntos.

¡Vaya una idea! ¡Típico de Kitty!

—¿Para luego volver a Frauentorstrasse? —repuso, malhumorado—. No, no voy a participar en ese teatro. O Marie viene a la villa con los niños y se queda para siempre, o mejor que no venga. ¿Me he expresado con claridad?

Kitty se reclinó en la butaca con un suspiro de rabia y dirigió la mirada hacia el techo de la habitación. El creciente balanceo de sus pies lo estaba sacando de quicio. No soportaba que una mujer se sentara delante de él con las piernas cruzadas.

—¿No estabas tan preocupado por la salud de mamá, Paul? —preguntó con malicia—. ¿Y quieres negarle ese reencuentro con sus nietos? ¡Muy bonito!

Paul tuvo ganas de contestar que no quería negarle a su madre el reencuentro con sus nietos, pero quería que fuera duradero, no solo por una noche. Sin embargo, no tenía sentido, Kitty no lo escucharía.

—Entonces no te interesa lo que le he sonsacado a Marie.

—Si es parecido a esto...

—¿Sabes qué? —masculló—. A veces me dan ganas de meteros a los dos en una bolsa y sacudiros durante horas.

De pronto comprendió que Marie también se había negado en redondo a esa celebración navideña pero al final había cedido. ¿No era más inteligente acercarse un paso a ella en vez de insistir en el todo o nada?

—Está bien, habla.

Kitty le lanzaba miradas de reproche que le hacían tener mala conciencia. Se estaba esforzando, su pequeña Kitty. A su manera. No estaba bien tratarla así.

—Le he explicado que no tiene derecho a privar a sus hijos de un padre. Yo sé cuánto necesita un padre mi pequeña Henny, pero mi querido Alfons ya no está en este mundo. Tú, en cambio, estás muy cerca y puedes ocuparte de Dodo y Leo.

¿De qué estaba hablando? Paul la miró confuso. Por supuesto que Marie no tenía ningún derecho a eso. Con todo, le daba miedo que no sacara las mismas conclusiones que él: que tenía que volver a la villa con los mellizos.

—Por eso le he comentado una propuesta. Hanna llevará a los mellizos cada dos domingos a la villa y los recogerá por la tarde. Así tendrás tiempo de estar con ellos, hacer algo bonito juntos o dejarlos con mamá. Como quieras.

Paul necesitó un rato para entender que le iban a prestar a sus propios hijos, por así decirlo, dos veces al mes. Inaceptable.

—Ah, muchas gracias —comentó con ironía—. Y si me los quedo en la villa, ¿qué pasa?

En ese momento Kitty le lanzó una mirada tan furiosa que Paul casi se echó a reír. No lo hizo porque la situación no lo admitía.

—Por supuesto, solo lo aceptaría si das tu palabra de honor, Paul —dijo ella en tono de reprobación.

—¿A quién? ¿A Marie?

—No. ¡A mí!

Paul se sintió casi conmovido. Kitty confiaba en él. Creía en su palabra de caballero, como cuando de pequeña creía con firmeza en su hermano mayor.

—Una promesa es una promesa y no se rompe.

—No me convence, Kitty —confesó Paul—. Tengo que

pensármelo. Pero aun así te lo agradezco. Sé que te estás esforzando de verdad.

—¡No sabes cómo!

Kitty se levantó con un movimiento elegante, se estiró el vestido y se puso el abrigo que le acercó Paul. Luego él observó cómo se colocaba el tubo de tela roja y volvía a coger el bolsito.

—Ay, Paul —dijo, y se lanzó a sus brazos—. Todo saldrá bien. ¡Ya verás! Estoy segura.

A Paul le sonó poco convincente, pero le dio un abrazo y tampoco se negó cuando ella le dio dos tiernos besos en las mejillas.

—Hasta pronto. Llámanos. Habla con mamá y saluda a Lisa de mi parte.

La puerta se cerró tras ella. Solo permaneció el aroma de su perfume, y la taza de café con el pintalabios color cereza marcado en el borde. Paul sacó el pañuelo y se dirigió al lavabo para limpiarse los rastros de sus besos en sus mejillas. «Se siente sola», pensó. «Desde que Alfons murió, le falta un apoyo seguro. Puede ser que se enamore de vez en cuando, pero son historias superficiales. Y con la vida que lleva no va a conocer a nadie con quien ser feliz y sentirse protegida. Tengo que cuidar de ella.»

También tenía que cuidar de Lisa. Y de su madre. Y de la fábrica. Y de sus trabajadores. Y de la villa. Y del servicio.

«¿Cómo podía llevar sola Marie semejante carga?», pensó. «Seguro que acabó agotada, y yo me lo tomé a la ligera cuando volví de la guerra.»

Decidió dejar para más tarde las extrañas propuestas de Kitty y dedicarse al trabajo. La mañana resultó bastante provechosa. Hacia mediodía se fue a la villa, donde almorzó con su madre, la señorita Von Dobern y Lisa. No dijo ni una palabra de la visita de Kitty, pues comprobó que la amistad entre Lisa y Serafina von Dobern, antes tan cariñosa, había sufrido una pequeña grieta. Casi le parecía que competían por el favor de su madre, pero tal vez se engañaba, estaba algo distraído por motivos comprensibles.

Por la tarde apareció Von Klippstein en el despacho, y no estaba nada bien. Había contraído de nuevo un grave resfriado, y sufría una tos insistente.

—A veces una de las cicatrices se vuelve a abrir —confesó, y miró a Paul con una sonrisa torcida—. Soy un lisiado, Paul. Una piltrafa. Imposible disimular.

La lástima de Paul por él era limitada, pues suponía que la autocompasión de Von Klippstein también estaba relacionada con que no había tenido suerte en Frauentorstrasse. Había sido una idiotez por su parte ponerse celoso de ese pobre tipo. Si Marie de verdad tenía a otro en mente, sin duda no era Ernst von Klippstein. Aun así, él albergaba esperanzas y había invertido mucho dinero en la compra de esos horribles cuadros. Paul aún estaba molesto.

—¡Qué dices! —exclamó, y le puso una mano en el hombro—. Yo me alegro de poder endosarte el pesado papeleo, socio.

Ernst asintió, parecía aliviado, y se dirigió a su despacho. Tregua. Tal vez de ahí surgiera una paz real, aunque ya no hubiera amistad. Se sumergió de nuevo en el trabajo y, poco antes de terminar la jornada, se permitió pensar en la conversación que había tenido con Kitty.

La sensación general que le había transmitido no era de que fuese a haber una pronta reconciliación con Marie. Más bien le había hablado de una larga separación, y eso no le gustaba nada. Cuanto más durara esa situación, más se distanciarían. Sobre todo los niños. Lo atormentaba la idea de que Marie se estuviera planteando el divorcio. En ese caso perdería el atelier y también a los niños. ¿O no? ¿Como mujer divorciada podía tener un negocio? ¿Tal vez con Kitty?

Todo aquello no conducía a ningún sitio. Si se presentaba

ante un tribunal, la perdería para siempre. Sería una declaración de guerra, y la guerra era la peor opción.

Al atardecer empezó a nevar de nuevo. Fue a ver a Ernst y le comunicó que aquel día se iría antes a casa, luego se puso el abrigo y salió de la fábrica a pie. Como esperaba, el frío le azotó la cara y las manos, pero aun así pasó de largo la puerta del parque de la villa y se dirigió a la ciudad. Le sentó bien reafirmarse contra el viento y el frío, avanzar por su propia fuerza y no dejar que lo frenasen las miradas de asombro procedentes de los coches que pasaban ni los pies fríos.

Recorrió Barfüsserstrasse y giró en Karolinenstrasse. Allí se detuvo delante de un escaparate y se quitó el sombrero para sacudir la nieve. Tras él pasaban presurosas figuras bien abrigadas, la mayoría eran empleados que volvían a casa para disfrutar del escaso tiempo libre. Las mujeres llevaban chales de lana en la cabeza para proteger el sombrero y el peinado de la nieve, y los hombres caminaban contra el viento, con los sombreros y las gorras calados hasta las orejas. Paul dio unos pasos, luego miró al otro lado de la calle el escaparate del Atelier de Marie. Estaba bien iluminado, pero entre los transeúntes y la fuerte nevada solo podía tener una imagen borrosa de lo que ocurría dentro. Estuvo un rato con los ojos entrecerrados, observando las sombras sin entender nada. Luego decidió acercarse.

El camino resbalaba, le faltó poco para caerse, pero en el último momento pudo agarrarse a la farola. Se quedó ahí, respirando con dificultad por aquel tonto incidente, con la mano en el frío metal del poste de la farola. Vio una sombra en uno de los cristales, primero creyó que era uno de los maniquís y luego entendió que era una persona. Una mujer. Delicada. Con el pelo oscuro y corto. El rostro muy pálido. Los ojos grandes y casi negros.

Ella lo miró a través del escaparate como si fuera un ser de otro planeta. Durante minutos. Pasaba gente, oyó la risa clara de una mujer joven, un hombre le contestó con una broma, las voces se alejaron, pasaron volando, otras llegaron. Paul miraba a Marie como hechizado, estaba ahí, en persona, inalcanzable, entre una multitud que se movía y separada de él por un grueso cristal.

Cuando, con un movimiento involuntario, soltó el poste de la farola y dio un paso hacia ella, la magia se esfumó. Marie se dio la vuelta y desapareció al fondo de la tienda.

Paul no tuvo el valor de seguirla.

## 27

—¿Por qué tenemos que ir a la villa de las telas?

—Porque queremos celebrar la Nochebuena todos juntos, Leo. Ahora siéntate bien. Ahí no. Hazte a un lado para dejar sitio a Dodo. Henny, deja de empujar.

Nevaba, la capota del automóvil de la tía Kitty era de tela y además tenía dos agujeros. Leo se pegó al rincón izquierdo del asiento trasero y se metió los puños en los bolsillos de la chaqueta. El maldito gorro de piel que le había regalado su madre le hacía cosquillas en la frente. Estaba ridículo con ese gorro, según la abuela Gertrude parecía un mapache siberiano.

Su madre se sentó con ellos detrás, llevaba un abrigo de lana blanco, con la capucha puesta. Pese a todo, Leo había visto que estaba pálida y amargada. Qué disparate. Salvo la tía Kitty, que hablaba sin parar, en realidad nadie quería ir a la villa. Tampoco la abuela Gertrude. Como mucho, Dodo había dicho el día anterior que echaba mucho de menos a su padre. Henny solo quería los regalos y darle un abrazo a la abuela, y él habría preferido quedarse en Frauentorstrasse. La perspectiva de ver a la señora Von Dobern era poco atractiva, pero aún temía más el reencuentro con su padre. No sabía explicar muy bien por qué. Tal vez porque sentía que le había decepcionado. Eso no lo podía cambiar; hiciera lo que hiciese, a su padre nunca le gustaba. Tampoco quería cambiar nada, es decir, no quería ser como su padre quería que fuese. No podía ser. En cierto modo era la oveja negra. ¿Y si la cigüeña se había despistado y el hijo de su padre vivía con otra familia? Ese niño solo querría ver máquinas y jugar con las piezas de construcción metálicas, y en cambio a sus padres les habría gustado Leo, que sabía tocar el piano y tenía la mente llena de sonidos.

—No estés tan serio, Leo —dijo su madre—. Piensa en lo bonito que estará el abeto del vestíbulo.

—Sí, mamá.

Ahora le explicarían que la abuela Melzer se alegraría muchísimo de su visita, pero él no se lo creía. Si tanto los echaba de menos, podría haber ido a verlos a Frauentorstrasse. Estaba mucho más a gusto con la abuela Gertrude. Les reñía a menudo y los echaba de la cocina cuando picaban de la masa de pastel, pero no lo hacía con mala intención. De hecho, le gustaba que los niños entraran en la cocina. También Walter, porque le tenía el mismo cariño que a los demás. Eso era lo que le gustaba a Leo de la abuela Gertrude.

—¿El tío Paul también me hará un regalo? —preguntó Henny—. ¿O solo a Dodo y a Leo?

La tía Kitty ni siquiera la había oído; el automóvil volvía a darle problemas. Empezó a sacudirse y a soltar silbidos, por delante salía un humo blanco. Con un poco de suerte, el coche se estropearía y no tendrían que ir a la villa.

—Siempre pasa lo mismo con este cochecito —dijo la tía Kitty con un suspiro—. Tengo que convencerlo, acariciarlo y sobre todo colmarlo de elogios. Eres el mejor. Lo conseguirás. Estoy segura de que lo lograrás, mi pequeño.

Leo escuchaba con interés. Su padre sabía mucho de máquinas, pero no que tenían alma. Y debía de ser cierto, porque el coche se dejó convencer por la tía Kitty y obedeció. A partir de entonces rodó bien y se acabaron las sacudidas. ¡Lástima!

La víspera ya habían celebrado la Navidad. De todos modos, la Nochebuena era el momento correcto porque el Niño

Jesús nació de noche. Y los pastores se acercaron de noche al establo porque el ángel los envió. Le llevaron pieles de oveja para que estuviera abrigado. Y tal vez una botella de leche. Y unos cuantos panes de especias, porque María y José tenían mucha hambre. Y los Reyes llegaron en plena noche. Estaba claro. Seguían a una estrella, y de día no se veían.

La velada en Frauentorstrasse había sido bonita. Solo tenían un árbol de Navidad pequeño, pero lo habían decorado con estrellas y guirnaldas de papel hechas por ellos. La abuela Gertrude guardaba las bolas plateadas en una cajita, tuvieron que manejarlas con mucho cuidado porque eran de cristal. También había coloridos pajaritos de cristal, y los colgaron de las ramas. ¡Y espumillón! Eran hilos de plata muy finos, su madre los colgó en pequeños haces de las ramas, y dijo que el abeto parecía un árbol celestial encantado. Invitaron a Walter y a su madre, y a unos amigos de la tía Kitty, además de al señor Klippi. En realidad se llamaba Ernst von Klippstein, pero todos le llamaban Klippi. Era un poco raro, muy estirado, y a veces parecía triste, pero llevó unos regalos fantásticos. A Dodo le tocó una muñeca con pelo de verdad y un avión de latón. A él un gramófono y tres discos. Dos con sinfonías de Beethoven y uno con un concierto para piano de Mozart. Sonaba raro, no como en directo, sino como apretado. Como si estuviera lejos. Aun así era maravilloso. Habían puesto tantas veces los discos que al final la tía Kitty dijo que si volvía a oír una vez más esa música le iba a dar algo ahí mismo. La tía Kitty estuvo toda la noche cotorreando. Le pasaba a menudo. No podía parar de hablar y reír. Sacaba de quicio a todo el mundo, solo los invitados masculinos la encontraban «encantadora». Uno de ellos, el rubio señor Marc, más tarde llevó a Walter y a su madre a casa en su coche.

Hanna los acostó hacia las once y, en cuanto cerró la puerta de la habitación de los niños y se fue, Dodo encendió de nuevo la luz. Le habían regalado un libro de Pulgarcito que deseaba con toda su alma y no podía parar de leer. Él solo quería quedarse tumbado para escuchar la sinfonía que ahora tenía en la cabeza, pero como Henny se había levantado y había bajado la escalera con sigilo, no pudo quedarse en la cama. Abajo, en el pasillo, se mezclaban las voces y los ruidos, aún olía al asado y a remolacha, también un poco a las estrellas de canela que había hecho la abuela Gertrude. Henny estaba agachada delante del salón mirando por la cerradura; cuando se acercó a ella, le dejó mirar a hurtadillas. Se veía una rama del árbol de Navidad de la que colgaba una bola plateada. Las velas ya se habían apagado, solo ardía una diminuta llama azulada. De vez en cuando pasaba su madre y ordenaba algo. Tenía cara de preocupación, antes les había hecho bromas y había jugado al parchís con ellos. Los ataques de verborrea de Kitty se habían vuelto más escandalosos, no paraba de reír y de beber champán de una copa estrecha. El señor Marc y el pintor de la barba negra también hablaban muy alto y todo les parecía divertido.

—Vete a la cama —le dijo a Henny en voz baja.

—No estoy nada cansada. Es porque mamá me ha dejado beber un sorbo de champán. Está delicioso, y hace cosquillas como si tuvieras mil moscas en la boca.

Qué asco. No le importaba renunciar a esa sensación. Luego los dos tuvieron que subir la escalera a toda prisa y esconderse arriba porque Hanna salió de la cocina al pasillo. Llevaba un papel en la mano y se acercó al teléfono que había sobre la pequeña cómoda. Henny puso cara de desesperación.

—Pero si Hanna no puede hablar por teléfono. Es el teléfono de mamá.

—¡Calla!

Abajo, Hanna descolgó el auricular y marcó en el círculo. Luego habló a media voz.

—¿Señorita? Por favor, póngame con Berlín. El número es...

Era raro que Hanna llamara a Berlín. Ni siquiera la tía Kitty lo hacía. A veces hablaba con Múnich, con alguna galería. O con la tía Tilly, pero muy de vez en cuando porque las llamadas costaban dinero. Los niños y los empleados no podían hablar por teléfono. Por lo menos en la villa era así, pero esa arpía de la señora Von Dobern lo hacía igualmente, la muy bruja.

—¿Humbert? —dijo Hanna abajo, en el pasillo—. Humbert, ¿eres tú? Cómo me alegro... Sí, soy yo, Hanna.

—¿Quién es Humbert? —susurró Henny a su lado.

No lo sabía. Había oído alguna vez ese nombre, pero no caía en dónde ni a quién.

—Seguro que Hanna tiene novio —susurró Henny—. Qué nombre tan raro.

—¡Chitón!

Hanna tenía buen oído. Pese al ruido que salía del salón y al ajetreo de la abuela Gertrude en la cocina, había escuchado los susurros de Henny. Se dio la vuelta y miró hacia la escalera pero, como la luz no estaba encendida, no vio a nadie.

—No puedes hacerlo, Humbert. Nadie tiene derecho a eso, solo Dios. Tienes que ser paciente.

No era fácil entender la conversación. Henny suspiró, decepcionada. Seguro que esperaba que Hanna hablara de amor y besos. Las niñas siempre esperaban algo así.

—No, no. Si tan mal estás, le preguntaré a Fanny... Claro que lo haré. Y luego te enviaremos el dinero, Humbert. Aunque no quieras.

Cada vez era más misterioso. Leo ahora tenía mala conciencia por escuchar a Hanna a escondidas. Estaba muy alterada y tenía el auricular tan apretado contra la oreja que se le había quedado la mejilla blanca.

Henny no tenía remordimientos, pero negaba con la cabeza porque no entendía nada.

—Pero es absurdo. ¿Por qué no acepta el dinero si ella se lo quiere dar?

Leo tenía ganas de volver a la habitación de los niños, pero le daba miedo que los tablones crujieran y Hanna los descubriera a los dos, así que se quedó junto a la barandilla de la escalera, agachado, esperando a que Hanna terminara. Henny tenía el cabello despeinado porque Hanna no le había hecho las trenzas para dormir. Llevaba un camisón que le había hecho mamá y olía a recién lavado. Leo oía una melodía en do mayor en su cabeza, tenue pero muy clara. Henny era la típica persona en do mayor: rubia y enérgica, azul, dura y alegre.

Cuando por fin regresaron a su habitación, Leo se metió bajo la colcha y se durmió en un santiamén.

—¡Ya estamos! —exclamó la tía Kitty—. Mirad, Else está en la puerta. Y Julius ya se acerca. ¡Eooo!

El automóvil dio una pequeña sacudida, luego echó humo y el motor se apagó.

—Ya lo has ahogado otra vez, tía Kitty —dijo Dodo—. Tienes que quitar la marcha antes de soltar el embrague.

A Leo le asombraban los conocimientos de su hermana. Él no tenía ni idea de cómo ni por qué avanzaba un automóvil, y le daba igual. La tía Kitty se volvió hacia Dodo y comentó con acritud que la próxima vez la señorita Dorothea Melzer, la célebre piloto, podría ponerse al volante.

—¿De verdad? —dijo Dodo ilusionada—. ¿Podré conducir el coche?

En algunos aspectos su hermana era bastante ingenua. La tía Kitty se limitó a poner cara de desesperación y mamá le explicó a Dodo que como muy pronto podría sacarse el permiso de conducir dentro de trece años.

Julius abrió con ímpetu la puerta del copiloto y ayudó a la abuela Gertrude a bajar; luego recogió junto con Else y Gertie los regalos que habían llevado. Ellos los siguieron, mamá fue la última en subir la escalera.

Ahí estaba, el gran abeto. Se erguía imponente en el vestíbulo, lleno de bolas rojas y panes de especias, y olía a Navidad. El año anterior papá y Gustav talaron el árbol en el parque, y todos ayudaron en el traslado. Recordaba muy bien que las manos se le mancharon de resina, pegajosa y con un olor muy fuerte, y que no se quitaba con agua y jabón. Le molestaba para tocar el piano porque los dedos se le quedaban pegados a las teclas.

—¿Y bien? ¿Os gusta nuestro árbol?

Dio un respingo, estaba tan ensimismado que ni siquiera había visto a su padre.

—Sí. Es muy grande.

—No más que de costumbre. Este año lo hemos encargado. Viene de Derching.

—Sí.

No se le ocurrió otra cosa que decir. La mirada exigente de su padre lo paralizaba. Le ocurría a menudo. Cuando su padre le hacía una pregunta, le daba la sensación de que se le quedaba la mente en blanco.

—¡Tío Paul! —chilló Henny—. Mamá me ha dicho que me vas a hacer un regalo.

Su padre se volvió hacia ella sonriendo, y Leo sintió un gran alivio por no ser el centro de atención. A Henny no le costaba nada sacarle una sonrisa a su padre. Decía algo, sin más, y ya lo conseguía. Él, en cambio...

—¿Queréis celebrarlo en el vestíbulo o subimos para estar más calentitos? —preguntó la abuela Gertrude, a quien Gertie le había recogido el abrigo y el sombrero.

—Estimada señora Bräuer, ¿puedo ofrecerle el brazo? —dijo una voz conocida.

Leo reconoció esa voz en el acto, Dodo e incluso Henny se estremecieron. Era la señora Von Dobern. Leo irguió la espalda, Dodo arrugó la nariz y se puso a la defensiva. Henny apretó los labios y la boca, parecía una cereza rosada un poco arrugada.

—Muy amable, señora Von Dobern —contestó la abuela Gertrude—. Pero aún no estoy tan frágil como para no poder subir la escalera sola.

La abuela Gertrude no tenía pelos en la lengua. Ahora Leo la quería aún más. Mientras subía hacia la primera planta al lado de Dodo, oyó la voz de su padre por detrás. Sonaba muy distinta, casi como si temiera decir algo inadecuado.

—Buenos días, Marie. Me alegro de verte.

La respuesta de mamá sonó también muy rara. Tensa y distante.

—Buenos días, Paul.

No dijo nada más, por lo visto no se alegraba de ver a papá. Leo notó una carga invisible sobre él. Como un manto oscuro. O una pesada nube gris. Su padre le daba un poco de pena, pero solo un poco. Arriba, en el comedor, esperaba la abuela Alicia. Tuvieron que dejarse besar por ella en fila. A Leo eso ya le resultaba desagradable, pero lo peor fue que ella estuvo todo el tiempo llorando. Se limpió a escondidas las mejillas húmedas y se alegró cuando pudieron sentarse en sus sitios. Sin embargo, al ver que le tocaba entre su padre y la señora Von Dobern se le pasó la alegría. Sabía que sería un día horrible, pero no tan horrible. Dodo tampoco estaba entusiasmada, pues la habían colocado entre la señora Von Dobern y la abuela Melzer. Solo Henny había tenido suerte, una vez más, ya que ocupó una silla entre mamá y la abuela Gertrude.

Si por lo menos estuviera Hanna, pero se había quedado en Frauentorstrasse. Julius, mientras servía la comida, siempre ponía cara como si nada fuera con él; solo Gertie, que a veces ayudaba a recoger, les guiñaba el ojo. Todo era tan rígido... La tía Kitty tenía un ataque de verborrea tras otro, y a veces también hablaba la señora Von Dobern. Mamá y papá presidían la larga mesa en ambos extremos, los dos en silencio, sin mirarse. Era una lástima que nadie disfrutara de la deliciosa comida que había preparado la señora Brunnenmayer.

—¡Cuánto habéis crecido! —dijo una mujer que estaba sentada junto a la tía Kitty—. Soy vuestra tía Lisa. La hermana de vuestro papá y de la tía Kitty.

Dodo dijo con educación que creía recordarla. Él estaba seguro de no haber visto en su vida a esa mujer. ¿Era la hermana de la tía Kitty?

—No se parece en nada a mi mamá —dijo Henny con una sonrisa encantadora—. Usted es rubia y está muy gorda.

—¡Henriette! —la reprendió la señora Von Dobern—. Una señorita no dice esas cosas.

—Lisa está esperando la visita de la cigüeña —se apresuró a intervenir la tía Kitty—. Eso significa que pronto tendréis una primita. O un primito.

—Ah —dijo Henny, con poco entusiasmo—. Bueno, si es una niña podrá dormir en mi carrito de las muñecas.

—Eres muy generosa, Henny —dijo la tía Lisa, muy seria.

Leo esperaba que fuera un primo. Ya había demasiadas niñas en la familia. ¿Por qué la cigüeña siempre visitaba a las mujeres gordas? Igual que a Auguste aquella vez. Cuando la tía Lisa entró en el comedor, parecía una tetera enorme. Con todo, no parecía mala, no paraba de mirarlo y de hacerle señas con la cabeza. Le preguntó si luego querría tocar algo al piano, pero su respuesta afirmativa se perdió entre los gritos de la tía Kitty.

Después de comer, todos fueron al salón rojo, donde había un árbol de Navidad decorado encima de la mesa. Debajo había varios paquetes envueltos en papel de colores: sus regalos. Dodo recibió una muñeca a la que se le abrían y cerraban los párpados; las extremidades, de porcelana, se movían y chirriaban de un modo irritante. También un armario ropero lleno de vestiditos y una mochila escolar para la pobre muñeca. Henny recibió una caja de lápices de colores y varios libros para colorear, y Leo un aparato espeluznante de metal con una chimenea puntiaguda y un cuerpo en forma de caja con una tapa de cobre. Por todas partes había manivelas, portezuelas, ganchos y cerrojos; dos largos hilos iban de una gran rueda metálica, pasando por varias ruedecitas, a un pequeño martillo que golpeaba sobre una mesa metálica.

—¡Una máquina de vapor! —exclamó Dodo con envidia—. Tienes que ponerle agua dentro. Y aquí se enciende un fuego. Y luego empieza a hervir y el vapor lleva el pistón hacia arriba. Luego bombea agua fría y el pistón vuelve a bajar.

Leo se quedó impotente delante de ese artilugio negro y notó la mirada de desilusión de su padre. No, no sabía qué hacer con eso. Aunque quisiera entenderlo, no le entraba en la cabeza. Ojalá fuera un piano. Así podría explicarle a su padre cómo se movían los martillitos para que las cuerdas sonaran.

—Papá —gritó Dodo—. ¿Encendemos la máquina?

—No, Dodo. Es de Leo.

—Pero Leo no la quiere. Yo sí la quiero, papá. Sé cómo funciona.

Leo vio que su padre torcía el gesto. Ahora se enfadaría, lo sabía.

—¡Tú tienes tu muñeca, Dodo! —dijo con aspereza—. Una muñeca muy cara que tu abuela ha comprado expresamente para ti.

Dodo quiso decir algo, pero la señora Von Dobern se le adelantó.

—¡El desagradecimiento es pecado, Dorothea! Sobre todo hoy, el día en que Jesús nuestro Señor nació pobre en un pesebre. Deberías estar contenta de tener padres y abuelas que os hacen regalos tan generosos.

—¡Amén! —dijo la abuela Gertrude desde el sofá, alto y claro.

Se hizo el silencio, y Leo notó que el ambiente se había estropeado del todo. Su padre tenía la mirada fija al frente, enfadado. Su madre miraba ausente por la ventana el parque nevado. La tía Kitty respiró hondo para decir algo en ese silencio sofocante, pero antes se oyó la voz de la tía Lisa.

—¡Cielo santo, Paul! La niña sabe cómo funciona una máquina de vapor y tú la riñes por eso.

—¡Lisa! —dijo la abuela Melzer sin querer—. *Pas devant les enfants.*

—Deberíamos cambiar los regalos —se rio la tía Kitty—. Dodo se queda con la máquina de vapor y a Paul le damos la muñeca.

Leo se alegró de que nadie se riera con esa broma absurda. Su padre los miraba a uno y a otro, como si estuviera pensando cómo salvar la situación. A su madre solo la miró un momento, cuando ella también lo miró. Era como si los hubieran sorprendido cometiendo un pecado: sus ojos se encontraron, se detuvieron un instante, luego su madre giró la cabeza y su padre se dio la vuelta.

—Muy bien —dijo él—. Si luego tenemos tiempo pondré la máquina en marcha y el que quiera ayudarme será bienvenido.

Se quedó mirando a Leo como si quisiera decir: es tu última oportunidad, hijo mío. Dodo tenía la muñeca y tiraba de la blusa de encaje almidonada. Henny aprovechó la ocasión para engullir mazapanes a escondidas. Ojalá estuvieran ya de vuelta en Frauentorstrasse, ¡la villa era horrible!

Sin embargo, por lo visto aún los esperaban más horrores.

—Basta de remolonear en el salón —dijo su padre con falsa alegría—. Bajemos al parque.

¡Un paseo por el parque! ¡Probablemente con la señora Von Dobern! Leo lanzó una mirada afligida a Dodo. Henny dijo, con la boca llena de mazapán, que en el parque se le mojaban los pies y que prefería quedarse en casa.

—Como quiera, señorita —dijo su padre.

Por supuesto, Dodo y él tenían que ir. Como la tía Kitty no llevaba botas de invierno y mamá quería charlar con la tía

Lisa, también se quedarían en el salón rojo. Las dos abuelas estaban sentadas juntas mirando un álbum de fotografías. Solo la señora Von Dobern quería ir de paseo. ¡Si lo hubiera sabido!

Abajo, en el vestíbulo, la señora Brunnenmayer estaba junto a la entrada de la cocina. Cuando Leo vio su rostro exultante se sintió mucho mejor. Dodo fue corriendo hacia Brunni y se le lanzó al cuello.

—¡Dorothea! —exclamó la señora Von Dobern, indignada.

Su padre, en cambio, se alegró y se echó a reír, así que tuvo que cerrar la boca.

—¡Pero mi niño! —dijo Brunni—. Cómo has crecido. Y te has puesto muy guapo. Cada vez más. ¿Sigues tocando tan bien el piano? Ah, eso sí que lo echamos de menos, oírte tocar el piano.

Le revolvió el cabello con sus gruesas manos. Era agradable, aunque siempre le olieran a cebolla y cilantro. Por Brunni sí le daba pena no vivir allí.

Su padre los apremió, quería salir ya. Bajó los peldaños de la entrada tan rápido que la señora Von Dobern apenas podía seguirlo. Abajo, en el patio, no había mucha nieve porque Julius había barrido, pero el parque se veía blanco y todos los caminos estaban cubiertos de nieve.

—¡Vamos! ¡Vamos corriendo hasta la casa del jardinero!

¡Qué ocurrencias tenía su padre! Empezó a caminar por la nieve, que le llegaba casi hasta las rodillas, y se volvió hacia ellos. No le preocupaba en absoluto que la señora Von Dobern se quedara atrás. Dodo se lo pasaba en grande, seguía las huellas de su padre entre risas porque quedaban muy separadas. Leo tenía las manos metidas en los bolsillos de la chaqueta y avanzaba impasible.

—¡Adelante! No paréis. Allí, detrás del enebro, os espera una sorpresa.

«Espero que no sea otra máquina de vapor», pensó Leo, y

miró a hurtadillas el espeso enebro. ¿Eso no eran huellas en la nieve? Claro, había pasado gente por ahí.

Ya casi se arrastraban, tenían las chaquetas llenas de nieve. De pronto los vieron: Liese llevaba el gorro de punto rojo torcido y Maxl uno muy bonito con orejeras. A él también le gustaría tener uno así. Y Hansl iba tan abrigado que se cayó en la nieve.

—¡Bravo! Sorpresa. ¡Feliz Navidad!

Los tres se pusieron a dar saltitos y a saludarlos moviendo las manos. Fueron corriendo hacia ellos y ahí se quedaron sonriendo, riendo, contentos de volver a verse.

—Enséñame el pelo —le exigió Dodo a Liese—. Uy, sí que lo llevas corto. Mamá quiere que lleve estas ridículas trenzas.

Maxl contó que el Niño Jesús le había traído dos coches de metal y una gasolinera, y Hansl decía algo de una tienda de juguete. Leo mencionó que a él una máquina de vapor, porque sabía que ni a Maxl ni a Hansl les impresionarían un gramófono y unos discos. Liese ya tenía doce años, cuatro más que él. Era muy distinta de su madre, Auguste. Era delgada y tenía el cabello rubio oscuro, ondulado, el rostro fino y la boca pequeña, en forma de corazón. Le gustaba porque siempre era cariñosa y suave, y porque se enfadaba cuando sus hermanos no paraban de darle tirones.

—¿Y a ti qué te ha traído el Niño Jesús? —le preguntó.

—Un vestido y una chaqueta. Unos zapatos nuevos. Y dos pañuelos bordados.

Leo quiso preguntarle si no había recibido ningún juguete, pero entonces una bola de nieve impactó contra su gorro de piel y se lo arrancó de la cabeza.

—¡Eh! —gritó Dodo—. ¡Espera, Maxl, ahora verás!

Todos se agacharon y recogieron nieve para formar proyectiles. Dodo le dio a Maxl en el hombro, Liese le dio a Dodo en el brazo, Leo lanzó un tiro perfecto a la barriga de Maxl. Las bolas de nieve pasaban silbando de un lado a otro, se oían gritos de júbilo y quejas, Dodo soltó un chillido porque le acertaron en el cuello y sintió el frío, Liese se rio de Leo porque no le había dado. Hansl era el más hábil cuando había que esquivar los tiros, simplemente se dejaba caer en la nieve.

—¡Pero niños! —se oyó la voz de la señora Von Dobern.

Nadie le hizo caso.

¡Pam! Una bola impactó en el moflete de Leo. Le dolió, se limpió la nieve y luego vio que había sido su padre el que la había lanzado. Se estaba riendo. Sin malicia. Tampoco estaba enfadado, sonreía con cierta picardía, como miraba antes a su madre a veces. Leo se agachó y apretó la nieve. Tenía las manos heladas, se le clavaba la nieve como si fueran agujas. Miró a su padre, que lo observaba. Seguía sonriendo. «Vamos», significaba eso. «A ver si me das. Yo no me muevo de aquí.»

Con el primer tiro no acertó. En el segundo lanzamiento, una bola de Hansl le dio en el cuello, así que de nuevo erró el tiro. Al tercero hizo diana en el pecho de su padre. Este se agachó para formar otra bola de nieve, pero enseguida sufrió tres ataques. Dodo y Maxl se habían unido a él.

—¡Canallas! —dijo su padre entre risas—. Todos contra mí. ¡Ahora veréis!

Llovieron proyectiles blancos, gritaron, rieron, se quejaron y al final pararon, agotados, colorados y con los dedos doloridos. Entonces lo oyó. Ese timbre suave. Unas campanillas, como mínimo cuatro. Seguían un ritmo regular, dando brincos, oscilando, alegres. Re mayor. También se oía crujir la nieve y un leve silbido, algo que se deslizaba.

—El Niño Jesús —susurró Dodo, respetuosa.

Maxl se echó a reír. Liese señaló la villa, donde se veía un vehículo muy raro. Un caballo tiraba de un carro. ¡No, era un trineo!

—¡Es papá! —gritó Liese—. Ha arreglado el viejo trineo. ¡Y podemos subir todos!

¡El viejo trineo! Lo había visto alguna vez en el cobertizo, abandonado. Era rojo, con los asientos de piel pero bastante ajados, y las largas cuchillas marrones del óxido.

—¿Qué, os ha gustado la sorpresa? —dijo su padre.

¡Claro! Gustav Bliefert paró junto a ellos, henchido de orgullo por llevar el trineo. Subieron todos, también su padre; y la señora Von Dobern, con una sonrisa torcida. Debía de tener frío, porque su abrigo no era muy grueso y las botas no estaban forradas.

—Qué idea tan fantástica tuvo vuestro padre —dijo—. Henny se pondrá muy triste por habérselo perdido.

En efecto, Leo pensó que Henny estaría en la villa, junto a la ventana, mirando con envidia hacia el parque. Dieron una vuelta grande. Pasaron delante de la casa del jardinero, donde la chimenea humeaba y Auguste los saludó con el pequeño Fritz en brazos. Pasaron junto a los abetos rojos y los enebros, que parecían enanos jorobados bajo la carga blanca. Luego rodearon la villa, cruzaron el césped casi hasta la entrada y atravesaron el camino con los árboles pelados y cubiertos de nieve hasta la glorieta del patio. Leo escuchaba los sonidos todo el tiempo y sentía el ritmo de los cascos del caballo. Volvía a sonar música en su cabeza, oía tonos, muchos a la vez, también ruidos y a veces melodías. En el patio, las cuchillas chirriaban porque había poca nieve y se veía cómo saltaban chispas.

Junto a la escalera esperaban la abuela Gertrude y la abuela Melzer, bien envueltas en pieles, y la tía Kitty también quería dar una vuelta.

—¡Ay, querido Paul! —exclamó entusiasmada—. ¿Te acuerdas de cuando íbamos en ese trineo por el bosque? Yo hice subir a Marie al trineo. Tú y mi pobre Alfons ibais al lado a caballo.

Su padre se apeó para dejar sitio y subieron las tres, aunque Hansl tuvo que sentarse en el regazo de la abuela Gertrude. Henny no había bajado, había comido demasiado mazapán y se encontraba mal.

A Leo no le sorprendió que la tía Lisa ni se lo planteara, el pobre caballo no habría podido con tanta carga, pero le dio pena que su madre no montara en el trineo.

Más tarde, cuando se despidieron y estaban de nuevo en el automóvil de la tía Kitty, Henny volvía a estar de buen humor.

—Yo puedo llevarme mis regalos —alardeó—, pero el tío Paul ha dicho que los vuestros se quedan en la villa. ¡Solo podréis jugar con ellos cuando vengáis de visita!

Dodo se puso muy triste porque la máquina de vapor le había gustado mucho. Su padre la había llevado a la habitación de los niños y la puso en marcha, pero enseguida la apagó porque se había hecho muy tarde. A la muñeca no la echaría de menos.

Leo estaba deseando sentarse al piano, necesitaba tocar los sonidos que le rondaban por la cabeza. Por lo menos quería intentarlo. Daba igual que para la mayoría de los sonidos ni siquiera existieran teclas.

28

*Enero de 1925*

Estimado señor Winkler:

Dado que prefirió largarse sin despedirse, durante los últimos meses he invertido pocos esfuerzos en averiguar su paradero actual. ¿Para qué? Su desinterés por la finca Maydorn y por mi modesta persona quedó muy claro, y no soy de ese tipo de mujeres que salen corriendo detrás de un hombre. Sin duda, durante este tiempo habrá encontrado un sitio en la vida que le sea conveniente. Estoy segura de que es un magnífico profesor y educador de jóvenes, en eso consiste su talento, así como en la investigación del pasado y la historia nacional.

Lisa se reclinó en la silla y mojó la pluma en el tintero. Leyó el texto, descontenta, negó con la cabeza y añadió mejoras; «largarse» sonaba demasiado duro, indicaba consternación, si no ira. No quería dar la impresión de que la carta era una especie de ajuste de cuentas. Quería parecer educada y serena. No estaba dispuesta a ir detrás de él. Ni siquiera para hacerle reproches. Estaba por encima de eso. Ahora se trataba solo de...

«Qué sandeces digo de su talento», pensó, y tachó la última

frase. «A fin de cuentas, tampoco pretendo adularlo. Solo faltaba eso. ¡Después de todo lo que me ha hecho ese cobarde!»

Se levantó, se ciñó la bata y comprobó que apenas podía cerrarla, y eso que era ancha. Qué horror. Se sentía pesada como el plomo, constreñida como una abeja reina. Estaban a mediados de enero; con suerte, pronto llegaría a su fin la parte molesta. El parto le daba miedo, pero pasaría, era algo que sucedía desde los albores de la humanidad. Lo principal era que la criatura estuviera sana, fuese niño o niña. Luego haría todo lo posible por recuperar su figura normal. Sobre todo eso. Apenas tenía nada que ponerse, tampoco le cabían los zapatos porque tenía los pies hinchados.

Pese a que eran las seis y aún no había amanecido, apartó las cortinas y abrió una ventana. La recibió el aire fresco de la noche y respiró hondo. Pequeños copos de nieve se posaron sobre su rostro acalorado, resbalaron con la corriente de aire hacia la nariz y le hicieron cosquillas. Vaya, menuda helada. En MAN estaban trabajando, las luces remotas de la fábrica apenas permitían distinguir los árboles y la superficie cubierta de nieve del parque. Una liebre saltó por la nieve, luego otra. Se pusieron sobre las patas traseras, se miraron, luego la pequeña echó a correr entre los abetos rojos. La otra se agazapó y se puso a hurgar en la nieve.

Se cerró la bata hasta el cuello y se inclinó un poco hacia delante. Sobre la masa de nieve en la que estaba sumergida la galería bailaban unas luces amarillas. Alguien había encendido las luces del vestíbulo. Seguramente la señora Brunnenmayer estaba preparando el desayuno y Julius limpiaba con diligencia las botas de los señores. Lisa suspiró. Serafina le había dicho en varias ocasiones que Dörthe era «torpísima» y no servía para nada, que más valía enviarla de vuelta a la finca en cuanto pudieran. Quizá tuviese razón, pero Lisa era de la opinión de que había que darle otra oportunidad. Insistía en mantenerla en su puesto porque le divertía contradecir a Serafina.

Hacía demasiado frío, cerró la ventana y se retiró hacia la estufa que Gertie había alimentado la víspera con briquetas ardientes. Era muy agradable apoyar la espalda dolorida en los azulejos calientes y dejarse llevar un momento por esa sensación de suave protección. En la villa no se sentía protegida, sino más bien sola y abandonada por todos. Paul estaba ocupado con sus problemas conyugales, su madre sufría migrañas constantes y se pasaba la mayor parte del tiempo en cama, y Serafina, su querida amiga a la que tantas ganas tenía de ver, iba a lo suyo.

«No te imaginas, mi querida Lisa, lo desagradecida que es la patria con sus héroes. Con tantos que dieron la vida y la sangre en el campo de batalla, y no quieren más que criticar su sacrificio y olvidarlos.»

Bueno, un poco sí que entendía a Serafina. Su padre, el general Von Sontheim, había caído en Rusia, igual que su hermano menor y su marido. Armin von Dobern era teniente y tuvo una muerte heroica en Flandes. Por lo visto, las viudas recibían unas pensiones exiguas, y Serafina tenía que alimentar a su madre y a sus suegros, que habían perdido su fortuna con la inflación. No era de extrañar que estuviera amargada. Aun así, le parecía una desfachatez que esa mujer seca y altiva se interpusiera entre ella y su madre.

«Ahora tu madre necesita calma, Lisa. Cualquier cosa que desees, puedes pedírmela a mí.»

«Tu querida madre está durmiendo la siesta. No puedes molestarla bajo ningún concepto.»

«Le he dado a tu madre un calmante suave. No debe alterarse, ya lo sabes.»

Lisa quería saber qué le daba en realidad Serafina a su madre. Un vasito por aquí, unas gotitas por allá en un azucarillo, un «somnífero» para que pasara la noche tranquila.

—Es valeriana, Lisa. Es inofensiva. Los antiguos romanos ya la usaban.

Lisa había utilizado con frecuencia la valeriana en el hospital, calmaba a los heridos cuando los atormentaba la angustia o el dolor. Su olor era inconfundible. Y desde el principio del embarazo su olfato había mejorado mucho, pero no percibía la valeriana en el «somnífero» de Serafina.

—¿Por qué no puede alterarse mamá? ¿Acaso tiene el corazón mal?

La sonrisa de suficiencia de Serafina era tan penetrante que a Lisa se le erizó el vello de los brazos de la aversión.

—Bueno, ya sabes, Lisa. Tu madre ya no es una jovencita, y su corazón tampoco es el de antes.

—Mamá tiene sesenta y siete años, ¡no ochenta y siete!

Serafina no hizo caso del reproche. Sesenta y siete ya era una edad considerable.

—Tu pobre padre murió a esa edad, Lisa. No lo olvides.

—¡No lo olvidaré nunca, Serafina!

No se cansaba de hacerle reproches, pero ya echaba por ver quién tenía más aguante.

—Yo creo que la salud de mi madre es mucho mejor de lo que quieres hacerle creer.

—Por favor, Lisa. Esas terribles migrañas...

—¡Venga ya! Mamá lleva toda la vida con migrañas.

—Me entristece mucho la poca consideración que muestras hacia la delicada salud de tu madre, Lisa. Espero que no tengas que lamentarlo nunca.

Lisa tuvo que controlarse. No quería perjudicar al niño que llevaba en el vientre si se acercaba a Serafina para darle una bofetada. Pero ya llegaría el momento.

¡Pobre Marie! Durante los últimos días, Lisa había entendido bastantes cosas. En Nochebuena encontró un rato para hablar a solas con ella. No estuvo muy receptiva, pero cuando entendió que Lisa no tenía intención de reprocharle nada tuvieron una conversación bastante sincera. De pronto entendió que Marie era el alma de la casa. La que siempre era comprensiva. La que se esforzaba por arreglar los malentendidos y las disputas. La que se ocupaba de todo, siempre alegre, siempre contenta, siempre con una buena idea a mano. Marie era como una brisa cálida y estimulante que soplaba en la casa y daba un respiro a todos con su bienestar.

Ahora tenía la sensación de notar desde la primera hasta la última hora del día una ráfaga de viento frío y mohoso que provenía sobre todo de Serafina. ¡Si no fuera por el niño!

—¡Paul y tú tenéis que hablar! —le dijo a Marie—. Sé que te quiere. Se pasa las noches con la cabeza metida en algún informe mientras vacía una botella de vino tinto. Eso no es normal.

Marie le explicó que no era tan fácil.

—Tal vez sea cosa mía, Lisa, pero tenía la impresión de que ya no había sitio para mí en esta casa. De pronto volvía a ser la pobre huérfana a la que acogieron por compasión. La hija bastarda de una mujer que pintaba cuadros escandalosos y que se resistió con obstinación a someterse a la voluntad de Johann Melzer. Casi me daba la sensación de que la terrible muerte de mi pobre madre era como una mala hipoteca.

—Pero ¡qué tonterías dices, Marie!

—No son tonterías, Lisa. Paul no me ha apoyado. Al contrario, se ha puesto de parte de tu madre, quien, por desgracia, ha cambiado mucho.

—Yo también me he dado cuenta, Marie. ¿Sabes qué pienso?

Marie ni confirmó ni desmintió su teoría de que el cambio de Alicia se debía a la influencia de Serafina. Era posible, pero no se podía probar. En todo caso, con ella los niños sufrían, y ahora se arrepentía de no haber actuado antes. Kitty solucionó el problema a su manera. Se mudó a Frauentorstrasse con Henny. ¡Y punto!

—¿Y cuánto tiempo va a durar esta situación?

—No lo sé, Lisa.

En cierto modo Marie le daba envidia. Seguro que en

Frauentorstrasse el ambiente era más alegre que en la villa. Los tres niños correteaban por la casa, Gertrude le daba al cucharón, Kitty disfrutaba de la presencia de Marie y además recibían visitas. Todo era bohemio, desenfadado, poco convencional, generoso. Seguro que allí nadie habría hecho aspavientos al ver a una esposa embarazada que se había separado. En la villa rara vez tenían invitados, y siempre eran las amistades de los Melzer. Ni una sola vez habían invitado a Lisa a participar en esas reuniones, su madre tenía a Serafina a su lado. Era increíble. Esa persona se sentaba en el sitio de Marie. Se lo contó Gertie, que estaba tan enfadada como el resto de los empleados.

Marie era quien la había convencido para que escribiera una carta a Sebastian.

—Sea como fuere, Lisa, él tiene derecho a saber que va a ser padre. Lo que haga después es asunto suyo.

Así era Marie. No había creído ni por un momento que el niño fuera de su marido. Había intuido la verdad y se lo había dicho con toda naturalidad.

—No puedo imaginar que le dé igual, Lisa.

Le replicó que había vivido durante cuatro años en la misma casa que él y que su terquedad y su sentido del honor la sacaban de quicio.

—Ese encuentro fue como... un trágico accidente. Ya me entiendes.

Lisa sabía lo poco creíbles que sonaban esas explicaciones, y de hecho ninguna era cierta. Sin embargo, Marie asintió, comprensiva. Se levantaron las dos y estuvieron un rato mirando por la ventana. Paul había rescatado en secreto el viejo trineo, y ahora daba vueltas por el parque.

—Paul ha tenido una idea preciosa, ¿no te parece?

Marie se limitó a esbozar una sonrisa triste. Probablemente recordaba el viaje en trineo de doce años atrás, cuando aún era la ayudante de cocina en la villa. Por aquel entonces, Paul y Marie estaban muy enamorados.

—Tal vez sea cierto eso de que nadie debería casarse por encima de su clase —dijo Marie a media voz.

—Qué tontería —gruñó Lisa—. Mamá y papá procedían de familias distintas. Mamá es noble y papá era burgués. —Se quedó pensando si el matrimonio de sus padres había sido feliz o infeliz. Luego se le ocurrió que Sebastian era de origen muy humilde y ella, como hija del acaudalado propietario de una fábrica, en realidad quedaba fuera de su alcance. Por lo menos antes era así. Pero después de la guerra habían cambiado muchas cosas.

—¿Qué harías si Sebastian se presentara en la puerta de casa? —preguntó Marie de repente.

—¡Cielo santo! —exclamó asustada—. ¡Con lo inflada y fea que estoy ahora, mejor que no me vea!

Marie se quedó callada y observó cómo Alicia y Gertrude subían al trineo con Kitty. No obstante, por la expresión de su rostro Lisa comprendió que se había delatado. Aún amaba a Sebastian. Lo quería incluso más que antes.

—Mira —dijo Marie señalando abajo, en el patio—. Mamá sube al trineo con mucha agilidad. Y cómo se ríe, no le molesta nada no tener espacio ni que los niños no paren quietos.

La tarde de Nochebuena, después de que Kitty y su alegre séquito regresaran a Frauentorstrasse, su madre tuvo unas migrañas horribles.

Serafina le dijo a Paul en tono de reproche:

—Primero le devuelven a los nietos y luego tiene que separarse otra vez de ellos. ¡Es muy cruel lo que su esposa le está haciendo a su madre!

—¡Usted no es quién para juzgarlo, señora Von Dobern! —espetó Paul con dureza, y cerró la puerta del despacho de un golpe.

Lisa disfrutó viendo el gesto petrificado de Serafina.

Al cabo de dos semanas, el domingo, los gemelos volverían a la villa de visita. Lisa torció el gesto al notar movimiento en el vientre. La víspera, el niño se había revuelto tanto que de repente no podía ni dar un paso. Un dolor le recorría desde la cadera hasta el tobillo derecho. ¡Ese embarazo era un tormento!

Se separó de los azulejos calientes y se acercó de nuevo al escritorio anticuado que también habían rescatado de la buhardilla. Lanzó una mirada crítica a la carta que le estaba escribiendo a Sebastian, mejoró la expresión «largarse» por «irse por sorpresa» y pensó en cómo anunciarle su estado.

«Sin querer influir en su vida, con esta carta quería comunicarle que nuestro breve encuentro tuvo consecuencias.»

Se detuvo al oír un ruido raro. Luego un grito, una voz femenina. Un chillido. Bastante histérico. ¿Era Else? Sin duda procedía de la planta baja. ¿Dörthe? Por Dios, Dörthe no, qué desgracia de chica.

Se oyó un portazo y después a alguien que subía la escalera a toda prisa. Solo podía ser la escalera de servicio, cuyos peldaños eran de ladrillo, porque la que usaba la familia estaba cubierta con una alfombra.

—¡Ayuda! —gritó una voz de mujer—. ¡Policía! ¡Nos atacan! Ladrones.

Lisa comprobó aliviada que no era Dörthe. Parecía Serafina. Jesús bendito, estaba histérica.

—Un hombre... un hombre ha entrado en mi habitación.

En ese momento se mezclaron otras voces. Lisa reconoció a la señora Brunnenmayer, también a Julius. Era evidente que intentaban calmar al ama de llaves.

¿Un hombre? ¿En la habitación de Serafina? Lisa también se inquietó. En ese momento el número de habitantes masculinos en la villa era bastante reducido. Si no había sido Julius, solo quedaba Paul. Durante un horrible segundo se le ocurrió que su hermano podía haber estado en la habitación de Serafina. Tampoco sería tan extraño. Un hombre no dejaba de ser un hombre. Pero no, en ese caso seguro que Serafina no habría gritado. Al contrario, habría guardado silencio. Entonces era un ladrón. Y por lo visto había subido corriendo a la buhardilla, donde se encontraban los cuartos del servicio y el desván para secar la ropa.

Se ciñó la bata lo mejor que pudo y salió al pasillo. Ahí estaba Paul, completamente vestido, junto a la puerta de la habitación de mamá. Hablaba con ella.

—Vuelve a acostarte, por favor. Seguro que solo es una broma pesada.

—Llama a la policía, Paul.

—Cuando sepa qué ha pasado.

Lisa se dirigió hacia ellos. Ahora el niño pataleaba con fuerza, probablemente había notado los nervios.

—Alguien ha subido por la escalera de servicio, Paul.

—¿Cuándo? —preguntó.

—Ahora mismo. Después de que gritara.

—¡Vaya! Pues vamos a ver.

—¡Paul! —gimió mamá—. Ten cuidado, por Dios. Puede atacarte ahí arriba.

—Si es que sigue ahí —comentó Lisa con sequedad—. Después de ver al ama de llaves en camisón, seguro que solo piensa en largarse cuanto antes.

Su madre tenía la mente en otra parte y no entendió la pulla que le había lanzado a Serafina. Dejó que Lisa la acompañara de vuelta a su habitación y se sentó en la cama.

—Dame mis gotas, Lisa. Están junto a la jarra de agua.

—No necesitas gotas, mamá. Bébete un vaso de agua.

Su madre había llamado al timbre, y acto seguido se oyeron los pasos pesados de Else en el pasillo.

—Señora —dijo, y luego hizo una reverencia junto a la puerta.

—¿Qué pasa, Else?

—No tiene de qué preocuparse, señora.

Else mentía muy mal, se notaba que ocultaba algo.

—¿Por qué gritaba el ama de llaves? —quiso saber su madre.

Else se lo pensó, hizo una reverencia extraña y se quitó una pelusa del delantal.

—La señora Von Dobern tenía pesadillas, señora.

¿A qué hora se despertaba el ama de llaves? Eran las seis y media, la señorita Schmalzler ya llevaría tiempo de servicio.

—Entonces, ¿no ha pasado nada? —preguntó su madre, preocupada.

Else negó con la cabeza en un gesto enérgico y apretó los labios.

—No, no. Está bien. Se está vistiendo. Solo se ha asustado un poco.

No iban a sonsacarle nada más. Su madre ordenó que enviaran a Julius a los cuartos del servicio para ayudar a Paul si era necesario.

Justo después se presentó Serafina. Estaba pálida como una sábana del susto, pero por lo demás parecía serena.

—Lo siento mucho, querida Alicia.

La voz le temblaba un poco y le costaba respirar. A Lisa casi le dio pena, estaba a punto de darle un ataque al corazón.

—Siéntese, querida —dijo su madre—. Tómese unas gotas de valeriana, Dios sabe que la necesita.

Serafina lo rechazó, ya se encontraba mejor. Por desgracia, tenía motivos de queja del personal.

—Le he pedido a Julius que llame a la policía. En vano. Cuando he ido yo misma al despacho a llamar, la señora Brunnenmayer se ha interpuesto en mi camino.

—Es increíble —dijo su madre.

—Incluso ha llegado a las manos.

—¿La señora Brunnenmayer? ¿Está hablando de nuestra cocinera, Fanny Brunnenmayer? —exclamó Alicia, que lanzó una mirada impotente a Lisa.

—¡Exacto! Me ha torcido la muñeca.

Serafina se desabrochó los puños para enseñar la herida,

pero ya nadie le prestaba atención. Se había abierto la puerta que daba a los cuartos del servicio y se oyeron unos pasos.

—¡Vamos! —dijo Paul—. No nos lo vamos a comer.

Alguien tropezó contra la puerta.

—Párese. Espere, yo lo sujeto.

—Gracias —dijo una voz débil—. Estoy... estoy mareado.

Serafina se irguió, luego salió con ímpetu del dormitorio de Alicia al pasillo. Lisa dudó un momento porque no estaba vestida, pero luego la siguió.

—Pero si es... ¡Humbert!

Apenas reconoció al antiguo criado, delgado y con las mejillas hundidas, colgado del brazo de Paul. ¿No le habían contado que había hecho carrera en los escenarios de la capital? Debía de ser un error. Parecía que se hubiera muerto de hambre en un cuchitril.

—Es él —dijo Serafina con calma pero con la voz un tanto temblorosa—. Es el hombre que ha entrado antes en mi cuarto. ¡Me alegro de que lo haya atrapado, señor Melzer!

Humbert había levantado la cabeza para mirar a Serafina, pero ella no lo reconoció.

—Sí, díselo, Humbert —dijo Paul, que presenciaba la situación más bien divertido—. ¿Qué buscabas ahí? ¿Por qué has entrado de madrugada a hurtadillas en la villa?

Humbert se aclaró la garganta, luego tosió. «Espero que no nos contagie la tisis», pensó Lisa. ¡Tenía que pensar en su hijo!

—Le pido mil disculpas —le dijo Humbert a Serafina—. No tenía ni idea de que durmiera alguien en ese cuarto. Solo quería descansar un momento. Estaba exhausto después del largo viaje en tren.

La explicación no dejaba claras algunas cosas. Paul arrugó la frente y Serafina soltó un bufido, indignada.

—Entonces ha entrado en la casa sin avisar a los señores —afirmó—. ¿Quién le ha abierto la puerta?

Humbert miraba con indiferencia al frente y, cuando habló, daba la sensación de que se estaba comunicando con otro mundo.

—A las seis y media siempre se abre el cerrojo de la puerta de la cocina porque llega el lechero. Me he colado sin que me vieran.

—No nos venga con cuentos —dijo Serafina; tenía un rubor insano en las mejillas—. Ha tenido cómplices. Alguien le ha abierto la puerta de la cocina y lo ha colado en secreto en la villa.

Humbert parecía demasiado agotado para contestar. Colgaba de tal manera del brazo de Paul que temían que se fuera a desplomar si no lo sujetaba.

—Sé perfectamente quién es la responsable —prosiguió Serafina en tono triunfal—. Querida Alicia, durante años ha desperdiciado usted su simpatía con una persona que no la merecía. La cocinera es una embustera insidiosa. Una tirana que pone a los empleados en mi contra y se empeña en hacer caso omiso de mis instrucciones. Sin duda, la señora Brunnenmayer está detrás de esta infracción.

Paul hizo un movimiento impaciente con el brazo, no tenía ganas de entrometerse en disputas absurdas.

—¡Julius! Lleve a este joven al cuarto del servicio de abajo. Y luego me gustaría desayunar.

Julius, que esperaba al pie de la escalera, pasó presuroso junto a Serafina sin siquiera mirarla. Tras él estaban Gertie y Dörthe, que querían ver qué había ocurrido arriba, por supuesto. Lisa tenía claro que el servicio haría fuerza común con la señora Brunnenmayer. Eso le gustaba. Si Serafina se había llevado un susto era solo por su culpa: ¿por qué dormía en el despacho del ama de llaves? La señorita Schmalzler jamás lo hizo, dormía arriba, en su cuarto, y usaba la habitación de abajo como despacho. Pero, claro, en invierno los cuartos del servicio eran muy fríos, por eso se había instalado allí, cerca de la cocina caliente. Eso no ayudó a ganarse la amistad de los empleados.

—Querida Serafina —dijo su madre, disgustada—. Con la señora Brunnenmayer se equivoca, sin duda.

Su antigua amiga no era tonta. Entendió que había ido demasiado lejos, así que reculó un poco.

—Tal vez tenga razón, querida Alicia. Ay, qué jaleo tan innecesario. Ahora necesita tranquilidad.

Sirvió un vaso de agua y desenroscó el tapón de la botella de cristal, marrón y barriguda, pero Alicia negó con la cabeza.

—No, gracias, nada de gotas. Else, ayúdame a vestirme. Y antes del desayuno me gustaría hablar con la cocinera. Lisa, acuéstate otra vez, desayunaremos juntas hacia las nueve y media.

Lisa agradeció la comprensión de su madre, de pronto se sentía tan cansada que apenas se tenía en pie. ¿Eran imaginaciones suyas, o el inesperado incidente había levantado los ánimos de su madre?

Cuando al cabo de una hora bajó a desayunar, su madre estaba sentada a la mesa con el periódico. Sonrió y le preguntó, preocupada, cómo se encontraba.

—El niño no para de hacer gimnasia, mamá.

—Así debe ser, Lisa. He pedido que te preparen un té, el café podría inquietarlo.

¿Y Serafina? El ama de llaves ocupaba ahora su cuarto debajo de la buhardilla.

—La señora Brunnenmayer me lo ha contado todo, Lisa. El pobre Humbert tuvo una recaída en Berlín. ¿Te acuerdas? Antes ya tenía esos ataques de pánico.

Hanna y la señora Brunnenmayer le habían suplicado que regresara a Augsburgo, pero nadie sabía que iba a llegar justo anoche.

—De lo contrario, la señora Brunnenmayer habría pedido

permiso, por supuesto. Pero es nuestro deber cristiano soco-
rrer a los pobres, ¿verdad?

—Te veo viva y animada, mamá.

—Sí, Lisa. Hacía mucho tiempo que no me sentía tan bien.

—Entonces no deberías tomar más esa cosa, te da dolor de
cabeza.

—¡Ay, Lisa, pero si la valeriana es inofensiva!

# 29

El mes de febrero fue inusualmente suave, casi parecía que las hojas del azafrán fueran a asomar en las praderas del parque. Sin embargo, cuando el tiempo parecía anunciar la primavera, se levantó un viento gélido y volvió la helada. Una peligrosa capa de hielo había paralizado en dos ocasiones el tráfico en la ciudad, además de provocar fracturas de huesos y torceduras, y por lo visto el abogado Grünling estaba entre los afectados. Auguste, que hacía unos días que volvía a trabajar en la villa, los informó de que el pobre señor Grünling se había roto los dos brazos.

—Cielo santo —exclamó Gertie, y le dio un sorbo al café matutino—. Ni siquiera puede presentarse ante un tribunal.

—¿Por qué no? —repuso Auguste—. Bien que habla.

—Pero no puede gesticular con los brazos al hacerlo.

Auguste se encogió de hombros y echó mano de una rebanada de pan blanco, untó mantequilla y tampoco escatimó con la mermelada de fresa.

—¿Y cómo se pone la chaqueta? —comentó Dörthe, pensativa—. ¿Y qué hace cuando tiene que bajarse los pantalones?

En la larga mesa de la cocina hubo un malicioso regocijo por el mal ajeno. Ni siquiera la señora Brunnenmayer pudo evitar sonreír. Así era, a veces los ricos también tenían mala suerte. Dios nuestro Señor era justo.

—Ya encontrará alguna que le baje los pantalones —comentó Auguste en tono burlón—. Seguro que un soltero como él tiene una novia amantísima. Quizá varias que no paran de subirle y bajarle los pantalones.

Todos soltaron una carcajada. A Gertie se le quedó un pedazo de pan en la tráquea y empezó a toser, pero Julius se puso a darle golpes en la espalda para ayudarla.

Else se había puesto roja de nuevo. Cortó la rebanada de pan antes de untarla con mantequilla y luego masticó un rato a conciencia; a veces también mojaba el pan en el café para reblandecerlo. Una dentadura postiza era demasiado cara para una doncella envejecida. Además, Else le tenía un miedo atroz al dentista.

—No está bien reírse de los enfermos —comentó a media voz, y tragó el bocado con un sorbo de café.

—Ese ha vaciado los bolsillos de mucha gente —apuntó Auguste sin compasión—. ¡Le está bien empleado!

Nadie la contradijo. Era de dominio público que algunos listos se habían hecho con numerosos bienes después de la guerra, se habían enriquecido a costa de los que se vieron obligados a venderlo todo debido a la inflación. Sin embargo, esos avaros eran de los que ya tenían dinero antes. El pobre seguía siendo pobre, eso había que metérselo en la cabeza: era así.

—¿Y qué ha sido de tu herencia, Auguste? —preguntó Brunnenmayer, campechana—. ¿Ya os la habéis gastado toda?

Auguste les había contado que su repentina fortuna se debía a una herencia. Una tía lejana que no tenía descendencia se lo había dejado todo a su querida sobrina de Augsburgo. No, no contaba con ello, era muy poco común, pero la buena de Lotti tenía guardado un buen dinero en su calcetín de los ahorros. Sí, sí, la gente mayor.

—¿Usted qué cree? —replicó a la cocinera—. Con ese dinero estamos construyendo un invernadero. Y con lo que ha sobrado les he comprado ropa y zapatos a los niños.

Se estaba quedando muy corta, pero Auguste se guardó de decirles que había adquirido muebles nuevos y todo tipo de cosas bonitas que conocía de la villa. Objetos de plata y jarrones de porcelana. Platos y cubertería a juego. También ropa de trabajo para Gustav, ropa interior y un buen traje. Ropa de cama cara. Y para ella, ropa nueva. Por no hablar del automóvil que estaba en el cobertizo y que empezarían a usar en primavera. Para no alimentar las malas lenguas.

Dörthe se sirvió la tercera rebanada de pan y tiró una jarra de leche cuando iba a coger la mantequilla.

—¿No puedes ir con más cuidado? —soltó Julius, a quien le mojó la manga—. Ahora tendré que lavar la camisa y la manga de la chaqueta.

—Solo es un poco de leche.

—Hoy es la leche. Ayer un cazo con manteca. Hace poco una botella de vino tinto que tenía que llevar a los señores. Todo lo que tocas acaba hecho añicos.

Julius salvó su taza de café del paño húmedo que Dörthe pasó por la mesa para limpiar la leche. Auguste negó con la cabeza, los demás se lo tomaron con calma. Hacía tiempo que sabían que la chica no lo hacía con mala intención, solo tenía mala suerte. Era una persona honrada, aunque un poco boba. La enviaban a buscar leña para la estufa, le encomendaban pelar patatas o retirar la nieve del patio para que no provocara muchos desastres. En primavera quería ocuparse de los parterres de la terraza y acondicionar la glorieta del patio. Tal vez la jardinería se le diera mejor.

—¿Humbert sigue durmiendo? —preguntó Auguste—. Pensaba que se encontraba mejor.

La cocinera cortó jamón en lonchas finas y añadió paté de hígado y un pedazo de salchicha ahumada. Lo hacía para Humbert, lo sabían, pero, por supuesto, los demás también podían disfrutar de ese delicioso desayuno.

—Ahora baja —dijo—. Ese chico necesita dormir mucho. Y tiene que comer, se ha quedado en los huesos.

Auguste asintió con vehemencia y se apresuró a cortar un pedazo del paté de hígado. Volvía a trabajar tres veces por semana en la villa, supuestamente por lealtad.

—Cómo defendió a Humbert, señora Brunnenmayer —comentó Gertie con la boca llena—. Fue extraordinario. No creía lo que estaba oyendo.

A Fanny Brunnenmayer no le resultaba agradable hablar del tema, así que lanzó una mirada hostil a Gertie y masculló:

—¿Y qué hacías escuchando detrás de la puerta? No tenías por qué oír lo que dije delante de los señores.

Gertie no se dejó amedrentar. Lanzó una mirada rápida al pie de la escalera para ver si Humbert ya llegaba, luego intentó imitar la voz de la señora Brunnenmayer.

—«Si no hay sitio para Humbert en la villa de las telas, yo tampoco me quedo. Hace treinta y seis años que sirvo aquí, y nunca he tenido motivos de queja. Pero si ese es el caso, recogeré mis cosas y me iré al primer sitio que encuentre.»

—¿De verdad le dijo eso a la señora? —preguntó Julius, asombrado.

Por mucho que Gertie hubiera citado esa frase varias veces ya, Julius siempre se mostraba impresionado. Jamás se habría permitido esa conducta con los señores, aunque se tratara de su propio hermano. De todos modos, no tenía hermanos ni hermanas.

—¡Lo juro! —dijo Gertie, y asintió tres veces, una tras otra—. La señora se quedó perpleja. Dijo que nunca en la vida se había planteado echar a Humbert, solo le habría gustado saber con antelación que iba a venir.

—¡Ya basta! —la regañó Fanny Brunnenmayer, y dio un puñetazo en la mesa—. La señora es una buena persona, pero ha estado matando moscas a cañonazos. ¡Borrón y cuenta nueva!

Habían acordado que Humbert primero necesitaba recuperarse y recobrar las fuerzas. Luego ayudaría con el trabajo como pudiera. Lo que hiciera falta. Limpiar el automóvil.

Cortar los setos del parque. Echar una mano en la cocina. Hacer recados. Al principio solo a cambio de la manutención y el alojamiento. Luego ya se vería.

—Cuando se haya curado —comentó la cocinera, y suspiró—. La guerra, qué miserable. Aún la tenemos metida en los huesos. Y ahí se quedará un tiempo.

Levantó la cabeza al oír en el pasillo de la escalera ese «tac, tac, tac» que tan bien conocían. Los zapatos del ama de llaves no eran nuevos, pero había cambiado las suelas por unas de piel dura.

—¡Cuidado! —dijo Julius, y aspiró varias veces porque cuando se alteraba no le entraba bien el aire por la nariz.

—Se acabó la tranquilidad —murmuró Gertie, y se apresuró a beber otro sorbo de café con leche.

Fanny Brunnenmayer hizo desaparecer el plato con embutido y jamón en el cajón de la mesa. No había que llevarse más disgustos de los necesarios.

La señora Von Dobern entró en la cocina con el gesto de una mujer víctima de todas las desgracias e injusticias de este mundo. Tras los cristales de las gafas, sus ojos abarcaron toda la estancia, luego se centraron en los que estaban sentados a la mesa, los alimentos dispuestos, los cazos y la cafetera de latón al fuego, las tinas con la vajilla sin lavar del día anterior junto al fregadero.

—¡Buenos días a todos!

Le devolvieron el saludo sin entusiasmo, solo Gertie se permitió preguntar si había dormido bien.

—Gracias. Puedes retirar la bandeja del despacho, Gertie.

Por mucho que hubiera ocupado su dormitorio arriba, mantenía la costumbre de desayunar sola en su despacho.

—Mañana me gustaría tomar un poco de jamón y embutido para desayunar —le dijo a la cocinera.

—¿Embutido para desayunar? —preguntó la señora Brunnenmayer fingiendo sorpresa—. Hoy es viernes.

—Aún no estamos en cuaresma —repuso el ama de lla-

ves—. ¿Cree que no huelo que aquí han comido paté de hígado y jamón ahumado?

—Por supuesto, lo he preparado para la señora Von Hagemann. Está esperando un niño, puede comer carne también los
viernes.

La señora Von Dobern soltó un bufido de desdén para dejar claro que no creía ni una palabra. Tenía razón, pero de poco
le servía porque la señora Brunnenmayer no iba a atender sus
deseos.

—Esta tarde el señor ofrece una pequeña fiesta, como todos sabéis —dijo para empezar a exponer el plan del día—.
Los invitados son tres matrimonios y dos señores solos, así
que ocho personas, más el señor, su señora madre y yo. El
menú ya lo ha acordado la señora con la cocinera. Antes se
ofrecerá un aperitivo, eso te incumbe, Julius. Else y Gertie
limpiaréis a primera hora el salón rojo y la sala de caballeros y
los dejaréis en un estado presentable. Dörthe, tú te ocuparás
de los zapatos de los invitados durante la velada.

Todos escuchaban aburridos. ¿De verdad creía que no sabían cómo se organizaba una pequeña fiesta en la villa? Era
una de las tareas más fáciles; la absurda charla del ama de llaves
solo provocaba desorden en el curso habitual de las cosas. La
señorita Schmalzler los animaba en esas ocasiones a dar lo mejor de sí mismos, ser un honor para la villa de las telas, y así
uno iba a trabajar de otra manera. Sin embargo, eso solo lo
sabían la cocinera y Else, los demás no habían conocido a esa
dama extraordinaria. Humbert sí, pero aún no se tenía en pie.

—Tú ayudarás en la lavandería y sacudirás las alfombras
—le dijo el ama de llaves a Auguste.

—Las alfombras ya las sacudimos el lunes —confirmó Auguste—. Sería más inteligente dedicarse a los colchones.

Enseguida vio que había cometido un error. Al ama de llaves se le ensancharon los ollares, un gesto que no auguraba
nada bueno.

—¿Me vas a explicar cómo se lleva una casa? ¿Y qué haces aquí sentada? Esto no es una fonda, puedes desayunar en tu casa.

A Auguste se le infló la cara como si hubiera comido levadura, pero no se atrevió a decir nada. En cambio, se oyó la profunda voz de la cocinera.

—Quien trabaja en la casa también puede comer. Siempre ha sido así, ¡y no ha cambiado nada!

—Como usted quiera —repuso el ama de llaves—. Tendré en cuenta este despilfarro cuando revise el libro de cuentas de la casa.

Dio un respingo porque junto al fuego de la cocina se volcó un cubo y el carbón que contenía salió rodando por el suelo. Dörthe volvía a hacer de las suyas.

—Lo siento... disculpe. Perdón —balbuceó la chica, y se puso a recoger el carbón a toda prisa y a guardárselo en el delantal.

—En todo el planeta no hay nadie más torpe que tú —comentó la señora Von Dobern, y dio una patada a un pedazo de carbón en dirección a Dörthe.

—Ah, no, señora Von Dobern. Tengo una hermana en Dobritz que seguro que es más torpe que yo —contestó Dörthe, muy seria.

Gertie dejó escapar un grito ahogado y lo disimuló con un ataque de tos. La cocinera miraba al frente, claramente molesta. Julius se mostraba imperturbable y sonreía. Solo Auguste seguía demasiado enfadada, ni siquiera la había oído.

—¿Tienes que ponerte el carbón en el delantal? Coge el cubo.

—Sí, señora Von Dobern.

El tono despectivo del ama de llaves hizo que Dörthe fuera aún más patosa. Todos lo vieron venir, Gertie gritó:

—¡Cuidado!

Demasiado tarde. Mientras recogía el carbón, Dörthe había retrocedido en dirección al fregadero y, al levantarse, su amplio trasero golpeó la encimera. La cuba que había encima empezó a tambalearse, se resbaló por el borde y los platos sin lavar de la cena cayeron al suelo. Plato a plato, taza a taza, Gertie y Auguste lograron salvar la jarrita para la leche y la bandeja grande, pero el resto quedó hecho añicos.

—Dios mío, qué día —farfulló Dörthe, que se había quedado clavada en el sitio del susto—. Pero no tengo ojos en la nuca, señora Von Dobern.

—Es increíble —masculló el ama de llaves, pálida de la rabia—. Me encargaré de que desaparezcas de aquí.

Dörthe rompió a llorar y dejó caer el carbón que tenía en el delantal al taparse la cara con las manos. Julius dijo en voz alta que eso lo decidía la señora Von Hagemann, pues Dörthe era su criada personal. Gertie, Else y Auguste recogieron los trozos de porcelana y los pedazos de carbón.

En ese momento apareció Humbert en la cocina. Al principio nadie se dio cuenta con tanto alboroto y se quedó quieto en la entrada, apoyado en la jamba, de brazos cruzados.

—También tiene su lado positivo —comentó con una sonrisa—. Lo que está roto ya no hay que lavarlo.

El gesto de Dörthe se iluminó un poco, pero la señora Von Dobern se dio la vuelta y fulminó a Humbert con la mirada.

—¿Le parece divertido que se rompan las pertenencias de los señores?

—En absoluto —respondió Humbert con amabilidad.

Descruzó los brazos y luego hizo una breve pero clara reverencia al ama de llaves. Costaba distinguir si era por educación, aprecio personal o ironía.

—Pero todo en la vida es sustituible, señora Von Dobern. Salvo la vida y la salud.

Pese a la extrema delgadez y las mejillas hundidas, provocaba cierto efecto en las mujeres del que antes no hacía uso de esa manera. El ama de llaves no fue ajena a sus encantos, se dejó provocar una sonrisa y confirmó que en eso tenía razón.

—¿Cómo se encuentra hoy, Humbert?

Él le agradeció el interés y explicó que cada día estaba mejor.

—La calma y la buena alimentación, además de la amable acogida y todas las personas encantadoras que se ocupan de mí con tanto cariño. —Parpadeó hacia el ama de llaves y añadió que estaba muy agradecido por ello—. Si puedo ser útil en algo, estimada señora Von Dobern, no tiene más que decírmelo. Detesto estar sin hacer nada mientras hay tanto trabajo por hacer.

Si pretendía recriminarle el no haber movido un dedo hasta entonces, acababa de tomarle la delantera.

—Bueno, si se ve con fuerzas suficientes, podría ayudar a Julius a limpiar el automóvil. Por dentro y por fuera. El domingo el señor Melzer tiene previsto hacer una excursión con los niños.

—Con mucho gusto.

La señora Von Dobern asintió satisfecha, lanzó otra mirada a las tres mujeres que estaban recogiendo el carbón y los añicos del suelo para clasificarlos en dos cubos y luego se encaminó hacia la salida que conducía al salón.

—El desayuno para la señora Melzer, la señora Von Hagemann y para mí, a las ocho en el comedor. ¡Como siempre! —gritó por encima del hombro.

La cocinera esperó a que no hubiera moros en la costa, luego sacó el plato con paté y jamón del cajón y se lo puso delante a Humbert.

—Me gustaría saber dónde lo mete todo —murmuró—. Desayuna a las siete sola en el despacho del ama de llaves y luego a las ocho con los señores. A la una, almuerza con los señores; después, café y tortitas de nata, merienda con los señores. Y por la noche aparece aquí de nuevo para llenarse un plato en nuestra mesa. Y sigue flaca como una pasa.

—Algunas tienen suerte —dijo Auguste con un suspiro, pues desde el último embarazo seguía redonda como un barrilete y por lo visto engordaba con solo mirar un panecillo.

—Pues a mí no me gustaría tener su aspecto —comentó Gertie—. Esa complexión delgada. Y esa cabeza que parece un hueso de cereza.

La cocina se llenó de risas. Incluso Dörthe, con el rostro aún sucio del carbón y los llantos, recuperó la alegría.

—A ver qué pasa el domingo —comentó la cocinera mientras Humbert se servía un café con leche—. La última vez los niños estuvieron cinco minutos conmigo en la cocina, luego tuvieron que irse a ver la nueva máquina de grabado de la fábrica. Y después la señora tomó café y comió tortitas de nata con ellos.

Else, que no era amiga de decir nada negativo sobre los señores, comentó con gesto de preocupación que el pobre niño no pudo tocar ni una tecla del piano.

—Es cierto —confirmó Gertie—. Por lo visto hubo problemas en la fábrica. Se veía cuando volvieron. El señor parecía muy enfadado, y luego ya no se ocupó de los niños en toda la tarde.

Humbert esperó con paciencia a que la señora Brunnenmayer pusiera pepinillos en el bocadillo de jamón y lo cortara bien. Lo hizo con esmero, como si fuera un niño de tres años. Ya se encontraba mejor, salvo las noches, que no eran buenas. Todos lo oían cuando deambulaba por el pasillo, a veces bajaba a la cocina y se escondía debajo de la mesa grande. Ahí se sentía seguro, les contó una vez. Las granadas no podían hacerle nada a la vieja mesa. Tampoco los aviones que disparaban desde arriba con ametralladoras.

—Pobrecillos —dijo al tiempo que masticaba, pensativo—. ¿Por qué está tan ciego el señor? Al niño no le gustan las máquinas. Pero si toca tan bien el piano como decís...

—Podría actuar en Berlín. Como niño prodigio —dijo Gertie, convencida.

—¿En Berlín? Mejor no —murmuró Humbert.

—¿Por qué no? —preguntó Gertie, intrigada.

Pero Humbert estaba ocupado con su bocadillo y no contestó. Les había contado algunas cosas de la gran ciudad de Berlín, de las tiendas, los cines, la multitud de lagos donde poder bañarse y remar en bote. Del tren de cercanías, el Parlamento, la Columna de la Victoria, y también de su habitación en la parte trasera de un edificio de alquiler. Les habló del cabaret de Kurfürstendamm, era pequeño, cabían cincuenta personas, pero se formaban largas colas para conseguir una entrada. Sobre todo por él, pero eso no lo dijo. Lo confirmó la señora Brunnenmayer.

En algún momento había sucedido algo que Humbert no pudo soportar. Lo que había pasado seguía siendo un secreto. ¿Una historia de amor? ¿Una intriga entre colegas? ¿Un accidente? Nadie lo sabía. Los ataques que sufría desde la guerra volvieron y eran cada vez más frecuentes. Hasta que le fue imposible actuar.

«Si Hanna no me hubiera convencido, no sé lo que habría ocurrido», decía.

Hanna era la única que sabía algo. Acudía todos los días a la villa, casi siempre a escondidas para que no la viera el ama de llaves. Solo de vez en cuando entraba en la cocina, pero la mayoría de las veces se metía en el cuarto de Humbert y los dos se liaban a hablar.

«¿Hablar, esos? No te lo creas, Gertie», había comentado Auguste, convencida de que ahí pasaba algo más. No era tonta, y a Humbert siempre le había gustado Hanna. Sin embargo, tanto Gertie como Else y Julius le aseguraron que se equivocaba. Igual que la señora Brunnenmayer.

—Bueno, allá vamos —dijo la cocinera, y se levantó de su sitio—. Dörthe limpia la cocina. Else y Gertie se ocupan del salón rojo y la habitación de los señores. Auguste, tú ayudas con la verdura. Julius, la bandeja del desayuno de la señora Von Dobern. Y luego ya puedes poner la mesa arriba.

Lo dijo rápido, sin puntos ni comas, pero cada uno sabía lo

que tenía que hacer. Eso les daba a todos una agradable sensación de confianza. Mientras la señora Brunnenmayer llevara la voz cantante en la cocina, la villa de las telas aún no estaba perdida.

Auguste se sentó al lado de Humbert con el cuenco de la verdura, empezó a pelar zanahorias y vio que él seguía comiendo despacio y pensativo el pan con embutido ahumado.

—Dime, Humbert. Seguro que te ganabas bien la vida, ¿verdad? Es decir, un artista como tú puede hacerse rico.

Humbert arrugó la frente, parecía sorprendido por la pregunta.

—Toma —dijo Auguste—. ¿Te apetece una zanahoria? Están muy frescas. —Le tendió una zanahoria recién pelada, pero él le dio las gracias y la rechazó. No era un conejo.

—He ganado dinero. Unas veces más, otras menos —confesó vacilante—. ¿Por qué quieres saberlo?

Auguste manejaba el cuchillo con tanto empeño que parecía que no iba a quedar nada de la zanahoria.

—Estaba pensando... Gustav y yo estamos construyendo un invernadero, y ahora mismo vamos un poco justos.

—Vaya —dijo Humbert, y metió la nariz en la taza de café—. ¿Y estabas pensando que yo os podría prestar algo?

—Exacto —susurró Auguste con una caída de ojos esperanzada.

Humbert negó con la cabeza.

—Hace tiempo que lo gasté todo. Se me escapó de entre los dedos. Se me fue.

# 30

Nunca había soportado ese edificio macizo. En Alten Einlass, número 1. Era clasicista. Ostentoso. Feo. Pero bueno, un tribunal solo podía ser horrible. Sobre todo por dentro. Cielo santo, ¡qué laberinto! Pasadizos interminables. Escaleras. Pasillos. Siga recto, luego a la derecha, luego otra vez a la izquierda, y en la escalera vuelva a preguntar. De no haberla acompañado Marie, habría dado media vuelta de regreso a la villa. Sin embargo, Marie la agarró con suavidad del brazo y volvió a darle ánimos.

—Solo unos pasos más, Lisa, y lo habrás conseguido. Tómate tu tiempo, hemos llegado demasiado pronto. Camina despacio.

No había entendido ni la mitad de las indicaciones a causa de los nervios, y encima resoplaba como una máquina de vapor por el esfuerzo. Por fin encontraron la sala y el ujier fue tan amable que accedió a dejarla pasar antes de que llegara el juez.

—Siéntese dentro y tranquilícese. No queremos que tenga el niño en medio del pasillo.

—Se lo agradezco mucho.

Marie le dio unas monedas al hombre de bigote. Este hizo una profunda reverencia y les abrió las puertas, que emitieron un crujido.

—Ahí arriba, en el banco de los demandantes, por favor. Ahí delante no, ahí se sientan los demandados.

—Esto es horrible —murmuró Lisa cuando se sentó en el duro banco de piedra.

Alrededor veía el revestimiento de madera oscura, las sillas oscuras, unos ventanales estrechos y altos que intimidaban, con cortinas. El juez y los vocales subirían al estrado, por encima de ellos, en principio para tener una visión general.

—No es acogedor, tienes razón —susurró Marie.

—Y cómo huele. Me estoy mareando.

—Eso es la cera, Lisa. Y tal vez el aceite que aplican a los bancos de madera.

Seguro que Marie estaba en lo cierto, pero a Lisa le parecía que olía al polvo de infinidad de expedientes. Es más, el aire estaba impregnado de odio. Desesperación. Venganza. Triunfo. Ira. Tristeza. Esas cortinas enmohecidas habían presenciado incontables tragedias. El revestimiento de madera de la pared estaba empapado de todo eso.

—Aguanta, Lisa. Estoy contigo.

Notó el brazo de Marie sobre los hombros. Dios mío, sí. Lo había deseado tanto que ahora tenía que aguantar. ¿Qué le ocurría? Debía de ser cosa del embarazo, que la volvía sensiblera. El niño que llevaba en el vientre no le daba tregua. Solo faltaban unos días. Si no se equivocaba en los cálculos...

Justo en ese momento apareció el juez, un hombre alto y delgado con las sienes despejadas y el mentón anguloso; con la larga toga negra parecía un perchero andante. Increpó al ujier por haber dejado pasar a las damas, las saludó con un seco gesto de la cabeza y dejó un montón de carpetas manoseadas encima de la mesa. Aparecieron otros dos caballeros, también vestidos de negro, y luego entró Klaus.

Saludó, hizo una breve reverencia y ocupó su lugar en el banco de los demandados. Cielo santo, tanto teatro era absurdo. Como en el colegio, cuando tenían que sentarse después de que sonara el timbre: al fondo del aula, los mejores de la clase; los malos estudiantes delante, con el profesor. Observó a Klaus, que allí no podía ocultar bajo un sombrero su rostro herido ni las cicatrices de la cabeza. Aunque ahora el pelo escondiera algunas marcas seguía teniendo mal aspecto. El juez también se quedó mirando al demandado, y su expresión reflejó horror y compasión. Klaus parecía aguantar bien las miradas de curiosidad; se le veía tranquilo, sentado en su sitio, a la espera.

Luego, para gran sorpresa de Lisa, llegó el abogado Grünling. Llevaba el brazo derecho vendado y en cabestrillo, y una gruesa venda en la muñeca izquierda.

—Queridas damas, señora, mis mejores saludos. El señor Melzer me ha pedido que lleve el caso por usted. Mis respetos, señora Melzer. Señora Von Hagemann.

Al principio Lisa no entendía nada. ¿Paul había contratado un abogado? ¿Por qué no le había dicho nada? ¿Para qué necesitaba a Grünling? Nunca lo había soportado.

—Ya no se puede cambiar, Lisa. Tal vez Paul tenga razón.

Empezó el espectáculo. Discursos interminables a los que había que contestar con un sí o un no. Preguntaron a Klaus por la causa de la ruptura del matrimonio, y él informó sin reparos que tenía un hijo con una joven empleada.

—Entonces, ¿se declara culpable de la ruptura del matrimonio?

Aquella pregunta encerraba más que incredulidad. Implicaba la convicción de que un paso en falso con una empleada no podía considerarse motivo de ruptura de un matrimonio. Era un pequeño desliz que había que perdonar a un marido.

—En efecto, señor juez.

El juez se lo quedó mirando y dijo que sentía un gran respeto por todos aquellos que habían arriesgado la vida y la salud en el campo de batalla.

Lisa tuvo que levantarse y plantarse delante del juez para el interrogatorio. Estaba un poco mareada cuando llegó. También notó un extraño tirón en la espalda.

—¿No le parece un poco inadecuado elegir este momento para divorciarse, señora Von Hagemann? Es decir, es evidente que está esperando un niño. De su marido, supongo.

El abogado Grünling intervino. La pregunta no tenía relación con el adulterio probado y confesado, así que su clienta no tenía por qué contestar.

El juez, que evidentemente conocía a Grünling, se mantuvo sereno.

—Solo era un comentario adicional. Por desgracia, los procesos de divorcio iniciados por la esposa son cada vez más frecuentes, sobre todo porque no están dispuestas a aguantar al lado de sus maridos, en muchos casos heridos de guerra y necesitados de cuidados. Y ese es el deber de una esposa leal.

Lisa se quedó callada. Tenía ganas de decir que le había abierto a su marido un nuevo círculo de influencias, le había dado un sitio y una ocupación que le permitían seguir con su vida, pero estaba tan mareada, además de sentir náuseas, que no dijo ni una palabra.

El resto del procedimiento pasó sin que Lisa prestara mucha atención. Tenía el corazón acelerado, parecía que fuera a salírsele del pecho, y seguía sentada en ese banco. El tirón en la espalda tampoco remitía. Hacía un tiempo que sentía ese leve dolor. Estaba concentrada en respirar con regularidad y decirse cada tres minutos que pronto acabaría todo.

—¿Qué te pasa, Lisa? ¿Notas dolores? —le preguntó Marie en voz baja.

—No, no. Todo va bien. Me alegro mucho de que estés a mi lado, Marie.

De nuevo se pusieron a leer en voz alta tratados interminables, Klaus estuvo de acuerdo con algo, y ella también. Poco a poco le iba dando igual, seguramente si le hubieran preguntado si quería tirarse al río Lech habría accedido. El juez le lanzó una mirada llena de desprecio, se puso unas gafas con montura dorada y hojeó el expediente que tenía delante. Klaus miró a Marie, no sabía por qué. Los dos caballeros vestidos de negro escribían a toda prisa. En algún lugar de la sala zumbaba una mosca, una de las resistentes que habían invernado allí pese al hedor a cera. Lisa notó que la espalda se le ponía tensa y la barriga dura, y le costaba respirar.

—... que el divorcio se hace efectivo a día quince de marzo de 1925. Las tasas correspondientes se abonarán...

—Por fin —murmuró Marie, y le apretó la mano—. Ya está hecho, Lisa. A mediados de marzo serás libre.

Lisa no podía disfrutar de la alegría porque se sentía fatal. Algo pasaba en su vientre, algo que no había sentido nunca y no tenía manera de controlar.

Marie la sujetó cuando se puso en pie. Klaus se acercó a ella y le estrechó la mano.

—Te felicito, Lisa —dijo con una sonrisa—. Te has librado de mí. No, querida, no lo digo en ese sentido. Sé lo que has hecho por mí. Nunca tendré una amiga mejor que tú.

Las acompañó a la salida de la sala y se dirigió a Marie. Le preguntó cómo estaba y dijo que había oído hablar de su atelier, por lo visto había resultado ser una excelente empresaria.

—La admiro profundamente, señora. Tanto talento desaprovechado durante años y ahora aflora de forma maravillosa.

Paul las esperaba en el pasillo. Les dio la mano, pero no parecía feliz. Luego se volvió hacia Grünling, que las había seguido. Lisa solo oyó por encima lo que hablaban. De pronto se sentía muy cansada y se sentó en un banco.

—Es el bajón después de las emociones —dijo Marie, y le dio un pañuelo porque tenía la cara empapada en sudor—. Me alegro de que haya venido Paul, así os llevará ahora mismo a la villa. Tú y el niño necesitáis una cama cómoda y dormir mucho.

—No, Marie. Me gustaría que vinieras conmigo.

—Pero, Lisa, ya sabes que...

Marie se encontró entre la espada y la pared. La había acompañado durante el procedimiento encantada, pero su intención en ese momento era pedir un coche de plaza para Lisa y ella irse al atelier. Había aplazado la cita con dos clientas para por la tarde, y antes tenía que hacer muchas cosas. Además, no tenía intención de poner los pies en la villa de las telas, y mucho menos por sorpresa y sin avisar.

—Te lo ruego, Marie —insistió Lisa—. Te necesito. Eres la única en quien confío.

Paul intervino para decir que ese no era un tema para hablar en el pasillo del juzgado. Agarró a Lisa del brazo y la condujo hacia la escalera.

—No entiendo a qué viene este número, Lisa —le dijo Paul en voz baja mientras bajaban la escalera—. Mamá está en la villa, además de la señora Von Dobern.

Lisa reprimió una respuesta porque un dolor insoportable le apretó la barriga. Dios mío, ¿qué le estaba pasando? ¿Eso eran contracciones? El pánico se apoderó de ella.

—¿La señora Von Dobern? ¿La que está envenenando a mamá con sus gotas? No quiero ni que se me acerque. Gritaré y le lanzaré cosas si entra en mi habitación.

—¡Contrólate, Lisa! —masculló Paul.

Tras ellos iba Marie, y a su lado Klaus von Hagemann. El abogado Grünling se había quedado atrás, pues aún tenía que quitarse la toga negra.

—Bueno, calma —dijo Klaus—. A veces las embarazadas son un poco agotadoras. No se las puede contrariar de ninguna manera.

Lisa vio que Paul se daba la vuelta para mirar a Marie, que tenía cara de enfado.

—Creo que nos las arreglaremos sin ti —le dijo Paul.

—Yo también lo creo —repuso Marie con frialdad.

—Entonces te pediré un coche de plaza.

—No es necesario, iré a pie.

En ese momento Lisa sintió una contracción, luego una sensación horrible de autocompasión. Estaban decidiendo sin tener en cuenta sus deseos. No tenían ninguna consideración por ella. Ni siquiera Marie.

—¿Podríais hacer por una vez, por una sola vez, lo que yo quiero? —se sorprendió gritando—. Voy a tener un niño, maldita sea. Y necesito a Marie. Quiero que Marie esté a mi lado, ¿me habéis oído? Marie. ¡Marie!

Se encontraban en el vestíbulo del edificio y su voz resonó por los pasillos. El portero la miró desde su puesto con los ojos desorbitados, dos señores con archivadores bajo el brazo se quedaron clavados en el sitio, y el abogado Grünling, que por fin se había cambiado, tropezó en el último escalón y chocó contra la barandilla.

—No te alteres, Lisa —dijo Marie en tono tranquilo—. Voy contigo.

Lisa dedicó los siguientes minutos a recuperar el aliento. Luego alguien —¿Paul?— la ayudó a bajar los peldaños de la escalera exterior y subieron a un coche. Klaus se quedó en la acera y se despidió con la mano. Le deseaba lo mejor. Marie se sentó a su lado, le puso las manos sobre la panza y le sonrió.

—Lo siento. Son las contracciones. Ya viene, ¿verdad? ¿Lo voy a tener en el coche, Marie?

—Claro que no. Aún tienes mucho tiempo.

—Pero duele mucho.

—Querida, eso pasará. A cambio tendrás el regalo más precioso que puedas imaginar.

Marie encontró las palabras justas. Sí, Lisa lo sabía. Iba a traer un niño al mundo, ¿de qué se quejaba? ¿Acaso no llevaba años riñendo con Dios y con el mundo por no quedarse embarazada?

—Ay, Marie, tienes razón.

De pronto empezó a verlo todo de color de rosa. ¿El que

conducía el coche no era Humbert? Qué bien que el pobre muchacho se encontrara mejor y pudiera asumir de nuevo algunas tareas. Y en la villa estaba la pequeña Gertie, tan bonita y pizpireta. Seguro que llamaría a la partera enseguida. Y, por supuesto, su madre estaría con ella. Llamaría a Kitty. Su hermana pequeña también debía estar a su lado, a fin de cuentas ella le ayudó cuando dio a luz a Henny. Solo son unas cuantas contracciones. Pasará. No tenía más que tumbarse en la cama a esperar. En una hora habría nacido el niño, como mucho hora y media. Tal vez fuera más rápido. Pensó en la cuna de madera que su madre había hecho bajar de la buhardilla y que aguardaba en la habitación de mamá con las almohadas recién sacudidas y un dosel blanco de encaje.

—¿Te ha gustado la ceremonia? —le preguntó alguien en tono irónico.

Paul iba al lado de Humbert en el asiento del copiloto, se había dado media vuelta y hablaba con Marie.

—¡No! —repuso Marie con brusquedad.

Sonaba distante. Era evidente que quería que la dejaran en paz, pero Paul no se dejó intimidar. Tenía el sombrero calado hasta la frente y un brillo agresivo en los ojos.

—¿No? Me sorprende. Estaba convencido de que a ti también te interesaba un «divorcio feliz».

Lisa notó que la mano de Marie se ponía tensa.

—Pues en eso te equivocas.

Humbert tuvo que parar porque un profesor con sus alumnos estaban cruzando la calle. Eran estudiantes de instituto de Sankt Stephan, iban de dos en dos y se sujetaban el gorro para que el viento no se lo arrancara de la cabeza.

—¿Y qué tienes pensado? —preguntó Paul con sorna cuando el coche reanudó la marcha—. ¡La situación actual es insoportable!

—¡Esperaba que me aceptaras como soy!

Marie era capaz de hablar con mucha vehemencia, algo que

Lisa no sabía. Era obvio que Paul tampoco, pues guardó silencio un momento, como si reflexionara.

—No entiendo qué quieres decir con eso. ¿Yo te he menospreciado? ¿Qué quieres de mí en realidad?

Lisa notó como si una cuerda le apretara la barriga hasta el punto de que apenas le entraba el aire. Soltó un leve gemido. Aquello había sido demasiado. ¡Cómo dolía!

—Quiero que me reconozcas como hija de mis padres. Jakob Burkard era mi padre y Luise Hofgartner, mi madre. Y no valen menos que Johann y Alicia Melzer.

—¿Acaso lo he puesto en duda?

—Sí, sí lo has hecho. Has insultado la obra de mi madre, querías esconder sus cuadros en la buhardilla.

—¡Eso es una tontería! —exclamó Paul, y dio un puñetazo con rabia en el respaldo tapizado.

—Si te parece una tontería, ¡ya no tenemos nada que decirnos!

—¡Estupendo! —exclamó él—. ¡Habrá consecuencias!

—¡Eso! —gritó Marie, furiosa—. Esperaré a que despliegues tu poder.

Lisa soltó un gemido. El traqueteo del coche sobre el suelo de adoquines la iba a matar. Y encima tenían que parar constantemente. Los peatones. El tranvía. Un coche de caballos lleno de cajas. Luego un taxi se plantó delante de ellos y les cortó el paso.

—¿Podéis dejar de pelearos de una vez? —se lamentó—. No quiero que mi hijo llegue al mundo en medio de una discusión. ¡Tened un poco de consideración!

Paul la miró con impotencia y se sentó recto.

—Vamos, Humbert. ¡Adelante a ese burro tan lento! —ordenó.

Humbert le dio gas y, tras una maniobra peligrosa, pasaron junto a un tiro de caballos. Una bandada de palomas levantó el vuelo del susto, atravesaron como mínimo a sesenta por hora la puerta Jakober, el coche dio un bandazo y Lisa clavó las manos en el abrigo de Marie. Los edificios y los prados de Haag Strasse pasaban por su lado como si fueran siluetas, y oyó la voz tranquilizadora de Marie.

—No te pongas nerviosa. Solo estábamos discutiendo un poco. Tu niño ya tiene suficiente trabajo. Venir al mundo, eso sí es un gran esfuerzo. Enseguida llegamos. ¿Lisa? Lisa, ¿me oyes?

Por un momento se había ausentado. En algún lugar entre el cielo y la tierra, se quedó flotando en una neblina gris hasta caer de nuevo en aquel mundo agotador y hostil.

Humbert tomó la curva de la entrada del parque con brusquedad, pasó como un rayo por el camino pelado, el agua marrón de los charcos salpicaba a derecha e izquierda, y por fin llegaron al patio.

—¡Julius! ¡Gertie! ¡Else!

Paul subió corriendo los escalones de la entrada de la villa, dio instrucciones confusas y asustó a los empleados. La señora Von Dobern, como petrificada en la entrada, miraba hacia el automóvil, del que ahora bajaba Marie.

—Humbert —dijo Marie—. Necesitamos una de las butacas de mimbre del salón para trasladarla. Y dígale a Julius que tiene que ayudar a cargar con ella.

Lisa estaba convencida de que no iba a sobrevivir al parto. Nadie podía soportar semejantes dolores. Se agarró desesperada al respaldo del asiento delantero, y hasta pasado un rato no entendió que tenía que bajar para sentarse en la butaca de mimbre.

—No... no puedo. La escalera.

—Ya lo sabemos, Lisa. Vamos a subirte hasta tu cama.

Marie estaba tranquila y serena, como siempre. Julius agarró el reposabrazos derecho de la butaca y Paul se colocó al otro lado. La cocinera también se presentó para ayudar, y Humbert hizo lo que pudo.

—El coloso de Rodas pesaba menos —se lamentó Paul.

—¡Espero que la butaca aguante! —dijo Else, que los observaba horrorizada.

—¡Si se cae por la escalera, se habrá acabado todo! —exclamó Serafina—. ¿Por qué no la dejan abajo?

—La cocina está caliente, podría tener a su hijo ahí —intervino Dörthe.

—O en el comedor.

Marie dirigió el traslado sin hacer caso de los comentarios.

—Aquí, arriba. Despacio. Abre la puerta. Else, ¿dónde está Gertie?

—Está poniendo otras sábanas en la cama. Para que luego no esté todo...

—Muy bien. Que mamá llame a la partera.

Se oyó un crujido preocupante en la butaca. Julius torció el gesto del esfuerzo, Paul soltaba leves gemidos y la señora Brunnenmayer, que la sostenía por detrás, no decía nada, solo se oían sus bufidos.

Al llegar al umbral de su habitación, el reposabrazos izquierdo se rompió y la butaca se inclinó a un lado, pero consiguieron dejar a Lisa en el suelo.

—Vamos, a la cama.

Lisa dio los pocos pasos que la separaban de la cama tambaleándose, luego se desplomó sobre las sábanas frescas y suaves, notó las plumas de la almohada en la cabeza y alguien le quitó los zapatos y le levantó las piernas para que pudiera estirarse. A continuación llegó la siguiente contracción y de pronto la cama, las sábanas y la almohada de plumas carecían de importancia. Lo único que existía era el dolor infernal que partía de la espalda y se extendía por la barriga y apretaba.

—Marie... Marie, ¿estás ahí?

Notó una mano pequeña y firme que le masajeaba la barriga.

—Estoy aquí, Lisa. Estoy todo el tiempo contigo. Relájate. Todo irá bien.

—Entonces yo aquí sobro —oyó la voz de Paul.

—Exacto —dijo Marie.

—No os peleéis —gimió Lisa.

Pasó una hora. Dos horas. ¿Cuánto tiempo? Ya no le quedaban fuerzas. Entretanto había llegado la partera, que de vez en cuando la manoseaba, le metía los dedos entre las piernas, le apretaba la barriga y escuchaba con un tubo largo.

—Ya llega... ya llega.

—¡No puedo más!

—Ánimo.

Marie le refrescó la frente, la alentó, le cogió la mano. Gertie llevó unos bocadillos, café, un plato de dulces. Ni Marie ni Lisa tocaron nada, pero la partera engulló los bocadillos, se bebió el café y pidió una jarra de cerveza.

—Esto puede alargarse toda la noche.

Kitty apareció en la habitación, resuelta y charlatana como siempre, acarició las mejillas de Lisa y la besó en la frente. Luego contó el parto de Henny y lo bonita que estaba la pequeña en su cunita.

Tres horas, cuatro horas, cinco horas. Pasó la tarde, se hizo de noche. A ratos las contracciones le daban un momento de tregua, se tumbaba boca arriba, se le caían los párpados y se quedaba medio dormida. Luego la maldita partera le hacía algo en la barriga y los dolores volvían, con más intensidad, tan insoportables que prefería morir antes que seguir aguantando ese tormento.

Hacia la madrugada, cuando ya se colaba una luz tenue por las rendijas de las cortinas, el niño decidió hacer un último intento a la desesperada.

—¡Fuerte! ¡Empuje! ¡Con todas sus fuerzas! Más, más, usted no es una persona débil. Vamos, ahora. ¡Empuje! ¡Empuje! Que llegue al mundo. No decaiga.

Lisa no notó lo que ocurría. Su cuerpo trabajaba sin que

ella fuera partícipe. El dolor cedió y desapareció. Oyó susurros alrededor. Estaba demasiado agotada para entender nada.

—¿Qué le pasa?

—Necesito el tubito, sujetadlo por los pies. Ha tragado demasiado líquido amniótico.

La partera sujetaba algo azulado y manchado de sangre que oscilaba, le dio golpes, se lo puso sobre la barriga, aspiró con un tubito y lo levantó de nuevo. Lo agarró por los pies diminutos y lo dejó colgando.

—Cielo santo —susurró alguien a su lado.

—Virgen María, madre de Dios, ayúdanos.

Esa era Else. Lisa miró ese ser extraño que colgaba en el aire y había salido de ella. Soltaba un llanto leve, como un lamento. Agitaba los bracitos. De la barriga le colgaba el extremo del cordón umbilical como si fuera un gusano grueso y rojo.

—¡Vaya! Qué niño más fuerte. Has sido un vago, pequeño. Me he pasado toda la noche en vela por tu culpa.

A Lisa le preocupaba poco lo que dijera aquella mujer. Dejó que todo ocurriera sin apenas darse cuenta de que la lavaban, volvían a colocarla en la cama, la acostaban de nuevo, le ponían el camisón.

—Ay, Lisa, mi pequeña Lisa.

Era su madre. Estaba sentada en el borde de la cama, le dio un abrazo.

—¡Qué niño más maravilloso! Estoy muy orgullosa de ti, Lisa. ¿Sabes qué he pensado? Podríamos llamarlo Johann. ¿Qué te parece?

—Sí, mamá.

Era curioso. En su vida había sufrido tanto. Pero nunca había sido tan feliz.

# 31

Debido al feliz acontecimiento, Julius se había esmerado con la mesa del desayuno del domingo. Sobre el mantel blanco de damasco había un velo blanco decorado con un delicado encaje de bolillos. Tres exuberantes amarillis de color rojo intenso, rodeadas con ramas de pino, decoraban el centro de la mesa, y además había seleccionado una vajilla de flores y las servilletas de tela que Alicia había aportado como dote a la villa. Llevaban su monograma bordado: una «A» con una «v» minúscula alrededor y una «M». Alicia von Maydorn.

—Muy bonito, Julius —comentó Paul—. Espere con el café hasta que lleguen las damas.

—Por supuesto, señor Melzer.

Julius volvió a dejar la cafetera en el calientaplatos y luego hizo una pequeña reverencia. A Paul el buen hombre le parecía un poco anticuado, tan rígido y de expresión casi siempre imperturbable, como si no se inmutara por nada, pero al fin y al cabo había aprendido en una casa noble.

Paul se sentó en su sitio y miró el reloj. Ya eran las ocho y diez, ¿por qué últimamente su madre bajaba tarde a desayunar? Antes se quejaba de la impuntualidad de la familia, y ahora era ella la que no respetaba las horas de las comidas. Se reclinó en la silla y se puso a tamborilear con los dedos en el mantel.

«¿Qué me pasa?», pensó. «¿Por qué estoy de tan mal humor a estas horas de la mañana? Es domingo, y la misa no empieza hasta las once. Hay tiempo para tomar el desayuno con calma.»

Sin embargo, el malestar continuaba, y sabía que estaba relacionado con lo que ocurriría esa tarde. Hacia las dos Kitty llevaría a los niños a la villa, luego él tendría que decidir qué hacer con ellos. Se había pasado media noche cavilando, elaborando planes, pero al final los descartó todos. Aún tenía metida en el cuerpo la decepción del último encuentro, y le afectó aún más porque se había empeñado en encontrar algo que pudiera gustarlos a los dos. Sin embargo, Leo se quedó con cara de desconcierto delante de la máquina de grabar tela y se tapó los oídos. Y Dodo, siempre tan curiosa, se había manchado de negro al acercarse demasiado al rodillo de grabar. Tuvo que arrancarla de la máquina o habría perdido los dedos. Más tarde, cuando estaban en el automóvil, intentó explicarles que en un futuro todas las máquinas funcionarían con electricidad y que las máquinas de vapor de la fábrica quedarían obsoletas, pero claro, eso no les interesaba a los señoritos, pese a tener edad suficiente para entender esas cosas. Cuando él era pequeño, le encantaba que su padre le explicara el funcionamiento de la fábrica.

—¿Por qué no haces algo bonito con ellos? —le preguntó Kitty cuando fue a recogerlos—. Llévalos al circo. O al cine. O enséñales a pescar. ¿Es que tú no deambulabas con tus amigos por los prados y pescabais peces en el lago?

Le pidió que se guardara sus consejos. ¡El circo! ¡El cine! ¿Acaso él era un bufón? No tenía ninguna intención de luchar por el afecto de sus hijos de una forma tan vil. Era responsable de su desarrollo, tenía el deber de planear su educación, de encauzar su futuro. Además, hacía tiempo que no había peces en el canal de Proviantbach.

¡Por fin! Su madre entró, con la incansable Serafina detrás.

Las dos lo saludaron con cariño, elogiaron a Julius por la decoración de la mesa y ocuparon sus sitios.

—Hemos ido a ver un momento a Lisa y al pequeño —le informó su madre mientras desdoblaba la servilleta—. Dios mío, mire, Serafina. Hace cuarenta años que hice este bordado. Por aquel entonces no sabía que un día sería la señora Melzer y que el destino me llevaría hasta Augsburgo.

—Oh, qué bonito —dijo Serafina al tiempo que observaba el bordado—. Hoy en día cuesta ver un trabajo tan fino.

Julius sirvió café y se pasaron la cestita con los panecillos del domingo que la cocinera había metido en el horno a primera hora de la mañana. Su madre habló con un brillo en los ojos del pequeño Johann, tan rosado y bueno en la cuna, con unos puñitos gruesos como los de un boxeador.

—Más de cuatro kilos ha pesado al nacer, imaginaos. Tú pesaste tres kilos, Paul.

—Ah, ¿sí? Por desgracia no me acuerdo, mamá.

Nadie le rio la gracia. Serafina cortó su panecillo y lo untó con mantequilla. Su madre siguió contando que Lisa pesó tres kilos y medio, y Kitty, también tres kilos. Él asintió y le pareció curioso que las mujeres clasificaran a sus criaturas por kilos y gramos. En ese sentido, no le hacía gracia que su hermana Lisa hubiera logrado medio kilo más que él en la balanza.

—Me alegro tanto de que todo haya salido bien —dijo su madre con un suspiro—. No quería decírselo a nadie, pero me he pasado noches en vela por la preocupación. Este año Lisa cumplirá treinta y dos años, es mucho para un primer hijo.

Serafina la contradijo. No dependía de la edad, sino de la constitución. Lisa siempre había sido fuerte y, por supuesto, había gozado de una «juventud cuidada». Luego aludió a las jóvenes de los barrios obreros, que a menudo a los trece años ya tenían experiencias con hombres.

—Una lástima que el bautizo tenga que celebrarse sin el

padre —comentó a continuación, y lanzó una mirada mordaz al otro lado de la mesa.

Paul vio la mirada suplicante de su madre, pero él no tenía ganas de tratar ese delicado tema en presencia del ama de llaves. La víspera había podido hablar un momento con Kitty, y le explicó que Lisa se lo había contado a Marie. ¡Precisamente a Marie! Era inevitable: tendría que mantener una conversación con ella. Lisa, tan testaruda, insistía en callar cuando se trataba del padre del niño.

—Bueno, en cualquier caso, como mujer divorciada, Lisa debería retirarse de la vida pública —comentó Serafina—. Sobre todo porque la familia Melzer tiene cierta categoría en Augsburgo y sería una vergüenza.

—¿Me da un panecillo? —la interrumpió Paul.

—¿Disculpe?

—¿Que si me haría el favor de pasarme un panecillo, señora Von Dobern?

—Con mucho gusto, querido Paul.

¡Su cháchara lo sacaba de quicio! ¿No había notado que la llamaba por el apellido? Le daba igual, ella insistía en llamarle «querido Paul».

—Tengo muchas ganas de ver qué le dicen Dodo y Leo a su nuevo primo —anunció su madre—. Kitty los traerá después del almuerzo, ¿verdad?

—Cierto.

Paul carraspeó con energía, se le había quedado una miga en la garganta, y le tendió la taza a Julius para que le sirviera café. Era indignante. Aún no se le había ocurrido nada. ¿Podría ir con ellos a una sesión de cine? Esos cómicos americanos parecían muy divertidos. Buster Keaton. Charly Chaplin. Pero ¿no era una pérdida de tiempo sentarse con los dos en el cine sin más?

Interrumpió sus cavilaciones al ver que Julius salía disparado hacia la puerta. Lisa había bajado a desayunar. Aún estaba regordeta, pero tenía las mejillas rosadas y una sonrisa de satisfacción. Saludó al grupo con la cabeza y se sentó. Julius, que no había puesto servicio para ella, salió presuroso para traerle una taza, un plato, una servilleta y cubiertos.

—Lo siento muchísimo, señora Von Hagemann. No sabía que iba a bajar a desayunar.

—No pasa nada, Julius. Quédese tranquilo. Yo no quiero café. ¿Hay té?

Alicia le acarició la mano y le preguntó si el pequeño dormía. Si había comido. Si le parecía bien que hicieran venir a la villa a Rosa Knickbein, que era muy buena niñera.

—Una niñera, ¡sí! En cambio, un ama de cría de verdad que no la necesito, mamá. Estoy que reboso leche.

Serafina mantenía el gesto tieso. A Paul tampoco le parecía un tema adecuado para comentar durante el desayuno. Por otra parte, se alegraba mucho de la maternidad de Lisa. Con marido o sin él, por primera vez en su vida parecía contenta consigo misma. Estaba resplandeciente, dejó que su madre le untara un panecillo con mantequilla y le removiera el azúcar en el té.

—Si no me equivoco, después del almuerzo vienen de visita Dodo y Leo, ¿verdad? ¿Ya has pensado qué vas a hacer con ellos, Paul?

¿Por qué tenía que preguntarle toda la familia por ese tema tan delicado?

—Aún no he llegado a ninguna conclusión —contestó él, gruñón.

—Dodo seguro que querrá ver aviones, y Leo solo tiene una cosa en la cabeza: tocar el piano —comentó Lisa con una sonrisa un tanto maliciosa.

—Los niños deben aprender cuanto antes a respetar los deseos de sus padres —la aleccionó Serafina—. Tal vez no siempre les guste, pero es necesario. No queremos criar revolucionarios, ¿verdad? Puntualidad, diligencia y, sobre todo, sentido del deber, esas son las garantías para una vida de éxito.

—En eso tiene razón, querida Serafina —comentó su madre antes de que Lisa pudiera decir nada—. A mí también me parece que no deberíamos pasar por alto las virtudes prusianas en la educación de los hijos.

Lisa daba cuenta del desayuno con fruición. Paul guardaba silencio. En principio no había nada que oponer a aquella afirmación. Aun así...

—Si no tiene nada en contra, querido Paul, me gustaría dar un bonito paseo con ellos dos —se ofreció Serafina.

—Muy bien —comentó su madre—. Y luego podemos merendar y jugar un rato juntos.

—¡Sí, claro, ese plan los entusiasmará a los dos! —comentó Lisa con ironía.

—Mi querida Lisa —dijo Serafina con una media sonrisa—, aún te quedan cosas que aprender sobre la educación de los niños.

Lisa masticó el panecillo con mantequilla y miró a Serafina. Tras un breve silencio, se oyó un quejido en la segunda planta que enseguida se convirtió en llanto. Lisa fue a levantarse, pero Serafina la agarró del brazo en un gesto suave pero enérgico.

—No, no, esto no funciona así. Tienes que acostumbrar a tu hijo a unos horarios, Lisa. De lo contrario será un pequeño tirano.

—Pero ¡tiene hambre!

La señora Von Dobern dobló con cuidado la servilleta y la dejó junto a su plato.

—No se morirá por llorar una horita, Lisa. Eso fortalece los pulmones.

Paul lo vio venir, no en vano conocía a su hermana. Lisa iba acumulando ira y de repente explotaba cuando nadie se lo esperaba. La vajilla tembló y la cafetera estuvo a punto de volcarse en el calientaplatos cuando dio un golpe en la mesa con los dos puños.

—¡Ya estoy harta! —gritó, y lanzó una mirada furiosa al grupo.

—¡Lisa! —susurró su madre, asustada—. Te lo ruego.

Sin embargo, Lisa no le hizo caso.

—¡Maneja cuanto quieras a Paul, Serafina, pero a mí no me vas a decir cómo debo tratar a mi hijo!

Serafina respiró con tanta fuerza que parecía que se caería de la silla de un momento a otro.

—Pero, Lisa, tranquilízate. Alicia, querida, mantén la calma. Las mujeres tienden a la histeria durante el puerperio.

Fue la palabra equivocada en el momento equivocado, pues no hizo más que atizar la ira de Lisa.

—Deja de esconderte detrás de mamá, víbora —exclamó en un tono estridente—. Marie tiene razón. Eres una intrigante malvada. Desde que entraste en esta casa solo hay desgracias y discusiones.

En ese momento Lisa parecía la diosa griega de la venganza.

Serafina lanzó una mirada de socorro a Alicia, luego a Paul, que se sintió tentado de tranquilizar a Lisa, pero no dijo ni una palabra.

—Voy a decirte algo, mamá —prosiguió Lisa, y lanzó un bufido iracundo hacia Serafina—. No estoy dispuesta a comer en presencia del ama de llaves. Si me sigues obligando a hacerlo, cogeré al niño y me mudaré a casa de Kitty en Frauentorstrasse.

Paul vio que su madre se quedaba paralizada, en la mano tenía un panecillo y la mermelada de fresa cayó al plato.

Paul hizo un intento prudente.

—Por favor, Lisa. No nos pongamos dramáticos.

—¡Lo digo en serio, Paul! —le replicó su hermana—. ¡Hoy mismo hago la maleta!

—No —dijo su madre con repentina seguridad—. No lo harás, Lisa, no te lo voy a permitir. Serafina, lo siento.

Entonces ocurrió algo increíble. La señora Von Dobern se levantó despacio bajo la mirada imperativa de Alicia y miró con gesto interrogante a Paul, que se encogió de hombros para indicarle que no tenía intención de intervenir. Julius permanecía con gesto imperturbable junto a la puerta, aunque parecía que los ojos se le iban a salir de las cuencas. Cuando le abrió la puerta a Serafina para que saliera, sus movimientos eran ágiles como pocas veces.

—¡Estupendo! —dijo Lisa, y se bebió el resto de la taza de té—. ¡Ahora me encuentro mucho mejor!

—¿Era necesaria semejante escena? —preguntó Paul, enfadado—. Entiendo tus sentimientos, pero el asunto también podría tratarse con más discreción.

Lisa le lanzó una mirada extraña, terca y al mismo tiempo triunfal. Sin contestarle, se volvió hacia Alicia.

—Si eres tan amable, mamá, ¿me ayudas a cambiarle el pañal al niño? Gertie está abajo, en la cocina.

—Vuelvo a tener un terrible dolor de cabeza, Lisa. Que te ayude Else.

Lisa se había puesto en pie, ahora rebosaba energía.

—¿Else? Ay, Dios mío. Si se desmaya en cuanto abre el pañal y ve la puntita. Vamos, mamá. Tu nieto te necesita. Ya tendrás dolor de cabeza más tarde.

Alicia esbozó una leve sonrisa y dijo que hacía mucho tiempo que no cambiaba un pañal; además, antes lo hacía casi siempre la niñera. Con todo, se levantó y siguió a Lisa. Cuando Julius les abrió la puerta, se oyó el enérgico llanto del pequeño Johann.

¡Qué escena! ¡Un auténtico terremoto! Paul, que se quedó en el comedor, de pronto se sintió abatido. Se puso en pie, se acercó a la ventana, apartó la cortina y observó el parque en pleno invierno. Aquel día de hacía años estaba ahí mismo. Papá le sirvió un whisky para calmarlo cuando Marie empezó con las contracciones. ¿Cuánto tiempo había pasado? Nueve años. Su padre ya no seguía con vida. Marie tampoco estaba, y a sus hijos solo los veía esporádicamente. ¿Cómo había ocurrido? Amaba a Marie más que a nada en el mundo. También a sus dos hijos. ¡Maldita sea! Aunque no fueran como esperaba, eran sangre de su sangre, y los quería.

Tenía que hacer algo. Derribar el muro, piedra a piedra. A toda costa. Por muchas renuncias que le costara. No iba a desistir hasta conseguir que volviera a su lado, porque no tenía otro motivo para vivir.

Después del almuerzo, que transcurrió sin la presencia de Serafina, se fue a su despacho y esperó junto a la ventana. Las cornejas se inclinaban sobre las ramas desnudas, el suelo estaba duro y helado, y los copos de nieve, diminutos como agujas de hielo, se arremolinaban en el aire. Cuando vio que el coche de Kitty giraba con cierta torpeza por el parque y se acercaba despacio y traqueteando a la villa, aún no tenía ningún plan. Solo sabía una cosa: quería pasar la tarde con sus hijos, estar cerca de ellos.

Observó cómo Kitty daba dos vueltas a la glorieta del patio, era evidente que lo hacía para que los niños se divirtieran. Cuando por fin paró, bajó primero Dodo y luego Leo. Lo hicieron sin ganas, casi a regañadientes. Leo tenía el gorro de piel en la mano; Dodo intentaba patinar por el pavimento helado, pero enseguida paró.

«Un tobogán», pensó. «Cuando éramos pequeños lo hacíamos en el camino del prado. Resbalábamos uno tras otro por el camino hasta que quedaba liso como hielo puro. Y luego, cuando nos estábamos divirtiendo, el campesino nos echaba.»

Bajó la escalera hacia el vestíbulo, donde Gertie ya había quitado los abrigos a los niños y los apremiaba para que dejaran también las botas. Dodo soltó una risita porque había perdido el calcetín izquierdo, y Leo lanzó el gorro con destreza para que se quedara colgado en uno de los ganchos del guardarropa. Cuando vieron a Paul, se pusieron serios.

—¿Qué, pareja? ¿Estáis bien?

Dodo dejó el calcetín y luego hizo una reverencia. Leo se arrimó a un criado.

—Sí, papá.

—Buenos días, papá.

Qué actitud tan formal. ¿Eso lo había impuesto él? Le dolía, no quería que sus hijos lo saludaran como si fuera el maestro de la escuela.

Kitty apareció desde el fondo del salón, donde se estaba arreglando el peinado en uno de los espejos.

—¿Cómo van a estar, mi querido Paul? Bien, claro. Cuidamos de nuestra panda de granujillas, los alimentamos y los abrigamos. Hola, hermanito. Deja que te dé un abrazo. Hoy pareces enfadado, ¿te preocupa algo?

—Ay, Kitty.

Ella se rio y agarró a los niños de la mano.

—Ahora tenéis que ser muy silenciosos. Como los ratoncitos, ¿de acuerdo? No queremos despertar al bebé. ¿Gertie? ¿Cómo van las cosas ahí arriba? Los niños quieren conocer a su nuevo primo.

—Creo que ahora mismo le está dando de mamar.

—Ay, Dios mío —dijo Kitty—. Qué se le va a hacer. Así es la vida, niños. Las criaturas comen del pecho de la madre.

Paul tenía la impresión de que los acontecimientos le pasaban por encima. Siguió a Kitty, que subió la escalera con los niños hasta la segunda planta y desapareció en la habitación de Lisa. Él se quedó en el pasillo un tanto confundido, como si no estuviera autorizado a entrar también.

—Else, dígales a los niños que los espero en mi despacho.

Como tardaron más de lo que pensaba, mató el tiempo hojeando un catálogo de hiladoras, pero no podía concentrarse. Oyó la voz de Kitty en el pasillo.

—Sed muy obedientes, los dos. Hasta esta tarde.

—¿Cuándo volverás, tía Kitty? —preguntó Leo.

—No vengas tarde, ¿eh? —le rogó Dodo.

—Hacia las seis, creo.

Oyó un suspiro al unísono, y poco después llamaron a la puerta del despacho.

—Ahora voy —dijo él—. Poneos el abrigo, nos vamos al parque.

Se oyeron unos cuchicheos delante de la puerta. Cuando salió, se separaron y pusieron cara de falsa inocencia.

—¿La señora Von Dobern también viene? —preguntó Dodo.

—No.

Parecían aliviados. Casi se le escapó una sonrisa cuando vio la prisa que se dieron en bajar dando saltitos para ponerse las botas y el abrigo. Gertie los siguió corriendo y les puso las bufandas de lana, luego le llevó a Paul el abrigo y el sombrero.

—¿Vamos de paseo? —preguntó Leo, desconfiado.

—Ya veremos. ¿Por qué no te pones el gorro? Hace frío.

Leo daba vueltas al gorro de piel en las manos, arrugó la nariz y al final se lo puso.

—¿Qué te pasa? —inquirió Paul.

—Nada, papá.

Paul estaba a punto de perder la paciencia. ¿Por qué mentía? ¿Tan poca confianza le inspiraba?

—¡Leo, te he hecho una pregunta!

Paul se detuvo y se percató de lo enfadado que sonaba. Dodo se plantó al lado de su hermano de un salto.

—Odia ese gorro, papá. Porque le hace cosquillas. Y porque los niños de su clase se ríen de él.

Vaya. Por lo menos había una explicación. Eso ya era algo.

—¿Es cierto, Leo?

—Sí, papá.

Paul dudó. Marie podría tomárselo a mal, al fin y al cabo ella se lo había regalado por Navidad. Por otra parte...

421

—¿Qué gorro te gustaría, Leo?

Su hijo lo miró incrédulo. Esa mirada transmitía incluso cierto recelo, y Paul notó un leve dolor. En efecto, Leo no le tenía la más mínima confianza.

—Uno como el de los demás.

El año siguiente Leo entraría en el instituto masculino y se acabaría el asunto del dichoso gorro. Pero hasta entonces...

—Bien, pues iremos en coche a la ciudad y me enseñarás en el escaparte qué gorro quieres.

—Y... ¿me lo comprarás? —preguntó Leo.

—¡Si puedo pagarlo!

Paul sonrió, se puso el sombrero y fue a sacar el coche del garaje.

Tras él, en el asiento trasero, se oyeron cuchicheos de nuevo. Los dos seguían muy unidos, formaban un frente común.

—¡Pero si papá es rico! —oyó que decía Dodo.

—Ya —dijo Leo—. Pero nunca ha comprado un gorro. Además, hoy es domingo y las tiendas están cerradas.

—Ya veremos.

De pronto Paul comprendió que le resultaría mucho más fácil ganarse a su hija. Dodo era abierta, iba de frente. Y parecía que confiaba en él.

—¿Papá?

Paul enfiló despacio el camino de entrada y pensó dónde dejaría el coche en la ciudad.

—¿Qué pasa, Dodo?

—¿Puedo conducir?

Ya estaba tensando la cuerda. Le pareció oír la voz de la señora Von Dobern amonestándole y eso lo puso de mal humor.

—Sabes que no es posible, Dodo. Los niños no pueden conducir automóviles.

—Pero si solo quiero manejar el volante, papá.

Vaya. ¿Y por qué no? Era su parque, su entrada. Nadie

podía imponerle prohibiciones en su propiedad. Detuvo el coche.

—Ven delante. Con cuidado, no ensucies el asiento con las botas. Así, siéntate en mi regazo.

Desbordaba ilusión. Agarraba con todas sus fuerzas el volante. Se lo tomaba muy en serio; los ojos entrecerrados, el gesto decidido, los labios apretados. Paul iba todo lo despacio que podía, la ayudaba cuando le faltaba fuerza, la elogiaba y al final le dijo que ya era suficiente.

—¡Qué lástima! Cuando sea mayor siempre iré en automóvil. O volando en un avión a motor. También podría ser un avión con velas.

Esperó hasta que estuvo sentada de nuevo en el asiento trasero y miró atrás, pero Leo seguía callado. Al parecer, a él no le hacía ilusión conducir un coche.

Los domingos a esas horas había poco ajetreo en las calles comerciales del centro de la ciudad. Además, el frío hacía que la mayoría de los vecinos de Augsburgo se quedaran en casa al calor de la estufa. Solo había unos cuantos transeúntes que paseaban por delante de los escaparates; las damas con abrigos de pieles y los señores con bastón y sombrero rígido. Paul se detuvo en la avenida central, estuvieron viendo los sombreros de niño que expuestos en las tiendas, pero no eran del gusto de Leo.

—Entonces, ¿cómo debe ser?

—Como el de Walter. Marrón, con orejeras que se pueden poner por dentro. Y más largo por delante, con visera.

—Entiendo.

Paul encontró una tienda especializada en moda deportiva, y ahí sí estaba el ansiado gorro. Solo le faltaban las orejeras, pero no era para tanto.

—Uno como ese, ¿no?

—¡Exacto, así, papá!

Paul se ganó una mirada resplandeciente de aquellos ojos

de color azul grisáceo. Estuvieron un rato delante de la Casa de los Sombreros, donde Dodo no se cansaba de mirar los elegantes modelos para mujeres. Luego, cuando Paul vio al otro lado de la calle la pastelería Zeiler y se dirigió hacia allí, Dodo se quedó petrificada delante de una pequeña librería: IMPRESIÓN DE ARTE Y LIBROS. PRENSA, ILUSTRADOS, LITERATURA.

—¡El libro, papá!

Le señalaba una obra encuadernada con tela marrón y con letras doradas: «Otto Lilienthal, *El vuelo de las aves como base de la aviación*».

—Es un libro científico, Dodo. Es muy difícil, no entenderías ni una palabra.

—¡Claro que sí!

—No tiene sentido, Dodo. No te divertiría.

Qué terca era. Se le ocurrió que esa insistencia tal vez fuese herencia de su abuela. No de su madre, sino de Luise Hofgartner.

—Es muy fácil, papá. Un avión vuela como un pájaro. También tiene dos alas.

En aquella ocasión, por suerte, Paul se guardaba un as en la manga y no dudó en sacarlo.

—Ese libro lo tenemos en la biblioteca, Dodo. Puedes leerlo en casa.

—¿De verdad? ¿Vamos ahora mismo a la villa?

La personalidad de su hija lo desconcertaba. La muñeca que su abuela le había regalado seguía intacta en el sofá. En cambio la señorita quería leer sin demora un libro sobre aviación que escapaba con creces a sus posibilidades.

—Podríamos ir al cine. ¿Vamos a ver qué ponen en el Capitol?

Su interés fue moderado. Dodo quería regresar enseguida a la villa y Leo se encogió de hombros.

—Si quieres —comentó, aburrido.

Paul tuvo que contener su enfado una vez más. La culpa

era de él, por preguntar. Se pararon delante de la tienda de música Dolges a contemplar un reluciente piano de cola que estaba expuesto junto a dos pianos con unos portavelas plegables y las patas talladas.

—Ese piano apenas sirve para nada —sentenció Leo con osadía.

—¿Por qué?

—Si tiene cola, que sea de verdad, grande. De Bechstein. Pero no un trasto barato.

Increíble. ¿De dónde había sacado su hijo semejante arrogancia? El precio de aquel instrumento no era bajo.

—¿Por qué de Bechstein?

—Son los mejores, papá. Franz Liszt solo tocaba un Bechstein. La señora Ginsberg siempre dice...

Se detuvo y miró temeroso a Paul.

—Bueno, ¿qué dice la señora Ginsberg?

Leo dudó. Sabía que su padre no aprobaba las clases de piano de la señora Ginsberg.

—Dice que los Bechstein tienen un sonido muy nítido y al mismo tiempo vivo. Nadie los supera.

—Vaya.

Regresaron a la villa y les enseñó en el patio cómo se hacía un tobogán. Dodo estaba entusiasmada, y a Leo al principio le pareció ridículo, pero luego demostró que había estado atento.

—Lo haremos en el patio de recreo, papá. Pero solo si el señor Urban no se da cuenta.

Los tres lo pasaron en grande cuando el tobogán funcionó de verdad. Al cabo de un rato se sumó Humbert, que era muy hábil bajando, e incluso Julius lo probó. También consiguió convencer a Gertie para que lo intentara. Else y la señora Brunnenmayer se quedaron junto a la ventana de la cocina negando con la cabeza, y desde arriba su madre no paraba de gritar que ya era suficiente. Debían dejar de comportarse como niños si no querían romperse un hueso.

Cuando Kitty llegó hacia las seis y media para recoger a los niños, Dodo estaba en la biblioteca con Paul, que le explicaba la fuerza ascensional, y Leo, sentado al piano tocando Debussy.

—¿Ya? —preguntó Leo de mala gana.

## 32

*Marzo de 1925*

—Ebert ha muerto.

Auguste tenía al pequeño Fritz en el regazo, intentaba meterle otra cucharada de papilla de zanahoria en la boca. El niño movía con ímpetu la cabeza, tenía los mofletes inflados.

—¿Quién ha muerto?

Gustav alzó la vista del periódico que tenía delante de él en la mesa. Ahora leían el *Augsburger Neueste Nachrichten*. La mesa y las sillas también eran nuevas. Igual que el aparador, sobre el que había una caja marrón con una incrustación redonda de tela y dos botones para dar vueltas. Una radio, el orgullo de Gustav.

—El presidente Friedrich Ebert. Ha muerto de apendicitis.

—Ah, ¿sí?

Fritz escupió la papilla de zanahoria, que salpicó por igual la mesa, el periódico, la alfombra y las mangas de la chaqueta de Auguste. A Gustav también le cayó un poco.

—No sé por qué tienes que cebar tanto al niño —dijo, y se limpió la cara con la manga.

Auguste dejó en el suelo a Fritz, que pataleaba, y salió corriendo con las piernas un tanto temblorosas. Hansl, que esperaba obediente, pudo comerse el resto de la papilla. No era exigente, se comía todo lo que le ponían delante. A veces también cosas que no debería, como colillas o corchos de botellas.

Auguste fue a la cocina y volvió con un paño mojado con el que limpió las manchas rojas de los muebles.

—¿Hoy avanzarás con la construcción? —le preguntó a Gustav.

Él dijo que no, furioso. Hacía demasiado frío. El mortero no fraguaría. Tenían que esperar a que subieran las temperaturas. Había que cimentar bien los postes que sostendrían el techo. Los soportes de hierro y los jabalcones ya estaban en el cobertizo, los había hecho el cerrajero Muckelbauer, y Auguste los había pagado en efectivo. También les habían llevado los grandes paneles de cristal.

—Ojalá estén puestos los cristales antes de que vuelva a llover.

Hacía tiempo que el invernadero tendría que estar terminado. Sin embargo, Gustav no era constructor, y había contratado a gente que tampoco era especialista. Habían cavado la tierra y levantado un par de paredes bajas, y con mucho esfuerzo terminaron el suelo. Pero luego empezó a llover, la estructura aún no tenía techo y se llenó de agua. Liese decía que era precioso, que ahora tenían piscina. Cuando en diciembre se heló todo, algunos compañeros de clase de Maxl fueron con los patines y se lo pasaron en grande.

Para entonces, en marzo, era cuando deberían sacar las primeras plantas. Gustav sembró y repartió las macetas por todas las ventanas de la casa, pero eso era una gota en el océano: un invernadero era otra cosa muy distinta.

—Mira qué rápido puede pasar —murmuró Auguste mientras limpiaba una salpicadura de la madera pulida de la radio—. El señor Ebert ni siquiera era mayor.

—Eso depende de la voluntad del Señor —comentó Gustav, y le dio la vuelta al periódico para ver los anuncios.

Auguste cogió a Fritz, que no paraba de hacer tonterías en

el salón, y se lo llevó a la cocina. Así tenía un motivo para cerrar la puerta sin que Gustav desconfiara. De todos modos, no estaba bien que su marido se pasara la mayor parte del tiempo ocioso, porque era cuando lo asaltaban pensamientos grises. Cuando por fin pasara el maldito frío, estaría ocupado fuera. Era de los que necesitaba hurgar en la tierra, entonces estaba feliz y contento.

Auguste sentó a Fritz en el suelo y le puso dos cucharones en las manos; se divertía más con eso que con los juguetes de madera que le habían comprado por Navidad. Usaba las piezas del juego de construcción como proyectiles, y el juguete de latón de Maxl también estaba roto ya. Solo quedaba intacta la preciosa muñeca con un vestido rosa de volantes que Liese guardaba como la niña de sus ojos: la había puesto encima del armario para que sus hermanos no llegaran. Mientras el pequeño deambulaba por la cocina y aporreaba con los cucharones los fogones, las cajas de madera o una silla, Auguste sacó del cajón de la mesa su libro de cuentas. Abrió con un suspiro el grueso cuaderno, lo hojeó, ordenó las facturas que había metido dentro. Por suerte, la mayoría estaban pagadas, solo quedaban las semillas que había comprado Gustav, las dos palas nuevas y una laya. Además de la cuenta del cristalero, que añadía unos centenares de marcos imperiales al monto total. Sin embargo, como en la descarga se rompió un cristal, no pagaría hasta que lo sustituyeran.

El dineral que le había prestado la señorita Jordan se había esfumado antes de lo previsto. Aún le quedaban seiscientos marcos imperiales debajo del colchón, era la reserva intocable, pues de ahí no solo tenían que pagar al cristalero, sino también a los obreros que levantarían el techo del invernadero y harían encajar los cristales. Abrió un poco más el cajón y sacó un monedero. Era de piel buena marrón, se lo habían regalado unos años antes en la villa de las telas por Navidad. Fue cuando se casó con Gustav, antes de la guerra. Dentro la señora Melzer puso veinte marcos, con los que compró ropa de bebé para Maxl y unos pantalones buenos para Gustav. Ahora la piel ya estaba desgastada, pero aguantaba, aunque prácticamente solo contenía peniques. Aún quedaban tres marcos, y eso apenas llegaba para la compra del día.

Se levantó de un salto porque a Fritz se le fue de un pelo volcar el hervidor que estaba en los fogones. Luego se sentó de nuevo y pensó qué hacer.

¡Maldita señorita Jordan, qué mala persona! Debería haber imaginado que tras su generosa oferta se ocultaba algo podrido. Claro, «durante los primeros meses solo tendrás que pagar un poco, casi nada». Esa avariciosa la había dejado tranquila justo dos meses, luego le escribió una carta para comunicarle que a partir de entonces debería abonar cincuenta marcos imperiales al mes. En enero aumentó el importe a setenta marcos imperiales y le comunicó que enviaría al alguacil ejecutor en caso de que Auguste Bliefert se retrasara más de un mes en los pagos. Entonces Auguste puso a Fritz en el carro, agarró a Hansl de la mano y se dirigió con ímpetu a Milchberg para cantarle las cuarenta a esa avariciosa. Sin embargo, Maria Jordan le dedicó una fría sonrisa y le puso delante de las narices el contrato con su firma, según el cual durante los años siguientes tendría que pagarle mucho dinero, y eso solo era el principio.

—Eso pasa cuando uno construye algo. Yo te he prestado el dinero porque quiero algo a cambio si tú montas un negocio con mi dinero. Eso es lo que estás haciendo, ¿no?

—Claro. Pero el invernadero aún no está. Y en invierno no podemos vender nada. Por eso tampoco puedo pagar los intereses.

Eso no le sentó bien a Maria Jordan. ¿Acaso pensaba que el dinero era un regalo? ¿Por su cara bonita y los dos mocosos que arrastraba?

—Tengo que trabajar mucho para ganar ese dinero —afirmó Maria Jordan—. No me regalan nada, Auguste. Por eso yo tampoco regalo nada. Así que procura pagar o te llevaré a juicio y haré que os embarguen el terreno.

Auguste volvió a casa con un enfado monumental. Esa bruja maligna sabía muy bien lo que hacía. Iba a por su terreno, la tierra por la que tanto había trabajado y había ahorrado, y ahora quería poner encima sus sucias garras. Era un buitre, una chinche odiosa, una rata que se escondía en el alcantarillado y mordía los pies de la gente. ¿Que trabajaba mucho para ganar su dinero? ¡Ja! Hasta los gorriones en los tejados se reían de eso. Estaba cómodamente sentada en la trastienda y leía el futuro a sus clientas adineradas en su bola de cristal. Ya le gustaría a ella ganarse la vida de una manera tan fácil. Auguste no tenía estómago para cobrar por un saco de mentiras. Para eso había que ser una estafadora sin escrúpulos.

Además, ¿para qué necesitaba tanto dinero si estaba sola y ya no era joven? En la panadería le habían contado que Maria Jordan ahora quería comprar la fonda El Árbol Verde para convertirla en un establecimiento muy peculiar, con butacas de peluche rosa y niditos de amor con espejos en el techo. Y eso que había sido directora de un orfanato religioso. Con todo, los tiempos habían cambiado, las mujeres jóvenes iban sin corsé y con faldas que apenas les llegaban a la rodilla, enseñando las pantorrillas y algo más. No era de extrañar que incluso los buenos maridos tuvieran malos pensamientos.

En eso, Auguste casi temía por su Gustav, por mucho que fuera un marido muy bueno y fiel. Siempre hacía lo que ella le decía. Se lo creía todo y nunca preguntaba si le estaba diciendo la verdad. La mayoría de las veces era así; solo estaba el tema del dinero, en eso lo engañaba. Una herencia. De su tía. Ni siquiera le había dicho el importe exacto, solo le había contado que por fin podían construir el invernadero. Con eso se dio por satisfecho, estaba encantado de que su Auguste fuera ama y señora de la cartera. Las cuentas nunca habían sido su fuerte.

El pago mensual de enero y febrero lo había cogido del dinero que le prestó Maria Jordan, y se dio cuenta de que le estaba dando su propio dinero. Ya era marzo, y tenía pendiente el siguiente plazo. Si seguía así, no podrían pagar al cristalero ni a los obreros. De todos modos, vivían solo de lo que ella ganaba en la villa de las telas.

No había otro remedio, tenía que hablar de nuevo con la señorita Jordan. Aceptaría los elevados intereses si tenía paciencia hasta abril. Más adelante, cuando el negocio estuviera en funcionamiento, podría pagar, pero ahora no tenía ingresos.

Soltó un profundo suspiro y volvió a guardar el libro de cuentas en el cajón. Metió el monedero, luego levantó a Fritz en brazos y lo llevó al salón.

—Voy a comprar, Gustav. Vigila a Hansl y a Fritz. Cuando vengan Liese y Maxl del colegio podrán ocuparse de los pequeños.

—No pasa nada.

Auguste se puso la bufanda de lana azul marino y el sombrero. Qué bien haber comprado las botas forradas, eran un placer con ese tiempo gélido. Estaba claro, su nuevo vestuario también había costado un dineral, pero no se había permitido nada más. Otras se compraban perlas y cadenas de oro en cuanto tocaban dinero. Ella estuvo a punto de caer en la tentación una vez, cuando vio en el escaparate de una tienda de baratijas una elegante pulsera de oro con un colgante en forma de corazón. Un pequeño rubí engastado en oro, ay, justo como el que siempre había soñado. Una ganga, pero aun así eran treinta marcos imperiales. Se había dominado y había pasado de largo.

Atajó hasta la entrada Jakober yendo por los caminos rurales, duros como una piedra por el hielo, así no se le ensuciaban las botas. En la puerta Jakober atravesó el laberinto de

432

callejones hasta Santa Úrsula, luego pasó por Predigerberg hacia Bäckergasse y bajó hacia Milchberg. Suerte que no iba con los niños, no habría llegado tan rápido. Vio las casas recién pintadas de Maria Jordan y la mesita que Christian, con sus orejas respingonas, había colocado a la entrada. Aquel día había dos candelabros limpios como una patena que no podían ser de plata, de lo contrario Maria Jordan no los habría dejado fuera. Al lado había un bonito cuenco de latón con dos manzanas rojas y un racimo de uvas verdes dentro. Todo era de porcelana, modelada y pintada con maestría. El racimo tenía incluso unas hojitas en verde oscuro.

Auguste se detuvo a cierta distancia para recuperar el aliento. Había ido demasiado rápido, por eso tenía el corazón acelerado. No tenía miedo, estaba dispuesta a luchar. Todas sus posesiones estaban en juego, el terreno que había comprado con la manutención que el teniente Von Hagemann le pagaba, por desgracia no con mucha frecuencia. Había sido lista al no poner el dinero en la caja de ahorros, de lo contrario se habría esfumado con la inflación. Por eso su terreno no podía caer en manos de Maria Jordan. Antes se lanzaría al cuello de esa avariciosa.

En la tienda había una señora con un abrigo de piel y un sombrerito negro a la última moda, maquillada y con el pelo corto. Pidió varias delicias que estaban en los estantes superiores: gelatina de frutas exóticas, chocolate con pimienta y sopa de cangrejo en lata. Auguste no habría querido algo tan asqueroso ni regalado, pero había gente que no sabía qué hacer con el dinero. La señora pagó sin pestañear un importe desorbitado y ordenó a la criada que esperaba a su lado con la cesta que guardara todas esas cosas horribles. Christian, que ya había sonreído varias veces a Auguste, le preguntó con una amplia sonrisa por qué no había llevado a Fritz y a Hansl.

—Hoy se han quedado en casa. ¿Puedo hablar con la señorita Jordan?

—Claro. Está dentro. Llame a la puerta. Creo que quería preparar unas cuantas facturas.

Christian le hizo una señal con la cabeza. Luego abrió una caja y se puso a ordenar en los estantes las conservas que contenía. Auguste vio el dibujo de una tortuga en el papel que las latas llevaban pegado. Prefería no saber qué había dentro. En realidad Christian le daba lástima, les sería de gran ayuda en la huerta. Era un joven encantador. Seguro que se ocuparía de los pequeños sin rechistar.

Respiró hondo una vez más, hizo acopio de todas sus fuerzas y llamó a la puerta del cuarto trasero. No obtuvo respuesta.

—Llame otra vez, tranquila. A veces está absorta en sus números.

«O se ha quedado sorda de pura avaricia», pensó Auguste, y llamó con más fuerza. No contestó nadie.

—¿Está seguro de que está ahí dentro?

—Por supuesto. Acabo de llevarle otro café.

Auguste no tenía paciencia para mostrarse especialmente educada ni estaba dispuesta a que se la quitaran de encima. Así que agarró la manija y abrió la puerta una rendija.

—¿Señorita Jordan? Soy yo, Augu...

Se quedó sin habla, pues en lugar de a Maria Jordan vio a... Julius. Estaba junto a la preciosa mesita y miraba a Auguste con los ojos desorbitados del puro miedo y con algo en la mano derecha levantada. ¡Un cuchillo!

Por un momento los dos se quedaron mudos del susto, luego Auguste vio a la mujer que estaba sentada enfrente de Julius en una silla.

—Maria... —balbuceó Auguste—. Señorita Jordan... ¿qué ha pasado?

El pánico se apoderó de ella. Algo no cuadraba. En aquella habitación había ocurrido algo terrible, y dentro había un espíritu maligno que se iba a lanzar sobre ella si entraba. Empezó a temblar.

—¡Dios mío! —susurró alguien a su lado.

Era Christian, que también había mirado por la rendija de la puerta y ahora retrocedía horrorizado.

Auguste seguía paralizada en el sitio, paseó la mirada por el cuarto y vio cosas que preferiría no haber visto. Maria Jordan estaba recostada en la silla, con la cabeza hacia atrás y las piernas estiradas. Los brazos le colgaban a los lados, y la mano que Auguste veía estaba teñida de rojo intenso y contraída como por un calambre, como si le hubiera querido sacar los ojos a alguien. En la alfombra había una mancha oscura. ¿Eso era sangre?

—Yo no he hecho nada —balbuceó Julius. Luego vio el cuchillo que sujetaba en la mano y susurró—: Dios mío.

—Un médico —tartamudeó Christian—. Necesitamos un médico. La señorita Jordan está herida.

Julius se lo quedó mirando como si hablara en chino, pero no hizo amago de parar al joven empleado. Christian murmuró unas palabras a Auguste, que no le llegaron al cerebro hasta más tarde. Le había pedido que cuidara de la tienda mientras él iba corriendo a casa del doctor Assauer, que tenía una consulta de dentista tres callejones más allá.

—Auguste —dijo Julius con todo el cuerpo tembloroso—. Por favor, créeme. He entrado y la he visto en la silla con el cuchillo en la barriga. Solo se lo he sacado.

Auguste asintió con un gesto mecánico y avanzó dos pasos. La portezuela oculta tras el cuadro estaba abierta. Había papeles esparcidos por todas partes. Cartas de deudas. Facturas. Requerimientos. De todo. Luego vio que en los cojines de seda sobre el diván también había manchas rojas, el suelo estaba empapado de sangre, como la alfombra, y se veían salpicaduras en el papel de la pared.

«Un crimen», pensó Auguste. «Alguien la ha atacado con un cuchillo. Alguien que no encontró otra salida al ver que ella se lo quería quitar todo.»

De pronto sintió una gran calma, incluso tuvo el valor de contemplar el rostro pálido de Maria Jordan. Tenía los ojos medio cerrados, la boca un poco abierta, la nariz puntiaguda. De hecho, su expresión era muy tranquila, sin maldad, tampoco asustada. Casi parecía estar en paz.

—¿Está muerta?

Julius asintió. Lo recorrió un escalofrío, no podía parar de asentir. Soltó el cuchillo y este cayó al suelo, Julius retrocedió a trompicones y se apoyó en la cómoda. Más que de pie, estaba como colgado del mueble, Auguste temía que se desplomara y que también exhalara el último suspiro.

Los dos se sobresaltaron al oír un grito agudo. Detrás de Auguste había aparecido una anciana, una clienta que había entrado a comprar. Se tapaba la boca con ambas manos, horrorizada, pero chillaba tanto que a Auguste le pareció que las conservas temblaban en los estantes.

—¡Asesinato! Un crimen. Sangre. Ese es el asesino. Ayuda. Policía. Está todo lleno de sangre. ¡Asesino! ¡Asesino!

—Cálmese —dijo Auguste—. Ha sido un accidente. El médico está de camino.

Lo que dijo no tenía mucho sentido y no calmó a la mujer lo más mínimo. Retrocedió unos pasos, presa de un pánico infundado, y chocó con dos chicos jóvenes. Saltaba a la vista que eran empleados de una cervecera que estaban almorzando y habían acudido asustados al oír los gritos.

—¿Dónde está el tipo?

—Ahí —gritó la señora al tiempo que estiraba el brazo—. Ahí sigue. Junto a su víctima.

La apartaron de un empujón, y Auguste también reculó rápido. Los dos muchachos tuvieron que agarrarse al marco de la puerta cuando vieron a la fallecida. En la entrada de la tienda aparecieron dos personas más, vecinos, curiosos, luego también un hombre de uniforme.

—Jesús bendito, está ahí. Apuñalada.

—Una carnicería. Está todo lleno de sangre.

—¡No la toquen! —gritó el de uniforme—. ¡Usted! ¡Quédese quieto! ¡Coged al hombre! Cogedlo bien.

Auguste vivió lo que sucedió después como una pesadilla. Empezó a entrar gente en el cuartito, cayeron latas y vasos al suelo, los estantes se vaciaron de una forma confusa. Las mujeres gritaban, otros se abrían paso como podían, ávidos de sensaciones, para echar un vistazo. El hombre de uniforme rugió una serie de órdenes, varios hombres sacaron a Julius, que tenía la chaqueta desgarrada, la camisa le colgaba por fuera de los pantalones y el pelo, siempre bien peinado y untado con gomina, le caía en mechones por la cara. No paraba de balbucear que era inocente, pero cuanto más lo repetía, más seguros estaban los demás de que era el asesino. Llegó Christian seguido del doctor Assauer, se abrieron paso entre el gentío hasta la trastienda y Auguste oyó que el dentista decía que no había nada que hacer.

Más tarde apareció un automóvil oscuro delante de la tienda, luego otro: los señores de la policía criminal. Se armó un nuevo alboroto, echaron a todos los que no pintaban nada en el lugar de los hechos, observaron a la fallecida, cogieron el cuerpo del delito, el arma asesina. Christian fue interrogado, lloró y dijo que la señorita Jordan siempre había sido buena con él. Le llevó una taza de café, eso fue hacia las diez, entonces aún seguía con vida. Luego estuvo atendiendo a los clientes, y después llegó la señora Bliefert para hablar de algo con Maria Jordan.

¿Tendría que haber visto al asesino cuando atravesó la tienda para acceder al cuarto trasero? Christian lo negó. Podría haber accedido por la entrada de atrás, la de los «clientes especiales». Auguste se enteró de que las damas acaudaladas que acudían a Maria Jordan para que les leyera el futuro nunca entraban por la tienda. Había una puerta del jardín y una puerta trasera.

También interrogaron a Auguste. Qué quería hablar con Maria Jordan. Si conocía al asesino. Si tal vez había visto cómo agredía a la víctima con el cuchillo. Por qué motivo podría haberlo hecho...

Entretanto habían envuelto a la difunta Maria Jordan con la alfombra de motivos orientales, dos hombres la sacaron por la tienda y la metieron en uno de los coches de policía. Auguste oyó cómo se cerraban las puertas del coche y tuvo que sentarse en un taburete.

—¿Se encuentra mal? —preguntó el joven agente de policía.

Tenía la piel clara y los ojos marrones. El bigote era negro como el cabello.

—Me he llevado un buen susto. Hacía años que la conocía. Antes era doncella en la villa de las telas.

—¿La villa de las telas?

—En casa del fabricante Melzer, el dueño de la fábrica de paños de Proviantbach.

—¿No trabaja allí también el señor Julius Kronberger?

Auguste asintió.

—Ya. ¿Me puede dar sus datos personales?

Lo anotó todo en una letra diminuta en una libretita, luego la cerró y metió el lápiz en el lazo correspondiente.

—Puede irse, señora Bliefert. Si tenemos más preguntas nos pondremos en contacto con usted.

Cuando se vio de nuevo en la calle comprobó que la mesita estaba volcada. Había una manzana de porcelana rota, los demás objetos bonitos habían desaparecido. Qué tonta había sido. Ella también podría haber sido rápida y haberse hecho con un candelabro o, mejor, con una de esas preciosas pulseras de plata. Ahora era demasiado tarde: en la tienda había dos agentes de policía que seguían tomando declaración al pobre Christian.

Caminó por las calles como anestesiada. Ya era más de mediodía y aún tenía que comprar leche y pan para por lo menos

hacer una sopa de leche. Cuando estaba en la vaquería esperando a que le tocara su turno, comprendió lo increíblemente
tonta que había sido.

¡El pagaré que le había firmado a Maria Jordan! Seguro que
estaba tirado en el cuarto, con el resto de los papeles. Solo tendría que haber abierto los ojos. Un movimiento rápido y se
acabó. A la estufa. Cenizas.

¡Ya era demasiado tarde!

# 33

Marie se estremeció al escuchar su voz. «Qué boba», pensó. Sin embargo, no podía evitar esa sensación de miedo y alegría a la vez. De hecho, sintió algo parecido al alivio, pues temía que todo hubiera terminado.

—¿Marie? Perdona que te llame al atelier, es por un buen motivo. ¿Estás ocupada? Puedo llamar más tarde.

Arriba dos costureras esperaban sus instrucciones, había que calcular el corte para un vestido de noche, y en diez minutos llegaría la señora Überlinger a probarse.

—No, no. Dime qué quieres. Tengo unos minutos.

Paul se aclaró la garganta, lo hacía siempre que debía comunicar algo desagradable. De pronto le dio miedo que quisiera anunciarle el divorcio. Pero ¿por teléfono? ¿Algo así no se hacía por escrito y a través de un abogado?

—Se trata de Lisa. Me da la sensación de que se está perjudicando a sí misma, y me gustaría ayudarla.

«Vaya», pensó Marie. Ahora quiere tantearme. Pese a todo, se relajó al ver que llamaba en son de paz.

—¿Y qué tengo que ver yo con eso?

Le molestó su propio tono distante, pero no quería ser demasiado amable con él.

—Tú has hablado con ella, ¿no? ¿Te ha dicho quién es el padre de la criatura?

—Me lo ha contado en confianza, Paul. No creo que tenga derecho a...

—Está bien —dijo él, impaciente—. No quiero empujarte a cometer una indiscreción. ¿Me equivoco si deduzco que es el señor Sebastian Winkler?

—¿Por qué no se lo preguntas tú?

Oyó que Paul gemía, enfadado.

—Ya lo he hecho, sin resultado. Escucha, Marie, no te lo pregunto por curiosidad. Soy su hermano, y me siento en la obligación de aclarar la situación. Sobre todo por el niño.

—Creo que Lisa es capaz de aclarar sus asuntos.

Paul se quedó callado, y ella temió que colgara. Se oyó el timbre de la tienda, encima eso: la señora Überlinger acababa de llegar. Cinco minutos antes de lo acordado.

—Si te sirve de ayuda —dijo Marie—, tengo entendido que Lisa ha escrito una carta.

—¡Ah! ¿Y ha recibido respuesta?

—Me temo que de momento no.

—¿Y cuándo fue eso?

Marie dudó, pero había ido tan lejos que sería absurdo negarse a dar esa información. Y el asunto estaba estancado, así que era posible que Lisa necesitara la ayuda de su hermano.

—En enero. Debió de ser hace unas ocho semanas.

Paul murmuró algo en el auricular, lo hacía casi siempre que pensaba en algo. En la puerta del despacho apareció la señora Ginsberg, que llevaba un tiempo trabajando con ella, y Marie le indicó con una señal que enseguida iba. La señora Ginsberg asintió en silencio y volvió a salir.

—Quiero entrevistarme con él para aclarar la situación. ¿Tienes la dirección?

Ahí estaba la táctica del engaño que tanto le gustaba. Funcionaba con los empleados, y también surtía efecto con mamá y con Kitty. Con Lisa era más difícil. Ella, por su parte, nunca había caído en la trampa.

—¿De qué dirección me hablas?

Paul hizo caso omiso de su pregunta y continuó hablando sin más.

—Es... no me resulta fácil, pero quería pedirte un favor, Marie. No me gustaría viajar solo, pues daría la impresión de que quiero hacerle responsable o algo parecido. Contigo sería más sencillo. Seguro que darías con el tono adecuado.

Su petición casi la dejó sin respiración por lo inesperada. ¿Quería que lo acompañara a Gunzburgo? ¿Sentarse a su lado en el tren, fingir ser un matrimonio feliz ante sus compañeros de viaje?

—Nos iríamos mañana a primera hora y volveríamos a última hora de la tarde. Sin pasar la noche. Tengo un amigo que me presta su coche en Núremberg.

—¿En Núremberg?

—¿No está en Núremberg? Pensaba que había vuelto allí. ¿No es de esa zona?

Al final había caído en la trampa, aunque no sin querer, sino más o menos por voluntad propia.

—Está en Gunzburgo, en casa de su hermano.

—¡Fantástico! Entonces no está tan lejos como me temía. Te lo gradecería mucho, Marie. Es por el bien de Lisa.

Paul se calló y aguardó su respuesta. A Marie le pareció oír cómo le latía el corazón, pero seguramente era el suyo. Sentarse con Paul en un compartimento. ¿Qué harían cuando estuvieran a solas? ¿Lo deseaba? ¿O le daba miedo?

—Escucha, Paul. Si de verdad Lisa quiere ayuda, estoy dispuesta a hacer ese viaje.

Marie oyó que Paul respiraba aliviado. Se imaginó su rostro, su sonrisa triunfal, sus ojos grises brillantes.

—Pero con una condición.

—Concedido. Lo que sea.

Percibió en su tono de voz que estaba muy contento. Casi le dio lástima, pero no había elección.

—Bajo ningún concepto quiero hacerlo a espaldas de Lisa, Paul. Así que te pido que la informes del viaje.

Él gruñó algo incomprensible y comentó que ya se temía algo así.

—Te llamaré, Marie. Entretanto, te agradezco tu predisposición. Hasta pronto.

—Hasta pronto.

Oyó el clic cuando colgó, y se quedó con el auricular en la mano como si esperara algo. Luego colgó. No, nada había cambiado. Paul la necesitaba, nada más. Aun así... el último domingo los niños volvieron muy contentos de la villa de las telas. Nada que ver con la visita anterior, cuando le suplicaron no tener que pasar una tarde con papá nunca más.

A Leo no logró sonsacarle qué había cambiado tan de repente, pero el lunes el cartero entregó un paquete con un gorro para él. Desde entonces, apenas se lo había quitado. Dodo, en cambio, parloteaba sin parar de aves y aviones, de corrientes ascendentes y descendentes, de la fuerza ascensional y de remolinos. Nadie entendía muy bien de qué hablaba, solo Gertrude tenía la paciencia de escuchar las interminables explicaciones de Dodo.

Entonces, ¿había cambiado algo? Era evidente que Paul se esforzaba por ganarse a sus hijos. ¿Era buena o mala señal?

—¿Señora Melzer?

La señora Ginsberg parecía triste. Era una buena trabajadora, voluntariosa, pero siempre se tomaba como algo personal las salidas desconsideradas de las clientas. Y la señora Überlinger podía llegar a ser muy hiriente cuando la hacían esperar.

—Lo siento mucho, señora Ginsberg, era una llamada importante. Ya voy.

El resto de la mañana fue tan ajetreada que ni siquiera tuvo tiempo de tomar una taza de café. En realidad estaba contenta de que el negocio fuera tan bien. Solo le daba rabia que algunas clientas encargaran copias de sus vestidos a otras modistas. Por supuesto, solo lo hacían en privado, para amigas muy queridas, tan entusiasmadas con los diseños de Marie que querían llevar a toda costa un vestido así con el abrigo correspondiente. Y si la modista ya tenía el patrón de corte, no le costaba mucho ofrecer el precioso conjunto a otras clientas. Todo a un precio bastante más bajo, claro, de lo que costaba el mismo vestido en el Atelier de Marie. Era injusto, pero no había manera de protegerse de eso. La única forma de combatirlo eran las nuevas ideas, crear modelos elegantes y originales, adaptados a la persona que los fuera a vestir. Ese era uno de los puntos fuertes de Marie: sabía ocultar los defectos y resaltar las virtudes. La mujer que llevaba sus prendas parecía tener la figura con la que siempre había soñado.

Cuando bajó del tranvía en Frauentorstrasse estaba agotada. ¿Por qué no aprendía a conducir? Podía permitirse un automóvil, y de ese modo no tendría que esperar al tranvía bajo la lluvia y la nieve. ¿Cómo se llamaba ese vehículo pequeño que cada vez se veía más por las calles? El Rana verde, qué bonito. Tenía cuatro caballos, era como recorrer la ciudad en un carro con cuatro animales de tiro.

Al entrar en casa se encontró con Dodo, que sujetaba en alto un periódico para impedir que Henny lo alcanzara. La niña no paraba de dar saltitos intentando pescar las hojas mientras hacía muecas y agitaba los brazos.

—Dámelo... Es el periódico de mamá. Dámelo de una vez, Dodo, vaca tonta.

—Para ya, no te lo voy a dar —repuso Dodo con malicia—. Además, esa es mi mamá.

Marie no tenía ganas de peleas, así que le quitó a Dodo el periódico y le indicó a Henny que al saltar había perdido las zapatillas.

—Mmm... Huele a fideos de patata —comentó con una

sonrisa, y empujó con el pie una de las zapatillas rosas hacia Henny—. ¿Ya ha llegado Kitty?

—Mamá está al teléfono. La, la, la. La, la, la —cantó Henny, acompañando la pieza que practicaba Leo al piano en la sala de música, con gran desesperación. *Rondo a Capriccio*, de Beethoven. Demasiado difícil para un niño de nueve años, sobre todo la mano izquierda.

Sin embargo, Leo era como mínimo tan testarudo como su hermana, que quería leer y entender a Otto Lilienthal antes del domingo.

—Tienes que leer la prensa, tía Marie.

Marie se quitó el abrigo y el sombrero. Había dejado el periódico encima de la cómoda. Miró el editorial y vio que no era para leerlo de un vistazo.

—El gobierno se ha separado de nuevo. Wilhelm Marx no acepta la elección a presidente del Gobierno.

—Eso no —dijo Dodo con impaciencia, y abrió el periódico—. Aquí dentro: «Noticias de Augsburgo. Sucesos». Dice algo de la villa de las telas.

—¿Qué?

Marie no creía lo que veían sus ojos. Un artículo sobre un cruel asesinato en el centro de Augsburgo. Maria Jordan, de cuarenta y nueve años, había sido apuñalada brutalmente en su tienda el día anterior.

—Maria Jordan —susurró Marie—. Es terrible. Dios mío, pobre. Y todos creíamos que le había tocado el gordo.

Se cruzó con los ojos brillantes de Henny clavados en ella, llenos de intriga.

—¿Lo has leído, tía Marie? El asesino fue Julius.

—¿Qué Julius?

—¡Por favor, mamá! —se indignó Dodo—. Julius, el criado de la villa. El que siempre va con la nariz en alto y olisquea de esa manera tan rara. Ha apuñalado a Maria Jordan.

—Por favor, Dodo, no uses esa palabra, es horrible.

—Es lo que dice el periódico.

Marie leyó por encima el breve artículo. Julius se encontraba bajo custodia policial como principal sospechoso. Creían que había atacado con un cuchillo a la mujer indefensa.

—Aquí dice «atacado», no apuñalado.

—Entonces lo ha dicho la abuela Gertrude.

Marie entró en el salón con el periódico en la mano, donde Kitty estaba sentada en su butaca de mimbre con el teléfono en el regazo. El cordón negro del aparato, que iba hasta la conexión de la pared, estaba a punto de romperse de la tensión.

—Por el amor de Dios, no, Lisa, déjala dormir. Ya volveré a llamar más tarde. Pobre mamá. Qué susto más terrible. No quiero ser mala, pero esa mujer no trajo más que problemas. No, no soy despiadada. Seguro que tenía un lado bueno. Sí, ya lo sé, trabajó durante un tiempo en tu casa, pero no soportaba a Marie, y eso nunca se lo perdoné. ¿Cómo se lo ha tomado Paul? Me lo imagino. Ay, mi pobre Paul. Como si no tuviera ya bastantes preocupaciones.

Se quedó callada al ver que entraba Marie, le indicó con un gesto que se acercara y cambió de tema.

—¿Y el niño come bien? Me alegro. Seguro que tienes litros de leche. ¿Cómo? ¿Podrías alimentar a otro niño? Procura no engordarlo demasiado o será un dormilón holgazán. Tengo que colgar, Lisa, ha llegado Marie. Saludos... Sí, se lo diré... Y sí, iré esta noche... Sí, dile a mamá que la consolaré.

Colgó con un profundo suspiro y lanzó una mirada elocuente a Marie.

—¿Lo has leído? ¿No es horrible?

Marie asintió, estaba leyendo con atención de nuevo el artículo. El nombre «Melzer». «La villa de las telas.» No se habían ahorrado nada. Paul no le había dicho ni una palabra del tema.

—Después de evitar por todos los medios la exposición de los cuadros de Luise Hofgartner por temor a las cotillas de Augsburgo —comentó Kitty—, ahora esto. ¡Un criado de la villa de las telas es un brutal asesino! Ay, me dan escalofríos cuando pienso que ese Julius me ha llevado té y galletas a la habitación.

Llamaron a la puerta y oyeron que los niños corrían por el pasillo para abrir.

—¡Hanna! ¿Lo has leído?

—¡El asesino es Julius!

—Le dio ciento veinte puñaladas o algo así.

Se abrió la puerta de la cocina y acto seguido se oyó el discurso poco amable de Gertrude.

—¡Vaya, Hanna! ¿Dónde te has metido toda la mañana? ¿Trabajas aquí o en la villa de las telas, con tu Humbert? ¿Cómo? Las habitaciones no están ordenadas, y la cesta de la ropa del cuarto de los niños está a rebosar. ¡Ahí! Lleva la cazuela. ¡Está caliente! ¡Que no se te caiga!

—Yo... lo siento —dijo Hanna, y la puerta de la cocina se abrió de nuevo.

Hanna apareció en el salón con una cazuela humeante en las manos y con los tres niños tras ella. Marie se apresuró a poner un salvamanteles de madera en la mesa para que Hanna pudiera dejar la olla, luego pusieron juntas la mesa. Kitty también participó y dejó una violeta africana en flor junto a la cazuela con la pasta.

—Ay, es horrible —dijo Hanna con un suspiro mientras sacaba las servilletas del cajón—. Imagínese, señora Melzer: la policía criminal ha estado tres horas interrogando a todo el mundo en la villa. También a la señora Alicia y a la señora Von Hagemann, y durante la pausa del almuerzo han tomado declaración al señor Melzer. Y a todos los empleados, también a Else, que casi se muere de la vergüenza. Porque es sospechosa de haber conocido a un asesino.

—¿Están seguros de que la mató Julius? —preguntó Marie.

—Bueno, estaba de pie a su lado con el cuchillo en la mano —contestó Hanna con un suspiro—. Ay, señora Melzer, nadie quiere creerlo. A lo mejor todo es un error.

Apareció Gertrude con un cazo con mantequilla derretida y la vertió sobre la pasta.

—Ya está bien con la historia del asesinato —la reprendió, y se sentó en su sitio—. Los niños ya tienen los ojos vidriosos. Esta noche no podrán dormir.

—No nos importa —dijo Leo, y sacudió la mano izquierda, que le dolía de tanto practicar—. Como mucho Henny, que aún es pequeña.

Henny tuvo que esperar para protestar, primero hubo de tragar la pasta. Luego explicó a gritos que ella no tenía los ojos vidriosos.

—Pero he visto a Liese en el colegio. Les ha dicho a sus amigas que la policía ha interrogado a su madre porque estaba delante y lo ha visto todo.

—¿Auguste? —dijo Kitty, asombrada—. ¿Y qué se le había perdido en la tienda de Maria Jordan?

Gertrude se encogió de hombros y le puso a Henny una cucharadita de col fermentada.

—Por lo menos este poquito hay que comérselo —le exigió con vehemencia—. No solo los fideos de patata con mantequilla, ¡lo que te faltaba!

—Col fermentada, col de muro, col de tristeza, col de pupa.

—A lo mejor había ido a comprar algo —se respondió a sí misma Kitty—. Auguste ha recibido una herencia y, según dicen, ahora lleva un tren de vida costoso.

—Puede ser —contestó Marie, pensativa.

Ella tenía sus propias teorías. Una de sus clientas adineradas le contó en confianza que Maria Jordan le leía las cartas. La colmó de elogios porque casi todo se había cumplido, y le recomendó a Marie que probara. Todas sus amigas ya habían estado allí, esa mujer debía de tener una fortuna extraordinaria, pues se cobraba bien sus predicciones. Además, alguien le había comentado que la señorita Jordan también prestaba dinero.

—Imagínense, el mismo día ya había dos periodistas en la

puerta de la villa —informó Hanna—. Del *Augsburger Neueste Nachrichten* y del *Münchner Kurier*. Pero la señora no quiso dejarlos entrar. Entonces se dirigieron a la entrada del servicio y en la cocina la señora Brunnenmayer los amenazó con una sartén y tuvieron que irse. Luego rodearon a escondidas la villa pensando que podrían entrar por la galería, pero las puertas estaban bien cerradas. ¡Qué desfachatez! Humbert dice que los de la prensa son los peores. Nadie los supera. Ni los políticos ni los asesinos en masa. Pueden destrozar una vida con dos frases cortas.

—Humbert es de soltar grandes verdades —comentó Gertrude con la boca llena—. ¿Ya se encuentra bien?

Hanna asintió con una sonrisa. Ahora reemplazaría a Julius, pues todo el mundo en la villa tenía que cumplir con su deber para con los señores.

—La señora Brunnenmayer ha dicho que debemos mantenernos unidos en casos de necesidad. Como aquella vez.

Se interrumpió y bajó la mirada a su plato, que seguía intacto. Por supuesto, todos sabían que se refería al día en que el agente de policía se presentó en la cocina de la villa preguntando por Grigorij. El joven ruso al que Hanna había ayudado a huir por amor. Todos se pusieron de lado de Hanna, y Humbert la sacó del apuro. De lo contrario, todo podría haber acabado muy mal para ella.

—¿Y la honorable ama de llaves? —preguntó Kitty en tono burlón—. ¿También ha hecho piña?

—¿Esa? —exclamó Hanna, indignada—. En absoluto. Gertie oyó cómo interrogaban a la señora Von Dobern.

—A la pequeña Gertie siempre se le ha dado muy bien eso de escuchar tras las puertas —intervino Kitty.

—¡Silencio! —le ordenó Gertrude—. ¿Y qué ha dicho esa noble dama?

Hanna clavó el tenedor en la pasta pero no se lo llevó a la boca, se quedó con él en la mano.

—De los señores no ha dicho nada, pero a nosotros nos ha puesto verdes a todos. Afirmó que ella ya sospechaba de Julius. Que tenía un carácter criminal, y que a ella le daba miedo porque siempre tenía una mirada agresiva. Que todos los empleados de la casa lo sabíamos pero nos manteníamos unidos sin decir nada. Además, dijo que Julius rondaba a Maria Jordan porque era rica y creía que si se casaba con ella no tendría que volver a trabajar jamás. Y estaba convencida de que Julius era su amante y la había apuñalado por celos. Por Christian, su empleado.

—¡Madre del amor hermoso! —murmuró Gertrude.

—¿Qué es un amante, mamá? —preguntó Dodo.

—Un amigo.

—Como el señor Klippi, ¿no?

Marie arrugó la frente y vio que Kitty sonreía encantada.

—Eres tonta —intervino Henny, que no paraba de dar vueltas al montoncito de col fermentada en el plato.

—Dodo no es nada tonta —defendió Leo a su hermana—. ¡Tú eres tonta, Henny!

—No —dijo Henny, y frunció los labios porque iba a decir algo importante—. Un amante es un amigo que puede dar besos y abrazos. ¿Verdad, mamá?

La sonrisa de Kitty se desvaneció.

—Buena observación —dijo con brusquedad—. Y ahora cómete de una vez la col. Y ni se te ocurra dejarla en el plato de Hanna a escondidas.

—Tengo que irme —dijo Marie, y miró el reloj—. Esta tarde tengo cuatro pruebas y una clienta nueva.

—Te vas a morir de tanto trabajar, Marie —le advirtió Gertrude—. Hay pastel de pera de postre. Recién salido del horno. Con azúcar y canela.

—Esta noche, Gertrude.

En el tranvía, Marie estaba tan sumida en sus confusos pensamientos que estuvo a punto de pasarse la parada en Karolinenstrasse. Entró en el atelier alterada, y se alegró de que enseguida la solicitaran la clientela y los empleados. Así podía posponer sus preocupaciones y concentrarse en el trabajo, pero cada vez que sonaba el teléfono daba un respingo y esperaba con el corazón acelerado que la señora Ginsberg le pidiera que fuera al despacho. Sin embargo, eran llamadas de negocios, proveedores, clientes, el taller de grabado, que había producido los nuevos catálogos. Cuando ya tenía el abrigo puesto y fue a la sala de costura a comprobar que todas las máquinas estaban tapadas, llegó la llamada de Paul.

—Me daba miedo no encontrarte.

—Paul, lo he leído en la prensa. Lo siento mucho, por todos, pero sobre todo por ti y por mamá.

¿Se alegró Paul de oír su confesión espontánea? Si era el caso, no lo manifestó.

—Sí, es una situación muy desagradable.

Marie entendió que no tenía intención de importunarla con sus lamentos. Claro. Aun así, su silencio le dolía. ¿Por qué era todo tan complicado?

—¿Has hablado con Lisa? —Marie cambió de tema.

—Sí. No le entusiasma la idea, pero tampoco se interpondrá.

Sonaba bastante mal. Imaginó que Lisa se había puesto furiosa.

—¿Cuándo nos vamos?

—¿Qué te parece el lunes?

Tendría que aplazar muchas citas y dejar preparado el trabajo para las costureras, pero para Paul no era muy distinto.

—El lunes. Bien.

—El tren sale a las siete y veinte. ¿Quieres que te recoja con el coche?

Él, por supuesto, ya había estudiado el plan de viaje. Tal vez incluso había reservado el compartimento.

—Gracias, iré en el tranvía.

# 34

Paul había dormido mal. Por una parte, porque el bebé lloraba sin cesar y Lisa había llamado a la pobre Gertie en plena noche para que le preparara una infusión de hinojo contra los gases. Pero sobre todo fue porque no paraba de pensar en Marie. Esas pocas frases que intercambiaron por teléfono sobre el artículo del periódico. De pronto todo había sido como antes. Su actitud comprensiva, cariñosa. La sensación de que estaba a su lado, de que era parte de él. La vio en su cabeza, con esos ojos grandes y oscuros que antaño lo derrotaron, cuando aún era ayudante de cocina en la villa y salió huyendo. No obstante, también se le pasaban otras ideas por la cabeza. Deseos. Necesidades. Al fin y al cabo era un hombre, y vivir durante meses como un monje no era poca cosa. Claro que podía ir a uno de esos establecimientos de los que en principio nadie sabía nada pero que tantos de sus conocidos en Augsburgo frecuentaban. Elegantes, discretos y profesionales. También podría haberse buscado una chica inofensiva, había muchas entre sus empleadas que aceptarían encantadas la oferta. Sin embargo, eso solo provocaba disgustos, y estaba seguro de que obtendría poco placer. Quería a Marie, solo a su Marie y a ninguna otra.

Encargó a la señorita Hoffmann que comprara los billetes de tren, en primera clase. Saltaba a la vista que se moría de curiosidad, pero no se atrevió a preguntar con quién viajaba el lunes el señor director a Gunzburgo. Además, su deseo expreso de reservar un compartimento de no fumadores había dado rienda suelta a su imaginación.

Aunque llevaba los billetes en el bolsillo, llegó a la estación media hora antes. Se quedó en el vestíbulo, helado, con el cuello del abrigo subido y las manos entumecidas pese a llevar guantes de piel forrados. Era 30 de marzo, en dos semanas llegaría la Pascua, la primavera aún se hacía esperar. El día anterior Rosa Knickbein, la nueva niñera, había paseado al pequeño Johann por primera vez por el parque, aunque por desgracia los sorprendió una tormenta de nieve. Aun así, todos habían disfrutado, también mamá y Lisa, que caminaban junto al carrito, pero sobre todo Dodo y Leo. Cuando el bebé volvió a la villa con su madre, su abuela y la niñera, él estuvo correteando un poco más con los gemelos por el parque. Fueron a buscar a los Bliefert y, mientras los niños jugaban, él fue con Gustav a ver el invernadero, que aún estaba por terminar. Paul observó la construcción torcida y prometió enviarle unos obreros decentes. Nunca había visto una chapuza semejante, pero Gustav era jardinero, no constructor.

Faltaban diez minutos para que saliera el tren y aún no había rastro de Marie. La terrible posibilidad de que hubiera decidido dar marcha atrás lo atormentaba. ¿Qué haría entonces? Bueno, por lo menos tenía la dirección de Josef Winkler, zapatero y hermano pequeño de Sebastian.

Tras muchas dudas y varios ataques de ira, finalmente Lisa había accedido.

«Y, por favor, dile que esta visita no ha sido idea mía. No tengo nada que ver con esto, ¡y quiero que lo sepa!», le dijo.

Iría a Gunzburgo sin Marie. Era un asunto de su familia, aunque con ella todo hubiera sido mucho más fácil.

Justo cuando se encaminaba hacia el andén, Marie apareció en el vestíbulo. Llevaba un abrigo granate entallado con detalles en piel y un sombrero a la moda que le cubría la frente y los ojos casi por completo. Se quedó quieta un momento, luego miró alrededor y cuando lo reconoció se acercó a toda velocidad.

—Buenos días. Tenemos que darnos prisa, ¿no?

—Sí.

Se dirigieron juntos al andén, los viajeros que venían de frente los separaban de vez en cuando. Al llegar al final de la escalera, ya se veía el vapor de la locomotora, que encabezaba el tren. En el andén había un revisor de uniforme que los saludó y les pidió solícito los billetes.

—Dos vagones más adelante, señores. Tengan cuidado al subir.

Los seis asientos de su compartimento estaban libres, solo un periódico matutino sin dueño indicaba que el viajero anterior se había bajado en Augsburgo.

—¿Prefieres sentarte de cara a la marcha? —preguntó Paul con educación.

—Me da igual. Siéntate donde quieras.

Marie se quitó el abrigo antes de que Paul pudiera ayudarla, luego se sentó en sentido contrario a la marcha como muestra de seguridad y él ocupó el asiento de enfrente. Se cerraron las puertas, el jefe del tren lanzó un pitido penetrante, el vapor blanquecino se transformó con un silbido en un humo gris y cubrió el andén y los edificios colindantes. Acto seguido, el tren se puso en movimiento.

Marie no se había quitado el sombrero para que no se le vieran los ojos, solo la boca y la barbilla. Sobre todo era la boca lo que a Paul lo volvía loco. No se había pintado los labios y se veían suaves, solo en los bordes los tenía un poco pelados por el frío, y el superior tenía un pliegue en forma de corazón. Conocía muy bien el tacto de esa boca, era un tormento no poder tocarla.

—¿Lisa se enfadó mucho?

Paul tuvo que abandonar sus fantasías.

—Bastante. Tengo que informar al señor Winkler de que nuestra visita no es idea suya.

Paul sonrió, pero Marie se mantuvo seria. Había intentado hablar con Lisa, en vano, por desgracia.

—El ama de llaves no le ha pasado mi llamada.

Aunque justificado, era un reproche inoportuno. A Paul le molestó. ¿De verdad tenían que discutir de nuevo? ¿No podían tratarse durante ese breve trayecto con amabilidad, o como mínimo con educación?

—Lo siento mucho. Le pediré explicaciones.

Entonces Marie sonrió. Divertida y al mismo tiempo con un poco de malicia, según le pareció a Paul.

—No es necesario. Le he dejado clara mi opinión.

Paul asintió y decidió no ahondar más en el tema. La señora Von Dobern luchaba con evidente desesperación por su puesto en la villa, algo que dependía únicamente de su madre. Lisa se había convertido en una enemiga declarada, sin duda reforzada por Kitty y también por Marie, y al personal lo tenía en contra desde el principio. A Paul le daba un poco de pena Serafina, pues tarde o temprano perdería la batalla. Sin embargo, se resistía a despedirla para no cumplir con la exigencia de Marie. Por mucho amor y nostalgia que sintiera, no era de los que se dejaba mangonear por una mujer.

¿Quién decía eso siempre? Bah, daba igual.

—¿Te molesta si doy una cabezadita? Esta noche apenas he podido dormir —le preguntó ella de repente.

Mira por dónde, ella tampoco había dormido. Bueno, tal vez fuera mejor que durmiera. Por lo menos así no discutirían.

—Por favor, como si estuvieras en tu casa. Yo también estoy cansado.

Marie cogió el abrigo del gancho y se cubrió con él como si fuera una manta. Ahora Paul ni siquiera le veía la barbilla, y ella enseguida echó la cabeza hacia atrás. Paul espió bajo el ala del sombrero sus fosas nasales y los ojos cerrados. El medio arco oscuro de las cejas. De vez en cuando temblaban, seguramente por el movimiento del tren. Ese traqueteo constante y monótono que los iba juntando durante el viaje. ¿Dormía de verdad o solo lo fingía para evitar mantener una conversación con él? Paul se puso a mirar por la ventana, veía pasar la maleza rala, las últimas casas de Augsburgo, más tarde apareció resplandeciente el Danubio, que seguía las vías del tren. Prados verdes, pequeños bosques que ya lucían el color de los incipientes brotes, en medio casas bajas, gabarras que se arrastraban por el río.

En efecto, Marie estaba dormida. Ya no tenía la pierna derecha doblada sino estirada hacia él; su pie, enfundado en un zapato oscuro de cordones, casi rozaba el suyo. Cuando el tren se detuvo en Diedorf, sus zapatos chocaron y Paul vio sus ojos asustados, aún medio dormidos.

—Perdona.

—No pasa nada.

Los dos cambiaron de postura, se sentaron rígidos. Marie se recolocó el sombrero y se cerró el abrigo. Paul reprimió el intenso deseo de estrecharla entre sus brazos. Antes lo hacía todas las mañanas, cuando ella lo miraba medio dormida con los ojos entrecerrados. ¿Por qué tenían que comentar siempre los problemas, discutir, tener la razón? ¿No era más fácil abrazarse? ¿Y hacer todas esas preciosas locuras que les encantaban a los dos?

—¿Ya has pensado qué quieres decirle? —preguntó Marie.

—Eso te lo dejo a ti encantado.

—Ya. Depende de cuál sea la situación, ¿no?

—Claro.

Paul no podía concentrarse en los problemas de Lisa, estaba sopesando si debía declararle su amor a Marie. En ese caso debía darse prisa porque ahora estaban a solas en el compartimento y eso podía cambiar en cualquier momento.

—Para mí la principal pregunta es: ¿por qué no ha contestado a la carta de Lisa? —prosiguió Marie—. Puede que ya no viva en Gunzburgo, que se haya mudado.

—De ser así, su hermano le habría reenviado el correo.

Marie se encogió de hombros.

—Solo si sabe dónde está Sebastian.

—Ya veremos.

En el fondo a Paul también le daba la impresión de que Sebastian Winkler no tenía mucho interés en que lo encontraran. ¿Qué tipo de persona era en realidad? Le había hecho un hijo a su hermana y había desaparecido de la faz de la tierra. No era una conducta propia de un tipo que parecía decente y honrado. Por otro lado, en ese momento Lisa aún seguía casada con Klaus von Hagemann.

Marie se levantó para colgar de nuevo el abrigo del gancho, así que no tenía intención de seguir durmiendo. Paul parpadeó contra el sol matutino que ahora entraba en diagonal en el compartimento y esperó a que se volviera a sentar.

—¿Sabes, Marie? A veces pienso que nuestras discusiones no conducen a nada.

Ella no hizo ningún gesto que dejara traslucir qué pensaba.

—A mí también me da esa impresión, por desgracia.

—Cada vez olvidamos más lo que nos une.

—Porque tú no quieres entender qué es lo que nos separa.

¡Maldita sea! No era nada fácil confesar tu amor a una persona tan terca. Paul tragó saliva y lo intentó de nuevo.

—Lo que se interponga entre nosotros, Marie, no tiene importancia. Estaremos juntos, te lo prometo. Lo importante es que...

Ella negó con la cabeza y lo interrumpió con vehemencia.

—Para mí, querido, sí tiene importancia. Puedes eludir todos los problemas con un gesto, como si limpiaras un cristal empañado. El hielo se va, la imagen es nítida, pero el frío que hay al otro lado no desaparece.

Paul cerró un momento los ojos y oyó un murmullo en los oídos. «No», se dijo. «Ahora vas a mantener la calma.»

—¿A qué te refieres con «el frío»?

Marie hizo un gesto como si la elección de la palabra no tuviera mayor trascendencia. Pero Paul la conocía bien.

—Quieres que respete a tu madre, ¿no? ¿Que apoye esa exposición? ¿Es eso lo que me estás pidiendo?

—¡No!

Paul soltó un gemido y se palmeó las rodillas.

—Entonces, ¿qué?

—Nada, Paul. No te exijo nada y no quiero obligarte a nada. Tú tienes que saber lo que quieres hacer.

Paul se la quedó mirando mientras intentaba descifrar el significado de sus palabras. ¿Qué demonios quería? ¿Por qué se encontraba de nuevo con esa pared que los separaba? Ese maldito muro que no tenía puerta ni ventanas y que era demasiado alto para treparlo.

—Explícamelo, por favor.

Se abrió el compartimento y asomó un señor mayor.

—¿Números 48 y 49? Ah, ya lo veo. Es aquí. Entra, cariño.

Arrastró una maleta de piel marrón hacia ellos, hizo un intento fallido de subirla a la red del equipaje y luego observó con desagrado cómo Paul la alzaba con un movimiento ágil.

—Muchísimas gracias, joven. Muy amable. ¿Tienes las sombrereras, cariño?

Cariño iba tapada con un abrigo de visón, así que solo le veía el cabello rubio y los ojos azules muy pintados. Pese al lápiz de ojos y el rímel, tenían un brillo infantil.

Dos maletas más, tres sombrereras y una bolsa de viaje de tela floreada acabaron en la red del equipaje gracias a la ayuda de Paul. Luego la joven dama se despojó de las pieles y se sentó al lado de Marie.

—Estos trayectos en tren son horribles —comentó el señor

mayor, que se dejó caer al lado de Paul—. Mi mujer siempre padece dolor de cabeza.

Marie le sonrió y comentó que ella también tenía que tomar unos polvos para paliar el dolor de cabeza.

—Antes uno iba en el coche del correo por el bosque, atravesaba un charco de lodo tras otro y con frecuencia era víctima de los ladrones —repuso Paul, molesto por la interrupción.

—Sí, sí, los viejos tiempos.

Pronto Marie y Cariño estaban hablando de la última moda de primavera, los sombreros de París y las telas inglesas, y Paul volvió a asombrarse de la naturalidad con la que su mujer accedía a personas engreídas y difíciles. Cuando tuvieron que bajar en Gunzburgo, Cariño se mostró desconsolada, se apuntó la dirección del atelier de Marie y prometió hacerle una visita lo antes posible.

Gunzburgo lucía precioso bajo el sol primaveral, sobre todo la imponente residencia que se erguía sobre una colina. Una construcción defensiva del siglo XVIII, levantada como una fortaleza alrededor de un patio interior, superada en altura por dos pequeñas torres con cúpula. Como de costumbre, la estación de tren se encontraba a las afueras, y, como ocurría a menudo, no había carruajes ni taxis que los llevaran al centro.

—Vamos a pie —dijo Marie sin dudar—. Por suerte no llevamos ni maleta ni sombrereras.

Por primera vez sonrieron los dos. Se rieron de la peculiar pareja del tren y Paul se atrevió a ofrecerle el brazo. Marie dudó, lo miró un instante y luego aceptó.

No debería haberlo hecho, pues el roce le provocó una inoportuna turbación. Lo que dijo durante el breve paseo más tarde le pareció absurdo, pero Marie tampoco paraba de decir tonterías, así que los dos, al rodear los muros del casco antiguo, lo atribuyeron al inicio de la primavera.

—¿Te apetece que tomemos primero un tentempié en una panadería? —propuso él, travieso.

Marie no quiso. Había desayunado bien en casa, y tenían una misión delicada entre manos que no podían aplazar. Paul tenía hambre, pues en la villa apenas había engullido un bocado, pero le dio la razón.

Preguntaron a los transeúntes por Josef Winkler, que vivía en el número 2 de Pfluggasse. Los enviaron dos veces a una dirección equivocada y deambularon por el centro histórico hasta que encontraron a alguien que realmente lo conocía:

—Winkler Sepp, tiene un taller de zapatero junto a la torre antigua.

—Ahí arriba —dijo Marie, y señaló un zapato de hierro forjado que se balanceaba de un gancho.

El taller de zapatero de Joseph Winkler consistía en dos casitas estrechas unidas por un pasaje. A la izquierda había un pequeño escaparate en el que se veían unos zapatos de mujer polvorientos, un par de botas de montar y suelas de goma sueltas. La entrada se hallaba a la derecha, tres escalones bajaban al taller.

Paul se ahorró llamar a la puerta, el constante martilleo que se oía en el interior lo habría silenciado de todos modos. El zapatero barbudo apenas levantó la cabeza cuando entraron, y siguió clavando espigas en las suelas de madera.

—¡Erika!

La voz sonó ahogada, tenía por lo menos diez espigas entre los labios, pero una mujer alta y huesuda apareció desde una habitación contigua. Intrigada, observó de arriba abajo a la pareja vestida de ciudad.

—¿En qué puedo servirles, señores?

—Nos gustaría hablar con el señor Sebastian Winkler —dijo Paul, a quien a primera vista esa mujer le pareció antipática.

Su rostro mostraba una desconfianza extrema y una hostilidad incipiente. Intercambió una mirada con el zapatero, que suponían que era su marido, y le hizo un gesto autoritario con las cejas. Vaya, estaba claro quién llevaba los pantalones en el taller.

—¿Qué quieren de él?

Sonó más que reticente, pero por su reacción cabía deducir que Sebastian no andaba muy lejos.

—Nos gustaría darle una noticia y tener una breve conversación con él, pero le aseguro que no hay motivo para preocuparse, señora Winkler.

Paul esbozó una sonrisa encantadora que surtió efecto, pues a la mujer se le relajó el semblante.

—Es una persona decente y no ha hecho nada malo —dijo al tiempo que lanzaba una mirada de advertencia a Paul.

—Estamos convencidos, señora Winkler. ¿Está en Gunzburgo?

Intercambió otra mirada con su marido, que se puso a martillear de nuevo con frenesí. El taller consistía en una mesa vieja cubierta de todo tipo de restos de piel, herramientas y cajitas llenas de clavos. El zapatero tenía cerca una pieza de madera en bruto, al lado el dibujo de una suela y un zapato a medio terminar de piel negra. De las paredes colgaban por todas partes tenazas, punzones y tijeras de todos los tamaños, además de otras herramientas cuya función solo él conocía. En el rincón había un horno de hierro fundido cuyo tubo atravesaba el techo y, detrás, la pared encalada estaba negra del hollín.

Dado que la zapatera tampoco respondió a la pregunta, se quedaron un rato indecisos hasta que Marie tomó la iniciativa.

—¿También hacen sandalias, señora Winkler? —preguntó con amabilidad al tiempo que cogía un zapato de mujer de la estantería para ver la suela.

—¿Sandalias?

—Sí —contestó Marie con una sonrisa—. Con correas y tacón bajo. Se llevan sin medias. Solo en verano, por supuesto.

—No hacemos esas cosas.

—Ah, pues para su marido seguro que es una minucia. ¿Quiere que le dibuje una?

Acto seguido desapareció con la huesuda Winkler en el

cuarto contiguo, donde era evidente que había una especie de despacho. Bajo la luz de la lámpara de techo eléctrica vio una mesa y encima un montón de papeles. Marie hablaba sin parar, dibujaba correas de zapatos con tacones y le explicó que en verano estarían de moda. Ella tenía un atelier en Augsburgo y podía hacerle algunos encargos si lograba ver una muestra. Marie, tan lista, acertó. Paul vio la avaricia en el rostro de la esposa del zapatero, seguramente ya estaba pensando en el precio que pagarían las señoras de ciudad.

—¿Su hermano vive aquí, en Gunzburgo? —preguntó Paul al zapatero a media voz.

—No está.

Ahora que se encontraba fuera de la zona de influencia de su esposa, el zapatero se mostraba más hablador.

—¿Y dónde está? ¿Ha encontrado un puesto de profesor?

El zapatero negó con la cabeza y se le fueron los ojos al cuarto trasero, donde Marie presentaba el tercer esbozo a la señora Winkler. La mujer estaba impresionada por su habilidad para el dibujo.

—¿De profesor? No. Hace aquí el papeleo y entrega los zapatos terminados. Los sábados barre los callejones. Y luego cuida de nuestros chicos y les enseña a leer y a calcular. Ya van al colegio, pero ahí no han aprendido nada. Son demasiado tontos. —Se quedó callado y volvió al trabajo.

Al otro lado, Marie estaba hablando de un par de zapatos abotinados con cordones que le hicieron en Augsburgo. Paul observó a la mujer del zapatero, que escuchaba con atención mientras contemplaba los dibujos a contraluz. A Paul lo asaltó una sospecha.

—Entonces, ¿vive aquí?

—Claro. Arriba, en la buhardilla.

—¿Ha recibido alguna carta durante las últimas semanas?

—No lo sé. Erika es la que recoge el correo del cartero.

—Comprendo.

El zapatero se metió una nueva carga de espigas entre los labios y siguió trabajando. Entonces era posible que la diligente esposa del zapatero ni siquiera le hubiera dado la carta de Lisa. ¿Por qué iba a hacerlo? Su cuñado trabajaba a cambio de la manutención, llevaba los libros, escribía las facturas, hacía el trabajo sucio y encima cuidaba de su descendencia. Nunca tendría una ayuda mejor ni más barata.

—¿Y dónde está ahora?

El zapatero señaló la entrada con un movimiento de la cabeza.

—Ahora vendrá.

Vaya. Paul sonrió satisfecho y le hizo una señal a Marie para decirle que Sebastian no estaba lejos. Marie bajó un momento los párpados: le había entendido.

Tuvieron que esperar veinte minutos a Sebastian Winkler, y Marie ya había dibujado cuatro esbozos nuevos cuando por fin llegó. A Paul le pareció que estaba bastante flaco, también cojeaba por el pie amputado, y su ropa escapaba a cualquier descripción. Por lo visto vestía el mismo traje andrajoso con el que había viajado hasta Pomerania unos años antes.

Sin duda se llevó un buen susto cuando los reconoció, pero procuró mantener la compostura.

—Señor Winkler —dijo Marie con cariño, y le tendió la mano—. Espero que se acuerde de mí. La señora Melzer, de la villa de las telas. Mi marido.

Paul también le estrechó la mano, luego propuso no molestar más en el taller y salir a la calle. La esposa del zapatero, que estaba pensando en su parte, los vio marcharse con gesto severo.

—No podías callarte la boca —le espetó a su marido, que siguió martilleando imperturbable su zapato.

El sol de primavera brillaba entre las casas pero aún estaba demasiado bajo para colarse en los callejones. Una bandada de gorriones grises se levantó con gran alboroto y se distribuyó por tejados y muros.

—Supongo que vienen a petición de... de la señora Von Hagemann —dijo Sebastian, que ahora estaba pálido y alterado—. Sé que estoy en deuda con ella.

—En absoluto —lo interrumpió Paul—. Al ver que no recibía respuesta a su carta, mi hermana insistió en no tener nada que ver con esta visita.

—¿Su carta? —dijo él, desconcertado—. ¿Elisabeth me escribió una carta?

—¿No la recibió? —preguntó Marie, inofensiva—. Es... inexplicable. Nuestro correo es de confianza.

Sebastian calló, y su palidez se acentuó. Tenía los labios casi azulados y le temblaban. A Paul le daba verdadera pena. No tenía que ser divertido caer en las garras de semejante cuñada.

—Solo queríamos decirle dos cosas —continuó Marie—. Porque consideramos que debe saberlo. Luego regresaremos a Augsburgo y no lo molestaremos más.

Paul discrepaba, quería apelar a la conciencia de Sebastian, pero, como el pobre en ese momento parecía encontrarse mal de verdad, se resignó. Tuvieron que dejar paso a dos mujeres que tiraban de una carretilla llena de sacos de harina que ocupaban casi todo el ancho de la calle y que hablaban a gritos. Luego los gorriones siguieron alborotando en los muros.

Marie se acercó un poco a Sebastian y habló en voz baja pero con claridad.

—En primer lugar: hace unas semanas que mi cuñada se divorció del señor Von Hagemann. Ahora vive en Augsburgo, en la villa de las telas.

Si a Sebastian le sorprendió la noticia, no lo dejó traslucir. Permaneció impasible, solo sus ojos tras los cristales de las gafas tenían un brillo extraño.

—En segundo lugar: en febrero Elisabeth dio a luz a un niño sano, cuyo padre, y así me lo ha contado, no es de ningún modo Klaus von Hagemann.

Entonces perdió la serenidad. Retrocedió varios pasos dando tumbos, chocó contra la pared de la casa del zapatero y procuró recuperar el aliento.

—Un... niño. ¡Tiene un niño!

Paul le puso una mano en el hombro con gesto amable.

—Este tipo de noticias lo dejan a uno de piedra, ¿eh? Tómese su tiempo y decida con toda tranquilidad. A fin de cuentas se trata de... de su hijo.

—Se lo juro —tartamudeó Sebastian, muy alterado—. No tenía ni idea. Dios mío, ¿qué pensará de mí? ¿Cómo voy a volver a mirarla a los ojos?

—Si de verdad tiene en estima a Elisabeth, señor Winkler —dijo Marie con ternura—, si la quiere, sabrá lo que tiene que hacer.

Se despidieron y lo dejaron perplejo en el callejón, delante del taller de su hermano.

—¿Hemos hecho lo correcto? —preguntó Paul mientras se dirigían a la estación de tren.

—Creo que sí —contestó Marie—. Huyó de repente, ahora tiene que ver cómo lo arregla. Y creo que tomará la decisión correcta.

Paul la miró de soslayo con una sonrisa. ¿Intuición femenina? ¿O aguda observación? Él opinaba lo mismo, y se alegraba de que coincidieran.

—¿De verdad quieres encargar sandalias?

Marie soltó una risita y se encogió de hombros.

—Tal vez, ¿por qué no? Si me envía una muestra decente, sí.

Era una mujer de negocios inteligente, aprovechaba cualquier ocasión para dar con nuevas ideas y ofrecerlas. En algún momento su padre tuvo que verlo, pues al final de sus días apreciaba mucho a Marie. Quizá algunas cosas habrían sido distintas si su padre siguiera con vida.

Encontraron un coche de alquiler que los llevó a la estación. Allí cerca tomaron un almuerzo temprano en una fonda y hablaron de Sebastian Winkler. Más tarde, ya sentados en el tren, comentaron cómo podrían ayudar a la pareja.

—Estoy segura de que Lisa aún lo quiere —dijo Marie—. Y a él Lisa tampoco le resulta indiferente, en absoluto.

Marie se quitó por fin el sombrero y se arregló el pelo corto con un pequeño peine de bolsillo. Paul la miró y tuvo la sensación de no haberse separado nunca de ella.

—Tenemos que proceder con diplomacia, Paul. Sebastian tiene un sentido del honor muy acentuado. No le resultará fácil aceptar la oferta. —Durante el almuerzo habían quedado en ofrecerle un puesto de contable en la fábrica de paños.

Paul soltó un profundo suspiro, le costaba entender que tuviera que tratar con cautela a ese hombre para ofrecerle un trabajo.

—Otros harían cola por una oportunidad así.

—Tienes razón, Paul. Pero para esa pequeña familia sería una solución maravillosa, ¿no te parece?

—Sí, Marie. Deberíamos intentarlo.

A Paul le pareció que durante la mañana las yemas de los árboles habían brotado en las islas del río cuando atisbó una capa verde lima en las ramas. No obstante, tal vez fueran imaginaciones suyas. En el pequeño compartimento había luz y calor, por suerte lo tenían para ellos solos, y mientras hablaban sobre el futuro de Lisa, Paul se sintió en casa de nuevo. Con Marie. Era su media naranja, a su lado el mundo era claro, todo era posible, nada podía ponerlos en peligro.

Cuando aparecieron en la ventana las primeras casas de Augsburgo en los nuevos barrios de Oberhausen, al otro lado del Pfersee, y avistó a lo lejos la torre de Perlach y la iglesia de San Ulrico y Santa Afra, comprendió qué debía hacer. Otro intento. Aunque acabara con rasguños y sangrando de tanto chocar contra esa pared que se había interpuesto entre ellos.

—Marie. Quería decirte otra cosa: si quieres organizar esa exposición, no te pondré palos en las ruedas.

Marie lo miró muy seria, y Paul entendió que debía ir un paso más allá.

—Creo que es lo correcto. Es tu madre. Además de una artista extraordinaria. Merece que se muestre su obra.

Marie miró por la ventana, el tren pasaba por el puente Wertach, había una bandada de cisnes en el agua poco profunda. Paul esperó con el corazón en un puño. ¿Por qué se quedaba callada?

—Tenía que darte recuerdos, por cierto —dijo ella con una sonrisa.

—¿Recuerdos? ¿De quién?

—De Leo y Dodo. Están ansiosos por que llegue la próxima visita a la villa.

Por fin una buena noticia, aunque no fuera la que esperaba.

—¿Y tú? —preguntó.

Entraron en la estación, el tren dio una sacudida y por el estrecho pasillo ya había gente con bolsas y maletas. Algunos miraban intrigados por los cristales hacia el interior del compartimento.

—Aún no estoy segura, Paul. Dame tiempo.

Ahí estaba. La brecha. Un paso abierto en la dura pared. Paul sintió ganas de gritar de alegría. Sin embargo, se limitó a ponerse en pie y ofrecerle el abrigo, observó cómo se ponía el sombrero y la ayudó a bajar del tren al andén.

—Hasta pronto —dijo ella en el vestíbulo.

Y se fue a toda prisa para subir al tranvía.

# 35

—No puede ser —masculló Auguste entre dientes para que nadie la oyera.

El cementerio de Hermanfriedhof estaba teñido de negro por la cantidad de asistentes al funeral. Entraron en tromba por las dos puertas, se repartieron por los caminos entre las tumbas y permanecieron en grupos. No obstante, la mayoría se dirigía hacia la tumba abierta situada cerca del muro más al norte, justo detrás de la capilla.

—Menos mal que no hemos venido en automóvil —dijo Gustav—. No habríamos encontrado sitio para aparcar.

Llevaba el traje bueno, además de los zapatos de charol con cordones. Auguste también se había arreglado, al fin y al cabo se lo había comprado todo con el dinero de Maria Jordan. Quería rendirle homenaje en su entierro.

—Mira, Gustav —comentó al tiempo que le daba un golpecito en el hombro—. Ahí está la señora Brunnenmayer. Madre mía, lleva un abrigo de paño negro, casi no la reconocía. Y a su lado está Else. También Gertie. Y Humbert con Hanna.

—¡Señora Bliefert! —gritó alguien tras ella, y Auguste se dio la vuelta.

Era Christian, el antiguo empleado de Maria Jordan. Le

sonrió, sus orejas de soplillo parecían dos alitas rosadas bajo el sol de primavera.

—Ah, Christian. ¿Cómo estás?

—Hago lo que puedo, señora Bliefert. ¿Sus niños bien?

Mientras Auguste le explicaba que Liese había tenido que ausentarse del colegio para cuidar de los pequeños, tuvo miedo de que Christian le hablara del dinero prestado. Él sabía lo que hacía María Jordan en el cuarto trasero.

—Ha venido mucha gente —comentó él mientras miraba alrededor con los ojos muy abiertos—. Se nota que la señorita Jordan tenía muchos amigos.

—Sí, era muy querida —dijo Auguste sin mucha convicción.

Seguro que entre los asistentes había unos cuantos de sus deudores, pensó. Tal vez alguna que otra dama adinerada a la que le leía el futuro. No obstante, también había curiosos porque su muerte había salido en la prensa.

En el *Augsburger Neueste Nachrichten* apareció una esquela, y también en el *Münchner Merkur*.

EN RECUERDO DE

## MARIA JORDAN

2 DE MAYO DE 1873 – 23 DE MARZO DE 1925

Todos los que la conocían saben lo que han perdido.

Que el Señor le conceda el descanso eterno.

Debía de haberla encargado Christian. Julius no podía haber sido, seguía en la cárcel, el pobre. O quizá algún pariente.

—Intentemos avanzar hacia la tumba —comentó Gustav, al que no le gustaba quedarse mucho tiempo en el mismo sitio.

Su Gustav era culo de mal asiento, pero el invernadero por fin tenía tejado y el cristalero había empezado aquella mañana a colocar los cristales a primera hora. Al día siguiente podría preparar los bancales y llevar las macetas con las plantitas cultivadas. Ay, todo podría ser tan bonito, ya avanzaban, por fin levantaban cabeza. Ojalá no la embargara ese miedo constante. Aún no había pasado nada, pero seguro que la policía acabaría encontrando el pagaré con su firma. ¿Qué ocurría con una deuda cuando la prestamista moría? ¿Desaparecía? ¿O buscaban a ver si tenía algún heredero a quien devolverle el dinero?

—Los pensamientos no sirven de gran cosa —dijo Gustav, que observaba las plantas de las tumbas al pasar—. Crecen demasiado rápido, en dos días se estropean. Y mira, Auguste: un adorno con narcisos y jacintos; nosotros tenemos muchos, deberíamos venderlos sin falta.

Cuánto entusiasmo cuando hablaba de sus plantas. Estaba enfadado porque en la glorieta del patio de la villa aún estaban las ramas de abeto. Había que retirarlas cuanto antes o las prímulas no tendrían luz. Los tulipanes y los narcisos ya habían crecido entre las ramas, ¡una lástima!

—Tendrán que contratar a un jardinero —repuso Auguste—. No puedes estar en todas partes, Gustav. Y tienen dinero suficiente. En la fábrica hace tiempo que vuelve a haber turno de noche, y también han pintado las instalaciones.

Entre los asistentes al entierro había unos cuantos huérfanos acompañados de la directora. La Iglesia había reabierto el orfanato de las Siete Mártires medio año antes. Por lo visto, los pequeños aún se acordaban de la antigua directora Maria Jordan. ¿Quién lo habría dicho? Auguste y su marido ya estaban muy cerca de la tumba, vieron al cura muy rígido, con la vestimenta oscura, junto al ataúd, a la espera de que el público se congregara alrededor.

—¡Qué maravilla de ataúd! —exclamó Auguste al ver el féretro marrón oscuro tallado.

Encima había un adorno de rosas rojas y lirios blancos. De Múnich, seguro, en Augsburgo ninguna floristería tenía rosas tan hermosas; ni siquiera en esa época del año.

—¿Te da envidia? —preguntó Gertie, que se había colocado a su lado—. ¿Te gustaría tener un entierro tan bonito?

—No, gracias —repuso Auguste con insolencia—. En eso,
mis deseos son otros.

Justo delante, junto a los portadores del féretro, estaban el
señor Melzer con su madre y Elisabeth von Hagemann. ¡Así que
habían venido! La señora Von Hagemann parecía sinceramente
emocionada, pues no paraba de llevarse el pañuelo a los ojos. Al
otro lado del cura se habían colocado la señora Marie Melzer y la
señora Kitty Bräuer, y el señor Von Klippstein las acompañaba.
Marie Melzer tenía cara de afligida, y eso resultaba raro. A fin de
cuentas, Maria Jordan no la soportó desde el principio y más
tarde tampoco tuvo buenas palabras para ella. Sin embargo, la
señora Melzer era una persona compasiva. Era una lástima que el
matrimonio Melzer se fuera a separar. Auguste estaba segura de
que Serafina von Dobern estaba detrás de aquello. Lo sabía todo
el mundo en la villa, esa mujer solo provocaba disgustos. Los
únicos que no querían admitirlo eran el señor y su madre.

Por suerte, una vez que el invernadero se pusiera en marcha, ya no tendría que ir más a la villa a pedir trabajo. Tendrían
suficiente para vivir, y podría ahorrarse a esa araña venenosa
de Serafina.

—¿Ha visto, señora Bliefert? —le susurró Christian al
oído—. Ahí, junto al árbol. Ese hombre.

Auguste se sobresaltó, no se había dado cuenta de que
Christian iba todo el tiempo detrás de ella. El árbol que señalaba
con el dedo era un arce aún desnudo con una hiedra imperti-
nente enrollada en el tronco. Una ardilla daba saltitos en una
rama y desapareció entre la hiedra, seguro que detrás había un
agujero en el tronco.

—¿Qué hombre?

Christian no pudo contestar en el acto porque el cura comenzó su sermón en un tono potente. Habló de los caminos
insondables de Dios, que a veces parecían incomprensibles o

incluso crueles, y de la omnipotencia de Dios, que nos guiaba y gobernaba a todos.

—«Mía es la venganza», dice el Señor —proclamó por encima de las cabezas de los asistentes.

Auguste vio que Else y la señora Brunnenmayer asentían con vehemencia.

—Uno de los de la policía criminal —le susurró Christian al oído—. Y ahí hay otro. El del bigote, ¿lo ve?

Auguste miró al hombre de pelo negro que tomaba notas a toda prisa apoyado en el tronco de un haya. Cierto, lo conocía. Era el que la había interrogado, el del bigote liso de piel pálida.

—Sí, por supuesto. ¿Qué andan buscando aquí? —le dijo a Christian en un susurro.

—¡Silencio ahí delante! —los reprendió alguien—. ¿Es que no saben comportarse?

Gustav se dio la vuelta, furioso. No consentía que se metieron con su Auguste.

—Como vuelva a ofender a mi mujer... ¡Grosera!

Auguste lo agarró del brazo y le dijo en un murmullo que no hiciera caso. Ahora todos estaban callados, pues delante, junto a la tumba, los portadores se disponían a bajar a Maria Jordan para que encontrara el descanso eterno. Manos masculinas y fuertes tensaron las tres cuerdas colocadas debajo del féretro, un empleado del cementerio retiró las tablas de apoyo y el ataúd fue bajando poco a poco y con solemnidad. El cura leyó un texto bíblico sobre la vida eterna y esparció agua bendita. Se oyó a alguien que sollozaba sin control.

«Else», pensó Auguste. «Dios mío, qué vergüenza. Pero así es ella.» Entonces se dio cuenta de que se había confundido, pues Else estaba tiesa como una estatua junto a la señora Brunnenmayer con un pañuelo delante de la boca. Quien lloraba era un señor mayor con un sombrero Homburg en la mano y polainas nuevas sobre los zapatos de piel negra. Parecía desconsolado, y se acercó tanto a la tumba que todos temieron que fuera a caerse. Soltó su ramo de rosas antes de que el cura acabara con su incensario.

A Auguste le dio la sensación de haber visto antes a aquel hombre. Cuando miró a la señora Brunnenmayer y a los demás, le pareció que también estaban pensativos. ¿De verdad Maria Jordan tenía familia? «Por favor, no», pensó Auguste. «Dios mío, que sea uno de sus examantes. O un deudor desgraciado. Un cliente al que le hizo creer que tendría un futuro dorado. Pero nadie que pueda heredar los pagarés.»

Pocos siguieron el ejemplo del hombre del sombrero dejando caer un puñado de tierra o una flor en la tumba abierta. La señora Brunnenmayer si lo hizo, igual que Else, Christian y dos mujeres mayores, luego un vecino y su esposa. La mayoría se quedó ahí un rato, saludaron a sus conocidos, charlaron de superficialidades y afirmaron una y otra vez que por fin la pobre Maria había encontrado la paz. El hombre del sombrero le dio al cura un sobre cerrado, murmuró algo y luego se escabulló entre los asistentes en dirección a la salida. Lo siguieron miradas de curiosos, susurros, gestos de desconcierto. Cuando Auguste buscó con los ojos a los dos policías, comprobó que también se habían desvanecido.

—¿Os venís a la villa? —preguntó la señora Brunnenmayer—. Vamos a pasar un rato juntos y comeremos pasteles. Podéis traer a los niños. Para no estar tan afligidos.

Gustav rechazó la invitación, quería ir al invernadero. Con suerte, esa misma tarde empezaría a trasladar la tierra en carretilla. ¡Ojalá los cristales ya estuvieran listos!

—¿Te apetece venir, Christian? —preguntó Gertie, que observaba con compasión al chico solitario.

El muchacho pareció alegrarse con la invitación, pues ya no tenía las orejas rosadas sino de color carmín.

—¿Puedo?

—¡Por supuesto! —contestó Humbert.

Auguste no dijo nada. Christian le daba pena, pero también le preocupaba que hiciera un comentario desafortunado y desvelara su secreto. Subieron al tranvía y fueron todos juntos hasta la parada de Haagstrasse. Ahí Gustav giró a la izquierda hacia el invernadero, mientras el resto continuó recto hasta la entrada al parque. En el camino los adelantó el automóvil de los Melzer, conducido por el propio señor Melzer. En el asiento trasero iban la señora Von Hagemann y la señora Brunnenmayer. Como la empleada de mayor antigüedad, le habían ofrecido ir en el coche, para gran disgusto de Else, que había entrado en la villa solo un año después.

—¿Habéis visto con qué formalidad se ha despedido la señora Melzer de su marido? —preguntó Gertie mientras se dirigían a la villa.

—Pero ha sonreído un poco —comentó Humbert—. Tal vez vuelvan juntos.

—¿No lo dirás en serio? —dijo Gertie, respondona—. ¡Cuando se acaba, se acaba y punto!

—«En mayo todo renace» —cantó Humbert con alegría.

Miró a Hanna y los dos se sonrieron. Habían ido todo el camino agarrados de la mano como una pareja enamorada. A Auguste le pareció raro, siempre había creído que a Humbert no le gustaban las chicas. Pero en eso podía equivocarse.

—Vosotros dos sois uña y carne, ¿no? —preguntó en tono burlón.

—Sí —dijo Humbert muy serio—. No podría seguir adelante sin Hanna.

—Vamos —dijo Hanna con una sonrisa, y le dio un golpe en el costado—. Siempre con tus grandes sentencias.

—¿Acaso no es cierto? —le preguntó él.

—Sí —respondió ella, y se sonrojó.

En la glorieta de los parterres estaba Dörthe con una bata de loneta azul y zuecos de madera. Había apartado las ramas de abeto porque las flores ya estaban brotando y las había apilado para llevarlas luego con la carretilla hasta donde estaba la leña. Aireaba con cariño la tierra entre las flores, más tarde plantaría los pensamientos que había cultivado en la lavandería en grandes macetas.

—Ya ha hecho añicos una de las macetas —criticó Gertie con una sonrisa—. Pero se le da bien, es de campo y sabe hurgar en la tierra como una lombriz.

Auguste envió a Dörthe al invernadero a buscar a los niños. Liese y Maxl podían ayudarla a plantar después de tomar el café, estaban acostumbrados a esas tareas.

—¿Quieres hacer trabajar a tu pobre hija? —refunfuñó Gertie—. Liese es muy lista, tiene que ir al colegio y luego aprender algo decente.

—¿Como tú? —repuso Auguste, enfadada.

¿Qué le importaba a Gertie si Liese iba al colegio o no? ¿Acaso a ella le había servido de algo hacer un curso de cómo ser doncella? Hasta ahora, en la villa nadie le había ofrecido el puesto. Chica para todo, eso era ella. Y mientras la señora Von Dobern estuviera en esa casa, así seguiría. Era evidente que le tenía una inquina especial.

En la cocina hacía tiempo que la mesa estaba puesta. La señora Brunnenmayer preparaba café. Primero llenó la cafetera de Meissner para la señora Von Hagemann y la señora Alicia Melzer. Luego una cafetera pequeña ya dañada para la señora Von Dobern, que lo tomaba en su despacho. Finalmente, la gran cafetera esmaltada en azul para el servicio. ¡Cómo olía! Gertie y Hanna sacaron los pasteles recién hechos, además del bizcocho con pasas y trocitos de chocolate que tanto les gustaba a los niños.

—Qué cantidad de pasteles —se asombró Christian—. Y café de verdad.

«Esa tacaña de Maria Jordan no le daba al pobre muchacho ni café nada», se dijo Auguste, disgustada. Sabía que no estaba bien pensar mal de los muertos, pero seguro que para Christian había sido una suerte deshacerse de esa mujer. ¡Y para ella también!

Ocuparon sus sitios, la cafetera fue pasando de mano en mano, así como la lechera y el azúcar, y los pasteles también llegaron a toda la mesa. Acto seguido irrumpió Dörthe con la prole de Auguste en la cocina, se lavaron las manos mugrientas en el fregadero y todos se rieron al ver que las de Dörthe estaban bastante más negras que las de los niños.

Fritz y Hansl se fueron derechos a Christian y se subieron a sus rodillas. Maxl se apretujó en el regazo de Auguste, y Liese se fue con Gertie. «Vaya», pensó Auguste, desconfiada. «Tengo que vigilar que no me eche a perder a la niña. Necesitamos todas las manos en la huerta.» Tal vez podría preguntarle más tarde a Dörthe si quería irse con ellos. Por lo visto sabía de plantas, y además era fuerte. Como venía del campo, seguro que no pediría un sueldo desorbitado. ¿Trabajaría a cambio de la manutención? Podría dormir arriba, con los niños. Sí, tal vez Dörthe fuera la mejor solución. Christian era un encanto, pero parecía demasiado fino para la jardinería, si lo pensaba bien.

—A mí también me suena de algo —dijo alguien en la mesa.

Auguste salió de sus cavilaciones.

—¿El del sombrero rígido? —preguntó—. ¿Te refieres a ese? ¿El que lloraba de forma tan escandalosa?

Humbert asintió y mordió un trozo de pastel. Hanna le sirvió leche en el café. Por lo visto sabía cómo le gustaba, pues no se lo preguntó.

—No sé —dijo Else—. Vestía tan elegante... Pero estoy segura de que lo he visto en algún sitio. —Mojó el pedazo de pastel en el café y, cuando lo volvió a sacar, la mitad se le quedó en la taza y puso cara de boba.

—Yo no lo conozco —dijo Hanna.

Gertie se encogió de hombros, ella tampoco había visto

nunca a ese señor tan raro, pero estaba claro que había llevado barba hasta hacía poco.

—¿Cómo lo sabes? —preguntó Else, sorprendida.

Gertie le lanzó una mirada de desdén.

—Tenía unas manchas rojas muy extrañas. Parecía acné de la barba.

—¡Puaj, al diablo! —exclamó Auguste—. ¿Es contagioso?

—Con besos sí, Auguste —comentó Gertie con una sonrisa.

Todos soltaron una carcajada, la señora Brunnenmayer se atragantó con el café y Humbert le dio golpes en la espalda.

«Gertie, deslenguada, algún día te retorceré el cuello», pensó Auguste, furiosa.

—Con la barba gris y el cabello ralo —reflexionó Humbert en voz alta, y luego dijo—: ¡Sí, ahora me acuerdo!

—Yo también —dijo la cocinera, que de la sorpresa dejó el pastel en el plato—. ¡Y vosotras, Else y Auguste, deberíais saber quién es!

Se hizo el silencio un momento, solo Fritz lloriqueaba porque no llegaba a la lechera.

—¡Jesús bendito! —exclamó Else—. El hombre que la visitaba a veces. Aquel viejo borracho. ¿Cómo se llamaba?

—Sepp, creo —murmuró la señora Brunnenmayer—. Dijo que era su marido.

Auguste casi se atraganta con el bizcocho de pasas. Por supuesto, en alguna ocasión se había colado por el pasillo de la servidumbre. Ella dormía con Else, pero una noche que tuvo que salir se lo encontró de frente. Ay, qué pinta. Casi se muere del susto. ¡El marido! Qué horror. Si era cierto, heredaría de Maria Jordan.

—Yo lo vi una vez —anunció Humbert—. Se tambaleaba por el pasillo del servicio y acabó en mis brazos. Fue asqueroso. Iba mugriento. Apestaba. A suciedad, a alcohol y... ay, mejor no lo digo. Casi me desmayo del asco.

Fue antes de la guerra, cuando estaban todos unidos. Fanny Brunnenmayer también sabía que ese Sepp o como se llamara había sido el gran amor de la señorita Jordan tiempo atrás. Cuando bailaba en el espectáculo de variedades.

A Gertie se le salían los ojos. ¡Qué mujer esa Maria Jordan! Bailarina de un espectáculo de variedades. Doncella. Directora de un orfanato. Propietaria de una tienda. Adivina.

—Eso no lo hace cualquiera —dijo Gertie, impresionada.

—No solo eso —intervino Christian.

Como los dos chicos se habían bajado de sus rodillas para corretear por la cocina, ya no estaba distraído. Antes de que Auguste pudiera evitarlo, había contado el secreto.

—También prestaba dinero con intereses —explicó lleno de orgullo—. La señorita Jordan se había hecho rica, y los deudores iban todos los meses a pagar.

—Vaya —dijo la señora Brunnenmayer, y soltó un silbido entre los dientes.

Auguste quiso que se la tragara la tierra, pues todos se la quedaron mirando. Else era demasiado simple para olérselo, pero Gertie hacía tiempo que lo había adivinado, y Humbert poco a poco también ató cabos. Todos pensaban que lo de la herencia era un embuste.

—Entonces ese... ¿ese Sepp también visitaba la tienda de Milchberg? —se apresuró a preguntar Auguste a Christian para desviar la atención.

—Lo vi una vez. Al menos eso creo —dijo inseguro—. Fue durante los primeros días; un vagabundo andrajoso entró en la tienda. Olía a alcohol. Quise echarlo, pero él fue directo al cuarto trasero y cuando abrí la puerta para ayudar a la señorita Jordan, ella me echó. Sí, creo que era él.

—¿Y solo estuvo esa vez? —preguntó Humbert, incrédulo.

Se oyó un griterío, Maxl había tirado a Fritz al suelo.

—¡Quería ir a la estufa de la cocina, mamá!

Auguste se levantó y cogió a su benjamín, lo acunó en su pecho y enseguida se calmó.

—No sé con qué frecuencia iba a verla —dijo Christian, pensativo—. Porque también podía entrar por la puerta trasera.

Auguste aún estaba aturdida por la noticia de que Maria Jordan tuviera un marido, pero los demás siguieron cavilando. Como de costumbre, Gertie fue la más rápida. Sobre todo con la lengua.

—¿Y de dónde ha sacado ese tipo apestoso el traje elegante, el sombrero y las polainas?

—Y le entregó un sobre al cura —anunció Humbert.

Auguste reunió con la mano unas cuantas migas de pastel que había en la mesa y las puso en el plato.

—Entonces habrá heredado —dijo ella—. Si es su marido.

—¿Y qué iba a heredar? —contestó Christian—. No quedó nada. Lo robaron todo excepto los pagarés.

—A lo mejor tenía dinero en el banco.

—Puede ser —concedió Christian—. Pero no estoy seguro. En lo concerniente a su dinero, era muy discreta.

—Y ahora ha callado para siempre —comentó Else, y asintió con elocuencia.

Se había hecho el silencio en la mesa, se oía el hervidor en los fogones. Afuera, en el patio, Dörthe seguía plantando flores con Liese y Maxl.

—¿Y si no ha sido Julius? —dijo Gertie a media voz—. ¿Y si resulta que fue Sepp? Entró por la puerta trasera, la apuñaló y se llevó el dinero.

—¡Vaya! —exclamó Humbert, y negó con la cabeza—. ¿De verdad crees que luego iría al entierro? ¿Con polainas nuevas?

Todos le dieron la razón. No encajaba que alguien cometiera un asesinato y luego sollozara en el entierro junto al ataúd de su víctima. El que lo hubiera hecho se había largado hacía tiempo para siempre.

Siguieron charlando un rato sobre los señores. Desde que la señora Von Hagemann estaba en la villa habían mejorado muchas cosas. Sobre todo porque ponía en su sitio a la señora Von Dobern.

—Unas semanas más y nos habremos librado de ella —profetizó la señora Brunnenmayer—. ¡Y Dios sabe que no me dará pena!

Más tarde, Christian acompañó un tramo a Auguste y a los niños de vuelta a casa. Había solicitado trabajo de aprendiz en dos tiendas, en la casa de porcelana Müller y en la imprenta Eisele, que también vendía libros. Y quería probar en los cinematógrafos, le gustaría trabajar ahí porque así podría ver las películas.

Cuando llegaron al camino del parque que conducía a la casa del jardinero, tuvieron que separarse.

—Hay algo de lo que sería mejor que no hablaras, Christian —empezó Auguste con cautela, y miró alrededor por si Liese los estaba escuchando. Era muy lista, entendía muchas cosas.

Christian sonrió. Le temblaban las orejas, cualquiera habría dicho que aquello lo divertía.

—Lo del pagaré. Ya lo sé. Tengo algo para usted. —Sacó un papel arrugado del bolsillo de los pantalones y se lo dio. La miró con una sonrisa cómplice—. Estuvo todo el tiempo en la alfombra delante de mis narices mientras me interrogaban. En cuanto se fueron los de la policía criminal, lo cogí y lo guardé.

¡El pagaré! Estaba tan arrugado que apenas se reconocía, pero no había duda de que era la maldita hoja que había firmado. También estaba la fecha, viernes 3 de octubre. Y la firma de Maria Jordan. Auguste sintió ganas de darle un abrazo al muchacho.

—Eres un buen tipo, Christian. Si quieres, puedes quedarte con nosotros.

—Claro que quiero —dijo él con una sonrisa.

# 36

Elisabeth entornó los ojos y contuvo la respiración un instante. Siempre que el niño se cogía al pecho por primera vez sentía un dolor horrible en el pezón derecho. Luego pasaba, ya no notaba nada y era bonito. Miró a esa criatura rosada y la invadió una profunda ternura. Con qué ansias comía. Cómo tenía que esforzarse, tan pequeño. Estaba muy rojo y empapado en sudor. Un rato antes, cuando Rosa se lo llevó, lloraba a grito pelado. Sí, tenía una voz potente. Su madre le había dicho hacía poco con una sonrisa que ese niño había llevado más vida a la villa que todos los demás niños juntos. A Lisa eso la llenó de orgullo.

—Cielo santo —dijo Kitty, que estaba tumbada con las piernas estiradas en el sofá azul claro y observaba a su hermana dando de mamar—. Qué imagen de la fertilidad. ¿Me dejarás pintarte alguna vez mientras le das el pecho a Johann?

—¡No te atrevas!

—¿Fotografiarte? ¿Un esbozo?

Lisa se limitó a lanzar una mirada de advertencia a su hermana. ¡Un dibujo de ella con los pechos hinchados en una exposición de Kitty! Se imaginaba el título: «Hermana de la artista alimentando a su hijo». Como si en Augsburgo no hubiera ya suficientes habladurías sobre la familia Melzer.

—Por Dios, Lisa —se lamentó Kitty—. ¡Mira que eres

estirada! No, en serio. Es una imagen preciosa. Tan... tan maternal. Pareces totalmente entregada. Como una perra con diez cachorros colgados de ella.

Lisa conocía a su hermana desde que nació, pero siempre conseguía sacarla de sus casillas. Se calmó pensando que por una vez le tenía envidia. Su madre le había dicho que el pequeño se parecía a su abuelo. Bueno, Lisa, que siempre había ocupado el último lugar, ahora le sacaba ventaja. Había dado a luz a un niño. Quién sabe, a lo mejor un día su hijo se haría cargo de la fábrica. Leo no parecía tener condiciones para ello, y dependía de los astros que Paul y Marie tuvieran más hijos.

Hablando de Paul y Marie.

—¿Qué pasa en realidad con Paul y Marie? —preguntó al tiempo que agarraba el paño caliente que Rosa le había dejado por si se le derramaba algo de leche—. Aún no lo he entendido, Kitty. ¿Por qué están peleados? Se quieren, ¿no?

Kitty alzó la vista hacia el techo y se puso otro cojín de seda en la espalda.

—¡Dios mío, Lisa! Es obvio, ¿no? Has hablado con Marie bastante a menudo.

Lo cierto era que desde que el pequeño Johann había llegado al mundo solo había telefoneado a Marie dos veces, y sobre todo para hablar de sus propios problemas. Marie era maravillosa consolando, y era una amiga lista y solícita, pero ella se abría muy poco.

—Pero ¡es horrible ver cómo sufre Paul!

Kitty hizo como si su comentario le pareciera de lo más desafortunado e infundado, pero Lisa la conocía bien. Kitty quería demasiado a su hermano para mostrarse indiferente.

—Ay, Lisa, Paul es un listo, como todos los hombres —dijo, y se puso a dar vueltas a los flecos de la funda de un cojín—. No, todos no. Mi Alfons nunca fue así. Pero era el único.

Lisa le limpió la frente sudada a Johann, que comía con

ansia, y relajó el brazo izquierdo. El día anterior había sujetado al niño con tanta tensión que se le durmió el brazo.

—¿Qué quieres decir con que es un listo?

Kitty puso cara de superioridad, como una profesora que le explicara la vida a un niño ignorante.

—Bueno, pues eso. Escucha las quejas de su esposa, asiente comprensivo y afirma que a partir de ahora todo va a ser distinto. Porque ella es su tesoro, la ama hasta el infinito, no podría vivir sin ella, y cuando ella está entre sus brazos, conmovida, decide que no va a cambiar nada. ¿Por qué iba a cambiar nada? Él la quiere. Con eso debería bastar.

Lisa inclinó la cabeza, vacilante. No era del todo falso, Paul podía ser muy estratega. Pero también le había montado un atelier a Marie. ¿Qué marido haría eso?

—El atelier, ¡claro! —exclamó Kitty, como si fuera una bagatela que no valiera la pena tener en cuenta—. Pero aquí, en la villa, Marie ya no tenía nada que decir. Incluso le impusieron a una institutriz que estaba por encima de ella.

Con ese tema Lisa estaba muy sensible, pues había sido ella quien había recomendado a Serafina von Dobern a su madre.

—Necesitaban a alguien que se ocupara de los gemelos.

—Por supuesto —repuso Kitty—. Pero eso no se decide a espaldas de la madre.

Lisa notó frío en el pecho, acto seguido el pequeño Johann se puso a llorar porque había perdido el acceso al alimento. Lisa volvió a meterle el pezón en la boca abierta, él succionó y siguió comiendo con fruición. Cuánto le costaba al niño llenar el estómago.

—Ya, Serafina, ahora la conozco de verdad —contestó Lisa, indignada—. Antes era una buena amiga, ¿quién habría pensado que iba a degenerar así?

—¡Yo! —exclamó Kitty—. Nunca soporté a tu amiga. Siempre fue una mosquita muerta y una sosa.

—No lo exteriorizaba mucho.

Kitty soltó una risa burlona.

—Eso lo dices tú. Esa mujer es de piedra. Por dentro y por fuera.

Lisa observó con envidia a su hermana. Se había pintado las uñas. Típico de Kitty, ¡tenía que hacer todas las tonterías que se ponían de moda! También llevaba el pelo más corto que antes, y usaba el rímel con generosidad.

—Pero lo peor es que Paul ha insultado a la madre de Marie —siguió diciendo Kitty—. ¡Cómo se le ocurre! Todos sabemos lo que le hizo nuestra familia.

Lisa separó al hambriento Johann del pecho derecho para ponerlo en el izquierdo. El gesto fue acompañado de gritos, pues el pequeño no se había saciado, ni mucho menos. Era una suerte que comiera tan bien. Tras el parto Lisa perdió un poco de peso, pero en ese tiempo su hijo había engordado bastante. Ahora ya estiraba las piernecitas y pataleaba con fuerza. Al principio solo estaba en postura fetal, y como Rosa siempre lo tenía enrollado en un paño blanco de algodón, Lisa creía que su bebé era diminuto y no tenía piernas.

—¿Sabes, Kitty? Yo entiendo a Paul. Luise Hofgartner, así se llamaba, ¿no?, debía de ser una persona difícil. Podría haberle dado los planos a papá y todo habría salido bien. Pero no, tuvo que ponerse cabezona.

—En primer lugar, era la madre de Marie —gruñó Kitty—. En segundo lugar, era una artista extraordinaria y, en tercer lugar, tuvo una muerte muy desgraciada. No, creo que Paul se toma esto demasiado a la ligera. Quería guardar sus cuadros en el desván. ¡Ahí empezó todo!

—¡Pues yo no entiendo que un matrimonio feliz tenga que romperse por eso, Kitty!

—¡Jesús! —exclamó Kitty, airada—. ¡Mira quién habla! En algún momento nuestro hermano cederá, estoy convencida. Ya sabes que Paul es igual que papá. Primero es tozudo como una mula, y luego, cuando se da cuenta de que no puede seguir así, es capaz de dar un giro en un instante. ¿Te acuerdas de cómo se opuso papá al hospital? Y después no quería bajo ningún concepto que en su fábrica se produjeran tejidos de papel. ¿Y? ¿Qué nos salvó durante los años de guerra? ¡Las telas de papel!

Lisa no estaba convencida. ¿Quién decía que Paul era igual que su padre en eso? Además, un matrimonio se regía por otras leyes.

—Solo espero que tengas razón, Kitty.

—Claro que tengo razón —dijo esta mientras balanceaba los pies arriba y abajo.

Llevaba unos preciosos zapatos con correas de piel clara y tacón bajo. Los pies de Lisa, en cambio, seguían hinchados y parecían albóndigas.

—Estaría bien que por lo menos uno de los hijos de mamá tuviera un matrimonio normal, ¿no crees? —prosiguió Kitty al tiempo que lanzaba una mirada de soslayo a su hermana—. Nosotras dos en eso somos un caso perdido, ¿no?

Lisa se encogió de hombros. ¿Kitty la estaba tanteando? A su regreso de Gunzburgo, tanto Marie como Paul habían guardado silencio. Lisa no esperaba grandes resultados, pero contaba con algo más que un «Ya veremos». ¿Habían encontrado a Sebastian? Paul ni siquiera se lo había confirmado, pero bueno, ella tampoco había querido preguntarlo y fingía la más absoluta indiferencia. Y así tenía que ser. Después de todo lo que ese cobarde le hizo, no podía ser de otra manera. Sí, ella le siguió el juego tres años, pero no por haber sido débil una sola vez tenía que salir corriendo como una gallina. No, había terminado con él. Por desgracia, su estúpido corazón aún no lo entendía. Pero eso llegaría con el tiempo.

—¿De verdad? —preguntó en tono inocente—. Siempre pensé que tenías una fila de pretendientes y que un día escogerías entre ellos a tu futuro esposo.

A Kitty le hizo tanta gracia la idea que se hundió entre los cojines de seda de la risa. Tuvo que agarrarse al respaldo del sofá para volver a sentarse.

—No, Lisa. Ay, que me ahogo. Eres más convencional de lo que pensaba. ¿Será por haber respirado durante tanto tiempo el aire sano de Pomerania?

—Vaya, se me olvidaba que eres artista y llevas una vida libre. En todos los sentidos.

Kitty buscó el espejo y un pañuelo en el bolso para limpiarse el rímel. Ese chisme siempre se emborronaba.

—Tienes razón, Lisa. Soy artista. Además, soy una mujer trabajadora y me gano la vida. Y por eso no necesito un marido. ¡Punto!

«Gracias», pensó Lisa, ofendida. «Lo he entendido. Para ti soy un parásito porque no gano dinero, tiro de mi herencia y encima dependo de mamá y de Paul. Muchas gracias, hermanita, por echármelo en cara.»

—Por lo demás, los caballeros que conozco son todos encantadores y hago buenas migas con ellos —dijo Kitty, que hablaba sin parar—. Sin duda depende de mí, he rechazado infinidad de propuestas. No, no quiero conformarme con medias tintas. Tuve una gran pasión: Gérard. Y tuve un amor aún mayor: Alfons. ¡Ningún hombre en el mundo podría ofrecerme más!

«Ay, qué dramática se ponía su hermanita.» Lisa se mostraba escéptica. Cuando Kitty se acaloraba tanto, casi siempre ocultaba algo.

—Sí, te entiendo, Kitty. Por desgracia, mis experiencias con los hombres han sido todas... decepcionantes. Así funciona el mundo. Por cierto, creía que aún mantenías el contacto con Gérard. Mamá me dijo que os escribíais.

Kitty soltó una carcajada, pero sonó muy forzada.

—Claro que no. Hace tiempo que no. Se casó.

—¡Vaya! ¡Nunca me lo habría imaginado de él!

Así que era eso. A ella no la engañaba. Gérard, su gran pasión, el joven francés de sangre caliente con el que se escapó a París, había decidido formar una familia. Una familia francesa, claro. ¿No tenían una tienda de sedas? ¿Una fábrica? Bueno, sabía cuál era su deber.

—La historia acabó hace siglos, Lisa. El bueno de Gérard se ha convertido en un hombre mayor. —Soltó otra carcajada—. Le felicité de corazón y le deseé que tuviera muchos hijos.

El tono de Kitty se volvió un poco estridente, como si intentara convencerse a sí misma.

—En realidad está muy bien tener hijos. Yo soy muy feliz con mi Henny; si quieres, Lisa, puedes mudarte con nosotras a Frauentorstrasse. Con tu hijito, por supuesto. Probablemente Tilly también se instalará allí cuando termine los exámenes finales. ¡Será divertido! ¿Para qué necesitamos a los hombres? Solo son una molestia.

Se echó a reír y se miró de nuevo en el espejito, se limpió con un pañuelo el rostro acalorado porque el pelo corto le hacía cosquillas en las mejillas y la frente. Luego se levantó de un salto con una agilidad sorprendente y se atusó el vestido.

—Quiero pasarme un momento por casa de los Bliefert, Marie me ha pedido que les lleve unas cuantas cosas que Leo ya no usa. Tilly llega hoy, se quedará durante la Pascua. Ay, qué bonito, con qué ansias come. Es insaciable. Pero tú tienes de sobra. Hasta pronto, Lisa. Me alegro mucho de que ya no estés en Pomerania, en esa finca horrible. Hasta pronto, cariño.

Lisa se sintió aliviada cuando Kitty salió, dejando el sofá todo desordenado, y cerró la puerta tras de sí. En el pasillo se la oyó preguntar por su madre.

—¿Cómo? ¿Está durmiendo la siesta? ¿Todavía? No puedo quedarme. Dile que Henny espera ilusionadísima el momento de buscar los huevos de Pascua.

—De acuerdo, señora Bräuer —se oyó la voz de Else.

—Ay, y luego ese artículo de hoy... ¿Lo habéis leído? El pobre Julius es inocente.

—Sí, señora. Estamos todos como locos. El asesino era su marido. Lo han detenido y ha confesado.

—¡Ay, Else! —exclamó Kitty con alegría—. Sabía que mi madre nunca contrataría a un delincuente. Julius resulta un poco estirado y relamido, pero es un hombre honrado, ¿verdad?

—Seguro, señora.

Lisa vio que su pequeño tesoro se había dormido una vez saciado, exhausto, así que se levantó para dejarlo en la cuna. Estuvo un rato como hechizada observando a aquella criatura que dormía plácidamente, la boquita rosada, los mofletes, las líneas suaves de los párpados cerrados. Era su hijo. Por fin había sido madre. A veces, cuando se despertaba de madrugada, temía que todo fuera un sueño y buscaba con la mirada la cuna, que estaba junto a su cama por deseo expreso de ella, y se calmaba.

Entró Rosa y cogió al pequeño de la cuna para cambiarlo, algo que se dejaba hacer dormido.

—¿Quiere que lo saque otra vez? Hace sol.

Por la mañana habían estado en el parque y Lisa había pasado un frío horrible. Aunque lo cierto era que solo se había puesto una chaqueta y no un abrigo grueso. El abrigo estaba tendido arriba.

—Pero la mayoría de los caminos del parque están a la sombra —comentó, vacilante, y se acercó a la ventana.

Bueno, junto a los arbustos de enebro y los abetos estaba sombrío, pero los árboles de hoja caduca apenas habían reverdecido y dejaban pasar la luz. Abajo, en el patio, en la glorieta brotaban las flores como fuegos artificiales, y eso era mérito de Dörthe. Lisa estaba muy orgullosa de la chica de Pomerania. Había jacintos lilas y blancos, tulipanes rojos y amarillos, prímulas de todos los colores y narcisos dorados.

Estiró el cuello cuando vio que junto a la glorieta había dos hombres sumidos en una conversación. Uno era Paul. ¿Por qué no estaba en la fábrica? Claro, era Viernes Santo, se hacía un turno menos. ¿Y el otro? Dios mío, tenían que ser imaginaciones suyas. Ese hombre parecía...

¡Sebastian!

Llevaba el mismo traje de siempre. Y, cielo santo, el horrible sombrero marrón que sostenía en la mano también le sonaba. De pronto los dos alzaron la vista hacia su ventana y ella retrocedió, asustada. Notó un potente redoble de tambor en el corazón, y se alegró de topar con el sofá. Estaba allí. Sebastian había viajado a Augsburgo. ¡Dios mío! ¡Y parecía un fideo inflado!

Llamaron a la puerta y Gertie asomó la cabeza con cautela para no despertar al bebé.

—Hay un señor que desea hablar con usted, señora Von Hagemann.

La reacción de Lisa fue espontánea, sin pensar, fruto del más puro sentimiento.

—Dile que desaparezca. Ahora mismo. No quiero verlo. ¿Me has oído, Gertie? ¡Baja corriendo y díselo!

—Sí... ¡claro, señora! —susurró Gertie con un gesto de impotencia.

Se cerró la puerta, Gertie cruzó el pasillo a toda prisa y bajó al vestíbulo, y Lisa se sentó en el sofá azul claro con la respiración entrecortada.

«Jesús bendito», pensó. Estaba abajo. Sebastian.

El hombre al que amaba. Durante tres años había deseado con todas sus fuerzas un abrazo suyo. Durante tres años él había reprimido su pasión; quisiera ella o no, él le daba largas. Entonces, aquella Nochebuena, ese maravilloso primer beso...

Se levantó del sofá y se acercó a la ventana. Abajo estaba Gertie, y junto a ella Paul, con los brazos estirados y gritando algo que no entendía. Sebastian se alejaba, enfilaba presuroso el camino en dirección a la entrada del parque. Lisa miró su espalda, la chaqueta arrugada, los pantalones sin planchar con zonas desgastadas. Seguía llevando el sombrero en la mano.

—¡Sebastian! —susurró—. Sebastian, espera... ¡Espera!

Descorrió la cortina, intentó abrir la ventana pero la maldita no cedía.

Lisa pensó, desesperada, que ya estaba demasiado lejos y no podría oírla.

—Será mejor que no abra la ventana —dijo Rosa—. El niño no puede recibir corrientes de aire.

Lisa salió corriendo de la habitación. En el pasillo estaba Else con un montón de camisas recién planchadas, y cuando Lisa apareció tan de improviso dio un salto hacia atrás del susto. Lisa pasó corriendo a su lado, en calcetines y con un vestido vaporoso de estar por casa, y bajó la escalera hasta el vestíbulo. Estuvo a punto de resbalar en las baldosas recién fregadas, pero se agarró a una de las pequeñas columnas y se quitó los calcetines para poder correr mejor.

—Señora, no puede ir descalza —tartamudeó Gertie en la puerta.

—¡Apártate!

Vio a Sebastian casi al final del camino, se alejaba a paso ligero de la villa. Paul había ido tras él un trecho, seguramente había intentado detenerlo en vano, así que se detuvo y lo vio marchar. Lisa bajó corriendo los peldaños hasta el patio, apenas notaba las piedras rugosas bajo los pies descalzos ni la sal que se esparcía en invierno para evitar el hielo.

—¡Sebastian! —gritó—. ¡Para, Sebastian!

Él no se dio la vuelta. Lisa se desanimó, la desesperación se apoderó de ella. Claro, era de esperar. Una vez más, se había equivocado en todo. Lo había rechazado en vez de decirle que...

—¡Lisa! —oyó la voz de Paul—. Pero ¡mira qué pinta tienes! ¡Haz el favor de abrocharte!

Ella se detuvo, sin aliento, y se tocó el vestido. En efecto, no se había abrochado todos los botones después de amamantar a su hijo. ¿Y qué más daba? ¿Acaso le importaba a alguien?

—Retenlo, Paul —dijo ella entre sollozos.

—No quiere —masculló enfadado—. Entra ahora mismo, te vas a resfriar. Encontraremos una solución, Lisa.

—¡No!

Echó a correr de nuevo, y de pronto oyó el ruido de un motor. El viejo coche de Kitty emergió por uno de los caminos laterales, los saludó con alegría y continuó hacia la entrada del parque.

Su hermana pequeña siempre había sido un fastidio. Había embelesado a su Klaus von Hagemann. Se había reído de su figura. Siempre tenía a papá de su lado. En más de una ocasión Lisa había sentido ganas de retorcerle el cuello a esa desgraciada encantadora. Aquel día, sin embargo, Kitty lo compensó todo.

Frenó en seco, el automóvil derrapó a la izquierda y se paró entre dos árboles, en la franja de césped. Kitty bajó la ventanilla y asomó la cabeza. Le gritó algo a Sebastian. Luego hizo un gesto inequívoco hacia la puerta del copiloto y, milagro, Sebastian obedeció. Abrió la puerta y subió.

—No me lo puedo creer —murmuró Paul—. Y ahora no podrá sacar ese trasto del césped.

Kitty necesitó varios intentos, el motor emitió un zumbido como un avispón enfadado, y el guardabarros delantero acabó con otra abolladura en la parte derecha. El parachoques trasero era un veterano a prueba de bombas. Tras una feliz maniobra consiguió girar, el coche se dirigió de nuevo a la villa y se detuvo justo delante de la entrada.

—¡Baje! —ordenó Kitty en un tono encantador y alegre.

Sebastian tardó un poco porque con los nervios no encontraba la palanca para abrir la puerta del coche. En cuanto bajó,

Kitty se fue, dejando tras ella una nube de humo. El resto tendría que hacerlo Lisa.

Se quedaron uno frente a otro, desorientados. Apenas se atrevían a mirarse a los ojos, y ninguno tenía el valor de decir la primera palabra.

—Los pies —murmuró Sebastian por fin.

Lisa comprobó que iba descalza y que le sangraba el pulgar izquierdo.

—He corrido muy rápido —tartamudeó—. Estaba asustada. No quería que te fueras.

—Todo es culpa mía, Lisa. Perdóname.

Sebastian tenía lágrimas en los ojos. Verla descalza y con los pies sangrando acabó de destrozarlo.

Entonces ocurrió. Daba igual quién diera el primer paso, tal vez sucedió todo a la vez. Se acercaron presurosos y se fundieron en un abrazo. Ella rompió a llorar, notó sus besos, primero con cautela, como si Sebastian temiera un rechazo, luego cada vez más apasionados, desenfrenados, y sin duda nada apropiados ante los ojos de los empleados.

—Me dejaste sola. Tuve que pasarlo todo sin ti, el embarazo, ese horrible viaje en tren, el divorcio.

Lisa se oyó y le dio miedo que sonara a queja. Jamás había querido decirle todas esas cosas, quería ser fuerte. Recibirle con aires de superioridad. Hacer añicos sus disculpas. Pero había bajado la guardia y era maravilloso estar en sus brazos. Notar su calor, su fuerza. Y saber que le pertenecía. Solo a ella. Porque la quería.

—No tengo nada, Lisa. Ni trabajo, ni dinero ni casa. ¿Cómo iba a atreverme a presentarme delante de ti así?

—Encontraremos una solución —susurró—. Tienes que quedarte conmigo, Sebastian. Conmigo y con nuestro hijo. Te necesitamos mucho. Si vuelves a marcharte, me muero.

—No me marcharé, Lisa. Jamás podría dejarte otra vez.

La besó en la boca, y les dio igual que entrara un proveedor por el patio y Paul les susurrara que sería mejor continuar la «conversación» en casa.

—No puedes caminar, amor —dijo Sebastian—. Espera.

Lisa se resistió, pesaba demasiado, pero él no se lo permitió.

—¡No es la primera vez que lo hago!

La llevó hasta la primera planta, luego desistió. Los últimos peldaños hasta la habitación los subieron de la mano.

## 37

Leo se sentía bastante tonto con la cestita. ¡Qué ocurrencias tenía la abuela! Cada niño tenía una de esas ridículas cestas forradas con un papel que imitaba la hierba, incluso el pequeño Fritz, y también Walter, que había sido invitado a pasar el Domingo de Pascua en la villa de las telas.

—Tenéis que poner ahí los huevos que el conejo de Pascua ha escondido en el parque.

Dodo le había dado un codazo para que no dijera ninguna impertinencia, pero él tampoco quería estropear la diversión a la abuela Alicia, así que no necesitaba sus advertencias. Los adultos eran raros, sobre todo los viejos. ¡Mira que creer aún en el conejo de Pascua! El año anterior, Dodo y él vieron desde la habitación de los niños, escondidos detrás de la cortina, cómo Gertie y Julius escondían en el parque los huevos pintados y los conejitos de azúcar.

Se lo contaron a su madre, que se rio un poco y luego dijo que el conejo de Pascua tal vez estuviera sobrecargado con tantos niños y hubiera recurrido a ellos para que lo ayudaran. Sin embargo, tenía una mirada tan pícara que Dodo y él coincidieron en que su madre había dicho una «mentira piadosa». Los adultos tenían permitido decir «mentiras piadosas». Los niños no. Los niños no podían mentir nunca.

Así que ahí estaba con esa absurda cestita mientras los demás corrían como salvajes por el parque, pisoteaban las flores, se agachaban bajo los arbustos y asustaban a las pobres ardillas. De vez en cuando se oía un grito.

—¡Lo tengo! ¡Lo tengo!

Entonces los otros se acercaban corriendo y había una pelea.

—Es mío, yo lo he visto primero.

—Hay un conejito de azúcar con chocolate para cada uno. Tú ya tienes uno.

—¿Y qué? Yo soy más rápido.

La mayoría de las veces intervenía Gustav, que corría con Humbert y papá entre los niños.

—¡Dale el conejo a Henny, Hansl! ¡Ahora mismo!

—Lo he encontrado yo.

—¡Ahora mismo!

—Déjelo —dijo papá.

Sin embargo, Gustav se mantuvo en sus trece. Como Maxl y Hansl eran tan rápidos, de no haberlos frenado no habría quedado nada para los demás. Fritz se tambaleaba sobre sus cortas piernas en la hierba con un huevo de Pascua en cada mano, y Henny, la muy arpía, ya tenía como mínimo tres conejos de azúcar en la cestita. Había convencido a Walter para que le diera el suyo, eso lo había visto él.

—¿Y tú, Leo? —preguntó mamá—. ¿No quieres participar?

—No.

Odiaba ese vaivén estúpido y el teatro que se montaba por unos cuantos huevos. También los había para desayunar, y los conejos de azúcar no le gustaban. Aún le quedaba alguno del año anterior, los tenía guardados en lo alto del armario porque no se decidía a morder primero la cabeza o las patas. No quería que sus conejos padecieran dolor.

Por suerte su madre lo dejó tranquilo, y su padre también había perdido la costumbre de decirle que era un niño y que tenía que trepar a los árboles. Solo la tía Elvira de Pomerania, que estaba de visita durante la Pascua, le había dicho que seguro que era un salvaje porque se parecía mucho a su difunto tío abuelo Rudolf, que era uno de los hermanos de la abuela Alicia. Lo había visto en una fotografía amarillenta, llevaba uniforme y estaba montado en un caballo. El caballo se llamaba Freya, según le había explicado la tía Elvira, y era una yegua alazana, un animal extraordinario. Incluso le dieron ganas de ir a visitar a su tía a Pomerania, pues le gustaban los caballos.

—Eh, Leo.

De pronto Humbert estaba a su lado, le quitó la cestita de la mano y se la llenó con tres huevos de colores y dos conejos de azúcar.

—Gracias, Humbert —dijo cohibido.

Humbert sonrió y le dijo que los llevaba en los bolsillos del pantalón y no sabía dónde dejarlos. Al cabo de un segundo desapareció. Humbert era muy listo y un buen compañero. Ojalá se quedara en la villa. Había ocupado el puesto de Julius mientras este estaba en la cárcel. Pero Julius había regresado el día anterior. Se escondía en la cocina y bebía cacao. Se había quedado gris y flaco, y cuando levantaba la taza le temblaba la mano. Brunni le dijo que eso lo llevarían los policías en su conciencia. Era una vergüenza encerrar a un inocente en la cárcel y permitir que se desmoronara.

Por fin habían encontrado todos los huevos de Pascua. Dodo, Walter y Henny volvieron corriendo por la hierba hasta la galería, donde los adultos tomaban el aperitivo, que consistía en un vino rojo o amarillo que se servía en unos vasitos muy pequeños. Olía a barniz de piano y un poco a cerezas recocidas; no entendía cómo le podía gustar a nadie.

—Vaya, Leo —le dijo la señora Von Dobern, que ofreció zumo de manzana a los niños en una bandeja de plata—, tú también has pescado unos cuantos huevos.

Von Dobern se mostraba zalamera como un gato, pero él no se fiaba, sentía un odio profundo hacia ella; cuando la veía, siempre le dolía la oreja porque se acordaba de los pellizcos que le daba cuando aún era su institutriz.

—Sí, unos cuantos —dijo lacónico, y le dio la espalda.

—Es un chico muy guapo —oyó que decía Von Dobern a la abuela Alicia—. Y con mucho talento.

—Luego nos tocará algo —dijo la abuela, y le acarició el cabello.

Ojalá pudiera cortarse ese maldito tupé, en el colegio siempre se reían de él por eso. «Guaperas», le llamaban. Una vez lo agarraron y le pusieron un lazo, fue el colmo de la vileza. Sujetaron a Walter para que no pudiera ayudarlo, pero entonces llegó Maxl Bliefert para ayudar a Walter y juntos abrieron la puerta. Maxl era dos años mayor, y por tanto más fuerte. Acto seguido hubo una pelea, y el señor Urban les puso a todos un castigo.

Los adultos se habían separado en dos grupos. La tía Kitty estaba con mamá y con la tía Tilly, y junto a ellas estaba el señor Klippi, que ya podía volver a la villa, y la madre de Walter. Ese era un grupo. La abuela Alicia estaba en el otro extremo de la galería con la tía Elvira y la abuela Gertrude, y las acompañaba la señora Von Dobern. Ese era el otro grupo. Solo su padre cambiaba de uno a otro y charlaba con todos sin dejar de mirar a su madre, que no le sonrió ni una sola vez.

Entre los dos grupos estaba la tía Lisa, sentada en una silla de mimbre, con una manta de lana sobre los hombros, y a su lado el señor Winkler, que tenía al primo Johann en brazos y lo mecía. A Leo le caía muy bien la tía Lisa; del señor Winkler aún no sabía qué pensar. Siempre parecía muy desanimado y apenas hablaba, daba la sensación de que se sentía avergonzado entre la gente. Sobre todo porque llevaba un traje que era del abuelo. Leo lo sabía por Else, a la que el tema la desesperaba, pero Dodo replicó que el abuelo estaba muerto y ya no necesitaba el traje.

Los adultos admiraron las cestitas con huevos de colores

como correspondía y luego hicieron las advertencias habituales. Que no se lo comieran todo de una vez. Que lo compartieran con sus hermanos. Que dieran las gracias a sus padres.

—¿Por qué? —preguntó Henny—. Los ha traído el conejo de Pascua. —Acto seguido, gritó—: ¡Gracias, conejito de Pascua!

Lo dijo mirando hacia el parque, y por supuesto a todos los adultos les pareció encantadora. Le acariciaron el cabello rubio y rizado. Nadie se fijó en que había acaparado los cinco conejos de azúcar. Por eso hacía poco había tenido dos caries y soltó unos gritos terribles en el dentista, que le dijo que era de comer demasiados dulces. La tía Tilly, que quería ser médico, lo había confirmado durante el desayuno, y desde entonces Henny no le dirigía la palabra.

Humbert se había puesto la librea con la que Julius se vestía siempre en días festivos. Chaleco azul marino con botones dorados, pantalones estrechos con una costura clara en los lados y una camisa blanca almidonada. Le susurró algo a la abuela Alicia, y ella asintió. Bueno, por fin llegaba el almuerzo. A Leo ya le había rugido el estómago en varias ocasiones, y Walter había dicho que sonaba como el tigre que habían visto en el zoo tras una reja. Era entre un rugido y un ronquido.

—Queridos invitados, el cordero de Pascua nos espera. Pasemos por favor a la mesa.

En el comedor, la mesa estaba puesta con la vajilla bonita. Era preciosa, pero tenía el inconveniente de que daba pavor romper algo. Dos años antes Dodo había roto un plato, y desde entonces la abuela Alicia le indicaba en todas las comidas que tuviera cuidado.

Los cuatro niños Bliefert se fueron a casa con Gustav. A Leo le pareció una lástima. Por lo menos le habría gustado que Liese se sentara a la mesa. A Walter también le caía bien, le había preguntado hacía poco si sabía tocar el piano, pero los Bliefert no tenían piano.

—Ese es tu sitio, Leo —dijo mamá—. Mira, la abuela ha escrito unas tarjetas.

En efecto, había una tarjetita con el borde dorado en la que estaba escrito su nombre. Walter se puso como loco al ver su tarjeta y se alegró de poder acompañarlos. Se sentó junto a Leo, que tenía a Dodo al otro lado. Así estaba bien, Leo no quería bajo ningún concepto sentarse al lado de Henny. Ella estaba al lado de Walter, pero a su derecha estaba el sitio de la tía Tilly. Era la única que veía las estratagemas de Henny. Tendría que obedecerla.

Los adultos se sentaron de forma parecida a como se habían agrupado en la galería. En la cabecera, la abuela Alicia con la abuela Gertrude, la tía Elvira y papá, y enfrente mamá, la tía Kitty y la tía Tilly. Los demás estaban repartidos por el medio, y a la señora Von Dobern ni siquiera le habían puesto tarjeta. ¡Qué bien!

La comida estaba deliciosa, como siempre. En eso ya podía practicar la abuela Gertrude, jamás estaría a la altura de Brunni. Humbert servía mucho mejor que Julius, lo hacía deprisa, como si flotara, y dejaba los platos en el momento adecuado. Además, nunca parecía estar enfadado, como le pasaba a Julius.

—Mis queridos hijos y nietos, queridos invitados y amigos.

La abuela Alicia había levantado la copa y miraba al grupo. La tía Lisa aún estaba fileteando su asado, el señor Winkler se irguió en su asiento y sonrió cohibido. Papá miró a mamá, que estaba pálida. Seguro que no le habían gustado las coles de Bruselas, un poco amargas.

—Me alegro de poder celebrar la Pascua rodeada de mis seres queridos. Y mirad qué grupo tan grande formamos alrededor de la mesa. Sobre todo las risas de los niños que han regresado a la villa hacen muy feliz a esta anciana.

Leo calculó que antes eran ocho niños. No estaba mal. Y además el bebé, aunque casi siempre estaba llorando, así que nada de risas de niños. Los gritos de su primo podían echar a perder la música de piano más bonita. Con un poco de suerte, por lo menos se callaría cuando tocaran.

—Bueno, nosotros tocamos más fuerte —susurró Walter.

Dodo volcó el vaso de agua y se asustó porque papá la miró con el entrecejo fruncido. La tía Elvira volvió a levantar el vaso y puso uno de los centros de flores encima de la mancha.

—Lo que más me alegra es que todos mis hijos celebren esta Pascua conmigo. Mi querida Lisa, tú y tu precioso niño me habéis hecho muy feliz. Mi querido Paul. Mi querida Kitty.

La tía Lisa lucía una sonrisa de oreja a oreja. O más bien de carrillo a carrillo. Le hizo un gesto con la cabeza a la abuela y agarró la mano del señor Winkler, que se puso muy rojo y se subió las gafas.

—Pero hay otra alegría que os quiero anunciar, mis queridos hijos, parientes y amigos.

De pronto Leo se alteró mucho. ¿Es que su madre había decidido mudarse de nuevo a la villa? Miró a Dodo, que tenía la boca abierta de la emoción. Por un momento sintió una gran felicidad. Se estaba bien en casa de la tía Kitty, pero algo no cuadraba. Además, ahora papá estaba muy distinto.

—Queridos, no quiero teneros más en vilo. Nuestra joven estudiante de medicina se ha prometido con el señor Ernst von Klippstein.

—Vaya —dijo Dodo con un suspiro de profunda decepción.

Leo también tenía la sensación de haber perdido una bonita esperanza. La tía Tilly se casaría con el señor Klippi. ¿Y qué? ¿A quién podía interesarle eso? En todo caso, a él y a Dodo no.

—¡Tilly! —gritó la tía Lisa—. ¡Qué sorpresa más estupenda! Y señor Von Klippstein, ay, no, querido Ernst, ¿puedo cometer la insolencia de tutearlo?

Humbert apareció puntual con una bandeja llena de vasitos de licor y rodeó la mesa para servirles a todos.

—Para vosotros el zumo de agua —le susurró a Leo.

Les dieron mosto de manzana en vasito de licor.

—Bah —dijo Henny—. Yo quiero licor de verdad.

—Quieres irte conmigo a casa enseguida, ¿verdad? —amenazó la tía Tilly.

No parecía alegrarse ni una pizca por el compromiso. La abuela Gertrude derramó unas cuantas lágrimas junto con la tía Elvira, mamá sonrió, papá parecía entusiasmado, levantó su copa y exclamó:

—Brindemos por los novios. Que Dios os bendiga con un matrimonio feliz y una vida larga.

—Y muchos niños —dijo la tía Kitty, y sonó malintencionado.

A continuación se levantó el señor Klippi y pronunció un discurso que incluía términos tan raros como «afecto» y «sentido común», y dijo que los dos querían apoyarse y ayudarse.

—¡Ahora tendríais que besaros! —exclamó Henny.

Dodo comentó que eso era una tontería porque el señor Klippi solo era su prometido, no su amante. Solo los amantes y los maridos pueden besar.

—Pero ¿y qué pasa con el beso de compromiso? —insistió Henny.

—Cállate de una vez —dijo la tía Kitty—. En un matrimonio de conveniencia no hay besos.

—Pero se acaban de prometer.

—Ni siquiera en ese caso.

—¡Vaya! —dijo Henny, desilusionada—. ¡Si algún día me comprometo, besaré como una loca!

Walter se cohibió mucho porque al decirlo Henny le lanzó una mirada triunfal. Besos de verdad. A Walter le daban pavor esas cosas, igual que a Leo.

—Pues a ver si se te tuerce la boca con tanto beso —le dijo Dodo a Henny, y luego hizo una mueca horrible.

—¡Dodo! —la reprendió la abuela Alicia desde el otro lado de la mesa—. ¿Es que no sabes que si el reloj suena ahora las muecas se te quedan en la cara para siempre?

—¡Dong! —Henny imitó el reloj del salón rojo y se rio.

Era un tormento tener que compartir la mesa con las niñas. Por fin sirvieron los postres: crema de frambuesa con trocitos de chocolate y nata dulce. Brunni siempre le ponía un poco de vainilla, aunque Leo habría preferido la nata sola. Walter soltó un leve gemido y dijo que estaba tan lleno que no podría sujetar el violín.

—Era broma —dijo cuando Leo lo miró horrorizado.

Después del postre los adultos se quedaron un rato más sentados a la mesa, Humbert sirvió el café en tacitas. La tía Lisa y el señor Winkler subieron a la habitación porque el bebé necesitaba comer.

—¿Y qué hace él ahí? —se sorprendió Dodo.

—Creo que le da miedo quedarse aquí abajo sin su mujer —comentó Walter.

—No es su mujer —repuso Henny.

Walter se sonrojó de nuevo cuando Henny le sonrió.

—Yo... pensaba. Porque tienen un bebé.

En la mesa, el señor Klippi estaba diciendo que por fin se podría elegir al presidente del Parlamento adecuado. Hindenburg se había presentado a las elecciones.

—¿Hindenburg? —exclamó la tía Kitty—. Ese envió a miles de pobres soldados a la muerte por no querer llegar a un acuerdo de paz.

—No, querida —dijo el señor Klippi con una leve sonrisa, como pensando que las mujeres no sabían nada de la guerra—. El mariscal de campo Von Hindenburg habría llevado a nuestras tropas hasta victorias importantes de no haber perdido el apoyo en la patria. Los socialistas apuñalaron por la espalda al ejército alemán.

—Eso son todo tonterías —exclamó la tía Kitty—. ¿Quién

se empeñó en que siguiera la guerra cuando ya estaba todo perdido? Además, es demasiado viejo. Un viejo decrépito como presidente del Parlamento, bueno, muy propio de esta ridícula República.

La abuela Alicia se puso recta en la silla, más de lo que ya estaba, y lanzó una mirada de desaprobación a la tía Kitty.

—Mi querida Katharina, un poco de contención. Piensa en los niños. Y, por favor, señor Von Klippstein: no queremos politizar dentro del círculo familiar.

—Disculpe, señora.

Walter se alegró cuando Leo lo agarró de la manga. La abuela le había hecho la señal de que podían empezar. Tenían que ir rápido a la sala de caballeros a recoger el violín y las partituras; Humbert y Julius habían separado un poco el piano de la pared esa misma mañana, para que el muro no absorbiera el sonido.

La señora Ginsberg también se había levantado, ella pasaría las hojas de las partituras de Leo. En realidad no era necesario porque se sabía de memoria la sonata en mi menor para piano y violín. Además, Walter tocaba sin partitura, pero la señora Ginsberg siempre decía: «Mejor ir sobre seguro».

Cuando llegaron al salón rojo ya se había sentado gran parte del público, solo la tía Lisa y el señor Winkler seguían arriba con el bebé. ¿Por qué lloraba ahora que se hacía el silencio?

Por desgracia, no había nada que hacer: tendrían que tocar con los gritos de fondo. Era molesto, porque Walter empezaba solo con la bella melodía en modo menor, luego llegaba una frase enérgica en *forte* y él entraba con el piano. Entonces se los oiría más.

La señora Ginsberg los animó con una sonrisa: todo iba bien. Empezaron y, en cuanto se sumergieron en la música, todo lo demás desapareció. Solo había sonidos, ritmos, melodías. Al principio no le gustaba Mozart porque le parecía demasiado ligero. Sin embargo, luego se dio cuenta de que era de los que bailaban en la cuerda floja sobre un precipicio. Por encima estaba el cielo, debajo el infierno, y en medio batía sus alas Mozart. Era una locura, pero era lo más bonito del mundo.

Walter cometió dos errores, pero Leo siguió tocando y él volvió a unirse. Solo se alteró la señora Ginsberg, le oyó la respiración acelerada porque estaba sentada en un taburete muy cerca de él. Cuando terminaron, los aplausos fueron tan estruendosos que los dos se llevaron un susto.

—¡Bravo! ¡Bravo! —exclamó el señor Klippi.

—¡Fantástico! —dijo la tía Lisa, que en algún momento había entrado en el salón con el señor Winkler.

—Dos pequeños Mozart —murmuró la tía Elvira.

Dodo gritó:

—¡Hip, hip, hurra!

Y Henny la siguió hasta que la tía Kitty les ordenó que se callaran de una vez. No estaba de buen humor, porque no solía reprimir su entusiasmo por los dos «niños prodigio». En cambio, su padre se acercó a ellos y le dio la mano a Walter, a la señora Ginsberg y finalmente a él, y les entregó unos regalos.

—Hoy soy la chica que da las flores.

Todos se rieron, incluso a su madre le pareció divertido. Solo la señora Ginsberg tuvo su ramo de flores, Walter y él recibieron entradas para un concierto en el Ludwigsbau. Tocaría Artur Schnabel. La señora Ginsberg aclaró que no solo era pianista, también compositor. A Leo le encantó la idea, porque eso era lo que quería hacer él.

Luego los esperaba una ración de helado, que Brunni siempre conservaba en hielo, y esta vez sabía a cereza. Pudieron añadirle unas gotas de licor de huevo y Henny intentó convencer a Walter para que le diera su parte, pero la tía Lisa se dio cuenta; ella sí que tenía vista.

Cuando vaciaron los cuencos de cristal y los dejaron en la bandeja que la señora Von Dobern les puso delante de las narices, cogieron las partituras y se dirigieron al salón de caballeros porque Walter se había dejado la funda del violín. En el pasillo aún estaban Brunni con Else, Gertie y también Julius, que habían oído el «concierto» desde allí.

—Qué bonito —no paraba de decir Brunni—. Qué bien poder vivirlo.

Estaban muy emocionados y contentos; se veía que lo decían en serio y no eran aduladores como la familia. Cuando bajaron de nuevo a la cocina, Leo se disponía a entrar con Walter en el salón de caballeros, pero se detuvo al oír la voz de la tía Kitty desde la galería. Sonaba muy enfadada.

—Ve tú delante —le dijo a Walter—. Ahora voy.

Walter lo entendió enseguida y desapareció en el salón de caballeros. Leo se acercó con cuidado a la puerta de la galería y se quedó ahí.

—No me has dicho nada. Nada en absoluto. Pero qué cobarde has sido —dijo la tía Kitty con vehemencia.

—Lo he intentado, Kitty, pero no me has dejado hablar.

—Has venido con hechos consumados —sollozó la tía Kitty—, cuando habíamos quedado en que te mudarías a Augsburgo cuando aprobaras el examen.

Se hizo el silencio durante un momento. Imaginó que la tía Tilly había intentado darle un abrazo a Kitty, porque ella luego se puso a gritar.

—¡No me toques, falsa! Ya verás lo que es vivir con ese insulso. De acuerdo, te ha ayudado mucho, te ha buscado una casa y se ha ocupado de ti. ¿Acaso también es un buen amante? ¿Sí?

—Por favor, Kitty. Hemos acordado un matrimonio de conveniencia. No tendremos niños. Ya sabes que mi corazón sigue perteneciendo a otro.

Leo no entendía nada, solo cosas como «compromiso», «matrimonio», «amante», «corazón» y «sentido común», que formaban un sistema muy complicado e impenetrable. Aún más tratándose de mujeres. En realidad podría abandonar su puesto de escucha, pero la tía Kitty le daba pena. Era la más guapa de todas sus tías, y siempre estaba alegre.

—Pero ¿por qué os vais a Múnich? —se lamentó—. Podríais instalaros aquí. Encima querréis arrebatarme a mi querida Gertrude.

—¡Ay, Kitty! Ernst ha decidido vender su parte de la fábrica para invertir en una fábrica de cerveza de Múnich. Paul seguro que estará de acuerdo, han tenido algunos roces, ¿no?

—Eso no es un motivo.

—Hemos comprado una casa preciosa en Pasing. Seréis todos bienvenidos. Y mamá decidirá por sí misma dónde quiere vivir.

—¡Claro! —repuso la tía Kitty—. Cuando ya está todo decidido y listo. Seguro que no me verás el pelo en tu fantástica casa.

Se oyó un profundo suspiro de la tía Tilly.

—¿Sabes, Kitty? Deberías calmarte. Más adelante lo verás de otra manera.

Leo tuvo el tiempo justo de agacharse junto a la cómoda del pasillo para que la tía Tilly no lo descubriera. Se dirigió al salón rojo, donde ahora estarían sirviendo licores y almendrados. Leo se incorporó con cautela. No estaba bien escuchar conversaciones ajenas, lo sabía. Ya era hora de que fuera con Walter a la sala de caballeros, se estaría preguntando dónde se había metido.

Estaba a punto de irse cuando oyó a la tía Kitty llorar desconsolada. Leo volvió y abrió la puerta de la galería. Ahí estaba, junto a los ficus, y le temblaban los hombros.

—¡Tía Kitty! —dijo, y se acercó a ella—. No llores. Nosotros nos quedamos contigo. Mamá, Dodo y yo. No te dejaremos sola.

Ella se dio la vuelta, le abrió los brazos y Leo se lanzó hacia ella. Ella lo abrazó con fuerza y él notó que seguía llorando.

—Ay, Leo. Mi pequeño tesoro. Leo de mi corazón.

# 38

Paul se esforzó en mantener la calma mientras recorría las salas con Sebastian Winkler. Si no estuviera en juego la felicidad de su hermana Lisa, habría echado sin contemplaciones de su fábrica a esa persona tan agotadora. Cuando Sebastian apareció a primera hora en la antesala surgieron las primeras divergencias. Había visto por encima del hombro, según él por casualidad, cómo tecleaba la señorita Hoffman y enseguida descubrió un error ortográfico. Había escrito «maquinas», sin duda por descuido, pues era una secretaria muy eficaz.

—Algo no está bien, querida —le comentó Sebastian, el sabelotodo.

—No puede ser.

Por supuesto, el señor profesor tenía razón, y ahora la señorita Hoffmann se había ofendido.

«Pues sí que empezamos bien», pensó Paul. Y así siguió. ¿Cómo podía ser que Lisa, que era tan susceptible, se hubiera fijado en semejante listo? A Paul se le inflaron las narices cuando Winkler afirmó en la sala de contabilidad que las calculadoras eran anticuadas y las lámparas no iluminaban lo suficiente. Los empleados acabarían con problemas de vista. ¿No se había fijado en que casi todos llevaban gafas?

Una planta más arriba, en la teneduría de libros, revisó las estufas y observó que no había ni madera ni carbón.

—Estamos a finales de abril, señor Winkler. Afuera hace calor, los empleados solo tienen que abrir las ventanas.

Sebastian se dirigió a las ventanas y comprobó que la mayoría se habían combado durante el invierno y estaban encajadas. Además, el ruido que entraba desde el patio era insoportable, nadie podría trabajar con semejante jaleo.

«Apaga y vámonos», pensó Paul. «Cuando lo lleve por las salas me exigirá que todas las máquinas funcionen sin hacer ruido porque de lo contrario las trabajadoras acabarán con problemas de oído.» Y eso que cuando compró las máquinas había prestado mucha atención a que fueran menos ruidosas que las viejas, pero una sala de producción no era un cementerio.

—¿Cuántos obreros trabajan aquí?

—Cerca de dos mil. Los números actuales están en el despacho.

—¿Y empleados?

¿Es que quería provocarle una úlcera de estómago a base de preguntas? ¿Para qué quería saberlo el dichoso profesorcillo? Se comportaba como si Paul estuviera intentando venderle la fábrica. Por lo visto no había sido buena idea ofrecer a Winkler una visita por las instalaciones, porque ahora creía que debía defender los derechos de los pobres, subyugados y explotados trabajadores.

—Unos sesenta.

—¿Hay un comité de empresa?

¡Vaya, esperaba esa pregunta!

—Por supuesto. Como exige la Constitución.

En la tejeduría había demasiado ruido para dar explicaciones, así que Paul enfiló el pasillo central, saludó a algunos de los encargados y se apresuró en llegar a la salida. ¿Y qué hizo Sebastian Winkler? Se quedó allí, se dirigió a una trabajadora y entabló conversación con ella. El encargado intervino, por supuesto, pues de lo contrario habrían tenido que detener las

máquinas, dos rollos de hilo se habían salido y debían susti-
tuirlos con rapidez.

—Ahí dentro hay un ruido infernal —gritó Sebastian cuando salieron.

—Aquí puede volver a hablar con normalidad —le dijo
Paul.

—Perdón.

Decidió saltarse las salas donde se encontraban las hiladoras y enseñarle la cantina. Para él era un orgullo, pues incluía
una cocina que ofrecía a diario una comida caliente a sus trabajadores, además de bebidas, por supuesto sin alcohol, e incluso postres, aunque solo tres veces por semana. Los viernes
había pescado, casi siempre arenque, salado o relleno de patata
y remolacha. El sábado se preparaba un guiso con legumbres
y carne de vacuno.

—Muy bonita —la elogió Sebastian—. ¿Cuánto dura la
pausa del almuerzo? ¿Media hora? Eso es muy poco. ¿Cómo
se puede dar de comer a tantos trabajadores a la vez?

—Porque comen a diferentes horas, para que las máquinas
puedan continuar.

—Entiendo. Hay que limpiar las ventanas. ¿Y en verano
no hace demasiado calor? Se podrían poner cortinas o persia-
nas.

Paul se mordió la lengua y pensó si Winkler querría poner
también sillas tapizadas y camas en la cantina.

—Creo que los trabajadores prefieren ver más dinero en el
jornal que sentarse en una cantina con cortinas y macetas en
las repisas de las ventanas.

Sebastian esbozó una sonrisa agradable y comentó que tal
vez se pudieran lograr ambas cosas.

—Un ambiente de trabajo sano y agradable no solo es una
aportación a un mundo justo, además fomenta el espíritu labo-
ral de la plantilla.

—Seguro.

Ese sabiondo tenía que hacerle esos reproches precisamente a él. ¿Acaso no había discutido con su padre por esas mismas cuestiones? ¿No se había opuesto a Ernst von Klippstein, que quería mantener los sueldos bajos para ofrecer las telas a precios inferiores a los de la competencia? Pensó en qué diría su difunto padre a ese Winkler y sonrió sin querer. Siempre fue de la opinión de que no había que «malcriar» a los trabajadores. Cuanto más les ofrecías, más querían, y al final exigían el salario máximo rindiendo lo menos posible.

—¿Los trabajadores tienen vacaciones pagadas?

—Tres días al año. Los administrativos, seis días.

—Bueno, por algo se empieza.

Paul se hartó. Le hacía con gusto ese favor a Lisa, sobre todo porque tenía la impresión de que Sebastian Winkler era un hombre de fiar. Debía de serlo, pero tenía sus manías.

—¡No vivimos en una república socialista, señor Winkler! —dijo con vehemencia.

Estaba claro, y Sebastian lo entendió. Agachó la cabeza, con gesto adusto. En su momento, durante el breve período de la república consejista de Augsburgo, ocupó una posición destacada y lo había pagado con cárcel y desempleo. Y él había sido afortunado, otros habían corrido peor suerte.

—Soy consciente, señor Melzer —dijo con severidad—. Pero no estoy dispuesto a renunciar a mis ideales. Antes prefiero desempeñar los trabajos más humildes.

Paul vio que la misión peligraba y visualizó a Lisa rompiendo a llorar, así que procuró templar los ánimos.

—Bueno, había muchas cosas que no estaban nada mal, eso lo admito. Y algunas peticiones de los consejos se han incluido en la Constitución de la República.

Sebastian asintió, ensimismado, y Paul entendió que tenía ganas de decir: «No las suficientes», pero no se atrevió.

—No lamento que la expropiación del gran capital prevista no se llevara a cabo —comentó Paul con una sonrisa.

—Yo tampoco —dijo Sebastian, para su sorpresa—. Ese tipo de medida no se puede aplicar de la noche a la mañana. Los más necesitados son los que saldrían perjudicados por el consiguiente caos.

—Eso es. ¿Puedo ofrecerle que tengamos una breve conversación en mi despacho, señor Winkler? Creo que la señorita Hoffman ha superado el susto y accederá a prepararnos un café.

Él se mostró arrepentido de verdad. Mientras subían la escalera del edificio de administración explicó que era un tiquismiquis incorregible. Sobre todo con la ortografía y la sintaxis.

—¿Y cómo se le dan los números?

—De pequeño quería estudiar matemáticas, para calcular las rutas de las estrellas.

Ay, Señor. Preferiría que le entusiasmaran las reglas de tres, la contabilidad o los balances. Sin embargo, tonto no parecía, seguro que se adaptaba rápido. Pero antes tenía que querer, ese era el problema. El problema de Lisa, y por tanto también el suyo.

—Para mí el café no tan fuerte, por favor.

Henriette Hoffmann volvió a la antesala a buscar la jarra de agua caliente. Sebastian le dio las gracias profusamente, pero ella se mostró fría. Era evidente que seguía dolida.

Se sentaron en las butacas de piel, con la taza de café en la mano, y estuvieron un rato hablando de naderías. Que si por fin había estallado la primavera y las hayas reverdecían. Que si el pequeño Johann había ganado peso y sonreía a todo el que se inclinaba sobre su cuna. Que si la economía alemana empezaba a tomar velocidad y pronto la zona de la cuenca del Rin quedaría libre de franceses. Paul decidió que era el momento de sacar el tema, pues tenía más cosas que hacer.

—Como ya debe de saber, mi socio, el señor Ernst von Klippstein, saldrá de la empresa en breve.

Sebastian estaba al corriente. O se había preparado para la ocasión o había hablado con Lisa.

—Dado que sacará su capital de la fábrica, durante los próximos años deberemos ir con cuidado. No quiero en ningún caso que haya despidos.

Paul pensó que el señor «quiero mejorar el mundo» debía saberlo. No tenía enfrente a un capitalista que se enriquecía a costa de sus trabajadores, sino al dueño de una fábrica que era responsable de los ingresos de más de dos mil hombres y mujeres.

—Es muy noble por su parte.

Sebastian dejó su taza sobre la mesa e intentó sentarse erguido. No lo consiguió, esas butacas exigían una postura relajada en la que Winkler no se sentía cómodo.

—Señor Melzer, le agradezco que esta mañana me haya dedicado tanto tiempo. Soy consciente de que ello se debe al hecho de que tengamos una relación de parentesco por unas circunstancias excepcionales, por así decirlo.

—No del todo —lo interrumpió Paul—. Siempre lo he considerado un hombre eficiente, y lamento de verdad que no encuentre un puesto donde ejercer su profesión. Por eso me gustaría ofrecerle la posibilidad de usar sus capacidades en la fábrica.

Ya estaba hecho. Paul se sintió aliviado por haber lanzado por fin el dardo.

—Es muy generoso por su parte, señor Melzer. —Sebastian lo miró muy serio—. Me dedicaré en cuerpo y alma. Si puedo pedirle un favor, me gustaría trabajar en los telares.

Paul se quedó pasmado. ¿Había oído bien? ¿Ese loco quería trabajar como un obrero no cualificado en los telares? ¿Para estudiar la situación de los trabajadores en sus propias carnes? Si lo permitía, a Lisa le daría un ataque de histeria.

—Me gustaría asignarle otra tarea, señor Winkler. Me faltan empleados de confianza en contabilidad.

—Lamento saber muy poco del tema.

¿Pero no llevaba las cuentas de su hermano, el zapatero? Como mínimo tenía que haber adquirido conocimientos básicos.

—Se adaptará con rapidez. El señor Von Klippstein estará en la fábrica hasta finales de mayo, le enseñará los secretos de la profesión y le pondrá al corriente de la contabilidad simple y doble.

Ernst era como mínimo tan minucioso como Sebastian, o se llevaban muy bien o no se entenderían en absoluto. Habría que esperar. Sin embargo, una cosa era segura: con Sebastian Winkler tendría que aguantar un montón de discusiones.

—Si usted confía en mí para ese puesto, señor Melzer, no puedo negarme. Ah, entonces tengo otra pregunta sobre el comité de empresa. ¿Cuántas personas están representadas? ¿Con qué frecuencia se reúnen? ¿Quedan liberados del trabajo cuando tienen que hacerlo? Por supuesto, el comité de empresa debe ratificar mi nombramiento, ¿cierto?

—Claro.

De hecho, la comisión se reunía como mucho cada dos meses y en la práctica no tenía nada que hacer. Por eso apenas había voluntarios para esa tarea.

Paul se alegró cuando la señorita Hoffman le comunicó que el señor Von Klippstein acababa de llegar, pues le dio la oportunidad de zafarse de Sebastian durante un rato.

—¡Excelente! Entonces lo acompaño y recibirá las primeras instrucciones sobre su futura actividad.

Ernst von Klippstein le debía el favor con creces. Unos meses antes se había negado en redondo a retirar su capital de la fábrica, así que ahora no podía andarse con prisas. En fin, el amor o lo que fuera. Sin embargo, en el fondo era un buen tipo, pues había mostrado un arrepentimiento sincero.

—Es un placer, señor Winkler. Quédese aquí para que podamos conocernos.

—Con mucho gusto. Muchas gracias, señor Von Klippstein.

Paul se retiró a su despacho, donde ya lo esperaba Alfons Dinter para enseñarle los nuevos patrones de impresión. No le disgustaron, pero no le parecieron muy imaginativos.

—Su esposa dibujaba unos patrones preciosos, señor Melzer. El señor Dessauer, el que graba los rollos, sigue elogiándolos a día de hoy.

Escudriñó a su empleado con la mirada, pero no vio rastro de malicia. Al contrario, era la inocencia personificada.

—Pongamos en marcha la producción, Dinter —dijo con indiferencia.

El resto de la mañana pasó volando, tuvo que tomar una decisión tras otra, y en medio hubo llamadas de teléfono, correo, quejas, facturas infladas, cálculos que eran ajustados pero no del todo satisfactorios. Cuando se iba a almorzar, la señorita Hoffmann le dijo que el señor Von Klippstein y el señor Winkler se iban a comer a la ciudad.

—Vaya.

—Los dos caballeros se han hecho muy amigos —añadió con cierto tono de condena.

—¡Estupendo!

Subió al coche y se dirigió a la villa. El parque era una sinfonía de colores que solo despertaba en primavera. Entre el verde lima de las hayas se erguían los abetos oscuros, los enebros de color verde intenso y los cedros azulados. La maleza con flores blancas interrumpía el verde, el esplendor rosado de los almendros resplandecía, y los pensamientos de la glorieta de delante de la villa explotaban con todo el espectro de colores. Lástima que tuviera que pasar el día en la fábrica gris y en el despacho igual de gris. Qué lejos le parecía de pronto la feliz infancia, cuando correteaba con sus hermanas por el parque y salía a pescar con sus amigos al prado.

Sus hijos, Leo y Dodo. Deberían ser tan libres y felices en ese parque como lo fue él. Y Marie, su Marie.

Se recompuso, aparcó como de costumbre justo delante de

la entrada y sonrió cuando dos lacayos bajaron a toda prisa la escalera.

—¿Cuándo se ha visto esto en la villa de las telas? —bromeó—. Dos lacayos, eso es más propio de la realeza.

En realidad ni Humbert ni Julius estaban disponibles al cien por cien, se ayudaban el uno al otro. Contra todo pronóstico, parecían llevarse bien.

Arriba, en el pasillo, se encontró con Lisa. Aún estaba bastante rellena, pero su atractivo se había transformado durante las últimas semanas. Ahora parecía satisfecha con el mundo, y lucía la sonrisa de una mujer feliz.

—Te ha salido a la perfección, Paul —dijo, y lo agarró de la mano, entusiasmada—. Sebastian ha llamado antes, se va a comer con Von Klippstein y quiere informarme enseguida. ¡Creo que lo hemos conseguido!

—«Conseguir» es la palabra justa —bromeó él, y alzó la vista hacia el techo—. Tu querido Sebastian es un hueso duro de roer para cualquier empresario.

Aquella apreciación le gustó tanto a Lisa que esbozó una alegre sonrisa.

—Sí, tiene sus principios.

Paul decidió que no tenía mucho sentido discutir con su hermana sobre Sebastian Winkler. Tendría que aceptar que lo quería. Punto.

—¿Cómo se encuentra mamá? —preguntó como de costumbre.

Lisa puso cara de profunda preocupación.

—Muy mal, Paul. Está fuera de sí. Sobre todo por ese artículo de la prensa. Y luego está Serafina.

—¿Qué artículo? No he leído nada malo esta mañana.

Lisa sonrió mordaz.

—Porque te saltas la sección de cultura.

Paul cayó en la cuenta de algo. ¿No había comentado Kitty hacía poco que los preparativos iban viento en popa? La inauguración estaba prevista para finales de mayo y antes harían una buena publicidad.

—¿La exposición?

—¡Exacto!

Paul respiró hondo y se preparó antes de abrir la puerta del comedor. No sería un armonioso almuerzo en familia.

Mamá ya estaba sentada en su sitio, tiesa como una vela, con un vaso de agua delante y en la mano una cuchara en la que disolvía unos polvos para el dolor de cabeza. Lisa y Paul intercambiaron una mirada de preocupación y ocuparon sus sitios. Su madre apenas les prestó atención, estaba concentrada en tragar esa sustancia blanca y amarga para enjuagarse luego la boca con agua. A continuación se aclaró la garganta, bendijo la mesa y, cuando Humbert entró con la sopera, le anunció que no iba a tomar nada.

—Solo un poquito, señora. Para que los polvos no le hagan daño en el estómago.

—Gracias, Humbert. Más tarde.

Humbert se inclinó con gesto pesaroso y sirvió la sopa a Lisa y a Paul. En cuanto salió de la estancia, Paul notó la mirada de reproche de su madre.

—Supongo que habrás leído el periódico esta mañana.

—Solo la sección de política y de economía, mamá. Volvemos a tener canciller, lo que es sorprendentemente...

—¡No cambies de tema, Paul!

—No, no he leído el artículo al que supongo que te refieres, mamá. ¿Habla de la exposición?

—Por supuesto. Paul, ¡me prometiste que evitarías esta terrible situación y aparece un artículo en el *Augsburger Neueste Nachrichten*! No puedo creer lo que ven mis ojos. Más de media página. Con tres fotografías. Un montón de palabrería sobre esa mujer de vida disipada que llevó a tu padre al borde de la desesperación.

Pese a entender su horror, no podía dejarlo pasar sin réplica.

—Por favor, mamá, la madre de Marie era una artista que vivía según normas distintas a las de los ciudadanos corrientes. ¡No me gusta que te refieras a ella como «mujer de vida disipada»!

Lisa tenía la mirada clavada en el ramo de flores que Dörthe había preparado para el almuerzo. Su madre respiró hondo y las mejillas pálidas adquirieron color.

—Bueno, ya ha llegado el momento en que se me prohíbe abrir la boca en mi propia casa. ¿Cómo describirías entonces la vida de esa mujer, Paul?

¿Por qué era tan difícil hacer entrar en razón a las mujeres cuando discutían? Si era por la condición de mujer, él como hombre estaba perdido.

—Leeré el artículo —dijo, y se esforzó por hablar con calma—. Por lo que parece, es bastante exagerado e innecesariamente largo. Pero los reporteros son una especie aparte.

Eso su madre debía aceptarlo, pues con la desdichada historia de la pobre Maria Jordan tuvieron malas experiencias con la prensa.

—Por lo demás, ya te dije que le prometí a Marie no poner objeciones a esa exposición. Sabes que sigo apreciándola mucho y no quiero herirla. Al fin y al cabo se trata de su madre.

Alicia no entendía esa deferencia. Se calló mientras Humbert servía el plato principal, asado de cerdo relleno con remolacha y patatas, pero guardó a buen recaudo su ira.

—Si de verdad crees que vas a recuperar a tu esposa cediendo a su voluntad, te equivocas, Paul. Con eso solo conseguirás que te pierda el respeto.

—Pero mamá —intervino Lisa—. Ya no vivimos en el siglo xix. Cuando la mujer tenía que someterse al hombre.

Atacada desde dos frentes, su madre defendía su posición. Apretó los labios y miró hacia la ventana con el gesto de una mujer que ha sufrido una gran injusticia por parte de sus allegados.

—El amor nace del respeto —dijo con vehemencia—. ¡Era así antes y sigue siendo así ahora!

—Respeto por ambas partes, mamá —comentó Lisa con una sonrisa amable—. A eso te refieres, ¿verdad?

—Obligar a tu marido a colmar de ofensas a su propia familia no demuestra respeto. ¡Y tampoco amor!

Paul decidió no ahondar más de momento en ese asunto y terminar el almuerzo en paz. Pero por desgracia su madre aún tenía otro tema candente en la manga.

—Te lo digo para que luego no te lleves una sorpresa, Paul: Serafina me ha anunciado su dimisión. Nos deja el viernes porque empieza en su nuevo puesto el quince de mayo.

A Paul le molestó ver una sonrisa de satisfacción en la comisura de los labios de Lisa. ¿Qué redes ocultas había tendido su hermana para echar de la casa a su desagradable examiga? Y todo a sus espaldas, claro. Esta vez incluso entendió el enfado de su madre.

—¡Vaya! ¿Así, sin más, sin un período de margen? ¿Y cuál es el nuevo puesto?

Su madre bebió otro trago de agua y luego esperó a que Humbert sirviera el postre. Pasteles de manzana calientes con crema de vainilla, ligeramente espolvoreados con azúcar glas. Por lo visto había recuperado el apetito, ahora que había dado rienda suelta a la rabia.

—Será el ama de llaves del abogado Grünling. La esposa del director Wiesler le ha conseguido el puesto.

«Vaya», pensó Paul. «Así que Kitty es la que está detrás.»

Lisa hundió con un suspiro de placer el tenedor de postre en el pastel, que ocultaba bajo una fina costra la masa dulce y blanca y los trocitos de manzana ácida.

—Humbert, ¿por qué no se sirve café?

—Disculpe, señora, ahora mismo.

Después del almuerzo, Paul se retiró al despacho que estaba justo al lado del comedor con un ejemplar del *Augsburger*

*Neueste Nachrichten.* Lo abrió sobre el escritorio por la sección de cultura, empezó a leer y se fue enfadando cada vez más con cada frase que leía.

—«... la extraordinaria pintora, un talento desconocido durante mucho tiempo, vivió entre los muros de nuestra ciudad. Nuestra querida Augsburgo puede estar contenta de contar con una artista poco común y con tanto talento. Por eso se nos plantea la pregunta de cómo se produjo la trágica muerte de una mujer tan joven. ¿Por qué tuvo que morir en la extrema pobreza Luise Hofgartner cuando tenía por delante una extraordinaria carrera como pintora? Uno se siente tentado a pensar en los artistas de Montmartre, que vivían solo por su arte, sin compromisos, se morían de hambre y se helaban y llevaban a cabo grandes obras. Luise Hofgartner también seguía su camino, se dedicaba con toda su alma a su noble arte, y por eso tuvo que naufragar. ¿Por qué no recibía encargos en Augsburgo? ¿Cómo podía ser que viviera en la miseria con su hija pequeña? No queremos acusar a nadie, pero hay que plantear la pregunta de cuál era la relación entre Luise Hofgartner y Johann M., un conocido fabricante de telas de Augsburgo...»

Paul arrugó el periódico, furioso. Qué porquería tan vil. ¿Quién había dado esos detalles a la prensa? Maldita sea, sabía que habría habladurías, pero no que esos rumores malintencionados se extenderían semanas antes de inaugurar la exposición.

Sonó el teléfono. Descolgó el auricular en un gesto mecánico, suponía que era Sebastian Winkler que quería hablar con Lisa. Le explicaría en pocas palabras que las conversaciones telefónicas entre la fábrica y la villa costaban dinero y debían reservarse para asuntos importantes.

—¿Paul? Soy yo, Marie.

Necesitó un momento para recobrar la calma.

—Marie. Perdona, no esperaba que fueras tú.

—Solo quería hablar un momento contigo, ya sabes que mi pausa para el almuerzo es muy breve. Es por el artículo.

—Ah, ¿sí? —repuso él, enfadado—. ¿Has encargado tú esa porquería?

Los nervios le estaban traicionando, debía de ser por los disgustos que acumulaba desde la mañana. Marie se asustó, pues se quedó callada.

—No, no fui yo. Al contrario, quería decirte que no tengo nada que ver con esa presentación.

—Entonces, ¿por qué no lo evitaste? —le reprochó él—. Me he esforzado mucho por hacer concesiones. ¿Así me lo agradeces? ¿Con una venganza póstuma de Luise Hofgartner contra los Melzer?

—Ya entiendo —dijo ella a media voz—. No ha cambiado nada.

Paul notó que la rabia se desinflaba. ¿Por qué la había increpado de esa manera? ¿Acaso Marie no había llamado para decirle que no era culpa suya? Tenía que decirle que se alegraba de su llamada. Que se pasaba todo el tiempo esperando una señal por su parte. Sobre todo, que esa maldita exposición era lo que menos le importaba. Se trataba de ellos dos. De su amor. De su matrimonio. Las frases se solapaban en su cabeza, y como no estaba seguro de cómo empezar, no le salió nada por la boca.

—Tengo que volver al trabajo —dijo Marie con frialdad—. *Adieu.*

Antes de que pudiera contestar, Marie había colgado. Paul se quedó mirando el auricular negro en la mano como si fuera un asqueroso reptil y le pareció oír que una roca se desmoronaba. Sus esperanzas ya no descansaban sobre un edificio firme: un soplo de viento y todo se venía abajo.

# 39

—Té para la señora Von Hagemann y dos cafés —gritó Humbert hacia la cocina.

Fanny Brunnenmayer se levantó para retirar el hervidor del fuego, la bandeja ya estaba preparada en la mesa.

—Rosa sí que sabe —comentó Gertie con envidia—. Ella toma el café arriba con los señores, y luego baja con nosotros y se toma una taza grande de café con leche.

—Si te divierte pasar las noches con ese gritón pegado a la oreja —repuso Humbert, que no era muy amigo de los bebés.

Gertie tuvo que hacerlo durante unos días, antes de que Rosa Knickbein acudiera como niñera a la villa, y bajo ningún concepto quisiera repetirlo.

—No, gracias —dijo, y se echó a reír—. Prefiero ser doncella.

Lo había conseguido. A partir del mes siguiente entraría al servicio de la señora Von Hagemann como doncella. Primero de prueba durante tres meses, y si daba buen resultado tendría ese puesto fijo. ¡Todo un triunfo! Ese curso tan caro había valido la pena. Se acabó ser ayudante de cocina, había ascendido y estaba decidida a seguir así.

—Dios mío, si haces como Marie, en veinte años tal vez puedas casarte con el pequeño Leo y ser la señora del director Melzer —bromeó Else con malicia.

A nadie le sorprendía que Else sintiera envidia de Gertie. A fin de cuentas, en treinta años no había llegado más que a criada.

Dörthe entró en la cocina, se había quitado los zuecos de madera delante de la entrada del servicio y se había puesto las zapatillas de fieltro; la cocinera ya la había amenazado dos veces con darle con el cucharón en las orejas si volvía a verla en la cocina con los zuecos embarrados.

—¿Has olido el café? —preguntó la señora Brunnenmayer, bondadosa—. Primero lávate las manos, vas sucia de arriba abajo.

Dörthe sonrió y se dirigió al fregadero. Estaban a principios de mayo, y se pasaba en el parque de primera a última hora. A veces la ayudaban Humbert o Julius porque no podía cortar sola las superficies de césped que brotaban en abundancia. Sin embargo, casi todo lo hacía sin ayuda, cortaba los arbustos, limpiaba los caminos pedregosos, plantaba los bancales y arrancaba las malas hierbas. Incluso había empezado a filtrar uno de los grandes montones de compost para repartirlo por los bancales.

—Unas cuantas ovejas mantendrían los prados segados. Y además los abonarían —comentó.

Agarró la taza de café con ambas manos y se la llevó a la boca. Hizo ruido al beber; después de comer eructaba, y también se rascaba sin miramientos sitios de los que ni siquiera se podía hablar. Todo eso le parecía normal. Pero como por lo demás era muy afable, aunque un poco torpe, se reían de ella y no se lo tomaban a mal.

—Puedes esperar sentada a que el señor Melzer tenga un rebaño de ovejas —se rio Else.

Humbert cogió la bandeja con los servicios de té y café y las fuentes de dulces y se la llevó al pie de la escalera. Julius seguía arriba, en el lavadero, limpiando zapatos. Abril se había despedido con sol, pero mayo regaló muchas lluvias a la tierra, que como es sabido fomentaban el crecimiento de las plantas.

—Ya la tenemos otra vez encima —comentó Dörthe al tiempo que señalaba con el pulgar la ventana de la cocina por encima del hombro.

En efecto, cada vez estaba más oscuro. Gertie, que quería fregar rápido otra olla, tuvo que poner atención para no dejarse ningún resto de leche quemada.

—Se avecina una tormenta —comentó Else, temerosa—. ¡Ahí! Se ha visto un destello en las nubes.

—Las lluvias de mayo son una bendición —comentó Gertie con una breve mirada al exterior. Acto seguido volvió a meter la olla en el fregadero y se secó las manos en el delantal—. ¡Mirad! —gritó, y se acercó a la ventana—. Ahí va corriendo. ¡Con una maleta y una bolsa de viaje!

Todos lo entendieron salvo Dörthe. Humbert les había dicho unos días antes que el ama de llaves había dimitido.

—¡Por todos los santos! —exclamó la cocinera—. ¡Ojalá sea cierto, Humbert!

Todos se pegaron a la ventana de la cocina, Dörthe con su taza de café y Else, que estaba untando mantequilla en el pan, con el cuchillo en la mano. También Julius, que había ido a la cocina una vez terminada su tarea, se sumó a los demás.

—¿Qué ocurre?

—Puaj, hueles a cera de zapato, Julius.

—¡Apártate, Dörthe! ¡Tapas la vista a todo el mundo!

—¡He preguntado qué pasa aquí!

—¡Von Dobern se larga!

—¿En serio?

—Sí. Lleva un abrigo. Y sombrero.

Se hicieron todos a un lado y Julius abrió la ventana. La antigua ama de llaves ya había llegado al camino y se alejaba a toda prisa.

—El abrigo se lo ha regalado la señora Alicia —afirmó

Else, enfadada—. Y el sombrero también. Solo los zapatos desgastados los trajo ella.

—Se merece esa cosa anticuada —comentó Gertie—. ¡Ese sombrero no lo quiero ni regalado!

Todos se estremecieron cuando se oyó un potente trueno. Justo después sopló una ráfaga de viento en el parque que sacudió los abetos rojos y arrancó las ramas de las hayas y los viejos robles. En algún lugar del patio se oyó un golpe.

—Dios mío —dijo Dörthe—. La azada buena.

Los rayos atravesaron el cielo oscuro, líneas dentadas brillantes y blancas.

—Espero que no caigan sobre quien yo me sé.

—Quien a buen árbol se arrima...

—Tal vez le caiga un árbol en la cabeza.

—¡O un rayo!

—Ahora que se va, da igual.

—Más vale tarde que nunca —masculló Julius.

El cielo se compadeció de la señora Von Dobern, pues los rayos se alejaron. En cambio se desató una intensa lluvia y tuvo que cobijarse del diluvio bajo un arce.

—Hasta los huesos. Le está bien empleado. Se lo merece.

—Cerremos la ventana o entrará el agua —dijo Julius.

—¡Jesús, mi masa de pan! —se lamentó la cocinera—. Se habrá enfriado y ya no valdrá. Todo por esa bruja.

Julius cerró la ventana y se inclinó hacia delante para ver, pero la lluvia era tan intensa que apenas se reconocía el bancal cerrado que había en medio del patio. Dörthe se quejó de que ese maldito aguacero iba a arruinar sus nomeolvides y sus pensamientos y estaba inundando los clavelones recién plantados, pero nadie la escuchó. Humbert había regresado y envió a Else arriba porque había una cesta de ropa de bebé que había que llevar al lavadero.

—Von Dobern ha recogido esta mañana su habitación y ha hecho las maletas a la chita callando —comentó Humbert—. Pero yo me he dado cuenta.

—Ni siquiera se ha despedido de nosotros —dijo la cocinera negando con la cabeza.

—Se lo puedo perdonar —comentó Gertie.

—Pero eso no se hace.

Else volvió a la cocina jadeando. Se había dado mucha prisa con la cesta de la colada para no perderse nada.

—Está lloviendo a cántaros. Y cómo truena —dijo con un suspiro, y se sentó en la mesa con su taza de café.

—Qué lúgubre —murmuró Julius.

Gertie se encogió de hombros y tomó una rebanada de pan con mantequilla.

—No es más que una tormenta —dijo, y untó la mermelada de fresa sobre la mantequilla—. Debajo de ese árbol no debe de estar muy cómoda. Pero ya se secará cuando esté con su nuevo patrón.

—Grünling —dijo la cocinera con desdén—. ¿Qué querrá ese hombre de alguien como ella? Ese solo va detrás de las jovencitas de pechos tersos y muslos duros.

Humbert hizo un gesto de desesperación y metió la nariz en su taza de café. Gertie se rio encantada. Else se tapó la boca con la mano. Julius sonrió satisfecho y le pareció una broma muy conseguida.

—El señor abogado no quedará muy complacido con Von Dobern —dijo, no sin envidia.

Gertie terminó de masticar mientras miraba con aire de superioridad al grupo.

—De todos modos, los señores de más de cincuenta ya no funcionan —aclaró, y bebió un trago largo de café con leche—. Como mucho se le pone dura la espalda, pero nada más. Y como no quieren quedar en ridículo delante de las chicas jóvenes, se buscan una dama comprensiva de su misma edad, con principios firmes y un moño piadoso en la nuca. Un fruto de la fe.

Se oyeron risas. A la señora Brunnenmayer le hizo gracia lo del «fruto de la fe». De pronto se vio un rayo deslumbrante y durante unos segundos el parque y el paseo se tiñeron de una fantasmagórica luz azul. El trueno que siguió fue tan potente que a Else se le cayó de la mano la rebanada mordida. Humbert se quedó blanco como una sábana. Se deslizó de su asiento y se acurrucó tembloroso en el suelo.

—Un impacto... diana... a los fusiles... ataque.

—¡Humbert! ¡La guerra terminó hace tiempo!

Fanny Brunnenmayer se arrodilló a su lado y se puso a hablarle, pero él se tapaba los oídos y balbuceaba todo tipo de locuras. Volvió a tronar, luego oyeron que se abría la puerta del patio. Una figura con una capa gris para la lluvia apareció en la cocina chorreando, con la capucha puntiaguda cubriéndole el rostro. Era una aparición de otro mundo, pues Maria Jordan, que antes llevaba una capa como esa, ya no se encontraba entre los vivos.

Else se puso a gritar histérica, Julius se llevó las manos al cuello, a Gertie se le congeló la mirada. Solo Dörthe, que no había visto a Maria Jordan con vida, dijo en tono afable:

—Buenos días tenga usted.

—Buenos días —dijo Hanna, y se bajó la capucha—. Qué tiempo más terrible.

Else relajó el cuerpo y se apoyó en la pared, y Julius soltó el aire acumulado en los pulmones con un silbido.

—Jesús bendito —exclamó Gertie—. Nos has dado un buen susto. ¿De dónde has sacado esa capa?

—La he comprado al ropavejero, ¿por qué?

Gertie dudó, pues en realidad le daba vergüenza haberse comportado como una tonta. Pero no era la única.

—Por un momento hemos creído que Maria Jordan había resucitado.

—¡Cielo santo! —dijo Hanna, aterrorizada.

Luego se quitó a toda prisa la capa empapada y fue acorriendo hacia Humbert, lo agarró de los hombros y le susurró algo al oído. Vieron que él se relajaba, inclinaba la cabeza hacia atrás e incluso sonreía. Seguía pálido, pero se le iba pasando. Hanna hacía magia. Por lo menos con Humbert.

Julius se había levantado para observar con detenimiento la capa para la lluvia. La miró por delante y por detrás, la sujetó delante extendida y estudió también el interior.

—Podría ser —murmuró.

Suspiró y colgó la prenda del gancho.

—Podría ser que ese maleante le diera sus cosas al ropavejero —murmuró la señora Brunnenmayer, que lo había estado observando—. Qué canalla ese Sepp. Le clava un cuchillo en la barriga y deja que otro vaya a la cárcel.

Julius se sentó en silencio a la mesa, con la mirada perdida al frente. Apenas había hablado del tema desde que regresó a la villa. Todos sabían por la prensa que la policía había detenido al verdadero asesino. Se trataba de Josef Monzinger, el marido. Por lo visto llevaban años separados, pero él la acosaba y quería dinero de ella. La policía había encontrado en la habitación que tenía alquilada varios cofres con joyas valiosas propiedad de la muerta, además de gran cantidad de dinero. Sepp estaba como una cuba cuando lo detuvieron, lloraba a moco tendido y no paraba de decir que se arrepentía de lo que había hecho.

—Y ahora que Sepp se pasará el resto de su vida entre rejas, ¿quién se quedará con todo ese dinero? —reflexionó Gertie.

Nadie lo sabía. Tal vez Maria Jordan tenía parientes. O quizá hijos.

—¿Es que tenías la esperanza de casarte con ella, Julius? —preguntó Else sin mucha consideración—. No parabas de rondarla desde que era rica.

Julius se la quedó mirando en silencio y enfadado, así que a Else le dio miedo y le aseguró que no quería decir eso.

—Tienes el carácter de un perro carnicero, Else —la reprendió la señora Brunnenmayer.

No solían hablar de ese tema porque Julius les daba lástima. El tiempo que pasó en prisión pensando que acabaría en la horca por asesino lo había afectado mucho. Pese a que todos estaban convencidos de que coqueteaba con la señorita Jordan por puro interés, había pagado un precio demasiado alto.

Sin embargo, el hecho de que Julius examinara la capa de lluvia y luego soltara un profundo suspiro era una señal de que también sentía afecto por ella.

—No tenía que ser así —dijo a media voz, y apoyó la barbilla en las manos—. La vida es un juego, y el destino mezcla las cartas. No se pueden cambiar, tampoco sirve de nada hacer trampas, hay que aceptar lo que te toca.

—Jesús. ¿Has estado con poetas, Julius?

Miró hacia Gertie y dijo que podría ser.

—Un día escribiré mis memorias, ¡y os sorprenderé a todos!

Gertie cogió la última rebanada de pan y quiso servirse café, pero la cafetera ya estaba vacía.

—¿De qué quieres escribir? ¿De tus amoríos, tal vez? Madre mía, tan atrevido no será.

Julius hizo un gesto de desdén y levantó las cejas.

—Escribiré sobre mi experiencia en el trato con los nobles señores. ¡Y creo que encontraré lectores interesados!

Nadie en la mesa mostró entusiasmo, ni siquiera Else, que, como había descubierto Gertie hacía tiempo, en sus días libres escribía novelas románticas en las que solo aparecían nobles.

—Eso no está bien —juzgó la señora Brunnenmayer—. Dejar expuestos a los señores y difundir habladurías. ¡Ya me da pena el señor Von Klippstein por haber acogido en su casa a semejante persona!

Julius hizo un gesto de desprecio con la mano, pero se lo veía un poco preocupado. Ernst von Klippstein le había ofrecido mudarse con él a Múnich para ocupar el puesto de criado en su nueva casa de Pasing. Julius había aceptado con alegría, pues temía, y con razón, no encontrar otro puesto en Augsburgo.

—Era una broma —dijo al grupo—. Por supuesto, jamás se me ocurriría cometer semejante indiscreción.

Dado que salvo Fanny Brunnenmayer y Humbert nadie entendía esa palabra, asintieron y se quedaron pensando. Era el momento de volver al trabajo. Había que preparar la cena, cocer los pies de cerdo para el día siguiente y dejarlos enfriar, y aún había que fregar. Gertie tenía que limpiar y engrasar la cocina. Else tenía que lavar las cosas de los niños y colgar la ropa de cama porque la lavandera no iba hasta el lunes.

—¿Sigue lloviendo? —preguntó Else.

La lluvia había remitido, de vez en cuando incluso se colaba un tímido rayo de sol entre las nubes. El parque parecía recién crecido. El follaje y el césped brillaban, el azul y el lila de los pensamientos era más intenso que antes, y entre ellos resaltaba el cálido amarillo del clavelón.

—El Señor ha regado las plantas por mí —dijo Dörthe—. Voy a plantar los últimos clavelones y a remover los bancales que hay junto a la pared. Ahora la tierra es como mantequilla.

Se quitó las zapatillas de fieltro con energía y se dirigió a la puerta del patio. Acto seguido se oyó un ruido en el salón rojo: había que recoger el servicio del café.

—Ya voy, Humbert —dijo Julius, y se fue corriendo.

—A veces hasta puede ser agradable —comentó Gertie con una sonrisa—. Lo echaremos de...

Llamaron a la puerta del patio. Todos los que estaban en la cocina dieron un respingo.

—¿No habrá vuelto? —susurró Gertie.

—¿Von Dobern? —cuchicheó Else—. Dios no lo quiera.

Fanny Brunnenmayer ya iba de camino a la despensa. En ese momento se detuvo y negó con la cabeza al oír la estúpida broma.

—Es Franzl Kummerer, de la fábrica de harina Lechhausen. Abre, Dörthe. Y dile que tenga cuidado con el escalón, que no tropiece con el saco al hombro como la última vez.

—Buenos días, señor —oyeron decir a Dörthe.

Gertie, que se apresuró a dejar su taza en el fregadero, sonrió. Había llamado «señor» al chico del saco de harina. Seguro que incluso le había hecho una reverencia.

—Buenos días a usted también —dijo alguien en la puerta—. Estoy buscando a Fanny Brunnenmayer. ¿Sigue trabajando aquí?

La cocinera se quedó petrificada delante de la despensa, como si alguien hubiera dicho una palabra clave.

—¡Virgen santa! —se oyó exclamar a Else—. No puede ser cierto. Es... es un espíritu. O... ¿eres tú de verdad?

—¡Robert! —dijo la señora Brunnenmayer, y se atrevió a darse la vuelta. Se llevó la mano a la frente como si tuviera que colocar algo dentro de su cabeza—. ¡Sí, Robert! ¡Déjame que te vea!

Entró en la cocina un caballero vestido con elegancia, se quitó el sombrero y se rio del susto que se habían llevado las dos mujeres. Gertie se enamoró al instante. Qué hombre tan bien parecido. Unos cuantos hilillos grises en el cabello rubio oscuro, bien afeitado, la nariz no demasiado grande, los labios estrechos pero sensuales.

Le dio un abrazo sin rodeos a la cocinera, como si fuera su madre o su abuela, y luego hizo lo mismo con Else, que casi se desmaya de la vergüenza.

—Estaré unos días en la bella Augsburgo —explicó—. Y no podía irme sin visitar de nuevo esta cocina.

Se volvió hacia Hanna y Humbert, que lo observaban con asombro y cierta desconfianza.

—Serví aquí hace años —aclaró él—. Por cierto: Robert Scherer.

Les tendió la mano por encima de la mesa, y parecía de muy buen humor. Se comportaba con total naturalidad. Dio una vuelta por la cocina, estudió armarios y estantes, sacó una olla, un plato, y luego volvió a dejar las cosas en su sitio.

—No ha cambiado mucho —comentó—. Todo está como antes.

—Siéntate —ordenó la señora Brunnenmayer—. ¿O ahora eres demasiado fino para sentarte con nosotras en la cocina?

Él se echó a reír, se desabrochó la chaqueta, dejó el sombrero encima de la mesa y se sentó en el banco.

—Vengo de un país donde ya no existen las diferencias de clase. Lo que no significa que todas las personas sean iguales.

Se puso a hablar de América. Un mundo nuevo y desconocido al que viajó con el corazón herido pero empujado por su espíritu emprendedor.

—No, no es la tierra de las posibilidades infinitas, Else. Para la mayoría significa pasar hambre y trabajar mucho a cambio de un salario miserable. Pero quien tiene el valor de probar algo, tiene su oportunidad. —Bebió el café con leche recién servido y esbozó una sonrisa de felicidad—. Igual que antes. Entonces nos sentábamos juntos a charlar en esta misma mesa.

Gertie no salía de su asombro con todo lo que salió a la luz. Sin duda, había oído hablar de las extraordinarias cualidades de Eleonore Schmalzler, pero ese invitado inesperado contó un montón de historias sobre ella. También de la ayudante de cocina Marie, que al principio lo hacía todo mal y la señora Brunnenmayer la reñía enfadada. Más tarde, Marie conquistó la villa de las telas como doncella. Robert ya sabía que ahora era la señora Melzer. Y también muchos otros sucesos de la villa.

—¿Que cómo lo sé? Bueno, durante años intercambié cartas con la señora Schmalzler.

«Qué raro», pensó Gertie mientras miraba de soslayo a Robert Scherer. Se reía mucho, pero al mismo tiempo parecía un poco triste. ¿Por qué había vuelto de América?

—Entonces, ¿ha tenido suerte en América?

Robert le sonrió, y a ella casi le da un vuelco el corazón.

Vaya, ya estaba otra vez. Conocía esa sensación que se apoderaba de la razón y la llevaba a cometer insensateces. Hasta entonces, cada vez que se había enamorado, había acabado mal.

—He tenido éxito, Gertie —dijo, y ella se derritió al ver que recordaba su nombre—. Sí, podría decirse que he conseguido bastantes cosas. Soy independiente y no necesito controlar cada penique. Si a eso lo llamas suerte, ¡entonces soy afortunado!

Se rio de nuevo, pero a Gertie le pareció un tanto artificial. ¿Era una costumbre americana la de reír sin parar? ¿Como si la vida entera fuera una broma?

Cuando Else le contó la terrible muerte de Maria Jordan, dejó de reír. La conocía bien, y se mostró afligido.

—Siempre fue una mujer fuera de lo común —comentó—. A veces nos echaba las cartas. También tenía sueños. Ay, es horrible.

Se terminó su café y luego comentó que no quería distraerlos más del trabajo. Había sido bonito volver a ver a la señora Brunnenmayer y a Else. Y tenía pensado pasarse a ver a los Bliefert.

—Quiero saludar a Auguste sin falta antes de continuar mi viaje.

No dijo adónde iba, pero Gertie supuso que de vuelta a América, ya que ahí tenía éxito y había encontrado su suerte.

«Tal vez sea mejor así», pensó. De todos modos, solo le habría traído preocupaciones.

—Os deseo lo mejor a todos. A todos y a cada uno.

Les dio la mano, les sonrió y se puso el sombrero antes de llegar a la puerta.

En el patio lo esperaba un automóvil de un color rojo brillante extraordinario, con los asientos negros y los neumáticos blancos.

—Un Tin Lizzie —dijo Humbert con envidia—. El «cacharro de hojalata».

# 40

Marie se sintió indispuesta durante todo el día. Cerró el atelier dos horas antes de lo acostumbrado, envió a los empleados de fin de semana y procuró poner un poco de orden en su despacho antes de ir a Frauentorstrasse. La cabeza le retumbaba, sentía un martilleo en las sienes y tenía las manos heladas.

«La circulación», pensó. No era de extrañar, pero eso no ayudaba. «He dado mi consentimiento y ahora las cosas siguen su curso. A lo hecho, pecho.»

Después de ordenar por segunda vez un montón de pedidos, se desplomó en la silla y apoyó la cabeza en las manos.

Esa tarde se inauguraba la exposición «Luise Hofgartner, artista de Augsburgo». ¿Por qué se alteraba tanto? Estaba decidido desde hacía meses, y al principio sintió una gran alegría. Pero el día de la inauguración le podían los nervios. Quizá fuera porque todas sus clientas le habían hablado del «gran acontecimiento». Aquella tarde asistirían al evento acompañadas de maridos, suegros, tíos y abuelas, y por supuesto de buenos amigos. Todos sabían gracias a ese excelente artículo quién había sido Luise Hofgartner y que Marie Melzer era su hija. Se rumoreaba que «el viejo Melzer» había obligado a hacer todo tipo de cosas deshonestas a la viuda de su antiguo socio

Burkard. Sus clientas no lo mencionaban por discreción, pero Marie tenía muy claro que se les pasaban esas cosas por la cabeza. Ay, en ese momento habría dado cualquier cosa por poder cancelar la exposición.

Marie se reprendió y se obligó a pensar en el futuro. Cómo podía ser tan cobarde. ¡Cancelar la exposición! Así no se haría justicia a Luise Hofgartner. Su madre había sido una mujer valiente, ahora ella no podía escurrir el bulto.

Se tomó un remedio para el dolor de cabeza, se puso el sombrero y la chaqueta del traje. El sol del mediodía resplandecía en los cristales de la tienda y tuvo que parpadear cuando abrió la puerta, luego se dirigió presurosa a la parada del tranvía.

—¡Saludos, señora Melzer! —gritó alguien desde un automóvil—. ¿Quiere que la lleve?

Cuando reconoció a Gustav Bliefert, no pudo rechazar la oferta.

—Es usted muy amable. Sí, a Frauentorstrasse. ¿Cómo está? ¿Cómo va la jardinería?

De pronto estaba muy contenta de poder hablar con él, pues su carácter tranquilo le aplacó los nervios.

—Va muy bien —le informó él, orgulloso—. Primero los esquejes, que volaron como el pan recién cortado. Y ahora llegan las flores. Liese hace ramos, y hay que verlo para creerlo. Le salen mucho mejor que a Auguste. En el mercado la gente se pelea por nuestros arreglos.

«Liese», pensó Marie. ¿Le habrían explicado a la niña que Gustav no era su padre? ¿Y le gustaría que se lo contaran? ¿Quién podía saberlo?

Gustav detuvo el coche delante de la casa y bajó a toda prisa para abrirle la puerta a su invitada.

—Y gracias de nuevo por acordarse de nosotros. Maxl y Hansl están muy orgullosos de llevar la ropa de Leo.

—Me alegro mucho —dijo Marie mientras bajaba del coche—. Yo le agradezco que me haya traído en este coche tan bonito.

Gustav sonrió henchido de orgullo y cerró la puerta del automóvil.

—Cuando quiera, con mucho gusto, señora Melzer. Esta tarde también queremos ir, Auguste y yo. En la prensa dicen que es el acontecimiento del año.

Marie le sonrió y tuvo la angustiante sensación de que sus dos buenos amigos se escandalizarían con los cuadros de su madre. Bueno, no serían los únicos.

Henny ya estaba en la puerta, impaciente, y se puso a dar brincos. Luego se estiró el vestidito rosa por ambos lados para que se inflara como si fueran dos alas.

—Tía Marie... tía Marie. Mamá no quiere que baile esta tarde, pero en el colegio puedo bailar como el ave del paraíso.

En Santa Ana recibieron a los nuevos alumnos después de las vacaciones de Pascua con una preciosa actuación, y Henny participó entusiasmada. Ahora albergaba la esperanza de ser una bailarina famosa algún día.

—Esta tarde no se baila, Henny. Los asistentes solo miran los cuadros, los comentan y luego se van. Será muy aburrido, no es para niños.

Sin embargo, Henny no iba a renunciar a sus planes así como así. Hizo un gesto de desconfianza con el mentón y miró a Marie con sus enérgicos ojos azules.

—Pero Leo puede tocar el piano en la villa de las telas.

—Y tú puedes bailar allí, Henny. Pero esta tarde estaremos en la sala de exposiciones de Hallstrasse.

Henny no podía objetar mucho, así que arrugó la nariz y se dispuso a confirmar lo que ya había conseguido.

—Entonces en la villa puedo bailar, ¿verdad? ¿En el baile de verano?

—Será mejor que lo aclares con tu mamá, Henny.

La niña soltó un profundo suspiro y luego dio media vuelta para que se le inflara la falda.

—Mamá hoy está nerviosa.

«No me extraña», pensó Marie. Al fin y al cabo, ella lo había organizado todo. Su querida Kitty tenía buenas intenciones, lo había hecho por ella. Y, por supuesto, por el arte.

—Voy a verla —le dijo a Henny con una sonrisa—. A lo mejor puedo calmarla.

Kitty estaba sentada en la silla de mimbre con el teléfono en el regazo y el auricular al oído. Cuando entró Marie, le hizo un breve gesto con la cabeza y otro con la mano, y siguió hablando.

—... por supuesto que la señora Melzer estará disponible para una entrevista con ustedes... ¿Cómo? ¿Del *Nürnberger Anzeiger*? Estupendo, siempre procuramos fomentar la cultura en las provincias... Sí, inauguramos a las siete de la tarde. Habrá algo de beber y un bufet... No, la prensa no podrá entrar antes... Yo también se lo agradezco. ¿Cómo se llamaba? ¿Zeisig? Muy amable... Hasta luego, entonces, señor Reisig.

Colgó el auricular en la horquilla y dejó el aparato en la mesa de latón, que cojeaba.

—¡Cielo santo, Marie! —exclamó con un brillo de entusiasmo en los ojos—. Imagínate: vendrá la prensa de Núremberg. Y también de Múnich. De Bamberg viene un escultor con su cuñado, que es periodista. Y no te lo vas a creer: hasta Gérard va a viajar a Augsburgo por la exposición. Con su joven esposa, porque están de luna de miel. A decir verdad, a esos dos me los podría ahorrar. Sobre todo a Gérard, ese cobarde. Su mujer no tiene la culpa, la pobre más bien me da lástima.

Marie se desplomó en una silla, exhausta, y se tapó los oídos.

—Por favor, Kitty, cállate un momento. Tengo los nervios...

—¿Y te crees que yo no? —gimió Kitty—. ¿Qué haré cuando tenga a Gérard delante de las narices? Arrastra a su mujer hasta aquí. ¿Debo hablarle de nuestras noches de amor en París?

Se abrió la puerta y apareció Gertrude con una olla sopera humeante.

—Ahora hay que comer algo, señoras artistas. Consomé de ternera con pasta rellena, que reconforta el cuerpo y el espíritu.

Marie se levantó para poner el salvamanteles de madera en la mesa y repartir los platos de sopa. Kitty estiró los dos brazos y soltó un quejido.

—No puedo tomar nada, Gertrude. Llévate la sopa, por el amor de Dios.

—¡Ni hablar! —gruñó Gertrude, y sacó el cucharón del cajón del armario—. Esta tarde se beberá champán, así que a comer si no queréis caeros redondas con la primera copa.

Kitty repuso que podía beber botellas de champán sin emborracharse, como mucho acababa un poco achispada, pero en todo caso dueña de sus sentidos.

—Muy bien, me siento, pero no voy a comer nada. ¿Y los niños?

—Leo sigue en casa de los Ginsberg y Dodo está trasteando por el desván. Comerán cuando las dos hayáis salido de casa. Les he prometido tortitas con compota de manzana.

—¡Calla! —dijo Kitty, y se llevó una mano al estómago—. Solo de pensarlo...

Sin embargo, al final se dejó convencer y tomó unas cucharadas de caldo y una pieza minúscula de pasta rellena, de bebé, por así decirlo. Tal vez media más, y como la otra mitad había quedado huérfana, también tuvo que comérsela.

—Ya me encuentro mejor —dijo, y se reclinó de nuevo en la silla, aliviada—. Ayer estuvimos trabajando hasta bien entrada la noche. Pero ahora todo ha quedado precioso colgado, Marie. Te encantará. Cuando llegas, la mirada se posa en el cuadro de las montañas azuladas. Los desnudos los hemos puesto en la sala contigua. Dios, ya sé lo pudorosas que son las damas de Augsburgo. Y esos retratos aburridos están al otro lado, en el pabellón.

Marie no dijo nada. Había dejado la organización en manos de Kitty y sus conocidos, que tenían un compromiso desinteresado con la exposición. Pero, por supuesto, habría preferido presentar primero los cuadros más conservadores, los retratos y los paisajes procedentes de diversas colecciones privadas de Augsburgo. Su madre los pintó cuando falleció Jakob Burkard y estaba necesitada de dinero.

—Ya lo verás, Marie, ¡será un éxito! Los de Múnich se pondrán verdes de envidia. Estoy ansiosa por saber si por lo menos viene Lisa. Aún no ha dicho nada.

Tilly había llamado el día anterior para decir que no podía viajar a Augsburgo para la inauguración porque tenía un examen importante dentro de poco.

—A la futura señora Von Klippstein la disculpo —dijo Kitty—. Pero Lisa... estaría bien que viniera. Tal vez convenza a su querido Sebastian. Es un hombre valiente, en realidad no me parece tan mal. Visto desde fuera... Dios, no es un Adonis. Y si me lo imagino sin camisa...

—¡Kitty! —la reprendió Gertrude—. Nadie en esta mesa quiere saberlo.

Marie se obligó a comer un poco de sopa con una pieza de pasta rellena y dejó hablar a Kitty. Su voz sonaba más apagada que antes. Luego pensó en Paul. Por supuesto, no asistiría a la inauguración, no podía hacerle eso a su madre, sobre todo después de ese artículo horrible. Se puso furioso al teléfono, incluso le quitó la palabra, fue muy maleducado. Se mostró autoritario, y a ella le quedó claro que el abismo que se había abierto entre ellos aún existía. Incluso se había hecho más profundo y abrupto. Un abismo que ya no se podía cerrar, que separaba su amor, su matrimonio y hacía imposible la reconciliación. ¿Cómo iba a vivir con un hombre que menospreciaba a su madre? ¿Que se avergonzaba de sus orígenes?

—¿Sabes, Marie? Cuando todo esto haya pasado y vosotros dos os hayáis reconciliado, nos mudaremos todos a la villa de las telas.

Marie abandonó sus cavilaciones y miró a Kitty, perpleja. ¿Qué acababa de decir? ¡Ay, Kitty!

—¿Te sorprende? —repuso Kitty, divertida—. Lo he estado pensando mucho, Marie. Si Tilly es tan desconsiderada como para casarse con Klippi y mudarse con él a Múnich, yo tampoco quiero causarle problemas a mi querida Gertrude.

Agarró del brazo a Gertrude, que se había quedado muda, con tanta fuerza que a punto estuvo de caérsele la pasta de la cuchara al mantel.

—Tú tienes que estar con Tilly, Gertrude. A fin de cuentas, es tu hija y te necesita. Yo también tengo madre, y por eso quiero mudarme de nuevo con mi pequeña Henny a la villa. Ahora que esa bruja de Serafina se ha despedido, ya no se interpone nada en mi camino.

—Qué planes tan bonitos —comentó Marie con una sonrisa indulgente.

Conocía a Kitty lo suficiente como para saber que al día siguiente se le podría ocurrir otra idea distinta, así que no valía la pena discutir. Gertrude también lo sabía, así que siguió comiendo con calma y solo dijo que en Frauentorstrasse se sentía muy a gusto.

Sonó la campanilla de la entrada y oyeron a Henny bajar la escalera dando saltos y abrir la puerta.

—Sí, es correcto. Puede dármelo a mí.

Acto seguido apareció en el salón un enorme y colorido ramo de flores de verano, y debajo estaba Henny.

—Mamá, está esperando la propina.

—¡Ay, Dios mío! —exclamó Kitty, que se levantó de un salto para pagar al mensajero—. Ya llegan las primeras felicitaciones, Marie.

—Ni siquiera tenemos jarrón para semejante ramo —gruñó Gertrude, que lo había cogido—. Dentro hay una tarjeta.

Marie, que se había hecho todo tipo de ilusiones alocadas y absurdas, se llevó una decepción. El ramo de flores no era para ella. Era para Kitty.

—¿Qué, para mí? Espero que no sea de Gérard, porque tiraré esos hierbajos por la ventana.

Kitty sacó la tarjeta con impaciencia del sobre, leyó por encima las pocas líneas que había escritas y luego hizo un gesto de confusión con la cabeza.

—Ni idea de quién es. Alguien me está gastando una broma.

Marie no sentía curiosidad. Se levantó y anunció que iba a cambiarse y que luego quería ir andando a la sala de exposiciones.

Kitty metió la tarjeta en el sobre.

—Ni hablar, Marie. Iremos juntas en mi coche. En diez minutos estoy lista. Gertrude, hazme el favor de poner esas flores en un recipiente con agua.

—Siempre con prisas —murmuró Gertrude—. Solo son las cinco y diez.

Marie no tuvo que pensarlo mucho: se pondría el vestido negro. Le llegaba hasta las pantorrillas, con un corte ceñido y escote en forma de uve, un poco atrevido. Y el collar de perlas blancas largo, con dos vueltas al cuello, a la moda. Zapatos de tacón negros. Una chaqueta ligera y un sombrerito colocado en diagonal.

Kitty eligió un vestido blanco, por supuesto, de seda con un fino bordado en los puños, hasta las pantorrillas, y unas sandalias blancas con cierres y tacón. Observó a Marie con la frente arrugada.

—Parece que vayas a un entierro, tan de negro.

De hecho, Marie también se sentía así, pero eso no tenía por qué decírselo a Kitty.

—Y tú parece que vayas a una boda.

A Kitty le hizo gracia la broma, se rio y dijo que solo le faltaba la corona de mirto, aunque de todos modos nunca había llevado.

Por supuesto, el coche de Kitty hizo de las suyas, dio sacudidas, olía a goma quemada y escupió agua, así que por un momento Marie lamentó no haber ido a pie. Pero Kitty le hizo algunos truquitos con tanto cariño que Marie no tuvo valor para bajar del coche.

—¿Ves? ¡Lo hemos conseguido! —exclamó Kitty en tono triunfal cuando pararon delante del club de arte—. Y aún falta media hora para que empiece.

No había mucha gente en la sala, y la zona del jardín, una antigua propiedad del banquero de Augsburgo Euringer, estaba tranquila bajo la luz cálida del sol de la tarde. Los viejos árboles alzaban protectores sus ramas sobre el antiguo pabellón, que volvía a utilizarse para exposiciones.

—A lo mejor no viene nadie —dijo Marie, esperanzada.

Sin embargo, en cuanto llegaron al pasillo de la entrada empezaron a oír voces, tintineo de vasos. Marc se les acercó; llevaba su pelo rubio muy pegado, seguramente embadurnado con gomina.

—Los buitres de la prensa ya están ahí. Quieren hablar con Marie. La esposa del director Wiesler espera al teléfono... y Roberto está como una cuba.

Les dio un abrazo, primero a Kitty, luego a Marie, y las empujó a las dos hacia la sala contigua, donde estaban colgados los cuadros de desnudos. Allí varias jóvenes damas y algunos caballeros estaban enfrascados en acaloradas discusiones. Un fotógrafo intentaba captar imágenes del interior con ayuda de un flash enorme.

—¿Me permiten que la presente? La señora Marie Melzer, hija de la artista.

Marie se vio rodeada por todas partes, le hacían preguntas sin parar, veía flashes, los lápices volaban sobre las libretas de notas, y multitud de ojos curiosos, penetrantes, codiciosos, se le clavaban como flechas. De pronto Marie era la calma personificada, escogía, contestaba algunas de las preguntas, otras las dejaba pasar, sonreía, no paraba de decir lo mucho que la alegraba que por fin su madre recibiera el reconocimiento que merecía.

Alguien le dio una copa de champán, que ella sostuvo en la mano todo el tiempo hasta que por fin se la llevó a la boca. De pronto le parecía que había muy poco espacio, y cuando se abrió paso entre la gente hasta la sala grande no se estaba mucho mejor.

—¡Señora Melzer! Es maravilloso.

—Marie, querida, saludos. Qué cuadros tan estupendos.

—Mi querida señora Melzer, estoy impresionado. Cuánto talento.

Saludó a todos los amigos y conocidos posibles, también a algunos que solo conocía de vista o le eran desconocidos. Los rostros pasaban por su lado con los ojos muy abiertos, las bocas fruncidas, oyó susurros nerviosos, vio gestos de enfado, damas que se llevaban la mano a la boca, algunas daban media vuelta en busca de la salida.

—¿Señora Melzer? Soy del *Münchner Merkur*. Si pudiera tener algo de tiempo más tarde para una pequeña entrevista...

—¡Ah, usted es la hija de la artista! Bueno, esta herencia no se la envidio.

El abogado Grünling estaba conversando con el médico, los dos inclinaron la cabeza con educación cuando pasó por su lado. El matrimonio Manzinger, para entonces propietarios de varios cines, levantaron las copas y brindaron por ella. Herrmann Kochendorf, el yerno de los Manzinger, sonrió cohibido, y su esposa Gerda le hablaba nerviosa.

—Es horrible —dijo alguien al lado de Marie—. Qué cosa más embrollada.

—¿Se supone que eso es arte? ¡Es terrible! Demencial.

—Degenerado.

—De mal gusto.

—¡Obsceno!

—Pero dibujar sí sabía. ¿Han estado al otro lado, en el pabellón?

Marie vació la copa y se alegró de ver a Lisa y a Sebastian Winkler en un rincón.

—¡Marie! Ven con nosotros. Está a punto de empezar el panegírico —le gritó Lisa.

Marie se abrió camino entre la gente y fue a saludarlos. Lisa se había puesto un vestido azul cielo que Marie le había cosido años atrás. Sebastian llevaba un traje de Johann Melzer padre.

—¿No te parece que está muy guapo? Le queda como un guante. Sería una lástima que este traje tan bueno desapareciera para siempre entre los recuerdos de mamá, ¿verdad?

—Es cierto. Creo que papá se alegraría.

Sebastian esbozó una media sonrisa, se lo veía incómodo con ese traje. Era raro: para algunas cosas era testarudo e incorregible, y luego hacía cosas por amor a Lisa que sin duda no le resultaban fáciles.

—La esposa del director Wiesler lleva semanas acosándome a preguntas —comentó Marie con una sonrisa.

—Bueno, yo me muero de curiosidad.

Marie vio a Kitty, una mancha blanca luminosa en medio del tumulto. Hizo un gesto a alguien, el pelo de la frente cayó a un lado cuando tiró la cabeza hacia atrás y gritó algo por encima de los presentes.

—¡Ya empieza! ¡Entrada en escena! ¡Suerte!

Delante del gran cuadro que había en medio de la sala —la representación abstracta de un planeta montañoso, abrupto y cubierto de nieve— se abrió un espacio alrededor de la esposa del director Wiesler. Estaba aún más rolliza, con el cabello bien teñido, pero el vestido holgado de color verde lima resaltaba sus formas sin favorecerla.

—Mis queridos y honorables amigos del arte —se oyó su potente voz de contralto—. Mis queridos amigos. Tengo el honor... —Estiró los brazos en un gesto teatral, y un señor de traje oscuro surgió de entre la multitud para situarse a su lado.

—Muchas gracias —dijo Paul Melzer, e hizo una pequeña reverencia hacia ella.

A continuación se volvió hacia el público, que estaba desconcertado.

—Mis queridos amigos, sin duda les sorprenderá oír este panegírico de la artista Luise Hofgartner de mi boca. Déjenme que les explique...

Marie se quedó mirando aquella aparición, perpleja, que solo podía ser fruto de su imaginación. ¿Acaso una copa de champán la había dejado atontada? Ese no podía ser Paul, tan natural delante de la gente y dispuesto a pronunciar un panegírico. El de...

—El vínculo entre la familia Melzer y Luise Hofgartner existe desde hace años, durante los cuales han ocurrido muchas cosas buenas y algunas malas. Y hoy les digo a todos ustedes que la pintora Luise Hofgartner forma parte de nuestra familia. No solo es la madre de mi querida esposa Marie: también es mi suegra y la abuela de nuestros hijos.

Era él. No era un fantasma ni una imagen fruto de la embriaguez. Ahí, bajo las azuladas montañas nevadas, Paul estaba hablando delante de todo el mundo de Luise Hofgartner. Dijo cosas que ni siquiera había querido admitir delante de ella. Marie sintió un leve mareo, de pronto notaba una insensibilidad extraña en las piernas, y agradeció que Sebastian Winkler la agarrara del brazo para sostenerla.

—Te lo había dicho —susurró Lisa—. Menos mal que la has sujetado.

—¿Quiere sentarse? —preguntó Sebastian a media voz.

Marie se controló. Muchos de los presentes se habían vuelto hacia ella, y se sentía atravesada por miradas curiosas.

—Ya se me pasa. Muchas gracias.

Todo aquello estaba amañado, pensó. Ellos lo sabían. Kitty también. ¿Qué pretendía?

—Nacida en Inning, junto al lago Ammer, la joven Luise Hofgartner se fue a Múnich, donde estudió durante un año en la Academia de Bellas Artes sin terminar de sentirse a gusto. Numerosos viajes junto a un mecenas la llevaron por toda Europa, y en París conoció a Jakob Burkard, quien acabaría siendo su marido.

Paul obvió con destreza algunos detalles desagradables y pasó a hablar del legado artístico de Marie Hofgartner. Fue una artista de gran talento, una exploradora que se orientaba en distintas direcciones y en cada una dejaba su propio sello.

—Lo que vemos aquí es solo una parte de su gran obra. Está incompleta porque no tuvo tiempo de alcanzar la madurez, pero lo que tenemos es impresionante y no puede caer en el olvido. Su talento sigue vivo en su hija y, a mi juicio, también en sus nietos. Todos estamos orgullosos de formar parte de la familia, ya sea consanguínea o política, de esta mujer extraordinaria.

—Ahora exagera un poco —murmuró Lisa.

A Marie le costó mantenerse erguida. En su interior se había desatado un caos de desesperación, felicidad, enfado, esperanza y duda. No estaba en situación de decir una sola palabra, le temblaban los labios como si el termómetro hubiera caído a temperaturas siberianas.

—¡Por eso os invito a brindar por la admirable Luise Hofgartner y su gran obra!

Marie vio el cristal resplandeciente en la mano de Paul, su sonrisa victoriosa que tan bien conocía y que ahora dirigía a toda la sala. Se oyó el tintineo de las copas, un aplauso cada vez más fuerte, incluso algunos gritaban «¡Bravo!». El fotógrafo daba vueltas con la cámara entre el gentío, empujaba al público, se lamentaba de que no le hicieran sitio. Paul siguió sonriendo, contestó preguntas, estrechó manos, luego lo rodearon y le taparon la vista a Marie.

De repente Kitty estaba a su lado, se arrimó a ella, le dio dos besos en las mejillas y la sacudió.

—¿No lo ha hecho genial, nuestro Paul? Ay, es un orador fantástico. Qué presencia. Así, con naturalidad. ¡Di algo, Marie! ¡Di algo de una vez! Ha hecho esto solo por ti. Ayer tuvo una discusión horrible con mamá.

—Por favor, Kitty —gimió Marie—. Yo... necesito tomar un vaso de agua.

—Ay, madre mía —exclamó Kitty, que agarró a Marie por los hombros—. Vamos al despacho, ahí podrás sentarte, y te llevaré un vasito. Te has quedado de piedra, ¿verdad?

—Un poco —admitió Marie.

Siguió a Kitty hasta la parte trasera de la sala, donde habían preparado algunas sillas para los mayores. De pronto se detuvo. ¿Ese que se abría paso entre la multitud no era Paul? ¿Se acercaba a ella? Por un momento se sintió confusa, estaba demasiado aturdida. Pero Paul no se acercó a ella, se dirigió hacia la salida y al cabo de un instante desapareció de la sala.

«Tendría que haber ido a verlo», pensó Marie. «Decirle que nunca le pedí nada. Que siento una admiración infinita hacia él. Pero delante de la gente...» De repente le dio miedo que fuera demasiado tarde. Se había ido. ¿Adónde? ¿De vuelta a la villa de las telas? ¿Enfadado y decepcionado con ella? ¿O tal vez seguía allí, en alguna de las dependencias del club de arte?

—Aquí tienes el agua, Marie. Siéntate a mi lado. Ahora mismo viene uno de esos buitres de la prensa y...

—Gracias, Kitty. El de la prensa más tarde, por favor.

Se dio la vuelta y se dirigió hacia la salida. Algunos conocidos le hablaron, le gritaron algo, pero ella no hizo caso y pasó presurosa por su lado. Afuera ya había anochecido, se veían las luces de la calle, las ventanas iluminadas de las casas, las siluetas de los automóviles aparcados. ¿Dónde se había metido? ¿Por qué tanta prisa? Lo buscó con la mirada en el pabellón iluminado, que brillaba en el jardín oscuro como una jaula llena de luciérnagas entre las ramas. ¿Y si estaba allí? Se asustó al ver que un hombre se acercaba a ella por el sendero en penumbra. Al verla, redujo el ritmo y al final se paró.

—Marie.

Se quedó anonadada. ¿Era la tarde de los milagros y los hechizos?

—Disculpe —dijo, y se quitó el sombrero, tan confuso como ella—. Quería decir señora Melzer, por supuesto. ¿Se acuerda de mí?

Marie dio un paso hacia él y lo miró a la cara. Era increíble. Era él.

—Robert... quiero decir, señor Scherer. ¿Está usted en Augsburgo?

—Ya lo ve.

Por un momento se quedaron uno frente al otro, indecisos. Marie se percató de que la miraba con admiración y comprendió que aún la recordaba como la ayudante de cocina.

—Yo... lamento llegar tarde. ¿Podría decirme si encontraré a la señora Bräuer en la casa?

—¿Kitty? Sí, seguro. Antes estaba en el despacho.

Le dio las gracias a toda prisa, hizo amago de irse pero ella lo detuvo.

—¿Ha visto a... mi marido? Me refiero a Paul Melzer.

—¿El señor Melzer? Sí, sé que es su marido. Está allí, en el pabellón.

—Muchas gracias.

Se saludaron con la cabeza y cada uno se fue por su camino.

«Vaya una aparición», pensó Marie. Un sueño. El sueño de una noche de verano en pleno mayo.

Separó las ramas de los arbustos y se acercó al pabellón a través de un prado. La hierba estaba húmeda, el jardín olía a lirios silvestres y flores de trébol, a tierra caliente y a la resina de las matas de enebro. Desde ahí se veía a los asistentes tras el cristal, pasaban frente a los dibujos expuestos, de vez en cuando se paraban, señalaban con el dedo, hablaban entre ellos.

547

Un hombre se acercó al cristal y se quedó mirando hacia fuera, hacia el jardín iluminado con luz tenue. Era él. Distinguió su cabello claro, sus manos apoyadas sin querer en el cristal, como si quisiera empujarlo, y sus ojos grises clavados en ella. Cuando ella hizo un movimiento, de pronto desapareció.

Se abrió una puerta, Marie oyó sus pasos y se le aceleró el corazón. Aquella cautivadora noche de verano Marie no podría resistirse, ahí no, en el jardín a oscuras, que olía a dulce fecundidad...

—Marie.

Estaba muy cerca de ella, a la espera de una reacción, con la respiración alterada. Antes de tener claro lo que quería decirle, Marie empezó a soltar palabras por la boca.

—Paul, ha sido impresionante... no sé qué decir. Aún estoy emocionada.

Notó que Paul se relajaba. ¿Creía que estaba enfadada por su intervención? Ahora parecía sentir un alivio infinito.

—Me ha costado entenderlo, Marie. Perdóname. Tu madre forma parte de nuestra familia.

De pronto empezaron a correrle lágrimas por las mejillas. Por fin se había quitado de encima algo que llevaba tanto tiempo atormentándola. Se sentía liberada y, cuando Paul la estrechó entre sus brazos, le sonrió sin dejar de llorar.

—Te quiero, Marie —oyó que decía su voz, tan familiar—. Vuelve conmigo. Por favor.

Paul ni siquiera se atrevió a besarla. Solo la abrazaba con fuerza, como si temiera que fuese a salir corriendo al cabo de un segundo.

—Por favor, Marie.

—¿Ahora mismo?

Paul la apartó un poco y vio que le estaba tomando el pelo. Le brillaron los ojos de felicidad.

—¿Cuándo si no? —exclamó, y la agarró de la mano.

# 41

En esa penumbra clarividente antes de despertar, los cuadros pasaban por delante deslizándose, sensación de ingravidez, de elevarse, un cielo de color pastel. Remolinos de ideas que se desataban y se desenredaban como hilos ligeros, el canto de los pájaros dando la bienvenida a la mañana. Marie se abrazó a la almohada y se dio la vuelta, perezosa.

—¿Estás despierto?

Notó que la mano de él rozaba con ternura su hombro, su cabello. Le acarició la nuca, le hizo cosquillas en el lóbulo de la oreja, deslizó dos dedos por su barbilla y bajó por el cuello.

—¿Qué haces? —dijo ella entre risas.

Paul se ayudó con la otra mano y, cuando la puso boca arriba, ya no se pudo contener. Paul, el hombre al que amaba, al que deseaba, el que la víspera la había tomado con tanta pasión. Ella tampoco sabía lo que hacía. Se tapó la boca con una esquina de la almohada, avergonzada por su deseo. En la habitación contigua dormía su suegra, y al otro lado estaban las dependencias de Lisa y Sebastian.

Al alba, Paul la amó con cautela. Ella disfrutó de todas las pequeñas caricias, él sabía que gozaba con ellas, y se entregó a sus mimos. Marie supo que Paul tenía que contenerse para prolongar lo máximo posible aquel agradable entretenimiento.

—Cuidado, cariño. Me has dejado demasiado tiempo solo, eso es peligroso. ¡Marie!

Pese a todos los esfuerzos, el juego terminó antes de lo previsto porque se apoderó de ellos una embriaguez aún más fuerte que la noche anterior, pero también más duradera. Luego se quedaron un rato callados, perseverando en la idea de ser uno, dos seres que se funden en uno, dos almas que se abrazan en el amor. De pronto se oyó arriba, en la habitación de los niños, la voz exigente del habitante más joven de la casa, y los dos se miraron con una sonrisa.

—También tiene sus ventajas que los nuestros ya sean mayores —comentó Marie.

—Pues a mí no me importaría empezar de cero.

—¿Otra vez gemelos? —dijo ella entre risas.

—Por mí, como si son trillizos.

Se echaron a reír y rodaron a un lado sin separarse. Paul le apartó el pelo de la cara, le susurró que era preciosa, la besó en la punta de la nariz y en la boca. Arriba se oían las reprimendas de Lisa, que hablaba con la niñera. Sebastian intentaba calmarla pero lo despachó de malas maneras. Sebastian lo pasó por alto y calló.

—Me suena esa felicidad familiar —dijo Marie con una sonrisa satisfecha.

Recordó que Paul tuvo que irse a la guerra a los pocos días de que nacieran los niños. No pudo verlos crecer, cuando volvió ya tenían cuatro años.

—¿Sabes que Lisa y Sebastian se casan en otoño? —preguntó él.

Marie no lo sabía. Lisa solo le contó que por fin Sebastian se lo había pedido. Se había decidido porque ahora tenía un empleo y ganaba lo suficiente para mantener a una familia.

Paul levantó la cabeza para mirar hacia fuera por la estrecha rendija que se abría entre las cortinas. El sol brillaba, dibujaba manchas resplandecientes en las cortinas de color crema que atravesaban el dormitorio como angostas franjas doradas. Marie miró el despertador y vio que ya eran las nueve.

Los dos se desperezaron, se rieron, prolongaron la maravillosa sensación de estar juntos de nuevo, que en su dormitorio podían disfrutar con toda naturalidad. Por desgracia era tarde para calentar la estufa y darse un baño juntos de lo más indecente. Además, ahora que Lisa, Sebastian y el niño también utilizaban el baño, tampoco podían acapararlo con largas ceremonias.

—Dejémoslo para la tarde —propuso Paul—. Cuando mamá duerma la siesta y la familia Winkler y la niñera se vayan de paseo al parque.

—Tiene muchos planes, señor Melzer —repuso Marie.

—Tenemos mucho que recuperar, señora Melzer —replicó él con una sonrisa.

Se vistieron, él se afeitó y ella se peinó, y entraron en el comedor con expresión inocente. Su aparición provocó reacciones distintas. Alicia lanzó una mirada de reproche a Paul y le dio los buenos días con frialdad, y Marie no entendió si ese saludo la incluía a ella. Alicia la había obviado, más o menos. Lisa, en cambio, se levantó para dar un abrazo a Marie y a su hermano, y Sebastian les sonrió, simpático, pero no se atrevió a expresar su opinión en una situación familiar tan delicada. Muy inteligente por su parte.

—Ayer se nos hizo un poco tarde —le dijo Paul a Alicia—. Nos hemos tomado la libertad de descansar bien. Espero que no te lo tomes a mal, mamá.

Como Alicia no contestó y se puso una cucharada de mermelada en el plato, Paul retiró la silla de Marie para que se sentara.

—¿Debo entender que has decidido volver con tu marido? —preguntó Alicia mirando a Marie con aspereza.

Notó que Paul le ponía una mano en la rodilla con cuidado. Marie mantuvo la calma, había aprendido antes de tiempo a mostrar lo mínimo posible sus sentimientos.

—Has entendido bien, mamá. Y espero que tú también te alegres. Luego iremos a Frauentorstrasse a recoger a los niños y las maletas.

A Alicia se le relajó el gesto, la alusión a los niños había sido inteligente. Aun así, a Marie le quedó claro que no recuperaría tan fácilmente el favor de su suegra.

Puesto que Alicia no contestaba y solo dedicó a su hijo una mirada de inquietud maternal, Lisa intervino en la conversación.

—¿Sabéis por qué ayer no estuvo Klippi en la inauguración? Está en Múnich para ayudar a su futura esposa con los estudios. Seguro que ya se sabe de memoria la anatomía humana. Una vez eché un vistazo a uno de sus libros: estaba lleno de imágenes de cuerpos desnudos.

Se interrumpió porque en ese momento entró Humbert con una segunda cafetera y panecillos recién hechos. Sonrió al ver a Marie. Cuando le ofreció la cestita con los panecillos, le dijo en voz baja:

—Me alegro de verla aquí de nuevo, señora. Hablo en nombre de todos los empleados. La señora Brunnenmayer le envía saludos muy especiales.

—¡Está bien, Humbert! —dijo Alicia—. Ya puede irse.

Humbert hizo una reverencia, dejó la cestita en el bufet y salió sin prisa.

—Cuando vuestro padre aún vivía, los domingos desayunábamos antes de las ocho para llegar a misa a tiempo toda la familia —comentó Alicia, y miró al grupo—. Por desgracia, esas bonitas costumbres han pasado de moda. Ahora los jóvenes se quedan el domingo sagrado en el dormitorio y bajan a desayunar cuando casi es mediodía.

Marie tuvo que reprimir una sonrisa, Paul y Lisa intercambiaron una mirada, solo Sebastian se decidió por fin a abrir la boca.

—Yo también lo lamento mucho, querida Alicia. Para una familia es muy importante tener una jornada pautada, incluso los fines de semana. Sobre todo los niños necesitan horarios fijos y...

Calló porque les llegaron ruidos y voces agudas procedentes del salón. Acto seguido apareció Julius en la puerta para anunciar que habían llegado las señoras Bräuer con los niños.

—¡Henny, deja de empujar! —oyeron que se quejaba Dodo.

—¡Yo estaba primero en la escalera!

Las voces y los pisotones se acercaron a gran velocidad.

—¡Henny, te has olvidado de las alitas! —gritó Kitty.

—¡Tía Kitty, me ha arrugado las partituras!

—¡Calma! —gritó Gertrude—. ¡El que grite se va al sótano con los ratones!

—¡Tonto el que se lo crea! —dijo Henny, con desdén.

Se abrió la puerta y la ola arrasó a los que estaban sentados a la mesa del desayuno. Primero Henny, que se lanzó a los brazos de Alicia; luego Dodo, que corrió hacia Lisa; Leo dudaba entre mamá y papá, pero al final se decidió por Paul. Así Kitty tuvo ocasión de lanzarse sobre Marie.

—¡Ay, Marie, Marie de mi corazón! Cuánto me alegro de que vuelvas a estar con mi Paul. Bueno, la de ayer fue una gran velada. Estaba la ciudad entera. Mañana aparecerá en todos los periódicos. Hasta en Núremberg y Bamberg. Y en Múnich. Luise Hofgartner es el descubrimiento del año. ¿No es maravilloso? Ay, soy tan feliz... Buenos días, mamá. ¿Has dormido bien? Pareces muy cansada, mamaíta.

Alicia estaba ocupada con Henny, que le contaba su gran actuación en el colegio.

—Yo era un ángel. Y Marie me hizo dos alas, de cartón y plumas de ganso de verdad. Luego bailaré para ti, abuela, ¿sí? ¿Me darás un premio si bailo bien?

Humbert y Julius pusieron cinco servicios más, colocaron bien las sillas, llevaron más panecillos, leche y chocolate para los niños.

—Baila el corro de los ángeles de *Hanslel y Gretel* —informó Leo—. De ese que tiene un nombre tan raro. Humperdinck. Y yo tengo que acompañarla. Por desgracia, papá, porque siempre refunfuña. Solo lo hago por la abuela.

—Es muy considerado por tu parte.

De pronto, el ambiente tenso se había desvanecido, se extendió el ruido alegre, las manitas de los niños volcaban lecheras, cortaban panecillos a diestro y siniestro, los desmigajaban, se manchaban, tocaban la mermelada.

—¡Henny, cuidado con el vestido! —advirtió Kitty.

—Abuela, un día quiero ser *prímula*. Una *prímula* bailarina. ¿Cómo? Sí, una primera bailarina.

Leo preguntó si podía dar clases de piano a Liese. Kitty contó que al director Wiesler le había parecido «inolvidable» el discurso de Paul, estaba profundamente emocionado y apenas pudo hablar durante el resto de la velada.

—Me parece una exageración —dijo Lisa.

Sebastian explicó que los cuadros de Luise Hofgartner sin duda no eran para espíritus débiles, se necesitaba cierta madurez y firmeza moral para asumir de la manera correcta su efecto.

Marie escuchaba y no paraba de mirar a Paul, que estaba hablando con Leo sobre un concurso infantil de música. Estaba entusiasmado. Era muy bonito ver que apreciaba e incluso fomentaba el gran don de su hijo.

—¿Un planeador? —preguntaba Lisa—. ¿Estás construyendo un planeador?

—Sí —contestó Dodo con orgullo—. Es muy fácil. Dos alas, un tronco y el timón de profundidad en la parte trasera. He cortado las piezas de un cartón que me ha traído papá de la fábrica.

Sebastian quiso saber si había utilizado un plano de construcción, y Dodo le contó con orgullo que había visto las piezas en un libro y luego las había dibujado.

—¿Tú sola?

—Papá me ha ayudado. Mamá también, porque sabe dibujar patrones. Pero lo he cortado yo sola.

Dodo tenía el gran plan de subir su avión al desván donde secaban la ropa en la villa, montarlo allí y hacerlo volar por el parque.

—Pero alguien tiene que sentarse dentro —comentó Leo, pensativo—. Para pilotar.

—Pondremos la muñeca que me regalaron por Navidad.

A Marie no le hacía mucha gracia ese plan tan osado. No creía que Alicia fuese a ser muy comprensiva con ese tipo de bromas.

—¿La muñeca bonita? —dijo Henny, horrorizada—. ¿Estás loca?

—¡O puedes sentarte tú, Henny!

Henny hizo girar el dedo índice en la sien, lo que significaba que no estaba de acuerdo con la propuesta de Dodo.

—Ay, niños —dijo Alicia con un suspiro, y se alisó el vestido, que había sufrido con el asalto de Henny—. La vida en la villa es distinta cuando está llena de gente. ¿No decías que tú también te mudarías aquí con Henny, querida Kitty?

Kitty se había abalanzado sobre los panecillos calientes y el jamón ahumado. Masticaba con fruición, hizo una señal con ambas manos de que estaba a punto de terminar y agarró su taza de café.

—Esa es mi intención, mamá. Henny les tiene mucho cariño a Dodo y a Leo. Y además, yo quiero tener cerca a mi querida Marie.

Se echó a reír y le dio un abrazo a Marie, y Alicia también le dedicó una sonrisa a su nuera.

—Me alegro de que hayas encontrado el camino de regreso, Marie —dijo con prudencia—. Ha sido una época oscura para todos nosotros. Espero que el futuro sea mejor.

—Sin duda —repuso Paul con alegría y una sonrisa juvenil—. A partir de ahora seremos una gran familia feliz.

Humbert entró y le susurró algo a Lisa.

—La fiera hambrienta —dijo ella con un suspiro—. Disculpadme.

Luego se acercó a Kitty, que le estaba poniendo las alas a su hija.

—Tiene visita, señora Bräuer. ¿Quiere que lo acompañe arriba?

Kitty soltó el cordón y la segunda ala se quedó torcida colgando de la espalda de Henny.

—De ningún modo, Humbert. Bajo yo. Disculpad.

De pronto tenía mucha prisa, le dio un beso en la mejilla a Marie, se despidió de su madre con un gesto y le dio una palmadita en el hombro a Paul. Luego se fue a paso ligero.

—¿Quién ha venido, Humbert?

—Un antiguo empleado, señora. El señor Robert Scherer.

—¡Vaya! —dijo Alicia, asombrada.

Paul y Marie se levantaron a la vez y se disculparon. Bajaron a la biblioteca, abrieron las puertas lacadas en blanco y salieron a la terraza.

—Ayer hablé un momento con él —dijo Paul—. Ha cambiado mucho. Es un hombre hecho a sí mismo, como se dice ahora. En lo personal no ha tenido tanta suerte.

Abrazó a Marie y la arrimó contra su cuerpo mientras miraban el patio por encima de la barandilla. Había un automóvil rojo con la capota abierta y los asientos de cuero negro. Robert le cogió la mano a Kitty mientras ella subía con elegancia al asiento del copiloto. Desde ahí arriba no podían verles las caras, pero sus movimientos dejaban claro que el paseo estaba apalabrado.

—Ya la quería entonces —dijo Marie en voz baja.

Paul la besó con suavidad en el cuello, y no le molestó que tras ellos salieran a la terraza Sebastian y Alicia.

—Kitty siempre será una caja de sorpresas —respondió él—. Deseémosle suerte, se la merece.

# Descubre tu próxima lectura

Si quieres formar parte de nuestra comunidad,
regístrate en **www.megustaleer.club**
y recibirás recomendaciones personalizadas

Penguin
Random House
Grupo Editorial

 megustaleer